Felice Picano wurde 1944 in New York City geboren. Nach dem Studium am Queens College wurde er Sozialarbeiter, Herausgeber einer Zeitschrift und Leiter einer Buchhandlung. Neben Romanen schreibt er auch Kurzgeschichten, Dramen und Gedichte. Seine besondere Vorliebe gilt den Dingen, die auf wissenschaftlicher Ebene nicht zu erfassen sind.

Vollständige Taschenbuchausgabe
Droemersche Verlagsanstalt Th. Knaur Nachf.
Lizenzausgabe mit freundlicher Genehmigung
der Schweizer Verlagshaus AG, Zürich
Titel der Originalausgabe »The Lure«

Aus dem Amerikanischen von Kurt Wagenseil und Heinrich Zweifel

Umschlaggestaltung und Umschlagfoto Rudolf Schaber
Druck und Bindung Hanseatische Druckanstalt GmbH, Hamburg
Printed in Germany · 2 · 5 · 1183
ISBN 3-426-01053-4

2. Auflage

Für Mutter und Vater

Eins
KÖDERWAHL

1

MÄRZ 1979

Ein Schrei gellte durch den stillen, eisigen Morgen.

Noel Cummings bog mit seinem Rennrad seitlich ab, hielt vor dem Geländer und lauschte. Einen seiner in Turnschuhen steckenden Füße ließ er fest in der Metallasche des Pedals, der andere schlenkerte lässig gegen einen Betonpfeiler.

Nichts.

Obwohl ein schneidender Wind vom Hudson herüberwehte, streifte er die Kapuze seines Trainingsanzugs herunter, um besser hören zu können.

Noch immer nichts.

War es der Wind, der durch die verrosteten Metalljalousien der verfaulenden Lagerhallen zu seiner Rechten pfiff? Möglich. Oder vielleicht ein frühmorgendlicher Autofahrer, der seine Reifen quietschen ließ, als er im Eiltempo unten um eine Ecke in die West Street einbog.

Noel beugte sich über das Geländer des hochgeführten West Side Highway, der für den allgemeinen Verkehr gesperrt war, weil ein unweit gelegener Abschnitt schon vor nahezu einem Jahr eingestürzt war. Das heißt, die Strecke war für den Auto- und Lastwagenverkehr gesperrt, für Fußgänger aber noch offen. Und, was viel sinnreicher war, vor allem für Radfahrer wie Noel, der um Viertel nach sechs an diesem frühen Morgen hier allein auf weiter Flur stand. Unten konnte er die Rückseite eines dahinkriechenden Wagens der städtischen Müllabfuhr ausmachen.

Es mußte eine Sinnestäuschung gewesen sein, entschied er und zog seine Kapuze wieder hoch.

Als er durch die Reihen der Hausmauern, die steil wie Klippen aufragten, nach Osten blickte, ging die Dunkelheit der Nacht bereits in ein blasses Kobaltblau am Horizont über. Der Morgen dämmerte.

Dann war erneut der Schrei zu hören. Trotz seiner hochgezogenen Kapuze wußte Noel, daß es diesmal keine Täuschung war. Er hörte ihn so deutlich, so nah, konnte die Richtung, aus der er kam, ausmachen: zu seiner Rechten, vor ihm. Und er konnte sogar einige angsterfüllte Worte hören: «Nein ... ich wollte es nicht!»

Ein Licht flackerte unruhig hinter einem Fenster im zweiten Stock des Lagerhauses auf, etwa auf gleicher Höhe wie der Platz, wo Noel stand. Im gleichen Augenblick verstummten Schrei und Worte.

Noel überquerte eilig die Straße bis zum Geländer rechts von ihm.

Ein Licht leuchtete nun auch hinter dem dritten Fenster auf, unstet flackernd, wie von einem Zündholz oder einem Feuerzeug, das im Wind aufflammt.

Dann vernahm er wieder die Stimme eines Mannes, diesmal leiser, flehend, unterbrochen von ächzenden Lauten, die sich wie Stöhnen anhörten.

Noel beugte sich weit über das Geländer vor, um in die Fenster zu spähen. Der Boden war mit Abfall übersät, lose Balken hingen halb zersplittert von den Wänden und der Decke. Alles, was er erkennen konnte, waren schattenhafte Gestalten – eine, die immer wieder zurückschreckte, und zwei andere, die beidseits undeutlich auftauchten. Der Arm des einen war ausgestreckt, und seine Hand stieß immer wieder mit einem deutlich scharfen, spitzen Gegenstand nach vorn. Jedem dieser Stöße folgte ein Seufzer, ein Schrei und ein erneutes «Nein!»

«He, was ist hier los!» rief Noel. «Aufhören!»

Das flackernde Licht verlöschte.

Aus der plötzlichen Dunkelheit rief jemand: «Helfen Sie mir! Bitte! Sie bringen mich um!»

«Mach ihn fertig», murmelte eine Stimme.

«Helfen Sie mir!» jammerte der Mann wieder. «Bitte!»

Dann vernahm Noel ein Geräusch, das sich wie Stolpern über zerbrochenes Glas anhörte. Entkam der Mann in der Dunkelheit?

Noel berechnete die Entfernung vom Geländer zum offenen Fenster: gut drei Meter, zu weit, um zu springen. Wenn er es versuchte, würde er auf Schutt und Glasscherben landen, Glas, das in der sich widerspiegelnden Straßenbeleuchtung glitzerte und splitterte, als die Schatten darüber hinweghuschten. Er mußte dem Mann helfen, aber wie?

«Ich komme rein!» rief Noel. Er löste die große Taschenlampe, die an seiner Lenkstange befestigt war, schleuderte sie in die

Ecke, dorthin, wo er glaubte, daß die Angreifer noch herumschlichen. Sie krachte gegen etwas und schlug dumpf auf dem Fußboden auf.
«. . . müssen hier raus», hörte er eine Stimme sagen.
«Bist du fertig?» fragte eine andere.
Zerbrochenes Glas knirschte unter mehreren Füßen. Dann wieder die Schreie des Mannes, sein Keuchen.
Wie konnte Noel nur hineinkommen? «Laßt ihn los!» brüllte er. Bis zur nächsten Ausfahrt war es eine Viertelmeile. Er mußte es versuchen. Jetzt würden sie Angst kriegen und sich davonmachen.
Er schrie noch einmal, er würde hineinkommen, dann machte er auf seinem Rennrad rasch kehrt und sauste nordwärts in Richtung Achtzehnte Straße, nachdem er seine Gangschaltung auf Höchstgeschwindigkeit eingestellt hatte. In Sekundenschnelle erreichte er ein solches Tempo, daß er beinahe die Ausfahrt verpaßt hätte. Er bog nach rechts ab, fegte über den zerbröckelnden Beton wie ein Skispringer vor dem Absprung, dann sauste er so schnell die Ausfahrtsrampe hinunter, daß es ihm den Atem verschlug. Er sah plötzlich weiße und graue Linien am Ende der Ausfahrtsrampe – hölzerne Absperrungen der Polizei. Er hatte kaum eine Sekunde, um ihnen auszuweichen. Er schwenkte nach links, fühlte, wie sein rechtes Hosenbein eine Abschrankung streifte, beugte sich beinahe horizontal zur Straße über sein Lenkrad, erlangte sein Gleichgewicht wieder, machte eine scharfe Wendung und rollte über das Kopfsteinpflaster der West Street, zwischen den Stahlpfeilern hindurch, die die Hochstraße stützten. Eine Reihe Lagerhäuser flitzten vorbei. Dann kam die unbebaute Fläche gegenüber Westbeth, Telefonwerkstätten, die man in Künstlerquartiere umgewandelt hatte, tauchten auf. Jetzt kam eine zweite Reihe von Lagerhäusern, denen das gelbe Licht der Quecksilber-Straßenlampen einen unheimlichen Schimmer verlieh.
Er brachte sein Rennrad zu einem geräuschlosen Halt. Was jetzt?
Er hatte erwartet, fliehende Gestalten, einen davonbrausenden Wagen zu sehen. Statt dessen war die Straße leer. Auf dem Kopfsteinpflaster schimmerte Eis. Großer Gott, und er war mit Tempo sechzig über diese Straße geflitzt. Irgendwo im oberen Stockwerk war ein Verletzter. Und wahrscheinlich auch seine Angreifer. Was tue ich hier?
Er mußte hineingehen, den Mann finden, ihm helfen. Zuerst

aber das Rennrad irgendwo abstellen, wo sie es nicht sehen würden, wenn sie rauskamen. Auf der anderen Seite des Gebäudes.
Er entdeckte eine Türöffnung auf Straßenhöhe, die Türe halbwegs aus den Angeln gehoben und nach innen geöffnet. Es war stockdunkel drinnen, der Raum hatte wohl keinen anderen Zugang. Von hier führt nichts nach oben, überlegte er. Könnte ihm zur Falle werden. Sollte er noch ein Stück weitergehen?
Er sprang auf die betonierte Laderampe. In großen, ungelenken Buchstaben war auf die Außenmauer gekritzelt worden: «Nicht betreten! Vorsicht vor Taschendieben!»
Drinnen waren nicht nur Taschendiebe.
Ein breites Garagentor stand für ihn gerade weit genug offen, um unten durchzuschlüpfen. Noel schob sich heran und spähte hinein. Drinnen war es heller. Der Raum war riesig. Diese Lagerhäuser hatten dem Beladen und Löschen von Schiffen gedient. Man hatte die Piers über hundert Meter weit in den Fluß hinaus gebaut. Das entfernte Ende des Piers war durchgesackt, wie von der Hand eines Riesen zerschmettert. Der fahle westliche Himmel hob sich heller gegen die dunkleren, ausgezackten Metallwände des Gebäudes ab. Wenigstens würde Noel erkennen, ob sich jemand an ihn heranschlich.
Er schlüpfte hinein und kauerte sich zusammen, gewöhnte seine Augen an die Dunkelheit. Niemand. Ein Durcheinander herabgestürzter Balken. Überall das frostige Glitzern von Glas – oder war es Eis? Nur gut, daß er seine Adidas anhatte. Er würde die anderen hören, bevor sie ihn hörten.
Als er einige Meter weiter hineingegangen war, sah er, daß der Raum noch riesiger war, als es zuerst geschienen hatte: zwei Fußballfelder lang, schätzte er, von der Straße bis an den Fluß hinunter. Betonböden. Man konnte sicher darauf gehen, abgesehen von den Glasscherben. Mußte die Einfahrt gewesen sein. Eine innere Ladeplattform zu seiner Rechten. Dahinter Dunkelheit. Zu seiner Linken etwas, das ein kleineres Gebäude innerhalb des größeren zu sein schien: ein halbes Dutzend Fenster, halb so viele Türen – natürlich alle Scheiben herausgeschlagen, alle Türen aus den Angeln gerissen. Wohin führte jene dunkle, ungewöhnlich große Türöffnung? In ein Treppenhaus. Hinauf zum Verletzten. Und den anderen, die auf ihn warteten.
Das ist ja Wahnsinn, sagte Noel, bevor er sich nach oben aufmachte. Die Treppenstufen waren erstaunlich sauber, ohne herumliegenden Schutt und Glassplitter, als würden sie viel be-

nützt. Am ersten Treppenabsatz blieb er stehen. Vielleicht lauerte ihm jemand um die Ecke auf. Er wartete, bereit, zur Seite zu springen oder die Treppe hinunter zu entkommen. Kein Laut. Konnte dieser schmale Gang der Weg zu dem Mann sein?
Er war es nicht. Der Gang führte nahezu das ganze innere Gebäude entlang, zu dreiviertel darum herum, endete in einem Stapel aufgeschichteter Balken und einem gespenstischen weißen Pissoir, von dem ein entsetzlicher Gestank ausging, mit Schmierereien an den Wänden ringsum, unentzifferbar in der Finsternis. Aber von hier aus konnte er auf die offene Lagerhalle hinunterblicken. Noel sah niemanden.
Er ging zur Treppe zurück, stieg behutsam hinauf, Stufe um Stufe, hielt sich am Geländer fest, bis seine Augen die Höhe des Fußbodens erreicht hatten. Ein riesiger Raum. Leer. Zu seiner Linken eine kahle Wand, etwa fünfzehn Meter entfernt. Viel näher, zu seiner Rechten, eine Reihe von Türöffnungen: einige verriegelt, andere offen. Durch das Fenster konnte er die Hochstraße sehen, sie führte etwa in Brusthöhe vorbei. Es war das richtige Stockwerk. Aber wo war bloß der Mann?
Im Raum war es inzwischen heller geworden: Der Horizont war in das lichte Blau eines Rotkehlcheneis getaucht. Sollte er nicht die paar Minuten bis zur Dämmerung abwarten?
Nein. Geh weiter! Geh hinein!
Hinter der Türe war ein winziger Raum. In der Ecke lagen Zeitungsbündel, die er zuerst für einen kauernden Mann hielt. An einer Wand stand mit Schablone aufgemalt: Garderobe.
Warum war es so still? Wo war der Mann? Und die anderen – wo waren sie? Lauerten ihm hinter irgendeiner Türe auf, warfen tödliche Schatten. Dazu die Schreie und Seufzer des Mannes. Noel mußte ihn finden, durfte ihn nicht sterben lassen. Egal, ob es Wahnsinn war, er mußte ihm helfen.
Er kroch vorwärts, schob sich in die erstbeste Türöffnung, dann in die nächste. Bei jeder wartete er, glitt leise hinein, wartete wieder, gefaßt darauf, zur Seite zu springen, und auf der Hut vor einer Bewegung, einem Angriff. Er spähte in jedes Dunkel, vergewisserte sich, daß niemand im Schatten stand, prüfte nochmals den äußeren Raum, schlüpfte hinaus, ging zum nächsten.
Im fünften entdeckte er seine Taschenlampe. Der matte, brünierte Glanz ihres Zylinders ließ ihn erschaudern. Dies war das Zimmer.

Er hielt inne, blickte lange auf die zerbeulte Stelle der Stablampe, glitt dann in den Raum und blieb stehen. Keine Menschenseele. Nur ein Schild «Rauchzimmer» an der Wand gegenüber den Fenstern. Verschiedene ausgediente Türen hatte man in die entfernte Ecke geworfen. Die Taschenlampe lag auf einem Schutthaufen.

Hier bin ich. Wo zum Teufel bist du?

Er erwartete, jeden Augenblick überfallen zu werden, und nahm die Taschenlampe an sich, faßte sie an, als wäre sie eine heiße Kartoffel, obschon sie sich durch die leichten Rennhandschuhe, die er anhatte, kalt anfühlte. Schwer, massiv: wirklichkeitsnah. Was war mit dem übrigen – dem Mann, der zugestoßen hatte, dem Schrei des Opfers, seinem Flehen? War das alles wirklich? Es gab nichts, um es zu beweisen. Nichts außer der Taschenlampe.

Er fragte sich, ob die Lampe noch funktionierte, und schaltete sie ein. Ihr Licht blendete ihn, und er schwenkte sie herum.

Der Lichtkreis verweilte auf den Türen, die in der Ecke aufeinandergeschichtet lagen. Die oberste war hellgrün, hatte aber überall dunklere Tupfen, als ob jemand mit Streichen begonnen und auf halbem Weg wieder aufgehört hätte. Die dunkle Schicht schimmerte feucht, sah frisch aus.

Vorsichtig berührte er die Tür. Sie war feucht, klebrig. Mein Gott, das mußte Blut sein! Er wischte sich langsam an einem Stoffetzen ab und schwenkte die Stablampe in einem langsamen, tiefen Bogen, halbwegs von Entsetzen gepackt vor dem, was sie ihm enthüllen würde. Am Boden beim Türstapel entdeckte er ein Stück Stoff und als er genauer hinschaute ein Bein, das in einer Hose steckte und hinter dem Türstapel hervorragte. Auch dieses schimmerte vom Knie bis zu den Socken, die – früher einmal weiß – jetzt dunkle Flecken aufwiesen. Ein feuchtbrauner Wildlederschuh war halb vom Fuß gerissen.

Noel trat zurück und richtete den Lichtkegel auf das Bein, unfähig, sich von der Stelle zu rühren. Dann ging er zum Türstapel und machte sich daran, ihn wegzuräumen. Was war das für ein Laut? Wie von einem winselnden Hündchen. Noel hörte ein hohles Keuchen. Der Mann war am Leben! Er war gerade noch rechtzeitig gekommen.

«Keine Angst», sagte Noel mit ruhiger Stimme. «Ich bin's. Der junge Mann vom Highway. Die anderen sind jetzt fort. Ich habe eine Taschenlampe nach ihnen geworfen, um sie wegzujagen. Ich hol' Sie hier raus.»

Das Keuchen dauerte an, jetzt lauter. Noel klemmte die Taschenlampe zwischen einige lose Bretter an der rechten Wand und richtete das Licht auf die Ecke, um besser sehen zu können. Dann hob er mit beiden Händen eine Türe nach der anderen weg und stapelte sie vorsichtig auf dem Boden.
Als die letzte beiseite geräumt war, sah er den Mann.
Er lag wie ein Kehrichtsack in der Ecke. Die Beine von sich gestreckt, die Arme baumelten auf den Boden herab. Sein Kopf war nach vorn gesunken, so daß Noel nur seine dünnen, hellen Haare sehen konnte. Er saß in einer dunklen Lache. Auf seinen Ärmeln und Hosenbeinen waren große dunkle Flecken zu sehen. Er war am ganzen Körper voller Stichwunden.
Der Mann hob leicht den Kopf, und Noel hörte das mühsame Atemholen, das vibrierende Keuchen und – kaum hörbar – die gemurmelten Worte: «Wollte es nicht. Wirklich nicht.»
Dabei sank der Kopf des Mannes zurück bis zur Wand in der Ecke. War es eine optische Täuschung durch das schlechte Licht, daß Noel seine Gesichtszüge nicht erkennen konnte? Nein, die Taschenlampe schien direkt auf ihn. Und Noel sah, daß dort, wo die Nase, die Augen und der Mund des Mannes hätten sein sollen, nur dunkle Nässe war, die brodelte, Blasen bildete und anschwoll. Und er erkannte, warum er das Gesicht des Mannes nicht sehen konnte: Sie hatten es in Fetzen geschnitten.
«Oh, mein Gott!» flüsterte Noel, er fühlte, wie sich sein Magen zusammenzog und es ihm fast die Kehle zuschnürte. «O Gott, hilf mir!»
Die Worte halfen, und er preßte die Augenlider zusammen, dann tastete er über die zerbeulte Seite der Taschenlampe, fand den Knopf und knipste das Licht aus.
Besser im Dunkeln. Besser nicht sehen, was nicht gesehen werden darf. Er fühlte sich bereits etwas besser.
Er beugte sich hinab und sprach ruhig, schnell.
«Hören Sie, Sie sind sehr schwer verletzt. Ich muß einen Arzt holen. Sie bluten. Ich muß Hilfe holen.»
Noel fühlte Feuchtigkeit unter einem Knie durchsickern, während er redete. Er trocknete sie weg und kauerte sich neben den Mann hin.
«Sie sind fort, sie werden nicht zurückkommen. Bleiben Sie ruhig. Ich bin mit dem Rennrad hier. Ich werde losfahren und Hilfe holen. Ich brauche nur ein paar Minuten, das verspreche ich Ihnen. Bleiben Sie ruhig, ganz ruhig.»

«Ssssffff» hörte Noel zwischen dem Keuchen heraus, dann fühlte er, wie eine Hand sein Fußgelenk leicht anfaßte. Ein Schauder durchlief ihn.
Dann wieder der ächzende Zischlaut: «Sssfff».
«Ich kann Sie nicht verstehen.»
Der Mann hielt Noels Fußgelenk mit leichtem Griff. Noel beugte sich hinunter und nahm die Hand, hielt sie in seiner eigenen. Auch sie war feucht, blutig.
«Hören Sie», gelang es dem Mann, mit einer stark asthmatischen Stimme, sehr leise hervorzustoßen: «Gehen Sie ... über ... Straße.»
«Ich werde Hilfe holen. Keine Angst.»
«Über ... die ... Straße», wiederholte der Mann mit äußerster Anstrengung. «Über ... die Straße.»
Die Finger in Noels Hand bewegten sich.
«Auf die andere Seite der West Street?»
«Ja», antworteten die Finger und bewegten sich wieder.
«Direkt gegenüber?»
«Ja», sagte der Mann jetzt.
«Warum? Was ist dort? Die Polizeiwache? Die ist doch in der Zehnten Straße, nicht?»
«... über ... die Straße.» Die Finger des Mannes bewegten sich erneut. Er keuchte wieder heftig, unfähig, weiterzusprechen.
Noel blickte auf ihn. Dann kam die Erinnerung zurück, und er fürchtete, er würde die Augen des Mannes sehen oder was davon übriggeblieben war; er schaute weg, auf das matte Schimmern der Taschenlampe, die er in die Wand geklemmt hatte.
«Also schön. Ich gehe über die Straße. Keine Angst. Bleiben Sie ruhig. Bewegen Sie sich nicht. Geht's so?»
Die Finger des Mannes erschlafften, und Noel glaubte, er müsse das Bewußtsein verloren haben, aber das Keuchen ging weiter. Er legte die Hand des Mannes sanft auf das blutdurchtränkte Hosenbein und stand auf.
Darauf begann er so heftig zu zittern, daß er sich am Türrahmen festhalten mußte.
«Bin gleich wieder zurück», versprach er, nicht sicher, ob der Mann ihn hörte oder nicht. Der Raum wurde zusehends heller. Die Sonne ging eben auf.
Noel taumelte beinahe zur Türöffnung hinaus und rannte kopflos die Stufen hinunter. Erst am ersten Treppenabsatz kam er zur Besinnung und erinnerte sich, daß er vorsichtig sein mußte. Er hatte keinen Beweis, daß die anderen Männer tatsächlich

das Gebäude verlassen hatten. Daher schlich er sich an den unteren Büros vorbei und kroch dann durch die nur einen Spaltbreit geöffnete Garagentür auf die West Street hinaus.
Es war noch Nacht unter der Hochstraße, und das Kopfsteinpflaster leuchtete gelb.
Über die West Street, hatte der Mann gesagt. Noel ging mit großen Schritten hinüber und warf dabei einen Blick zurück, um sicherzugehen, daß hinter dem Fenster im oberen Stockwerk nicht wieder Licht anging. Das Wimmern des Mannes klang in seinen Ohren nach – sein keuchendes Atmen. Kein Gesicht. Er hatte kein Gesicht mehr. Hör auf damit! sagte Noel sich. Konzentrier dich lieber darauf, Hilfe zu holen.
Gegenüber der Lagerhalle, auf der anderen Seite der Hochstraße, gab es zwei Gebäude, doch in keinem von beiden war vermutlich Hilfe zu finden. Zur Noels Linker stand ein weißgetünchtes Lagerhaus, sieben Stockwerke hoch, die Fenster dick schwarz überstrichen. Eine schwarze Garagentür, abgesperrt. Eine Türe, vier Stufen hoch, ebenfalls verriegelt. Das Ganze unbewohnt.
Das andere Gebäude was aus roten Backsteinen, auf denen sich im Lauf der Zeit eine dicke Rußschicht niedergesetzt hatte. Gitterstäbe schützten die hohen, zurückversetzten, undurchsichtigen Glasfenster vom Souterrain bis hinaus zum fünften Stock, der wie ein riesiges Zelt aus Drahtgeflecht aussah – wie eine Turnhalle über einer Volksschule. Der Eingang war ebenfalls zurückversetzt, mit einer massiv aussehenden Metalltüre und der Aufschrift: Achtung! Schwingtüre! Selbst die umfangreiche, grünbemalte Klimaanlage war in ein Drahtgeflecht verpackt.
Dann erinnerte sich Noel: Dies war das Bundesgefängnis, in dem Männer, die auf ein Verfahren vor dem Bundesgericht in New York City warteten, festgehalten wurden. War es nicht vor einiger Zeit geschlossen worden? Natürlich: Er hatte vor einigen Jahren darüber in der *Times* gelesen.
Direkt über die Straße, hatte der Mann gesagt. Hatte er geglaubt, er sei irgendwo anders? Was sollte hier sein? Wie würde der Mann aussehen, falls er am Leben blieb: sein Gesicht eine Narbenmaske – oder wie? Mein Gott, wie das Blut hervorgeschossen kam.
Die Tür gab eine dumpfe, hohle Antwort auf sein Klopfen. Noel machte sich darauf gefaßt, daß die Türe plötzlich aufspringen würde. Nichts geschah. Er hämmerte nochmals dagegen. Immer wieder.

Konnte der Mann vor Schmerzen so von Sinnen gewesen sein, daß er einen Fehler machte? Aber nein – war nicht Schock eingetreten und damit eine drastische Verminderung der Schmerzen? Noel hoffte es, dem Mann zuliebe.
Vielleicht eine andere Tür. Aber auf dieser Seite waren nur die vergitterten Fenster. Vielleicht um die Ecke? Auch dort nicht. Dann sah er eine andere Aufschrift, diesmal an die Mauer gemalt: Parkplatz für Bundespersonal. Das bestätigte wenigstens, was der Ort war. Oder gewesen war. Ein anderer Türeingang, etwas hineinversetzt, wie der in der West Street. Mit einer Abschrankung versperrt, so daß er nicht einmal hineinlangen konnte, um anzuklopfen. Noch mehr Backsteinmauern. Eine Garagentüre aus Wellblech. Er klopfte auch dort an, bekam aber keine Antwort. Ich verschwende hier nur Zeit. Ich hole besser mein Rad und fahre zur Polizeiwache, dachte er. Jetzt hatte er das Ende des Gebäudes erreicht. Noch eine Türöffnung. Der Boteneingang.
Ein verrußter Sehschlitz in Augenhöhe enthüllte einen kleinen Vorraum im Innern, dann eine andere Glastüre, die aber zu weit weg und zu schmutzig war, um hindurchzuspähen. Zu Noels Überraschung öffnete sich diese äußere Türe bei der ersten Berührung, schwang mühelos nach innen, gut ausgeglichen, trotz ihres Gewichts.
Er stand tatsächlich in einem Vorraum, der nach der Glastüre gegen hinten dunkler wurde. Diese war natürlich abgesperrt. Reiner Zufall, daß die Außentür offen war.
Ein trostloser Anstaltskorridor begann hinter der Glastüre. Verlassen.
Ungeduldig pochte er mit seinem beringten Finger an die Tür. Keine Antwort. Keine hastenden Füße. Keine ängstlichen Gesichter. Ich gehe besser zur Polizeiwache, sagte er sich und machte kehrt, um die äußere Tür zu öffnen. Da wurde er plötzlich so heftig zurückgerissen, daß er hintenüberfiel. Bevor er sich wieder hochrappeln konnte, war er schon hinter der Glastür, im Korridor, den er gesehen hatte, und wurde um eine Ecke in pechschwarze Dunkelheit gezerrt.
Die werden auch mir das Gesicht verstümmeln, dachte er und nahm die Hände hoch, um seine Augen zu schützen.
Er konnte zwei oder drei von ihnen spüren, als sie ihn fest an die Wand drückten, fühlte ihren Atemhauch.
«Was tun Sie hier?» Die Stimme war barsch, kalt, tonlos.
Noel hielt den Nacken steif. «Der Mann . . .» begann er.

«Welcher Mann?» fragte eine andere Stimme nahe an seinem linken Ohr.
«Quer über die Straße», gelang es Noel zu stammeln. «Er sagte, ich solle hierher um Hilfe kommen. Er ist verletzt.»
«Was für ein Mann?»
«Ich weiß nicht, wer er ist.»
«Was ist hier los?» fragte noch eine andere Stimme.
«Hat er Sie hierher geschickt?» erkundigte sich der erste Mann mit der barschen Stimme bei Noel.
«Ja. Er ist sehr schwer verletzt.»
«Wer ist verletzt?» fragte die neue Stimme.
«Ich weiß es nicht. Wer hatte heut' nacht Dienst?» Wieder die barsche Stimme.
«Niemand. Wart mal, war nicht Kansas unterwegs?»
«Er war heut' nacht auf den Beinen», erwiderte der Mann zu Noels Linken.
«Dort drüben?»
«Wo ist er?» fragte der Mann mit der barschen Stimme und stieß Noel grob gegen die Wand.
«Gegenüber. In der verlassenen Lagerhalle. Im zweiten Stock oben. Fünfter Türeingang rechts, wenn Sie die Treppe hinaufsteigen. Ich fuhr gerade vorbei und . . .»
«Wir schauen besser nach», unterbrach der Barsche Noels Erklärung. Dann, mit einem erneuten Stoß gegen die Wand, forderte er Noel auf, seine Angaben zu wiederholen.
Während Noel antwortete, hörte er weitere Männer in den dunklen Korridor kommen. Rings um ihn waren jetzt viele Stimmen, die sich hastig und leise unterhielten.
«Ich fuhr gerade auf der Hochstraße vorbei», versuchte Noel nochmals zu erklären. Er wurde wieder von einer Hand unterbrochen, die ihn an die Wand puffte.
«Maul halten!» sagte der Mann zu seiner Rechten.
«Wer hat 'n Armband?» fragte ein anderer.
Noel wurde gepackt, halb herumgewirbelt, während jemand seine Hände zusammenhielt. Er fühlte etwas Kaltes, dann ein Klicken. Sie hatten ihm Handschellen angelegt.
«Moment mal», sagte er. «Sie haben mich nicht richtig verstanden. Ich habe nichts getan. Ich bin nur vorbeigefahren und habe es beobachtet.»
«Behalt diesen Burschen im Auge, bis wir zurückkommen», sagte der Mann mit der barschen Stimme. «Wo steckt der Mediziner?»

«Schon draußen», antwortete jemand. «Alle sind schon draußen.»
«Hol den Fischer», sagte der Mann mit der barschen Stimme. «Und paß mir auf diesen Burschen hier auf.»
«Na los», drängte ein anderer, «gehen wir!»
«Aber ich hab' doch nichts getan!» protestierte Noel. Die Glastüre wurde zugeschlagen und er an den Händen zurückgezerrt, dann so heftig in eine andere Richtung gestoßen, daß er beinahe hinfiel. Als er sein Gleichgewicht wieder gefunden hatte, knallte eine Tür in nächster Nähe zu. Vor sich konnte er ein winziges vergittertes Fensterchen sehen.
«Aber ich hab' ja gar nichts getan. Ich bin rein zufällig vorbeigefahren und habe beobachtet, wie es passierte, und bin hineingegangen, um ihm zu helfen.»
«Natürlich, Freundchen», antwortete eine flache, ältliche Stimme von der anderen Seite des vergitterten Fensters. «Nie was davon gehört, daß die Hochstraße gesperrt ist?»
«Ich war auf dem Fahrrad. Ich radelte. Es steht jetzt rechts vor dem Lagerhaus», schrie er, aber er konnte nur noch die verhallenden Schritte des Mannes hören, und einen Augenblick später ein anderes Geräusch: eine Tür, die ins Schloß fiel. Er war allein.
Er tappte in der trüben Dunkelheit auf und ab. Dies mußte eine Zelle sein. Nicht sehr groß. Dumpf. Kalt. O Gott, eine perfekte Fallstudie über die Unklugheit, andern Menschen in Not helfen zu wollen! Kein Wunder, daß es niemand mehr tat.
Er fröstelte und mußte die Wand zu Hilfe nehmen, um die Kapuze hochzukriegen. Nun fühlte er sich etwas besser. Seine Augen hatten sich mittlerweile an die Dunkelheit gewöhnt, aber es gab nicht viel zu sehen, außer einer kahlen Zelle mit zwei Metallpritschen, die lang, aber kaum breit genug waren, um einen Mann aufzunehmen.
Das ist ja verrückt, sagte er sich. Verrückter, als zu sehen, wie jemand niedergestochen wird. Aber sie würden den Mann finden und zurückkommen, und sie würden ihn, Noel, freilassen. Sie würden einsehen, daß er nur versucht hatte, zu helfen, und ihn dann laufen lassen.
Nach einer scheinbar endlos langen Zeit hörte er Geräusche im Korridor. Sie kamen zurück. Gut. Jetzt würden sie ihn freilassen. Endlich. Er fror hier.
Die Zellentür öffnete sich klirrend, und mehrere Männer traten herein.

«Wird er wieder in Ordnung kommen?» fragte Noel.
«Da können Sie Gift drauf nehmen», sagte der Mann mit der barschen Stimme, und Noel fühlte, wie er hochgehoben und an die Wand geknallt wurde.
Sie hielten ihn dort fest, rüttelten ihn durch, schlugen mit Fäusten auf ihn ein. Fragen überstürzten sich, und er kriegte kaum Luft zum Antworten.
«Wer war mit Ihnen?» fragte die barsche Stimme.
«Niemand. Ich war allein.»
Er erhielt einen Faustschlag in die Magengrube. «Wer war mit Ihnen?»
«Ich fuhr auf meinem Rad vorbei. Ich war allein.»
«Laß mich die Fragen stellen», sagte jemand und schob sich vor den anderen Mann. «Ich war in Vietnam. Wir hatten unsere eigenen Methoden.» Mit einer Hand stieß er Noels Kopf gegen die Wand zurück, seine Augen funkelten dicht vor Noels Gesicht. «Ich stelle dir jetzt ein paar Fragen, und für jede falsche Antwort knalle ich deinen Schädel an die Wand. Verstanden?»
«Nicht, bitte. Ich war allein. Ich versuchte ihm zu helfen», bettelte Noel. «Ich bin vorbeigefahren und habe gesehen, wie sie ihn angriffen . . .»
«Woher wußtest du, wer er war?»
«Ich wußte es nicht. Ich weiß es nicht.»
«He», sagte ein anderer, «laß mich mal ran. Ich kriege es schon aus ihm heraus.»
Noel fühlte einen neuen harten Schlag gegen die Rippen.
«Laß mich mal», sagte eine weitere Stimme. Wieder wurde er geschlagen, diesmal tiefer unten.
Sie drängten sich um ihn herum, stießen ihn und schlugen auf ihn ein, wobei sie laufend den Platz wechselten, um besser an ihn heranzukommen. Sie wollten ihn töten. Hier in dieser eisigen Zelle.
«Nein! *Ich* frage ihn aus!» Die Stimme kam aus dem Hintergrund. Sofort hörten alle auf.
«Der Fischer», murmelte jemand. Alle rückten von Noel ab.
«Richtig», sagte die neue Stimme. Sie war gebieterisch, mit einem leichten Akzent. «Nun, wie wär's, wenn ihr mir erzähltet, was mit diesem ganzen Klamauk im Dunkeln ist?»
«Sie haben Kansas erwischt», sagte jemand.
«Was ist passiert?» fragte der Mann, den sie Fischer nannten.
«Sieht ganz so aus, als ob ein Dutzend Freaks auf 'nem Methedrintrip ihn mit 'ner Kiste Glasscherben bearbeitet haben.»

«Schlimm?»
«Tot.»
«Zwei!» stieß Noel hervor. «Es waren zwei. Ich hab's gesehen.»
«Und du bist einer von ihnen», sagte ein Mann und verpaßte ihm einen Boxhieb in die Seite.
«Wer ist das?» wollte der Fischer wissen.
«Er kam hierher, um rumzuschnüffeln. Behauptet, Kansas habe ihn geschickt.»
«Laßt ihn in Ruhe. Knipst ein paar Lichter an. Was soll denn das hier sein – eine mittelalterliche Folterkammer? Los, zurück auf eure Posten. Ihr alle. Hinaus mit euch.»
Noel fühlte, wie er an die Wand hoch gedrückt wurde.
«Schlagen Sie mich nicht», flehte er, «ich habe nichts getan.»
Ein Licht ging in der Zelle an und blendete Noel einen Augenblick.
«Raus mit euch, hab' ich gesagt», wiederholte der Fischer. «Alle. Mack, bleib an der Tür. Ich möchte mit ihm sprechen.»
Noel zitterte am ganzen Körper, übel mitgenommen vom brutalen Angriff. Der Mann, der in der Zelle zurückgeblieben war, faßte ihn sanft bei den Schultern und setzte ihn auf die Metallpritsche.
«Ich hab' nichts getan», beteuerte Noel. «Ich hab' nur versucht, ihm zu helfen. Warum haben sie mich geschlagen?»
«Weil sie wütend sind, daß einer ihrer Freunde tot ist. Sie waren der einzige, an dem sie ihre Wut auslassen konnten.»
«Aber ich versuchte doch nur, ihm zu helfen.»
«Entspannen Sie sich ein Weilchen», sagte der Mann. Dann: «Ist Ihnen kalt?»
«Ja.»
«Mack, hol' eine Decke.»
Eine Decke wurde hereingebracht. Der Fischer wickelte sie um Noels Schultern und setzte sich dann auf die gegenüberliegende Metallpritsche.
«Erst entspannen Sie sich ein wenig, junger Mann, dann erzählen Sie mir, wie Sie hierhergekommen sind.»
«Er sagte mir, ich solle gegenüber Hilfe holen», erklärte ihm Noel.
«Verstehe», sagte der Mann, klang aber wenig überzeugt. «Fahren Sie fort!»
«Ich glaubte, dieses Gebäude sei geschlossen», sagte Noel.
«Stimmt auch. Erzählen Sie mir alles.»
«Ich fuhr mit meinem Rennrad über die Hochstraße», begann

Noel. Jetzt, da er nicht mehr fror, kam sein Selbstvertrauen zurück.
Während er sprach, musterte er den Mann, den sie Fischer genannt hatten. Er war fünfundfünfzig bis sechzig Jahre alt. Von mittlerer Statur, schien kräftig, obschon man wegen des dicken Kammgarnmantels, den er trug, und der dicken Wollhose, die in Gummistiefel hineingestopft war, kaum feststellen konnte, wie schwer, wie kräftig er wirklich war. Er war barhäuptig und hatte dünnes, braunes, noch nirgends ergrautes Haar, das rund um den Kopf zerzaust war, als habe er einen Hut getragen und ihn abgenommen. Ein viereckiges, glattrasiertes Gesicht, mit etwas dicken Lippen, massigen Wangen, leicht geröteter Haut – als käme dies vom Trinken –, großer, fleischiger Adlernase. Die hohe Stirn war fast quadratisch, die Brauen dicht und buschig. Nur seine Augen waren von einem weichen Rehbraun und verrieten die Sanftheit, mit der er Noel eben behandelt hatte. Ein ganz und gar gebieterischer Mann: der Boß. Noel vertraute ihm, soweit er in dieser absurden Situation jemandem vertrauen konnte. Er würde Noel keine Schmerzen zufügen, noch zulassen, daß man ihm etwas antat.
«Ist das alles, was er sagte – Sie sollten hierherkommen?» fragte der Fischer, als Noel fertig erzählt hatte.
«Er konnte nur mühsam nach Luft ringen», sagte Noel. «Seine Stimme war ganz heiser. Vermutlich konnte er nichts mehr herausbringen. So drückte er meine Hand, und ich fragte, ob er direkt gegenüber in der West Street meinte, und er rang sich ein Ja ab. Das ist der einzige Grund, weshalb ich hierherkam – weil ich ihm versprochen hatte, ich würde zur Polizeiwache gehen.»
«Klingt plausibel. Sonst nichts? Hat er sonst nichts gesagt? Keine Namen genannt?»
«Nein. Keine Namen. Aber als sie auf ihn einstachen, beschwor er natürlich seine Angreifer, aufzuhören. Als ich ihn fand, muß er geglaubt haben, daß ich einer von ihnen war, der zurückkam. Da sagte er, er habe es nicht gewollt.»
«Er habe es nicht gewollt?»
«Genau das.» Noel hörte plötzlich wieder das scharfe Keuchen, sah den Mann in seiner blutigen Gesichtslosigkeit. Der Mann vor ihm, der «Fischer», erweckte Vertrauen, und Noel platzte plötzlich heraus: «Vielleicht ist es doch besser, daß er gestorben ist.»
«Warum?» Eine Drohung lag in diesem Wort, zum erstenmal spürte Noel etwas Feindseliges an dem Fragesteller.

«Ich meine nur, er war so schrecklich zugerichtet. Sein Gesicht war... Ich glaube nicht, daß ich es je vergessen kann. Wie hätte er ausgesehen, wenn er am Leben geblieben wäre?»
Der Fischer starrte finster auf den Boden.
«Glauben Sie, daß sie ihm die Lungen zerstachen?» fragte Noel neugierig. «Kann das der Grund gewesen sein, weshalb er so schrecklich keuchte?»
«Ziemlich sicher. War ihm die Kehle durchgeschnitten?»
«Das weiß ich nicht. Ich sah nur Blut, von oben an seiner Stirn bis zu den Füßen. Sie hatten überall mit dem Messer auf ihn eingehackt. Überall. Sie wollten gar nicht aufhören damit», setzte Noel hinzu und sah vor sich wieder jene tödlich spitzen Schatten an der Wand.
Jemand klopfte an die Zellentür, und der Fischer hieß ihn eintreten. Es war ein großer, noch ziemlich junger Mann mit einem dichten Bart, in Jeans und einem waldgrünen Anorak.
«Wir haben dies bei Kansas gefunden», sagte er mit derselben barschen Stimme des Mannes, der Noel so grausam verhört hatte. Im Dunkeln hatte er viel älter ausgesehen.
Er händigte Noels Taschenlampe dem Fischer aus.
«Sie war in die Wand geklemmt», berichtete der Mann, ohne Noel zu beachten. «Gerade etwas über Augenhöhe.»
«Ich habe sie dorthin gehängt, um besser sehen zu können», erklärte Noel. «Er lag hinter einigen Türen. Ich brauchte beide Hände, um sie aus dem Weg zu räumen.»
«Habt ihr irgendwelche Türen gesehen?» wollte der Fischer wissen.
«Drei. Sie lagen auf dem Fußboden. Das Licht war aus, als wir hinkamen. Aber nicht ausgebrannt.»
«Ich hatte es abgeschaltet», sagte Noel. «Ich konnte den Anblick des Mannes nicht ertragen, während ich mit ihm sprach. Mir wurde übel davon.»
«Tja», sagte der jüngere Mann, «entweder das, oder Sie haben sie ausgeknipst, nachdem Sie sicher waren, daß er hin war.»
«Er lebte noch, als ich den Raum verließ!»
«Das genügt», sagte der Fischer. «Geh zurück und durchsuch den Ort nochmals. Alles. Ich will Antworten haben.» Der junge Mann wandte sich um, starrte Noel an, dann ging er hinaus.
«Übrigens», hielt der Fischer ihn im letzten Moment zurück, «hast du dort ein Fahrrad gesehen?»
«Ein Rennrad», warf Noel ein. «Ein Atala Grand Prix.»
«Das steht dort.»

«Bring es rüber», sagte der Fischer. «Los, geh jetzt, kremple das ganze Gebäude noch mal um.»
Als der Mann gegangen war, wandte der Fischer sich an Noel. «Was haben Sie oben auf dem Highway gemacht?»
«Ich fahre dort jeden Morgen. Training.»
«Warum so früh?»
«Ich habe früh Kurse. Manchmal um neun, heute um acht.»
«Wo?»
«Universität New York, Campus am Washington Square. Ich unterrichte Soziologie. Soziale Veränderungen in Aktion. Probleme der Innenstädte. Ein Kurs über grundlegende Strafrechtslehre.»
«Sie fuhren also vorbei, wie gewöhnlich, und hörten einen Schrei?»
«Und sah Licht.»
«Ich dachte, Sie sagten vorhin, die Taschenlampe gehöre Ihnen.»
«Das stimmt. Ich sah ein flackerndes Licht. Einer der Angreifer muß ein Feuerzeug oder so etwas in der Hand gehalten haben. Ich warf die Taschenlampe hinein, um die Männer zu vertreiben. Ich rief hinein, ich würde reinkommen, aber ich konnte nicht so weit springen.»
Der Fischer hörte ihm zu, stand dann auf und ging zur Zellentür.
Noel geriet in Panik; man würde ihn dort lassen oder die anderen Männer wieder hereinrufen. «Sie glauben mir doch, nicht wahr?»
«Warum sollte ich Ihnen nicht glauben», sagte der Mann, ohne aber seine Empörung zu verbergen. «Es ist immer die gleiche alte Geschichte.»
Er sprach leise zu jemandem vor der Zellentür, dann kam er zurück mit einem Notizblock und einem Kugelschreiber. «Schreiben Sie mir Ihren Namen auf, Ihre Adresse, Telefonnummer. Und wo Sie arbeiten.»
«Ich kann nicht. Meine Hände . . .» Noel drehte sich um, um seine Handschellen zu zeigen.
Der Schlüssel für die Handschellen wurde gefunden, und Noel schrieb die verlangten Auskünfte auf.
«Hier ist Ihre Taschenlampe, Mr. . . . Cummings, nicht wahr?» fragte er und las den Zettel.
«Ich wollte, ich hätte einen der Messerstecher getroffen, als ich die Lampe auf sie schleuderte. Vielleicht hätten sie ein oder

zwei Minuten weniger Zeit gehabt. Vielleicht wäre er dann am Leben geblieben, nicht?»
«Warum über etwas nachdenken, was hätte sein können?» Der Fischer führte Noel aus der Zelle, durch den Korridor und in den kleinen Vorraum außerhalb der Glastüre. Niemand war zu sehen. «Ich muß mich für die anderen entschuldigen. Manchmal sind sie wie wilde Tiere», sagte der Fischer, während er Noels Hand ergriff und sie schüttelte.
Noel blickte in die traurigen, braunen Augen des Mannes und sagte, er verstehe. Er war halbwegs aus der Tür, als ihm etwas einfiel. «Sollte man nicht die Polizei benachrichtigen?»
«Wir sind die Polizei», sagte der Fischer und schloß die Glastür mit einem Klicken.

2

Die Mitteilung vom Institutsleiter kam rascher, als Noel erwartet hatte. Sie lag augenfällig auf dem kleinen Ecktisch, der ihm als Briefkasten im Sekretariat des Soziologischen Instituts diente, als Noel am darauffolgenden Nachmittag zwischen zwei Kursen dort vorbeischaute.
«Sind Sie sicher, daß das für mich ist?» fragte er Alison, Boyles Sekretärin. Sie nahm ihre Eve-Arden-Brille ab und sah das Kuvert genau an, in dem die Mitteilung gekommen war.
«Habe sie selbst hineingesteckt.»
«Ist er jetzt frei?» fragte Noel.
«Es wird nicht mehr lange dauern. Nehmen Sie doch Platz.»
«Nein. Ich möchte lieber mit Ihnen flirten.»
«Sie meinen, Sie würden lieber versuchen, eine Auskunft aus mir herauszuholen», sagte sie. Eine große, schlanke, unbestimmbar blasse Blondine, die sich nicht ganz reizlos ihren Fünfzigern näherte. Alison hatte ein wirres und kapriziöses Aussehen, hinter dem sich ein wacher Geist verbarg. Sie wußte alles, was am Institut vor sich ging, vielleicht sogar an der ganzen Universität.
Noel ließ sich gemütlich auf den Rand ihres Schreibtischs nieder und beobachtete, wie sie sich wieder ihrer Schreibmaschine zuwandte.
«Sie müssen zugeben, daß diese Aufforderung ein wenig plötzlich kommt», sagte er. «Sie wissen ebenso gut wie ich, daß

Boyle und ich einmal im Semester miteinander sprechen. Das Gespräch ist stets dasselbe.»
«Diesmal wird es anders sein», erklärte sie, dann senkte sie ihre Stimme. «Haben Sie Schwierigkeiten?»
«Wie meinen Sie das?»
Sie sah sich kurz im Büro um, dann, nachdem sie sich vergewissert hatte, daß niemand zuhörte, sagte sie: «Weshalb hielt die Polizei Sie fest? Sie rief hier an, wissen Sie. Mit mir geredet. Bestanden darauf, mit *ihm* zu sprechen. Ich versuchte, sie davon abzuhalten ...» Sie zuckte die Achseln.
«Ist das alles?» fragte er mit übertriebener Erleichterung.
Eineinhalb Tage waren inzwischen verstrichen, aber noch immer hörte er dieses gequälte Keuchen, fühlte die Fäuste, die auf ihn einschlugen, und sah im Geist dieses grauenerregende, zur Unkenntlichkeit entstellte Gesicht. Aber statt deprimiert zu sein, war er guter Dinge. Er hatte gestern seine erste Unterrichtsstunde versäumt, aber war bei den anderen Klassen ganz bei der Sache gewesen, hatte Ideen aus dem Nichts geholt und in Assoziationen und logische Zusammenhänge gebracht, die ihn selbst überraschten und die Klasse einschüchterten. Die Hälfte der Studenten hatte sich noch lange nach der Pausenglocke um seinen Schreibtisch geschart, stellte Fragen und brachte Ideen vor.
Auch an diesem Morgen war alles gut gegangen, obschon er jetzt ruhiger geworden war. So erschreckend es auch gewesen war, es war *ihm* passiert. Das machte die Sache bemerkenswert, versetzte ihn in Hochstimmung. Jedenfalls hoch genug, um Alison zu necken.
«Versprechen Sie mir, kein Sterbenswörtchen zu flüstern?» sagte er und nahm seinerseits ihren Verschwörerton an.
«Ich weiß nicht, ob ich was hören will.»
«Ich handle mit Rauschgift. Meistens Kokain. Aber auch ein wenig Heroin. Die Bullen haben meine Wohnung durchsucht.» Er wartete darauf, die entsprechende verwirrt-entsetzte Reaktion in ihrem Gesicht zu lesen. «Zum Glück war die Wohnung sauber. In Wirklichkeit kein Glücksfall, ich hatte vorher einen Wink bekommen. Ich habe einen Ex-Fixer, der für mich läuft. Eigentlich ist er immer noch süchtig, wodurch ich ihn dazu bringe, für mich zu arbeiten und ...»
Boyles Bürotüre öffnete sich. Noel stockte mitten im Satz und sprang von Alisons Schreibtisch auf. Sie wandte sich wieder ihrer Schreibmaschine zu. Sie hörten Stimmen hinter der Tür,

den Institutsleiter ölig und glatt wie gewöhnlich, die aufgeregte Stimme des jungen Mannes, der als erster herauskam, Wilbur Boyles Hand schüttelnd. Noel hatte diesen Typ schon zuvor gesehen – zerzaustes Haar, Großmutter-Brille, eine Nummer zu enge Jeans, eine Manchesterjacke mit abgewetzten Lederflicken auf den Ellbogen – die Kleidung des graduierten Karrierestudenten.

Boyle bemerkte Noel. «Haben Sie meine Mitteilung erhalten, Mr. Cummings? Haben Sie einen Augenblick Zeit?»

Ohne auf eine Antwort zu warten, ging er in sein Büro zurück.

«Nun geht's los!» flüsterte Noel Alison zu und folgte Boyle.

«Sie müssen Noel Cummings sein», sagte der graduierte Student. «Sie haben diesen Artikel *contra* Wilson geschrieben.»

«Ich gebe es zu.»

«Ganz Chicago spricht darüber. Ehrlich. Wir finden es eine enorme Kritik.»

«Danke», sagte Noel und wäre gerne noch geblieben, um herauszufinden, was man in der Universität von Chigaco sonst noch sagte, aber Boyle gab ihm ein Zeichen.

«Netter Junge», sagte Wilbur Boyle, als sie allein waren. «Weiß über vieles Bescheid. Wird vielleicht nächstes Jahr in unseren Lehrkörper aufgenommen.»

Er forderte Noel auf, sich zu setzen, blieb aber selbst stehen und blickte hinauf zu den hohen Fenstern unter den vorspringenden Dachrinnen des alten Gebäudes.

«Als ich dieses Büro zum erstenmal in Besitz nahm, da dachte ich, wie wundervoll es hier sein würde, gleich im Herzen von Manhattan mit Blick auf den Park. Ein Dach mit einer Regenrinne, um die Sonne und den Schnee abzuhalten. Vogelgezwitscher. Jetzt sehe ich nur noch die Taubenscheiße!»

Noel setzte sich und warf automatisch einen Blick auf das Bücherregal. Er stellte fest, daß seit seinem letzten Besuch zu Semesterbeginn kein einziger Band herausgenommen worden war. Er hatte solche Prologe schon zuvor gehört. Sie führten immer zu einem langen, gewundenen Monolog über Enttäuschungen, Beschwerden und Probleme innerhalb des Instituts. Hörte man einen, kannte man alle. Aber diesen Redefluß zu unterbrechen, war ein Verstoß gegen die guten Sitten.

Noel benützte die Zeit, um die Antworten vorzubereiten, die er Boyle geben würde.

Der Institutsleiter kam ziemlich plötzlich zum springenden Punkt, indem er mitten in einer nichtssagenden Bemerkung ab-

brach und fragte: «Übrigens, worum handelte es sich bei alldem, gestern morgen?»
«Ich war Zeuge eines Mordes.»
Das gutaussehende, gepflegte Gesicht mittleren Alters erstarrte eine Sekunde lang, so als ob eine Gipsmaske einen leichten Hammerschlag bekommen hätte.
«Nein wirklich?»
«Ja. Ich glaube, das Opfer war ein Lockvogel der Polizei. Mehr konnte ich nicht herausfinden. Er war noch am Leben. Er schickte mich, um Hilfe zu holen. Kam zu spät für ihn. Die Polizei sagte, sie würden anrufen, um meine Geschichte nachzuprüfen. Sie begannen mich sogar zu verprügeln. Ihr Boß brachte sie schließlich zum Aufhören.»
«Nicht gerade eine feine Gesellschaft», meinte Boyle, ganz Mitgefühl und Interesse. «Was passierte?»
«Irgendwelche Männer hatten den Mann niedergestochen. In einer der leerstehenden Piers am Hudson.»
Boyle zuckte zusammen, schien aber fasziniert. «Und man hat Sie laufen lassen?»
«Hier bin ich.»
«Hätten Sie mir das doch gesagt», meinte Boyle, «dann hätten Sie nicht zum Unterricht kommen brauchen. Ich hätte jemand anderen gefunden. Oder die Stunde abgesagt.»
«Es machte mir nichts aus», versetzte Noel. Er amüsierte sich jetzt. «Ich dachte, Arbeit würde meine Gedanken davon ablenken. Es war scheußlich.»
«War es wohl!» Nach diesen Worten verwandelte sich Wilbur Boyle wieder in den sorglosen, redegewandten Universitätsbürokraten – sein Haar modisch lang, sorgfältig gekämmt, seine Kleidung peinlich korrekt, sein Ton der eines alternden Politikers. Vor zwanzig Jahren hatte Boyle mit einer Idee in einem Buch sich einen Namen gemacht. Seitdem hatte er außer seinem jetzigen Job nichts mehr vorzuweisen. Er hatte nichts unversucht gelassen, diesen und sich selbst ins rechte Licht zu rücken. «Was haben Sie dort getan? In jener Gegend, meine ich.»
«Ich fahre jeden Morgen, vor dem Unterricht, mit dem Rad vorbei.»
«Tönt nach gutem Training.» Boyle schauderte. «Und das ist alles?»
«Was könnte ich sonst auf einem verlassenen Pier zu so früher Stunde tun?»

«Dann sind Sie also nicht derjenige», sagte Boyle und seufzte vor offensichtlicher Enttäuschung.
«Welcher derjenige?»
«Mir erzählt ja niemand, was im Institut läuft. Aber ich hatte ein interessantes Gerücht gehört, einer unserer Kollegen sei kürzlich zu ausgefallener Stunde in dieser Gegend gesehen worden. Um Material zu sammeln. Sie wissen natürlich, daß dieser Bezirk eine Hochburg von Homosexuellenbars, Klubs, von Tummelplätzen verschiedenster Art ist? Ich war überzeugt, daß ich schon bald einen Vorschlag für eine bahnbrechende Studie über dieses Milieu, von innen gesehen, lesen würde. Es ist notwendig. Es klang gut. Sehr gut sogar. Ich hatte gehofft, daß Sie der Betreffende wären, Noel.»
«Ich?» Noel war Boyle mit Interesse gefolgt. Weder hatte er ein solches Gerücht gehört, noch etwas über den Ruf dieses Bezirks gewußt. Boyles letzte Worte verblüfften ihn.
«Vergebliche Hoffnung, wie ich sehe», sagte Boyle und kräuselte die Oberlippe. «Korrigieren Sie mich, wenn ich mich irre, aber Sie schulden der Abteilung eine Arbeit, habe ich recht?»
«Ich denke ja.»
«So war es also nicht völlig abwegig von mir, daß ich der Überzeugung war, dies würde das langerwartete Werk sein?»
«Aber wir haben doch immer meine Pläne vorher diskutiert.»
«Ich weiß. Ich weiß. Mit welchem Ergebnis? Was war der allerletzte? Ach ja, etwas über den Einfluß eines Rehabilitationszentrums für Drogensüchtige, das plötzlich in einem Mittelstandsquartier eröffnet wurde. Was ist daraus geworden?»
«Die Verbrechensrate stieg in vier Monaten um fünfhundert Prozent. Einen Monat später wurde das Zentrum geschlossen und nach Harlem verlegt. Es war nichts.»
«Vielleicht wäre etwas daraus geworden, wenn Sie sich dazu entschlossen hätten, darüber zu schreiben.»
«Als Buch?»
«Unsere Reihe ‹Aktuelle Ideen› braucht solche Bücher. Deshalb habe ich sie ja begonnen. Oder haben Sie's vergessen?»
Wie konnte jemand Boyles Lieblingsprojekt vergessen? Noel wurde jede Woche auf die eine oder andere Art daran erinnert. Boyle versuchte, damit die andern Buchreihen des Universitätsverlags auszustechen: Es war bei ihm zur Besessenheit geworden.
«Würden Sie wirklich so etwas herausgeben?» fragte Noel in der Hoffnung, Boyle auf dessen Lieblingsthema abzulenken?

«Was? Das Rehab-Zentrum? Oder den Mord?»
«Nein. Daran habe ich nicht gedacht.»
«Vielleicht sollten Sie mal, Noel. Nein, unterbrechen Sie mich nicht. Sie wissen so gut wie ich, daß die Sozialwissenschaften darauf beruhen, an Ort und Stelle zu sein, etwas zu erleben und darüber zu berichten. Alle großen Ideen auf unserem Gebiet stammen von Untersuchungen einer Gesellschaftsschicht *von innen heraus.* Schauen Sie Mirella Trent an. Sie hat drei Monate als Wärterin in einem Frauengefängnis für ihr Buch gearbeitet. Und es hat sich als das beste erwiesen, das in unserer Reihe erschienen ist. Wir brauchen mehr von solchem Format. Nicht mehr Kritiken der Ideen von jemand anderem in irgendeiner Universitätszeitschrift.»
Wann hatte Boyle zum letztenmal etwas an Ort und Stelle untersucht? fragte sich Noel ärgerlich. Außer es handelte sich um Cocktailpartys bei den oberen Zehntausend. Er ärgerte sich noch mehr darüber, daß der Institutsleiter Mirellas Buch zur Richtschnur für andere erklärte. Jedermann wußte, was für ein sensationslüsternes, aufbauschendes feministisches Traktat das gewesen war: ein Bestseller, der die Verlagsreihe «Aktuelle Ideen» aus den roten Zahlen geholt hatte. Ganz zu schweigen vom endgültigen Schlag, den er Noels und Mirellas unergiebiger zweijähriger Beziehung versetzt hatte. Boyle mußte auch das sehr wohl wissen.
«Darf ich Sie daran erinnern», fuhr Boyle jetzt fort, «daß ich große Hoffnungen in Sie setzte, als ich Sie bei uns aufnahm. Ich weiß, Sie bewähren sich sehr im Unterricht. Die Studenten streiten sich um die Plätze bei Ihren Vorlesungen. Aber ich kann nicht länger garantieren, daß dies ausreichen wird, um Ihnen Ihre feste Wahl zu sichern.»
Da war sie – die Drohung. Noel hatte sie erwartet.
«Sie haben diesen jungen Mann gesehen, der zuvor aus meinem Büro kam. Er ist bereits Mitverfasser eines Buches. Er ist gescheit und wißbegierig. Warum sollte er nicht hier arbeiten?»
«Sie haben Ihren Standpunkt erklärt», sagte Noel und stand auf.
«Sie müssen meine Lage verstehen, Noel. Ich muß einem Dekan, einem Aufsichtsrat Rede und Antwort stehen. Ich werde von allen Seiten angegriffen.»
«Ich weiß.» Er hatte es schließlich von Boyle schon so oft zu hören bekommen. Aber er machte sich nichts daraus. Er wollte nur so schnell wie möglich aus diesem Büro herauskommen.

«Und Sie wissen, wie ich es hasse, Druck auszuüben. Es ist nicht mein Stil.»
Natürlich nicht, dachte Noel. Paßt nicht zu Ihren spiegelblank geputzten Schuhen oder zur Viertausend-Dollar-Gesichtsstraffung.
«Lassen Sie mich nicht bei Semesterschluß mit leeren Händen in die Sitzung des Aufsichtsrats gehen, Noel. Geben Sie mir etwas zum Vorzeigen, damit ich Sie behalten kann.»
«Werde ich tun», log Noel – alles, nur um aus dem Büro herauszukommen.
Boyle schien überrascht, ja erfreut. «Gut. Sie müssen wissen, wie sehr ich diese administrativen Pflichten verabscheue», sagte er, plötzlich gelassen und wieder freundlich. «Warum zeigen Sie mir nicht bald etwas Konkretes? Wir treffen uns mal zum Mittagessen. Wäre nett, nicht?»
«Ich lasse Sie nicht im Stich», beteuerte Noel an der Tür. Er mußte sich zwingen, die pummelige, glatte Hand zu schütteln.
«Scheiße!» sagte er, als Boyles Türe sich geschlossen hatte. «Scheiße!»

3

Er war in düsterer Stimmung, als er die U-Bahn im oberen Stadtteil verließ und sich auf den Weg zur Wohnung machte, die er an der Madison Avenue gemietet hatte, nachdem Monica gestorben war und die fünf Zimmer am Riverside Drive so groß und leer geschienen hatten. Die neue Wohnung paßte ihm. Es war ein ziemlich großes Studio mit einer winzigen Küche und Bad, auf der einen Seite und einer Schlafkoje über einer kleinen Arbeitsecke. Die Decke war drei Meter sechzig hoch! Es gab einen funktionierenden offenen Kamin, lange Wände mit eingebauten Schränken und Bücherregalen. Von sieben Uhr morgens bis Mittag herrschte draußen Verkehrslärm, Beladen und Entladen, aber am Nachmittag war die Umgebung ruhig, und in den meisten Nächten herrschte ländliche Stille.
Noel war in die Wohnung eingetreten und hatte seine Bücher abgestellt, als das Telefon läutete.
«Noel? Bist du's? Die Verbindung ist schlecht. Soll ich später zurückrufen?»
«Mrs. Sherman? Hier ist sie ganz in Ordnung.»

«Nun, ich denke, du wirst mich verstehen», sagte sie, ihre nasale Stimme war unverkennbar. «Ich wollte mich nur erkundigen, ob du dieses Wochenende zu uns kommst?»
Im gleichen Augenblick, da sie das sagte – halb bittend, halb erinnernd –, stand es Noel wieder deutlich vor Augen: Heute war der dritte März. In zwei Tagen wäre Monica achtundzwanzig geworden. Sie hatten an Monicas Geburtstag immer ihre Eltern besucht, und nachdem sie tot war, hatten die Shermans darauf bestanden, daß Noel die Tradition fortsetzte. Wie sehr sie ihre Tochter geliebt hatten! Wie gut sie zu ihm gewesen waren, nachdem das Unglück sich ereignet hatte, wie sie nie auch nur die Andeutung eines Vorwurfs erhoben hatten, daß er ihre einzige, ihre wundervolle Tochter nicht vor dem Ertrinken gerettet hatte. Natürlich hatten sie Noel schon von klein auf gekannt, für ihn gehörten sie beinahe zur Familie. Und gewöhnlich freute Noel sich, sie zu sehen.
«Ich weiß, es ist eine lange Reise, jetzt, da wir so viel weiter weg wohnen», entschuldigte sich Mrs. Sherman.
«Kein Problem.» Nach Brewster waren es nur eineinhalb Stunden mit dem Zug, eine reizvolle Fahrt längs des Hudson. Noel genoß es, bei kaltem Wetter draußen auf dem offenen Land zu sein. Er haßte die Stadt im Winter.
Mrs. Sherman hatte sich mit Fahrplänen ausgerüstet, und sie vereinbarten, sich um elf Uhr am Samstagmorgen zu treffen.
«Peter freut sich so sehr, dich zu sehen», sagte sie. «Er wollte sich vergewissern und fragte, ob du kommen würdest. Wir sehen dich ja kaum mehr.»
«Ich komme bestimmt», sagte Noel. Aber in dem Augenblick, da er den Hörer auflegte, wußte er, daß er es in diesem Jahr nur aus Pflichtgefühl tun würde. Etwas stimmte nicht. Er konnte nicht mit dem Finger darauf zeigen, aber das Gefühl ließ sich nicht verscheuchen, etwas nagte an ihm, nicht die übliche Fülle von Erinnerungen, sondern etwas anderes, Verschiedenartiges.
Er legte eine Platte auf, eine von Monicas Lieblingsplatten – das letzte Beatles-Album –, und versuchte, sich an sie zu erinnern. Nichts geschah.
Er ging zum Wandschrank, zog eine Schachtel mit Fotoalben heraus, die sie im Laufe der Zeit gesammelt hatten, und öffnete sie aufs Geratewohl. Die Bilder waren vor etwa acht Jahren aufgenommen worden. Sie waren damals beide noch im College und wohnten zusammen, unweit vom Campus, in einem kleinen Kellergeschoß. Monica hatte in jenem Jahr versucht,

eine hellere Blondine zu sein, ihr Haar platinblond gefärbt und ganz kurz geschnitten. Wie gewöhnlich war es ihr gelungen. Sie hatte wie ein goldfarbener Apportierhund ausgesehen, geschmeidig, glatt, sonnengebräunt, mit langen Beinen.

Von diesem Album war es leicht, zu den anderen überzugehen. Noel saß in dem Schaukelstuhl mit geschwungener Rückenlehne, den er und Monica eines Morgens nach einer Party, die die ganze Nacht über gedauert hatte, vom Fleck weg kauften, und ging ein Fotoalbum nach dem andern durch: ein Dutzend davon, angefangen, als sie noch Kinder waren und Tür an Tür nebeneinander in Mamaroneck wohnten. Viele Bilder stammten aus frühen Jugendjahren, sie immer ein paar Zentimeter größer, immer ein wenig reifer – wie auf diesen Schnappschüssen von ihnen vor dem Haus der Shermans am See in Connecticut, auf denen Monica einen richtiggehend anstarrte, während Noel die Augen zusammenkniff – ein schmächtiger, lockenköpfiger Junge von dreizehn. Das nächste Album zeigte ihn in der Junior High School, als er Monica schließlich an Größe und Gewicht überflügelte und Monica in ihrer lieblichen Schönheit strahlte, unbezähmbar in der Gewißheit, das beliebteste Mädchen der Schule zu sein, so daß man den ernsten, ein wenig linkischen jungen Mann, der wie immer neben ihr auftauchte, beinahe übersehen konnte – Noel, den obligatorischen Begleiter. Monica war immer die Hauptattraktion und sah mit siebzehn in ihrem ersten Bikini verführerisch aus (Noel neben sich, wie er ein Brett zum Wellenreiten in Händen hält). Oder bezaubernd in einem engen Cocktailkleid, mit einer Perlenschnur und Perlenohrringen, die er (in weißem Jackett und schwarzer Schleife und mit einer schottischen Tartanschärpe) ihr zu ihrem zwanzigsten Geburtstag geschenkt hatte. Oder frisch und heiter in ihrem kurzen weißen Cheerleader-Rock mit enger Taille, ihr Haar lang und von der Sonne gebleicht (Noel halb im Schatten, mit Basketball-Shorts und einem Unterhemd mit der Aufschrift der Baseballklasse jenes Jahrgangs). Monica lächelnd, in jeder erdenklichen Pose und Aufmachung, und neben ihr immer Noel.

So sollte es aussehen, wenn Fotografie die Wahrheit vermittelte. Für Noel war es immer Monica. Wenn auch nicht vom ersten Tag an, da sie in den Fahrweg seiner Eltern trat, wo er eben einen Reifendefekt an seinem Fahrrad behob, und sich als die neue Nachbarin vorstellte, so doch schon einen Monat oder zwei danach. Immer war sie die Erste, in der High School und

im College, bei der Arbeit und in der Ehe, bis zu jenem Nachmittag am See.
Er brauchte diese letzten Aufnahmen, am Tag ihres Todes gemacht, gar nicht erst anzusehen. Er erinnerte sich nur allzu gut an diesen Tag, selbst nach drei Jahren: Wie viele Margaritas er sich aus der Thermosflasche eingeschenkt hatte. Wie sie ihn aufweckte, nachdem er erklärt hatte, er sei betrunken und schläfrig. Wie sie sich in dem kleinen Skiff geliebt hatten, im schlammigen Wasser am Bootsboden. Wie ihre Glieder davon schlüpfrig wurden. Der sanfte Wellenschlag, die Sonne, die auf dem See schimmerte. Ihr Herumspritzen danach, als sie ins Wasser getaucht war. Wie sie ihn hänselte, weil er nicht nachkam. Wie sie wegschwamm und er ein Nickerchen machte. Dann die undeutlichen Schreie, sein langsames Erwachen, und der plötzliche deutliche Anblick ihres Armes und ihrer Hand direkt aus dem Wasser. Wie sie nach Luft rang. Sein eiskalter Schrecken in dem Augenblick, als er hellwach wurde und ins Wasser sprang. Wie er hastig ihre gekrümmte Gestalt, die langsam nach unten sackte, ergriffen hatte. Wie er sie hochgezogen und auf den Bauch in das Boot gelegt hatte, um ihren Lungen Luft zuzupumpen. Wie er glaubte, es sei ihm gelungen, den Motor anstellte und zum Landungssteg zurückraste, wie er dabei betete, mit starrem Gesicht, ihr regloser Körper neben ihm. Wie er später dem Arzt zuhörte. Wie die Ortsansässigen die Achseln zuckten, und wie er erfuhr, daß Krämpfe nach dem Geschlechtsverkehr häufig seien und immer wieder vorkämen. Und wie er in dieser Nacht in der winzigen, eiskalten Hütte neben Monicas Leiche hockte und es ihm langsam dämmerte, daß nach achtzehn Jahren, seit er sie kannte, mit ihr zusammen war und nur für sie lebte, sich nun alles geändert hatte.
Im Laufe der Jahre hob sich für Noel nur jener Tag deutlich ab – die Erinnerung an die anderen war verschwommen, selbst anhand der Fotoalben. Der Tag, an dem er sie nicht hatte retten können. Wenn er sich daran erinnerte, folgte für ihn immer eine seelische Reinigung. Nachdem das Ritual beendet war, wurden die Schallplatten und die Fotoalben in der hinteren Ecke des Wandschranks verstaut – und das Gespenst wieder an den alten Platz gestellt.
So auch an diesem frühen Abend. Erleichtert machte er sich an zwei Dutzend improvisierte Sitzübungen, wobei er mit seinen Zehen an der Querstange des Küchentischs einhakte. Er ließ weitere Übungen folgen, duschte sich, aß sein Abendbrot, stu-

dierte, schaute ein paar Stunden lang in den Fernseher und ging frühzeitig schlafen.
Als er im Bett lag, fühlte er sich erschöpft. Irgendwie schien Monica weiter weg als je zuvor: Jetzt lagen die Schule, seine Karriere, Boyles Ultimatum wie ein Schatten auf ihrem Bild. Bevor er einschlief, sah Noel kurz den blutüberströmten Mann ohne Gesicht.

4

«*Jemand erwartet Sie*», sagte der alte Gerdes, der Portier.
Noel hob sein Atala über die Schwelle und schob es in den Lagerraum neben den Briefkästen.
«Nun», fragte er, als er das Rad weggeschlossen hatte, «wo ist er?»
«Ich habe ihn hereingelassen.»
«In meine Wohnung?»
«Er sagte, er sei Ihr Onkel.»
«Mein Onkel? Welcher Onkel?» wollte Noel wissen und drückte auf den Aufzugknopf.
«Weiß es nicht. Er sagte, er sei müde. Wissen Sie, nicht alle alten Männer sind wie ich den ganzen Tag auf den Beinen.»
Auf dem Stockwerkanzeiger über dem Aufzug leuchtete die Zahl fünf auf.
«Warum konnte er sich nicht hier hinsetzen?»
«Er sagte, er sei Ihr Onkel.»
Der Aufzug kam langsam herunter. Bei drei stoppte er. Wahrscheinlich hielt Mrs. Davies die Tür offen, um ihre Menagerie hereinzulassen.
«Wann sind Sie jemals einem Onkel von mir begegnet? Was denken Sie sich dabei, einen Fremden in meine Wohnung zu lassen! Wenn irgend etwas fehlt . . .» er hielt den Rest der Drohung zurück, da der Aufzug mit einem dumpfen Schlag heruntergekommen war und tatsächlich Mrs. Davies und ein halbes Dutzend Hunde in den verschiedensten Größen und Farben in einem hastigen Durcheinander von Fellen und Gebell herausstürmten, während ihre ältliche Besitzerin sich im Kreise drehte und versuchte, alle Leinen festzuhalten.
Wie konnte Gerdes nur so etwas tun? fragte sich Noel, während er hinauffuhr. War sein Onkel Al gekommen, um ihn zu besu-

chen? Warum hatte Tante Antonia nicht vorher angerufen? Gab es Schwierigkeiten in der Familie?
Seine Wohnungstür war leicht angelehnt. Radiomusik drang heraus in die Vorhalle: Mozart. Noel blieb stehen, holte tief Atem und öffnete langsam die Tür.
Erst als sie ganz offen war, sah er den Mann in dem Schaukelstuhl sitzen, in das morgendliche Sonnenlicht getaucht. Zuerst erkannte Noel ihn nicht. Als er es einen Augenblick später tat, geschah es mit einem plötzlichen Anflug von Furcht. Er war es, der Boß jener Männer im leerstehenden Bundesgefängnis, der Mann, den sie den «Fischer» genannt hatten.
«Herein! Herein!» sagte der Mann gutgelaunt. Auf Noels verwirrten, erschreckten Blick erhob sich der Fischer aus dem Schaukelstuhl und kam ihm entgegen. «Ich wußte nicht, wann Sie zurück sein würden, daher fragte ich den Hausmeister . . .»
«Ich weiß.» Was wollte er?
«Sie scheinen nicht allzu erfreut zu sein, mich zu sehen.»
«Ich hoffte, ich würde Sie nie wiedersehen. Ich habe versucht, jenen Morgen zu vergessen.» Noel schloß die Tür und fragte sich, ob noch jemand in der Wohnung war. Die Badezimmertür stand offen, in der Küche konnte sich niemand verbergen. In den Wandschränken?
«Ich kann das verstehen. Haben Sie ein Haustier?»
«Ein Haustier?»
«Weil Sie sich dauernd umsehen, als ob . . .» Der Fischer unterbrach sich mit einem Lachen. «Ich bin allein. Keine Angst. Haben Sie übrigens schon gefrühstückt?»
Noel war an diesem Sonntagmorgen mit dem Rad gefahren und hatte das frische, beinahe frühlingshafte Märzwetter genossen. Diesmal hatte er seine Route zu Ende gefahren – seit jener Morgendämmerung nun allerdings auf der East Street; dann war er durch den Central Park geradelt, und hatte davon profitiert, daß die gewundenen Straßen am Wochenende für den Fahrzeugverkehr gesperrt waren. Den ganzen Rückweg hatte er an seinen knurrenden Magen gedacht.
«Na, falls nicht», fuhr der Fischer fort, «habe ich Ihnen ein paar Sachen mitgebracht. Mögen Sie Delikatessen?»
Er öffnete eine weiße Papiertüte, die er auf dem Tisch gelassen hatte. Darin waren frische Bagels, pikanter Räucherlachs, einige kleinere eingewickelte Päckchen.
«Es gibt auch frisch gepreßten Orangensaft. Und Kaffee. Wird bei Zabar eigens für mich geröstet.»

Das Frühstück und seine Neugierde ließen Noel auftauen.
«Warum sagten Sie dem Hausmeister, Sie seien mein Onkel?»
«Was sollte ich ihm sonst sagen? Daß ich ein Polizeioffizier bin?»
Noel gab keine Antwort.
«Ist das die Küche?» fragte der Fischer und ging in den winzigen Raum. Er breitete die Essenspäckchen auf dem Tisch aus. «Wo ist Ihr Geschirr?»
«Ich hole es gleich», sagte Noel und zog seine Jacke aus.
«Ich habe auch die *Sunday Times* mitgebracht. Sie liegt dort drüben.» Er deutete auf den dicken Packen auf dem Lampentisch neben dem Schaukelstuhl. «Sie werden ein scharfes Messer brauchen, um diese Bagels auseinanderzuschneiden. Sie sind frisch. Sie zerfallen sonst. Setzen Sie etwas heißes Wasser auf. Ich habe auch Rahmkäse mit Schnittlauch mitgebracht. Mögen Sie?» Er wickelte die Päckchen aus.
Am kleinen Tisch konnten die beiden bequem sitzen. Noels anfängliche Panik hatte sich rasch gelegt, nicht aber seine Neugierde. Der Mann wollte vermutlich noch mehr Fragen stellen. Oder die gleichen wiederholen: allemal ein geringer Preis für das Frühstück und die *Times*.
«Ich bin aus einem bestimmten Grund hier», sagte der Fischer, nachdem sie sich gesetzt hatten.
«Ich hatte nicht geglaubt, daß Sie gekommen sind, um sich noch einmal wegen meiner Mißhandlung zu entschuldigen.»
«Sie sind ein intelligenter Mann, Mr. Cummings. Universitätsprofessor und so weiter.»
«Nicht ganz so gescheit. Ich habe immer noch nicht Ihren Namen verstanden.»
«Verzeihen Sie, Loomis», sagte er und streckte ihm die Hand hin, damit Noel sie über dem Tisch schütteln sollte. «Anton Loomis.»
«Anton Loomis, New Yorker Stadtpolizei. Ein Kriminalbeamter, habe ich recht? Von hohem Rang? In welchem Dezernat? Mord?»
«Ich war früher Hauptmann. Jetzt bekleide ich keinen Rang.»
«Doch nicht, weil Sie degradiert wurden. Sie arbeiten für eine Spezialgruppe, habe ich recht?»
«So ungefähr.»
«Das sind alle Fragen, die ich habe», sagte Noel und stand auf, um einen Bagel zu zerschneiden. «Wollen Sie auch einen?»
«Ich habe bereits Übergewicht, Mr. Cummings, ich bin hierher

gekommen, um Ihnen zu erzählen in was Sie an jenem Morgen hineingeraten sind.»
Noel glaubte ihm nicht ganz.
«Ich mache Ihnen keinen Vorwurf, daß Sie es vergessen wollen. Es war sehr unangenehm. Aber nicht die erste unangenehme Sache, mit der wir es zu tun hatten. Und nicht mal die schlimmste. Es hat eine ganze Reihe solcher Morde gegeben, die alle miteinander in Beziehung stehen. Wissen Sie, wer dieser Mann war, dem Sie zu helfen versuchten?»
«Einer Ihrer Leute nannte ihn Kansas.»
«Kansas. Ein verschlüsselter Name. Agent Nummer fünf. Polizeidetektiv. Sechsundzwanzig Jahre alt. Gerade befördert worden. Eine Frau. Ein Kind. Eine vielversprechende Karriere in der Abteilung.»
«Tut mir leid, das zu hören. Aber ist der Tod nicht ein Berufsrisiko bei Ihrer Arbeit?» Worauf wollte er genau hinaus?
«Stimmt, stimmt. Aber nicht in dieser Form – Augen ausgestochen, verblutet, abgeschlachtet in einem verrotteten Lagerhaus.»
«Ganz Ihrer Meinung», sagte Noel. «Ich war dort. Wissen Sie noch?»
«Ja, ich erinnere mich. Aber wie ich sagte, Mr. Cummings, er war nicht der erste meiner Detektive, der ermordet wurde. Etwa vor einem Monat hat man einen anderen, Gesicht nach unten in einem Schneehaufen gefunden, keine vier Häuserblocks entfernt. Seine Hände waren gefesselt, seine Kehle durchschnitten, sein Körper verstümmelt. Und es sind nicht nur Polizisten, die umgebracht werden.»
«Wollen Sie damit sagen, daß vermutlich eine Verbrechenswelle über die Stadt hereinbricht? Ich lese doch die Zeitungen, Mr. Loomis.»
«Dies ist kein allgemeines Überhandnehmen von Verbrechen. Hier handelt es sich um eine Gruppe oder einen einzelnen Mann. Wir wissen nicht, wer. Wir sind nicht einmal sicher warum. Aber wir haben eine ungefähre Ahnung.»
«Vielleicht handelt es sich um Ritualmorde», meinte Noel und erinnerte sich, was Boyle ihm erzählt hatte. «Treiben sich nicht Homosexuelle in dieser Gegend herum?»
«Genau. Sehen Sie, ich sagte ja, daß Sie ein intelligenter Kopf sind. Von unterhalb Christopher Street bis fast zur 30. Straße hinauf gibt es Dutzende solcher Bars und Klubs.»
«Nun, dann kommt der Täter wohl aus diesem Milieu. Ein Psy-

chopath, der Homosexuelle haßt und die Tarnung Ihrer Männer für echt hielt.»
«So sieht es aus», sagte Loomis. Dann, mit einem durchdringenden Blick: «Oder vielleicht sollen wir das glauben.»
«Sie glauben es nicht?»
«Erinnern Sie sich noch, Mr. Cummings, wie vor etwa eineinhalb Jahren ein Mann namens Robby Landau ermordet in seiner Wohnung aufgefunden wurde? Er war der Besitzer einer großen und beliebten Discothek. Er war voller Stichwunden, vielleicht hundert oder noch mehr. Seine Unterwäsche war zerfetzt, die Wohnung geplündert worden – die Einrichtung kaputtgeschlagen, Gemälde zerschnitten. Es schien das Werk der Sorte Mann zu sein, die Sie gerade geschildert haben.»
Dann fuhr Loomis fort: «Was die Zeitungen nicht erwähnten, war die Tatsache, daß Landau am nächsten Tag vor einem großen Geschworenengericht über den südamerikanischen Drogenhandel unter Eid aussagen sollte. Er hatte große Mengen Kokain gekauft. Hätte er sich nicht bereit erklärt, auszusagen, wäre er unter Anklage gestellt worden.
Während Sie das verdauen», meinte Loomis, «versuchen Sie, sich an einen ähnlichen Vorfall einige Monate später zu erinnern, in den Albert Wills, ein stadtbekannter, reicher Playboy-Typ verwickelt war. Außer daß Wills mit Knaben spielte, nicht mit Mädchen. Man fand ihn übel zugerichtet – erwürgt und erstochen: die gleiche Handschrift. Es wurde angenommen, daß er die zufällige Bekanntschaft eines rowdyhaften Strichjungen gemacht hatte und daß sie sich wegen des Geldes nicht einigen konnten. Abgesehen davon, daß in Landaus schriftlicher Aussage für das Gericht Wills als ein anderer großer Kokainkäufer erwähnt war. Auch Wills wurde unter Strafandrohung vorgeladen.
Zwei andere Männer wurden tot in ihren Appartements gefunden. Beide waren Komplizen von Landau. Keiner von ihnen wurde in dessen schriftlicher Aussage erwähnt oder war dem Geschworenengericht bekannt. Keine Drogen wurden gefunden. Aber die Art der Tötung war die gleiche. Nur daß der Killer nach etwas suchte und, da er es nicht fand, die Wohnung in Brand steckte. Ein geruchsempfindlicher Nachbar bemerkte den Rauch. Nur ein paar Aktenordner wurden verkohlt neben den Leichen gefunden. Einige der Papiere betrafen Landaus Klub. Schon bald nach seinem Tod verkauften Landaus Eltern die Discothek an eine Aktiengesellschaft aus Connecticut.

Andere Mitglieder von Landaus Klub erhielten Telefondrohungen. Andere Klubs, die sich auf Homosexuelle spezialisierten, wurden ständig von unbekannten Männern belästigt. Verschiedene Bars in dem West-Street-Bezirk erfuhren dieselbe Behandlung – die Besitzer wurden bedroht oder zusammengeschlagen. Manchmal verschwanden sie einfach.»
«Die Mafia?» fragte Noel.
«Vielleicht. Wahrscheinlich nicht. Das Verfahren weist auf klassische Syndikatsmethoden hin. Die Mafia hat es mehr oder weniger aufgegeben, sich auf Pfennigbetriebe wie Bars und Klubs zu konzentrieren. Die spielen jetzt an der Börse, sitzen in den Aufsichtsräten multinationaler Gesellschaften. Da ist mehr Geld zu holen. Die einzige Bar in der Gegend, die nach unserem Wissen Verbindungen zur Mafia pflegt, erfuhr die gleiche Behandlung. Ich kann mir nicht vorstellen, daß die ihren eigenen Leuten wehtun, nicht?
Nein», fuhr Loomis fort, «wer immer dahintersteckt, möchte uns glauben machen, daß es die Mafia oder daß es jemand Unorganisierter ist, ein Zufallstäter. Aber ich bin überzeugt, daß es ganz gerissen organisiert ist, von einem einzigen Mann – dem Mann, den wir Mr. X nennen. Den Geheimnisvollen. Der Detektiv, der an jenem Morgen umgebracht wurde, sollte sich mit Mr. X in Verbindung setzen. Offensichtlich wurde entdeckt, daß er ein Lockvogel war.»
Noel aß seinen zweiten Bagel, trank seine dritte Tasse Kaffee und hörte fasziniert zu. Loomis war wie aus einer TV-Krimiserie, die sich plötzlich in Wirklichkeit verwandelt hatte und nun in seiner Küche saß.
«Mr. X will alles, was die Mafia aufgegeben hat. Und mehr. Vielleicht Pornographie, ziemlich sicher den Knabenprostitutionsring, oben an der Zweiunddreißigsten Straße. Aber dies sind nur Kleinigkeiten, verglichen mit den wirklich einträglichen Unternehmungen – umfangreichem Drogenschmuggel, großangelegtem Diebstahl von den Schiffen, die an den geschlossenen Piers der West Side anlegen. Wir wissen nicht, was noch sonst. Aber der Betreffende scheint direkt vor unserer Nase ein kleines Reich aufzubauen. Und er ist nicht gerade sehr freundlich zu jemandem, der ihm seiner Meinung nach im Weg steht.
Wir haben noch immer nicht mal seinen Schatten gesehen. So oft wir glauben, der Sache auf die Spur zu kommen, wird ein anderer Klubbesitzer zusammengeschlagen oder umgebracht,

ein anderer Detektiv ermordet, eine andere Geschäftsübernahme perfekt. Wie von Zauberhand. Der Mann muß uns gegenüber einen sechsten Sinn haben. Ein sechster Sinn ist notwendig, weil nur diejenigen, die direkt beteiligt sind, und jetzt Sie, Mr. Cummings, überhaupt wissen, daß es ‹Whisper› gibt.»
«Whisper?»
«Das ist der Kodename für unsere Gruppe. Weil sie so geheimgehalten wird. Wir werden nicht einmal direkt finanziert, sondern mit Mitgliedern des US-Rauschgiftdezernats, der Staats- und Stadtpolizei besetzt. Unsere Gehälter werden von einem harmlosen städtischen Amt, das ich nicht nennen kann, übernommen.»
«Waren Sie deswegen im leerstehenden Bundesgefängnis?» fragte Noel, der immer noch versuchte, sich auf all dies einen Reim zu machen.
«Genau. Wir sind inzwischen wieder umgezogen. Ich darf nicht sagen, wohin. Seit fünfunddreißig Jahren habe ich mit Geheimorganisationen zu tun. Angefangen mit dem OSS, dem militärischen Geheimdienst, im Mittelmeer während des Zweiten Weltkriegs. Ich bin nie auf jemanden so schwer Greifbaren gestoßen. Wir haben überhaupt keine Anhaltspunkte. Seine Männer müssen Berufsverbrecher sein, seine Organisation ist klein genug, um mit Informationslecks und Verrätern fertigzuwerden, aber groß genug, um gegen drei unserer Männer gleichzeitig vorzugehen. Unsere Informanten berichten jeden Tag. An jenem Morgen hatten sie *nichts* zu berichten. Sie haben überhaupt nie was zu melden. Es ist zum Verzweifeln.
Inzwischen», sagte er, wobei er seine Stimme senkte, «nachdem ich seinen Schatten schon so lange verfolgt habe, ist es mir gelungen: wenigstens *etwas* über Mr. X zu erfahren.»
Loomis' letzte Worte riefen die Schatten ins Gedächtnis zurück, den niedergestochenen Kansas im abfallübersäten Raum. War es Mr. X, der das Taschenfeuerzeug gehalten hatte?
«Er ist auf Draht», sagte Loomis. «Alles andere als ein Arschloch von einem kleinen Gauner. Er besitzt diese Intuition gegenüber Polizisten: es ist mehr als Vorsicht. Mehr eine echte Paranoia. Und ich gebe zu, daß dies eine kühne Behauptung ist – aber ich bin bereit, sie zu untermauern – er ist selbst ein Homosexueller.»
Noel war Loomis' Argumenten bis zum Schluß gefolgt. «Aber waren nicht alle seine Opfer Homosexuelle?»
«Oder Lockvögel. Genau. Die geschäftlichen Unternehmungen

von Mr. X sind ausbeuterisch. Aber um eine bestimmte Gruppe auszubeuten, muß man wissen, *wie* die Betreffenden ausgebeutet werden können. Mr. X hat etwas von einem Magier: Er weiß, welche Bars und Klubs die beliebtesten sind, welche nur bei Nacht flüchtig besucht werden oder finanziell auf schwachen Füßen stehen. Und wenn er einsteigt, geschieht das legal, hieb- und stichfest. Meine Theorie ist, daß Mr. X eines Tages einfach aufwachte, sich umsah, entdeckte, wie viel auf seinem eigenen Grund und Boden herumlag, und dann beschloß, es sich auch zu holen.»

«Deshalb wohl seine Absicht, Sie auf den Holzweg zu führen», meinte Noel, «indem er den Anschein erweckt, als stecke ein Psychopath oder eine ganze Bande dahinter. Aber können Sie ihn nicht durch die Papiere der Eigentumsrechte an den Bars ausfindig machen?»

«Er ist stiller Teilhaber. Gewöhnlich spielt irgendein Niemand den Strohmann. Bei der Hälfte der Fälle hat nicht mal der Besitzer gewechselt. Aber wir sind sicher, daß Mr. X das Lokal trotzdem übernommen hat. Alles, was auch nur vage mit diesem Fall in Beziehung steht, ist dutzende Male nachgeprüft worden.»

«Sogar ich?»

Loomis schien diese Frage erwartet zu haben. «Was wollen Sie wissen? Sie sind am 20. Oktober 1950 in Alameda, Kalifornien, geboren. Ihre Familie übersiedelte im Jahre 1952 nach Mamaroneck, im Staat New York. Sie besuchten das Swartmore College 1968, studierten zwei Jahre lang mit Hauptfach Englische Literatur, dann wechselten Sie auf Sozialwissenschaften über. Danach studierten Sie zwei Jahre von 1973 bis 1975, an der Columbia Universität, arbeiteten als Teilzeitangestellter in einem Kinder-Freizeitschulzentrum in der Rivington Street. Im Jahr 1972 heirateten Sie Monica Sherman, ebenfalls von Mamaroneck. Sie bezahlten dem Staat letztes Jahr zweitausenddreihundertundfünfundvierzig Dollar Einkommensteuern. Sie besitzen ein Sparkonto und ein besonderes Scheckkonto bei der Filiale Murray Hill der Manufacturer Hanover Trust. Ihre Krankenversicherung lief vor drei Jahren aus und wurde einen Monat später von der Universität New York übernommen. Gleichzeitig wechselte Ihr Status von Familienplan zu Einzelperson in Firmenplan. Die Nummer Ihrer Sozialversicherung ist eins vier sieben, drei drei, neun acht . . .»

«Schon gut», sagte Noel, «ich glaube Ihnen. Ganz schön ein-

drucksvoll. Aber ich dachte, Sie glaubten, ich hätte nichts damit zu tun?»
«Ich glaubte Ihnen, Mr. Cummings, aber ich mußte Ihre Geschichte nachprüfen. Sie wurden siebzehn Tage lang überwacht. Wenn Sie morgens mit dem Rad wegfuhren, folgte Ihnen ein Wagen die halbe Wegstrecke und ein anderer auf Ihrem Rückweg. Am Tag nach dem Mord änderten Sie die Route – was uns nicht überraschte. Sie sind durchwegs auf der neuen Route geblieben. Am Mittwoch, vor zwei Wochen, haben Sie sich zwei Fellini-Filme angesehen.»
«Überwachen Sie mich immer noch?»
«Seit vier Tagen nicht mehr. Auch wenn Sie absichtlich versucht hatten, den Kopf tief zu halten und Gras über die Sache wachsen zu lassen, hätten Sie sich nicht so unverdächtig verhalten können.»
«Natürlich nicht! Ich bin kein Homosexueller!»
«Das würde nichts beweisen.»
Noel kam ein beunruhigender Gedanke! «Haben Sie mein Telefon angezapft?»
«Dazu sind wir nicht befugt. Aber – wie ich schon sagte – Sie waren solange unser Hauptverdächtiger, bis Sie sich als genau das herausstellten, was Sie zu sein schienen.»
Noel war fasziniert – und insgeheim zufrieden –, daß er so verdächtig gewesen war. Was würde Alison sagen, wenn sie das erfuhr? Noel sah schon, wie ihr Mund sich vor Überraschung zu einem O verzog. Er war selbst überrascht.
«Warum erzählen Sie mir das alles?» wollte er wissen.
«Um vollkommen ehrlich mit Ihnen zu sein, Mr. Cummings, wir sind wieder am Nullpunkt angelangt. Daher versuchen wir es mit etwas anderem. Da Mr. X Polizisten riechen kann, lassen wir Leute für uns arbeiten, die keine Polizisten sind. Leute wie Sie.»
Er sagte es sachlich. Noel brauchte eine Minute, um seinem Erstaunen Ausdruck zu geben. «Ich? Wollen Sie mich verkohlen?»
«Warum nicht?»
«Nicht gerade mein Herzenswunsch», versuchte Noel zu erklären. «Sehen Sie sich einmal um, nach was sieht diese Wohnung für Sie aus?»
«Wie ein etwas spärlich möbliertes Appartement eines Soziologieprofessors der Universität New York. Deshalb brauchen wir Sie.»

«Ich bin nicht dafür ausgebildet. Ich habe noch nie einen Revolver auch nur in den Händen gehabt.»
«Sie werden keinen Revolver haben. Sie werden keinen brauchen. Es handelt sich nicht um diese Art von Job. Schauen Sie sich an, Mr. Cummings, Sie sind in besserer Verfassung als die meisten Anfänger frisch von der Polizei-Akademie. Sie trainieren täglich zwei, drei Stunden?»
«So ungefähr. Aber . . .»
«Wie wäre es, wenn Sie mal zur Akademie mit rüberkämen? Wette, zwei zu eins, daß Sie besser laufen, besser springen, schneller reagieren und schneller denken als jeder andere. Wir haben Sie beobachtet, wissen Sie.»
«Das mag wohl sein», erwiderte Noel und versuchte, sich nicht zu geschmeichelt zu fühlen. «Aber die sind ausgebildet, um in bestimmter Art und Weise zu denken. Defensiv zu sein. Vorsichtig zu sein. Zu wissen, wie man Leute behandelt.»
«Sie etwa nicht? Sie sind Soziologie-Professor. Ist das nicht das Studium von Menschen?»
«In Gruppen ja, aber . . .»
«*Sie werden in einer Gruppe sein.* Ich möchte nur, daß Sie mir denjenigen in der Gruppe finden, der sich heraushebt – den faulen Apfel. Meine Männer tappen im Dunkeln. Sie wissen nicht, nach wem und nach was sie suchen. Man kann ihn wahrscheinlich ohne große Schwierigkeiten ausfindig machen. Sie haben sich auch mit Psychologie beschäftigt, soviel ich weiß. Ich habe es in Ihren Akten gelesen.»
Noel bestätigte dies.
«Daher wissen Sie, wen Sie suchen müssen. Für Sie wird dieser Strohhalm im Heuhaufen einen bestimmten, unmißverständlichen Knick aufweisen, nicht?»
«Vermutlich. Sehen Sie, ich fühle mich wirklich geschmeichelt. Aber ich habe schon genug mit meinem Unterricht zu tun und all dem . . .»
«Es würde Ihren Unterricht nicht beeinträchtigen. Ich verlange von Ihnen nur, an einem bestimmten Ort, für mehrere Stunden in der Nacht, aufzutauchen. In einer Seitenstraße der Christopher Street, in einer Bar, von der wir überzeugt sind, daß Mr. X ihr Besitzer ist und sie besucht. Ich will von Ihnen nur, daß Sie ein paar Nächte lang den Barmixer spielen.»
«Aber es muß Dutzende von Homosexuellenbars in der Stadt geben. Warum gerade diese?»
«Weil diese Bar genau jene Homosexuellen anzieht, mit denen

er unserer Meinung nach verkehrt. Und weil sie im Augenblick die allgemein beliebteste ist.»
«Da bleibt aber ziemlich viel dem Zufall überlassen, nicht?»
«Vielleicht. Aber obschon wir nicht wissen, wer Mr. X ist, haben wir eine ganze Menge über ihn. Wir sind sicher, daß einige seiner Opfer einmal seine Sexualpartner waren. Andere, denen er zu der Stellung von Barbesitzern oder Managern verholfen hat, gehören zur gleichen Kategorie. Lassen Sie mich Ihnen was zeigen.»
Loomis zog einen Manila-Umschlag hervor, den er in einer Seitentasche seiner Jacke auf sich getragen hatte, und entnahm ihm ein Dutzend großformatiger Fotos.
Auf dem ersten setzte sich ein typischer Muskelprotz in Pose. Ein lockenköpfiger, hübscher junger Mann, mit einem buschigen Schnurrbart, großen hellen Augen und einem muskulösen, allerdings nicht grotesk überentwickelten Körper. Er trug nur einen kleinen Slip. Seine Haut sah eingeölt aus.
«Bill Ames», erklärte Loomis. «Einer der beiden Männer, die in der brennenden Wohnung gefunden wurden.»
Das nächste Bild zeigte einen Tänzer mitten in einem Sprung, seine Figur im Profil, sein Gesicht voll der Kamera zugewandt. Die Arme hatte er verschränkt, und sein hübsches Jungengesicht war durch ein Grinsen verzerrt. Dunkles gelocktes Haar und helle Augen. Kein ganz so dichter Schnurrbart, wie der erste Mann, aber von ausgesprochen athletischer Gestalt, die durch das enganliegende Trikot noch stärker betont wurde.
«Rudy Brill», sagte Loomis, «ein Freund von Landau. Wir konnten nur noch seinen Tod feststellen, sah wie Rauschgiftüberdosis aus.»
Der dritte Mann war ein wenig älter. Gleichfalls in prachtvoller körperlicher Verfassung, sonngebräunt, ebenfalls mit Schnurrbart, blauen Augen, gewelltem tiefschwarzem Haar, gutaussehend. Er lehnte am Geländer eines Hauses am Meeresstrand, den Ozean im Hintergrund. «Das ist Landau», erklärte Loomis. «Sehen Sie es jetzt?» Noel betrachtete auch die anderen, ähnlichen Fotos.
«Nun, sie scheinen alle gewisse Gemeinsamkeiten zu haben.»
«Wie groß sind Sie», fragte Loomis. «Eins achtzig?»
«Genau.»
«Ames war eins achtzig, Landau zwei Zentimeter darüber; die anderen alle ungefähr gleich groß. Wollen Sie nicht einmal in den Spiegel schauen und die anderen Ähnlichkeiten sehen?»

«Nein, ich kann es mir vorstellen.»
«Sehen Sie, Mr. Cummings, Sie brauchen Mr. X wirklich nicht zu suchen. Er wird Sie finden!»
Ein Schauer durchlief Noel. *Nein!* Er versuchte Loomis von seinen Gedanken abzubringen und sagte: «Was, wenn er seinen Typ geändert hat?»
«Unwahrscheinlich.»
«Irgendwie fällt es mir schwer, mir vorzustellen – nun, Sie wissen schon – in das Schema solcher Körperbeschreibungen zu passen, wie ein x-beliebiges Stück Fleisch.»
«Das ist genau, was Sie sein werden. Ein großer, saftiger Lockhappen für Mr. X. Wie meine Großmutter zu sagen pflegte: ‹Man braucht Honig, nicht Essig, um einen Bären zu fangen.› Kommen Sie, Noel, sagen Sie, daß Sie es tun werden. Es wird nicht viel von Ihrer Zeit in Anspruch nehmen. Sie werden gut bezahlt. Sie werden der Allgemeinheit einen Dienst erweisen. Sie brauchen nur ein paar Nächte in der Woche hinter der Bar zu stehen und zu warten, bis Mr. X hereinkommt. Dann können wir ihn hochgehen lassen. Sie sind der ideale Typ. Die anderen Detektive wollten immer gleich Kojak spielen, anstatt zu warten. *Sie* wird man nie verdächtigen. Sagen Sie, daß Sie es tun werden.»
Noel war über sich selbst schockiert, das Angebot überhaupt in Erwägung zu ziehen. Er war kein Tatmensch, er war ein Denker. Trotz seines Körpertrainings hielt er sich für einen Intellektuellen. Andere, mit denen er aufgewachsen war, hatten auf Handelsschiffen angeheuert und den Pazifik oder den Indischen Ozean überquert. Einige fuhren per Anhalter durch das Land, lebten in indischen Klöstern oder in Kommunen in den Wäldern Oregons. Er nicht. Er war nicht unternehmungslustig. Doch die letzten paar Minuten ließen Noel fühlen, daß dies der Weg war, um Abenteuer zu erleben, um aus dem Trott auszubrechen, in den er seit Monicas Tod geraten war. Er war hingerissen, schwebte in Höhen, wie er das seitdem nicht mehr getan hatte ... Seit wann? Natürlich seit dem Morgen des Mordes vor drei Wochen.
Und dann erinnerte er sich an Kansas, blutend, gesichtslos, sterbend zwischen all dem Unrat und den herabgefallenen Holzbalken. Nein. Es war zu gefährlich. Er konnte es nicht annehmen.
«Ich weiß nicht, ob Sie meinen Standpunkt verstehen können, Mr. Loomis ...», begann er.
«Warten Sie einen Augenblick», unterbrach Loomis ihn. «Bitte.

Lassen Sie mich Ihnen zeigen, wie dies ein Erlebnis von entscheidendster Bedeutung für Sie sein könnte. Vielleicht überschreite ich die Grenze des Zulässigen, wenn ich es erwähne, aber zufällig weiß ich, daß Ihre gegenwärtige Stellung nicht die sicherste ist, daher . . .»
«Woher wissen Sie das?»
«Ich weiß es eben. Lassen Sie mich ganz offen mit Ihnen sein. Wenn Sie für Whisper arbeiten, werden Sie Ihre Laufbahn retten können.»
Noel war überrascht, amüsiert. «Wirklich? Wie?»
«Nehmen wir einmal an, Sie schrieben eine Arbeit über einen der Stämme im Amazonas-Dschungel. Was würden Sie tun, um herauszufinden, wie diese Menschen wirklich leben, was sie wirklich denken? Sie würden in diesen Dschungel gehen, nicht wahr? Sie würden diesen Stamm finden, mit den Indios leben, Ihre Nahrung mit ihnen teilen, sogar ihre Sprache erlernen, ihre Sitten befolgen . . .»
«Wilbur Boyle», warf Noel plötzlich ein.
Loomis gab sich den Anschein, als ob er den Namen nie zuvor gehört hätte.
«Der Leiter meines Instituts an der Universität», erklärte Noel. «Sie haben mit ihm gesprochen.»
«Wie kommen Sie darauf?»
«Weil er plötzlich eine Studie über Homosexuelle aus erster Hand haben möchte. Für seine Buchreihe ‹Aktuelle Ideen›. Habe ich recht?»
«Und Sie brauchen eine Arbeit, um Ihre Stellung zu behalten», sagte Loomis, ohne mit der Wimper zu zucken. «Und hier haben Sie sie.» Er wartete auf Noels Einspruch.
Als dieser still blieb, fuhr Loomis fort: «Wir glauben, daß vielleicht mehr als eine halbe Million Homosexuelle in dieser Stadt leben. Eine riesige Subkultur: kaum erforscht. Ich werde Sie im wahrsten Sinne des Wortes ins Wegkreuz stellen. Sie werden von ihr besser auf Ihre Aufgabe vorbereitet als jeder Anthropologe, der in den Dschungel aufbricht. Whisper hat Detektive über die ganze untere West Side verteilt. Man wird Sie schulen, wie Sie sich verhalten, was Sie sagen und was Sie erwarten sollen. Auch in Ihrem Job.»
«Klingt aufregend.» Noel meinte es sarkastisch.
«Es *ist* aufregend. Wann war es das letzte Mal, daß Sie ein solches Geschenk kriegten – schön verpackt und auf einer Silberplatte überreicht?»

Noel gab keine Antwort darauf. Statt dessen fragte er: «Hat Boyle sich an Sie gewandt? Oder Sie sich an ihn?»
«Was ist der Unterschied?»
«Ich möchte es einfach wissen.»
«Fürchten Sie sich vor Schwulen, Mr. Cummings?»
«Ich fürchte mich vor *Ihnen*, Mr. Loomis.»
«Stellen Sie sich nicht so an. Machen Sie einen Versuch. Sie brauchen sich nicht festzulegen. Ich verschaffe Ihnen einen Führer, Sie gehen mit ihm und schauen sich die Sache an. Dann sprechen Sie mit diesem Boyle.»
«Was, wenn ich mich entschließe, es nicht zu tun?»
«Dann muß ich mit dem ganzen Kram wieder von vorne anfangen, bis ich jemanden gefunden habe, der wie Sie aussieht und weiß, was Sie wissen.» Loomis seufzte unter dem Druck. «Ich suche nicht gern den Zweitbesten, wenn ich den Besten haben kann», sagte er. «Es wird einige Zeit brauchen. Inzwischen wird Mr. X mit jedem Tag launischer. Mehr und mehr Leute werden in seinen Fleischwolf geraten.»
Noel schätzte es nicht, daß für etwas an seine Schuldgefühle appelliert wurde, mit dem er eigentlich nichts zu tun hatte. Gelassen sagte er: «Ich werde es mir überlegen.»
«Schauen Sie es sich erst einmal an. Dann überlegen Sie es sich. Ich lasse jemanden bei Ihnen vorbeikommen.»
Er stand auf, und Noel geleitete ihn zur Wohnungstür.
«Lesen Sie den Wirtschaftsteil?» fragte Loomis und warf einen sehnsüchtigen Blick auf die *Times.*
«Nehmen Sie ihn mit, wenn Sie wollen.»
Als Loomis seinen Mantel angezogen und seine Papiere unter den Arm genommen hatte, begann er Noels Hand kräftig zu schütteln.
«Sie werden es nicht bereuen, Noel.»
«Ich habe mich noch zu gar nichts verpflichtet», erinnerte Noel ihn.
«Ich weiß, ich weiß.» Loomis zog seine Hand zurück. Noel hielt die Tür auf, als Loomis ging, und beobachtete den andern Mann, der in der Halle stand und auf den Aufzugknopf drückte.
«Übrigens», sagte Loomis, als sei ihm eben noch etwas eingefallen. «Er heißt Vega, Buddy Vega.»
«Der Bursche, der mich besuchen wird?»
«Schsch!» warnte Loomis und sah sich um. Es gab zwei andere Wohnungen in dem gleichen Stockwerk, beide Türen waren geschlossen.

Der Aufzug kam herunter, Loomis trat hinein. Noel ging zu seiner Wohnung zurück, als er seinen Namen flüstern hörte.
«Ja?»
«Danken Sie Ihrem Nachbarn für die *Times*. Sie lag neben der Wohnung 4-D», sagte Loomis, während sich die Tür vor sein Lächeln schob.

5

«*Ist dort Noel Cummings?*»
«Am Apparat.»
«Vega hier.»
«Wer?» Noel legte den Bleistift, an dem er gekaut hatte, als Buchzeichen in das Levi-Strauss-Werk, das er gerade las, dann legte er das Buch auf den Schreibtisch und holte tief Atem.
«Buddy Vega. Der Fischer sagte mir, du wüßtest, wer ich bin.»
«Weiß ich», erwiderte Noel, seine Stimme war plötzlich gedämpft und gepreßt. Er erinnerte sich sehr wohl an den Besuch von Loomis. In Gedanken hatte er ihn sich die ganze Woche über wiederholt.
«Gut», sagte Vega. Seine Stimme blieb flach, ausdruckslos. «Was hast du in einer halben Stunde vor?»
Noel wollte vorbringen, daß er ausgehen würde, daß er sich die ganze Sache anders überlegt habe, daß Vega das Ganze vergessen solle.
«Nichts», antwortete er. «Ich bereite mich für die morgige Vorlesung vor.»
Noel hörte eine Kinderstimme im Hintergrund, gleich darauf eine Frau, die sich ins schrille Gepiepse einmischte und in raschem Spanisch sprach.
«Hast du Zeit, zum *Grip* rüber zu gehen?»
Er hatte keine Zeit. Er konnte nicht. Er wollte nicht wie Kansas enden, mit Blut, das aus den Augenhöhlen strömte. «Das ist wohl der Name der Bar?»
«Genau. Mach dich bereit. In einer halben Stunde bin ich bei dir.»
Bevor Noel ihm sagen konnte, er solle nicht kommen, brach die Verbindung ab. Er verwünschte sich, daß er Vegas Telefonnummer nicht hatte, und versuchte, sich wieder auf Levi-Strauss und das «Primitive Bewußtsein» zu konzentrieren. Es

war zwecklos. Turnübungen halfen auch nichts. Als er sich im Spiegel betrachtete, mußte er ständig daran denken, wie sehr er den Männern auf den Bildern glich, die Loomis ihm gezeigt hatte. Die Opfer von Mr. X.
Schließlich gab er es auf. Er hatte sich gerade fertig angezogen, als der Summer ertönte und Gerdes einen Besucher ankündigte, wobei er den Namen so entstellte, daß er kaum verständlich war.
Vielleicht wegen des Namens hatte Noel jemand ganz anderen als den Mann erwartet, der großspurig in seine Wohnung marschierte, sich geringschätzig darin umsah, geflissentlich Noels ausgestreckte Hand übersah und sich auf die Couch fallen ließ. Nicht kleinwüchsig, drahtig, dem Volkstyp entsprechend, wie Noel ihn sich vorgestellt hatte. Buddy Vega war großgewachsen, breitschultrig, mit hellem Haar, das im Sommer durch die Sonne wahrscheinlich noch blonder wurde, mit unregelmäßigem Bartwuchs, war er wie aus einem alten Hell's-Angels-Film zurechtgemacht – mit einer fleckigen, abgetragenen schwarzen Lederjacke, einem Militärgurt mit riesiger Schnalle, verschossenen, hautengen Jeans und einem abgerissenen, bis zum Nabel offenen Arbeitshemd, das eine behaarte Brust und den ersten Ansatz zu einem Wanst entblößte.
«Ich dachte, du wärest bereit», sagte Vega ärgerlich.
«Bin ich.»
«Du gehst doch nicht in dieser Aufmachung zum Grip?»
«Warum nicht?»
Noel betrachtete sich prüfend. Er trug einen hellfarbenen Rollkragenpulli, braune Halbschuhe und eine Popeline-Windjacke.
«Weil ich in dieser Aufmachung nicht mit dir gesehen werden will. Deshalb. Ich muß dort vier Nächte in der Woche arbeiten, weißt du. Hör mal zu. Ist es dir überhaupt ernst damit . . .»
«Es ist mir ernst. Was hast du an meiner Kleidung auszusetzen?»
«Schwulenklamotten nach Universitätsabschluß. East-Side-Stil. Noch schlimmer, East Side vor fünf Jahren. Textiltunten! Haut nicht hin. Ganz und gar nicht.» Vega stemmte sich aus der Couch hoch und Noel fragte sich, ob Buddy Rauschgift genommen habe, er schien sich so lethargisch zu bewegen. «Schauen wir uns mal deine Klamotten an.»
Vega fummelte in den Dutzenden von Hosen im Wandschrank herum und schüttelte dabei den Kopf. «Um Himmels willen, hast du denn keine Jeans?»

Noel holte einen Kleiderbügel mit einem Paar Jeans hervor. «Zieh' die an.»

Noel zog sich rasch aus und nestelte an einem Hosenbein, als Vega ihn mit einem gequälten Ausdruck davon abhielt.

«Oh, Mann! Niemand trägt mehr Scheißunterwäsche. Schmeiß sie weg!»

Jetzt selbstbewußter, tat Noel, was ihm gesagt wurde. Vega hielt die abgelegte Unterhose hoch.

«Allmächtiger! Ein solches Stück hab' ich nicht mehr gesehen, seit ich bei den Marines war. Dieser Rollkragenpullover ist auch nicht gerade das Richtige. Und die Jacke!» Er begann in dem sauber aufgeschichteten Stoß Hemden in Noels Kommode herumzuwühlen. Dann drehte er sich um. «Diese Jeans sind Scheiße!»

«Was?»

«Sie sind zu ausgebeult. Schau selbst!» Er ließ sich auf ein Knie nieder und begann an verschiedenen Stellen an der Hose zu ziehen. «Sie sitzt zu lose. Sie sollte tief an den Hüften liegen, am Arsch und an den Beinen stramm sitzen, besonders vorn beim Hosenschlitz. Scheiße! Zieh' sie wieder aus. Was hast du sonst noch? Alte Sachen?»

Ohne auf Noel zu warten, stöberte Vega weiter herum, warf Kleider auf den Teppich, hielt hin und wieder inne, um etwas zu mustern, dann warf er die Kleidungsstücke zu den anderen, wobei er die ganze Zeit vor sich hin murmelte.

«Ich dachte, der Fischer hätte dich ausgestattet. Ich weiß nicht, warum zum Teufel ich das tun soll. Ich bin kein Kindermädchen. Du mußt morgen eine volle Montur kriegen. Und hör mal, das ist deine Geschichte: Du suchst verzweifelt nach Arbeit. Die Arbeitslosenunterstützung ist vor einem Monat in San Francisco abgelaufen. Da kommst du her. Jemals dort gewesen?»

«Nicht in letzter Zeit.»

«Schade. Du hast früher mal in einer Bar mit dem Namen South of the Slot gearbeitet. Vergiß das nicht. Und auch in den Barracks. Das ist eine Badeanstalt. Du bist fremd in der Stadt, kapierst du? Du bist hierher gekommen, weil du für jemanden einen Wagen von der Westküste rübergebracht hast. Hat dich nur Öl und Benzin gekostet. Soweit alles verstanden?»

«Ich glaube schon.»

«Sonst bleib ruhig. Du wirst es ohnehin vermasseln. Hast du keine T-Shirts?»

«Nur ein altes», erwiderte Noel und zog ein T-Shirt heraus, das er vor einem Monat von der Wäscherei mit einem großen Loch zurückbekommen hatte. Er hatte es aufgehoben, um es als Staublappen zu verwenden.
«Es taugt nichts mehr. Schau!»
«Genau das Richtige. Zieh es an. Und was ist das?»
Er zog Blue jeans hervor, die Noel zuerst nicht erkannte. «Los, zieh sie an.»
«Die gehörten meiner Frau.»
«Sehen wie Männerhosen aus. Los, zieh sie an. Wir haben nicht die ganze Nacht Zeit.»
«Die sind zu klein für mich.»
«Das entscheide ich. Hast du keine Tennisschuhe?»
Noel deutete auf seine Adidas. Vega meinte: «Endlich hat der Mann was Tragbares. Halleluja! Zieh die auch an.»
Monica hatte die Jeans bereits aus zweiter Hand gekauft. Die Taschen und Aufschläge waren ausgefranst. Sie hatte die Hose bei Radtouren getragen, und zum letzten Mal am See. Sie fühlten sich eng an, zu eng, um sie zu tragen.
«Die gehen nicht», sagte Noel. «Ich kann nicht einmal alle Knöpfe zumachen.» Er meinte die Metallknöpfe am Hosenlatz.
«Laß den untersten Knopf offen. Sieht gut aus. Jetzt, hast du eine Feile oder Sandpapier?»
Als Noel mit einer Nagelfeile aus dem Badezimmer kam, war Vega in der Küche und bediente sich mit einem Bier.
«Steck eine Hand in deine Tasche. Ganz tief hinunter, bis du deinen Schwanz zu fassen kriegst. Hängt er bei dir links oder rechts herunter? Rechts, glaube ich, halte ihn dort fest – und jetzt feil mal los.»
«Sieht's deshalb bei dir dort so abgeschabt aus?»
«Du willst mich wohl verarschen! Hat ein bißchen länger gedauert, als wir hier Zeit haben. Mach weiter! Los!»
«Reicht das?» fragte Noel.
«Muß jetzt reichen. Auch dein Haarschnitt ist ganz mies, sieht viel zu brav aus.» Dann: «Verdammt, du *bist* ja fremd hier. Geh das nächste Mal nicht zu deinem gewohnten Friseur. Wir werden Vinnie veranlassen, dir eine richtige Haartracht zu verpassen. Übrigens, die Windjacke geht vielleicht doch. Du hast wohl keine Ledersachen? Schauen wir einmal nach.»
Er drehte Noel zu sich herum und beäugte ihn so kritisch, als sei er ein Dressman, der sich auf den Laufsteg begibt, um die neuesten Moden zu zeigen. Noel konnte sein eigenes Bild im

Spiegel überprüfen. Das T-Shirt lag eng an. Das Loch erstreckte sich straff von seiner Achselhöhle und entblößte eine Brustwarze. Der untere Saum des Hemds war nur knapp in die engen Jeans gestopft. Monicas Jeans. Er konnte den Gedanken nicht loswerden: Dies war das letzte Kleidungsstück, das Monica getragen hatte.
Vega schluckte den Rest des Biers. «Gehen wir!»
«Ist doch nicht dein Ernst?»
«Warum nicht?» Vega war ehrlich überrascht.
«Schau mich an!»
«Das tu ich. Menschenskind, du siehst so verdammt heiß aus, daß diese Tunten alle übereinander stolpern werden. Wir wollen uns nichts vormachen, Professor, ich weiß nicht, in welche Scheiße der Fischer dich rasseln läßt, aber dein Job bei Whisper besteht darin, so hübsch wie möglich auszusehen. Das ist alles. Paß auf. Sag zu niemandem mehr als nötig. Versuch nicht den Helden zu spielen. Verhalt dich still, ja sogar geheimnisvoll. Sag so wenig über dich wie möglich. Du stehst hinter der Bar und schaust hübsch aus. Das ist alles, wozu wir dich brauchen: die Verpackung. Du bist der Köder für diesen großen Fisch, um anzubeißen. Hast du kapiert?» fragte er, wobei er Noel mit seiner schmutzigen Fingerspitze einen Klaps auf die Backe gab.
«Das hat Loomis bereits gesagt, aber . . .»
«Kein aber. Die Sache vermasselt, zu viel geschwätzt, schon bist du T.O.T., Mann. Gehen wir! Ich will nicht zu spät zur Arbeit kommen.»
Sie winkten einem Taxi, und Vega wies den Fahrer an, nach der West Street zu fahren. Noel hatte ein komisches Gefühl, als er das Haus verließ, so ungewöhnlich gekleidet, aber niemand sonst schien das zu bemerken: weder der Hausmeister, noch die Teenagermädchen, die im ersten Stock wohnten, nicht einmal der Taxichauffeur.
«Wir sind spät dran, wir haben keine Zeit mehr, dich rauf und runter zu paradieren, dich mal vorzuzeigen, wie ich es gewollt hatte», sagte Vega in dem Taxi und steckte sich eine selbstgerollte Zigarette an.
«Ist das Marihuana?» erkundigte sich Noel.
«Klar. Möchtest du auch was?»
«Nein. Aber . . . der Fahrer und all das.»
Vega klopfte an die Scheibe, die sie von dem Taxifahrer trennte. Das Gesicht des Mannes wandte sich zu ihnen zurück. «Was wollen Sie?»

«Macht es Ihnen was aus, wenn wir ein Jointchen rauchen, mein Freund?»
«Zum Teufel, nein», lächelte der Fahrer. «Hab' eben selbst einen durchgezogen.»
«Macht Spaß», meinte Vega und inhalierte tief. «Vielleicht solltest du auch ein paar Züge paffen, Mann. Du bist ein wenig nervös. Hast du Angst, jung zu sterben?»
Noel lehnte das Gras ab. «Was hast du eben gesagt? Du willst mich vorzeigen?»
«Wir werden das morgen tun müssen. Ich möchte, daß die Leute auch wirklich einen Blick auf dich werfen. An der Bar werden sie das tun. Aber manche gehen nicht in Bars. Ich möchte, daß jeder dich sieht. Jeder. Deshalb werden wir morgen oder übermorgen einen kleinen Bummel machen. Hör zu, du wirst diese gleiche Hose tragen! Wir gehen von der Sixth Avenue und der Eighth Street zur Christopher Street, schauen dort in ein paar Lokale hinein, dann gehen wir zum Pier runter. Alle reißen am Christopher auf.»
«Auf der Suche nach Sex?»
«Nach allem», erwiderte Vega und schien plötzlich hellwach zu sein. «Es gibt Worte, die dir fremd zu sein scheinen, hab' ich recht?»
«Ich wußte nicht genau, was gemeint war.»
«Wenn du irgendwelche anderen Worte nicht verstehst, frag mich. Aber nur unter uns, ja?»
Sie mußten bei Rotlicht an der Straßenkreuzung halten. Noel ärgerte sich über Vega. «Du magst mich nicht, stimmt's?» fragte er.
Vega paffte an seinem Joint, das Gesicht abgewandt, um aus dem Taxifenster zu schauen, so daß seine Worte leise, ja beinahe gedämpft klangen.
«Weder mag ich dich, noch mag ich dich nicht, Mann.»
«Warum behandelst du mich dann wie einen Idioten?»
«Willst du am Leben bleiben? Dann hör auf mich. Verstehst du?»
«Oder weil ich nicht beim Verein bin?» fragte Noel und senkte seine Stimme beim zweitletzten Wort, so daß es kaum zu hören war. «Ist das der Grund?»
«So ähnlich», gab Vega zu.
«Nun, machen Sie sich deshalb keine Sorgen. Ich bin auch ein Fachmann, Mr. Vega. Vielleicht nicht auf Ihrem Gebiet, aber auf meinem eigenen. Ich kann auf mich selbst aufpassen.

Offensichtlich weiß der Fischer, was er tut, oder etwa doch nicht?»
«Vielleicht», sagte Vega ohne Überzeugung. «Halten Sie hier», sagte er mit lauterer Stimme und klopfte an die Trennscheibe zwischen ihnen und dem Fahrer.
Noel ließ Vega für die Fahrt bezahlen und sich mit dem Taxifahrer wegen einer Quittung streiten – deren Betrag zweifellos später vom Polizeiamt zurückerstattet wurde. Inzwischen blickte er auf die Bar und ihre weitere Umgebung.
Der Grip war an einem Ende des Häuserblocks gelegen, gegenüber dem erhöhten West Side Highway und den zahlreichen riesigen Möbelwagen, die unter der gesperrten Straße parkten, ein einstöckiges Gebäude mit Stuckverzierungen über einer Reihe von übermalten oder dunklen Fenstern. Die Bar hatte zwei Eingänge, ein großes Flügeltor in der Mitte des Häuserblocks und eine normale Tür an der Ecke. Beide waren schwarz gestrichen, mit kleinen Sehschlitzen in Augenhöhe. Über der größeren Tür war eine Platte angebracht, in die Buchstaben im Ranchstil eingebrannt waren. Darunter eine unbeholfen gezeichnete, schwarz behandschuhte Faust, die einen weißen zylindrischen Gegenstand hielt, der sich zwischen dem oberen und unteren Rand des Aushängeschilds erstreckte. Noel dachte zuerst, es sei ein Diplom. Einen Augenblick später kam es ihm zum Bewußtsein, daß es wahrscheinlich einen Penis darstellen sollte. Besser man gewöhnte sich daran, sagte er sich.
Es gab noch eine andere, kleinere Bar in dem Häuserblock und ein verrammeltes vierstöckiges Gebäude, das ein Lagerhaus gewesen sein mochte. Gleich nebenan beim Grip war ein Laden ohne Firmenschild. Man sah sofort, warum keines notwendig war. Zwei Schaufenster zu beiden Seiten der Fronttüre waren mit Lederkleidung angefüllt – komplette Ausstattungen männlicher Lederkleidung, von Stiefeln bis Ledermaske, die man über den Kopf stülpte, Handschuhe, Unterwäsche, lange Hosen mit speziellen Löchern vorn und hinten. Außerdem lagen in den Fenstern Sexwerkzeuge jeder Größe und Sorte – nachgeahmte Phalli in jeder Größe und Farbe, gerippt oder glatt, verschiedene Arten Kondome, Lederriemen, Schwanzringe, Handschellen, Taschentücher, T-Shirts mit obszönen Aufdrucken. Über den Waren, an Drähten schwebend, wie alberne Schutzengel, zwei aufgeblasene Gummipuppen – eine männlich, eine weiblich, beide splitternackt.
«Gehen wir», schnaubte Vega und zog Noel aus dem Taxi. So-

bald er auf der Straße stand, setzte er hinzu: «Das dumme Arschloch kann nicht mal seinen Namen schreiben.» Dann, indem er Noels Blick auf den Sexladen folgte, fügte er hinzu: «Du solltest einmal hineingehen. Kannst dir gar nicht vorstellen, was es da drinnen für Mist gibt. Hör zu, kauf dir doch 'n paar Schwanzringe oder so was.»
Er schlenderte in den Grip, Noel hinter ihm her.
Drinnen war es dunkel, mit dem muffigen Geruch der meisten Saloons, in denen er gewesen war, mit dem rhythmischen Dröhnen von Rockmusik aus Lautsprechern, die nicht sofort sichtbar waren, unbarmherzig und monoton.
Vega ging zur Bar, ein riesiges Eichenholzding aus der Jahrhundertwende, das hufeisenförmig von einem Raum des Grip in den anderen hineinreichte. Noel folgte Vega und beneidete ihn um seinen unbeschwerten Schritt in den enganliegenden Jeans, wobei er sich fragte, ob jetzt in der Bar nicht viel los war. Loomis hatte gesagt, im Grip wäre dauernd Hochbetrieb, aber nur ein halbes Dutzend Männer standen an der Bar. Einer von diesen war ein kraushaariger, lateinamerikanisch aussehender Mann, der sie schon am Eingang beobachtet hatte.
«He, Miguel!» neckte Vega ihn laut und ging zu ihm hin. «Was hast du auf dem Herzen, he, Baby!»
Miguel blickte auf Noel mit starren, beinahe erloschenen Augen, dann begann er sich leise mit Vega zu unterhalten. Für Noel war der Anblick gespenstisch. Konnte dies einer der gedungenen Mörder von Mr. X sein? Oder interessierte er sich nur für Noel? Wie dem auch sei, Noel mochte Miguel nicht und hielt Distanz.
Ein Barmixer tauchte plötzlich aus dem Nebenraum auf und gesellte sich zu Noel. Seine Erscheinung war sehr viel offensichtlicher als die von Miguel. Er leckte sich einen Mundwinkel mit seiner Zungenspitze, blickte langsam über die Bar, musterte Noels Körper von Kopf bis Fuß. «Was kann ich für dich tun?» fragte er mit einem leichten, unbestimmten Zögern.
Vega unterbrach sein Gespräch lange genug, um einen Blick nach hinten zu werfen und zu sagen: «Dies ist der Junge, von dem ich dir erzählt habe. Noel Cummings. Dies hier ist Rick Chaffee.»
Noel streckte die Hand aus. Chaffee zögerte, dann nahm er sie zu dem offenen, hocherhobenen Händedruck der Friedensbewegung in den sechziger Jahren.
«Ich war gespannt, wieso der alte Buddy dich in den Himmel

gelobt hat», sagte er und hielt weiter Noels Hand. «Jetzt sehe ich es.»
«Rick ist der Manager», sagte Vega leichthin, dann begab er sich in das kleine Zimmer nebenan.
«Was zu trinken?» bot Chaffee an und starrte wie eine Eidechse auf Noel. Im Gegensatz zu Miguels Blick war jedoch der von Chaffee unmißverständlich. Wieviele Male hatte Noel diesen Blick schon beobachtet, wenn Männer und Frauen zusammentrafen. Den «einschätzenden Blick» nannte er das – wie gut wird sie im Bett sein? Was wird sie tun? Was kann ich tun, damit sie vor Geilheit verrückt wird? Langsam zog Noel seine Hand zurück und warf einen flüchtigen Blick auf die Flaschen in dem Regal hinter der Theke.
«Ein Bier reicht.»
Chaffee holte eine Dose Budweiser aus einem Karton und riß den Verschluß auf. «Aus Kalifornien, was?»
«Frisco», erklärte Noel und versuchte dem Blick, den Chaffee auf ihn geworfen hatte, zu begegnen. Rick war etwa dreißig Jahre alt, mit langem, dünnem schwarzem Haar, schmalem Gesicht, schönen Zügen, tiefliegenden dunklen Augen. Narben an verschiedenen Stellen seiner Wangen und seiner Stirn. Stoppeln und Schnurrbart.
«Muß am Wasser liegen, daß es bei euch so viele Schwule gibt», meinte Chaffee.
Er öffnete eine Büchse Bud für sich selbst und lehnte sich über die Theke.
«Suchst Arbeit, was?» Ohne auf eine Antwort zu warten, fragte er: «Schon mal hier reingeschaut?»
«Bin eben erst in der Stadt eingetroffen.»
«Ich glaube, daß du nicht viel in den Bars herumlungern brauchst. Du hast wohl schon eine Menge Verehrer aufgerissen?»
Einen Augenblick lang war Noel verwirrt, dann begriff er, daß er eben gefragt worden war, ob er ein Strichjunge sei. Er schluckte seinen plötzlichen Ärger hinunter.
«Nein. Hab' so etwas noch nie getan.»
«Du könntest es», erwiderte Chaffee. Er klopfte mit seinen langen Fingern auf die Theke, lehnte sich näher heran und sagte: «Sag mal, würdest du lieber hier arbeiten oder mit mir bumsen? Beides kannst du nicht. Ich habe feste Moralbegriffe.»
Noel hatte auf seine eigene Reaktion auf den ersten Antrag gewartet. Der hier war so ungewöhnlich, daß Noel lachen mußte.

«Kann ich mich erst einmal umsehen?»
«Gewiß. Schau dich um. Du bist sowieso zu hübsch für mich. Ich habe es lieber, wenn du mir Kundschaft in den Laden bringst, als ein paarmal richtig mit dir zu bumsen und dich dann zu verlieren.»
«Dann kann ich also den Job haben?» Noel machte auf ernsthaft.
«Du hast eine Probezeit von einem Monat. Ich brauche dich drei Nächte in der Woche. Von acht bis vier Uhr morgens. Dann schließen wir hier. Nicht um drei wie in Kalifornien.»
«Dort um zwei», verbesserte Noel, dem diese Tatsache plötzlich wieder eingefallen war.
«Ist ja egal», erwiderte Chaffee, jetzt ganz geschäftlich. «Du fängst gleich mit der Arbeit an, wenn du reinkommst. Wir schenken Weine offen oder in Flaschen aus. Für die Flaschen mußt du einen Schlüssel haben oder mich fragen. Zähl' das Geld in der Kasse nach, wenn du reinkommst. Notier den Betrag. Trinkgelder werden zwischen jedem, der Dienst hat, geteilt, gewöhnlich zwischen uns beiden. Du kannst trinken, so viel du willst. Ich nehme an, daß du alles mixen kannst?»
«Eine ganze Menge», log Noel. Er würde sich ein Handbuch für Barmixer beschaffen und es auswendig lernen müssen.
«Wir haben drei Sorten Schnaps: Hausmarke, Fabrikmarke und Vorzugsmarke. Drei Preissorten. Wir mixen immer mit der Hausmarke, außer jemand verlangt eine andere und schaut zu. Kein Sex, keine Drogen an der Bar. Wenn du rauchen oder ficken willst, geh in den Keller. Bud wird dir das Büro unten zeigen. Du kriegst eine halbe Stunde Pause für das Abendessen. Du siehst gut aus, wie du angezogen bist. Hast du keine Stiefel?»
«Doch. Aber wenn ich die ganze Nacht auf den Beinen sein soll . . .»
«Du fängst morgen an. Um acht Uhr. Du weißt, wieviel Lohn du kriegst.»
«Buddy sagte . . .»
«Es ist nicht viel. Du bist daher auf Trinkgelder angewiesen. Sollte kein Problem sein für dich. Die erste Zeit werde ich zwei Nachtschichten mit dir zusammen arbeiten. Buddy wird wahrscheinlich am dritten Tag mit dir arbeiten. Da drüben bei der Tür ist Max.»
Noel wandte sich um und sah einen großen, kräftigen Mann mit einem häßlichen, ausgesprochen brutalen Gesicht, ganz in

schwarzes Leder gekleidet – von seinen Stiefeln bis zu seiner Motorradkappe mit Blendenschutz. Er war eben in die Bar gekommen, blickte umher, verzog seinen Mund mit den ausgebrochenen Zähnen zu einer lächelnden Grimasse und ließ sich auf einen hohen Barhocker nahe beim Eingang nieder.

«Wenn es irgendwelche Schwierigkeiten gibt, dann ruf Max. Er wird es dem Burschen schon besorgen. Was, Max?» Chaffee senkte seine Stimme. «Wenn du ihn näher kennenlernst, ist er wirklich wie ein sanftes Kätzchen. Aber er spielt gern Rauhbein.»

Max grunzte vernehmlich und schien gleich in Schlaf zu versinken, während seine massige Gestalt zu allen Seiten über den Barhocker herabquoll.

«Denk daran», warnte Chaffee, «daß du hier beobachtet wirst. Bau keine Scheiße. Okay? Ach, und tu uns einen Gefallen. Schlepp dein Privatleben nicht in die Bar.»

Als das Geschäftliche für den Augenblick erledigt war, lächelte Chaffee, beugte sich über die Theke und ließ einen Finger über Noels Brust heruntergleiten, bis dorthin, wo die Jeans begannen. Noel war so überrascht, daß er unwillkürlich zusammenzuckte.

«Du wirst es noch bereuen, nicht mit mir gebumst zu haben. Glaub mir, du hättest meine beste Seite zum Vorschein gebracht. Ich hätte Dinge mit dir gemacht, die du so bald nicht vergessen hättest.»

«Ich dachte, du hast feste Moralbegriffe», gab Noel zurück, nippte an seinem Bier und legte Chaffees Hand behutsam auf die Thekenplatte zurück.

«Morgen abend um acht», wiederholte Chaffee ohne eine Spur von Verärgerung, dann wandte er sich einem Gast zu, der gerade an die Bar gekommen war.

Buddy kam aus einer Türöffnung, die zu zwei Toiletten führte und zu einer Treppe, die, wie Noel vermutete, hinunter zum Büro ging. Er wartete, aber statt zu Noel herüberzukommen, blieb Vega am anderen Ende der Bar stehen und plauderte mit Miguel. Nachdem er seinen Gast bedient hatte, schloß Chaffee sich ihnen an.

Noel kam zu dem Schluß, daß er einen guten ersten Eindruck gemacht und auf Chaffees Vorschläge nicht übertrieben reagiert hatte. Er wollte sich noch ein wenig umsehen, bevor das Lokal überfüllt war.

Der zweite Raum war durch eine Wand abgetrennt, die bis zur

Bar verlief. Kleiner, dunkler und ruhiger als der Hauptraum, wurde er von einem riesigen Billardtisch beherrscht, mit gerade genug Seitenraum für einen Spieler, um zurückzutreten und zu zielen. Ein etwa dreißig Zentimeter breiter Spiegel verlief auf Schulterhöhe längs der Wand gegenüber der Bar. Darunter ein Holzsims, gerade noch tief und hoch genug, um eine unsichere Sitzgelegenheit zu bieten. Es gab weder Tische noch Stühle. Nur ein halbes Dutzend Barhocker.

Neben dem zweiten Eingang stand ein riesiger alter Wurlitzer-Musikautomat. Und jetzt konnte Noel verschiedene, große Lautsprecher-Boxen erkennen, die oben an der Decke angebracht waren und die Musik lieferten. Sägemehl war auf den Holzfußboden gestreut, der ganze Raum mit Scheinwerfern und Lichtmaschine ausgestattet. Die Wände waren tiefbraun gestrichen. Sieht bescheiden aus, ist aber teuer, dachte Noel. Allein das System mit den Redfern-Lautsprechern dürfte fünftausend Dollar gekostet haben. Doch es sah alles zufällig, beiläufig, nach nichts Besonderem aus. Waren auch andere Schwulenbars so ausgestattet? Im gleichen Stil? Oder enthüllte sich die persönliche Geschmacksrichtung des Mr. X? Ein Fingerzeig, ein Anhaltspunkt?

Langsam kamen die Leute in die Bar, filterten in den Nebenraum, standen um den Musikautomaten. Noel blieb in der Nähe des Billardtisches und versuchte, unauffällig zu beobachten.

Er mußte sich rasch den Jargon und die Verhaltensweisen aneignen. Vega hatte recht gehabt. Er mußte den Mund halten, nicht viel Aufhebens machen, manchmal schwindeln, um nicht verdächtig zu wirken. Bis er die Männer davon überzeugt hatte, daß er einer der Ihren war, mußte er ruhig bleiben. Und vorsichtig.

Nach Chaffee und Vega zu schließen, müßte auch er, Noel, seine Redeweise und sein Benehmen viel mehr lockern. Sie redeten unverblümt, derb, wobei sie ihre Gespräche mit Ausdrücken vermengten, die ihm oft fremd waren. Aber ihr Verhalten – das war's, was ihn am meisten überraschte. Er hatte Homosexualität immer mit weibischen Gesten und Reden in Verbindung gebracht. Aber hier war es das schiere Gegenteil: eine extreme Männlichkeit, unerschütterlich, beinahe mit der Gelassenheit der Pioniere zu vergleichen, als ob alle jene Gary-Cooper-Filme zum Leben erwacht wären. Genau! So war es! Die derbe Kleidung, der großspurige Gang, die gedehnte Sprechweise. Sie verkörperten Cowboy-Phantasien. Wie leicht

für ihn, das nachzuahmen! Schließlich kam er ja aus dem Westen, nicht?
«Etwas Komisches?»
Chaffee war in den kleineren Raum gekommen, er lehnte sich jetzt über die Theke.
«Ich hab' mich gerade an etwas erinnert», sagte Noel. Er ärgerte sich, bei einer Unachtsamkeit ertappt worden zu sein. Er mußte vorsichtiger sein, verdammt noch mal!
«Möchtest du es mir gern sagen?»
Es war weder Drohung noch Forderung. Chaffee mochte ihn, so viel stand bereits fest. Er war nicht der Feind. Oder doch?
«Etwas Privates.»
«Wie schmeckt dein Bier?»
«Gut. Wird es voll hier drinnen?»
«Wand zu Wand.» Chaffee zögerte, dann beugte er sich ein wenig näher über die Bar. «Buddy sagte, du würdest dich auskennen, aber ich kriege einen anderen Eindruck.»
Noel war jetzt auf der Hut. «Ach?»
«Ich glaube, du bist ziemlich unerfahren. Kein Werturteil, wohlgemerkt. Hol's der Teufel! Aber laß Muttchen dir einen kleinen Rat geben, du wirst Burschen hier hereinkommen sehen, die dir sagen, daß sie ein Modell, einen Filmstar, einen Popstar, irgend etwas aus dir machen wollen. Hör ihnen freundlich zu, fülle häufig ihre Gläser nach, nimm sogar Geschenke von ihnen an. Aber hör nicht auf sie. Wenn du nämlich mal damit anfängst, wird diese Szene dich in kleine Stücke mahlen, wirst du Abfall, wie viele Typen die hier herumhängen. Ist gutaussehenden Schwachköpfen schon oft genug passiert.»
«Und du?» fragte Noel und versuchte, die Verlegenheit aus seinem Gesicht zu bannen. «Spielst du nicht mit dem Abfall?»
«O ja. Aber ich habe gelernt, meine Hände sauber zu halten.» Er nickte, dann entfernte er sich und unterhielt sich laut mit einem Mann in der Ecke. «He, Mensch, trinkst du, oder stehst du im Weg?»
Eine Minute später, als er vorbeikam, sagte Noel: «Schönen Dank für den Tip.»
Chaffee tat, als habe er ihn nicht gehört.
Noel beobachtete ihn, wie er den Drink einschenkte. Während er Chaffee ins Nebenzimmer gehen sah, fiel sein Auge auf etwas in dem Spiegel, der hoch hinter der Bar hing. Zwei Männer, die er im anderen Zimmer gesehen hatte, standen jetzt hinter Noel, eineinhalb oder zwei Meter voneinander getrennt,

gegen die Wand lehnend. Sie schienen einander nicht zu beachten, und doch schienen sie irgendwie miteinander verbunden. Sie starrten auf ihr Spiegelbild. Noel glaubte, daß der eine in dem locker sitzenden Armeeanzug noch ein Junge sein müsse, fünfzehn oder sechzehn Jahre alt. Tatsächlich hielt er eine Dose Seven-Up in der Hand.

Die beiden sahen einander flüchtig an, dann blickten sie weg. Alles sehr schnell, mit keinerlei Anzeichen, daß sie einander bemerkten, bis der eine seine Haltung um einen Bruchteil änderte – Kopf zurück, Zigarette angezündet. Der andere wechselte seine Stellung in ebenso rascher Reaktion und nahm einen Schluck aus der Dose in seiner Hand, wobei er ein Bein bewegte. Alles schien lässig.

Noel brauchte nur einige Minuten, um zu erkennen, daß jede Bewegung dazu bestimmt war, eine Absicht, eine Furcht, eine Frage mitzuteilen. Ein komplizierter, schweigender Paarungstanz.

Schließlich drehte der Jüngere sich um und stellte seinen Drink auf die Holzbank. Der andere, ein Dunkelblonder, wandte den Kopf, um den Jungen anzustarren, änderte seine Position anschließend mehrere Male, um, wie Noel glaubte, dem Jungen zu verstehen zu geben, daß er mit ihm weggehen wollte. Der Junge machte einen Schritt auf ihn zu. Sie standen nebeneinander, sagten etwas, das Noel nicht verstehen konnte, dann ließen sie sich Seite an Seite auf der Holzbank nieder. Sie plauderten leise.

Der Junge lächelte. Ihre Hände trafen sich zu einem brüderlichen Händedruck. Noel glaubte zu hören, wie Namen ausgetauscht wurden. Muß mich daran erinnern, in Zukunft so die Hände zu schütteln, nahm Noel sich vor: Chaffee hatte das auch getan.

Jetzt waren die zwei eifrig beschäftigt mit einer Reihe von raschen, eindringlichen Fragen und Antworten. Noel hätte sie verdammt gern belauscht, aber die Bar war zu leer für ihn, um näher heranzurücken. Plötzlich wechselte der Junge den Platz, weg von der Wand, und die beiden verließen das Zimmer so rasch, daß Noel kaum mitkam, sie an Max vorbei durch die Türe hinausschlüpfen zu sehen.

Noel stürzte sein restliches Bier hinunter, unfähig seine Erregung zu verbergen. Er war weniger als eine halbe Stunde hier gewesen und tatsächlich Zeuge eines aufschlußreichen sozialen Rituals dieser Gesellschaftsschicht geworden – vom Anfang bis zur Vollziehung. Schon beim ersten Besuch fündig geworden! Wenn er nur hätte mithören können, was sie miteinander gesprochen hatten! Loomis hatte recht. Er fühlte sich, wie wenn er mit dem Fallschirm in Neu Guinea gelandet und Zeuge einer einmal alle hundert Jahre stattfindenden Zeremonie geworden wäre, die nie zuvor von einem anderen Weißen erlebt worden war.

«Ich dachte, du würdest morgen arbeiten?» Es war Vega, hinter der Bar.

«Das tu ich auch.»

«Hast du nichts Besseres zu tun, als hier herumzuhängen?»

«Erzähl keinen Blödsinn! Es ist fesselnd. Weißt du, was ich eben gesehen habe?»

«Nein, interessiert mich auch gar nicht! Los, hau ab! Komm morgen wieder. Raus!»

Vega wandte sich ab, um die Thekenplatte abzuwischen.

Noel unterdrückte das Verlangen, ihm ins Gesicht zu schlagen. Statt dessen langte er in seine Brieftasche, warf eine Dollarnote auf die Theke und sagte laut: «Gib mir noch ein Bier. Das Wechselgeld kannst du behalten.»

Buddy blickte ihn drohend an, holte aber das Bier. Während er sich danach bückte, ging Noel zum Musikautomaten hinüber. Der Einschaltknopf war mit einem Heftpflaster überklebt. Er wählte aufs Geratewohl ein halbes Dutzend Schlager.

Das erste Lied hatte eine lange instrumentale Einleitung, mit Trompetensoli, welche die Melodie untermalten, bevor ein schwarzer Tenor mit weicher Stimme sang: «*I'm a free man. Yes. I am. A free man, baby. Yes. I am.*»

Noels Bier wartete bereits für ihn auf der Theke. Vega und der Dollar waren verschwunden.

6

Noel blieb nicht, um sein Bier auszutrinken. Innerhalb weniger Minuten füllte sich der Grip, als ob ein überfüllter Bus gehalten und alle seine Fahrgäste ausgespuckt hätte. Noel blickte auf seine Uhr. Er und Buddy waren um acht Uhr fünfzehn hereingekommen. Jetzt war es neun Uhr.

Er hatte es Vega gezeigt. Wenn er noch länger blieb, würde das vielleicht eine Herausforderung bedeuten, die er möglicherweise nicht bestehen konnte. In der plötzlich überfüllten Bar fühlte er sich überdies weniger in Sicherheit, mehr der Möglichkeit ausgesetzt, auf eventuelle Feinde, Spione, Freunde von Mr. X zu treffen. Noch brauchte er eine Zeitlang, um zu sehen, daß die übliche Kneipenmentalität – einsame Männer, die schweigend tranken oder sich auf ein Gespräch mit einem Betrunkenen einließen – auf den Grip nicht zutraf. Statt dessen war das Lokal voller Bewegung, viele Gäste unterhielten sich, wechselten von einem Platz zum anderen. Viele zweifellos auf der Jagd nach Sex. Die Strömungen rings um ihn, obschon nicht immer genau definierbar, waren gewaltig.

Draußen vor der Bar war die Nachtluft überraschend warm, und Noel beschloß, zur U-Bahn zu gehen. Wenn man von der West Street in die Christopher einbog, hatte man das Gefühl, in einer belebten Hauptverkehrsader der Stadtmitte während der Geschäftszeit zu sein. Es hatte den Anschein, als ob Hunderte von Leuten sich in den Straßen drängten – allein, in Paaren oder in Gruppen von drei oder mehr spazierten, langsam auf beiden Seiten der Straße kamen und gingen, sich an geparkte Autos lehnten, plauderten, an Ecken zusammenstanden, mit Vorübergehenden sprachen und Blicke wechselten. Der Verkehr war stark, mit Wagen, die am Randstein entlangkrochen, die Fahrt verlangsamten, damit die am Steuer Sitzenden sich herauslehnen und mit den Fußgängern unterhalten konnten.

Die Straße war grell beleuchtet, mit Neonlicht von den Bars, Pizzerias, einem billigen Hotel. Und mit den Lichtern kam das allgegenwärtige Hämmern von Rockmusik, das von Geschäften, Appartements mit offenen Fenstern, Auto-Stereoanlagen auf die Straße dröhnte, von Radios auf den oberen Stufen zu einer katholischen Kirche, auf denen ein Dutzend Männer saßen, von Kassetten-Recordern, die von ihren Besitzern im Takt geschwenkt wurden, als Noel vorbeiging.

Er ging ein paar Häuserblocks weiter zur Hudson Street und fühlte sich seltsam verwirrt. Überall waren Männer und beinahe keine Frauen. Hier wurde Marihuana so offen wie Zigaretten geraucht, von Hand zu Hand gereicht, selbst vor Polizisten. Einzelne Männer, die an den Mauern entlangschlichen, als sie sich ihm näherten, leierten ihre monotone Litanei herunter: «Lockere Joints, Kokain, Haschisch, LSD, Speed.» Männer, die überall auf Sex aus waren, ob sie gingen oder saßen oder nur ruhig dastanden. Zweimal folgte ein Mann Noel dicht auf den Fersen, einen Häuserblock lang oder noch länger, nur ab und zu sichtbar, versuchte er Noels Aufmerksamkeit auf sich zu lenken oder schnell eine Schlüpfrigkeit zu zischen, bevor er plötzlich in eine Seitenstraße abbog oder stehenblieb oder sich in die Richtung zurückzog, aus der er gekommen war. Ein stämmiger, lateinamerikanisch aussehender Mann, ein wenig jünger als Noel, zischte etwas, als er näherkam, dann gab er hinter Noels Rücken glucksende Tierlaute von sich.

Zwei andere, in enganliegenden Jeanshosen und -jacken und hautengen T-Shirts, trennten sich kaum, um Noel vorbeizulassen. «Hast du diese Nummer gesehen?» hörte er den einen sagen, als sie weitergingen. Alle Männer schienen hier von einem bestimmten Typus zu sein – zwischen zwanzig und vierzig Jahren; alle ähnlich mit T-Shirts, offenen Arbeits- oder Flanellhemden, in Fliegerjacken gekleidet. Einige waren ganz in Leder ausstaffiert; Schlagringe, die um die Schultern hingen oder um ihre Schirmmützen gewickelt waren, Schwanzringe in den Achselpatten, vervollständigten ihre Aufmachung. Einige trugen sogar Motorradhelme, obschon keine Motorräder zu sehen waren. Und all diese Schnurrbärte!

Eine Stadt bei Nacht. Ein fremdes, exotisches Land, keine zehn Minuten zu Fuß von der Schule entfernt, in der er unterrichtete. Noel fühlte sich wie ein Zoologe, der gerade die Prärie gesichtet hat, in der die Tiere, die er erforschen will, unbekümmert umherstreifen. Von seinen Beobachtungen in Anspruch genommen, vergaß er sein Unbehagen. Er war überrascht, als er eine Minute später unsanft herausgerissen wurde.

Er hatte die Hudson Street überquert und war etwa einen Häuserblock weit gegangen. Hier waren die Männer noch dichter versammelt, sie nahmen den Gehsteig vor einer hell erleuchteten Bar in Beschlag und lehnten sich an ihre Wagen. Noel bahnte sich einen Weg durch diese herausfordernde untätige Menge, als er sich umwandte, um einen Blick in die gedrängt volle Bar zu werfen. Seine Aufmerksamkeit wurde von etwas gefesselt, das ein sehr vertrautes Gesicht zu sein schien. Er blieb stehen, trat ein wenig zur Seite, um eine bessere Sicht auf die ganze Bewegung in dem Lokal zu haben. Dann sah er das Gesicht wieder, sah wie es durch das Fenster flüchtig auf ihn blickte und beinahe wieder in der Menge der kurzgeschorenen Köpfe verschwand. War dies nicht . . .? Ja! Aber wie hieß er? Paul irgend etwas: ein kluger Student in Noels Kurs für soziale Abweichung und kriminelle Verhaltensweisen. Aber wohin war Paul so schnell verschwunden?

«Gehst du?» Noel hörte eine Stimme dicht hinter ihm und fühlte gleichzeitig zwei Hände, die leicht über seine Hinterbacken strichen. «Oder wartest du darauf, hier auf dem Gehsteig was Aufregendes zu erleben?»
Noel befreite sich unwillig von den Händen des Mannes und bahnte sich weiter seinen Weg, wobei er über jemandes Schuhe stolperte.
«Nur nicht so heftig, Mann. Einige Leute hätten zwar nichts dagegen», meinte der Mann.
Verwirrt wie er war, nahm Noel sich zusammen, wandte sich um und ließ den großen Blonden mit seinem kurzen Haarschnitt und einem wollüstigen Blinzeln vorbei. Sein Gesicht sah älter aus, als seine Kleider oder seine Stimme vermuten ließen.
Dann sah Noel Paul wieder, diesmal trat er aus einer Bar. Er war es!
«Paul!» rief Noel, ungeachtet des Geschnatters rings um ihn. «Paul!» Der Junge drehte sich um, erblickte Noel, biß sich auf die Oberlippe – und dann war sein Gesicht wieder verschwunden. Einen Augenblick später sah Noel ihn wieder, wie er sich in aller Eile einen Weg durch die Wagen bahnte, welche die Mitte der Straße versperrten, und zurückblickte, um zu sehen, ob man ihm folgte. Dann verschwand er in aller Eile in einem Torweg.
Noel war verwirrt. Es war doch Paul – oder nicht? Ja. Der Junge war nur etwa einen halben Meter von ihm entfernt gewesen, als er sich umgedreht hatte. Er war sicher, daß es der Student war. Warum war er weggelaufen?
Noel drängte sich durch die Menschenmenge. Zu dem Zeitpunkt, als es ihm gelang, sich aus dem dichtesten Gewühl herauszumanövrieren, und er stehenbleiben konnte, ohne berührt, befummelt oder von hinten gestoßen zu werden, kam ihm ein Gedanke, der ihn wie ein Kälteschauer von Kopf bis Fuß durchlief.
Paul *hatte* ihn gesehen! Hatte ihn gesehen und war vor ihm weggelaufen. Auch der Grund war klar. Der Junge war natürlich homosexuell und wollte nicht, daß Noel es herausfand. Er schämte sich dessen.
Ein zweiter Gedanke folgte: Paul mußte zu dem gleichen Schluß bei Noel gekommen sein.
«Oh, Allmächtiger!» rief Noel laut, wobei er plötzlich den möglichen Konsequenzen gegenüberstand. Wie würde Paul morgen sich ihm gegenüber verhalten? Würde er überhaupt zum Unter-

richt zurückkehren? Oder würde er zum Dekan gehen und den Kurs aus irgendeinem fadenscheinigen Grund abbrechen?
Noch schlimmer: Was, wenn Paul sein Schamgefühl überwinden und Noel trotzig entgegentreten würde? Plötzlich war es ihm zu viel, hier in dieser belebten, von Schwulen frequentierten Straße daran zu denken. Er mußte hier raus!
Wieder zu Hause zog er seine Kleider aus, ließ sie auf den Schaukelstuhl fallen, dann nahm er eine lange, heiße, wohltuende Dusche. Als er damit fertig war, fühlte er sich viel besser. Zum Teufel mit Paul, sagte er sich. Zum Teufel auch mit Vega, mit ihnen allen. Die können mich mal. Boyle hatte recht gehabt. Aus dieser Untersuchung könnte was werden, und er würde es schaffen. Er brauchte nur ruhig zu bleiben und mitzuspielen – neben seinem Buch wären Mirella Trents Erlebnisse während ihrer Sommerferien kaum mehr als ein Aufsatz einer Viertkläßlerin. Die verdammte Hure! Tat scheißklug und führte sich wie ein Filmstar auf. Er würde es ihr noch zeigen!
Er stöberte in seinen Wandschränken und suchte nach einer Kleidung, die er im Grip tragen konnte. Ein Flanellhemd, das Monicas Eltern ihm geschenkt hatten, sah aus, als ob es das Richtige wäre. Auch ein altes Paar Baumwollhosen aus seinen Studententagen.
Es war beinahe Mitternacht. Gewöhnlich las er um diese Zeit im Bett oder schlief bereits. Aber heute nacht fühlte er sich zu aufgewühlt, um zu schlafen.
Statt dessen schlug er die erste Seite eines neuen Notizhefts auf und begann mit Titeln für seine Arbeit zu spielen. Nachdem er zwei Seiten vollgeschrieben hatte, empfand er alle als lausig. Zu akademisch. Zu soziologisch. Zu sehr den Erwartungen entsprechend. Was er brauchte, war etwas Sensationelles: etwas, für das man sich in der Buchreihe «Aktuelle Ideen» wirklich einsetzen konnte.
Eine entfernte Polizeisirene heulte in seine Richtung, dann wieder wo anders, und unterbrach seine Gedanken. Als sie verstummt war, blitzte der Titel in seinem Geist auf, und er schrieb ihn mit großen Buchstaben auf: LEBEN UNTER HOMOSEXUELLEN. Er hatte ihn nochmals laut und genießerisch gelesen, als sein Telefon läutete, mit unheimlichem Klang die inzwischen völlige Stille der Nacht durchbrach.
«Wie ich erfahren habe, werden Sie morgen mit der Arbeit beginnen.» Es war Loomis, seine Stimme klang durch das Telefon irgendwie verändert.

«Neuigkeiten machen schnell die Runde», versetzte Noel. «Sie werden sich daran gewöhnen. Sie und ich werden uns jede Nacht, in der Sie arbeiten, miteinander unterhalten. Alle meine Detektive erstatten mir Bericht. Haben Sie einen Bleistift zur Hand?»

«Ja.»

«Gut. Schreiben Sie sich diese Telefonnummern auf.»

Alle vier Nummern begannen mit derselben Vorwahl – einer, die Noel nie zuvor verwendet hatte.

«Verlange ich Sie – oder wen?»

«Nicht so schnell. Lassen Sie mich erst erklären. Dies sind offene Nummern. Das heißt, sie sind gegenwärtig von der Telefongesellschaft niemandem zugeteilt. Ma Bell von der Telefongesellschaft nennt sie die ‹Hintertürchen›. Wir auch. Die Zahlen werden immer wieder geändert, mal eher, mal später, je nachdem sie neu zugeteilt werden oder neue Nummern drankommen. Wer immer eine dieser Nummern anruft, kann mit dem sprechen, der gerade am Apparat ist. Sie können gratis einen Konferenzanruf mit der halben Stadt haben.»

«Sie meinen, es gibt keine besondere Nummer, unter der ich Sie erreichen kann?»

«Unter diesen Nummern. Nur wenige Leute wissen von den ‹Hintertürchen›. Sie rufen zu einer bestimmten Zeit an und Sie erreichen mich. Whisper hat einen dieser Anschlüsse, der jederzeit für Notfälle offen ist.»

Noel war nicht sicher, daß er verstand, wie das ging. Loomis erklärte es. Die nicht zugeteilten Nummern wurden von der Telefongesellschaft an Whisper ausgeliehen. Nur deren Verbindungsmann zur Polizei wußte, welche Nummern Whisper verwendete. Jedesmal, wenn jemand die Nummer wählte, ertönte ein Zeichen – ein kurzes metallisches Summen, als Warnung für jeden, der bereits auf der Leitung war. Für den Anrufer, nach zweimaligem Läuten, würde es scheinen, als ob jemand den Hörer abnahm. Nur war möglicherweise niemand am anderen Ende. In diesem Fall sollte Noel fragen, ob jemand am Apparat war – oder einen Kodenamen angeben. Er sollte jede Nacht anrufen, sobald er mit der Arbeit im Grip fertig war. Er konnte auch während einer Arbeitspause berichten. In einem dringenden Fall sollte er einen Kode verwenden.

«Was ist das?»

«Für gewöhnliche Anrufe benützen Sie Ihren Namen. Sie heißen ‹Lockvogel›. Haben Sie verstanden?»

«Was ist der Kode in dringenden Fällen?»
«Kein Fischen heute abend.»
Noel schrieb das neben die Hintertürchen-Nummern.
«Wenn die Nummern sich ändern, wird man Sie benachrichtigen, sobald es geschieht. Man wechselt sie oft, aber nie alle auf einmal. Daher machen Sie sich keine unnötigen Sorgen. Lernen Sie die Nummern auswendig und vernichten Sie, was Sie aufgeschrieben haben.»
«Was ist Vegas Kodename?»
«Sie und Buddy haben einige Startschwierigkeiten, nicht?»
«Ein paar», antwortete Noel kurz angebunden und versuchte, es herunterzuspielen. Er fürchtete, Vegas Abneigung gegen ihn würde vielleicht die Arbeit im Grip gefährden, und das war das letzte, was er wollte. Nicht jetzt, wo er den Job hatte und an der Studie arbeiten wollte. «Nichts, was wir nicht ausbügeln können», setzte Noel hoffnungsvoll hinzu.
«Na schön.»
«Er gibt sich nicht mit Leuten ab, die er als Laien bezeichnet», sagte Noel.
«Er wird sich anpassen. Er sagte mir, daß Sie Kleider brauchen. Schreiben Sie sich diese Adresse auf.» Noel sollte am nächsten Nachmittag nach dem Unterricht zu einem bestimmten Laden gehen, in dem er mit allem ausstaffiert würde, was immer er brauchte, um für Grip geeignet angezogen zu sein.
«Was immer Sie sonst noch brauchen», fügte Loomis hinzu, «gehen Sie dorthin, wo Buddy es Ihnen sagt, und lassen Sie uns eine Rechnung schicken. Denken Sie daran: nichts zu Ausgefallenes, ja? Wir können unser Budget nicht überziehen.»
«Keine Angst. Zerrissene, grobe Überhosen können nicht allzu teuer sein.»
«Da dürften Sie aber eine Überraschung erleben. Okay, Lockvogel, nach der Arbeit morgen rufen Sie eine dieser Nummern an und geben sich zu erkennen. Noch irgendwelche Fragen?»
«Nichts, was mir im Augenblick einfällt.» Dann: «Werde ich irgendwelche anderen Agenten treffen? Detektive?»
«An der Bar? Vielleicht. Sie brauchen nicht zu wissen, wer die sind, und die nicht, wer Sie sind. Deshalb brauchen wir sie ja auch dort, stimmt's? Sie sind nicht einfach ein weiterer P.C.»
Plainclothesman – Geheimpolizist, erriet Noel.
«Noch etwas», fragte er, weniger selbstsicher. «Erwarten Sie wirklich, daß dieser Mr. X mich treffen wird?»
«Deshalb nehmen wir ja all das auf uns, nicht?»

«Aber wie werde ich ihn erkennen?»
«Zerbrechen Sie sich darüber nicht den Kopf. Gehen Sie jetzt schlafen. Sie werden morgen bis spät auf den Beinen sein.»
Aber Noel machte sich doch Gedanken ... und konnte nicht einschlafen. Er zweifelte daran, daß der geheimnisvolle Mann ihn finden würde. Auch wenn er Mr. X' Lieblingstyp noch so ähnlich sah. So viele Männer, die er heute abend gesehen hatte, paßten zu dieser Beschreibung. Dann glaubte er, daß Mr. X ihn *doch* finden würde. Und das war eine sogar noch beunruhigendere Möglichkeit.

7

Mr. X geisterte wieder unvermeidlich durch seine Gedanken, als Noel am folgenden Abend das «Hintertürchen» benützte.
Er wählte eine der vier Telefonnummern, die man ihm gegeben hatte, hörte es zweimal läuten, wie Loomis dies gesagt hatte. Dann hörte er, wie jemand anscheinend den Hörer abnahm. Er erwartete beinahe eine Stimme die «Hallo!» sagen würde.
Aber da war nichts. Die Verbindung schien unterbrochen. War jemand dort? Was sollte er jetzt tun?
«Kontakt», sagte er unschlüssig. War das richtig?
Noch immer Schweigen.
«Hier spricht der Lockvogel», sagte er ein wenig lauter.
Das Schweigen wurde sofort unterbrochen. «Was ist Ihr Problem, Lockvogel?»
Irgendwie schien ihm die Männerstimme vertraut. Er konnte es nicht mit Bestimmtheit sagen, aber für Noel klang sie wie eine der Stimmen, die er in der eisigen Gefängniszelle gehört hatte.
«Kein Problem. Ich soll mit Vega sprechen.»
Noel konnte sich nicht erinnern, ob der Fischer ihm Vegas Kodenamen gesagt hatte.
«Der Stern kommt in genau fünfundzwanzig Minuten hier herein», sagte der Mann.
«Der Stern? Oh, Sie meinen, weil Vega auch ein Stern am Himmel ist?»
«Zwanzig Minuten», sagte der Mann mürrisch und hatte eingehängt.
«Ich will mit ihm sprechen», sagte plötzlich eine Stimme, die einer Frau mittleren Alters zu gehören schien. «Sind Sie noch

da, Lockvogel?» Sie hatte einen mütterlichen Ton, einen starken Bronx-Akzent: «Wir haben alle Ihre Unterlagen bei den Akten, aber wir werden Ihnen einige Papiere senden. Verzichtserklärungen und dergleichen. Sie brauchen sie nur zu unterschreiben und an die Adresse auf dem Umschlag zurücksenden. Eine Lehrerorganisation auf Ihrem Fachgebiet. Sie treten in die Pensionskasse ein. Und erhalten volle Krankenversicherung, inklusive Spitalaufenthalt und ärztliche Behandlungskosten. Keine Lebensversicherung, fürchte ich.»
«Ist ja klar», erwiderte Noel. Ihre Worte und die rasche Gründlichkeit der Organisation ließen ihn erschauern.
«Für den Augenblick wäre das alles, mein Lieber», sagte sie. Jemandes Tante, jemandes Mutter, dachte Noel. Wahrscheinlich irgendwo in einem Büro am Schreibtisch. «Unterschreiben Sie nur dort, wo ein X ist», fügte sie hinzu. «Dann also, tschüß!»
Wieder X, dachte Noel. «Warten Sie. Kann ich auf irgendeiner dieser Leitungen mit dem Stern sprechen?»
«Ja. Auf jeder.»
Bevor die zwanzig Minuten um waren, rief Vega ihn an. «Was ist los?» fragte Vega.
«Nichts. Ich wollte nur . . . Wolltest du mich nicht herumzeigen?»
«Ja? So?»
«Wie steht's mit heute abend? Ich fange mit der Arbeit um acht Uhr an. Du auch?»
«Heute abend arbeite ich nicht im Grip.»
«Vielleicht später mal?»
«Nein.» Fest entschlossen. Dann: «Du hast recht. Wir machen es heute abend. Ich hol dich ab. Wir essen auswärts. Dann gehst du zur Arbeit.»
Obwohl er Noel so überstürzt eingeladen hatte, war Buddy wortkarg, nachdenklich, ja sogar mürrisch, als er kam.
Mißmutig trank er das letzte Bier aus Noels Eisschrank und war nur halbwegs bei der Sache, als Noel Kleider für den Grip vorzeigte. Das einzige Kleidungsstück von der vorhergehenden Nacht waren Monicas Jeans. Dazu trug er ein rot-weißes Baseballhemd mit hellroten halblangen Ärmeln, eine grüngraue Nylonjacke und halbhohe Stiefel mit Gummisohlen – alles, was er zuvor an diesem Tag im kleinen, mit Kleidungsstücken vollgepfropften Army-Navy-Laden, in den er auf Loomis' Anweisung gegangen war, gekauft hatte.
«Immer noch viel zu brav für mich», meinte Buddy. «Aber du

sollst ja schließlich von der Westküste kommen. Es wird schon gehen.»

Sie aßen in einem überfüllten Restaurant unweit der Christopher Street zu Abend und saßen an einem Tisch nahe bei den großen gerundeten Erkerfenstern.

An den Wänden hingen Dutzende von Postern von Shows in Lokalen, von denen Noel noch nie gehört hatte, und riesige Schwertfarne hingen schlaff von der Decke herab und füllten den Raum bis auf zwei Meter hinunter aus. Beinahe jeder im Restaurant schien schwul zu sein.

Noel hatte ein Dutzend Fragen wegen Worten, die er am Abend vorher gehört hatte. Vega gab lakonische Antworten.

«Was ist eine ‹Nummer›?»

«Du bist eine. Oder solltest zumindest eine sein. Ein heißes Stück.»

«Was bedeutet das genau?»

«Es bedeutet, daß eine Menge Leute mit dir bumsen wollen.»

«Ein heißes Stück ist also jemand sexuell Begehrenswerter?»

«Richtig. Was noch?»

«Worüber soll ich sprechen?»

«Zu wem?»

«Chaffee. Und den anderen.»

«Nichts, sitz auf dem Maul.»

Darüber ärgerte sich Noel wieder. Doch fuhr er fort: «Was ist an der Ecke Sechste Avenue und 28. Straße los? Gestern abend sah ich dort einen Haufen Schwuler.»

«Riesige Ficksauna. Bäder», erklärte Vega. «Früher oder später wirst du dich dort mal zeigen müssen. Alle heißen Nummern tun das. Unglaublicher Ort.»

«Gehst du auch dorthin?»

«Ist das eine deiner Fragen?» wollte Vega wissen.

«Nein, ich war nur neugierig.»

«Dann zur nächsten.»

Der Abend entwickelte sich nicht so, wie Noel es gewollt hätte. Es war schwierig, Vega näher kennenzulernen. Er hielt Noel absichtlich auf Distanz.

Die nächste Frage wurde unterbrochen, als drei Männer ins Restaurant kamen und Buddy erkannten. Offensichtlich erfreut über die Ablenkung, gab Vega ihnen ein Zeichen, sie sollten sich zu ihm und Noel setzen. Sofort hob sich seine Stimmung. Noel wurde an eine Seite des Tisches gedrängt, als die vier Männer Begrüßungen austauschten. Die Namen kamen zu schnell, als daß Noel sie hätte behalten können. Alle drei Neuankömmlinge starrten ihn auf eine Art an, die er inzwischen als grundlegenden, von oben bis unten abschätzenden Annäherungsversuch kennengelernt hatte. Er ließ ihn über sich ergehen. Vega begann ihnen eine Anekdote über einen gewissen Tim zu erzählen, den sie alle zu kennen schienen. Zwei der Männer beugten sich vor und hingen bei jedem Wort an seinen Lippen.

Der dritte Mann, muskulös und untersetzt, mit kurzgeschorenen Haaren, kleinen dunklen Augen und einem buschigen Schnurrbart, studierte die Speisekarte.

«Bist du an Weihnachten geboren?» fragte er plötzlich.

Noel merkte, daß die Frage an ihn gerichtet war. «Nein. Warum?»

«Alle Typen mit Namen Noel, die ich kenne, sind an Weihnachten geboren.» Er prüfte die Speisekarte, entschied sich für etwas und blickte wieder auf Noel.

«Bist du mit Buddy?» Dann, auf Noels halb verzehrten Cheeseburger deutend: «Wie schmeckt das?»

«Zu stark gebraten.»

Ein Kellner tauchte auf und wurde sogleich mit einer raschen Abfolge von Bestellungen überschüttet. Inzwischen sagte Mr. Muskelprotz: «Hab' dich schon früher gesehen. In welche Sportschule gehst du?»

«In keine.»

Er war skeptisch. «Du schaust durchtrainiert aus. Turnen?»

«Mehr oder weniger», sagte Noel, verblüfft über die komische Aussprache des Mannes.

«Dacht' ich mir. Kann ich immer gleich sagen. Hab' dich schon früher mal gesehen. Du wohnst hier in der Nähe?»

«Noel kommt von der Westküste», warf Vega ein. «San Francisco.»

Noel hatte nicht gewußt, daß Buddy zuhörte. Gab es einen Grund dafür?

«Oh, wahrscheinlich hab' ich dich dort drüben gesehen.»

«Tony war kürzlich für Filmaufnahmen dort», sagte Vega.

«Ja», sagte Tony, lächelte und zeigte einige kürzlich eingesetzte, blendend weiße Stiftzähne. «Ich bin so was wie ein Star.»

«In Pornostreifen», erklärte Vega. «Tony Coe.»

Noel nickte, als ob er den Namen kannte.

«Paß auf», sagte einer der anderen Männer. «Er wird dich auffordern, mit ihm einen Streifen zu machen.»

Sehen Sie, Mr. Cummings, Sie brauchen Mr. X wirklich nicht zu suchen. Er wird Sie finden, hatte Loomis gesagt.
Und Chaffee: *Sie werden dir erzählen, daß sie einen Filmstar aus dir machen wollen ...*
«Was ist daran auszusetzen?» fragte Tony gekränkt, in einer Haltung, die brodelnde Gewalttätigkeit hinter seinem dümmlichen Äußeren verriet.
«Noel hat zu viel Klasse für einen Pornostreifen», sagte Vega scharf.
«Du bist genau mein Typ», sagte Tony und blickte Noel an. «Genau mein Ficktyp. Würden echt gut aussehen zusammen. Na, Bruder? Echt, gut. Ich würde es so einrichten, daß du nicht mal wüßtest, wann die Kamera läuft.»
Tony griff in seine Hemdtasche und zog eine Geschäftskarte hervor, die er Noel überreichte. Darauf stand: Reality Productions, GmbH.
«Behalt' sie», sagte Tony. «Ruf mich an.»
Noel steckte die Karte ein und bemerkte, wie Vega ihn genau beobachtete. Warum hatte er unterbrochen? Was ging hier vor? Etwa eine Minute später kam ihm die Antwort auf seine Frage so plötzlich zum Bewußtsein, daß er sich bei seinem letzten Bissen Cheeseburger beinahe verschluckte. Konnte Tony Coe Mr. X sein? Und wußte Buddy das? War es das, was Coe gemeint hatte, als er sagte, er habe Noel schon früher einmal gesehen, obschon das nicht möglich war?
Während Vega sich Kaffee und Nachspeise zu Gemüte führte, suchte Noel nach Bestätigungen für diesen Eindruck. Aber Coe nahm keine Notiz von ihm, da er in ein hartnäckiges Streitgespräch mit einem seiner Freunde über zwei Drogen verwickelt war, von denen Noel noch nie etwas gehört hatte. Ein arroganter Typ, gewiß. Aber reichte das für einen Verdacht aus? Er hatte gesagt, daß Noel genau sein Typ wäre. Na und? Vielleicht sagte er das jedem, den er anziehend fand.
«Wir müssen gehen», verkündete Vega. «Noel arbeitet heute abend.»
Als sie das Restaurant verließen, stand Tony Coe auf und folgte ihnen. Mit leiser Stimme sagte er zu Buddy: «Schade wegen Kansas, was?»
«Ja. Eine verdammte Scheiße», sagte Vega und fügte rasch hinzu: «Ich habe den Mann nie wirklich gut gekannt. Er schaute häufig im Grip rein.»
«Ich ihn auch nicht», sagte Tony. «Du weißt ja, horizontal, aber

nicht gut.» Er änderte seinen Ton und verabschiedete sich. «Bis bald, Baby», fügte er an Noel gerichtet hinzu.
Noel wartete, bis sie einen Häuserblock weit gegangen waren, bevor er fragte: «Ist er auch ein Detektiv?»
«Tony? Ich weiß nicht. Warum? Ich sagte dir doch schon, daß er ein Pornostar ist.»
Diese Antwort hatte nichts zu bedeuten. Noel befühlte die Karte, die Tony ihm gegeben hatte. Pornographie hatte Loomis ihm gesagt. Mr. X *war* im Pornogewerbe.
Der Grip war vollgepackt, als sie ankamen. Chaffee begrüßte Noel und schob ihn an die Seitentheke. Es gab eine Menge zu tun, und weitere eineinhalb Stunden vergingen, ehe Noel Zeit fand, zu sich zu kommen und sich umzuschauen. Eine Minute später bemerkte er, wie Vega sich mit jemandem die Treppe hinunterstahl.
Während dieser ersten Nacht im Grip bekam Noel einmal einen ganz unverblümten Antrag, dutzende Male wurde mit ihm geflirtet, er erhielt ein Trinkgeld von zehn Dollar von einem Herrn in mittleren Jahren, der ganz in Leder gekleidet war, vier Drogen wurden ihm angeboten, von denen mehrere tödlich klangen, und er rauchte die dritte und vierte Zigarette seines Lebens.
Er kam spät nach Hause und wählte die Geheimnummer. Eine Zeitlang antwortete niemand, dann hörte er die mütterliche Stimme einer Frau.
«Ist es eilig, Lieber?» fragte sie. «Ich rufe den Fischer zu Hause an, wenn Sie wollen.»
«Nein. Bemühen Sie sich nicht.»
Beim Zähneputzen fragte Noel sich, wie groß die Wahrscheinlichkeit war, daß Tony Coe und Mr. X identisch wären. Dieses weißzahnige Lächeln. Die übermäßig muskulösen Arme und Schultern, die plumpen Hände, wie Schraubstöcke – Hände, die einem den Kopf gleich von den Schultern reißen konnten.
Er ging schlafen, als die Morgendämmerung durch die Jalousien drang.

8

«Letzte Runde!» rief Noel.
Nur ein paar Leute schlenderten hinüber an die Theke für einen letzten Drink.
Es war seit Mitternacht flau gewesen. Rick sagte, es gebe mehrere große Partys in dieser Nacht. Noel hatte von mindestens einem Dutzend verschiedener Gäste von einer Party in der Window Wall gehört – einer Privatdiscothek im Stadtzentrum. Es war früh am Sonntagmorgen, aber mit dem Gefühl einer Samstagnacht und in dieser Subkultur, wie in jeder anderen, waren alle Männer aufs Vögeln aus. Die meisten Stammgäste würden in der Window Wall gelandet sein, der Rest sich in den Bädern oder in der Gängen von Le Pissoir umhertreiben, eines Klubs, der nach der Sperrstunde noch offen war und wo in einer Reihe von riesigen, unansehnlichen Räumen Sex-Shows abliefen, in denen man mit seinem momentanen Partner zu jeder beliebigen Zeit ein Star sein konnte: Die Angestellten richteten manchmal die Scheinwerfer auf die Gäste. Wenn man sich nicht schnell aus ihrem blendenden Lichtschein herausbewegte, standen die Leute um einen herum um zuzusehen.
Noel war natürlich noch nie im Le Pissoir gewesen. Auch nicht in den Bädern, ja nicht einmal in der Window Wall, wo Frauen zugelassen – und dreißig zu eins in der Minderzahl waren. Aber nach drei Wochen ruhigen Verhaltens und genauen Zuhörens hatte er genug erfahren, um zu wissen, was seinen Kunden sonst noch angeboten wurde.
Er sagte sich, daß er gar nicht in diese Lokale zu gehen brauche, daß er von einem Dutzend Nächte im Grip mehr als genug Material habe, um ein Buch zu schreiben. Er hatte zwanglose Beziehungen mit den anderen Angestellten und sogar mit einigen Stammkunden angeknüpft. Er wußte, daß er als einer von ihnen betrachtet wurde. Dies war ein wichtiger Schritt.
Wilbur Boyle war der gleichen Ansicht gewesen. Als Noel sich schließlich an seinen Institutsleiter mit seiner Idee gewandt hatte, hatte Boyle zur Vorsicht geraten, sich aber offensichtlich riesig darüber gefreut, daß sein Vorschlag aufgegriffen worden war. Beeindruckt auch von Noels Initiative, einen Job direkt im Mittelpunkt der Homosexuellenwelt zu übernehmen. «Eine enorme, aber notwendige Arbeit», hatte Boyle es genannt und Noel vor einer überraschten Alison herzlich die Hand geschüttelt. Gottlob, dachte Noel.

«Machst du bald Schluß?» fragte Rick Chaffee jetzt.
«In einer Minute.»
Noel ergriff die Kasse, seine Trinkgeldschachtel und seinen Schreibblock.
«Die leeren Flaschen liegen hier unten», sagte Noel und deutete auf die Schnapsflaschen, die er im Lauf seines Schichtwechsels ausgeschenkt hatte. Der Manager würde sie kontrollieren und mit den Einnahmen vergleichen, um zu sehen, wieviel davon verkauft worden war. Kein Problem für Noel. Seine Kunden kauften, schnorrten nie Gratisdrinks und gaben reichlich Trinkgelder. Wie Chaffee vorhergesagt hatte, brachte Noel reichlich Kundschaft herein.
«Gehst du heut nacht in die Window Wall?» fragte Rick. «Jimmy DiNadio hat gerade von dort angerufen. Er meinte, der Ort sei so heiß wie die Hölle.»
«Gehst du hin?» fragte Noel.
«Sobald ich fertig bin.»
Noel wußte, daß *er* nicht hingehen würde. Er würde nach Hause gehen und sich schlafen legen. «Vielleicht. Ich weiß es noch nicht.»
Er brachte sein Zeug hinunter ins Büro. Die Bürotür war geschlossen, und Noel mußte alles unter einen Arm klemmen und dort balancieren, um die schwere Tür aufzubringen.
Verdammt! Das Licht war ausgeschaltet.
Er langte hinüber und tastete über abbröckelnden Gips, um den Schalter zu finden, drehte ihn an und kniff im plötzlichen Licht die Augen zusammen.
Zwei Köpfe wandten sich ihm überrascht zu. Buddy Vega, sein T-Shirt halbwegs über die Brust hochgestreift, seine Jeans heruntergelassen, über einen nackten Mann gebeugt, den Noel nicht gleich erkannte und der auf dem Büroschreibtisch lag, als ob dies die bequemste Matratze wäre.
«Bist du verrückt geworden?» schnauzte Vega.
Noel ließ seine Last beinahe fallen.
«Das Licht, Süßer. Das Licht!» befahl Vega, nickte in Richtung auf den Wandschalter, ohne seine Hüftbewegungen zu unterbrechen.
«Laß es an», sagte der andere Mann mit einem starken spanischen Akzent. Jetzt erkannte Noel ihn – Miguel.
«Schließ gefälligst die Tür», sagte Buddy. «Komm in fünf Minuten wieder.»
Noel blieb wie angewurzelt stehen, als er sah, was hier so unbe-

kümmert getan wurde – und ausgerechnet von Buddy Vega. Aber er machte schließlich die Tür zu, kehrte um und ging nach oben. Beim Hinaufgehen stieß er mit Bob Seltzer zusammen, einem anderen Barmixer, der auf dem Weg nach unten war.

«Es ist besetzt», sagte Noel und hielt ihn auf. Er war noch immer geschockt und merkte, wie ihm plötzlich der Schweiß auf die Stirne trat.

«Wie besetzt?» fragte Seltzer und ging um Noel herum eine Stufe tiefer. «Vega ist da drin.»

«Na und?»

«Er ist mit jemandem», versuchte Noel zu erklären, ohne es direkt sagen zu müssen.

«Bumst er jemanden?» fragte Seltzer, amüsiert über Noels offensichtliches Unbehagen. Als Noel zustimmend nickte, fragte Seltzer: «Stehst du etwa auf Buddy?»

Noel brauchte eine halbe Minute, um sich zusammenzureimen, was er meinte. «Ich? Du spinnst wohl?»

«Jedenfalls tust du so», sagte Seltzer und schob sich nach unten. «Ich werde mir die Sache einmal anschauen. Ich war schon immer ein Voyeur.»

Durch Bobs Antwort und den Vorfall gleichermaßen aus der Fassung gebracht, floh Noel nach oben.

Unter sich hörte er Seltzer die Bürotür öffnen und nach einer langen Minute sagen: «Oh, Verzeihung!» in einem übertrieben entschuldigenden Ton, gefolgt von Vegas Schimpfkanonaden.

Nur noch wenige Besucher waren oben geblieben. Einem, der an der Wurlitzer-Jukebox eingedöst war, klopfte der Killer Max kräftig auf die Schulter. Max brannte darauf, wie Noel wußte, mit jemandem heute abend Nummer Sechsundachtzig zu spielen und hatte wahrscheinlich sein Opfer gefunden. Chaffee stand am Wandtelefon und unterhielt sich zweifellos wieder mit Jimmy DiNadio. Er hielt die hohle Hand über den Hörer, als er Noel sah.

«Ich dachte, du hättest schon Schluß gemacht?»

«Hab' ich auch. Vega vögelt jemanden dort unten.»

«Schon wieder? Dann mußt du wohl hier abrechnen», sagte er und machte Platz auf der Theke. Er kehrte zu seinem lebhaften Flüstergespräch mit Jimmy zurück. Noel wußte, daß sie ein Liebespaar waren und dieser Tage mal wieder Probleme hatten. Ricks Entgegnungen hörten sich wie eine Menge Erklärungen und Entschuldigungen an.

«Wir schließen, meine Herren», rief Max, hielt die Tür offen

und beförderte «Dornröschen» auf den Gehsteig. Er drehte sich um damit er sehen konnte, ob noch irgendwelche Nachzügler zurückgeblieben waren, und als er niemand mehr sah, schloß er die Tür ab. «Allmächtiger, was für 'ne Menge Hänger heute nacht», sagte er und kam zur Bar, wo Bob sich zu Noel gesellt hatte, der gerade mit Abrechnen fertig war. «Die sehen ja aus wie Ausschußmaterial aus dem Altersheim im Bellevue.»
Bob zählte laut seine Kasse und ließ Max ostentativ unbeachtet.
«Wie wär's mit heute abend?» wollte Max von Bob wissen. «Ich hab' 'n paar neue Ketten.»
«Laß mich in Ruhe, Quasimodo!» sagte Bob. «Du bist ungefähr zweimal so alt und zehnmal so häßlich wie einer, mit dem ich gehen würde. Geh und belästige Noel.»
Seit fünf Jahren lebte Bob Seltzer mit einem Liebhaber zusammen und hatte gewöhnlich zwei oder drei kleinere Liebesaffären, die alle gleichzeitig über die Bühne gingen, wie Noel wußte. Und einen zweiten Job, bei einer Bank. Woher nahm er nur die Zeit dazu? fragte Noel sich.
«Träum heut nacht von mir», sagte Max schließlich, wobei er seine langen Leder-Jeans hochzog und Chaffee, der immer noch telefonierte, zuwinkte.
«Der nervt einen», sagte Bob, als Max zur Seitentüre hinaus war und Noel sie hinter ihm abgeschlossen hatte. Ohne weitere Erklärung fragte er Noel: «Willst du ein paar Rote oder Tuinals? Billig heute abend. Ausverkauf.»
Er zeigte ihm eine Handvoll phosphoreszierend gefärbter Kapseln in einer weißen Papiertüte. Noel wußte, daß diese Barbituratmischungen nicht als Schlafmittel benutzt, sondern als Superrelaxans betrachtet wurden und bei vielen schwulen Partybesuchern hochgeschätzt waren.
«Ich nehme ein paar», rief Rick. «Wie viele hast du?»
Sie schlossen ihren Handel ab, während Rick versuchte, sein Gespräch mit Jimmy zu beenden. Schließlich gab er auf und kam an die Theke zurück.
«Wenn mir dieser kleine Schweinehund unter die Finger kommt, bring ich ihn um.»
«Mit Tuinals?» fragte Noel.
«Bist du verrückt? Der frißt die wie Sen-Sens.» Noch immer vor sich hinmurmelnd gesellte sich Rick zu den beiden, die den Abschluß für ihn machten, und fing zwischendurch wieder an: «Heirate nie einen Sizilianer, Noel. Die sind schlimmer als Scheiße. Eifersüchtig wie der Teufel.»

«Noel ist kein heiratslustiger Typ», versetzte Bob. «Er ist ein Einzelgänger.»
«Ich war mal verheiratet», entschlüpfte es Noel. Er verspürte ein Gefühl neuer Kameradschaft. «Mit einer Frau.»
«Buddy *ist* verheiratet. Du siehst ja, wie ernst er's nimmt.»
«Mit Jungs zu vögeln ist die portoricanische Auffassung von Geburtenkontrolle», erklärte Bob. «He, mir fehlen fünfundsiebzig Cents. Verklagt mich!»
«Bei mir stimmt die Kasse», war Noels Antwort. Er hatte eine Reaktion auf sein Geständnis erwartet. Als keine erfolgte, fühlte er sich erleichtert.
Vega kam die Treppe herauf und ließ Miguel durch die rückwärtige Türe hinaus. Bob war zum Telefon hinübergegangen. Rick brachte alle Kassen, eine auf die andere gestapelt, zum Büro hinunter und blieb lange genug stehen, um Vega zu sagen: «Wie ich gehört habe, hast du unten was Ausgefallenes getan. Ich hoffe, du hast gründlich saubergemacht?»
Als Noel und Vega allein zurückgeblieben waren, sagte Buddy: «Hättest dabeibleiben sollen, vielleicht hättest du was lernen können.»
Ihre Augen trafen sich und blieben über der Theke aneinander haften. Vega entging nicht der Abscheu, den Noel empfand.
«Wenn ich etwas lernen möchte, schlage ich in Büchern nach», sagte Noel scharf.
Vega starrte verächtlich zurück, dann öffnete er eine Dose Bier, stürzte den Inhalt zur Hälfte hinunter und verließ die Theke.
«Gehst du nicht in die Window Wall, Noel?» fragte Rick und kam die Treppe herauf.
«Ich fühle mich heute nacht wie zerschlagen.»
«He! Noel?»
«Ja?»
«Was auch immer zwischen dir und Buddy vorgefallen ist, es ist besser, du kommst darüber hinweg. Nicht gut fürs Geschäft, verstehst du?»
«Es ist nichts zwischen mir und Buddy».
«Ich sagte dir schon, daß ich dein Privatleben nicht in der Bar haben will», warnte Chaffee. Dann, freundlicher: «Vergiß ihn, Mann. Er hat Kinder und all das. Komm mit zur Party, lerne ein paar andere Jungs kennen. Die schwärmen heute nacht in die Wall wie Mücken ans Licht.»
Noel stellte gleichzeitig fest, wie sehr Rick sich irrte und wie gelegen dieser Irrtum ihm kam. Wie er die Feindseligkeit zwi-

schen ihm und Vega als Sexproblem auslegte, was Noel gerade paßte und ihm einen Grund gab, warum er nicht ausgehen oder gesehen werden wollte.
«Danke, Rick. Ich weiß, du hast recht. Aber nicht heute nacht.»
«Dann nächsten Donnerstag. Es gibt dort eine große Party. Da kommst du aber, klar!»
«Ja, Mutti», neckte Noel ihn seinerseits. «Gute Nacht. Sag Jimmy 'nen Gruß von mir.»
Draußen schienen die Straßen besonders leer. Ein paar Freier in Autos fuhren langsam auf und ab. Nur zwei Jungen standen plaudernd im Torweg eines die ganze Nacht geöffneten Schmierenlokals. Es schien alle Ausgestoßenen und unteren Schichten anzuziehen, welche die Gegend zu bieten hatte: Junge Schwarze mit wasserstoffgebleichtem Haar, mit silbernen Lidschatten, hormongeschwellten, knospenden Brüsten, nur halb verdeckt unter aufdringlich gemusterten Blusen, besoffene Penner aller Altersklassen, die an den Tischen einschliefen, bis man sie hinauswarf, arme Teenagerpaare, die angeregt miteinander schwatzten, vermutlich über ihre Probleme, und eher als nicht einen Haufen Speed geschluckt hatten.
Noel ging nicht hinein. Die meisten seiner Stammgäste im Grip würden das ebenfalls nicht tun. Die Mehrzahl von ihnen waren tagsüber Berufstätige aus dem Mittelstand und bevorzugten die stilvolleren, in Art Deco eingerichteten Lokale weiter oben an der West Side.
«He, Mann! Warum so eilig?»
Noel drehte sich nach der Stimme um. Aus der Türe der Kneipe trat eben ein Junge mit einem weißen Pappbecher voll dampfender Flüssigkeit in der Hand. Bei seinem ersten Besuch im Grip war Noel Zeuge geworden, wie der Junge von einem anderen aufgegabelt wurde. Noel kannte seinen Namen: Larry Vitale. Er kam ziemlich regelmäßig in den Grip und ging nie allein nach Hause. Den «Kleinen Larry» nannten Bob Seltzer und Rick ihn. Nicht nur, weil er noch minderjährig war, sondern auch wegen seiner kleinen, gedrungenen Gestalt. Er und Noel hatten bisher kaum fünfzig Worte miteinander gewechselt, aber Noel hatte bisher wiederholt von irgendeiner Arbeit an der Theke aufgeblickt, um den Kleinen Larry schelmisch lächeln zu sehen, als ob sie ein Geheimnis teilten.
«Möchtest du einen Schluck?» bot Larry den Becher an. «Es ist Kaffee.»
«Nein, danke.»

«Gewöhnlich schmeckt er scheußlich», sagte Larry und nippte daran. Die Faxe, die er dabei zog, unterstrich die Qualität des Kaffees. «Hab' 'ne plötzliche Gier danach gehabt.»
Larry lehnte gegen die Ziegelmauer des Restaurants, wobei er einen Stiefel hinter sich an der Mauer aufstützte, um sein Gleichgewicht zu halten.
«Warum so eilig?» fragte er noch einmal. Das schelmische Lächeln tauchte erneut auf.
«Ich gehe nach Hause. Müde.»
«Schade», sagte Larry gedehnt, wobei er das Wort fast verschluckte. «Gerade jetzt bin ich in Stimmung. Ich dachte, wir könnten ein paar Quaalude einwerfen und uns zusammen amüsieren.»
Als der Junge sprach, kam sich Noel wieder dreizehn Jahre alt vor. Der andere Junge war sein Vetter Chas. Chas sprach in demselben Tonfall und bestürmte Noel, mit ihm in ein dichtes Gebüsch zu kommen, ziemlich weit von Chas' Elternhaus entfernt, wo keine neugierigen Augen sie sehen konnten, während sie eine Zigarette rauchten, die Chas seinem Vater gestohlen hatte, und den Inhalt ihrer kurzen Hosen gegenseitig begutachteten.
Noel zuckte die Achseln. «Tut mir leid. Ich bin erschöpft. Ich wäre heut nacht nicht sehr amüsant. Glaub mir.»
Kindliche Enttäuschung zeichnete sich in dem Gesicht des Kleinen Larry ab. Er sah sogar jünger als seine sechzehn Jahre aus, wie ein kleiner Cupido, niedlich und sexy. Eine kleine männliche Lolita. Dann grinste er wieder. «Ein andermal.»
«Ein andermal», sagte Noel, wobei er eine Hand auf Larrys Schulter legte und genügend Druck gebrauchte, daß er es als etwas auslegen konnte – als ein Versprechen oder eine Vereinbarung. Er wußte, daß mindestens soviel verlangt war.
«Bis später, Baby», sagte der Kleine Larry, offensichtlich zufriedengestellt. Er drehte sich von der Mauer fort, aus Noels Reichweite, schabte mit seinem Stiefelabsatz an den Ziegeln und machte sich langsam auf den Weg zum Park, der am Ende der Straße den Hudson River unregelmäßig säumte. Er blieb einen Augenblick stehen, um seinen Kaffee auszutrinken, dann schleuderte er den Pappbecher in eine überquellende Mülltonne.
Noel rührte sich nicht von der Stelle und beobachtete, wie er davonging. Larrys junger Körper wippte ein wenig auf den abgetretenen Absätzen seiner Cowboystiefel, die schlanken Beine

hatten einen leicht federnden Gang, die eng anliegende, verblichene Jeanshose brachte seinen Hintern voll zur Geltung. Der Gürtel hatte sich leicht nach rechts verschoben, wo der schwere Schlüsselring ihn hinunterzog. Zwischen der Jacke, die er offen trug, und dem Gürtelband hing eine Handbreit Hemd heraus, und ein winziges Dreieck seiner Haut war entblößt.
Wer zum Teufel war der Kleine Larry überhaupt? Irgendein Ausreißer, der sich in der Schwulenszene niedergelassen und sich rasch angepaßt hatte?
Der kleine Spritzer könnte ebensogut Mr. X sein, sagte sich Noel.

Eine halbe Stunde später wiederholte Noel diesen Satz durch das «Hintertürchen» zu Loomis.
«Ich dachte, Sie sagten, er sei noch ein Kind?» war die Reaktion von Loomis.
«Ist er auch. Aber Sie suchen einen, der anders ist, nicht wahr?» widersprach Noel. «Geben Sie es zu, Loomis. Es ist nicht so herausgekommen, wie Sie es sich vorgestellt haben. Ist ja ganz klar, solange der Kleine Larry das beste ist, womit ich aufwarten kann.»
«Sie sagten was von einem Schauspieler», sagte Loomis. «Wie hieß er gleich?»
«Tony Coe. Sie sagten doch, daß Sie bei ihm und seiner Filmgesellschaft nichts Verdächtiges feststellen konnten.»
«Stimmt», bestätigte Loomis. «Aber sehen Sie auch die Sonnenseite: Kein einziger Mord, kein einziger Wechsel in der Geschäftsleitung, seitdem Sie hier sind.»
«Bin ich jetzt dazu noch Glücksbringer geworden?»
«Worüber beklagen Sie sich eigentlich? Jedermann sollte Ihr Glück haben. Sie kriegen Material für Ihr Buch. Sie sind gern gesehen. Gut bezahlt. Was nörgeln Sie ständig?»
«Keine Nörgelei. Vermutlich bin ich nur müde.» Und unfähig, hätte er am liebsten hinzugesetzt, mit der Spannung fertigzuwerden, nicht zu wissen, wen er suchte. Noel hätte gern gesagt: *Ich dachte einfach, ich würde Ihre Zeit verschwenden.* Aber Loomis wechselte auf ein anderes Thema über.
«Wie kommen Sie und Vega miteinander aus?»
«Immer das gleiche.»
«Heißt das besser oder schlechter?»
«Heute nacht ein wenig schlechter.»

«Möchten Sie darüber sprechen? Ich habe Zeit.»
Noel wollte nicht darüber sprechen. An der Theke hatte er keine persönliche Beziehung zu Vega. Er sah ihn kaum. Vega erklärte ihm nie etwas, gab ihm nie einen Wink oder brachte Ideen ins Spiel, nicht einmal Warnungen. Er vermutete, daß er nichts mehr zu wissen brauchte. Zum Teufel, heute fragten die Leute *ihn*. Er wußte mehr als viele andere. Er fühlte sich mit allen wohl, außer mit Vega. Chaffee war wie ein älterer Bruder, der vernünftige Ratschläge gab, selbst wenn seine Auffassungen weit daneben waren. Bob Seltzer wie ein jüngerer Bruder, der ein Schürzenjäger war: Nur war Bob hinter Männern her. Selbst mit Max war leicht auszukommen, soweit das bei einem großen, leicht dämlichen, unter Umständen aber tödlich gefährlichen Schoßhund möglich ist. Sie akzeptierten Noel und er sie. Und deswegen taten dies auch alle Gäste. Alle außer Buddy Vega.
«Ich will ihn nicht verurteilen», sagte Noel und ließ seiner langen Liste von Klagen freien Lauf, «aber ich kann nicht anders. Er braucht es nicht . . . wissen Sie, es mit so vielen Kerlen treiben.»
«Es verunsichert Sie?» fragte Loomis. «Weil er verheiratet ist?»
Manchmal hatte Noel das Gefühl, als spreche er mit einem Psychiater. «Es beunruhigt mich, aber ich weiß selbst nicht warum.»
«Machen Sie sich deswegen keine Sorgen. Gehen Sie ihm aus dem Weg. Sie brauchen ihn nicht mehr. Sie haben sich gut eingelebt. Bleiben Sie einfach schön ruhig.»
«Gut eingelebt», wiederholte Noel.
«Rufen Sie morgen an», sagte Loomis. «Wissen Sie was, gehen Sie ein bißchen aus. Sie brauchen morgen nicht arbeiten. Gehen Sie in eine der anderen Bars. Nehmen Sie einen Drink. Schließen Sie Bekanntschaften.»
Noel begriff. «Also schön.»
Gut eingelebt, dachte Noel und legte den Telefonhörer auf die Gabel. Mit voller Krankenversicherung, aber ohne Lebensversicherung. Und ohne Ahnung, wer Mr. X war.
Zum Teufel! Es konnte Buddy Vega sein.

9

Der Umsatz am Mittwoch war verhältnismäßig flau, und Noel fühlte sich immer mehr wie eine Figur aus einem Stück von Eugene O'Neill, die menschlichen Leidensgeschichten zuhört und halbidiotische Ratschläge über die Theke erteilt, als Buddy Vega mit Miguel hereinkam.

«Bist du immer noch sauer auf mich?» fragte Buddy, als Miguel zum Billardtisch ins Nebenzimmer ging. «Miguels Zimmergenosse hatte einige Leute zu Besuch. Wir konnten nirgendwo anders hingehen.»

Noel erwiderte, daß es ihm egal sei.

«Fein!» sagte Vega. «Geht dich sowieso nichts an.»

Er ließ seine Worte wirken, bevor er fragte: «Gehst du morgen abend in die Window Wall? Es gibt 'ne Riesenparty dort.»

«Ich glaube nicht.»

«Du solltest besser hingehen. Ich weiß aus zuverlässiger Quelle, daß dein Mann X auf dieser Party sein wird.»

«Vermutlich die ganze Stadt dazu, nach all dem Gerede darüber», schoß Noel zurück. «Wie groß ist die Wahrscheinlichkeit, ihm in einer solchen Masse zu begegnen?»

«Ich weiß aus zuverlässiger Quelle, daß X von dir gehört hat.»

Das brachte Noel einen Augenblick zum Schweigen. Obwohl ein kalter Schauer ihn durchlief, antwortete er: «Von wem? Von dir?»

«Geh doch einfach hin, Mann. Kannst ja die Hintertürchen anrufen. *Er* wird dir dasselbe sagen.»

«Werde ich tun», sagte Noel und machte es klar, daß er sich keine Befehle von Vega erteilen ließ, wie zweckdienlich sie auch sein mochten.

Buddy sah, daß er es ernst meinte. Er runzelte ärgerlich die Stirn und gesellte sich zu Miguel an den Billardtisch. Sie blieben dort eine weitere halbe Stunde, dann verließen sie den Grip, die Arme einander um die Schultern gelegt. Noch immer wütend, beobachtete Noel, wie sie hinausgingen.

Während einer kurzen Pause schlüpfte er hinaus und ging zwei Häuserblocks weit zu einer öffentlichen Telefonzelle, wo er das «Hintertürchen» anrief. Nach kurzer Zeit kam Loomis an den Apparat. Der Fischer sagte, er fände es gut, wenn Noel in die Discothek ginge, obschon die Wahrscheinlichkeit gering wäre, daß er mit Mr. X zusammentreffen würde. Irgendwie ärgerte das Noel sogar noch mehr.

Er war kaum zur Bar zurückgekehrt, als zwei Latinos in einen Streit gerieten. Bevor Max sich einschalten konnte, wurde der kleinere von seinem Freund auf die Straße hinausgedrängt und erhielt einen Schlag auf die Nase. Im Nu fielen die beiden übereinander her.

Alle traten aus der Bar heraus oder gingen an die Fenster. Die beiden Latinos waren verletzt und bluteten, ehe Max und zwei andere Männer sie trennen konnten. Selbst mit festgehaltenen Armen schimpften sie aufeinander ein und teilten Fußtritte aus, wobei jeder von ihnen versuchte, dem anderen den letzten Tritt zu versetzen.

«*Maricón!*» schrie der kleinere plötzlich und spie das Wort zusammen mit einem Mundvoll Schleim aus.

Der andere brach von den Händen los, die ihn festhielten, stürzte sich auf seinen Freund und rammte ihn kopfvoran in den Bauch. Es vergingen ein paar weitere Minuten, bis ihre Freunde sie trennten, und den einen zu einem Wagen, den anderen zurück in die Bar schleppten.

«*Maricón!*» schrie der kleinere draußen vor dem Grip, als er in jemandes Ford vorbeifuhr und den Finger in einer Fick-dich-Geste in die Luft streckte.

Sein Liebhaber war zu dem Zeitpunkt in der Bar. Er lehnte sich gegen die Wand und begann still zu schluchzen, wobei seine Schultern sich hoben und senkten und er den Kopf verborgen hielt. Plötzlich drehte er sich um, sein Gesicht war bleich und von Haß entstellt. «Ich werde diesem Ficker sein Herz fressen!» sagte er und starrte mit wildem Blick in der Bar herum, dann lief er hinaus.

Alle im Grip sprachen in der nächsten halben Stunde lebhaft über den Vorfall. Noel war besonders erregt. Der Kampf zwischen den beiden Männern hatte die ganze unterschwellige Feindseligkeit zutagetreten lassen, die er gegen Buddy Vega verspürte. Mit Schrecken erkannte er, welch großen Schaden sie einander zufügen konnten.

Er brauchte Vega nur einen *maricón* zu nennen . . .

10

Es war etwa zehn Uhr am folgenden Abend, und Noel sah das Verzeichnis neuer Wörter durch, die er während der Arbeit im Grip aufgeschnappt hatte. Er war so darin vertieft, daß er beim zweiten Läuten erst auf halbem Weg zum Hörer war, bevor er innehielt. Bestimmt würde es kein drittes Mal läuten. Er wartete. Es läutete wieder zweimal, dann hörte es plötzlich auf. War das nicht das Verabredungszeichen des Fischers? Er wartete wieder, aber das Telefon blieb stumm, und so ging er zurück an die Arbeit.

Er hatte mehr als sieben Seiten beisammen, beinahe hundert Eintragungen von Wörtern, ihrer Aussprache, Definition und Anwendung. Alle bedingt durch die Tatsache, daß sie jederzeit abgeändert werden konnten – Jargon war eine lebende Sprache. Aber alle hundert aus dem wirklichen Leben gegriffen. Die meisten von ihnen jedem völlig unbekannt, außer den Bewohnern der Schwulenwelt, in der sie angewendet wurden. Selbst wenn er nichts weiter zu diesem Projekt unternahm, war Noel überzeugt, daß dieses Wörterverzeichnis eine wichtige Errungenschaft war. Wie man etwas Bestimmtes nannte, wie man etwas sah, wie man sich dazu verhielt. Jemanden, mit dem man schlief, einen «Stich» oder eine «Nummer», einen «Liebhaber» oder einen «Freund» zu nennen – alles allgemein gebrauchte Ausdrücke, obschon mit verschiedenen Abstufungen –, hatte eine bestimmte Bedeutung. Dasselbe traf zu, wenn man einen engen Bekannten einen «Bruder» oder eine «Schwester» oder gar eine «Geige» nannte. Es faszinierte Noel.

Wieder das Telefon. Das Verabredungszeichen. «Lockvogel da», sagte Noel. Er haßte das Drum und Dran der Kodenamen und die Scheißspioniererei.

«Sind Sie das?» Es war Loomis.

«Sie haben schon einmal angerufen, nicht wahr?» fragte Noel. Sein Blut pulsierte heftig im Daumen, der den Hörer hielt. «Oder war es nur eine Stichprobe?»

«Keine Stichprobe. Gehen Sie zu dieser Party heute abend?»

«Sie sagten, daß ich sollte.»

«Richtig. Aber seien Sie ein wenig vorsichtig, Lockvogel.»

Jetzt schoß ihm das Blut richtig in den Kopf. «Vorsichtig? Wie das?»

«Versuchen Sie einfach, sich nicht zu ungewöhnlich zu benehmen. Passen Sie sich etwas mehr an.»

«Was ist los?»
«Nicht viel. Vielleicht überhaupt nichts. Ich habe nur ein paar Dinge gehört. Sie haben ein wenig Verdacht erregt.»
Scheiße! dachte Noel. Fehlt mir gerade noch. «Weshalb?»
«Nichts Besonderes. Nur für den Fall, . . . ich habe jemanden, der Sie absichert.»
Der Fischer hatte *das* noch nie zuvor getan. Jetzt war Noel wirklich nervös. «Werde ich erfahren, um wen es sich handelt?» fragte er und versuchte, ruhig zu bleiben.
«Nein. Natürlich nicht.»
«Wer hat Verdacht geschöpft?»
«Ich bin nicht sicher. Aber es ist jemand, der mit dem Grip verbunden ist. Keiner von den anderen Angestellten. Vielleicht der stille Teilhaber. Unser Freund besitzt das Lokal, obschon sein Name auf keinem der Papiere steht.»
«Sie meinen X?»
«Mister X», verbesserte Loomis. «Ja. Ich weiß nicht, wer es ist. Haben Sie jemanden hereinkommen sehen, der sich mit Chaffee etwas komisch unterhalten hat?»
«Ich weiß nicht genau.»
«Nun, einfach Vorsicht heute abend, ja? Wahrscheinlich ist es nichts.»
Vega hat es getan, dachte Noel gleich nachdem er den Hörer aufgelegt hatte. Verdammt noch mal, Buddy, arbeitest du für Whisper oder für X? Wer könnte es sonst sein, wenn nicht Vega?
Rick Chaffee war es bestimmt nicht, folgerte Noel um Mitternacht, als er den Barmanager sah. Noel war zu einer Vor-Window-Wall-Zusammenkunft in Ricks Wohnung im Dachgeschoß eines Lagerhauses in der Innenstadt eingeladen worden, nur ein paar Gehminuten vom Discoklub entfernt. Der Barmanager begrüßte ihn wie einen lang vermißten Bruder, und es war nur schwer zu glauben, daß Rick sich nicht ebenso aufrichtig freute, wie er das beteuerte, als Noel sich zu ihm gesellte.
Ein halbes Dutzend andere Gäste saßen da, plauderten und rauchten Gras auf den zwei niederen Diwans und den riesigen Kissen, um einen großen Kaffeetisch verteilt, der mit einer rechteckigen Glasplatte überdeckt war und handgefertigt aussah. Unter den Anwesenden waren zwei Paare, die Noel schon in der Bar gesehen hatte: Jimmy DiNadio, der die seltene Gelegenheit hatte, einen Abend mit seinem Freund zu verbringen, sowie eine schlanke, stark geschminkte und ziemlich attraktive

Frau von etwa fünfundzwanzig Jahren, die Noel sofort mit dem Etikett: *fag hag* versah.

Eintragung Nr. 67: «Fag Hag», hatte er früher an diesem Abend geschrieben. «Ein weibliches Anhängsel der Schwulenszene. Eine heterosexuelle Frau jeden beliebigen Alters und Berufs, die gewöhnlich die Mutterrolle übernimmt und die Vertraute eines Einzelnen, einer lose zusammengehörenden Gruppe oder Familie von Homosexuellen wird, die sich an geselligem Beisammensein beteiligt, mit ihnen lebt und manchmal (selten) mit ihnen schläft. Gewöhnlich ist sie entweder reizlos oder aber hübsch, sehr oft übergewichtig, im allgemeinen hat sie Angst vor Männern und vor Sex, immer einsam und gewöhnlich ein ausgelassener Spaßvogel, glaubt sie, ihre Lebensaufgabe sei, homosexuelle Männer glücklich zu machen.»

Diese Frau hieß Wendy, sie hatte einen unverkennbaren Südstaaten-Akzent und Augen, die groß und blau waren und sehr hart dreinblickten. Noel setzte sich ihr gegenüber an den Tisch, neben Jimmy DiNadio.

«Ich bin froh zu wissen, daß Chaffee nicht die Aushilfen fickt», sagte Jimmy, wobei er eine Hand auf Noels Schulter legte, als sie einander das Gesicht zuwandten. «Sonst . . .mmm.» Er stieß einen warnenden Laut aus und machte eine typische Geste eines Brooklyn-Italieners mit seiner offenen Hand.

«Er hat es nicht einmal versucht», meinte Noel.

«Erzähl mir keine Geschichten. Natürlich hat er's versucht. Ich kenne ihn. Fängt das Zeug bei dir an zu wirken?»

Noel geriet tatsächlich schon nach einigen Zügen Marihuana, das er rauchte, als wäre es eine Zigarette, in einen stärkeren Rauschzustand, als er sich je erinnern konnte. Er bot den Stoff Jimmy an, der ihn ablehnte.

«Zieh' mal kräftig durch, Mann. Doppelte Anstrengung, doppeltes Vergnügen. Jedermann in der Wall wird schon verladen sein. Darum ist die Energie so groß.»

Gegenseitige Vorstellungen wurden in der üblichen lässigen Art gemacht, und Noel nahm ein Glas Weißwein und lauschte dem Taktschlag der Tanzmusik, die dumpf von großen Lautsprechern aus verschiedenen Ecken des Zimmers dröhnte. Selbst die Beleuchtung flackerte unruhig. Schon bald redete jeder ein bißchen lauter, gestikulierte übertriebener.

«Seid Ihr alle schon angetörnt?» fragte Rick. «Jimmy? Wendy? Du, Noel?»

«Bin völlig stoned», erwiderte Noel.

Er wunderte sich, daß Vega nicht hier war, und wollte gerade nach dem Grund fragen, als Chaffee rief: «Zeit für ein Nasenbonbon!» – wobei er begleitet von einem Chor von Ooohs und Aaahs, eine durchsichtige Phiole mit weißem Pulver hochhielt. «Kein Verschnitt», erklärte Rick, wie ein Kundenwerber, der auf einem Rummelplatz Patentmedizin verkauft. «Von den schattigen Berghängen des alten Peru! Erste Qualität. Von meinem Lieblingsdealer, der leidenschaftlich in mich verknallt ist.»
Noel zögerte, als das Ritual des Kokainschnupfens begann. Aber er konnte keine Einwände erheben. Nicht, wenn er an Loomis' Warnung dachte, sich heute abend ja nicht anders oder ungewöhnlich zu verhalten. Noch mehr Marihuana tauchte auf, und Wendy und zwei andere begannen verschiedenartige Pillen herumgehen zu lassen.
«Los, wir gehen!» schlug Jimmy plötzlich vor. «In diesem Zustand will ich nicht die ganze Nacht über Schlange stehen.»
Jedermann stimmte bei, aber es verstrichen weitere zwanzig Minuten, ehe sie aus der Dachwohnung kamen und der riesige Lagerhauslift sie nach unten brachte. Noel mußte sich an der Wand festhalten, als der Aufzug plötzlich stehenblieb und dann einen halben Meter durchsackte. Alle außer Jimmy und Rick rangen nach Luft. Wendy schlug Chaffee ärgerlich auf die Schulter. Noel hatte es den Atem verschlagen, und sein Sehvermögen war getrübt.
«Kleiner Trip, nur ein kleiner Trip. Es wird in dieser Nacht noch eine ganze Menge mehr geboten werden!»
Sie nahmen fächerförmig Besitz von der ganzen leeren Asphaltstraße.
«Wir haben freien Eintritt!» rief Rick. «Wenn ihr meinen Namen nennt, wird man euch hereinlassen, falls wir getrennt werden.» Er legte einen Arm auf Noels Schultern, und sie gingen ein paar Schritte hinter den anderen drein. «Ich bin froh, daß du gekommen bist. Ehrlich.»
«Ich auch», erwiderte Noel.
«Wie gefällt dir Jimmy?»
«Er ist nett.»
«Das ist eben das Problem. Zu nett. Hätte er nicht dieses Küß-mich-bitte-Gesicht, würde ich mich schon lange von ihm getrennt haben. Ohne Kohl!» Er drückte Noel enger an sich. «Heute nacht werden wir jemanden für dich finden.»
Noel gelang zur Erwiderung ein, wie er sicher war, schiefes Lächeln.

«Sähe ich so aus wie du, wäre ich auch wählerisch», setzte Rick hinzu. «Egal, was andere Leute sagen. Aber heut nacht werden die absolut heißesten Männer in der Wall einfahren. Du kannst nur auslesen.»
Das Gespräch begann Noel zu beunruhigen. Er hoffte, Rick würde ihn vergessen und keine Verkuppelungs-Nummer abziehen, aus der er sich später herauswinden mußte. Dann sah er eine günstige Gelegenheit.
«Was sagen denn die Leute über mich?»
«Du seist hochnäsig. 'ne Queen. Daß du glaubst, du seiest zu gut für jeden anderen. Daß du glaubst, Erdbeereis zu scheißen.»
«Vielleicht tu ich das», sagte Noel leichtfertig. Aber er fühlte sich scheußlich. Das war die zweite Warnung heute abend.
Sie waren um eine Straßenecke gebogen. Plötzlich gab es dichten Verkehr – Taxis, in doppelter Reihe geparkt, Dutzende von gepflegten langen Limousinen mit Chauffeuren, ein Gedränge von lärmenden Partybesuchern, welche die Straße in farbenfrohen, wechselnden Gruppierungen bevölkerten. Hier war der Schauplatz der Party. Aber Noel hatte das ohnehin gleich erkannt.
Ohne das Erdgeschoß hätte der Bau so unauffällig ausgesehen wie Dutzende von Gebäuden, an denen sie bereits vorbeigekommen waren: Stahlbeton, mattfarbene Ziegel, unbeleuchtete Fenster, fünf Stockwerke hoch. Was jedoch auffällig war, und was den Namen des Lokals sofort verriet, war das Erdgeschoß – bestehend aus zahllosen viereckigen Mattglasfenstern, dreißig Zentimeter tief, und irgendwie von innen beleuchtet, so daß sie hinaus auf Gehsteig und Straße strahlten. Eine Glaswand, die sich nach innen zu einem Eingang rundete, in den die Leute bereits hineinströmten – Leute, die Tamburine schlugen, mit Stöcken klapperten, Rumbakugeln schüttelten. Irgendwo von oben her, kaum hörbar, ertönte Musik.
Noch ehe Noel denken konnte, woran ihn dies alles erinnerte, wurde er von Ricky, Jimmy und den anderen eingeholt und glitt unbemerkt in die mit Spiegeln ausgekleideten Korridore der Window Wall. Der Fußboden stieg an zu einem kreisförmigen Portal mit Glastüren, die mit silbernen Art-Deco-Motiven verziert waren. Der Rhythmus wurde jetzt lauter, die Musik war näher.
Rick sammelte seine Gäste an einem silbrig verzierten Eintrittskartenschalter, wie solche in einem altmodischen Kino üblich waren, grüßte die Angestellten mit Namen und rief laut: «Acht,

zusammen mit mir.» Durch einige Portale hindurch bog der Korridor nach links ab.
«Alle Mäntel abgeben!» befahl Jimmy.
Sie standen auf dem Korridor herum, während er mit ihren Überkleidern verschwand. Noel fühlte sich seltsam erleichtert, aber leicht benommen.
«Nasenlöcher her!» sagte Rick und schwenkte einen winzigen Löffel Kokain in der Luft. «Jetzt das andere. Fein!»
Der Wirkung des Marihuana – für Noel eine weiche Droge, wie starker Wein – fügte das Kokain eine plötzliche Wachsamkeit hinzu, einen leicht distanzierenden Effekt. Gar nicht unangenehm, entschied er, doch eher schwach für eine derart teure Droge.
Er wurde dahingehend instruiert, seinen Garderobeschein in der Brieftasche oder an einem anderen sicheren Ort aufzubewahren.
Von Jimmy auf der einen Seite, von Rick auf der anderen untergehakt, fühlte Noel sich um eine weitere Biegung des mit Glaswänden versehenen Korridors in eine riesige, gewölbte, mit Spiegeln versehene Halle vorwärtsgezogen. Die Musik und die Lichter trafen ihn wie ein elektrischer Schlag.
«Uuuuiiii! Jetzt lassen wir los!» rief jemand.
Noel wurde halb hochgehoben, glitt über Teppiche, an Spiegeln, herabhängenden Kugeln und Mobiles, Gemälden und Statuen auf Sockeln vorbei, alles in einen ständig wechselnden Lichtschein getaucht und mitten im Strudel eines chaotischen Tanzes.

11

In den zwanziger und dreißiger Jahren war die Window Wall eines der größten und beliebtesten Warenhäuser am unteren Broadway gewesen. Man betrat sie durch ein halbes Dutzend nach innen gerundeter Foyers, gelangte dann in eine der verschiedenen kleinen kreisförmigen Vorhallen, welche zu einem Zwischengeschoß hochführten, das rings um das vier Stockwerk hohe Hauptgeschoß gebaut war. Von einer anderen, teilweise offenen Fläche, zwei Stockwerke höher, führten Rolltreppen gemächlich in den Hauptraum hinunter.
Bei der Renovation war das Innere des Gebäudes fast vollkom-

men herausgerissen worden, ausgenommen das Dutzend runde Säulen, die anmutig bis zur entfernten Decke aufragten und jetzt für ein Maximum an Reflexion und Refraktion in Mylar gehüllt waren. Beibehalten waren von der ursprünglichen Einrichtung auch die gebogenen Blockglaswände, die einmal Büros, Verkaufstische für Kosmetik und Toiletten beherbergt hatten. Einige von diesen waren nur hüfthoch, andere erstreckten sich über ein ganzes Stockwerk und hatten halbkreisförmige Geländer oder umschlossen eine ganze Anzahl wohnzimmergroßer Aufenthaltsräume auf dem Zwischengeschoß. Die größte und auffälligste Blockglaswand beherrschte die Tanzfläche im Parterre und ragte drei Meter darüber heraus wie ein mittelalterlicher Balkon, mit Schiebefenstern, gewöhnlich vom Discjockey und dem Beleuchtungstechniker offengehalten, die ihre elektronische Magie von dieser Zelle aus diskret überwachten.

Die langen Rolltreppen hinauf gelangte man in die Mirror City, die als Hauptschlager französische Küche und einen Stab von einem Dutzend Chefköchen zu bieten hatte, die früher in eleganten Restaurants gearbeitet hatten, mit Namen, die man in den Gesellschaftsspalten und in den phantasievolleren Reiseführern fand. Ein Teil des Restaurants war von den schlangenförmigen Blockglaswänden umgeben, ein anderer Teil davon war offen und hing über dem Tanzboden, abgeschirmt von undurchsichtigen, vom Boden bis zur Decke reichenden Trennwänden, um die Musik und den Partylärm unten zu dämpfen. Auf der anderen Seite des offenen Raums, gegenüber der Mirror City, waren weitere Aufenthaltsräume, die meisten von ihnen matt beleuchtet für Dia-Shows und Kinofilmvorführungen. In einem Raum wurden Kabarettdarbietungen gezeigt. In einem anderen war die Piano-Bar untergebracht.

Das Stockwerk darüber war den Angestellten vorbehalten und bestand aus Büros und Lagerräumen, wie das auch bei einem Teil des Stockwerks unter der Tanzfläche der Fall war. Hier gab es auch die riesigen Badezimmer, wie die übrige Window Wall im Art Deco-Stil dekoriert, und ausgestattet mit Duschen, Saunas, Dampfbädern und Umkleidekabinen. Umgeben waren diese von einem halben Dutzend kleinerer Räume, beinahe Höhlen. Dort flimmerten pornographische Filme an einer Wand und Gestalten gaben sich einem langsamen, beinahe schweigenden Geschlechtsverkehr auf den Sofas und Kissen hin, die über den teppichbelegten Fußboden verstreut waren.

Der dicke Teppich wiederholte sich in leicht veränderten Schattierungen überall in der Window Wall, außer der riesigen Tanzfläche in der Mitte – ein leicht erhöhter Hartholzboden dort. Die Teppiche wurden durch Möbel, mit teuren, weichen Stoffen überzogen, ergänzt: Stühle, Sofas, dazu Kaffeetische aus Stahl mit Glasplatte, die aus einem Luxusappartement der Park Avenue hätten stammen können. Hunderte von Palmen in Keramiktöpfen belebten die Aufenthaltsräume, bildeten manchmal halbkreisförmige kleine Gärten mit Marmorbrunnen und Tischchen mit exotischen Blumen. Mehr Blumen – riesige, sinnliche, wohlriechende Zimmercallas – waren in großen Vasen unregelmäßig über den Raum verteilt. Genau wie die verschiedenen zeitgenössischen Skulpturen, Drucke, Graphiken und Aquarelle. Zwei riesige Wandmalereien im Restaurant waren von berühmten Künstlern signiert, von denen sogar Noel etwas gehört hatte. Spiegel hingen überall und in allen Größen und reflektierten das einfallsreiche, immer wieder wechselnde Farbenlicht. Die allgegenwärtigen Blockglaswände waren wie getrennte Abschnitte eines Labyrinths.
Es mußte Hunderttausende von Dollars gekostet haben, um die Diskothek zu renovieren und auf den neuesten Stand zu bringen, Tausende in der Woche, nur um die Pflanzen zu pflegen und frische Blumen zu beschaffen.
Aber sogar noch erstaunlicher war das Menschengewühl, das die Window Wall zu bieten hatte. Hunderte von Männern mit schweißglänzendem, nacktem Oberkörper hielten einander eng umschlungen auf der Tanzfläche, einer den Körper des anderen an sich pressend, wirbelnd, stampfend, schreiend mit tierischem Vergnügen. Atemberaubende, langbeinige Frauen in knapper Disco-Aufmachung – rückenfreies Oberteil mit Halsträger und hauchdünnen Slacks, ihre Arme um die Schulter oder Taille ihrer Partnerin gelegt, standen in Türeingängen beisammen und rauchten Marihuana, küßten sich feurig, während ihre Glieder sich langsam umeinander schlangen. Liebespärchen, Weiße, Schwarze und Latinos, die sich ebenso wie die anderen hier zu Hause fühlten, berührten einander mit großer Sinnlichkeit, steckten einen Finger in den Mund des anderen oder hakten beim Gürtel ein.
Die Lichter änderten sich ständig, langsamer in den Aufenthaltsräumen, aber intensiv, stoßartig und verwirrend um die Tanzfläche. Schatten, kurz aufleuchtende Profile. Silhouetten. Hände, die sich ausstreckten, um des anderen Wange zu strei-

cheln. Körper, die so nah vorbeiglitten, daß du nicht nur ihre Berührung, sondern auch ihre Erregung spürtest. Eine Liebkosung an den Lenden. Ein Stoß von hinten, der sich in ein langsames Reiben verwandelte, dann plötzlich aufhörte. Ein rasches, leichtes Berühren von Lippen im Nacken, jemand, der in der Menge untertauchte, wie du dich umwandtest, um zu sehen, wer es war. Eine reptilhafte Zunge, die aus dem Mund einer stark geschminkten Frau schoß, nahe zu deinem Ohr. Ein plötzlicher Griff nach deiner Schulter und die gleich darauf erfolgende Entschuldigung des muskulösen Riesen, der eben gemerkt hatte, daß du der Falsche warst. Sein maisgelbes Haar vom Schweiß verklebt, Schweißschimmer auf seiner Brust, bald rosa, bald karminrot, dann lavendelfarben, je nach dem Wechsel der Lichter.
Und das Hämmern, das dauernde, gleichförmige, unbarmherzige Hämmern der Tanzmusik, der du dich einfach überlassen konntest und die dich mitriß, leicht und mühelos, bis du nicht einmal mehr da warst, sondern fort, weit fort, auf einem Trip ...

«Es sind die Lichter», sagte ihre Stimme sanft.
Noel wurde sich plötzlich bewußt, daß er den Duft von Rosen gerochen hatte.
«Die Lichter hypnotisieren. Und die Musik natürlich auch.»
Ihre Stimme kam von irgendwoher in der Nähe. Er hörte ihre Haare knistern und öffnete langsam die Augen.
Der Schock mit dem Rosenöl. Ein Haarschopf so schwarz und glänzend und kräftig, daß man Lust verspürte, ihn zu berühren, um seine Dichte zu prüfen. Wiederum die Liebkosung ihrer Stimme.
«Die Musik, ja. Und auch du heute nacht, mein Liebling.» Die Stimme brach ab nach dieser atemberaubenden Liebkosung, ihr Akzent so sanft wie die Seine, die sich am linken Ufer vorbeiwindet.
Als er die Augen wieder aufschlug, war sie weg.
Noel rappelte sich auf, brauchte eine Minute, um ins Gleichgewicht zu kommen, fühlte sich sofort besser, blickte im Aufenthaltsraum umher, um zu sehen, wie sie aussah und wohin sie gegangen war. Da er sie nicht finden konnte, ging er hinüber zu der nächstgelegenen Bar.
«Schatz! Du siehst ganz verladen aus!»

Es war jenes Mädchen bei Rick und Jimmy, wie hieß sie gleich, sie stand ganz nahe bei ihm, schüttelte sich in wildem Shimmy, als ob sie einen winzigen Motor in ihren Hüften versteckt hätte und den Schalter nicht finden konnte, um ihn abzustellen. Hinter ihr standen Rick und Jimmy.
«Froh, daß du hergekommen bist?»
«Ich bin nicht so sicher», erwiderte Noel. Er schüttelte den Kopf und versuchte, sich darüber klarzuwerden. Aber er fühlte sich eigentlich sehr viel besser, als er es zugeben wollte. Er hatte an diesem Abend den Höhepunkt seines Drogenrausches überschritten und kam langsam wieder herunter, hatte sich wieder unter Kontrolle.
«Nun, *ich* bin sicher», sagte Jimmy. «Du warst auf dieser Tanzfläche beinahe eine Stunde lang ohne Unterbruch. Wir mußten dich schließlich wegziehen, bevor du uns in den Erschöpfungstod jagtest.»
«'ne ganze Menge Spannung losgeworden, was?» fragte Rick.
«Vermutlich.»
«Wie gefällt dir der Klub?»
«Habe noch nie so was gesehen.»
«Es gibt so was auch nicht noch mal.»
«Stimmt nicht», korrigierte Jimmy ihn. «*Clouds* zum Beispiel. In der Oberstadt.»
«Ja, aber in *Clouds* könnten wir nicht auf dem Tanzboden ficken», meinte Rick.
«Wir ficken ja hier auch nicht auf dem Tanzboden.»
«Aber wir könnten es, wenn wir wollten», beharrte Rick.
Jimmy schnitt eine Grimasse, dann wandte er sich an Noel: «Du siehst den Scheißkopf, mit dem ich es zu tun habe? Ich mag Männer. Es ist das männliche Ego, das ich nicht vertragen kann.»
«Du hast genau das gleiche Ego», forderte Rick ihn heraus.
«Das ist ja genau das Problem!»
«Und der Spaß», gab Rick zurück und liebkoste Jimmy, eifrig bedacht, ihm zu gefallen. Sie zögerten, dann begannen sie sich zu küssen. Noel beobachtete sie einen Augenblick, dann wandte er sich verlegen zur langen Bar um. Irgendwie glaubte er nie wirklich, daß Rick so etwas tat, obschon er es immer angenommen hatte. Es war seltsam, es zu sehen. Seltsam.
Er drehte sich ganz um, mit Blick auf die Tanzfläche, vorbei an einem spiegelbesetzten Portal, ähnlich dem, durch das sie in die Window Wall gekommen waren. Silhouetten von Liebespär-

chen drängten sich dicht an die Spiegelwände des Portals heran, wobei sie einander eng umschlungen hielten und sich küßten. Die meisten Paare waren Männer: einige wenige gemischt. Im Gegensatz zum Grip war dies das Herz von Loomis' metaphorischem Dschungel. Der Turf des Mr. X. Feindesland. Wieder der Duft von Rosenöl.

Noel drehte sich herum, um zu sehen, woher er kam. Es gab keine Blumen in der Nähe, nur üppige Schwertfarne hingen überall über der Bar.

«He, Jungs, wollt ihr einen Boogie tanzen?» fragte Wendy.

«Jetzt nicht», sagte Jimmy, die Stimme halberstickt vom Abknutschen.

Noch immer der Duft von Rosen. Und jetzt auch das Haar – unverkennbar dasselbe Haar, das an Noel vorbeigerauscht war. Auch ihre Stimme, obwohl er ein paar Sekunden brauchte, um sicher zu sein. Er konnte nicht hören, was sie zum jungen Mann sagte, neben dem sie ging.

Noel hielt seinen Platz, drehte sich aber um, so daß er ihnen rund um die Biegung der Bar folgen konnte, wo sie stehen blieben, umgeben von herunterhängenden Farnwedeln. Der Begleiter lehnte sich nun über die Theke, und ein Barmixer kam, um seine Bestellung aufzunehmen.

Unterdessen wandte die Frau sich um und starrte Noel an, und während sie das tat, hob sie eine Hand hoch, um sich das dunkle Haar aus dem Gesicht zu streichen. Ihre dunklen Augen sagten: *Los, bewundere mich, ich weiß, daß ich schön bin,* bevor sie sich halb ihrem Begleiter zuwandte und Noel die hohen schlanken Schultern zeigte, entblößt von einem tiefen V-Ausschnitt, der gerade über ihren hohen, kleinen Hinterbacken ansetzte.

Sie sprach mit dem Mann, sehr dicht neben ihm, aber er blickte statt dessen auf Noel, bis ihre Drinks vor ihnen standen. Noel blickte zurück auf den Glücklichen mit der temperamentvollen, schlanken europäischen Schönheit an seiner Seite. Gerade der Richtige, dachte er bei sich. Optisch genau der richtige Begleiter für sie, dieser robuste, junge Strohblonde mit dem sauber gestutzten Schnurrbärtchen, den scharf geschnittenen Gesichtszügen, den tiefliegenden, beinahe slawisch gewinkelten Augen. Beide von ihnen hätten ideale Modelle für eine kostspielige Cognac-Reklame in einer der teuren Zeitschriften auf Glanzpapier sein können.

Gefesselt von ihr, wie er war, konnte Noel nicht den Blick von

dem Paar abwenden, obschon der Mann ihn jetzt durchdringend anblickte – als ob er ihn warnen wollte.
«Gefällt dir der Typ?» fragte jemand hinter Noel.
«Welcher Typ?» fragte er und drehte sich weit genug um, um sehen zu können, daß die Stimme Miguel gehörte, Vegas Freund und Sexpartner vom Grip.
«Der dekadente WASP-Typ. Aufsteiger.»
«Ist sie das?» Als er es sagte, merkte Noel, welchen Ausrutscher er eben gemacht hatte. Miguel zog eine Augenbraue hoch und sagte spitz: «Er ist das. Oder möchte das glauben.»
«Du kennst ihn?» fragte Noel und hoffte, den Schaden ungeschehen machen zu können.
«Er ist immer zur Stelle», sagte Miguel geheimnisvoll und lehnte sich auf eine Art an Noel an, daß dieser einen halben Schritt zurückwich.
«Sind die beiden immer zusammen?»
«Manchmal. Manchmal ist er auch allein.» Miguel schien noch nicht überzeugt zu sein. Er fügte hinzu: «Sie ist Alana De Vijt. Ein Spitzenmodell. Mehrere hundert Dollar in der Stunde. Er ist Eric der Rote. Du hast schon von Eric dem Roten gehört, was?» Eine Herausforderung.
«Kann nicht behaupten, daß ich es habe. Ich bin nicht von hier, erinnerst du dich?»
«Eine Menge Typen aus Frisco kennen Eric. Er ist einer der Dominanten in der Stadt. Vermutlich der bekannteste Sado im Land.»
«Er sieht aus wie ein Versicherungsvertreter», sagte Noel.
«Er sieht sehr gepflegt aus, ist durchaus möglich», stimmte Miguel bei. «Aber heiß.»
Verschiedene Leute drängten sich zwischen Noel und das Paar. Noel war sicher, daß Miguel hinsichtlich der beiden log. Der Mann hatte es deutlich nicht gemocht, daß Noel seine Frau musterte. Wo waren Jimmy und Chaffee? Gegangen. Wahrscheinlich beim Tanzen.
«Hast du wirklich noch nie was von Eric dem Roten gehört?» beharrte Miguel.
Noel mochte weder Miguel noch die aufdringliche Art seiner Frage.
«O doch. Sein Sohn, Leif, entdeckte Neufundland im elften Jahrhundert.»
«Ich dachte, du seist in der Frisco-Szene dringewesen?» bohrte Miguel weiter.

«Ein wenig.»
«Ich dachte, du warst dringewesen. Buddy hat das jedenfalls gesagt. Er sagte, du hättest drüben in einem ganz heißen Lokal gearbeitet. Dem Slot. In der Sechzehnten Straße. Hast du etwa nicht dort gearbeitet, he?»
Das klang nach einer Falle. Noel begann rasch zu denken.
«Na und?» Noel nahm die Herausforderung an und kämpfte gegen seine aufsteigende Panik an.
«Oder vielleicht hattest du drüben einen Liebhaber?»
«So ungefähr.»
«Oh, ja! Wer? Wie hieß er?»
«Würdest ihn doch nicht kennen. Bürgerlicher Typ. An der Universität.»
«Die ist in Berkeley. Über die Brücke. Erinnerst du dich?» Jetzt war er wirklich beharrlich, wirklich aufdringlich.
«Und das Slot ist auch nicht in der Sechzehnten Straße», sagte Noel aufs Geratewohl.
«Oh, ja! Wo ist es dann? Wen zum Teufel glaubst du, daß du verarschen kannst, Mann? Nicht mich!»
Miguel starrte ihn an. Das Ausfragen, die drohende Haltung erschreckten Noel. Er wußte, daß dies Vegas Werk war. Aber das machte die Sache nicht besser. Wenn Miguel nicht der war, von dem Loomis die «Gerüchte» gehört hatte, dann befand sich diese Person vermutlich in der Nähe. Noel wußte jetzt, daß er nicht aufstehen und weggehen durfte, weil dies als Eingeständnis seiner Niederlage ausgelegt würde, als Eingeständnis seiner Lockvogeltätigkeit.
«Nun?» fragte Miguel, sein Gesicht jetzt verzerrt, nur ein paar Zentimeter von dem Noels entfernt. «Nun, was sagst du dazu, Mann?»
Noel lehnte sich langsam zurück gegen die Theke: «Ich sage, das Slot ist nicht in der Sechzehnten Straße. Und ich sage, daß du voller Scheiße bist!»
Miguel starrte ihn an, als könne er seinen Ohren nicht trauen.
«Hat wieder Downers gefressen, würde ich sagen», ließ sich jemand unweit von ihnen in gedehntem Ton vernehmen.
Es war der Kleine Larry Vitale, der zwischen den beiden zur Bar kam. Er legte eine Hand auf Noels Schulter und zwinkerte ihm zu.
Warum tat er das? Außer wenn . . . Allmächtiger! Konnte der Kleine Larry der «Aufpasser» sein, von dem Loomis gesprochen hatte?

«Hast du ein paar Rote dabei?» fragte Miguel in einem völlig veränderten Tonfall.
«Hab' sie alle eingeworfen», sagte Larry.
Miguel drehte sich um und fragte andere Leute nach Downers.
«Hast du viel Spaß heute nacht?» fragte Larry und hielt sich noch halbwegs an Noel fest, wobei er in seiner übertrieben gedehnten Sprechweise redete.
«Irre viel.»
«Nimm dich vor diesem Kerl in acht. Der ist verrückt wie Scheiße», flüsterte Larry. «He! Miguel! Komm her und erzähl Noel, warum sie dich ‹Maria die Wahnsinnige›, La Loca nennen!»
Wenn Larry der Aufpasser war, wieso tat er das?
«He, Kleiner Larry, kennst du etwa diesen Burschen?» fragte Miguel.
«Na klar!»
«Ich mag ihn nicht ausstehen. Er ist nicht ehrlich.»
«Du noch viel weniger. Und ich auch nicht.»
«Du weißt schon, was ich meine. Verdreh es nicht. Etwas stimmt mit ihm nicht.»
«Wie viele Seconals hast du eigentlich geschluckt?» wollte Larry wissen.
«Drei. Aber zum Tanzen nehme ich immer drei. Bist du auch ganz sicher, daß bei ihm alles stimmt? Ist was zwischen euch beiden?»
«Ja. Warum? Bist du eifersüchtig?»
Noel fühlte, wie die Hand des Jungen sich ihm um die Hüften schob und den Gürtel in einem lockeren Griff hielt. Er mußte der Aufpasser sein, den Loomis geschickt hatte.
«Nein», sagte Miguel, klein beigebend. «Ich glaube nicht.»
«Na schön. Hau jetzt ab», sagte Larry, «und laß uns endlich in Ruhe.»
Miguel mochte das nicht. Aber er entfernte sich trotzdem, unterhielt sich längs der Bar mit einigen anderen Leuten und bat sie um Downers.
«Der Bursche gibt mir richtig eine Gänsehaut», sagte Noel.
«Mir auch. Wir gehen jetzt besser raus hier.» Also war er doch Loomis' Mann!
Noel betrachtete das als Befehl. Einige Minuten später versuchten sie, durch die Menge zu der Kleiderablage zu gelangen.
«Heda! Gehst du schon?» fragte Jimmy DiNadio.
Er bemerkte Larry, warf einen vielsagenden Blick auf Noel,

dann erregte er Ricks Aufmerksamkeit und deutete mit einem Nicken auf Noel und Larry.
Dies ist vielleicht das Beste, was sich heute nacht ereignen konnte, dachte Noel – sein Fortgehen mit Loomis' «Aufpasser». Die anderen waren überzeugt, daß er und Larry nach Hause gingen, um zu ficken. Laß sie im Glauben.
Obschon es drei Uhr morgens war, schienen die ganze Zeit Leute hereinzuströmen, die alle versuchten, ihre Mäntel an der Garderobe abzugeben.
«Wir werden eine geschlagene Stunde hier warten müssen», stöhnte Noel, als sie die Menschenmenge vor der Kleiderabgabe erblickten.
«Gib mir auch deinen Garderobezettel», bat Larry. «Ich kenne eines der Mädchen. Ich werde unsere Sachen schnell herausholen.»
Noel tat wie geheißen und lehnte sich gegen eine der spiegelverkleideten Eingangstüren, wobei er die Menge der Neuankömmlinge beobachtete, darunter verschiedene Kunden aus dem Grip, die ihn erkannten und ihm ein Kopfnicken oder einen kurzen Gruß schenkten. Loomis hatte recht gehabt: Heute nacht hierher zu kommen, war vermutlich die wirksamste Art, um seine Glaubwürdigkeit in dieser Gruppe zu beweisen. Aber wo steckte Larry mit den Jacken?
Noel wanderte wieder am Rand der Menschenmenge, ohne seinen kleinen Begleiter finden zu können. Als er zur Eingangstür zurückkehrte, wo er zuerst gewartet hatte, war er überrascht, Miguel hinaus- und die Rampe hinuntereilen zu sehen, gefolgt von jemand Größerem, der ihm bekannt vorkam. Aber sie waren wie der Blitz verschwunden, und die Beleuchtung war so schwach und die wechselnden Farben so entstellend, daß Noel sich nicht einmal sicher war.
«Also los!» sagte Larry und warf Noel die Fliegerjacke zu. Sie zogen ihre Übersachen an und gingen die Rampe hinunter.
«Ich glaube, ich habe Miguel fortgehen sehen», sagte Noel. «Mit einem anderen Burschen.»
«Ja?» fragte Larry mit deutlichem Mißfallen. «Mit wem?»
«Ich konnte es nicht sehen.»
Draußen regnete es heftig, der unerwartete Sturm ließ die Dunkelheit hinter dem grellen Glanz der starken Lichter des Klubs noch schwärzer werden. Niemand sonst wartete im Rundfoyer. Noel und Larry schlugen ihre Kragen hoch und gingen hinaus.

Larry ging rasch und schweigend durch den Platzregen. Sie überquerten eine Seitenstraße und eilten eine kaum beleuchtete, verlassene Straße hinunter, die zu beiden Seiten von kahlwandigen Lagerhäusern gesäumt war. Noel begann nervös zu werden.
Nach einem weiteren Häuserblock und einem Einbiegen in eine sogar noch dunklere Straße wandte er sich um und glaubte zwei Gestalten zu sehen, die plötzlich vom Gehsteig in einen Torweg hasteten.
«Na komm schon», drängte Larry und wartete darauf, daß Noel ihn einholte.
«Wie weit noch?»
«Nicht mehr weit.»
Der Platzregen wurde heftiger, und sie beeilten sich, wobei sie sich dicht an die teilweise schützenden Hausmauern drückten. Aber Noel mußte sich unbedingt noch einmal umdrehen. Wieder erblickte er die zwei Gestalten, und diesmal war er sicher, wer sie waren – Miguel und Buddy Vega.
Er packte Larry an der Schulter und schrie in sein Ohr. Sie drehten sich beide um, um Ausschau zu halten. Das Wasser strömte auf ihre Köpfe und Gesichter herunter.
«Ich sehe niemanden», sagte Larry und blickte Noel dabei seltsam an.
«Ich bin völlig durchnäßt. Los, beeilen wir uns», sagte Noel und versuchte seine Furcht zu verbergen.
Sie sprinteten etwa einen Häuserblock weit, dann um eine Ecke und in einen Türeingang mit einer Stahltür. Als Larry die Aufzugtür öffnete, warf Noel einen Blick zurück auf die Straße. Sie war leer. Nicht einmal ein geparkter Wagen. Aber er war überzeugt, daß man ihnen gefolgt war.
Wenigstens war er bei Larry in Sicherheit.

12

Er fühlte sich sogar noch sicherer, als sie in der geräumigen Split-level-Dachwohnung ankamen und der Kleine Larry die Stahltür des Aufzugs sorgfältig hinter ihnen schloß.
«Du wohnst allein?» fragte Noel und versuchte sein Gleichgewicht wiederzuerlangen.
«Ich und ein paar andere Typen.»
Auf beiden Seiten der matt erleuchteten Wohn- und Eßräume führten Treppen zu den anderen Zimmern. Larry legte seine Jacke ab, holte ein Handtuch für sich selbst und Noel und begann sich abzutrocknen, dann geleitete er Noel eine Treppe hinauf, die über einer modern eingerichteten Küche und Frühstücksecke emporführte.
«Na, komm schon!» sagte Larry und forderte Noel auf, ihm zu folgen.
«Das ist mein Reich», erklärte er dann und schloß sorgfältig die Tür.
Es war ein geräumiges Zimmer ohne Fenster, aber mit einem ziemlich großen Oberlicht und einer Einrichtung, wie sie ja bald jeder zweite in der Stadt hatte, dachte Noel: spärliches Mobiliar, dicke Teppiche, überall Kissen, ein kleiner Tisch, Federbett und Matratzen, die dem Raum sein Gepräge gaben, mit einem Überwurf, um sie zu verstecken. Ein großer Wandschrank mit Holzschiebetüren, der eine erstklassige Stereo-Anlage enthielt – Tuner, Verstärker, Plattenspieler und ein normales Spulen-Tonband, das Larry mit einer Handbewegung einschaltete, worauf er eine andere Tür zur Seite schob, so daß eine kleine Bar zum Vorschein kam.
«Ich habe Wodka und Wein», sagte Larry. «Mach's dir bequem. Setz dich. Zieh deine Schuhe aus.»
Noel folgte ihm, zog seine halbhohen Stiefel aus und lehnte sich gegen das Bett.
«Wie fühlst du dich jetzt?» fragte Larry und setzte sich dicht neben ihn.
«Gut. Danke, daß du mich dort rausgeholt hast.»
«War mir ein Vergnügen», sagte Larry gedehnt. Gleichzeitig fühlte Noel die Hand des Jungen über seinen Schenkel gleiten und weiter oben zur Ruhe kommen. Was zum Teufel sollte das?
«Was ist los?» Larrys Hand erstarrte, als Noel unfreiwillig zusammenzuckte.

Dann war Larry also doch nicht Loomis' Aufpasser? Wer war er? Doch nicht Mr. X? Das konnte er doch nicht sein!
«Alles in Ordnung bei dir?» Der Tonfall des Jungen war unverändert. «Du kannst es doch ehrlich sagen, nicht wahr? Du bist doch nicht etwa am Ausflippen? Das neue Kristallzeug, das herumgeboten wird, setzt einer Menge Leute ganz schön zu.» Seine Hand blieb unbeweglich und strahlte an Noels Hosennaht Wärme aus, wie von einem erhitzten Metall.
«Das nicht», brachte Noel hervor. «Aber ich habe heute nacht ein bißchen zu viel gehabt.»
Er versuchte aufzustehen, und es gelang ihm, sich von der Hand des Jungen zu befreien, aber er konnte sich nicht im Gleichgewicht halten. Er glitt auf die Kissen zurück.
Larry lachte in der Art, wie das ein Kind tun würde: mit unverhohlenem Vergnügen.
«Wohin gehst du, Mann?» Er beugte sich vor und legte beide Hände auf Noels Schenkel. Bevor dieser begreifen konnte, was vor sich ging, umschlang ihn der Junge und streifte Noels Lippen mit dem Mund.
Noel schreckte zurück und hielt den Kopf abgewandt.
«Brauchst mir nichts zu sagen: Du hast Küssen nicht gern!»
Er war nicht Mr. X. Er war es nicht. Welch ein Witz!
«Eigentlich nicht», gab Noel zu.
«Miguel hatte recht, du *bist* komisch.»
Auch nicht Loomis' Mann. Aber beinahe gleich schlimm wie Mr. X oder Miguel. Wie Noel sich jetzt zu Larry verhielt, würde seinen Ruf im Grip bestimmen. Dies war entscheidend, ob Noel entlarvt würde oder nicht. Und wenn er entlarvt wurde, brauchten sie kein verlassenes Lagerhaus. Sie konnten ihn in seinem eigenen Bett umbringen. Konsequenzen. Eine Menge Konsequenzen, die daraus entstanden. Paß auf.
«Ich fühle mich etwas komisch», erklärte Noel und heftete den Blick auf die dunklen, jugendlichen Augen Larrys. «Du weißt schon, nach Miguel und all dem . . .»
«Er ist scharf auf dich. Ein Haufen andere auch. Weißt du, wie sie dich nennen? Die Jungfrau von San Francisco. Komisch, was?»
«Weil ich nicht jede Nacht mit einem anderen ins Bett gehe?» fragte Noel, der die Bemerkung als Vorwurf aufgefaßt hatte.
«Nee, Mann. Weil du mit überhaupt niemandem ins Bett gehst! Einen ganzen Monat nicht. Das ist unnatürlich. Wahrscheinlich auch unhygienisch.»

Er begann Noels Oberschenkel zu streicheln. «Schau dich an! Du magst nicht einmal berührt werden, hab' ich recht? Für was hast du dich entschieden? Kink? Faustfick? Demütigen? Sag mir's Mann! Wenn ich es noch nicht getan habe, will ich es versuchen. Ich möchte dir Freude machen. Was ist es? SM? Fesseln? Los, keine Angst, sag's schon!»
Er würde es tun, wußte Noel, ja, er würde es tun.
«Nein, wirklich. Ich bin einfach nicht in Form. Ich habe eine harte Woche an der Bar hinter mir, und . . .»
«Warum entspannst du dich nicht einfach?» fragte der Junge sanft. «Das ist's, leg dich mal hin und entspann dich ein wenig, Mann. Du brauchst gar nichts zu tun. In Ordnung? Gefällt dir das?»
Noel ließ sich in die Kissen rings um ihn sinken. Eifrige junge Hände begannen ihn zu liebkosen, wie er es sich gedacht hatte. Ja, laß es ihn tun. Eine Menge Burschen taten es. Lastwagenfahrer in Autobahnraststätten, Soldaten auf Urlaub, Tramper auf Vordersitzen von Autos, irgendwer, jedermann. Es hatte nichts zu bedeuten. Die Hände des Jungen waren warm, erfahren, eifrig, öffneten Noels Gürtel, streiften seine Jeans herunter, hoben sein Hemd hoch, tasteten sich über seinen Nabel, über Unterleib und Schenkel. Jeder hatte schon mal einen geblasen gekriegt. Warum nicht er? Er war geil. Er würde an Monica denken. Sie pflegte es manchmal zu tun. War nie sehr geschickt darin. Nicht wie Larry jetzt, dessen Zunge Noels Nabel umkreiste und hinauf zu seinen Brustwarzen wanderte, dann seine Rippen hinunter zu der Stelle, wo sein Hüftknochen begann, dann weiter über den Schenkel und . . . Einen blasen! In den Mund nehmen. Schwanzlutschen. Worte vor den Spinden, in der Garderobe der Turnhalle. Von plötzlichen jugendlichen Enthüllungen, gefolgt von einem verlegenen Schweigen. Es hatte ihn stets erregt, daran zu denken – es erregte jeden Mann, jeden Jungen, den er je gekannt hatte. Und dieser Junge verstand sein Handwerk! Was reichte er herauf? Poppers? Wörterverzeichnis. Nummer 156: Amylnitrid. Ein Medikament für Kranke, die an Angina pectoris leiden. Führt zu einem plötzlichen, irrsinnigen High. In ein Nasenloch, dann in das andere. Los geht's. Allmächtiger! Es macht einen irre high! Und dieser Junge ist wirklich unglaublich. Großer Gott! Wer hätte das gedacht? . . .
Er kam so stark, daß sein Körper steif wurde und er sich unfreiwillig aufsetzte, und als er versuchte, den Kopf des rasenden

Jungen wegzuschieben, sank er wieder zurück. Schließlich gab Larry ihn frei und wälzte sich auf die andere Seite.
Als Noel aufblickte, atmete Larry schwer und hatte dieses spitzbübische Lächeln, ein verbotenes Vergnügen mit ihm geteilt zu haben. «Das gefällt dir ein wenig? Ja?»
Noel fühlte die Felldecke unter sich wie liebkosende Hände.
«Ich glaube, du hast das gemocht. Komm, wir ruhen uns aus. Trinken ein bißchen Wein, rauchen ein wenig Gras, und dann das Ganze nochmals von vorn.» Er lächelte. «Vielleicht auch noch etwas anderes dazu?»
Der Junge stand da und entkleidete sich langsam, dann legte er sich neben Noel hin: geschmeidig, androgyn, wartend, lächelnd.

13

Noel erwachte plötzlich und setzte sich im Bett auf.
Sein erster Gedanke war, daß er sich nicht in seiner eigenen Wohnung befand. Sein zweiter, daß er etwas versäumt hatte.
Dann sah er Larry, neben ihm ausgestreckt, einen Arm über Noels Kopfkissen gelegt. Die Finger des Jungen schienen im Schlaf zu zucken. Ihre Bewegung hatte wahrscheinlich Noel geweckt.
Er zog die Bettlaken über den warmen, jungen Körper und fühlte sich mehr wie ein Vater oder älterer Bruder, als wie jemand, der nur ein paar Stunden zuvor in unerwarteter, entfesselter, von Drogen herbeigeführter Leidenschaft mit dem Jungen Sex getrieben hatte.
Er war später nicht mit Abscheu erfüllt gewesen. Mehr als alles andere, hatte er das gleiche experimentelle, wissenschaftliche Losgelöstsein verspürt, das er fühlte, wenn er Strichjungen beobachtete und Gesprächen im Grip zuhörte. Erst einen Monat, dachte er, und ich bin bereits Einheimischer geworden. Die degenerierende Dschungelfäulnis hat bereits eingesetzt. Ich darf nicht im gleichen Tempo weitermachen.
Loomis! Er hatte gestern abend Loomis nicht angerufen, um ihm Bericht zu erstatten. Das war's, was er versäumt hatte!
Neben dem Bett war ein Telefon. Zu nahe bei Larry. Besser, es unten zu tun.
Das Wohnzimmer war leer, die Türe zum gegenüberliegenden

Balkonzimmer geschlossen. Die anderen waren nach fünf Uhr morgens hereingekommen, kurz bevor er und Larry endlich eingeschlafen waren.

Noel schloß die Schlafzimmertür und schlich hinunter. Das Telefon in der Küche schien am sichersten: Es war unter Larrys Schlafzimmer, weit von den anderen Zimmern entfernt. Indem er die Hand über die Hörmuschel legte, begann er die Geheimnummer zu wählen.

Und hielt inne. Er konnte sich nicht erinnern, was nach der dreistelligen Fernkennzahl folgte.

Das Schweigen des unausgeführten Anrufs machte ihm Vorwürfe. Er legte den Hörer auf die Gabel und begann von vorn. Erst die Fernkennzahl, dann – was war gleich? Eine sechs? Eine neun? Alle vier Zahlen, die Loomis ihm genannt hatte, hatten dieselbe erste Stelle.

Welche war es nun? Er wählte wieder die Fernkennzahl, so wie wenn er erwartete, daß die Zahlen sich von selbst folgen würden. Noch einmal hörte er bei der vier auf. Sechs? Oder neun? Verdammt! Durch die Drogen, die er in der vergangenen Nacht geschluckt hatte, mußten ein paar Schaltungen in seinem Gehirn ausgebrannt sein. Ein wenig Gras? Etwas Kokain? Ist doch lächerlich. Neun oder sechs? Loomis wartete auf seinen Anruf. Aber was, wenn er glaubte, Noel sei verletzt worden oder ... wenn Detektive unterwegs waren, um nach ihm zu suchen? In der Schule? In seiner Wohnung? Neun oder sechs, verdammt noch mal! Welche Zahl war es? Sechs, entschied er, und wählte.

«Neun, acht, neun, null.»

Er drehte sich rasch um. Larry stand nackt unter der Küchentür. Noel erstarrte, den Hörer in der Hand.

«Oder neun, acht, vier, sieben», sagte Larry und kam in das Zimmer. «Los. Wähl schon!»

Noel legte den Hörer auf die Gabel.

«Warum hast du das getan? Der Fischer wartet doch.»

«Der Fischer?» Noels Frage klang ungeschickt.

«Loomis. Los! Wähle!»

Noel war schwerfällig – aufgewühlt von Fragen, Befürchtungen und Panik.

Larry kam zu ihm herüber. Noel zuckte unvermittelt zusammen. Der Junge bemerkte es nicht. Statt dessen nahm er den Hörer ab und wählte. Noel beobachtete ihn fasziniert, als ob er seiner eigenen Hinrichtung beiwohnen würde.

«Schließ die Tür», sagte Larry. Dann ins Telefon: «Peter Pan am Apparat. Ich habe den Lockvogel bei mir.»
Noel hatte gerade die Tür geschlossen. Er blickte sich ungläubig um.
«Dann warst du doch der ‹Aufpasser›!»
Der Kleine Larry setzte sein schadenfrohes Lächeln auf.

Zwei

FALLE GESTELLT

1

MAI 1979

«Ja, ja», sagte Wilbur Boyle und warf einen flüchtigen Blick auf eine oder zwei Seiten des Manuskripts, das Noel ihm einige Tage zuvor gegeben hatte. «Ausgezeichnet. Ein ausgezeichneter Anfang. Das Wörterverzeichnis ist ein besonders guter Einfall. Ich bin sehr zufrieden.»

Na schön, dachte Noel. Wenn Boyle mit bloßen fünfzig Seiten zufrieden war – wovon das meiste Register, Wörterverzeichnis und Tabellen waren –, wie würde er erst vom Rest begeistert sein.

«Diese semantischen Progressionstabellen sind schön. Sehr klar. Ebenso wie dieses Schema verwandtschaftsähnlicher Beziehungen, das Sie vorbereitet haben. Sehr fachlich.»

Noel hatte Boyle nicht mehr so ölig, so enthusiastisch gesehen, seit jenem Tag vor über drei Jahren, an dem er dem Lehrkörper beigetreten war.

«Jetzt wollen wir uns über das nächste Semester unterhalten», fuhr Boyle fort.

«Wenn es Ihnen recht ist, werde ich dieselben Klassen wie dieses Jahr übernehmen.»

«Sie werden keine Klassen übernehmen.»

«Keine?»

«Nein. Führen Sie dieses Projekt richtig durch, Noel. Arbeiten Sie den ganzen Sommer über daran und schalten Sie anschließend ein Feriensemester ein. Es ist ohnehin eins fällig bei Ihnen. Die notwendigen Geldmittel stehen bereits zur Verfügung, soviel ich weiß. Klug von Ihnen, sich mit jenem Institut in Verbindung zu setzen. Ich hätte nie daran gedacht. Wenn Sie mehr Geld brauchen, dann werden wir beim Verlag etwas dafür unternehmen können. Aber Sie sind doch in dieser Bar angestellt, nicht wahr?»

«*Keine* Klassen im nächsten Semester übernehmen?» wiederholte Noel erstaunt.

«Gar keine. Arbeiten Sie an diesem Projekt weiter.» Boyle hielt das Manuskript hoch und schüttelte es, wie um seinen Worten Nachdruck zu verleihen. «Die Studenten können für ein Semester ohne Sie auskommen. Aber *dies* – dies muß erst einmal abgeschlossen werden. Dies wird mehr für Ihre Karriere in der Abteilung tun, als Sie es sich vorstellen können. Glauben Sie mir, Noel, große Dinge! Größere, als Sie es sich bei der Übernahme dieser Aufgabe vorgestellt haben.»

Als seine Beredsamkeit am Ende war, stand der Institutsleiter auf und gab Noel die Papiere zurück.

«Behalten Sie sie. Das ist Ihr Exemplar», erklärte Noel.

«Ja. Natürlich. Ich nehme an, Sie haben Ihre Zensuren eingereicht?»

Noel fühlte sich durch Boyles vage Versprechungen abgewimmelt, er fühlte sich unbehaglich, daß er im nächsten Semester nicht die Sicherheit des Unterrichts hatte. «Ich habe heute meine letzten Zensuren eingereicht, bevor ich hergekommen bin, um Sie zu sehen. Es war eine Menge Arbeit, mit dem Job in der Bar und allem ...»

«Deshalb möchte ich, daß Sie sich das ganze nächste Semester nur dieser Sache widmen.»

Der Summer auf seinem Schreibtisch ertönte.

«Ich habe den ganzen Sommer vor mir», protestierte Noel. «Drei Monate.»

«Das wird nicht genügen. Sie werden sehen, daß ich recht habe.»

Weshalb denn nicht?

Boyle nahm den Hörer ab. Inmitten des Gesprächs schien er sich bewußt zu werden, daß Noel noch in seinem Büro war. Mit den Worten «Also viel Glück. Bleiben Sie in Verbindung», entließ er ihn.

Im Nebenzimmer des Büros des Institutsleiters saß Mirella Trent auf Alisons leerem Schreibtisch, ihre langen Beine übereinandergelegt, ihren Rock hochgezogen, und feilte an ihren Fingernägeln.

«Er gehört jetzt ganz dir», sagte Noel.

Sie sah erstaunt auf, dann blickte sie ihn nochmals in einer mehr kritischen Art an. Du meine Güte, wie stark sie diese Tage geschminkt war! dachte Noel, als ihre Augen sich trafen. So viel Lidschatten um ihre Augen, sie hätte einem ägyptischen Wandgemälde entstiegen sein können.

«Was genau führt ihr im Schilde?» Sie nickte in Richtung auf Boyles Büro.

«Das möchtest du zu gern wissen.»
«Ihr beide steckt unter einer Decke», meinte sie.
«Und ob. Dann auf später.»
«Noel», rief sie ihm nach, «schließ die Tür.»
Er tat es, aber nicht hinter sich. Er ging dorthin zurück, wo sie auf dem Schreibtisch saß. Sie hatte sich nicht bewegt.
«Ich glaubte, du würdest gehen», sagte sie in einem Ton, den er als ihre verführerische Stimme kannte.
«Tu ich auch.» Statt dessen strich er mit dem Zeigefinger über ihr gekreuztes Bein, von der Kniescheibe langsam hinauf bis zu ihrem Rocksaum.
«Du hast früher nie hier aufgehört», sagte sie. «Magst du mich nicht mehr, Noel?»
In Anbetracht ihrer Beziehung war dies eine sehr dezente Frage. Nachdem Monica gestorben war und Noel angefangen hatte, in der Universität zu arbeiten, hatte er sich sofort von Mirella angezogen gefühlt. Schon damals war sie die aufgeweckteste Frau am Institut gewesen. Sie war intelligent, amüsant, weltgewandt, wußte über alles Bescheid und schien jedermann zu kennen. Am wichtigsten: Sie war wundervoll im Bett. Wirklich unwiderstehlich.
Aber es dauerte nicht lange, bis ihre weniger anziehenden Eigenschaften hervortraten. Mirella war schamlos ehrgeizig, skrupellos, ichbezogen, rücksichtslos ihm und seinen Gefühlen gegenüber und unverwundbar. Er fand sexuelle Befriedigung bei ihr, aber nie Liebe, und bestimmt keinen Trost. Er hatte die Nase voll von ihren Forderungen und ihrer Arroganz, sie stritten sich, warfen einander häßliche Worte an den Kopf und trennten sich. Nur um ein paar Wochen oder Monate später die Beziehung wieder aufzunehmen, da beide von ihnen den Sex liebten und Gesellschaft brauchten. Nur um erneut zu streiten, einander ihre tiefgehende gegenseitige Abneigung vor Augen zu führen und sich dann wieder zu trennen. Es war wie bei den schlimmsten Beziehungen, von denen Freunde Noel je erzählt hatten – und so weit entfernt von dem, was er mit Monica erlebt hatte oder was er sich wünschte –, daß er sich gelobte, sich endgültig von Mirella Trent fernzuhalten. Ihre letzte Trennung war im vergangenen November erfolgt. Seitdem hatten sie kaum mehr miteinander gesprochen. Und jetzt begann sie wieder damit.
«Nun? Magst du mich nicht mehr!»
«Ich fick' dich gerne, Mirella. Aber nicht mehr als das.»

Er wollte gemein zu ihr sein. Aber sie schien nicht im geringsten beleidigt. Sie lachte nur geringschätzig, hielt seine Hand auf ihrem Schenkel, bis ihre Wärme in seine Finger drang und er zurücktrat.

«Das ist ehrlich genug», sagte sie tonlos. «Aber du bist immer ehrlich gewesen, nicht wahr, Noel? Selbst wenn es gegen dein ausgesprochenes Interesse war. Übrigens habe ich gegenwärtig jemanden. Aber ich bin den ganzen Sommer über in der Stadt. Du weißt, wo du mich erreichen kannst.»

Er wollte ihr sagen, sie solle besser nicht den Atem anhalten und warten, bis er zu ihr komme, antwortete dann aber nur: «Ich wünsch dir einen guten Sommer.»

Als er das Büro verließ, hörte er ihr Summen hinter sich.

Der Unterrichtsplan der obersten Klasse hing am Anschlagbrett außerhalb des Sekretariats. Noel zwängte sich an dem Dutzend oder mehr Studenten vorbei, die sich um die Liste versammelt hatten, nickte mehreren Leuten aus seinen Klassen zu, gratulierte Gretchen Strauss zu ihren Auszeichnungen, verabschiedete sich von einigen Studenten und freute sich über den letzten Tag des Schulsemesters, als ob er selbst ein Student wäre. Einen Augenblick lang vergaß er, daß es kein nächstes Semester für ihn geben würde. Nur die Bar, die Schattenwelt, die gefährlichen Spiele mit Mr. X.

Beim Fahrradständer außen am Gebäude erblickte er Paul Warshaw, wie er gerade sein Peugeot-Rad von der Kette losmachte. Paul hatte während der letzten zwei Monate Noel hinter der Theke im Grip gesehen, war aber nie an ihn herangetreten – immer ging er zu Buddy oder Chaffee oder zu einem anderen Barmixer – und verlor nie ein Wort darüber, weder dort noch im Unterricht.

«Das war eine gute Arbeit, die Sie eingereicht haben», sagte Noel und machte sein Atala von der Kette los. «Haben Sie daran gedacht, sie im Hinblick auf eine mögliche Veröffentlichung zu erweitern?»

Paul schien schweigsam. Er murmelte ein paar Dankesworte. Nein, er glaube nicht, daß die Fragestellung gut genug sei, um erweitert zu werden.

«Welche Kurse nehmen Sie im nächsten Semester?» erkundigte Noel sich. Jetzt, da er ihn neben sich hatte, wollte er Paul nicht ohne weiteres laufen lassen, besonders jetzt nicht, wo er als Lehrer einen natürlichen Vorteil hatte.

Paul gab einen kurzen Bericht über seinen Stundenplan.

«Ich habe Ihren Namen im nächsten Semester neben keiner Klasse finden können», sagte der Junge plötzlich.

«Feriensemester.»

«Oh?»

Noel ertappte sich dabei, wie er Paul abschätzte. Der Junge sah gut aus, mit einer frischen jugendlichen Gesichtsfarbe, mit einem hellen Schnurrbart, den er sich eben erst zugelegt hatte – jung, aber älter als Larry Vitale. Natürlich hatte er nicht die Straßenerfahrung von Larry, aber wer hatte die schließlich schon? Trotzdem hübsch. Große dunkle Augen. Langes glattes Haar, das ihm in die Stirne fiel und mit der Hand zurückgestrichen werden mußte. Er hätte im Grip bestimmt großen Erfolg.

«Ich dachte . . . ja, ich dachte, vielleicht würden Sie planen, dies alles aufzugeben», sagte Paul.

Noel nahm an, er schulde Paul so etwas wie eine Erklärung. Aber er konnte mit dem, was und wem er es sagte, nicht vorsichtig genug sein.

«Die Schule ist nicht alles, wissen Sie.»

Paul wußte ebensogut, daß dies keine Antwort war. «Ich bewundere Sie wirklich», sagte er. Es klang aufrichtig.

«Weshalb?»

«Weil es Ihnen scheißegal ist, was andere Leute von Ihnen denken.»

«Was denken sie denn?»

«Wollen Sie damit sagen, Sie wissen es nicht?» Und da Noel es nicht wußte, fragte Paul: «Sind Sie schon einmal auf dem Bibliotheksklo gewesen, Türe Nummer drei?»

«Kann nicht behaupten, daß ich es bin», gab Noel zu.

«Es ist dort etwas über Sie an die Wand gekritzelt», erklärte Paul und begann zu erröten. «Ich . . . es steht nicht mehr dort. Ich habe es übermalt.»

«Was stand denn geschrieben?»

Der Junge sah verlegen aus. Dann kamen die Worte in einem Sturzbach: «‹Professor Cummings ist ein geiler Schwanzschlecker.› Ich hab' es nicht geschrieben.»

«Ich glaubte auch nicht, sie würden so etwas tun.»

«Macht es Ihnen nichts aus?»

Im Moment machte es Noel nichts aus. Pauls Verlegenheit, seine Empörung über die Wandkritzeleien schienen genug zu sein. Letztes Jahr, vielleicht noch vor drei Monaten, hätte so was Noel arg zugesetzt. Vielleicht würde das wieder der Fall

sein, irgendwann einmal in der Zukunft. Aber jetzt nicht. Nicht, wenn Wichtigeres auf dem Spiel stand.
«Es macht Ihnen nichts aus», sagte Paul triumphierend. «Deshalb bewundere ich Sie. Es ist Ihnen gleichgültig, wer es weiß. Sie tragen es zur Schau. Auch andere auf dem Campus bewundern Sie. Ich weiß, daß sie das tun.»
«Nehmen Sie es nicht so tragisch, Paul. Okay?» sagte Noel und spielte die Rolle des großen Bruders, die der Junge ihm während der letzten Minuten zugedacht hatte. «Entspannen Sie sich.»
«Sie machen es für die übrigen von uns auf dem Campus leichter, wissen Sie. Danke.»
«Nicht der Rede wert», sagte Noel und schwang sich auf das Atala. Auch Paul bestieg sein Rad. Gemeinsam fuhren sie den Universitätsplatz hinauf und trennten sich mit einem Winken in der Vierzehnten Straße.
Großer Gott, dachte Noel, das Leben wird mit jedem Tag seltsamer. Eben hatte er nicht nur alle berufliche Sicherheit in der Schule verloren, sondern war auf dem besten Weg dazu, jungen Collegestudenten als Vorbild für die Rolle eines Homosexuellen zu dienen. Mit jedem Tag schien die Welt mehr drunter und drüber zu gehen.

2

Ja, ich geh' mit dir aus, ich trink' mit dir,
Und nehm' dich mit, wohin du willst
Doch wenn ich mit dir fertig bin,
Will ich dich nicht mehr seh'n.

Ich will dich nur für eine Nacht,
Ich brauch nur eine Nacht,
Ich mach es auf die Schnelle, verdammt,
Auf die schnelle Tour.

Jerry Butler sang diese Worte, wobei die Orgel im Hintergrund einen dumpfen Rhythmus drosch und die Violinen wieder einsetzten. Noel lauschte und sang die ansteckende Melodie, die ehrlichen Worte mit, wobei er den Takt an den Rand der Theke klopfte. Er kannte die meisten der Lieder auf dem vierstündigen

Tonband, seit er im Grip arbeitete, und zwar noch besser seit den letzten eineinhalb Wochen, seit er zum Assistant Manager der Bar aufgerückt war. Butlers Lied war eine seiner Lieblingsmelodien – bevorzugt auch von anderen Gästen, obschon es mehrere Jahre alt war, vielleicht wegen seiner sentimentalen Gefühle, dachte Noel.

Du siehst, ich bin einsam,
Ich möchte, daß du dies verstehst.
Oh, ich lass' dich nicht an mich heran,
Weil ich dich nicht mehr sehen will.

«Was zu trinken?» fragte Noel. Der Junge war offensichtlich neu, blickte sich um und hielt Distanz von der Theke. Er sah höllisch eingeschüchtert aus. Mit ängstlicher Stimme bestellte er ein Bud und wollte sich von der Dose nicht ums liebe Leben trennen, dann versteckte er sich in einer Ecke. Er hätte das nicht mal zu tun brauchen, dachte Noel. Niemand hatte ihn wirklich beachtet. Der Grip hatte am heutigen Abend einen seltenen Ansturm absoluter Topgäste. Der Neue war meilenweit unterlegen.

«Neuling in der Stadt», sagte ein Besucher namens Cody, der beobachtet hatte, was Noel sagte.

«Ich bin immer freundlich zu Behinderten», erwiderte Noel und genoß das Gefühl gemeinsamer Überlegenheit. Bei seinem ersten Auftreten hier mußte er auch so eingeschüchtert ausgesehen haben.

Jetzt nicht mehr. Es war beinahe sein angestammter Platz, er fühlte sich hier so sorgenfrei. Hinter der Theke, auf dem leicht erhöhten Podium sitzend, blickte er selbstbewußt auf die Menge. Besonders nach zwei Monaten, mit dem Ende des Semesters. Besonders auch mit Chaffee, der so häufig vom Grip abwesend war und in Chelsea einen neuen Klub einrichtete. Noch ein weiteres Unternehmen, das zum Grip, zu Billy's Le Pissoir, zur Window Wall, zu Clouds und – nach dem, was Noel gerüchtweise gehört hatte – einem Dutzend anderer Bars und Discos außerhalb von Manhattan hinzugefügt wurde. Das Konglomerat des Mr. X.

Noel sang die Worte laut, wobei er das gleich für Cody und für wer immer sonst noch in der Nähe war, mittat.

«Laß mich mit diesem Scheißdreck in Ruhe», murmelte Cody. «Du bist der Herzensbrecher.»

«Vergiß das», sagte Noel zu ihm.
«Ein Anruf für dich, Noel. Es ist Chaffee.»
«Spring mal eine Minute für mich ein», sagte Noel zu Bob Seltzer und ging zum Telefon.
Er und Rick führten ein kurzes Gespräch über den Arbeitsplan in der folgenden Woche, eine beinahe unnötige Besprechung, da beide wußten, daß es vielleicht jeden Augenblick ein heilloses Durcheinander geben würde, weil die Belegschaft ihre Arbeit nie richtig machte. Noel fragte sich manchmal, ob er seine Beförderung seinem Pflichtbewußtsein zu verdanken hatte, verglichen mit dem verantwortungslosen Gebaren so vieler anderer Barmixer.
«Ich lasse morgen nacht Bob und Jimmy DiNadio für dich einspringen», beendete Rick das Gespräch. «Buddy wird ein wachsames Auge auf die Dinge haben.»
«Aber ich arbeite ja morgen.»
«Nicht dort. Wir müssen an einem Geschäftsessen teilnehmen.»
«Ein Geschäftsessen?»
«Dorrance will dich kennenlernen. Auch ein paar andere Jungs werden dort sein. Cal Goldberg von der Window Wall, Geoff Malchuck, Nerone, ich weiß nicht, wer sonst noch. Komm vorher bei mir vorbei, dann gehen wir zusammen hin.»
«Wohin?»
«In den oberen Stadtteil. Die East Side. Ein phantastisches Stadthaus unweit der Park Avenue in den Sechzigern.»
«Dorrance ist der Chef von . . . von allen Lokalen?» mußte Noel fragen. Seine Gedanken rasten so schnell im Kopf herum, daß er die Worte kaum herausbringen konnte. Niemand hatte Dorrance je erwähnt, außer als Empfänger der Quittungen.
«Sozusagen», sagte Rick. «Ich weiß es nicht genau. Ich habe ihn selbst nur ein paar Mal getroffen.»
«X?» fragte Noel.
«Was?»
Noel fing sich wieder. «Nichts, Rick. Ich habe gerade zu jemandem hier gesprochen.»
Chaffee war offensichtlich beschäftigt. Er kaufte ihm die Lüge ab und wiederholte, daß sie sich am nächsten Abend um acht Uhr in seiner Wohnung treffen würden.
Endlich! Er sollte endlich Mr. X treffen. Loomis würde ganz schön mit den Ohren wackeln, wenn er es erfuhr. Noel würde wie gewöhnlich den Fischer quatschen lassen, wenn sie heute abend über das Hintertürchen miteinander sprachen, dann,

wenn er damit fertig war, würde er – natürlich sehr beiläufig – sagen: «Übrigens werde ich morgen abend erst spät anrufen. Ich esse mit X zu Abend.» Dem alten Bullen würde der Darm platzen, wenn er das hörte.
«Nun, Mann, du siehst glücklich aus», sagte Cody, als Noel zu seinem Platz an der Theke zurückkehrte, und schnippte mit den Fingern. «Hat dich grad wer drangenommen?»
«Besser als das», erwiderte Noel. «Ich habe eben Kohlen gekriegt.»
«An einem Mittwoch?»

3

Loomis war nicht ganz so überrascht.
«Dorrance?» fragte er noch einmal, als ob er den Namen gut kenne.
«William Ernest Dorrance», erklärte Noel. «Sie kennen ihn?»
«Er steht nicht auf der Besitzerliste von irgendeinem der Lokale.»
«Er ist der stille Teilhaber», folgerte Noel.
Loomis antwortete nicht direkt. Statt dessen fragte er: «Essen Sie morgen mit ihm zu Abend?»
«Nicht nur mit ihm. Alle Manager des Geschäfts werden dort sein. Auch aus Le Pissoir, der Window Wall und den Clouds. Sie alle.»
Noel war ein wenig gekränkt über Loomis' mangelnden Enthusiasmus. «Besonders Dorrance wollte mich sehen. Ich bin nur Assistant Manager, erinnern Sie sich? Er brauchte mich nicht einzuladen.»
«So wird dieser ganze Klamauk nur ein Zeitvertreib für ihn sein, um einen Blick auf Sie zu werfen», äußerte Loomis. «Na schön. Solange auch noch andere dabei sind . . . Wo findet es statt?»
«Irgendein Stadthaus in den oberen Sechzigern», sagte Noel. «Ich habe die Adresse nicht. Freuen Sie sich nicht wenigstens ein bißchen, daß ich endlich Kontakt mit ihm herstelle? Das war's doch, was Sie wollten, nicht wahr?»
«*Sie* scheinen sich zu freuen.»
«Tu ich auch. Ich bin aufgeregt», gab Noel zu.
«Nun, regen Sie sich nicht so auf, daß Sie nicht auf der Hut

sind. Sie wissen ja, mit was für einem gemeinen Perversen Sie es zu tun haben, nicht wahr?»
«Ich werde vorsichtig sein.»
«Erinnern Sie sich daran, daß er nur einen Blick auf Sie werfen will.»
«Ich weiß, ich weiß.»
«Ziehen Sie sich sorgfältig an. Tragen Sie etwas Hübsches. Machen Sie einen guten Eindruck.»
«Sie hören sich an wie meine verstorbene Frau, immer wenn ich mich für einen neuen Job vorgestellt habe», sagte Noel und lachte.
Das schien Loomis zu treffen. In einem völlig veränderten Ton sagte er: «Erinnern Sie sich daran, Sie können dort, wo Sie hingehen, keine Hilfe von mir erwarten. Ich werde nicht in der Lage sein, Sie zu schützen, wie ich das beim letzten Mal getan habe.»
Noel war noch immer ärgerlich, vom Kleinen Larry hereingelegt worden zu sein. «Das war ein sauberer Beschützer!»
«Ich habe Ihnen Unannehmlichkeiten erspart, hab' ich recht?»
«Ich hatte gar keine Unannehmlichkeiten. Nur eine abgefackte Tunte am Hals.»
«Nun, es hätte schlimmer sein können.»
Noel langweilte die erteilte Lektion. «Keine Angst, Fisch. Es wird schon gutgehen.»
«Seien Sie nur vorsichtig. Beobachten Sie genau. Nicht nur Dinge wie Adresse und Telefonnummer – schauen Sie auf alles. Ich werde Sie über jede Einzelheit dieses Essens ausquetschen», sagte er. Dann verstummte das Telefon.

4

Ein Diener in mittleren Jahren ließ Noel und Rick in das Foyer des Stadthauses eintreten und ging ihnen voraus zu zwei verchromten Aufzugtüren. Sie würden im zweiten Stockwerk erwartet, sagte er mit einem starken skandinavischen Akzent, dann verschwand er hinter einer der vielen Türen auf dem langen Korridor, der zu einem großen Raum mit Fenstern führte, die bis zur Decke reichten und einen Blick auf den Garten im Hinterhof gewährten, der vom Haus her beleuchtet war.
Noel verspürte einen unheimlichen Bammel – sogar mit den

fünf Milligramm Valium, die er in Chaffees Mansarde geschluckt hatte. Sein Magen fühlte sich an, als ob Insekten sich eine Schlacht lieferten. Rick schien ruhig während der ganzen Fahrt im Taxi in den oberen Stadtteil. War auch er nervös? Oder grübelte er nur über seine dauernden Probleme mit Jimmy DiNadio nach? Es war schwer zu sagen. Rick konnte manchmal plötzlich verstummen und Trübsal blasen.

Da Loomis ihm eingeschärft hatte, er solle alles beobachten, registrierte Noel, daß man mit dem Aufzug fünf Stockwerke hoch hinauf und in den Keller hinunterfahren konnte. Als der Aufzug sich im zweiten Stock öffnete, waren bereits eine Menge Leute versammelt. Tim Matthews, der Manager von Billy's, der Schwesterbar des Grip, plauderte mit jemandem, den Noel noch nicht kennengelernt hatte, und gestikulierte heftig, um ein Argument zu unterstreichen. Er erspähte die beiden sofort.

«Schau mal, was Rick angeschleppt hat. Ihr steigt besser aus diesem Aufzug aus, Jungs, sonst saust er gleich durchs Dach. Ihr kennt euch alle, nehme ich an?» sagte Geoff Malchuck, der große, langgliederige, dunkelhaarige Mann, und streckte eine Hand zum vertrauten Friedensgruß aus.

«Dies», stellte Matthews vor, «ist der berühmte, der legendäre Noel Cummings.» Ein großer, grobknochiger, rundgesichtiger Rotschopf mit vorstehenden Zähnen, war Tim Matthews ein so erzgeselliger Mensch, daß er den Tuntennamen «Marge» verdiente, den jemand ihm vor Jahren gegeben hatte.

«Für einmal stimmen also die Gerüchte», meinte Malchuck und hielt Noels Hand ein wenig zu lange in der seinen. Noel war daran gewöhnt und wand sich mühelos aus der Situation. «Du solltest mal bei uns im Clouds vorbeikommen, ich werde deinen Namen auf die Liste für Freidrinks setzen.» Das Angebot war von einer unmißverständlichen sexuellen Aufforderung begleitet. Gewöhnlich würde Noel jetzt etwas sagen oder tun, um die dicke Luft zu beseitigen. Aber hier war er im feindlichen Lager. Er durfte nicht absichtlich soweit gehen, jemanden zu verärgern, wenn er es vermeiden konnte.

«Alle sind jetzt da», sagte Tim und führte Noel in die Mitte des riesigen Raumes. Er war zwei Stockwerke hoch, umgeben von Balkons. Zwei davon waren nur Durchgänge, die anderen führten zu Zimmern. Unter eineinhalb Stockwerke hohen Bäumen in riesigen Töpfen standen ein Dutzend Gruppen von ziegelroten Ledersesseln und ein langer, gekrümmter Kaffeetisch aus Bronze. Es stank nach Geld – Kristallvasen, Stellas und Ell-

worth Kellys an den Wänden. Langstielige exotische Pflanzen überall. Dieselbe Ästhetik wie in der Window Wall, aber heller, schöner, wahrscheinlich auch kostspieliger. Natürlich maßstabgerecht verkleinert. Jede Einzelheit schien Noel zu sagen: «Hier wohnt Mr. X.»
Rick bat, das Telefon in der Bibliothek benützen zu dürfen: Ein neuer Krach mit Jimmy braute sich zusammen, vermutete Noel.
«Chaffee ist zum Schießen heute abend», gluckste Tim.
«Liebhaberprobleme», berichtete Noel.
Das Wohnzimmer war so geräumig, daß sie erst erkannten, wer auf den Sofas saß, nachdem sie es halb durchquert hatten.
«Was halten Sie davon?» fragte Geoff, als ob er der Besitzer wäre.
«Ein richtiger Schuttabladeplatz. Tuntenbarock!» spottete Noel. «Muß für 'ne Putzfrau die Hölle sein.»
Er war mit den anderen an den Kaffeetisch gekommen und hatte ein Glas Wein angenommen, das Tim ihm angeboten hatte, als er die zwei Leute sah, die bis zu diesem Zeitpunkt verborgen geblieben waren. Das Glas fiel ihm vor Überraschung beinahe aus den Händen. Einer von ihnen war ein etwas kahlköpfiger, großgewachsener, magerer Mann mit einer Hakennase und großen Kalbsaugen, der als Hal oder irgendwas vorgestellt wurde. Noel hatte es nicht mitgekriegt, er war zu sehr an der anderen Person interessiert: die wundervolle Europäerin mit ihrem weichen, fremdländischen Akzent und ihrem dichten, dunklen Haar aus jener Drogennacht in der Window Wall, als er mit dem Kleinen Larry eine Nummer geschoben hatte.
«Noel Cummings», sagte Tim. «Für jene, die es nicht schon wissen.»
Niemand stand auf oder machte die geringste Bewegung, um ihn zu begrüßen, aber Noel fühlte sich plötzlich im Brennpunkt ihrer Blicke. Er ließ sich auf einem der Ledersofas neben Malchuck und gegenüber der Frau nieder ... Er roch an diesem Abend nicht ihren Duft nach Rosenöl, sondern ein beinahe unmerkliches Parfüm von Lilien, das von ihr über den Kaffeetisch herüberwehte.
Noel war seit jenem ersten Mal noch zweimal zu dem Discoklub zurückgekehrt, um gesehen zu werden und selbst zu sehen, wie er Loomis gesagt hatte. In Wirklichkeit hatte er beide Male, die er hingegangen war, gehofft, sie dort wiederzusehen. An allen anderen Orten der Schwulenszene hatte er erwartet, ihre Stimme plötzlich aus dem Stimmengewirr und dem allge-

genwärtigen Dröhnen der Discomusik heraushören zu können, ihr bezauberndes Profil und ihre dunklen Augen zu sehen. Es war nie der Fall gewesen. Doch da war sie nun, ausgerechnet am heutigen Abend und hier im Wohnzimmer von Mr. X. Die perfekte Ablenkung von seinen Befürchtungen und Ungewißheiten. Ein besseres Beruhigungsmittel als das Valium, das er genommen hatte. Er konnte sich nicht vorstellen, daß es irgendwo, wo sie war, gefährlich für ihn sein könnte.
«Was für ein Name ist Alana?» fragte er sie.
Sie zuckte die Achseln und lächelte flüchtig und leise. «Ich weiß es nicht.»
«Ihre Eltern wünschten sich einen Jungen. Sie hatten bereits seinen Namen gewählt – Alain», warf Tim ein. «Und als sie zur Welt kam, mußten sie sich damit abfinden.»
«Du bist immer so gemein zu mir», sagte sie, klang aber entzückt über die Erklärung.
«Ich finde, es ist ein hübscher Name», sagte Noel. «Exotisch.»
«Genau», sagte sie. «Ich bin auch exotisch, nicht? Ich bin im Orient geboren. Hanoi. Mein Vater arbeitete dort im Konsulat.»
«Ist das wahr?» fragte Noel.
«Macht es einen Unterschied, wenn es das nicht ist?» fragte sie und lachte wieder.
«Du bist ein Modell, nicht wahr?» versuchte er einen anderen Weg.
«*Ein* Modell», mischte Tim sich ein. «Honey, Alana ist *das* heiße Modell in der Welt.»
«Man behängt mich mit kostspieliger Kleidung, als ob ich ein Kleiderbügel wäre, dann dreht man mich hierhin und dorthin für die Kamera», sagte sie. «Ich bin wie eine Kleiderpuppe in einem Schaufenster. Das ist alles.»
Noel hatte das Gefühl, daß dies keine Selbstverachtung war, sondern vielmehr ein Versuch, die Realität ihres Jobs ins richtige Licht zu rücken. Bevor er etwas sagen konnte, fragte sie: «Und was tust du, Noel?» Sie sprach seinen Namen mit zwei klaren, langen Silben aus, wie niemand ihn je zuvor ausgesprochen hatte. Ihm gefiel die Art, wie es klang.
«Ich arbeite als Barmixer.»
«Oh, wie *déclassé*», lachte sie wieder, wobei sie diesmal eine Hand auf ihren Mund legte.
Noel fühlte sich völlig hingerissen.
Ein anderes Paar kam zur Polstergruppe herüber: zwei Männer Mitte Dreißig, dunkelhaarig, dunkeläugig, mit Schnurrbart und

Bart, beide gleich aussehend, abgesehen von Einzelheiten der Kleidung und der Gesichtszüge; sie gehörten offensichtlich zusammen.
«Ich finde es langweilig, Perle Mesta zu spielen», sagte Tim. «Macht euch alle miteinander bekannt. Ich geh' mir einen Gatten suchen. Irgend jemandes Gatten.»
«Cal Goldberg», stellte sich einer der Männer vor. «Burt Johannsen», sagte der andere. Beide setzten sich Noel gegenüber und bedienten sich mit Wein. Noel hatte beide Namen schon zuvor gehört. Cal leitete die Window Wall. Burt war sein Liebhaber, ein Modeschöpfer mit einem großen internationalen Markt.
Bei Alana hatten sie vor ihm den Vorrang, sie warfen mit Namen um sich, und der Klatsch ging eine Zeitlang hin und her, bevor sie sich, die Arme umeinander geschlungen, auf das Sofa setzten und sich im Zimmer umzusehen begannen.
Noel nahm die Gelegenheit wahr, Alana zu fragen, was sie gegen Barmixer einzuwenden habe.
«Da ist er ja!» sagte Cal laut und blickte auf jemanden hinter Noel. «Burt hat gerade gefragt, wo du steckst.»
Auch Alana warf einen flüchtigen Blick hinter Noel – einen Blick, der schwierig zu definieren war. Hartnäckig fuhr er fort, auf sie einzureden. «Wir verdienen eine Menge Geld. Wir bleiben bis spät in der Nacht auf, das stimmt, aber . . .»
Sie hörte nicht zu. Sie stand auf und ging hinter die Sofas, aus seinem Blickfeld, und tauchte dann auf der anderen Seite wieder auf. Neben ihr war jetzt der Blonde mit den stechenden Augen, mit dem sie in der Window Wall gewesen war.
Cal und Burt kamen hinzu und setzten sich Noel gegenüber.
Es war offensichtlich, daß Alana auf den Mann gewartet hatte, um wieder mit ihm zusammen zu sein. Beide trugen teure Kleider, exklusive Hosen und Blusen aus blaßfarbenen, weichen Stoffen – im Gegensatz zu den Latz-Jeans und Cowboyhemden der anderen. Noel fühlte plötzlich wieder die Spannung. Er ärgerte sich über unberufene Einmischung, verübelte es Alana, daß sie dort saß, daß es ihr offensichtlich gefiel, mit ihm zusammen zu sein.
«Ich bin Eric», sagte der Neuankömmling zu Noel, ohne das geringste Anzeichen von Freundlichkeit in seiner Stimme. Seine Augen waren nicht schwarz, wie Noel zuerst gedacht hatte, sondern tiefblau, beinahe purpurfarben in dieser Beleuchtung. Seltsame Augen.

Noel sagte seinen Namen, und beide Männer setzten sich zurück und schätzten einander ab.
«Ich höre, daß du im Grip wirklich Erfolg hast», sagte Cal Goldberg plötzlich. Noel brauchte eine Weile, um zu begreifen, daß die Worte ihm galten, sie waren so beiläufig gesagt. Zu beiläufig? Noel war nicht sicher, ob mit der Bemerkung er oder sein Umsatz gemeint war.
«Es kommen immer ein Haufen Leute», gab er zu.
«Ich habe gehört, daß es in letzter Zeit dort wirklich heiß zugeht.»
«Ja, schon. Natürlich nichts im Vergleich zur Wall.»
Was taten Eric und Alana bei diesem Geschäftsessen, wie es Rick genannt hatte? Alle anderen hier waren offensichtlich mit dem Unternehmen liiert. Waren die beiden es auch? Wo war Rick? Noch immer am Telefon? Und Dorrance? «Marge» hatte gesagt, alle seien da? Bedeutete das, daß Dorrance nicht aufkreuzen würde?
«Ihr versteht es, die Leute reinzupacken», sagte Geoff über die Window Wall. «Wie hoch war eure Besucherzahl in der letzten Woche? Zweitausend?»
«Fünfzehnhundert», sagte Cal. «Wir limitieren.»
Hatte das Clouds denn nicht so viel Erfolg wie der Klub in der Innenstadt? fragte Noel sich. Oder war dies die übliche giftige Hänselei?
Jedesmal, wenn er über den Tisch blickte, sah er Eric zurückstarren. Einmal, als ihre Augen sich trafen, hielt der andere seinem Blick lange Zeit stand, bevor er etwas zu Alana sagte – zu leise für Noel, um es zu verstehen. Dies verwirrte ihn noch mehr, aber er mußte seinen Ärger unbedingt unter Kontrolle behalten. Nicht daß er erwartete, noch vor dem Abendessen ermordet zu werden. Mr. X war zu raffiniert, um selbst mit guten Gründen so etwas Idiotisches zu tun. Aber weil jeder im Raum ein potentieller Spitzel war.
Rick tauchte plötzlich in erstaunlich gehobener Stimmung auf. Vermutlich hatte er eine Auseinandersetzung mit Jimmy gehabt. Nach einem richtigen Streit war Rick immer bestens gelaunt.
Chaffee wurde zum Brennpunkt im Raum, als er und dann Cal und Burt, schließlich Tim, Geoff und auch Hal über die Schwierigkeiten bei der Eröffnung eines Klubs redeten. Sie teilten ihre Erfahrungen beim Einstellen von Hilfskräften, beim Planen von Terminen, beim Umgang mit Bauarbeitern und

jammerten im Chor über Installateure und Elektriker, über die Unzulänglichkeiten von Discjockeys und Beleuchtungsfachleuten.
Noch immer keine Spur von Dorrance. Wenn er nicht auftauchen würde, wäre Noel heute abend umsonst ein Nervenbündel gewesen. Loomis würde die Sache mit philosophischem Gleichmut betrachten. Aber die Verbindung wäre immer noch nicht hergestellt. Noel war sich bewußt, wie wichtig die Herstellung dieser Verbindung – durch ihn – war.
Eric schien ungeduldig, als ob auch er auf Dorrance wartete. Alana hörte zu, füllte ihre und Erics Weingläser nach, zündete Marihuanajoints an und reichte sie herum und spielte ganz allgemein die Gastgeberin.
Wenn sie sprach, sandte ihre leise dahinplätschernde Stimme mit dem Akzent einen Schauer durch Noel. «Sag mir, Rick, werdet ihr diesen neuen Klub ebenso gewagt einrichten wie Le Pissoir?»
«Sogar noch gewagter», versicherte er.
«Noch viel gewagter», stimmten ein paar der anderen begeistert ein.
«Dann wird es dort sehr aufregend sein», meinte sie, wobei ihre reizenden dunklen Augen neckisch aufleuchteten. «Er wird bei der *beau monde* sehr beliebt werden. Wenn du willst, schaue ich, daß sie vorbeikommen: Claude. Dee Dee. Azia. Auch Frauen werden Zutritt haben, ja?»
«Du bist immer willkommen, Alana», sagte Rick, «aber außer bei besonderen Ereignissen wird es dort nur Männer geben.»
«Warum schickst du nicht einige von den Typen vorbei, mit denen du dich immer fotografieren läßt?» fragte Tim. «Du weißt, wen ich meine.»
«Oh, sie werden nie kommen», erklärte sie. «Die sind alle so zugeknöpft.»
«Ein paar von ihnen kommen vielleicht schon», schaltete sich Eric ein. «Je hübscher sie manchmal sind, desto mehr mögen sie es, wenn man ihre Gesichter in Scheiße tunkt, was?»
Es gab keinen Zweifel, die Frage war an Noel gerichtet, eine persönliche Beleidigung. Er wußte auch warum: als eine Demütigung vor Alana. Nichts weiter. Was hatte Miguel denn Eric genannt? Einen der besten Sados in der Stadt? Das mochte stimmen, aber nicht auf Kosten von Noel. Und auch nicht vor Alana. Und vielleicht war das Ganze nur eine von Mr. X' Prüfungen für Noel. Noch wahrscheinlicher war Eric nur ein An-

hängsel der Gruppe – aus irgendeinem Grund geduldet. Wollte Noel sich den Respekt der anderen auch in Zukunft erhalten, mußte er etwas tun.

Für einen kurzen, verlegenen Moment sagte niemand etwas. Noel nahm die Herausforderung an. «Wenn ich dich recht verstanden habe, hast du Spaß an so was?»

«Und du?»

«Ich halte nichts von einer Sparte allein. Ist zu begrenzt. Verhindert das Wachstum und Bewußtsein deiner Person, nicht wahr?»

Er sah Alanas Hand nach Erics Schenkel greifen, als wolle sie ihn zurückhalten. Aber Eric lächelte, als er antwortete: «Ich habe vergessen, daß ihr Kalifornier alle auf diesem Bewußtseins-Scheißdreck abfährt.»

«Der läßt sich wenigstens leichter wegputzen als der andere.»

«Nicht immer. Dein Problem ist, daß du noch keinen gefunden hast, der nett genug ist, dir die andere Seite des Sex zu zeigen, Freundchen. Wenn ich glaubte, daß du's auch nur halb kapieren würdest, könnte ich mich vielleicht überreden lassen, dir ein bißchen Unterricht zu geben.»

Die Spannung im Raum war dick wie Nebel.

Alana verzog ihr Gesicht, die anderen rührten sich nicht, sagten kein Wort. Eric genoß offensichtlich den Wortwechsel. Und Noel – obschon er jetzt fühlte, daß er vielleicht Erics Status in der Gruppe unterschätzt hatte – beklagte sich auch nicht. Dies war wenigstens eine Abwechslung zur Atmosphäre von zuvor und allen ihren Anspielungen und möglichen Fallen, die er vielleicht nicht bemerkte. Es war auch eine Befreiung von der Nervosität. Sadist oder keiner, Eric war einfach ein weiterer Schwuler. Noel fürchtete sich nicht vor ihm. Er konnte es sich jetzt auch nicht leisten.

«Irgendwie», sagte Noel, absichtlich langsam, «bezweifle ich ernsthaft, daß du mir irgend etwas zeigen könntest, was für mich keine Zeitverschwendung wäre.»

«Wäre nicht eine Dame hier anwesend, dann würde ich dir gleich eine Kostprobe geben.»

«Ich kann mir nicht vorstellen, daß eine derart kleine Störung dich davon abhalten sollte», schoß Noel zurück.

«Eric», sagte Alana mit leiser Stimme, «bitte. Hör auf!»

«Warum? Er hat es gerne», sagte Eric und musterte Noel. «Wahrscheinlich ist es der einzige Weg, daß er ihn hochkriegt. Oder kriegst du ihn überhaupt noch hoch?»

«Nicht bei dir. Bestimmt nicht.» Noel griff nach seinem Glas. Erics Hand kam plötzlich herübergeschossen, packte die von Noel, bevor dieser sein Glas erreichen konnte und riß sie an seinen Mund. Noel folgte nach, aus seinem Sitz und halb über den Tisch gerissen, ehe er merkte, was eigentlich los war. Der Wein war verschüttet, das Glas rollte auf den Teppich.
Ohne ein Wort zog Eric Noels Hand näher zu sich heran. Noel hatte sein Gleichgewicht wieder erlangt und versuchte seine Hand zurückzuziehen, war aber der Kraftprobe nicht gewachsen und zog den Kürzeren. Eric steckte den Daumen in seinen Mund.
«He! Sachte, Jungs!» sagte Tim. Jedermann setzte sich gerade. Alana duckte sich weg.
Erics Griff war stahlhart. Er nahm den Daumen aus seinem Mund, lange genug, um zu sagen: «Setz dich, ‹Marge›!» – dann kauerte er sich am anderen Ende des Kaffeetischs hin und steckte sich Noels Daumen wieder in den Mund, wobei er diesmal an den Rändern leicht knabberte.
Einen Augenblick lang war Noel durch das irre Glitzern in Erics Augen überzeugt, daß er ihn abbeißen würde. Statt dessen nahm Eric den Daumen wieder heraus, sah ihn an und begann mit übertriebenem Genuß daran zu lutschen, als ob er ein Bonbon wäre. Seine Augen verengten sich zu Schlitzen, starrten über den Tisch, genau auf Noel. Dann schloß Eric die Augen und lockerte seinen Griff. Noel zog seinen Daumen zurück.
«Großer Gott!» sagte Rick neben ihm, aber irgendwie meilenweit weg. «Das war aufregend!»
Eric setzte sich auf dem Sofa zurück und lachte.
Es dauerte einige weitere Sekunden, bis Noel begriff, daß seine Hand frei war. Sein Herz schlug heftig wie eine Bongotrommel. Er stand auf und fiel ins Sofa zurück.
«Wuii», sagte «Marge» und klatschte sich auf die Schenkel. «Das war *sexy!*»
Alle lachten plötzlich und plauderten wieder.
Alana gab Noel eine Serviette. Er mußte ebenso verwirrt ausgesehen haben, wie er sich fühlte, als sie das Tuch um seinen Daumen zu wickeln begann.
«Ich bin nicht verletzt.»
Das brachte Eric wieder zum Lachen.
«Wisch ihn ab», befahl sie.
Noel kam ihrer Aufforderung nach und versuchte noch immer zu verstehen, warum er sich so erschöpft fühlte.

«Ich sagte ja, ich würde dir eine Kostprobe geben», sagte Eric und stand auf. «Du wirst für mehr zurückkommen.»
Er zog Alana zu sich herüber.
«Schau mal, wie sehr es mich amüsiert hat», sagte Eric und hielt die in seiner Hose offensichtliche Erektion in der Hand. «Wie steht's mit dir, Freundchen?»
Als Noel nicht antwortete, nahm Eric Alanas Hand und hielt sie dorthin.
«Ich langweile mich», sagte er, legte seine Arme um sie und zwang sie näher an sich heran. «Gehen wir ficken!»
Sie erhob keinen Einspruch. Noel wußte, daß alles nur Show war: für ihn.
Ein Klingeln ertönte von oben.
«Das Abendessen wird serviert.»
Noel blickte auf. Der Diener stand auf dem Balkon, eine Schiebetür hinter ihm führte ins Speisezimmer.
«Wo ist Dorrance?» fragte Geoff.
«Er wird in einer Minute hier sein», erklärte Eric. Er und Alana tanzten einen langsamen engen Tango. Ihr Kopf war zurückgeworfen, und ihr helles Lachen umfing beide.
«Kommst du mit rauf?» wollte Rick von Noel wissen.
Etwas Unbestimmbares hatte sich ereignet. Noel wollte es genau herausfinden. Aber er folgte den anderen nach.
Am Treppenabsatz hörte er Alanas weiche Stimme aus dem Wohnzimmer sagen: «Danke, Liebling.»
«Wofür?» fragte Eric.
«Daß du nicht grausam gewesen bist.»
«Sei nicht blöd», sagte Eric tonlos, ohne Gehässigkeit. «Gehen wir zum Essen!»

5

Dorrance war nicht im Speisezimmer.
Sie setzten sich aufs Geratewohl um die große runde Tafel mit weißer Tischplatte und ließen zwei Plätze leer, einen neben Eric und einen neben Alana. Sie spielte die Gastgeberin und war unbekümmert, beinahe kindlich, in ihrem Element. Eric war ruhig und grüblerisch wie zuvor. Noel fragte sich, welche Beziehung Alana zu Dorrance hatte. Und welche zu Eric. Seine Geliebte? Sein Kindermädchen? Sein Spielzeug? Wie stand Eric mit Dor-

rance? Hatte er damals in jenem Lagerhaus das brennende Feuerzeug hochgehalten? Oder hatte er auf Kansas eingeschlagen? Wenn die verstrichenen fünf Minuten einen Hinweis gaben, dann wäre diese Rolle ganz nach Erics Geschmack gewesen. Noels rechter Daumen fühlte sich noch sonderbar an, als ob ein schleichendes Gift in Erics Speichel gewesen wäre.
«Ich habe die Weine für den heutigen Abend ausgewählt», erklärte Alana. «Der hier, den wir als Aperitif trinken, kommt aus Kalifornien. Wenn ich es nicht gesagt hätte, würdet ihr es nie erraten.»
Das Gespräch drehte sich um die Ausstattung dieses Zimmers. Nur Cal und sein Liebhaber waren schon früher einmal hier gewesen. Es war das ungewöhnlichste Speisezimmer, in dem Noel jemals gewesen war, halbkreisförmig, über die Terrasse ausragend und mit Glas umgeben. Ein rundes Oberlicht, eineinhalb Meter im Durchmesser, war in die Decke eingelassen.
In einer klaren Nacht wie heute konnte man hinaufschauen und den Sternenhimmel sehen. Mattfarbene, durchsichtige Vorhänge enthüllten genug Glasflächen, um Bäume zu zeigen, die in nächster Nähe leise schwankten. Eingebaute Wandbars. Der Tisch war ebenfalls eingebaut, in seiner Mitte eine Vertiefung von sechzig Zentimeter mit Chromheizplatten und Tellerwärmern. Es gab tiefe, gepolsterte Lehnstühle, schönes dünnes Porzellan und mehr Silbergeschirr, als Noel sich vorstellen konnte, daß man für eine Mahlzeit brauchte. Alles war in matte Bernsteinfarbe von Lichtern gehüllt, die in Nischen an der Decke und unter dem Rand des Tisches angebracht waren. Dorrances Geschmack? Oder Alanas? Jedermann schien es ihr zuzuschreiben.
«Du bist Französin, Alana», begann Tim mit einer Frage, «wie findest du die Pariser Discotheken?»
«Sie ist Belgierin», verbesserte Eric: seine ersten Worte, seitdem sie sich gesetzt hatten.
«Sie sind anders als hier, Tim», sagte sie und sprach seinen Namen «Tiem» aus. «Sie sind alle so chic. Jedermann hat Angst, sich zu rasch zu bewegen, hat Angst, unscharf herauszukommen, wenn ein Foto gemacht wird. Sie legen gar nie richtig los.»
Dorrance war gerade auf den Balkon getreten.
«Da bist du ja», sagte Alana. «Wir haben gewartet.»
«Das war nicht nötig», erwiderte er mit einer dünnen, hohen Stimme. Hinter ihm stand ein großer, sehr hübscher junger Mann im üblichen Macho-Schwulenkostüm: Weste, buntka-

riertes Hemd, verblichene Jeans. Weder er noch Dorrance schienen guter Laune zu sein. Der junge Mann wurde Noel als Randy Nerone, Manager von Le Pissoir, vorgestellt. Er sah besonders blaß und abgespannt aus, als hätten sie eben einen für beide unbefriedigenden, heftigen Wortwechsel hinter sich gebracht.

Dorrance setzte sich zwischen Alana und Tim. Der einzige andere leere Platz war zwischen Eric und Geoff. Randy setzte sich zögernd auf diesen.

Dorrance war in seinen Fünfzigern, schlank, mit einem zartknochigen Neu-England-Gesicht. Sein silbernes Haar war kurz geschnitten, an den Schläfen hatte er Einbuchtungen, als ob er dort in eine riesige Kneifzange geraten wäre. Seine Augen waren groß, aquamarinblau, seine Lippen schmal. Offensichtlich legte er großes Gewicht auf seine Erscheinung. In ein schönes Sporthemd mit offenem Kragen, eine Wolljacke und dunkle Hose gekleidet, machte er unmittelbar den Eindruck eines katholischen Priesters ohne Soutane: ein kühles, gelassenes Auftreten, ein wenig weltmüde, vielleicht zynisch und geistreich.

Die blaßblauen Augen musterten die Tafel und verweilten schließlich auf Noel.

«Du bist der Neue. Neal, nicht wahr?»

«Noel. Noel Cummings. Ich helfe Rick.»

«Stimmt. Du arbeitest recht gut. Mach weiter so. Geoff. Tim. Burt. Cal. Ich sehe heute abend Vertreter aus allen Ecken und Enden. Nett, euch alle unter einem Dach versammelt zu sehen und nicht in irgendwelchen Unfug verstrickt.» Er nahm Alanas Hand. «Dank dir. Das war eine gute Idee, wir alle zusammen.»

Und das war alles. Keine fünf Worte mehr während den übrigen fünf Gängen des Abendessens, und diese nur als Bitte um das Salz oder als Frage, ob jemandem ein Gericht schmeckte.

Das Geschäftliche wurde am Rande erledigt – Ricks Probleme mit dem neuen Klub, kleinere Unannehmlichkeiten im Clouds oder der Window Wall. Kein Wort mehr zu Noel.

Trotz seiner Enttäuschung beobachtete er Dorrance und versuchte, ihn auch ohne den Vorteil näherer Bekanntschaft zu verstehen. Kein Anhaltspunkt über seine Person oder seine Geschäftsmethoden.

Außer einer, allerdings unklaren Andeutung. Malchuck erwähnte beiläufig, daß eine neue Lesbendiscothek eröffnet würde.

«Hast du schon davon gehört?» wandte Dorrance sich an Eric.

«Wir haben uns bereits darüber informiert», berichtete Eric. «Ich glaube nicht, daß es etwas Wichtiges ist. Alana und ich gehen zum Eröffnungsabend. Ich werd' sie dort mal mit einer hübschen, heißen Lesbe verkuppeln.»

«Ich habe das schon mal versucht», sagte sie, «es ist eigentlich nichts für mich.»

«Wenn du mal 'ne richtig heiße Lesbierin gehabt hast, wirst du nie wieder auch nur in die Nähe eines Mannes gehen wollen. Stahlzungen mit Drehmotoren», setzte Eric hinzu.

«Du sprichst dauernd über Sex», sagte sie ohne eine Spur von Verärgerung. «Dauernd.»

«Er ist einfach geil», sagte Cal. Dann, an Dorrance gerichtet: «Du hättest den Daumenlutsch sehen sollen, den er vorhin mit Noel durchgezogen hat.»

«Eric ist immer geil», meinte Dorrance.

«Genau wie mein Vater», gab Eric rasch zurück. «Los, sag es!»

Die Herausforderung wurde nicht angenommen. Offensichtlich bestand ein langes und kompliziertes Verhältnis zwischen diesen beiden. Dorrances Haltung gegenüber Eric war beinahe väterlich, die des jüngeren Mannes verwöhnt und rebellisch. Noel war sich nicht sicher, ob Eric die rechte Hand oder der Kronprinz von Dorrance war.

Sogar noch verwirrender war, wie Eric sich bemühte, speziell liebenswürdig zu Randy zu sein, der sich übelgelaunt an die Tafel gesetzt hatte, aber langsam von Erics Geflüster bezaubert wurde. Etwas hatte ihn zuvor aus der Fassung gebracht. Womit hatte Dorrance ihm gedroht?

Eine Minute später fixierten sich Randys und Noels Augen über die Tafel hinweg, und Noel hatte das Gefühl, als ob er in einen leicht entstellenden Spiegel blickte. Nerones Haar war gelockter, seine Gesichtszüge etwas südländischer. Aber abgesehen davon war alles andere identisch: Farbe, Augen, sogar das symmetrische, gute Aussehen. Kein Wunder, daß Dorrance nicht einmal einen Blick auf Noel geworfen hatte. Er war bereits mit Randy beschäftigt.

Dieser beachtete seinerseits nicht länger Eric, sondern warf statt dessen ständig interessierte Blicke auf Noel, trieb ein gefährliches Spiel, gerade vor Mr. X' Nase zu flirten.

Dorrance schien überhaupt keine Notiz davon zu nehmen. Oder, falls er es doch tat, schien er sich nichts daraus zu machen. Gespielte Gleichgültigkeit? Oder war Randy für ihn erledigt? Das konnte verhängnisvoll sein. Aber Randy schien Dor-

rances Reaktion nicht zu beachten. Er interessierte sich für Noel. Das war offensichtlich.
Einen Augenblick lang fragte Noel sich, wie es wohl mit Randy wäre. Anders als mit dem kleinen, wendigen Larry. Randy war großgliedrig, muskulös. Das gleiche Gesicht. Wie wenn man beim Onanieren in einen Spiegel schaute, klassischer Narzißmus. Warum denke ich das? fragte Noel sich. Das Gespräch? Alana? Erics Mund um seinen Daumen?
Der Diener erschien, um die Tafel abzuräumen, und stellte das schmutzige Geschirr in einen eingebauten Speiseaufzug, der, wie Noel vermutete, hinunter in eine Küche führen mußte.
In diesem Augenblick stand Dorrance auf. «Ich werde den Nachtisch auslassen.»
«Mußt du schon gehen?» Alana klang enttäuscht. Auch sie stand auf. «Aber ich habe diesen Film, nach dem du gefragt hast. *Viva Maria.* Wir werden ihn heute abend vorführen.»
«Morgen abend», sagte er.
«Ist das der mit Brigitte Bardot und Jeanne Moreau?» fragte Tim.
Alana nahm Dorrances Arm.
Noel erwartete immer noch, daß der ältere Mann eine Art Zeichen geben würde, als er das Zimmer verließ. Aber nichts dergleichen geschah zwischen ihnen. Dann war Dorrance gegangen, und Alana war zurück am Tisch, wo das Gesprächsthema von Filmen zu einer Diskussion über die Unterschiede zwischen dem wirklichen und dem publizierten Liebesleben von Filmstars gewechselt hatte.
Wenigstens hatte er Verbindung aufgenommen, sagte Noel sich. Dorrance würde umsichtig vorgehen. Es würde eine Weile dauern, bevor er irgendwelches Interesse für Noel zeigen würde. Zumindest erst, wenn Randy aus dem Haus war.
Und Loomis würde zufrieden sein.

6

Nach dem Dessert stand Alana auf und führte die anderen hinunter, wo hinter einem großen zusammenklappbaren japanischen Wandschirm jetzt ein Privatkino zum Vorschein kam: verstreut herumstehende Klappstühle für zwanzig Leute, eine 16-mm-Leinwand, eine Zelle für den Filmvorführer.
Hinter den Aufzügen war noch eine Schiebewand halb offen und gab einen Blick auf die Bibliothek frei, in der Chaffee seinen Liebhaber angerufen hatte.
Noels erster Impuls war, die Bücher anzusehen. Was Dorrance las, würde eine Menge über den Mann aussagen – seine Interessen, seine Denkweise. Die anderen waren beschäftigt, und so schlüpfte er hinein. Drei Wände mit Regalen, aber nur eines – zugegebenermaßen das längste – enthielt Bücher. Die anderen waren mit Tonbändern und Filmspulen gefüllt. Noel versuchte, das System für die Einordnung der Bücher herauszufinden, als er merkte, daß noch jemand anderer in diesem Raum war.
«Eine schöne Sammlung, was?» Es war Randy Nerone, der direkt zu dem Filmfach gegangen war. «Schau dir das an: *Ben Hur, Bringing Up Baby, Broken Blossoms* – und das ist nur ein Teil der Filme unter ‹B›».
«Hübsch, was Geld alles tun kann», meinte Noel.
«Oben gibt es einen Swimmingpool. Ich gehe hinauf. Hättest du Lust, mitzukommen?»
Er sagte es beiläufig genug, aber Noel hatte das Gefühl, daß die Aufforderung mehr als nur dem Schwimmen galt.
«Ich dachte, ich würde mir den Film anschauen.»
«Ich hab' ihn schon gesehen», sagte Randy, offensichtlich enttäuscht und zuckte die Achseln. «Einen Film kannst du doch immer sehen.»
«Marge» warf einen Blick herein. «Nehmt euer Popcorn und eure Kaugummis mit. Der Hauptfilm fängt gleich an.»
«Ich geh rauf», sagte Randy. «Oberstes Stockwerk. Falls du es dir anders überlegst.»
Alle außer Randy und Eric waren jetzt in dem Zimmer mit der Filmleinwand. Sogar der Diener – seine Arbeit war für den Augenblick erledigt, vermutete Noel – hatte in der letzten Reihe Platz genommen.
Alana war vorne, drehte ihren Stuhl herum, um mit Cal Goldberg und seinem Freund zu sprechen. Der Platz neben ihr war leer: Vermutlich Eric vorbehalten, dachte Noel.

Sie drehte sich halb um, als Noel sich auf den Platz setzte, beendete aber, was sie zu Cal und Burt sagen wollte, bevor sie sich wieder nach vorne wandte.
«Ich nehme hoffentlich nicht jemandes Platz weg», sagte er.
«Es gibt noch eine Menge freier Plätze.»
Noel konnte nicht umhin, sie anzusehen. Jetzt so nahe, stellte er fest, daß das Lilienparfüm von ihr kam. Ihre gebräunte, fast nicht kosmetisch behandelte Haut schimmerte in dem matten Licht, so daß ihre hohen Backenknochen, typisch für ein Modell – etwas, das er zuvor bei einer Frau nie gemocht hatte –, extra stark hervorzutreten schienen. Ihre Augenwimpern waren lang, sie sahen echt aus. Ihre Augen dunkel und weich. Ihr Haar wie ein dichter Vorhang des Nachthimmels.
«Hast du mich schon zuvor gesehen?» fragte sie. «Beäugst du mich deshalb so?»
Er mochte ihren Ausdruck «beäugen».
«In der Window Wall», sagte er.
Sie sah jetzt erstaunt aus.
«Du bist entweder ein sehr dummer oder ein sehr mutiger Junge.»
«Keins von beiden. Ich bin kein Junge mehr.»
«Dann eben ein Mann. Aber du weißt nicht, was es bedeutet, Eric herauszufordern.» Sie sprach seinen Namen mit einem weichen – beinahe wienerischen – «ch» aus. «Und doch hast du es bereits zweimal getan.»
«Ist er dein Liebhaber?» wollte Noel wissen, absichtlich ignorierend, was sie eben gesagt hatte.
«Warum brauchst du eine Definition dessen, was wir sind? Wir *sind* es einfach. Genügt das nicht?»
«Betrügt er dich nur mit Männern? Oder auch mit anderen Frauen?»
«Du bist sehr neugierig», erwiderte sie, aber sie schien weder zornig noch ärgerlich zu sein. «Hör zu», sie lehnte sich sehr nahe zu ihm hin, so daß er mehrere Strähnen ihres Haares fühlen konnte, die leicht über seine Wange strichen, «ich weiß mit Sicherheit, daß Eric dich will. Laß mich aus dem Spiel. Geh mit ihm.»
«Und wenn ich nicht mit ihm gehen will?»
«Dann bist du aber schön blöd. Eric bekommt immer, was er will. Immer!»
«Hat er dich auch so bekommen?»
«Psssst!» machte jemand hinter ihnen.

Die Lichter verdunkelten sich, und der Vorspann flimmerte über die Leinwand.
Noel setzte sich wieder und versenkte sich in den Film. Er fühlte sich nach allem, was an diesem Abend mit Eric geschehen war, durch den Austausch dieser paar vertraulichen Worte mit Alana versöhnt. Auch wenn deren Inhalt reichlich beunruhigend war. Eric war jemand, mit dem er würde auskommen müssen, jemand gefährlicher, unberechenbarer, jemand, der Dorrance nahestand.
Er bemerkte es kaum, als Alana von ihrem Platz aufstand. Dann begann er mit geteilter Aufmerksamkeit, auf ihre Rückkehr zu warten. Zweimal blickte er nach hinten, um zu sehen, ob sie zurückgekommen war und im Hintergrund saß. Nein. Nach einer Weile verließ auch er das Zimmer.
Der Diener folgte ihm hinaus in das Wohnzimmer. «Dort», sagte er und deutete auf eine Tür neben den Aufzügen.
Wie wußte er, wen Noel suchte? Der Mann hatte sich umgedreht und war ins Filmzimmer zurückgegangen.
Noel ging zur Tür und blickte hinein: eine Toilette.
Alana war nicht zurückgekehrt, stellte er fest, als er nochmals einen raschen Blick ins Filmzimmer warf, sie war weder im Wohnzimmer noch in der Bibliothek oder oben im Eßzimmer. Da er bereits oben war, beschloß Noel nachzusehen, ob sie sich in diesem Stockwerk aufhielt. Da war ein Wohnzimmer mit Balkon, mit Polstergruppen und Pflanzen, ähnlich denen im unteren Stockwerk, dann ein kurzer Gang, die beiden Aufzüge und je eine Türe auf beiden Seiten der Eingangshalle. Er versuchte es mit der rechten. Abgesperrt. Die linke war jedoch offen. Er blickte hinein, dann trat er über die Schwelle.
Es war ein Wohnzimmer und ein Schlafzimmer, halb verborgen durch eine spanische Wand. Auf dem erhöhten Bett lagen verstreut Kleider und Blusen. Jenseits des Bettes war eine halboffene Tür zu einem Ankleidezimmer: Ständer mit Kleidungsstücken. Ein weiches, variiertes Durcheinanderfluten von verschiedenen Eau-de-Cologne-Düften umgab ihn. Es mußte ihr Zimmer sein.
Er wollte hinausgehen, als die Gangtüre plötzlich aufgerissen wurde – Noel trat zurück: Eric.
«Suchst du etwas?»
«Nein.»
«Oder wolltest du vielleicht eins von denen anprobieren?» sagte er und wies mit dem Kopf in Richtung auf die Kleider auf dem

Bett. «Ich kann mir dich wirklich nicht als Tuntentyp vorstellen.»
«Bin ich auch nicht.»
«Siehst du. Dachte ich auch nicht. Was tust du dann hier?»
«Ich suche das Badezimmer.»
«Es gibt eines unten.»
«Ich habe mich verirrt.»
Eric trat zur Seite, um Noel vorbeigehen zu lassen, dann trat er hinaus auf den Gang und lehnte sich in einer übertrieben ungezwungenen Art an die Wand, als Noel den Aufzug kommen ließ. Unerwarteterweise trat er hinter Noel hinein. Als dieser auf den Knopf für den fünften Stock drückte, sagte er: «Für den Film mußt du doch ein Stockwerk runter.»
«Ich dachte, ich sollte den Swimmingpool ansehen. Randy sagte, er sei ganz oben.»
«Was tust du eigentlich im Grip?»
«Ich arbeite an der Bar.» Noel gefiel weder Erics Verhalten noch die Tatsache, daß er mit ihm in diesem engen Raum war. «Im Augenblick bin ich Hilfsmanager.»
«Magst du den Job?»
«Er ist in Ordnung.»
Der Aufzug öffnete sich auf ein Glasgehäuse mit Schiebewänden, die zu einem mit Planken versehenen Sonnendeck führten, wo Bäume, Büsche, Bänke und Gartenstühle standen. Noel wandte sich nach links und blieb vor einer Ziegelmauer stehen, in die eine Metalltür eingelassen war: Ein kopfgroßes, ovales Fenster zeigte den Pool dahinter.
«Du scheinst zu wissen, wohin du gehst», sagte Eric.
Der Swimmingpool war von einem vielflächigen solarisierten Glas überdacht, hellgrau getönt. Zwei Sprungbretter, ein paar Liegestühle – auf einem, dem von der Tür entferntesten, lag Randy Nerone, als sei er eingeschlafen, nackt auf dem Bauch. Von Alana keine Spur.
«Dort ist er ja», sagte Eric hinter Noel, «der Junge mit den goldenen Arschbacken. Geh rein!»
«Kommst du nicht mit?» fragte Noel.
Eric lungerte draußen vor dem Türeingang herum. «Dort vor dir liegen hundertfünfundsiebzig Pfund von New Yorks heißestem Hengst, der nur auf dich wartet. Glaub nicht, daß ich euch beide beim Abendessen nicht bemerkt habe. Oder hast du jemand anderen hier erwartet? Du scheinst beinahe enttäuscht zu sein.»

«Wen denn?» Sämtliche Alarmlämpchen in Noels Hirn leuchteten auf.
Eric lächelte ironisch. Seine Augen schienen zwischen hellem und tiefem Purpur hin und her zu flackern, das Wasser des Pools spiegelte sich darin.
«Ich komme eben von ihr. Sie ist unten. Sieht sich den Film an», erklärte Eric.
Vorsicht, sagte Noel sich. Er hat dich beobachtet, wie du Alana angesehen hast. Er weiß, daß du dich für sie interessierst. Er ist kein Idiot. Er hätte dich in einer Minute entlarvt. Er würde dir bei X die Hölle heiß machen.
«Alana?» fragte Noel. «Tut mir leid, Mann. Ich stehe wirklich nicht auf Fag Hags. Gleichgültig, wie nett sie sind. Sie gehört ganz dir.»
Randy hatte ihr Gespräch gehört. Er blickte auf und rief: «He, kommt ihr rein? Oder was?»
«Alana ist nicht mein Typ», wiederholte Noel.
«Ist *er* dein Typ?»
«Siehst du das nicht?»
«Er wartet», war alles, was Eric sagte.
Noel schloß die Tür hinter ihm. Eric blieb draußen, aber seine Bedrohung verfolgte Noel noch immer. Verdammt! Eric glaubte ihm nicht. Noel war so dicht an Dorrance herangekommen – und dieser Schleicher würde alles vermasseln!
«Mit wem hast du gesprochen?» wollte Randy wissen, sah auf, blieb aber in Bauchlage auf dem Liegestuhl.
«Mit niemandem.» Noel wußte, daß Eric noch da war und sie durch das kleine Fenster in der Tür beobachtete. «Wie ist das Wasser?»
«Warm.»
Noel streifte sein Hemd ab und setzte sich neben den Liegestuhl, um seine Schuhe auszuziehen. Als er die Schnürsenkel löste, fühlte er eine Hand an seiner Hüfte: Randy öffnete seine Gürtelschnalle, dann seinen Reißverschluß und versuchte, ihm die Hose herunterzuziehen.
Allmächtiger! dachte Noel, ich komme vom Regen in die Traufe!
«Warum die Eile?» fragte er. Er bemühte sich zu sehen, ob Eric noch am kleinen Fenster stand.
Randy ließ den Kopf wieder zurück auf seinen ausgestreckten rechten Arm fallen und ließ ein lautes Stöhnen hören. «Ach, Scheiße!» rief er plötzlich aus.

Noel war aufgestanden, hatte seine Hose und Unterhose ausgezogen und war bereit, in den Pool zu tauchen. Er war jetzt sicher, daß Eric sie beobachtete. «Was ist los?»
«Nichts. Nervöse Spannung.» Randy blickte hinter sich auf Noel. «Wie wär's, wenn du mich massiertest? Mein Rücken und die Schultern fühlen sich ganz verkrampft an.»
«Ich habe so was noch nie zuvor getan.»
«Fang am Hals an und arbeite dich allmählich nach unten», sagte Randy. «Macht es dir was aus? Ich bin ganz steif. Ich hab' einen schlimmen Streit mit Dorrance gehabt.»
Vielleicht konnte er so etwas erfahren und Eric etwas zum Zusehen bieten, dachte Noel, daher beugte er sich über Randys Rücken und machte sich daran, den kräftigen, sonnengebräunten Hals zu massieren, die Bewegungen eines Masseurs nachahmend.
«Spreiz besser deine Beine», sagte Randy. «Es wird einfacher für dich sein.»
Noel stand auf und nahm den massiven Körper zwischen seine Knie. Randy legte den Kopf wieder auf seine verschränkten Arme und wölbte seinen Rücken, indem er die Wirbelsäule bis hinunter zu seinen Schenkeln durchbog. Er war riesig, dachte Noel, wie eine wuchtige, sinnliche Statue, die zum Leben erwacht war – ein Rodin, ein Bernini.
«Worauf wartest du?» fragte Randy.
«Ich warte nicht», erwiderte Noel und beugte sich vor, um mit der Massage zu beginnen.
Als er an den Schultern des Mannes arbeitete, fühlte er die Hitze von Randys Haut auf seine eigene übergehen. Jede Bewegung seiner Hände auf Randys Körper hatte ein schwaches Murmeln, ein Stöhnen, das Verrenken eines Körperglieds, die Spannung eines anderen Muskels zur Folge. Noel kam es vor, als würde er ohne Sattel, auf einem großen Tier reiten. Er begann zu schwitzen.
«Das fühlt sich toll an. Du weißt wirklich, wie man das macht, was?» Er rutschte ein bißchen nach vorn auf dem Liegestuhl. «Geh etwas tiefer hinunter, Mann. Dort sind die Muskeln *wirklich* verkrampft.»
Als er tiefer hinunterging, fand Noel seine Beine plötzlich von denen Randys umklammert. «He, wir haben uns verwickelt», sagte er.
«Ich weiß.» Die Antwort hörte sich belustigt an.
«Nun, laß los.»

«Warum? Stört es dich?» Seine Beine umklammerten Noel noch enger.
Noel versuchte, Randys muskulöse Beine von der Rückseite seiner Schenkel wegzuschieben.
«Er schaut zu.»
«Wer schaut zu?»
«Eric.»
«Na und?»
Als er das sagte, krümmte Randy sich zu einer beinahe sitzenden Stellung. Noel verlor sein Gleichgewicht. Sein linker Arm wurde nach vorne gezogen, sein rechter Arm lag quer über Randys Brust. Noel war jetzt festgenagelt, Arme und Beine auf Randy.
«Ich gebe es auf», sagte Noel. «Du hast deinen Spaß gehabt.»
«Noch nicht», meinte Randy.
Noel fühlte das warme Fleisch unter ihm sich langsam drehen, und dann sich unter ihm vorwärts und zurück bewegen. Er schwitzte jetzt, verspürte die Hitze bei der unmittelbaren Berührung. Er fühlte, wie sein Gesicht vor Scham errötete, und versuchte, Randy zur Vernunft zu bringen. «He! Laß das!» sagte er in Nerones Ohr, nur einen Fingerbreit von seinem Mund entfernt. Noel verwünschte sich, daß er sich hatte reinlegen lassen.
«Warum nicht?» erwiderte Randy mit leiser, entrückter Stimme. Dann: «Warum nicht, he? Hast du Angst vor etwas? Angst vor etwas Vergnügen?»
Noel versuchte sich zu befreien, aber Nerone hielt ihn um so fester umschlungen, fuhr mit seinen Körperbewegungen fort und hänselte ihn weiter. Als Noel sich schließlich nicht mehr wehren konnte, brach er auf dem großen, heißen, glatthäutigen Körper zusammen. Das Fleisch, das ihn in der Leistengegend traf, schien nach ihm zu greifen und ihn einzusaugen. In Sekundenschnelle fühlte er sich von pulsierender Weichheit umhüllt.
«O Gott!» stöhnte er.
«Es wird noch besser, Mann», sagte Nerone. «Glaub mir. Ich laß dich entweder so kommen, oder ich kann deine Arme und Beine freigeben, und du kannst es mir richtig besorgen. Wie soll es sein, Mann?»
Noels Körper antwortete für ihn. Er hatte Feuer gefangen und wußte plötzlich, ohne es zu wünschen oder zu wollen, daß es jetzt keinen Weg zurück gab. Randy würde kriegen, was er wollte.

Noel schloß die Augen und versuchte sich in seiner Phantasie vorzustellen, daß er mit einer Frau war. Das funktionierte eine Zeitlang, dann wurde es nicht mehr nötig – er konnte jetzt nur noch daran denken, so rasch wie möglich zum Orgasmus zu kommen. Sein ganzer Körper schien in jenen Punkt eingebettet, der fester umklammert war, als er es je gefühlt hatte.
«Ja!» zischte Randy und ließ Noels Arm los. «Mach es mir auf deine Weise, Mann. Ja!» Er schien von innen her zu zittern.
In seinem Inneren war es, als ob ein Dutzend Hände sich um Noel gleichzeitig öffneten und schlossen.
«Ich hoffe, daß dieser Hurensohn noch immer zuschaut», murmelte Noel, als die Bewußtlosigkeit des Orgasmus ihn überkam.

7

«Wer war sonst noch da?» wollte Loomis wissen.
«Ich selbst, Chaffee, Malchuck, Tim Matthews, Goldberg und sein Liebhaber, Dorrance, Eric und Alana. Oh, und ein Diener. Okko oder Okku nannte Randy ihn.»
«Sie haben Randy nicht erwähnt.»
«Natürlich habe ich das. Früher. Er ist mit Dorrance nach oben gekommen. Sie haben einen Wortwechsel gehabt, sagte ich Ihnen. Erinnern Sie sich?»
«Jetzt erinnere ich mich», gab Loomis zu.
«Vielleicht weil ich es Ihnen vor mehr als einer Stunde erzählt habe.»
Sie hatten mindestens so lange miteinander über das «Hintertürchen» gesprochen, waren eine Einzelheit nach der anderen nochmals durchgegangen. Noel fühlte schließlich, daß er das Geld verdient hatte, das in einem langen, hellblauen Umschlag zwei Tage zuvor angekommen war: sein Gehalt von Whisper. Natürlich war es in der Form einer Stipendiumzahlung von einem fingierten Institut für Sozialarbeit in Albany, dazu bestimmt, bei der Finanzierung seiner wissenschaftlichen Arbeit zu helfen. Noel hatte den Scheck nur zu gerne auf sein Konto eingezahlt. Aber diese Wiederholung ermüdete ihn.
«Lassen Sie mich das klipp und klar wiederholen», meinte Loomis. «Sie sagten Randy sei der Mr. X-Typ. Stimmt das? Was ist aus ihm geworden?»

«Nichts. Er verläßt Le Pissoir, will zurück zur Schule, sagte er. Dorrance gab ihm zu bedenken, es sei nicht die rechte Zeit dafür. Er wollte, daß Randy noch einen weiteren Monat in der Bar bleibt.»
«Hat er Ihnen das gesagt?»
«Randy hat das getan. Wir haben uns darüber unterhalten.»
«Im Swimmingpool? Wo waren die anderen?»
«Sagte ich Ihnen schon. Im zweiten Stock. Haben sich einen Film angesehen.»
«Außer Dorrance. Der hatte bereits das Haus verlassen?»
«Ich nehme es an. Aber ich weiß nicht, wohin er gegangen ist. Niemand sagte es. Und außer Eric. Er beobachtete uns von außerhalb des Pools.»
«Was hat Nerone über Dorrance gesagt?»
«Nur daß sie einen Wortwechsel gehabt hätten, dann aber zu einer Art Einigung gekommen wären. Ich weiß immer noch nicht, warum er uns zum Abendessen in sein Haus eingeladen hat.»
«Es ist nicht sein Haus», warf Loomis ein.
«Nicht? Wem gehört es dann?»
«Es gehört einer Aktiengesellschaft namens Raynita, einer Tochtergesellschaft der Hull-Redfern Electronics Corporation, Rye, New York. Nach den Angaben im städtischen Steuerregister ist der Inhaber Eric Hull Redfern.»
Seltsam, dachte Noel. Warum hatte der Fischer ihm das nicht gesagt, bevor er hinging? Nicht daß es einen wirklichen Unterschied machte. Oder doch? Sollte Noel nicht Mr. X aufgrund seines Lebensstils zu erkennen versuchen? Welchen Zweck hatte es, Dorrance durch das Haus eines anderen psychologisch auszukundschaften? Noel entschied, für den Augenblick nicht weiter darauf einzugehen. Statt dessen sagte er: «Nun, das erklärt vielleicht Erics Haltung mir gegenüber.»
«Wie war diese?»
«Feindselig. Argwöhnisch. Das heißt . . . er interessierte sich irgendwie für mich. Er spielte mit mir, wie wenn das der Fall wäre. Aber es war nicht ganz klar.»
«Sie ließen ihn abblitzen, und er wurde feindselig? Hat er auch mit Randy gesprochen?»
«Während des Abendessens, ja. Hören Sie, Fisch, ich konnte diesen Eric wirklich nicht begreifen. Er machte mir sexuelle Annäherungsversuche, und doch lebt er mit dieser schönen Frau zusammen.»

«Ist das der gleiche Bursche, der ‹Eric der Rote› genannt wird? Der bekannte Sadist?»
«Das stimmt.»
«Dann ist er schwul», folgerte Loomis.
«Aber die beiden sind ein Liebespaar. Ich weiß es. Sie würden es auch wissen.»
«Wieso?»
«Weil er nicht mochte, daß ich sie anschaute.»
Loomis schwieg eine Zeitlang.
«Was ist los? Sind Sie noch am Apparat?» erkundigte sich Noel.
«Noel», sagte Loomis ruhig. «Noel. Noel. Noel. Hören Sie mir mal bitte einen Augenblick gut zu. Wenn Sie homosexuell sein sollen, was man von Ihnen ja erwartet, dann sollten Sie nicht die Frau eines anderen Mannes anschauen, außer Sie sind von ihrem Kleid begeistert oder so was. Und mit jemandem, der dazu noch Dorrance so nahesteht! Sie möchten doch wenigstens bis zu Ihrem mittleren Alter am Leben bleiben?»
«Schon gut», sagte Noel rasch. «Ich habe es wieder ausgebügelt.»
«Wie?» Loomis schien nicht überzeugt zu sein.
Noel schwieg. Dann sagte er: «Während Eric von draußen zuschaute, ließ ich mich im Pool sozusagen mit jemandem ein . . . verstehen Sie?»
«Mit wem, wenn es Ihnen nichts ausmacht, es mir zu sagen?»
«Randy Nerone.»
«Allmächtiger! Sie sind ja verrückt. Ich dachte, er sei der Freund von Mr. X?»
«Ich war in eine Falle geraten. Ich hatte keine andere Wahl. Ich wollte es nicht tun, glauben Sie mir.»
Schweigen. Dann: «Wann sehen Sie Dorrance wieder?»
«Wer weiß?»
«Sie müssen ihn wiedersehen. Sie haben bereits Verbindung mit ihm aufgenommen, und Sie haben es überlebt. Also klappt es, wie ich vorausgesagt habe. Sie sind weiter vorgedrungen als alle früheren Geheimpolizisten. Habe ich Ihnen nicht gesagt, daß Mr. X einen Polizisten riechen kann. Er hat von Ihnen nicht einmal wirklich Notiz genommen. Wir haben eine gute Sache in Gang gebracht, wir wollen sie uns nicht aus den Händen nehmen lassen. Ich möchte, daß Sie Dorrance wiedersehen. In Redferns Haus, wenn möglich. Dort sind wahrscheinlich die Büros.»

«Ich weiß es nicht. Eric mochte mich überhaupt nicht. Und Dorrance hat noch nicht mal zugeknabbert.»
«Er hat Randy zugeknabbert, nicht? Halten Sie sich an *ihn*, bis Dorrance Sie wieder einlädt.»
«Aber Randy gibt in einigen Wochen seine Stellung auf.»
«Gehen Sie in dieses Haus zurück», sagte Loomis. «Es ist mir egal, wie Sie es anstellen, um wieder hinzukommen.»
Noel hatte nie zuvor eine solche Sprechweise von Loomis gehört; er mochte so was gar nicht.
«Oder mit wem ich vögle, damit es mir gelingt?» fragte er in scharfem Ton.
«Das habe ich nicht gesagt, Lockvogel.»
«Aber Sie haben es gemeint.»
«Ganz so schlimm war es ja wohl nicht. Was haben Sie getan? Erzählen Sie es mir. Sie haben nicht . . .?»
«Ich habe Ihnen schon genug erzählt», erwiderte Noel so kurz angebunden wie möglich und hoffte, damit jede weitere Diskussion über das Thema zu verhindern. Es hatte ihn sehr beschäftigt, und er hatte das dringende Bedürfnis verspürt, sich jemandem in der Sache anzuvertrauen, nicht zuletzt, um sich zu bestätigen, daß er in Wahrheit in die Sache hineingezwungen worden war. Loomis war die einzige Person, der er sich anvertrauen konnte. Aber jetzt, da er das getan hatte, wünschte Noel, er hätte es ungesagt gelassen.
«Männer tun es die ganze Zeit», sagte Loomis leichthin.
«Offenbar.» Konnte Loomis denn nicht sehen, daß das nicht der springende Punkt war?
«Ich meine, daß man nicht homosexuell zu sein braucht, um es zu tun. Eine Menge Burschen tun es, wenn es keine Frauen gibt. Im Gefängnis. In der Marine.»
«Es ist mir egal», sagte Noel. Der Fischer war nicht dabei gewesen, als Eric ihn durch das kleine Fenster beobachtete, als Randys Körper sich wie eine Pythonschlange um ihn wand, was zum Teufel konnte er wissen?
«Ich will Sie nicht verkohlen, Lockvogel. Ich hatte einen Kameraden, der nach dem Krieg in Japan war. Ein großer, blonder Junge. Schwede oder so etwas. Er geht in dieses Geisha-Teehaus, wo die Leute noch nie einen wie ihn gesehen hatten. Aber die Mädchen scheißen vor Angst beinahe in die Hosen und glauben, er sei so was wie der Teufel. Und dann schicken sie einen ihrer Teenagerbrüder hin. Sie putzen ihn heraus, damit er wie eins von ihnen ausschaut. Der Schwede ist vom Reiswein

besoffen. Daher merkte er erst, nachdem er mit dem Bengel durch war . . .»
«Ist mir egal», wiederholte Noel, jetzt ohne seine Verärgerung zu verheimlichen. «Ich werde es als Erfahrung verbuchen. Sie wissen ja, für das Buch. Empirische Forschung. Wie die Einheimischen leben. Großer anthropologischer Durchbruch, wie Boyle sagen würde. Kann ich jetzt den Hörer auflegen?»
«Sicher. Sicher», sagte Loomis, offensichtlich verblüfft über den Ton von Noels Stimme. «Aber bleiben Sie in Dorrances Nähe, hören Sie?»
«Ich werde es versuchen.»
«Und Sie sind vorsichtig, nicht wahr? Wenn Sie einen wegstecken wollen, tun Sie es unauffällig.»
«Ich habe eben einen weggesteckt», sagte Noel.
«Sie wissen doch, was ich meine. Gute Nacht, Lockvogel.»

8

«*Ich bringe das ganze Zeug dorthin*, wenn du keine Zeit dazu hast», anerbot sich Noel.
Er hielt sich mit Chaffee im Büro im unteren Stockwerk des Grip auf. Rick war umgeben von Schriftstücken, die mit der Eröffnung des neuen Klubs zusammenhingen: Bauverträge, Rechnungen, Kostenvoranschläge, Vereinbarungen.
«Es würde Zeit sparen», meinte Rick. Dann: «Du gehst gerne dorthin, was?»
«Du nicht?»
«Eigentlich nicht. Ist zu elegant für mich.»
«Das letzte Mal, als ich dort war, habe ich *La Belle et la Bête* gesehen und zwei Tonbänder von Charlie Parker gehört, die nachher nie als Platte erschienen sind. Ganz zu schweigen von anderen Vorzügen – Prima Acapulco Gold-Gras und dazu noch das beste Coke in der Stadt, das dich geradezu anfleht, es zu schnupfen.»
Er wußte, daß Chaffee über die guten Drogen und andere Vergnügen in Redferns Haus Bescheid wußte, aber Noel wollte dennoch sichergehen, daß Rick dies als einzigen Grund seines Hingehens betrachtete.
«Bockmist, Cummings! Ich weiß, warum du in Wahrheit dort hingehen willst.»

Au weh! dachte Noel. Hier kommt es. Vega hat ihm erzählt, daß ich ein Agent für Whisper bin. Das ist's. Und wenn er es weiß, dann weiß es auch Mr. X.
«Nun, du brauchst es mir nicht vorzuenthalten.» Seine Stimme war sanft, scherzhaft, aber Noel mußte näher an den Schreibtisch heranrücken, damit Rick das plötzliche krampfartige Zucken in seinem linken Knie nicht bemerkte. Das Büro schien eng wie ein Grab. Er brach in Schweiß aus. Rick lächelte immer noch.
«He, ich weiß.» Rick machte nicht viel Aufhebens davon.
«Was weißt du?» fragte Noel und versuchte, ebenso beiläufig zu wirken.
«Ich habe Augen im Kopf. Du suchst dir einen reichen Ehepartner. Du und Eric habt was zusammen, stimmts?»
Sofortige Erleichterung. «Blödsinn. Du warst doch dort, als ich ihn zum erstenmal sah. Er kann mich nicht ausstehen. Wir sind wie Feuer und Wasser.»
«Oder Öl und Feuer. Das eine nährt das andere.»
«Nee, stimmt nicht. Ich gehe der Annehmlichkeiten wegen gern dorthin. Kannst du mir das zum Vorwurf machen?»
«Ich glaube immer noch, daß du Stuß erzählst. Hier, nimm das mit.» Chaffee händigte ihm den Umschlag aus.
«Die Papiere brauchen nicht sofort hingebracht zu werden, was?» fragte Noel. «Ich würde vorher gerne kurz nach Hause gehen. Du weißt, was anderes anziehen und so.»
«Für den Fall, daß Wasser und Feuer sich zu vermischen beginnen?»

Auf dem Weg zu seinem Appartement blieb Noel vor dem Zeitungskiosk stehen, drei Häuserblocks von seiner Wohnung entfernt. Als er eintrat, stand eine Frau am Ladentisch und sprach mit dem Besitzer. Ein anderer Kunde – ein Mann – sah das umfangreiche Regal mit Taschenbüchern durch. Noel warf einen Blick auf die Anwesenden, dann ging er zum Ladentisch, legte den Manila-Umschlag, den er von Rick bekommen hatte, hin und bedeckte ihn beiläufig mit seinem Jackett. Dann ging er hinüber zur Buchabteilung.
Die Frau ging eine Minute später, und der Inhaber verschwand in das rückwärtige Zimmer. Wie geplant, war der Umschlag verschwunden, vom Inhaber ins Nebenzimmer des Ladens mitgenommen, in dem, wie Noel wußte, ein Agent von Whisper

den Inhalt sofort fotokopieren würde, als Vorbereitung für eine spätere Übertragung auf Mikrofilm. Der ganze Vorgang nahm selten mehr als fünf Minuten in Anspruch, aber Loomis hatte darauf bestanden, daß er besonders vorsichtig ausgeführt werden sollte.

Noel warf einen Blick auf die Taschenbücher, dann wählte er einige Zeitschriften aus und blätterte sie durch.

«Versuchen Sie's mal mit dieser», sagte der andere Kunde. Er hielt ihm ein Bodybuilding-Magazin hin. Er mußte ein Mann Mitte Dreißig sein, mit einem frischen, freundlichen Gesicht, einem blonden Oberlippenbärtchen, langem, gelocktem rötlichem Haar, mit einem teuer geschneiderten französischen oder italienischen Anzug und einer dieser eleganten Vierzig-Dollar-Seidenkrawatten, die man nur in Läden in der Madison Avenue sieht.

«Danke, ich habe sie schon angesehen.»

«Sie wohnen hier in der Gegend?»

Ein Whisper-Agent – trotz der teuren Kleidung –, der auch darauf wartete, etwas zu fotokopieren? Oder einer von Mr. X' Männern, der irgendwie entdeckt hatte, was hier vor sich ging? Er hatte sich nicht umgedreht, weder als Noel hereinkam, noch als der Manila-Umschlag verschwand. Aber Noel beschloß, ihn trotzdem abzulenken, zumindest bis die Papiere unter sein Jackett zurückgesteckt worden waren.

«Ein paar Häuserblocks entfernt von hier, warum?»

«Habe ich Sie nicht zuvor schon einmal gesehen?»

«Vielleicht. Ich komme oft hierher.»

«Nein. Ich meinte irgendwo anders. Im Geschäftsviertel. Im Village.»

«Ich bin an der Bar im Grip.»

Die Augen des Mannes wurden schmaler, als ob er sich Noel hinter der Bar vorstellte.

«Und Sie lesen *Psychologie heute, Die menschliche Natur,* und *Spektrum der Wissenschaft.*»

«Ich bin nicht ungebildet. Ich habe die Schule besucht.»

«Harte Zeiten durchgemacht, was?»

«Gewissermaßen. Es macht mir nichts aus.»

«Was haben Sie studiert?»

«Psychologie.» Noel hielt ihm die Zeitschriften hin. «Das übliche. Ich dachte, ich würde ein klinischer Psychologe werden.»

«Ich habe einen Freund im Upstate Medical Center.» Er nannte jemanden, von dem Noel noch nie gehört hatte. «Vielleicht könnte er Ihnen helfen. Sie haben Ihren akademischen Grad, nicht wahr?»

«Jedermann hat einen Grad», erwiderte Noel. Er spielte die Rolle weiter, die er gerade übernommen hatte.

«Mein Freund könnte Ihnen zu einem guten Start verhelfen. Und wenn das nicht möglich ist, dann könnten Sie vielleicht etwas anderes versuchen. Ich kenne eine Menge wichtiger Leute.»

«Machen Sie keinen Scherz?» sagte Noel, ganz Unschuld, und versuchte, sich nicht so zu benehmen, als ob es die älteste Masche in der Geschichte der Menschheit wäre.

«Warum kommen Sie nicht mit mir um die Ecke? Wir können eine Zigarette rauchen, einen Drink nehmen und mehr darüber reden.»

«Ich habe leider im Moment keine Zeit. Jemand erwartet mich in einer halben Stunde.»

Noel hörte den Ladenbesitzer zurückkehren, das kaum vernehmbare Rascheln, als sein Jackett hochgehoben und der Umschlag wieder darunter gelegt wurde.

«Vielleicht ein andermal», sagte der Mann und überreichte Noel eine Geschäftskarte.

Bill Clay Flanders III stand darauf. Eine Adresse in der Nähe: keine Appartementnummer. Er mußte Besitzer eines Stadthauses sein. Er war also kein Schwindler.

Noel hatte ein plötzliches unbestimmtes Gefühl. Hier war ein anziehender, wohlhabender, vollkommen harmloser Mann, der ihm nach nur ein paar Minuten seine Hilfe anbot. Natürlich würde von Noel erwartet werden, daß er als Gegenleistung die Beine spreizte.

Aber eine Menge Burschen taten das umsonst. Noel wußte, ohne fragen zu müssen, daß Flanders ihn aushalten würde, wenn er das wollte.

Unter vielen jungen Schwulen, denen Noel begegnet war, war dies nur allzu üblich. Rick hatte darauf hingewiesen, dies sei der Grund, warum Noel in Redferns Stadthaus ging, ohne zu wissen, daß er damit Befehle befolgte und versuchte, so viel wie möglich von Dorrance zu sehen, wenn auch nur, um einen immer gereizteren und verdrießlicheren Loomis zu beschwichtigen.

Aber diese Angelegenheit des Ausgehaltenwerdens war ein allgemein hingenommener Teil des homosexuellen Lebens. Beinahe sokratisch: Der ältere Mann in gesicherter Stellung half

seinem jüngeren Liebhaber in weniger gesicherter Stellung. Noel hatte im Grip von jungen Männern gehört, denen ältere Männer das Medizinstudium ermöglichten, denen Liebhaber, die Steuerermäßigungen wollten, einen Trustfonds einrichteten, denen Posten als nominelle Direktoren von Gesellschaften – mit festem Gehalt – angeboten wurden, die großzügig ausgehalten wurden, oft für nichts weiter als die geforderte Kameradschaft, und die schließlich eine großzügige Abfindung erhielten, wenn der unvermeidliche Bruch eintrat. Keine Ehefrauen. Keine Mätressen. Und, obschon oft adoptiert, auch nicht ganz Söhne. Solche Gelegenheiten hatten sich Noel nie zuvor geboten – jetzt schienen sie einmal in der Woche zu passieren.
Noel steckte die Geschäftskarte ein.
«Gerne.» Noel warf auf Flanders einen flüchtigen Blick, von dem er hoffte, daß er vielsagend war, obschon er glaubte, daß er Flanders nie anrufen oder wiedersehen würde. Für den kürzesten Augenblick überkam ihn die schreckliche Gewißheit, daß Flanders – und gar nicht Dorrance – der Mann war, nach dem Loomis suchte. Reine Paranoia, sagte sich Noel.
Bill Flanders hatte die Zeitschriften zurück ins Regal gelegt und war an der Tür. «Ich nehme diese», sagte Noel zu dem Ladeninhaber, der nie zu Noel aufblickte, während er ihm das Wechselgeld herauszählte.
«Auf Wiedersehen», sagte Flanders freundlich.
Noel drehte sich halb um, um seinen Abschiedsgruß zu erwidern. Doch Flanders war bereits hinausgegangen.
Als Noel auf dem Gehsteig stand, war Flanders bereits an der nächsten Straßenecke. Noel dachte daran, ihn einzuholen, wenn auch nur, um sich zu überzeugen, daß Flanders wirklich nichts mit Whisper oder Mr. X zu tun hatte. Er begann schneller zu laufen, als er hinter sich ein Rufen hörte.
Er drehte sich um, sah den Ladeninhaber etwas schwenken, das Noel sofort als sein Jackett erkannte. Noel sah, daß Flanders beim Ertönen des Rufs gleichfalls stehengeblieben war, vielleicht um zu warten, bis Noel zu ihm aufgeschlossen hatte. Noel ging zurück, um das Jackett zu holen.
Er hatte gerade die Hand danach ausgestreckt und dem Ladeninhaber gedankt, als er ein Geräusch hörte, das wie ein außer Kontrolle geratenes Auto klang. Beide Männer blickten sich um, sahen die große Limousine plötzlich in rasendem Tempo um die Ecke der Neunundzwanzigsten Straße auftauchen.
Bevor sie rufen konnten, sahen sie Flanders – in der Mitte der

Straße – sich gleichfalls in die Richtung des lauten Geräusches umdrehen. Die Limousine schien ihm ausweichen zu wollen. Ihre Bremsen quietschten. Flanders hob die Hände hoch, um sich zu schützen, dann wurde er wie ein Kreisel herumgedreht, als ein Kotflügel ihn streifte und der Wagen an ihm vorbei und die Avenue hinaufraste. Flanders schien einen langen Augenblick zu taumeln bevor er vornüber hinfiel, als habe eine Riesenhand ihn niedergestreckt.
Noels Herz und Atem stockten.
«Er ist getroffen worden!» schrie der Ladeninhaber und zog Noel mit sich fort zu der Straßenecke. Flanders lag mit dem Gesicht nach unten im Rinnstein, die Arme ausgebreitet, nicht als habe er seinen Sturz aufhalten wollen, sondern als sei er bewußtlos geschlagen worden.
Der Ladeninhaber beugte sich zu ihm hinunter und murmelte etwas. Noel blieb am Randstein stehen, versteinert vor Schrecken und starrte auf das Blut, das aus Flanders Ohren und Nase herausschoß, und aus seiner Stirn, die den zweiten Schlag bekommen hatte, was vermutlich zu einem Schädelbruch geführt hatte.
Im Nu begann eine dünne, gelbliche Flüssigkeit aus Flanders Kopf zu sickern und an den Rändern der rasch größer werdenden Lache dunkelroten Bluts entlangzulaufen.
Rasch sammelte sich eine Menschenmenge an, und Noel wurde bald in sie hineingestoßen.
Sirenentöne kamen auf sie zu. Dann gab jemand Noel mit einem leisen Rippenstoß zu verstehen, er solle sich von der Straßenecke entfernen. «Sie gehen besser von hier fort», sagte der Mann, als habe er hier das Kommando, und in einem so seltsamen Ton der Stimme, daß Noel ihn anstarrte. Es war, als wüßte er etwas, das Noel nicht wußte.
War Flanders soeben direkt vor Noels Augen ermordet worden?
«Gehen Sie», drängte der Mann. Noel entfernte sich wortlos.

9

Dorrance war im großen Büro im ersten Stock des Redfern-Hauses. Er begrüßte Noel herzlicher als früher, aber bei Dorrance war dies wie Abstufungen der Temperatur eines Kühlschranks.
«Sie sind sehr gewissenhaft», sagte Dorrance, nahm das Manila-Kuvert und inspizierte dessen Inhalt.
«Ich hatte gerade nichts anderes zu tun, und Rick steckte wirklich bis zum Hals in der Arbeit.» Es war zwei Stunden nach dem tödlichen Unfall mit Fahrerflucht an der Straßenecke, und obschon wieder ruhiger, konnte Noel das Bild von Flanders nicht aus seinen Gedanken verscheuchen.
Dorrance ging die Papiere sorgfältig, aber rasch durch, als hätte er ein fotografisches Gedächtnis.
Noel benützte diese Zeit, ihn wieder zu beobachten. Etwas an Dorrance stieß ihn ab, selbst wenn er nicht der planende Kopf von all dem Bösen war.
Er war kalt, tüchtig, übervorsichtig, immer höflich und taktvoll, präzise und redegewandt: nichts Ungewöhnliches, nichts, was auf mehr als auf einen Karrierediplomaten oder einen erfolgreichen Bürokraten hätte schließen lassen. Erschreckend war, wie unausgefallen und wie langweilig er war – mit seinem wie erwartet gepflegten Äußeren, seinem modischen Haarschnitt und seiner Kleidung. Phantasielos. Das war es. Nichts Einmaliges an ihm – zumindest nichts, was in die Augen fiel. Er erinnerte Noel an eine verwaschene Variante von Wilbur Boyle, seinem Institutsleiter.
Dorrance und Boyle würden sehr gut miteinander auskommen, dachte Noel, sie würden ein langes, unaufrichtiges Gespräch führen: Sie waren vom gleichen Schlag.
«Es scheint alles in Ordnung», sagte Dorrance und stand von seinem Platz auf. «Nun, möchten Sie gern einen Drink?»
Das war ein Auftakt. «Gerne», sagte Noel. Vielleicht hatte Loomis recht, je mehr Noel sich hier herumtrieb, desto mehr würde man ihn beachten.
Dorrance bestellte über das Haustelefon, und sie nahmen den Aufzug hinauf, zum großen Wohnzimmer im ersten Stock, wo Okku, der Diener, gerade die Getränke auf den Kaffeetisch stellte.
«Legen Sie etwas Musik auf», sagte Dorrance. «Ich kenne mich da nicht aus. Eric und Alana wählen sie gewöhnlich aus.»

Die Stereoanlage, die Redfern im Haus hatte aufstellen lassen, war prachtvoll. Sie bestand aus einem Vorverstärker, Tuner, zwei Plattenspielern, zwei Tonbandgeräten und einem Kassettenrecorder, an Lautsprechern für jedes Stockwerk angehängt und mit einer zentralen Anlage von gewaltigen Verstärkern irgendwo im Kellergeschoß verbunden. Die ganze Ausrüstung mit mehreren tausend Watt Ausgangsleistung. Das Ganze mit Fernbedienung ausgestattet: glänzend schwarzes Design und fast unmerkliche, kaum erkennbare Bedienungsmarkierungen waren alles, was man sah. Sämtliche elektronischen Anlagen stammten von Redfern – die neusten, teuersten Modelle, vermutete Noel.
Noel wählte eine Sechzigminuten-Tonbandkassette aus, deren Kopie eben dem Grip geliefert worden war. Er regulierte die Lautstärke und kam zurück, wo Dorrance in einem Lederschaukelstuhl saß und auf den rückwärtigen Garten hinausblickte.
«Eric und Alana scheinen heute nicht hier zu sein?» fragte Noel und versuchte, ein Gespräch anzuknüpfen.
«Sie sind für einige Tage in Bermuda.»
Noel setzte sich. «Deshalb schien es hier so ruhig.»
«Die beiden und ihre Freunde können manchmal schrecklich lärmig sein», sagte Dorrance. Beinahe gedankenverloren, dachte Noel. «Erzähl mir ein wenig von dir, Noel.»
Noel verschluckte sich beinahe an seinem Wodka und Tonic. Hier kam es!
«Da gibt es nicht viel zu erzählen.»
«Du bist doch kein dummer Junge. Schulbildung. Welche? Universitätsabschluß?»
Noel nickte zustimmend. Dorrance fuhr fort: «Und trotzdem arbeitest du in einer Bar, warum?»
«Du bist der zweite, der mich das heute fragt. Man kann es vermutlich Enttäuschung über die akademischen Haine nennen.»
«Verständlich», sagte Dorrance. Aber es klang nicht überzeugt. «Fahr fort.»
«Nun, als ich vor ein paar Jahren in Kalifornien die Universität verließ», log Noel, wobei ihm die Worte leicht über die Lippen flossen, waren sie doch so einstudiert und in letzter Zeit so oft wiederholt worden, «kam ich zu der Überzeugung, daß ich die Heuchelei satt hatte. Ich wollte mein eigenes Leben führen – und das fügte sich nicht allzu gut ein. Die letzte Bindung war mein Liebhaber in Berkeley. Als ich mit ihm Schluß machte,

kappte ich das letzte Band zu meinem früheren Leben. Deshalb kam ich nach New York.»
Dorrance war hingerissen. Fraß das alles schön auf, dachte Noel.
«Und gefällt es dir in der Bar?»
«Ja, ganz gut.»
«Du magst den direkten Kontakt mit den Gästen?»
Worauf wollte er hinaus? «Es ist natürlich nicht gerade mein Ideal», sagte Noel, «aber bis ich herausgefunden habe, was das ist, ist es gerade das Richtige.»
«Der Grund, warum ich frage, ist ... nun, vielleicht kannst du mir sagen, warum ich alle diese Fragen stelle?»
Noel war sich nicht sicher, ob er unbewußt in eine Falle geraten war, ob er ungewollt etwas preisgegeben hatte. Eine scheinbare Ewigkeit saß er da, hielt sein Glas in der Hand, blickte auf Dorrance und fühlte sich wie ein Eisblock, der zurückgelassen worden war, um auf den kostbaren Teppichen zu schmelzen. Was wußte Dorrance? Was zum Teufel führte er im Schilde? Mach langsam, sagte Noel sich. Beruhige dich. Antworte ihm.
«Ich bin nicht sicher, ob ich weiß, was du meinst. Außer ihr wollt expandieren und all das.»
«Genau. Wir wollen uns vergrößern. Ricks Klub. Vielleicht noch ein anderer an der Westküste. Du scheinst mir genau der Mann zu sein, den wir brauchen. Gewissenhaft, auf Draht, beliebt, verantwortungsbewußt.»
«Um was zu tun?»
«Im Moment nichts, außer was du bereits tust. Du hast dich gut eingearbeitet im Grip. Die anderen fühlen sich wohl mit dir. Wir werden sehen, wie du dich entwickelst und was sich am besten für deine besonderen Talente eignet. Wenn wir bereit sind, wirst auch du bereit sein. Vorerst bleibst du an der Bar. Rick wird häufig abwesend sein. Ich brauche einen zuverlässigen Mann.»
«In Ordnung», sagte Noel.
«Gut», sagte Dorrance.
Das war's. Kein Angebot. Und gar nichts Persönliches. Dorrance war wie der Geschäftsführer einer Gesellschaft, der einen jüngeren Angestellten informierte, daß man ihn im Auge habe und er auf der Beförderungsliste stehe. Alles rein geschäftlich. Nichts Sexuelles. Keine Anzeichen eines Annäherungsversuches. War Dorrance befangen? Asexuell? Oder steckte er bis über die Ohren in Schulden bei Eric – die tatsächliche Geld-

quelle? Loomis würde enttäuscht sein. Er hatte so viel von Noel erwartet. Bis jetzt war alles, was er hatte – was? Einige fotokopierte Papiere? Und dieses Angebot.
Ein Anruf kam für Dorrance, und er nahm ihn an dem Nebenanschluß in der Bibliothek ab. Noel füllte sein Glas nach und trank bedächtig. Er versuchte, einen Weg zu finden, um Loomis diese neue Information in einer Art und Weise beizubringen, die ihn nicht völlig aus dem Häuschen bringen würde.
«Das waren Eric und Alana», erklärte Dorrance mehrere Minuten später. «Sie lassen beide grüßen.»
«Beide? Ich bin überrascht, das zu hören», sagte Noel. «Ich dachte nicht, daß Eric allzu viel Interesse für mich hat.»
«Manchmal zeigt er auf seltsame Weise, wieviel Interesse er hat», sagte Dorrance. «Wenn du ausgetrunken hast, fahre ich dich in die Bar zurück.»
Nicht ein Wort mehr wurde zwischen ihnen gewechselt, bis Noel aus dem luxuriösen, geräuschlosen, metallgrauen Bentley vor dem Grip in der West Street ausstieg.

10

Am darauffolgenden Abend arbeitete Noel nicht an der Bar. Bis um drei Uhr am nächsten Nachmittag, wenn er eine Achtstundenschicht im Grip beginnen würde, hatte er frei.
Diese plötzliche Freiheit, nach drei hektischen Monaten, machte ihn äußerst ruhelos. Er hätte an seiner wissenschaftlichen Arbeit weiterschreiben oder ausgehen und weitere Einzelheiten über das homosexuelle Leben sammeln sollen. Er war immer noch nicht in den Bädern oder in einem der Hinterzimmer-Klubs gewesen, und seine Erfahrungen mit Bars waren auf einige wenige im Village beschränkt. Aber das war es nicht, was er heute abend wollte.
Pauls Worte an jenem letzten Schultag fielen ihm immer wieder ein. Er entdeckte plötzlich, daß sie ihm doch etwas ausmachten, sogar eine ganze Menge. Aber wenigstens brauchte er sich keine Gedanken darüber zu machen, was Studenten in den nächsten drei Monaten über ihn auf Toilettenwände kritzeln würden – für die nächsten acht Monate –, es sei denn, Boyle würde es sich anders überlegen.
Boyle hatte vielleicht doch recht. Schau Mirella Trent an: eine

Klasse in diesem Semester, und zwar ein Seminar für fortgeschrittene Studenten, von denen die meisten praktische wissenschaftliche Arbeit leisteten, ferner Vorlesungen an verschiedenen anderen Universitäten. Mirella Trent hatte es wirklich leicht.

Er duschte und saß dann die nächste Stunde apathisch herum, wobei er sich sagte, daß er töricht war, eine schöne Nacht, die er frei hatte, zu vergeuden – die erste seit Monaten, die er nicht im Grip, bei Eric, sein würde, oder an seiner wissenschaftlichen Studie arbeiten sollte.

«Was ist denn heute abend mit mir los?» fragte er sein Spiegelbild. «Ich bin verstört. Emotionell belastet. Über nichts. Rein nichts.»

Im gleichen Augenblick, als er sich das sagte, wußte er, daß es nicht so war. Er war geil. Einfach geil. Wenn nichts anderes, dann hatten die Wochen der Arbeit in einer Schwulenbar ihn so ehrlich seinem Körper gegenüber gemacht. Nachdem Noel dies einmal akzeptiert hatte, fühlte er sich sofort besser.

Er beschloß, in die Oberstadt zu gehen und in einer bekannten Junggesellen-Bar in der East Side etwas Leichtes zu Abend zu essen. Das Essen war mittelmäßig in diesem Lokal, aber es war bekannt dafür, daß es junge Akademiker beiderlei Geschlechts anlockte, die, wie er selbst heute abend, nach Liebesabenteuern ohne Verwicklungen Ausschau hielten.

Ich brauch' dich nur für eine Nacht,
Ich mach es auf die schnelle Tour, verdammt!
Will dich nicht lieben,
Will nicht mit dir leben,
Will dir nicht jeden Tag
Einen Frühstückskuß geben.

Die Worte von Butlers Lied kamen ihm mit erneuter Bedeutung in den Sinn, während er sich rasierte. Sie trafen so genau auf seine Situation zu. Er sang das Lied, erfand einige neue Worte dazu und ließ andere aus, an die er sich nicht mehr erinnern konnte, während er sich ankleidete.

Er fühlte sich ein wenig unbehaglich in den frisch gebügelten Slacks, dem Sportjackett und einem am Hals offenen Hemd, als er in der oberen Madison Avenue einem Taxi rief. Er kam sich zu elegant gekleidet vor, zu konventionell, verglichen mit den Jeans und T-Shirts und den engen Hemden, die er in letzter Zeit

getragen hatte und die leicht, aber dennoch straff an seinem Körper lagen.
Das Lokal war vollgestopft, als er ankam, und Noel mußte an der Bar eine halbe Stunde warten, bis ein spöttischer Kellner geruhte, ihm an einem ganz kleinen Tisch in einer Ecke einen Platz zuzuweisen. Inzwischen hatte er bereits mit seinem zweiten Glas Wodka-Martini begonnen und sich umgesehen.
Es gab zwar Frauen, aber zu zweit oder zu dritt oder mit Männern zusammen. Mehrere bemerkten, daß er sie musterte: Die Arbeit im Grip hatte ihn gelehrt, was ein echter Annäherungsblick war – es funktionierte bei beiden Geschlechtern. Aber die kleine Blondine mit ihrem Filmstar-Gesicht und ihrem gepflegten Körper schien sich mehr für ihren Spinat und Specksalat sowie für ihre schlampig gekleidete Begleiterin zu interessieren, als für Noel. Dasselbe galt für die temperamentvolle, langgliederige Brünette, die ihm gegenübersaß und bei der jede Geste sagte: «Du darfst mich anschauen, aber nicht berühren.»
Zweimal während seiner Mahlzeit machte Noel den längstmöglichen Weg zur Herrentoilette, wo er herumstand und pseudointellektuelle Wandkritzeleien entzifferte, bis er glaubte, es sei an der Zeit, wieder herauszukommen. Jedesmal sah er eine andere Frau, die er vielleicht hätte aufgabeln können, wenn etwas an ihr einladender und verführerischer gewesen wäre. Jedesmal kehrte er allein zu seinem Ecktisch zurück.
Dann war es elf Uhr. Sicherlich wußten einige dieser Frauen um den Ruf des Lokals; wenigstens eine mußte doch auch auf was aus sein!
Aber als eine ziemlich attraktive lockenköpfige Rotblonde an ihm vorbeischlenderte und dann wieder zurückkam, konnte er nur ein verzagtes «Hallo» murmeln und aus dem Fenster blicken.
Genau dann war es Noel klargeworden, daß er sie mit einer anderen Frau verglich. Die Augen der einen waren zu hell. Die Hüften der anderen zu breit. Wieder eine andere war zu sehr geschminkt. Die Blonde sah zu fade aus. Die Brünette zu überheblich. Aber an wen dachte er als Ideal? Monica? Vielleicht Mirella? Nein.
Noel bestellte noch eine Tasse Kaffee, als eine Gruppe vor dem Restaurant vorbeiging und einige Meter entfernt von seinem Platz stehenblieb. Als er plötzlich eine Frau mit dunklem, glänzendem Haar entdeckte, sprang Noel beinahe auf. Aber dann wandte sie sich dem Fenster zu, und natürlich war es nicht –

wer? Alana! Wie konnte sie es sein? Sie war in Bermuda. Dorrance hatte das doch erst gestern gesagt.
Die Gruppe entfernte sich und ließ Noel mit einem deprimierenden Gedanken zurück: Er hatte alle diese Frauen mit einem der höchstbezahlten Mannequins der Welt verglichen, einer Frau, die nach Rosen und Lilien duftete und die mit einem anderen Mann zusammenlebte. Und die sich nichts aus ihm machte. Noel verlangte seine Rechnung.
Erst als er seine Wohnung erreichte, überkam ihn richtige Niedergeschlagenheit. Aber er fühlte sich noch immer ruhelos, frustriert.
Er konnte mit dem Taxi durch die Stadt fahren, eine der zahlreichen Prostituierten ansprechen, die auf dem Minnesota Strip, einer Seitenstraße zur Zweiundvierzigsten auf- und abgingen – so genannt, weil so viele von ihnen aus dem Mittleren Westen stammten. Oder er könnte versuchen, sich mit seiner Arbeit zu beschäftigen. Oder eine eiskalte Dusche nehmen und das Ganze vergessen.
Er entschloß sich für die Dusche. Er hatte gerade den Wasserhahn voll aufgedreht und war hineingetreten, als das Telefon klingelte.
«Heda», sagte eine männliche Stimme, «was treibst du?»
Noel konnte den Anrufer nirgends unterbringen.
«Ich war gerade dabei, eine Dusche zu nehmen.»
«So? Ich wollte, ich wäre dabei.»
Jetzt erkannte er die Stimme. «Randy?»
«Hast lange genug gebraucht, um das rauszufinden.»
«Wir haben noch nie miteinander telefoniert.»
«Ich dachte schon, du hättest vielleicht vergessen, wer ich bin.»
«Nein, ich habe es nicht vergessen.» Wie hätte ich es vergessen können? wollte Noel sagen.
«Ich war vor ein paar Minuten im Grip. Buddy sagte mir, daß es dein freier Abend sei. Ich glaubte, du wärst in die Stadt ausgegangen.»
Buddy, was? Noel hatte versucht, ihm seit jenem Abend, als er und Miguel ihnen zur Wohnung des Kleinen Larry gefolgt waren, auszuweichen, seitdem war Vega Noel aus dem Weg gegangen und hatte nichts getan, was auch nur im geringsten verdächtig schien.
Woher wußte Buddy von ihm und Randy?
«Ich bin gerade hier nach Hause gekommen», sagte Noel. «Du kennst Buddy?»

«Wir arbeiten alle mehr oder weniger zusammen, nicht?» sagte Randy. «Wir kennen einander. Ich möchte nicht behaupten, daß wir wirkliche Freunde sind, wenn du das genau wissen willst.»
«Nur neugierig», sagte Noel. «Sagte er was über mich?»
«Nur daß du heute abend frei hast.»
Eine lange Pause, dann Randy: «Nun, ich habe nur angerufen, um mal hallo zu sagen und zu schauen, was du so treibst.»
Nach seinem Tonfall zu schließen, hatte er noch etwas anderes auf dem Herzen. Noel wartete.
«Du bist nicht etwa wütend auf mich, was?» fragte Nerone plötzlich. «Du weißt ja, über den Vorfall. Ich weiß, ich habe mich ein wenig hinreißen lassen. Ich bin gewöhnlich nicht so aggressiv.»
«Geht in Ordnung.»
«Du bist nicht beschäftigt oder so was, nicht wahr?»
«Nein.»
«Ich habe eben umwerfend gutes Gras gekauft und bin ganz in deiner Nähe. Wie wäre es, wenn ich auf einen Sprung rauf käme?»
«Wirklich gutes Gras?»
«Das Zeug ist prima. Was ich wirklich gerne möchte, ist eine Wiederholung von jener Szene am Pool vor ein paar Tagen. Was sagst du dazu?»
Noel dachte rasch nach. Sollte er glauben, daß Randy nur wieder mit ihm schlafen wollte, oder steckte da mehr dahinter? Vielleicht war Randy von Vega dazu angestiftet worden. Vega würde sichergehen, daß Randy diesmal Noels Deckmantel lüften würde, wenn er nicht ja sagte. Welchen Grund Vega auch immer dazu hatte. Buddy mußte wissen, wie eng Nerone mit Dorrance verknüpft war – oder vielleicht immer noch war. Mr. X würde es rasch genug erfahren, außer Noel brachte eine wirklich triftige Entschuldigung vor, und es schien in diesem Gespräch schon ein wenig zu spät dafür. Es war ein Test, ein weiterer verdammter Test! Und wer auch immer verantwortlich für diesen Test war – Vega, Mr. X, egal wer – wußte, daß Noel versagen würde, es sei denn, er hielte sich an die Spielregeln: Und die Spielregeln besagten, daß Randy Nerone heute nacht mit Noel eine Nummer schieben würde, ob Noel das nun mochte oder nicht.
«Bist du noch da?» tippte Randy bei ihm an.
«Ja, bin noch hier», sagte Noel. «Verzeihung, dachte, ich hätte

jemanden an die Tür klopfen hören.» Es war eine lahme Ausrede, aber besser als keine.
«Soll ich vorbeikommen?» fragte Nerone. «Oder was?»
Das Verfluchte daran war, dachte Noel, daß Randy überhaupt nicht zu ahnen schien, wie Vega oder Mr. X sich seiner bedienten. Der einfache, arglose, brünstige Randy würde sich ein wenig verletzt fühlen, wenn Noel ihn heute abend abwies. Während Noel seinen Hals in die Schlinge legen würde, falls er das tat.
«Natürlich, Randy», sagte er, «komm vorbei. Ich möchte dich wirklich gerne sehen.»
Er konnte Nerones Erleichterung und Freude bei seiner Verabschiedung hören. Er gab seine Adresse an, dann stellte er die Dusche ab, wechselte in abgetragene Jeans und ein T-Shirt um, spannte eine Spule auf die Tonbandmaschine ein, blendete die Lichter ab und wartete auf das Ertönen des Summers unten.
Einen Augenblick lang dachte er daran, Loomis anzurufen und herauszufinden, wie er aus der Sache herauskommen könnte. Aber nach ihrem letzten Mißverständnis über Randy wußte er bereits, welche Haltung Loomis einnehmen würde. «Eine Menge Burschen tun es, Lockvogel.»
Als der Portier den Summer bediente, um seinen Gast anzumelden, stand Noel vor seinem Spiegel. Er sollte der Lockvogel sein, der Köder. Schau mich jetzt an. Ich bin derjenige, der sich am Angelhaken gefangen hat. Wohin ich mich auch wende, ich habe mich daran gefangen.
Er hoffte, daß Randy Nerones Gras heute abend stark war. Er würde es brauchen.

11

«*Arbeitet Randy Nerone für Whisper?*»
«Wie kommen Sie denn auf diese Idee?» fragte Loomis.
«Tut er es? Oder tut er es nicht?» beharrte Noel.
«Hören Sie, Lockvogel, Sie beginnen neurotisch mißtrauisch zu werden.»
«Und Sie beginnen psychotisch fordernd zu werden.»
Eine lange Pause trat ein. Als Loomis wieder sprach, tat er es in einem Tonfall, den Noel inzwischen erkannte: verärgert-und-entschlossen-es-nicht-zu-zeigen.

«Warum beginnen wir nicht wieder von vorn?»
«Ist mir recht. Arbeitet Randy Nerone für Whisper?»
«Wenn ich Ihnen sage, daß er es nicht tut, werden Sie mir dann glauben?»
«Vermutlich nicht», gab Noel zu.
«Warum sollte ich es Ihnen dann sagen?»
Noel war jetzt an der Reihe zu schweigen. *Weil ich mit ihm ins Bett gehe*, wollte er sagen, brachte es aber nicht über sich, es zu tun. Weil Randy der einzige ist, mit dem ich schlafe. Er ist mein einziger Deckmantel, meine alleinige Beglaubigung, daß ich nur ein normaler, männerliebender Schwuler bin. Ich tue es gegen meinen Willen, indem ich lange, tief verwurzelte Gewohnheiten und Ideen über Sex und meine eigene Sexualität überwinde. Es verwirrt mich ebenso, wenn es mit Randy einfach geht, statt daß es schwierig ist. Ich fürchte mich davor, ebenso sehr wie vor Mr. X und seinen Henkersknechten. Es ist meine einzige Sicherheit. Und die muß, verdammt noch mal, gewährleistet sein. Das ist der Grund, warum ich wissen muß, ob Randy Nerone für Whisper arbeitet.
«Sind Sie noch dort, Lockvogel?»
«Ich bin am Apparat.»
«Wir wollen uns nicht streiten», sagte Loomis. «Sie sind angespannt. Ich bin angespannt.»
«Ich bin nicht angespannt. Ich bin nur nicht glücklich über alle Ihre Forderungen.»
«Was für Forderungen? Daß Sie zu einer Party gehen, für die einige Leute alles darum geben würden, hinzukommen? Was ist dabei so schwierig?»
«*Ich sagte*, ich würde zur Party in der Bar Sinister gehen.» Das war der Name des neuen Dorrance-Klubs, den Chaffee eröffnete.
«Na schön. Was ist das Problem? Heften Sie sich an Dorrance und halten Sie sich bereit, mir morgen abend alle Einzelheiten zu berichten.»
«Wenn ich mich so dicht an Dorrance halten soll, wer wird dann Redfern beobachten? Ich bin sicher, daß er der Berufskiller ist oder so etwas.»
«Macht er Ihnen Angst?»
Noel mochte diese Frage nicht.
«Falls er das tut», fuhr Loomis fort, «brauchen Sie sich seinetwegen keine Sorgen zu machen. Er ist nur ein Großmaul, ein verwöhnter Schwuler. Alles Geschwätz.»

«Ich bin da nicht so sicher.»
«Wegen dieses Modells, mit dem er zusammen herumhängt?»
«Ich bin sicher, daß er sie drannimmt», sagte Noel. «Und ... andere Dinge.»
«Dann ist er bisexuell. Dieses Jahr ist es sehr schick, bisexuell zu sein. Ich habe alles darüber im *Time*-Magazin gelesen. Gute Nacht, Lockvogel. Und, Lockvogel?»
«Ja?»
«Stellen Sie nicht so viele Scheißfragen, die Sie nicht beantwortet haben wollen.»

12

Die Party, von der Loomis gesprochen hatte, sollte in Redferns Haus abgehalten werden, bevor die Bar Sinister offiziell ihre Pforten für ihre exklusive Mitgliedschaft öffnete.
Außer Noel und den weiteren Mitgliedern des immer größer werdenden Konglomerats von Mr. X – Matthews, Malchuck, Goldberg und andere – waren an die hundert Gäste eingeladen worden, Freunde, Mitarbeiter und Schmarotzer von Redfern, Alana und ihren Freunden.
Als Noel und Randy Nerone ankamen, war es bereits nach Mitternacht, und die Party in vollem Gang. Die zwei Wohngeschoße des Hauses, die Außenterrasse und die Etage mit dem Pool wimmelten von Männern und Frauen in bizarren und schreienden Kostümen. Alle bereiteten sich auf den Augenblick vor, daß die Bar Sinister – ein Nachtklub – ihre Tore für Perversionen zu später Nachtzeit und für die versprochenen Groteskshows öffnete, die erst lange nach der Morgendämmerung enden würden.
Seitdem Noel in diese Szene gekommen war, führte er immer mehr ein Nachtleben und kam gewöhnlich erst nach vier Uhr morgens nach Hause. Er schlief tagsüber und wachte erst um ein oder zwei Uhr nachmittags auf. Noch vor ein paar Monaten wäre dann die Hälfte seines Tages vorüber gewesen. Jetzt lebte er in einer Nachtwelt.
«Sollen wir nicht direkt nach oben zum Pool gehen, in Erinnerung an vergangene Tage?» fragte Randy, als er und Noel in den Aufzug traten.
«Geh du, wenn du willst.» Er mußte Dorrance finden.

Man hörte die Party lange bevor die Aufzugtüren sich zum zweiten Stock öffneten. In der Bibliothek war eine in aller Eile errichtete Discjockey-Kabine mit zwei Plattenspielern eingerichtet worden. Aus jedem Lautsprecher im Haus hämmerte der pausenlose Rhythmus der wilden Rockmusik.
«Da sind sie ja», begrüßte Matthews Noels und Randys Eintreten in das Hauptstockwerk, «die beiden Schönheiten! Niemals seit Kastor und Pollux hat es so was gegeben . . . oder war es Damon und Pythias? Oh, ist ja scheißegal. Wer hat noch was von dem Engelstaub?»
Es gelang ihnen, Matthews auszuweichen, der wild auf sie zuschwankte, und Noel steuerte Randy die Seitentreppe zum Aufenthaltsraum hinauf, der einen Blick auf das überfüllte Wohnzimmer gewährte.
Ein Stockwerk tiefer waren die Polstergruppen neu verteilt worden, man hatte sie mehr oder weniger zu einem flachen Rechteck auf einer Seite des großen Zimmers verschoben. Der übrige Raum war zum Tanzen und allgemeinen Herumflanieren bestimmt.
«Ich bin nicht ganz sicher, ob ich für heute abend in Form bin», sagte Noel und blickte auf die vielen Köpfe hinunter auf der Suche nach Dorrance.
«Hier, nimm einen Zug davon», sagte Randy und reichte Noel einen dünnen, fest gerollten Joint. Wie gewöhnlich war er in bester Stimmung, sein Körper vibrierte vor Erregung gegen das Geländer, als er mit einer Art Besitzerstolz auf die Versammelten blickte. Noel wünschte, er könnte sich auch so wohlfühlen. Häufig, wenn er hierherkam, hatte er das Gefühl einer ständigen Überwachung, einer Kontrolle jeder seiner Handlungen.
Da er Dorrance unten verfehlt hatte, suchte Noel auf dem Balkongeschoß. Konnte er gar nicht zu diesem Rummel gekommen sein? Unwahrscheinlich.
Alana tauchte aus ihrem Wohnzimmer auf, Arm in Arm mit einer großen, geschmeidigen schwarzen Frau, die ihren erstaunlichen Kopf weit herunterbeugte, um etwas in Alanas Ohr zu flüstern. Die Frau trug ein Weltraum-Phantasiekostüm, ein rückenfreies Silberlamé-Oberteil, das bis zum Nabel hinunter ausgeschnitten war. Um die Taille trug sie einen mehrfach umwickelten Gürtel, der wie eine Rindslederpeitsche aussah und die hautengen Lamé-Slacks bis hinunter zu ihren ebenholzfarbenen Patentlederstiefeln hielt. Ihr Haar war aus ihrem Gesicht zurückgekämmt und mit einer Art silberner Nadel zusammen-

gesteckt. Im Vergleich dazu sah Alana wie ein kleines Mädchen aus, ihre hautenge, schwarze, lange Lederhose verschwand in ähnlichen Stiefeln, ihre locker sitzende, durchsichtige Bluse nahm sich besonders weiblich neben dem harten Glitzern ihrer Begleiterin aus. Als sie sich dem Balkon näherten, konnte Noel sehen, daß Alanas Bluse beinahe ebenso tief ausgeschnitten war wie die der schwarzen Frau – die Haut zwischen ihren Brüsten sah so weich und weiß wie Satin aus.

Alana schien erfreut zu sein, Noel und Randy wiederzusehen.

«Jetzt mußt du jemand ganz Besonderen kennenlernen», sagte sie zu ihrer Freundin, als sie sich zu den beiden Männern gesellten. Noel fragte sich, ob Alana auch lesbisch oder bisexuell war.

«Dies ist Veena, meine große *amie*. Und dies sind Noel und Randy.» Sie sprach den zweiten Namen Rondie aus. «Veena Scarborough ist die wundervolle Disco-Chanteuse», erklärte sie Noel.

Veena trennte sich von Alana, stemmte die Hände in die Hüften, spitzte den Mund, runzelte eine gewölbte Augenbraue und starrte intensiv aus ihrer silbrig schimmernden Aufmachung in der Pose, die sie auf der Schutzhülle ihres ersten goldenen Albums berühmt gemacht hatte.

«Ooooh! Ich stehe einfach auf weißes Fleisch», schnurrte sie wie ein Kätzchen.

Randy lachte. Noel fühlte sich wie eine Fliege, die sich aus Versehen auf einer insektenfressenden Pflanze niedergelassen hat.

«Und ihr beide wollt mir sagen, daß ihr auch ein Paar seid!» fügte Veena hinzu, machte sich an sie heran und umfaßte sie im Nu, als hätte sie mehrere Arme und Beine. «Nun, ihr Süßen, ich würde dafür kaltes, verdammtes Bargeld bezahlen, um zu sehen, wie ihr beide euch einen runterholt. Ich schwöre, ich würde es tun.»

Anders als Noel, der von den Aufmerksamkeiten der Amazone wie gelähmt war, erwiderte Randy ihre Liebkosungen in scherzhafter Weise.

«Wir sehen uns später in der Bar Sinister», sagte er und ließ beiläufig eine große mahagonifarbene Brust aus ihrer Silberlamé-Fassung springen.

«Laß das!» erhob sie Einspruch und schlug seine Hand weg. «Das ist nichts für dich. Und sowieso keine gewöhnliche Titte, kapiert?»

Sie machte sich los, ließ aber ihre Brust entblößt.

«Ziehen wir was Koks hoch, ihr beiden Süßen», sagte Veena

und begann etwas in einem Silberlamé-Täschchen zu suchen, das an ihrem Ledergurt hing. Schließlich fand sie eine kleine türkisfarbene Pillendose und öffnete sie, worauf ein winziges Häufchen glitzernden Pulvers sichtbar wurde.
Noel blickte auf Alana, die wie eine verständnisvolle Mutter über den Schabernack eines Lieblingskindes lächelte.
Das Kokain wurde von Randy an Noel weitergereicht, der es wiederum Alana anbot. Während sie es aus einem winzigen Art-Nouveau-Löffelchen behutsam durch die Nase einzog, starrte Noel sie eine Zeitlang an, bis sie schließlich zu ihm aufblickte. Doch eine Sekunde später nahmen ihre Augen plötzlich einen irren Glanz von der Droge an, und sie begann zu lachen.
«Die woll'n mich nicht mehr in Fickraum-Klubs reinlassen, Schätzchen», klagte Veena zu Randy. «Und ich kann ihnen keinen Vorwurf machen. Schau, ich hab' 'nen Rachen wie 'ne Boa. Macht die armen Jungs einfach kaputt», meinte sie und lachte. Sie schwenkte ihre Pillendose hin und her, zog Randy an sich heran und begann im Takt zur Musik ihren Körper langsam an seinem zu reiben.
«Nette Party», sagte Noel durch den dünnen Nebelschleier des Kokains.
«Du magst meine Freundin nicht?» fragte Alana.
Er zuckte die Achseln.
«Nun?» beharrte sie.
«Wenn du es wirklich wissen willst, ich finde sie sonderbar.»
Alana lächelte. «Eric hat recht. Du bist prüde. Ich liebe Veena. Sie ist so wundervoll komisch. Wie eine Karikatur. Nichts nimmt sie ernst. Überhaupt nichts.»
«Sie braucht das auch nicht zu tun. Sie hat ein halbes Dutzend Hit-Albums. Sie stinkt von Geld.»
«Und du magst das nicht?»
«Eigentlich nicht.»
«Dann mußt du mich verabscheuen. Auch ich stinke nach Geld. Wieviel glaubst du, daß ich dafür verdiene, herumzustehen und wie ein Mannequin auszuschauen?»
«Ich habe nie darüber nachgedacht.»
«Manchmal verdiene ich vier-, fünfhundert Dollar in der Stunde. Du solltest auch als Modell arbeiten, weißt du. Wenn du so gerne reich sein möchtest.»
«Ich habe nie gesagt, daß ich das sein möchte.»
«Oh, du hast es nicht gesagt. Aber du würdest es gerne sein. Du

bist eifersüchtig auf uns, weil wir so viel Geld verdienen.» Sie trat zurück, blickte ihn an und hob scherzend einen Finger, als ob sie eine Malerin wäre, die ein frisch gemaltes Bild ansah. «Ich glaube, du hast die perfekte Größe. Perfekte Größe vierzig. Ja?»

«So?»

«Du würdest eine Menge Geld verdienen. Man fertigt Kleidung für Idealgrößen an. Gewöhnlich diese Größe.»

«Und von allen beguckt werden?»

«Du wirst bereits von allen beguckt, nicht?»

«Das ist nicht dasselbe.»

«Du bist sehr mürrisch. Du bist schlecht gelaunt. Du haßt meine Party, nicht wahr?» sagte sie plötzlich. Bevor er antworten konnte, hatte sie sich von ihm abgewandt. «Du deprimierst mich. Adieu!»

«Warte!» Noel lief ihr nach, aber sie war die Treppe hinuntergeschwebt und war jetzt nur noch ein weiterer dunkler Kopf in der dichten Menschenmenge. «Verdammt noch mal!» sagte er. Es schien, als ob er in ihrer Gegenwart nie etwas richtig machte.

Er sah sich wieder um, erblickte Randy und Veena, die in einer Ecke saßen. Sie las Randy seine Zukunft aus der Hand ab. Er lachte bei nahezu allem, was sie sagte. Sie schienen sich zu amüsieren.

Als Noel wieder über das Geländer blickte, entdeckte er endlich Dorrance, sein silbernes Haar blinkte wie ein Leuchtturm von seinem Platz in der Ecke, unweit von den Türen, die zum Filmzimmer führten. Mit ihm waren zwei jüngere Männer, beide in schwerer schwarzer Ledermontur, mit Stulpenstiefeln, langen ledernen Hosen, enganliegenden Lederwesten über der nackten Brust. Einer war dunkelhaarig mit einem Vollbart. Der andere, ein wenig wuchtiger, war eher blond, mit einem großen Schnurrbart und einer langen dünnen Narbe, die wie ein Halbmond von seiner linken Augenbraue bis zu seinen Lippen reichte. Ganz anders als einige der anderen Gäste, die Noel zuvor gesehen hatte, sahen diese zwei wie brutale Gesellen aus. Mr. X' Henkersknechte?

«Magst du so was?»

Allein schon die Stimme ließ Noel erstarren: Eric.

«Du weißt, was ich mag», sagte Noel und nickte an Erics Gesicht vorbei, dorthin, wo Randy und Veena saßen.

«Die Niggerin?»

«Fick dich ins Knie», sagte Noel gelassen und drehte sich um, damit er Dorrance und seine Kumpane wieder ins Blickfeld bekam.
«Der Dunkle ist Bill Solomon. Der andere ist Estes Dewhurst», erklärte Eric, lehnte sich dichter an Noel und folgte seinem Blick. «Sie sind Dreier-Spezialisten. Ihre Lieblingsshow ist etwas, das Nummer siebenundachtzig heißt. Beide vögeln dich zur gleichen Zeit.»
«Die sehen wie SS-Folterknechte aus», meinte Noel.
«Börsenmakler.»
«Was?»
«Solomon, Dewhurst, Chatto und Dine. Eines der größten neuen Häuser in der Wall Street. Besteht erst seit fünf Jahren, aber mit einem der erfolgreichsten Portefolios, das du jemals zu Gesicht bekommen hast. Jimmy Chatto ist hier irgendwo, Janet Dine auch.»
«Danke für den Tip. Ich habe nichts zu investieren.»
Noel fühlte, daß Eric ihn sehr eingehend musterte. Vielleicht wollte er feststellen, ob Noel ihm glaubte oder nicht. Börsenmakler. Sie konnten natürlich Börsenmakler sein. Er hatte schon früh die Regel gelernt, daß in der Szene die Leute nicht genau das waren – oder manchmal sogar überhaupt nicht –, was sie zu sein schienen.
«Du mußt eine Menge bedeutende Leute kennen», sagte Noel. «Rockstars. Filmgrößen. Politiker.»
«Tu ich auch. Bankiers. Direktoren multinationaler Firmen.»
«Ich bin beeindruckt.»
«Du wirst sie heute abend alle hier finden – und später im neuen Klub.»
Noel wollte von Eric weg, um mit Dorrance zusammenzukommen. Er stand auf und versuchte, Randys Aufmerksamkeit auf sich zu lenken. «Und was soll ich tun? Schwulenstolz oder so was fühlen?»
Redfern stand auch auf und blockierte Noels Sicht. «Weißt du, ich kapier' dich einfach nicht. Einfach nicht.»
«Da gibt es nichts zu kapieren», erwiderte Noel. «Mach dir, keine Gedanken darüber.» Er wollte sich von Eric entfernen, aber Eric hielt ihn am Arm fest.
«Ist das die heutige Lektion, Professor Cummings?»
Noel hatte einen Augenblick lang das Gefühl, als hätte der Balkon unter ihm nachgegeben. Er bemühte sich, wieder festen Fuß zu fassen. Trotz des offensichtlich triumphierenden Blicks

in Erics Gesicht, gelang es ihm zu sagen: «Entschuldige mich, ja? Ich sehe, daß mein Freund mich ruft.»
Eric ließ Noels Arm los, und dieser ging zur Stelle hinüber, wo Randy tatsächlich sein Notsignal gesehen hatte und aufgestanden war. Während er die paar Meter zu Randy hinüber zurückkehrte, hatte Noel das Gefühl, als ob eine Pistole auf seinen Rücken gerichtet war.
Randy sprach noch immer mit jemandem, der sich ihm und Veena angeschlossen hatte. Randys rechter Arm war ausgestreckt und legte sich zwanglos um Noels Taille, wobei er ihn eng an seinen eigenen Körper preßte. Und, zum vielleicht erstenmal in seinem Leben, fühlte Noel, daß er noch nie die Berührung, die Liebkosung durch eine andere Person so sehr gebraucht hatte, gleichgültig wie automatisch sie von seiten Randys gewesen sein mochte. Einen Augenblick lang hatte er geglaubt zu fallen. Jetzt fühlte er wieder festen Boden unter den Füßen. So festen, daß er um sich schauen konnte. Eric war verschwunden.
«Hast dort drüben Engelstaub geraucht?» wollte Randy nach ein paar Minuten wissen.
«Nein. Warum? Seh ich schlecht aus?»
«Ein wenig. Hat er dir die Hölle heiß gemacht wegen mir?»
«Eric? Warum sollte er?»
Randy zögerte. «Du hast es nicht gewußt?»
Noel forschte in den großen dunklen Augen des Mannes nach einer Antwort.
«Bevor du und ich uns kennengelernt haben, waren Eric und ich . . . nun, ich dachte, er würde dir vielleicht Stuß über mich erzählen.»
Diese Mitteilung alarmierte Noel. Es klang alles falsch, aber er vermochte nicht zu sagen, warum. Doch zweifelte er nicht an Randys Worten.
«Er hat kein Wort über dich gesagt. Heißt das, daß du und Dorrance . . .?» Noel mußte dies klarstellen. «Ihr hattet euch doch den ganzen Abend gestritten!»
Randy lachte, und sein Arm drückte Noel enger an sich. «Na komm schon! Mach keine Psycho-Spiele mit mir. Dorrance ist ein alter Mann. Du hast das doch nicht etwa geglaubt?»
«Wohl nicht», erwiderte Noel und wußte es jetzt mit Bestimmtheit.
«Es war Eric. Aber er hat mich nicht angemacht. Er ist zu grob für mich.»

Noel starrte Randy an: In seinem Innern begannen Hebel klick klick klick klick zu machen wie einer dieser Spielautomaten in einem Kasino in Las Vegas. Aber sie kamen alle zum Stillstand, ohne eine Antwort auszuspucken.

«Du hast wieder diesen Ausdruck in deinen Augen», bemerkte Randy.

«Welchen Ausdruck?»

«Ich weiß tatsächlich nicht, was er bedeutet. Manchmal scheint er zu bedeuten, daß du etwa hundert Meilen weit weg bist. Manchmal, glaube ich, bedeutet er, daß du mich eigentlich nicht magst.»

«Du weißt, daß ich dich mag. Du bist mein Freund, nicht wahr?»

«Ich weiß es nicht. Manchmal weiß ich es wirklich nicht, Noel.»

«Noch vor ein paar Stunden hast du's gewußt», sagte Noel und erinnerte Randy an ihre Bettveranstaltung vor der Party. Er brauchte diesen Mann in diesem Augenblick, nicht nur wegen der Sicherheit, die er in seiner Gesellschaft fühlte, sondern auch, weil Randy ihm etwas sehr Wichtiges sagen würde. Noel wußte es mit Bestimmtheit.

«Ja! Das war echt toll!» sagte Randy. «Wollen wir runtergehen und einen Boogie hinlegen?»

«Habe ich nicht Dorrance hier vor einer Minute gesehen?» fragte Noel. «Ich wollte hallo zu ihm sagen.»

«Ich glaube, er ist mit einigen anderen Leuten nach oben gegangen. Der Dachgarten ist heute abend offen», setzte Randy hinzu. «Willst du nicht tanzen?»

«Später. Macht es dir nichts aus?»

«Möchtest du, daß ich hier unten bleibe?»

«Was glaubst du denn – daß ich nicht mit dir gesehen werden will?» fragte Noel. «Los, komm schon!»

Ein paar Minuten später, als die Aufzugstüren sich zum obersten Stock öffneten, war Noel froh über Randys Begleitung. Etwa ein Dutzend Leute waren auf dem Dachgarten: ein Mann und zwei Frauen auf der einen Seite und die anderen gegenüber, eine Gruppe um Dorrance bildend, der mit ungewöhnlicher Eindringlichkeit sprach, dachte Noel.

Da sie die anderen nicht kannten, gingen Noel und Randy auf Dorrance zu.

«Es muß bald gemacht werden», hörte Noel einen Mann drängen. Es war einer von dem ledergekleideten Börsenmakler-Liebespaar, auf das Eric ihn zuvor aufmerksam gemacht hatte.

Andere pflichteten ihm bei. Keiner von ihnen bemerkte Noel oder Randy, sie waren von ihrem Gespräch absorbiert.
«Es wird bald getan werden», versicherte Dorrance ihnen. «Aber Eric ist fest überzeugt, daß wir warten müssen, bis die Zeit reif ist.»
«Sie ist jetzt reif», sagte einer der Männer.
«Wir haben lange genug gewartet», warf die andere Ledernummer angewidert ein.
«Du mußt nur noch ein wenig Geduld haben», sagte Dorrance. Er ließ seinen Blick von den anderen abschweifen und war der erste, der Noel und Randy erblickte, die ein paar Schritte von der Gruppe entfernt stehengeblieben waren.
«Es ist bereits lange überfällig», warf noch eine Stimme ein.
Dorrance richtete einen scharfen Blick auf den Betreffenden, dann sagte er in einem veränderten Tonfall: «Einige Freunde wollen sich zu uns gesellen. Noel. Randy. Kennt ihr alle einander?»
Die anderen drehten sich um. Wie auf Kommando.
«He, Goldstück», sagte der blonde, ledergekleidete Mann zu Randy.
«Wir sprechen später darüber», sagte Dorrance leise zu einem der anderen Männer.
In Sekundenschnelle löste sich die Gruppe auf und formierte sich neu um Noel und Randy. Sie wurden einander vorgestellt, Hände ringsum geschüttelt. Noel beobachtete hilflos, wie Dorrance sich entschuldigte, zu den anderen auf dem Dachgarten hinüberging, sich kurz mit ihnen unterhielt und dann eine Treppe neben der Swimmingpooltüre hinunter verschwand.

13

Eine halbe Stunde später war Noel noch immer nicht näher an Dorrance herangekommen. Loomis würde einen Anfall bekommen, wenn er es erfuhr. Er mußte zu ihm gelangen, wenn auch nur für einen Augenblick. Falls die Party wirklich mit Whisper-Detektiven durchsetzt war, würden sie berichten, daß er und Mr. X zusammen gesehen wurden.
Noel entschuldigte sich bei der kleinen Gruppe, die Randy um sich versammelt hatte, und machte sich auf die Suche nach Dorrance. Hin und wieder stieß er auf vertraute Gesichter –

Leute, denen er im Grip begegnet war, einige, deren Bild er in Zeitschriften und Zeitungen gesehen hatte. Jener Mann mit dem platinblonden Haarschopf mußte Jerry Kovacs sein, der avantgardistische Bühnenautor, und Noel war sicher, daß das hübsche, sexy Mädchen in der Ecke, mit einem schlanken Negerjungen an jeder Seite, Maria Antonia Diáz-Juárez, die Zinnerbin, war.
Er hatte den ersten Stock durchkämmt und ging zum Eßzimmer hoch, als er Dorrance bei den Aufzügen erblickte, wie er gerade auf den Knopf drückte und seine Uhr nachprüfte.
Als Noel dort ankam, war Dorrance bereits nach unten gefahren. Noel nahm den zweiten Aufzug hinunter.
Zwei Paare, das eine ein hetero-, das andere ein homosexuelles, kamen zur Haustür herein, als Noel im Erdgeschoß ausstieg. Sie schnupften Kokain und befummelten einander. Er ging zum Büro und klopfte an. Keine Antwort. Die Tür war abgeschlossen. Er klopfte noch einmal an, diesmal lauter. Noch immer keine Antwort.
Vielleicht war Dorrance wieder zum Pool hinaufgefahren. Er stieg in den Aufzug und drückte auf fünf. Jemand mußte aber schon vor ihm einen anderen Knopf bedient haben. Noel landete unten im Kellergeschoß.
«Zum Teufel!» fluchte er, als die Tür sich auf das unbekannte, dunkle unterste Stockwerk öffnete. Aber eine Tür war angelehnt. Er ließ den Aufzug hinter sich zugehen und stieß die Tür ganz auf.
Er war gerade rechtzeitig gekommen, um die Vorderseite von Dorrances Bentley die steile Rampe hinaufgleiten, einen Augenblick an der Straße anhalten und dann losfahren zu sehen, bevor die automatischen Garagentore sich wieder schlossen.
Wo fuhr er hin? Nicht zur Bar Sinister. Mit allen den Leuten hier, die auch hinübergingen, hätte er sicher einige von ihnen mitgenommen.
Noel schloß die Tür der Eingangshalle, fand den Wandschalter für das Licht und stand einen Moment lang gedankenverloren da. Er sollte Dorrance folgen, herausfinden, wohin er fuhr. Wenn dieser die Party verließ, würde er einen wichtigen Ort aufsuchen.
Aber wie sollte er ihm folgen? Ein Taxi zu dieser Stunde zu bekommen, draußen auf der Straße, wäre nahezu unmöglich. Er würde vielleicht fünfzehn Minuten warten müssen, bevor ein leeres auftauchte.

Er blickte auf das tiefliegende Mercedes-SL-Coupé, dann beugte er sich hinunter und spähte hinein. Die Autoschlüssel steckten in der Zündung. Dies war ein Signal: Er sollte nicht lang Fragen stellen.
Ohne sich weiter Gedanken zu machen, stieg Noel in den Wagen und startete den Motor. Vor ihm öffneten sich automatisch die Garagentore. Es dauerte einen weiteren Moment, ehe er alle die notwendigen Schalter und Knöpfe gefunden hatte, um den Wagen zu handhaben. Dann fuhr er die Rampe hinauf und ins Freie, wobei er mit Befriedigung feststellte, daß die Tore sich hinter ihm schlossen. Er hoffte, daß niemand ihn hatte fortfahren sehen.
Zwei Häuserblocks in östlicher Richtung sichtete er den großen Bentley. Noel beschloß, vorerst auf Distanz zu bleiben für den Fall, daß Dorrance das matte, metallisch-blaue Coupé wiedererkannte. Es lag so tief, daß er sich leicht hinter den meisten Limousinen verbergen und den Bentley mit nur einem Wagen zwischen ihnen im Auge behalten konnte.
Dorrance bog in Richtung auf die Innenstadt ab. Noel folgte ihm.
In der Dreiundsechzigsten Straße nahm der Bentley die kurze, gekrümmte Zubringerrampe zur Brücke der Neunundfünfzigsten Straße. Noel blieb auf der gleichen Spur hinter ihm, wobei er zwei Wagen zwischen ihnen ließ. Der Mercedes nahm die Hundertzwanzig-Grad-Kurve, als ob es eine gerade Strecke wäre. Er ließ sich traumhaft steuern.
Am Ende der Brücke folgte Dorrance den verschiedenen Abzweigungen zur Straße, die zum Long Island-Expressway führte. Noel blieb für die nächsten zehn Minuten etwa zweihundert Meter hinter ihm auf derselben Fahrspur. Die Autobahn war leer, so daß man rasch fahren konnte.
Als Noel die Seitentaschen des Sitzes prüfte, fand er einen Joint und mehrere Kassetten. «Keith Jarrett *Kölner Concert*» stand von Hand geschrieben auf einer: wahrscheinlich von Platten aufgenommen. Noel steckte die Kassette in die auf Kniehöhe befindliche Kassettenöffnung und wurde quadrophonisch umspült von den wilden eigenwilligen Pianoklängen.
Eine Minute später bog Dorrance auf den Grand Central Parkway ab. Noel steuerte den SL mühelos von der dritten auf die Abzweigspur hinüber. Jarretts Klavier zauberte eine Kaskade aus vereinzelten silberhellen Akkorden hervor.
Beinahe übersah er die Abzweigung, in dic Dorrance eingebo-

gen war, und er mußte einem anderen Wagen den Weg abschneiden, um die Ausfahrtsrampe noch zu erreichen. Das Coupé machte einen Sprung vorwärts wie eine große Katze, die man von ihrer Leine gelassen hat.
Am Ende der Rampe hielt Noel an. Er fand sich oben auf einer Straße mit Blick auf den Parkway und ungehinderter Aussicht auf den Flushing Meadow-Park, der sich darunter erstreckte, den dunkel glänzenden See, dem die Straßenlampen ein Halsband von winzigen Lichtern umlegten.
Dies war eine Wohngegend: mittelgroße Häuser, einige alleinstehend, andere aneinandergebaut. Nicht allzu viele Wagen verkehrten hier.
Der Bentley war weiter vorne und bog in eine größere Verkehrsader ein. Noel folgte ihm. Die Straße wurde schmaler, stieg und fiel während der nächsten eineinhalb Meilen wie ein Band im Wind.
Die darauffolgende Abzweigung kam plötzlich: eine steile Straße hinauf, nach links. Noel schoß vorbei, als Dorrance eine scharfe Rechtsdrehung in eine Auffahrt machte. Nach einem kurzen Dahingleiten kam der Mercedes zum Stehen. Noel blickte in den Rückspiegel.
Dorrance stieg aus seinem Bentley, schloß ihn ab und stieg die Steinstufen eines großen, weißen, zweistöckigen Fachwerkhauses mit dunklen Giebeln und einem ebensolchen Dach hinauf.
Noel wartete, in der stillen Straße neben einem anderen Wagen geparkt, und nahm an, daß Dorrance jede Minute wieder herauskommen und dann losfahren würde. Aber als die Eingangstür sich wieder öffnete, war es ein junges Mädchen, das herauskam, den Wagen aufschloß und ihn in die Garage neben dem Haus fuhr.
Noel wartete weitere fünf Minuten und fühlte sich in steigendem Maße nervös, als ein Gesicht aus dem erleuchteten Fenster des Hauses, neben dem er geparkt hatte, hinausstarrte. Er hoffte, daß der Beobachter nicht die Polizei rufen würde.
Als niemand aus dem weißen Fachwerkhaus kam, legte Noel den Rückwärtsgang ein und fuhr langsam zurück, bis er schließlich parallel dazu stand. Es gab ein Messingschild mit der Adresse: 57–38.
Lichter strahlten aus beiden Stockwerken.
Noel fuhr ganz langsam zu der Stelle, an der die gewundene Straße eine andere kreuzte. Dort fuhr er mit vollem Schwung einen U-Bogen und glitt wieder an dem Haus vorbei. Die Lich-

ter im unteren Stockwerk waren jetzt ausgeschaltet, nur noch eines im oberen war an. Es war zwei Uhr. Der SL rollte hinunter zur Hauptstraße, wo Noel das Straßenschild, das hoch in dem Laub der großen Bäume verborgen war, entdeckte – Edgeware Road.
«Jetzt weiß ich, wo Mr. X wohnt», sagte er laut, als er seitwärts zum Grand Central Parkweg abbog: «57–38 Edgeware Road in Queens. Ich weiß. Ich weiß», wiederholte er, dann stellte er die Kassette ein, um sich Jarretts launisches Klavierspiel anzuhören, bis er zurück in Manhattan war.

Zwischen dem Mercedes und dem Garagentor mußte eine Kontakteinrichtung funktionieren: Das Tor schwang auf, sobald er den Wagen über den Rand der nach unten führenden Rampe manövrierte.
Er fuhr hinein, stieg aus, beobachtete, wie das Tor sich schloß, und wandte sich zum Gehen.
Dann gingen die Garagenlichter aus. Noel blieb einen Augenblick lang still. Hatte er hier jemand anderen gehört? Oder war dies nur sein eigenes Atmen, das in dem abgeschlossenen, widerhallenden, hohlklingenden Raum deutlicher zu hören war.
Er machte drei Schritte zur Korridortür, suchte tastend den Türgriff und drehte ihn auf.
Eine andere Hand umfaßte seine auf dem Türgriff und hielt sie fest.
Die Lichter gingen wieder an. Noel blinzelte, zog seine Hand weg und kämpfte ein Dutzend plötzlicher Ängste nieder. Bevor er sein Sehvermögen wiedergewinnen konnte, wurde er gegen die Metalltür gestoßen.
«Sie glauben wohl, Sie sind ulkig, was, Professor Cummings?» sagte Eric, sein Gesicht nur ein paar Zentimeter von dem Noels entfernt.
Noel hatte dieses Funkeln schon zuvor gesehen: in den Augen von Wölfen, die im Begriff waren, ihre wehrlose Beute anzugreifen. Er erstarrte.
«Ich wollte eine Ausfahrt machen.»
«Klar.»
«Deshalb habe ich ihn genommen.»
«Das ist mein Wagen, weißt du.»
«Ich hab' ihn ja zurückgebracht, nicht?»

«Diesmal.»
Noels anfängliche Angst machte einer Wut auf Eric Platz. «Du würdest ihn nie vermißt haben», versetzte er. «Ein Fünfundzwanzigtausend-Dollar-Wagen ist für dich wie eine Tafel Schokolade für jemand anderen.»
«Wohin bist du gefahren?»
Noel hörte die Schärfe in Erics Stimme, gab aber frech zurück: «Zu einer Spritzfahrt.»
«Wohin?»
Kilometerzähler logen nicht. Redfern würde im Mercedes nachprüfen.
«Staten Island. Jersey. Zurück über die Brücke. Eine Rundfahrt.»
«Du lügst.»
Erics Hand drückte einen faustgroßen Klumpen zwischen Noels Rippen. Aber es konnte keine Waffe sein. Wenn es zu einem Kampf kam, standen sie einander gleich stark gegenüber.
«Du lügst», wiederholte Redfern. «Ich weiß genau, daß du lügst.»
Redfern war gefährlich, vielleicht sogar geistesgestört. Aber – so eng er auch immer mit Dorrance verbunden war – Noel mußte jetzt mit ihm fertigwerden, sonst würde Redfern ihn nie in Ruhe lassen. Er würde ihn tyrannisieren, so oft sich ihm eine Gelegenheit dazu bot. Und das würde Noel nicht helfen, an Dorrance heranzukommen. Ganz und gar nicht.
Langsam, ruhig sagte Noel: «Warum verschwindest du nicht, Mann?»
Eric entfernte sich. Der Druck war plötzlich von Noels Brust genommen. Dann, mit einer schnellen Drehung, schlug Eric ihm mit der flachen Hand ins Gesicht.
Noel erholte sich von dem Schlag und tauchte kopfvoran in Erics Mitte, wobei er ihn gegen die Seite des Mercedes schleuderte. Eric packte ihn, sie rangen miteinander, fielen auf den Garagenboden, wälzten sich herum, griffen einander rücksichtslos an, bis Noel plötzlich losließ und es ihm gelang, wieder auf die Füße zu kommen. Eric sprang auf. Sie standen einander gegenüber, Arme, Hände und Füße gespannt, bewegten sie sich langsam im Kreis, musterten einer des anderen Kehle, Gesicht, Kopf, Augen und Mund – alles, was weich und schmerzempfindlich war.
Eric ließ die Hände sinken und richtete sich auf.
Bestimmt ein Trick; Noel war auf der Hut.

«Ich glaube es nicht. Verdammt noch mal, ich glaube es einfach nicht», sagte Eric mit einer seltsam gebrochenen Stimme. Er wandte sich von Noel ab und ging hinüber zum Garagentor, wo er immer wieder die gleichen Worte sagte, wobei er ständig mit der Faust in die offene Fläche der anderen Hand schlug. Als er erschöpft davon war, drehte er sich wieder um.
«Warum tust du mir diese Dinge an?» wollte Eric wissen. «Warum? Nur eine einzige Person in meinem ganzen gottverdammten Leben kann mich derart reizen, daß ich sie zusammenschlagen möchte – richtig zusammenschlagen. Weißt du wer? Mein Vater. Ganz recht. Lach nur, großer Soziologieprofessor. Lach nur!»
Noel richtete sich plötzlich auf und hoffte, daß dies kein Fehler war.
«Ich lache nicht.»
«Du leugnest es also nicht? Daß du ein Collegelehrer bist?»
«Warum sollte ich? Jeder weiß es.»
«Warum arbeitest du dann an der Bar?»
«Das ist meine Sache.»
«Da haben wir's wieder, verdammt noch mal! Kannst du denn nicht eine verfluchte Minute lang menschlich sein?»
Sie blickten einander durchdringend an, und plötzlich klickten alle die Hebel, die sich zuvor klick klick bei Randy bewegt hatten, an ihrem Platz. Volltreffer. Eric war Mr. X, nicht Dorrance. Es war Eric. Und hier stand er, wandte Noel das Gesicht zu und wollte etwas Vertrauen oder Ehrlichkeit – etwas. Und wenn er es nicht bekam – was dann? Eine Rasierklinge quer über die Augen?
«Ich schreibe ein Buch über das Leben der Homosexuellen. Das ist der Grund. Der Universitätsverlag wird es veröffentlichen. Es ist längst überfällig. Wenn ich es nicht tue, werde ich wahrscheinlich nicht fest gewählt werden. Ich habe sogar im nächsten Semester einen Urlaub bekommen, um es zu beenden. Es ist ein Blick auf das Schwulenleben, von innen her gesehen. Ich habe einen Forschungsbeitrag erhalten, um die Sache durchführen zu können. Wenn ich es nicht tue, ist meine Laufbahn erledigt. Es wird eine bahnbrechende Studie sein.»
Er konnte sehen, daß Eric schwankte.
«Du hast das Thema gewählt, weil du schwul bist?»
«Mein Institutsleiter hat es gewählt.»
«Aber du bist schwul?»
«Mehr oder weniger.»

«Was denn? Mehr? Oder weniger?»
«Frag Randy Nerone. Was glaubst du, was wir zusammen tun? Margaret Mead einander vorlesen?»
«Nein. Das glaube ich nicht.»
«Ich nehme an, daß ich bisexuell bin», sagte Noel. Eric schien ihm zu glauben; er wollte es jetzt nicht vermasseln. «Wie du. Wie jedermann vermutlich.»
«Wird dein Buch davon handeln?»
«Nein. Es handelt von der sozialen Struktur der Schwulenszene und ihrer Imitation und Anpassung an allgemeine kulturelle Sitten und Gebräuche.»
Eric starrte ihn an. Etwas ging in seinem Kopf vor. Noel wünschte, er wüßte es.
«Na schön.» Er zuckte die Achseln und schien sich für den Augenblick geschlagen zu geben. «Also schön. Gehen wir nach oben, und waschen wir uns.»
Noel versuchte, keinen Seufzer der Erleichterung auszustoßen. Er streckte die Hand aus: «Schütteln?»
«Nein», erwiderte Eric, «das würde Vertrauen bedeuten. Ich traue dir nicht.»
«Das tut mir leid», antwortete Noel. Es war die Wahrheit. Wenn Eric wirklich Mr. X war, dann brauchte er Erics Vertrauen.
Erst außerhalb der schwach beleuchteten Garage sahen sie, wie beschmutzt und zerrissen ihre Kleider von der Rauferei waren. Als er den Knopf für den Aufzug drückte, sagte Eric: «Es gab schon einmal einen Mann wie du, dem ich mein Vertrauen schenkte, das hat mich beinahe umgebracht.»
Noels Nerven spannten sich erneut.
«Dein Vater?»
«Steig ein», sagte Eric, als die Aufzugtür sich öffnete. «Nein, ich war nie vernarrt in meinen Vater.» Seine Augen suchten etwas in denen Noels. Noel war nicht sicher, was – Sympathie, Spott?
«Was ist aus ihm geworden – dem Mann, dem du vertraut hast?»
Der Aufzug öffnete sich im zweiten Stock. Der Lärm der Party drang auf sie herein. Eric drückte rasch den Knopf, um die Aufzugtüren wieder zu schließen. Im dritten Stock war es ruhiger, obschon der Lärm von unten sie noch immer erreichte. Eric führte Noel zur Tür gegenüber Alanas Zimmer. Diese Zimmerflucht hatte ebenfalls einen Wohnraum, ein Schlafzimmer, Ankleidezimmer und Bad.

«Du ziehst besser ein anderes an», sagte Eric und fuhr mit dem Finger in den langen Riß in Noels Hemd. «Hier. Zieh das mal an.» Er hielt ihm ein altmodisches Viyella Black Watch Plaidhemd hin, das gut zu Noel paßte. «Es sieht unerhört gut aus. Behalt es.»
Eric wusch sich Hände und Gesicht am kleinen Becken und wechselte ebenfalls seine Kleider. Als sie aus dem Zimmer gingen, wandte er sich an Noel: «Ich glaube, Randy ist dort drüben bei der Discjockey-Kabine.»
«Du hast meine Frage nicht beantwortet.»
«Welche Frage?»
«Was mit dem letzten Mann geschehen ist, dem du vertraut hast?»
«Was glaubst du?» sagte Eric mit einem halben Lächeln. «Er wurde ermordet.»

14

«Sie wußten bereits, wo Dorrance wohnt?»
«Wir haben das seit einem Monat gewußt», sagte Loomis beiläufig.
«Warum haben Sie mir das nicht gesagt? Sie lassen mich hinter ihm herfahren und beinahe getötet werden, als ich versuche, den gottverdammten Wagen zurückzubringen.»
«Wer hat Ihnen gesagt, Sie sollten hinter ihm herfahren?»
«Sie sagten doch, ich sollte mich an ihn heften.»
«Auf der Party. Ich habe nicht gesagt, Sie sollten mit ihm nach Hause gehen.»
«Nicht gerade in diesen Worten, aber Sie sagten doch, ich sei genau sein Typ, weshalb man mich in erster Linie gewählt hatte.»
«Der Typ von Mr. X. Es sieht ganz so aus, als ob Dorrance überhaupt nicht Mr. X ist. Redfern ist's. Haben Sie ja selbst gesagt.»
«Ich habe nicht behauptet, daß er es ist. Ich sagte nur, daß ich es für wahrscheinlicher hielt.»
Loomis weigerte sich nachzugeben. «Einer von den beiden ist vermutlich Mr. X. Richtig?»
«Einverstanden.»
«Dorrance schaut Sie nicht einmal an, er kümmert sich nicht im

geringsten um Sie, obschon Sie genau Mr. X' Typ sind. Richtig? Wir beobachten Dorrance seit einem Monat jede Nacht. Er geht heim in sein weißes Fachwerkhaus in Queens und taucht erst wieder am Morgen auf, wenn er zu der Firma Redfern zurückkehrt. Er hat eine Frau, eine Tochter im Teenageralter, einen älteren Sohn, der irgendwo in Indiana in die Schule geht. Richtig?»

«Wenn Sie es sagen.»

«Das tu ich. Wohingegen wir nicht einmal anfangen können, Redferns Kommen und Gehen zu verfolgen. Wo ist er heute?»

«Eric? In Frankreich. Cannes. Das hat Randy jedenfalls gesagt. Eric und Alana seien für eine oder zwei Wochen an die Riviera gefahren.»

«Das habe ich gemeint. Nun ist Redfern ein bekannter Sadist, richtig? Er ist reich. Während Dorrance nur ein Angestellter zu sein scheint – ein Verwalter. Daher muß Redfern der stille Teilhaber sein, nicht wahr?»

«Könnte sein.»

«Gehen wir langsamer vor. Er hat gerade die Bar Sinister eröffnet. Sie sind zur Eröffnungsfeier gegangen. Wissen Sie, wer der Besitzer der Bar Sinister ist?»

«Chaffee?»

«Nein, Chaffee ist nur ein weiterer Angestellter. Genau wie Sie. Die Bar gehört der Altamira Enterprises, die ihren Sitz in West Hollywood, Kalifornien, hat.»

«Die Gesellschaft eröffnete den neuen Klub. Ich weiß nicht genau, ob Eric dahintersteht», verbesserte Noel.

«Er ist mißtrauisch gegen Sie, ist es von Anfang an gewesen», fuhr Loomis fort. «Er gibt jedoch zu, daß er vernarrt in Sie ist. Richtig? Auch Randy Nerone, der genau Ihr Typ ist, war sein enger Freund. Und Sie erzählten, er habe jemanden ermordet. Was brauchen Sie mehr!»

«Er sagte mir, der Bursche sei ermordet worden. Er sagte nicht *er* habe ihn ermordet.»

«Was ist der Unterschied?»

«Da ist ein Unterschied. Warum ist Eric ganz plötzlich X und Dorrance nicht?»

«Weil eins und eins noch niemals drei waren, eins und eins und nochmals eins aber drei ergeben», sagte Loomis. «Deshalb. Nun, was ist mit diesem Angebot, das er Ihnen gemacht hat?»

«Ich soll vom Grip weggehen und für Eric arbeiten. Ich soll mit ihm und Alana auf Reisen gehen, den Chauffeur für sie spielen, beim Empfang von Gästen helfen, mit ihnen zu Partys ausgehen, mit ihm zusammen Gymnastik unten in der Sporthalle treiben. Ein ‹besserer› Betreuer und Begleiter.»

«Und Sie werden im Haus wohnen?»

«Im vierten Stock, in einem Gäste-Appartement: Schlafzimmer, Wohn- und Ankleidezimmer und Bad. Ausgenommen an meinem freien Tag, einmal in der Woche, wenn ich entweder im Haus bleiben kann oder nicht.»

«Ideal, Lockvogel, ideal. Genau wo Sie sein sollten: in seinem Haus, an Ort und Stelle, um mir alles berichten zu können, was vor sich geht, wie es vor sich geht. Wieviel bezahlt er Ihnen?»

«Fünfhundert Dollar in der Woche.»

«Was haben Sie an der Bar verdient, etwa dreihundert netto?»

«Etwa dreihundertfünfzig. Schauen Sie, das Geld ist mir scheißegal. Mir gefällt dieses Arrangement nicht.»

«Sie haben Angst, Lockvogel. Sie gehen hin und machen solche saublöden, tollkühnen Mätzchen, wie zum Beispiel seinen gottverdammten Wagen stehlen, um Dorrance zu verfolgen, aber Sie wollen nicht bei ihm wohnen, was notwendig ist – nicht mal für ein gutes Gehalt? Ich muß sagen, Sie haben Angst. Eine Scheißangst.»

«Vielleicht habe ich das ... Ich hätte keinerlei Privatleben mehr.»

«Natürlich hätten Sie Ihr Privatleben. Sie erzählten mir gerade, daß Sie ein Appartement auf dem Gästestockwerk bekommen. Wer ist sonst noch dort?»

«Im Augenblick niemand.»

«Versuchen Sie's Lockvogel. Sagen Sie Redfern, Sie würden es ein paar Wochen lang versuchen. Dann kleben Sie sich an ihn wie eine zweite Haut.»

«Ich werde nicht mit ihm ins Bett gehen.»

«Wer hat das von Ihnen verlangt?»

«Er hat das getan. In gewisser Hinsicht ...»

«Sie tun es besser nicht. Halten Sie ihn hin. Lassen Sie ihn zappeln. Denken Sie daran, Lockvogel – Traumwagen, Filmstars, Partys, Ferien in der Sonne. Die kleine Rotznase besitzt vermutlich überall Häuser. Wann kommen die beiden zurück?»

«Irgendwann nächste Woche.»

«Sagen Sie ihm, Sie würden es ausprobieren. In Ordnung, Lockvogel?»

«Ich will darüber nachdenken», sagte Noel.

15

«*Die Garage kennst du bereits*», sagte Eric, wobei er an die Metalltür klopfte. «Du kriegst einen Schlüssel. Gewöhnlich bleibt sie von innen geschlossen.»
«Um deine Gäste davon abzuhalten, Wagen zu stehlen?» fragte Noel.
Eric ignorierte die Bemerkung. «Diese Türen führen zur Wäschekammer, zu zusätzlichen Zimmern für das Personal, zum Raum für die Klimaanlage und die Heizungseinrichtung», erklärte er, während er an die jeweilige Türe klopfte, bis sie direkt vor einer großen Doppeltür standen. «Dies hier ist die Sporthalle.»
Als er das Licht anknipste, standen sie auf einer Empore die einen Blick auf einen Raum von der Tiefe des Hauses und etwa einem Drittel seiner Länge freigab. Als das Fundament errichtet wurde, war dieses Geschoß ein Stockwerk tiefer gegraben worden. Reihen hoher Fenster gegenüber der Stelle, wo sie standen, gewährten gutes Licht und einige Ventilation.
Die Sporthalle war bis ins letzte Detail eingerichtet. In einem Abschnitt gab es Hanteln, Holzstangen, Gewichte und verschiedene in die Wand und den Boden eingelassene Seilrollen für Rücken, Schulter- und Beinübungen. Hier standen auch vier Trainingsapparate, eine Reihe wandhoher Spiegel, und der Boden war mit einem karamelfarbenen Teppich belegt. An anderen Stellen waren Parkettböden für größere Elastizität. Vielleicht ein halbes Dutzend Seile hingen von der Decke, jeweils zwei oder drei zusammengebunden. Ein weiteres Paar hatte Ringe und Rollen auf Seilschlingen für Gymnastik. Es gab auch gepolsterte Holzpferde, Barren und einen Stapel dicker Matten für Saltos. Eine offene Tür auf Bodenhöhe führte hinter ihnen zu einem hellblau gekachelten großen Badezimmer.
«Ich habe noch nie eine so gut ausgestattete Sporthalle gesehen, jedenfalls keine private», sagte Noel überrascht.
«Alles außer eine Rennbahn, wenn man den Pool als Schwimmhalle gelten läßt», erwiderte Eric. «Wir alle benützen diese Einrichtungen. Okku, Alana. Ich trainiere jeden Tag», fügte er hinzu und führte Noel zum Souterrain. «Ich halte mich mindestens eine Stunde hier auf. Gewöhnlich vor der Mittagszeit. Ich möchte dich dann hier haben, um mir beim Gewichtheben zu helfen. Es steht dir frei, die Sporthalle zu benützen, wann immer du Lust hast.»

Noel warf einen flüchtigen Blick in das Badezimmer. Es war riesig, mit Pissoirs, Waschbecken, Toilette, Bidet, einer großen Duschkabine, einer Dampfkammer und einer kleinen Sauna. Zwei Türen – Wandschränke? Noel öffnete einen – Fächer voller Handtücher. Der zweite war abgesperrt.
«Was ist da drin?»
«Das ist nicht wichtig», sagte Eric.
Noel blickte weiter auf die Tür. «Offensichtlich *ist* es wichtig.»
«Zieh dich aus», sagte Eric. Er hatte bereits seine Kleider abgelegt. «Wir wollen jetzt trainieren.»
«Ich habe keine Shorts mitgebracht.»
«Im Wandschrank sind mehrere. Ein Paar sollte dir passen.»
Noel ging sie durch, bis er eine abgetragene blaue Hose gefunden hatte, die aussah, als würde sie passen.
«Ich werde mich einlaufen», sagte Eric und ging hinüber in die Halle.
Noel zog sich aus und ließ seine Kleider auf die Bank fallen, wie Eric das getan hatte. Er hatte gerade die blauen Shorts herumgedreht, bevor er sie anzog, als er einen verblaßten Namen eingenäht sah. Er hielt die Shorts hoch und las: R. Landau. Der tote Discobesitzer! Konnte Landau der ermordete Mann gewesen sein, von dem Eric gesprochen hatte?
«O Gott!» sagte er und ließ die Shorts fallen, als hätten sie Feuer gefangen.
«Ich dachte, du würdest die blauen tragen?» meinte Eric, als Noel aus dem Umkleideraum auftauchte.
«Hab' es mir anders überlegt.»
«Diese schauen sowieso besser aus. Komm jetzt zur Bank rüber und assistiere mir beim Gewichtheben.»
Noel stand hinter der Bank. Eric legte sich hin, sein Kopf war direkt vor Noel. Mit der Bank verbunden waren zwei Metallbarren in Bauchhöhe, mit halbkreisförmigen Griffen, in welche die beiden Enden der Hantelstange eingehängt werden konnten. Noel hob das Gewicht – beträchtliche zweihundertfünfzig Pfund – in die Stützen, stand da und beobachtete, wie Erics Hände die Stange mit den Gewichten hochstemmte, sie über seiner Brust hielt, um sie dann langsam abzusetzen, so daß die Stange seine Brustwarzen berührte. Dann nahm er sie wieder auf, ein halbes dutzendmal.
Als Eric trainierte, traten seine Bauchmuskeln hervor, bis sie aussahen, als würden sie seine Haut zum Platzen bringen. Sein Atem ging kürzer, verhaltener bei jedem Druck, vermischt mit

schwachen Grunztönen, die gegen Ende seiner Übungen lauter wurden.
Noels Aufgabe war es, dabeizustehen und Eric die Hanteln abzunehmen für den Fall, daß er plötzlich erschöpft war und mit dem erheblichen Gewicht die Hantelstütze nicht erreichen konnte, oder falls seine Arme mit den Hanteln mitten in der Aktion versagten – immer eine erschreckende Möglichkeit.
Das Assistieren für Eric beinhaltete echtes Vertrauen, dachte Noel und beobachtete ihn, wie er seine zweite Folge von Hebeübungen begann. Eine heruntergefallene Hantel mit diesem Gewicht konnte einen Schädel zerschmettern wie ein großer Stein ein Rotkehlchenei.
«Jetzt bist du an der Reihe», sagte Eric, setzte sich auf und atmete kräftig aus.
«Ich interessiere mich nicht für Gewichtheben», sagte Noel. «Ich will an ein anderes Gerät gehen, wenn wir hier fertig sind.»
«Tu was du nicht lassen kannst. Aber du wirst nie die reine Kraft kriegen wie von den Gewichten, das kannst du mir glauben.»
Während der nächsten halben Stunde nahm Eric Noels Hilfe nur noch dreimal in Anspruch. Die meisten Übungen erforderten keine Beobachtung.
Noel konnte nicht umhin, festzustellen, wie eifrig und methodisch Eric bei der Sache war. Offensichtlich hatte er sich ein System ausgedacht. Nach dem Aussehen seines straffen Körpers zu schließen, betrieb er das Gewichtheben schon seit mehreren Jahren. Hatte Robby Landau einst Eric geholfen? Das schien wahrscheinlich, in Anbetracht der Turnhose im Schrank. War er der einzige andere Mann gewesen, dem Eric vertraut hatte? Es überlief Noel eiskalt beim Gedanken daran.
Er drehte und wendete sich in den Ringen, während er an Landau dachte – es machte ihn ganz schwindlig. Er führte eine Drehung aus und sprang dann herunter. Nun fühlte er sich besser, schwang sich auf den Barren und versuchte, sich an die Routineübung zu erinnern, die er vor Jahren immer ausgeführt hatte. Er hatte die meisten Griffe noch im Kopf und führte die Übung, zwar nicht gerade anmutig aus, aber wenigstens ohne herunterzufallen.
Warum war Eric vom Gewichtheben so besessen? Er hatte einen hinreichend guten Körperbau, so daß er kein tägliches Training brauchte, er sah genügend gut aus, um selbst auf die

äußerst körperorientierten schwulen Sexpartner anziehend zu wirken. War es der Kraft wegen, wie er behauptet hatte? Für seine Größe und sein Gewicht war er unglaublich stark. Aber auch das mußte eine Kompensation für etwas sein. Wofür? Weil er als Junge in grotesker Weise unterentwickelt war? War Eric ein spindeldürres Muttersöhnchen gewesen – oder ein dickliches? Oder hatte es etwas mit seinem Vater zu tun? Das war bislang zweimal erwähnt worden – einmal bei Dorrance, das andere Mal, als er und Eric miteinander in der Garage gerauft hatten.

Eric hatte aufgehört, Noel zu beobachten, und war ins Badezimmer gegangen. Noel wartete, bis die Dusche abgestellt war, bevor er hineinging. Eric war tropfnaß, er hatte ein kleines feuchtes Handtuch um seine Mitte geschlungen.

«Du möchtest kein Risiko eingehen, was?» fragte er.

«Was meinst du damit?» erkundigte Noel sich, ganz gespielte Unschuld.

«Du fürchtest, ich würde dich unter der Dusche bespringen? Ach, komm, zieh deine Shorts aus. Für das, was ich bezahle, habe ich zumindest das Recht, einen Blick auf das zu werfen, was ich nicht haben kann.»

Er verfolgte, wie Noel sich auszog, und fuhr fort, ihn zu beobachten, bis Noel sich geduscht und abgetrocknet hatte.

«Ich werde ein anderes Handtuch brauchen», sagte Noel, «dieses ist zu naß.» Als ob er nicht wußte, was er tat, langte er nach der Klinke der abgeschlossenen Tür. «Hoppla! Habe ganz vergessen. Die falsche Tür.»

Eric war jetzt angezogen und lehnte sich an die Kachelwand, die Arme über der Brust gekreuzt, seine Augen in einer Weise zusammengekniffen, von der Noel jetzt wußte, daß dies Zorn, Verärgerung oder Mißfallen bedeutete.

«Du hörst nicht damit auf, nicht wahr?»

«Weil ich versuchte, hier hineinzukommen? Was ist denn hinter dieser Tür, die Familiengruft oder so was?»

«Es ist besser, wenn du es nicht wissen willst.»

«Aber ich will es wissen. Du hast jede gottverdammte Tür in diesem Stockwerk aufgemacht und diese absichtlich verschlossen gehalten. Was ist dies, ein zweites Blaubart-Schloß?»

«Du bist noch nicht bereit dafür.»

«Ich weiß ohnehin, was es ist», sagte Noel. «Ich habe alles darüber im Grip gehört. Es ist das rote Zimmer von Erich dem Roten. Richtig?»

«Richtig.»
«So? Was ist denn das große Geheimnis, wenn ich bereits weiß, um was es sich handelt? Mach doch auf!»
«Ich öffne das Zimmer nur, wenn ich es benütze.»
Noel war jetzt auch fertig angezogen, mit Ausnahme seiner Schuhe.
«Nun», drängte Eric, «bist du bereit?»
«Vergiß das», sagte Noel und schnürte seine Adidas. «Unter diesen Umständen werde ich nie bereit sein.»
Sie gingen nach oben. Im Aufzug sagte Eric: «Irgendwann mal werde ich dir alles über Schmerz und Lust erzählen.»
«Warum nicht gleich jetzt?»
«Du bist nicht wirklich interessiert.»
Es stimmte. Noel war abgestoßen von der bloßen Möglichkeit, was er vielleicht hinter der abgeschlossenen Tür im großen, blau gekachelten Badezimmer finden würde: Masken, Werkzeuge, Lederriemen, Folterbänke, Folterinstrumente und wer weiß, was noch alles.
«Ich habe nicht gesagt, daß ich nicht interessiert bin. Ich sagte, ich lasse das nicht gerne an mir ausprobieren.»
«Jeder glaubt, ich sei nur dekadent. Denkst du das nicht auch? Daß ich alles andere schon getan habe – alles! – und von Sex nur gelangweilt bin, daß ich mit alldem mir die Zeit vertreibe, weil es etwas anderes ist, etwas Ungewöhnliches? Ist es nicht das, was du denkst?»
«So ähnlich.»
«Es ist nicht wahr. Es gibt eine ganze Ästhetik des Schmerzbereitens, des Dominierens, wenn du willst, und andererseits des Hörigseins, was du erst verstehen kannst, wenn du es erlebt hast. Natürlich gibt es eine Menge Arschlöcher beiderlei Geschlechts und von jeder Art, die nur darauf aus sind, zu verletzen. Barbaren! Es richtig zu machen ist eine Kunst. Eine Kunst mit großer Raffinesse – eine Steigerung sinnlicher Fähigkeiten, die wir selten überhaupt bemerken. Wenn jemand dieses Zimmer betritt – und nur wenige haben eine Gelegenheit dazu –, weiß er im voraus, daß er es mit einem viel größeren Wissen über sich selbst verlassen wird – über seine Einstellungen, seine Ängste, seine Wünsche, seine Bewußtseinsschwellen –, als beim Betreten des Zimmers. Er kommt für immer verändert heraus. Nicht in seinem Äußeren – das würde ohnehin heilen. Sondern in seinem Inneren, wo nur er es sehen kann.»
«Und du?» fragte Noel. «Kommst du auch verändert heraus?»

Als er die Worte gesagt hatte, wußte er, daß er einen Fehler begangen hatte.
Eric schwieg, blickte ihn an und kräuselte ein wenig die Oberlippe. Der Augenblick des Zutrauens, schon fast des Vertrauens, war zerstört, idiotisch und gedankenlos. Unmöglich ihn wiederherzustellen.
«Du mußt immer auf mir rumtreten, was?»
Ohne auf eine Antwort oder Entschuldigung zu warten, ging Eric hinaus auf die Terrasse. Beschämt über seinen Fehler folgte Noel ihm.
Alana saß in einem Klubsessel, nur mit einem spärlichen Bikiniunterteil bekleidet und einen bedruckten Schal um den Kopf gewickelt. Rund um sie lagen ausländische illustrierte Zeitschriften und Sonnenschutzmittel verstreut.
«Komm und schau dir das an, mein Liebling», begrüßte sie Eric. «Es gibt einen wundervollen neuen Ort, den wir besuchen müssen. In den Anden!»

16

Noel war in seinem Schlafzimmer und las ein Buch von Castaneda. Eric hatte darauf bestanden, daß er ihn einmal lesen sollte –, als das Telefon auf dem Wandtischchen summte und grün aufleuchtete: der Anruf war für ihn. In den zwei Wochen, seitdem er bei Redfern wohnte, hatte Noel sich noch immer nicht an das System gewöhnt. Anrufe von außerhalb wurden automatisch beantwortet. Jeder verlangte Gesprächspartner hatte einen Farbkode, der in jedes Stockwerk gesendet wurde, wo der Wandapparat summte und aufleuchtete, bis jemand antwortete.
Dieser Anruf kam von Alana.
«Ich dachte, du seiest bei einer Fotosession?» sagte Noel.
«Bin ich auch. Aber wir brauchen etwas hier im Studio. Einen Manila-Umschlag mit einigen Schnappschüssen von Männerköpfen, den ich vergessen habe. Sei ein Engel und bring ihn mir, ja?»
«Klar. Ich werde bei Eric anfragen. Er ist den ganzen Tag mit jemandem von der Westküste zusammen. Ich bezweifle, daß er mich braucht.»
Noel wußte, daß ebensogut ein Bote den Umschlag bei ihr hätte

abliefern können. Aber vielleicht fühlte sie sich von Noel vernachlässigt. Seitdem er eingezogen war, hatten sie nicht sehr viel Kontakt gehabt. Ein paarmal glaubte er sogar, daß sie ihm aus dem Weg ging, um keine Spannung zwischen ihm und Eric aufkommen zu lassen. Vielleicht versuchte sie jetzt, es bei Noel wiedergutzumachen.

«Okku wird dir die Adresse geben. Der Umschlag muß auf dem Lampentisch in meinem Wohnzimmer liegen. Kannst du ihn gleich herbringen?»

«Sobald ich es Eric gesagt habe.»

Er gab ihren Anruf an Okku zurück, der aus der Küche antwortete. Dann wählte Noel die Hausverbindung rot – für Eric. Keine Antwort. Er versuchte es nochmals. Wieder nichts. Vielleicht waren er und sein Besucher ausgegangen.

Noel fand mühelos den Umschlag, den Alana verlangt hatte. Er enthielt etwa ein Dutzend Datenblätter über männliche Modelle: Fotos und persönliche Angaben.

In Ausgangskleidung war er dabei, das Haus zu verlassen, als er Okku erblickte.

«Wenn Eric zurückkommt, sag ihm bitte, wohin ich gegangen bin.»

«Mr. Redfern ist nicht ausgegangen», antwortete der Diener und deutete mit einem Finger nach unten, bevor er sich auf dem Absatz herumdrehte und in Richtung auf den rückwärtigen Teil des Hauses davonging.

Noels erster Impuls war, einfach wegzugehen und anzunehmen, die Mitteilung würde ausgerichtet. Aber wer konnte sagen, was Okku tun würde? Er hatte bei dem gleichgültigen Skandinavier keinerlei Anzeichen entdeckt, die er auch nur im entferntesten als Freundlichkeit hätte auslegen können. Er würde es besser Eric selbst melden. Launisch, wie Redfern war, könnte er sich sonst vielleicht dafür entscheiden, über eine solche Nichtigkeit in Wut zu geraten.

Okku hatte nach unten gedeutet, aber die Sporthalle war leer. Es gab Anzeichen, daß die beiden Männer hier zuvor trainiert hatten – ein über eine Trainingsbank gebreitetes Handtuch, einige Hanteln, die aus ihrem Gestell genommen waren und auf dem Boden lagen. Aber es war kein Geräusch aufgedrehter Brausen zu hören. Das große Badezimmer war beleuchtet – wie wenn es auch kurz zuvor benützt worden wäre –, aber gleichfalls leer.

Noel wandte sich um und wollte wieder hinausgehen, als er be-

merkte, daß etwas im Raum verändert war – die zweite Tür, die Tür zu Erics rotem Zimmer, die Tür, die er nie zuvor offen gesehen hatte, war nur angelehnt.
Eric hatte gesagt, daß diese Tür nur offen sei, wenn das Zimmer benützt wurde. Konnte das der Zweck des Besuchs von Henry Steele aus San Francisco gewesen sein?
Noel versuchte sich den Mann vorzustellen – ein langbeiniger, schmalhüftiger Cowboytyp, über einsachtzig groß. Dann malte er sich den langen Körper aus, auf der Marmortischplatte im Zimmer festgeschnallt, mit den sich überschneidenden Ledergurten, sein Kopf vielleicht mit einer Maske bedeckt, die Augen verbunden, sein Fleisch sich wölbend und zuckend vor Schmerz/Vergnügen – wie auf den Fotos im S-und-M-Magazin, das jemand ins Grip mitgebracht hatte und das vor ein paar Wochen alle aufmerksam betrachtet hatten. Noel konnte sich Erics Rolle nur allzu leicht vorstellen. Er erwartete, jeden Augenblick einen qualvollen Schmerzensschrei aus dem Zimmer zu hören.
Er würde eine Mitteilung im oberen Stockwerk hinterlassen und hoffen, Eric würde sie finden. Das war's, was er tun wollte. Aber Moment mal! Wenn Eric die Tür zum roten Zimmer offengelassen hatte, so konnte das nicht zufällig geschehen sein – Noel sollte einen Blick hineinwerfen. Es war alles darauf eingerichtet, ihm zu zeigen, was Eric ihm niemals erzählen würde. Oder würde er das doch? Vielleicht war es eine Falle. Er würde hineingehen und gemeinsam würden Eric und Steele auf ihn springen und ...
Er hörte Stimmen, die miteinander sprachen. Weder laut genug, noch deutlich genug, um sie zu verstehen. Die eine war die von Eric, die andere vermutlich die von Steele. Sie klangen nicht nach Sex oder Folter.
Laß eine Mitteilung oben zurück. Oder ruf Eric laut beim Namen. Tu etwas!
Die dem Zimmer gegenüberliegenden Wandspiegel ermöglichten Noel einen Blick durch die eine Handbreit geöffnete Tür. Das «Rote Zimmer» war nicht rot – weder rot gestrichen, noch rot beleuchtet. Alles, was er entdecken konnte, waren einige Metallregale. Mehr wie ein Lagerraum oder ein Büro.
Noel hielt seinen Atem an und schob sich an die Türe heran, wobei er die ganze Zeit über in den gegenüberliegenden Spiegel blickte. Während ein klammes Angstgefühl von ihm Besitz ergriff, stieß er die Tür langsam ein paar Zentimeter weiter auf

und hielt sich bereit, notfalls sofort wegzulaufen. Nichts. Kein Anzeichen, daß man ihn von drinnen bemerkt hatte. Keine Veränderung in den Stimmen.
Aber er konnte jetzt besser hineinsehen. Es *waren* Regale. Angefüllt mit Kuverts und Dokumentenmappen. Ein Büro. Steele ging vorbei, sehr rasch, war wieder außer Sichtweite, dann setzte er sich schließlich auf einen Stuhl. Er trug noch seine Trainingshose. Er beugte sich vornüber. Noel konnte ihn jetzt deutlicher hören.
«Es ist nicht dasselbe drüben im Westen, Redfern. Die Polizei ist dort ganz anders.»
«Die Polizei ist überall gleich», meinte Eric.
«Aber hier haben Sie keine Schwierigkeiten.»
«Wer hat sie nicht?» fragte Eric trotzig.
«Sie machen keine Razzien in Bars oder Klubs – oder so was», sagte Steele. «Nicht wahr?»
«Ist ja egal. Kommen wir auf den springenden Punkt zurück, Steele. Können Sie in Ihrem Distrikt liefern? Das ist alles, was wir wissen möchten.»
«Was liefern? Geld? Oder Einfluß?»
Noel konnte die Antwort nicht verstehen. Das Telefon begann wieder zu summen. Diesmal wurde der Summton mittendrin unterbrochen. Eric hatte den Hörer abgenommen. Schweigen. Dann: «Danke, Okku. Er sucht mich wahrscheinlich. Ich werde in der Sporthalle nachschauen.»
In der Gewißheit, Pläne belauscht zu haben, die er nicht hätte hören sollen, schlüpfte Noel aus dem Badezimmer, und geräuschlos wie ein Indianer sprang er die Treppe der Sporthalle hinauf zum Treppenabsatz am Eingang. Er blieb stehen, atmete tief, dann rief er Erics Namen.
Die beiden Männer schlenderten aus dem Badezimmer. Steele winkte Noel einen Gruß zu, dann ging er hinüber zu den Ringen und sprang zu ihnen hoch. Eric kam zur Treppe herüber. Hatte er bemerkt, daß die Tür offen war?
«Alana hat mich gebeten, dies ins Studio zu bringen», sagte Noel beiläufig.
«Nimm den Benz, wenn du willst.»
«Danke.» Wenn Eric es bemerkt hatte, so erwähnte er es nicht.
«Soll ich zu einer bestimmten Zeit zurück sein?»
«Nein.»
«Dann bis später.» Er hatte es nicht bemerkt. Gut.
Noel öffnete die Tür, aber Eric rief ihn zurück.

«Ja?»
«Magst du meinen Besucher?» fragte Eric in einer Tonart, die Noel unsicher machte, wie er darauf antworten sollte.
Noel blickte hinüber, wo Steele gerade in der Luft eine Rolle ausgeführt hatte und in eleganter Haltung an den Ringen hing. Die Muskeln seines langen Torsos wie ein Waschbrett gewellt. Im Grip würde er bestimmt als ganz heiße Nummer klassiert. Kraftvolle Arm- und Beinmuskeln, riesige Schultern. Es war schwer vorstellbar, daß die beiden eine Minute zuvor noch diskutierten – worüber? Verbrechen? Politik? Noel wußte, daß sie nach seinem Fortgehen ihr Gespräch gleich wieder aufnehmen würden.
«Er ist in Ordnung. Warum? Willst du mich verkuppeln? Oder hast du an etwas Kunstvolleres gedacht?» fragte Noel und versuchte, ihre Unterhaltung auf dem Flirtniveau zu halten, das Eric vorzuziehen schien.
«Ich gedenke, eine Party für ihn zu schmeißen», sagte Eric. «Eine Art Überraschung. Etwa zwanzig sehr heiße Jungs und eine Unze goldenes MDA, die ich gerade bekommen habe.»
Noel kannte den Ruf der Droge als halbhalluzinogenes Superaphrodisiakum.
«Tönt eher nach einer Orgie.»
Als Noel wieder nach dem Türgriff langte, fügte Eric hinzu: «Gib Alana einen Kuß von mir.»

17

Das Fotostudio war im fünften Stock eines alten Gebäudes am nördlichen Rand des Theaterdistrikts, eines von zwei Appartements in dem Stockwerk. Es mußte sich über einen halben Häuserblock erstrecken, dachte Noel, und folgte der mageren jungen Blondine mit dem Krauskopf, die ihn an der Tür erwartet hatte und ihn durch einen Korridor nach dem anderen führte, von denen jeder mit wandgroßen Vergrößerungen von Anthony Brickoffs bekanntesten Berühmtheiten-Porträts und Plakaten gesäumt war. Nachdem sie an einem halben Dutzend Studios vorbeigekommen waren – einige besetzt, andere leer – und an ein paar Zimmern, die Wohnräume zu sein schienen, gelangten sie in das Studio, in dem Brickoff Aufnahmen machte.

Es hatte beinahe die Größe von Redferns Wohnzimmer – wenn es auch nicht über eine so hohe Decke verfügte oder so elegant war. Der größte Teil davon war praktisch kahl, auf dem Holzfußboden lagen oder standen unordentlich verstreut Wandschirme, Vitrinen und verschiedene Gebrauchsgegenstände, deren Verwendungszweck Noel nur erraten konnte. Ein Teil des Raumes schien für Ankleiden und Schminken bestimmt zu sein. Große, zusammenklappbare Wandschirme verbargen nur zur Hälfte einen tragbaren Garderobenschrank und einen Frisiertisch mit dreiteiligem Spiegel.
Diesem Bereich gegenüber – auf drei Seiten von Fenstern erhellt, die vom Boden bis zur Decke reichten – befand sich der Kulissen-Aufbau. Ein hellgrauer Bogen Papier, etwa vier Meter fünfzig lang von einer Rolle an der Decke heruntergerissen, war auf den Fußboden gebreitet. Auf dem Papier standen vier Aluminium-Stativschirme, welche die Spitzlichter drinnen auf verschiedenen Höhen und von verschiedenen Winkeln reflektierten. Zwei andere Stative hatten Kameras. Noch mehr Kameras, Lichtmesser und andere fotografische Ausrüstung lagen auf dem Boden verstreut.
Ein halbes Dutzend Leute waren im Raum, die meisten von ihnen saßen da und blätterten in Zeitschriften, ohne sich für die Aufnahmen zu interessieren. Noel glaubte, daß es Assistenten, Garderobeverwalter, verschiedene Hilfskräfte waren.
Brickoff war jedoch sofort erkennbar; ein Riese, zottelhaarig, mit Bart, in einen riesigen alten Sweater gekleidet und mit ebenso abgetragener Hose und Sandalen. Er stolzierte am Rand des Bodenpapiers entlang, dann drehte er sich plötzlich um und begann Alana zu fotografieren, die in der Mitte des Papierbelags stand, in einem dünnen und durchsichtigen Kleid. Als der Film zu Ende war, reichte Brickoff die Kamera einem Assistenten, nahm eine andere Kamera, beschrieb einen engen Kreis um den Papierrand, murmelte etwas in seinen Bart, ging dann plötzlich auf sie zu, redete leise und begann wieder zu fotografieren, wobei er Alana aufforderte, sich in einer bestimmten Weise zu bewegen oder ihre Pose fast unmerklich zu verändern.
Noel hielt sich abseits, den Umschlag unterm Arm, und beobachtete die Fotoaufnahme, aber vor allem Alana. Sie schien Brickoff nicht zu hören, sondern sich wie im Traum zu bewegen, in einer anderen unnahbaren Dimension, wo Noel nur beobachten und mitfühlen konnte.

Plötzlich hielt sie inne, dann schritt sie nach vorn.
«Das reicht», sagte sie.
«Nur noch eins», bat Brickoff.
«Nein. Nein. Du hast bereits zu viele gemacht», rügte sie ihn sanft. Brickoff fuhr fort, sie zu fotografieren, sogar nachdem sie ihre Pose aufgegeben hatte. Sie hielt die Hand hoch. «Ich habe nein gesagt!»
Brickoff wandte sich ab, händigte die Kamera, die er zuletzt verwendet hatte, einem Assistenten aus und setzte sich auf das Papier.
«Ah, da bist du ja!» Alana winkte Noel, den sie gerade erblickt hatte. «Komm her», rief sie ihm durch das ganze Zimmer zu.
Noel streckte ihr die Hand mit dem Manila-Umschlag hin.
«Wir brauchen das nicht», sagte sie, nahm ihm den Umschlag ab und ließ ihn fallen. «Komm her», forderte sie ihn auf, nahm ihn mit ihren beiden Händen bei den Schultern und zog ihn an ihre Seite auf das Papier. «Anthony!» flüsterte sie. «Schau mal!»
Brickoff schaute mit verwirrtem Blick zu ihm auf.
«Was meinst du, Anthony?» fragte sie sanft. «Ist er nicht genau richtig?»
«Vielleicht», sagte der Fotograf. Er sah nicht beeindruckt aus. Noel war überzeugt, daß er nur höflich sein wollte.
Aber Alana ignorierte sein Zögern. «Fein!» sagte sie. «Geh und zieh dich um. Janet, er trägt das, was Peter zuvor angehabt hat.»
Eine Frau, die Noel kaum beachtet hatte, stand auf und ging in den Ankleideraum.
«Los, geh!» Alana versetzte ihm einen kleinen Stoß. «Mach schon!»
«Wozu?»
«Weil ich mit einem Mann zusammen posieren muß. Wir befinden uns in einem bezaubernden Châteaugarten, und ich bin mit einem Mann und trage das wundervolle Kleid.»
«Den Hintergrund werden wir später reinbringen», sagte Brickoff und stand auf. Er schien sich jetzt mehr zu interessieren.
Noel verstand jetzt, daß er fotografiert werden sollte.
«Aber ich habe das nie zuvor getan.»
«Du bist doch auch schon fotografiert worden, oder nicht?» fragte sie. «Ich kann nicht glauben, daß du das nicht bist. Jeder ist doch schon.»

«Ja, aber ...»
«Geh, zieh dich um. Für mich, Noel. Sonst muß ich morgen wieder hierherkommen, den ganzen Tag. Wir hatten drei andere Männer, und dieser, dieser *Fou*» – sie drohte Brickoff mit dem Finger – «hat so viel Scherereien gemacht, daß sie alle davongelaufen sind. Was soll ich tun, wenn du dich nicht hier mit mir zeigst? Morgen wiederkommen und übermorgen auch gleich noch?»
Noel war sich nicht sicher, ob er ihr glauben sollte oder nicht. Er war sicher, sie hatte dies alles eingefädelt, so daß er posieren mußte. Aber er konnte eigentlich nichts dagegen einwenden. Sie hatte ihn in so liebenswürdiger Weise gebeten, ließ es als eine solche Gefälligkeit ihr gegenüber erscheinen, daß er nicht nein sagen konnte.
Als er zehn Minuten später aus dem Ankleideraum herauskam, war er frisch rasiert, sein Haar in einem ganz neuen Stil gebürstet, sein Gesicht mit verschiedenen Gesichtswassern und Pudersorten behandelt, gekleidet wie nur einmal in seinem Leben, als er Monica geheiratet hatte, in feierlicher Aufmachung. Die schlanke Blondine mit dem Kraushaar schob ihm ein Blatt Papier und einen Bleistift in die Hand.
«Es handelt sich um eine Übereignung der Rechte», erklärte sie. Dann zu Alana: «Wer ist sein Agent?»
«Das bin ich!» lachte Alana. «Du siehst so wundervoll hübsch aus. Komm und schau in den Spiegel.» Dann zu Brickoff: «Du siehst mein törichter Anthony, daß ich recht hatte. Er wird reizend sein. Jetzt werde ich so rührend romantisch aussehen, wie du mich haben willst.»
Noel folgte ihr auf dem grauen Papier und fragte sich, was er werde tun müssen. Sie nahm sofort seine beiden Hände und schüttelte sie heftig, bis sie sich überzeugt hatte, daß sie locker waren.
«Du mußt deinen ganzen Körper wie deine Hände entspannen. Dann folgst du ganz dicht hinter mir drein.»
Er konnte es jedoch nicht. Er fühlte sich verlegen, unbehaglich, bis sie ihm plötzlich während einer Pose in die Arme fiel und ihre Haare seine Augen leicht streiften. Einen Augenblick lang war er zurückversetzt an jenen Abend in der Window Wall, als die zahllosen Eindrücke, die auf ihn eingestürmt waren, ihn überwältigt hatten, als er ihr Parfüm gerochen, ihre Stimme gehört und dann ihr Haar so nahe vor sich gesehen hatte. Von diesem Augenblick an war es, als sei die Aufnahme Teil eines

langsamen, schwierigen Balletts, in dem er alle Schritte kannte, aber Alana brauchte einen winzigen Stoß, nur um einen kleinen Ansporn zu geben, um ihn in Bewegung zu bringen.
Sie wanderten durch die Châteaugärten, ein entferntes Streichquartett spielte Mozart, die zarten Verflechtungen der Musik wehten durch die Nachtluft, nahmen die Frische der Brunnen, den Schein der Kerzen, die Düfte von unsichtbaren Blumen auf. Ein warmer, heiterer Frühlingsabend. Er. Sie. Ihre schweigende, wortlose Unterhaltung – alles Gesten und Berührungen –, und die geringsten Bewegungen, jede voller Bedeutung.
Irgendwo in der Ferne drängte sie ruhig die Stimme eines Mannes, spornte sie an, zwang sie, ihre schweigenden Bande enger zu knüpfen, immer enger. Noel hob ihr Gesicht und küßte sie.
«Perfekt! Ja, ganz ausgezeichnet! Sehr vornehm. Behalte es so bei. Behalte es bei! Ausgezeichnet! Ihr könnt aufhören.»
Alana mußte sich von ihm losmachen – los von seinem leichten Griff an ihren Schultern. Als die Berührung unterbrochen war, kam Noel wieder zur Besinnung, griff aber trotzdem wieder nach ihr.
«Nein!» sagte sie schroff, riß sich los und hielt sich außer Reichweite. «Das ist genug, ja, Brick?»
«Wundervoll, là! Ja, genug für den Augenblick. Später werden wir vielleicht noch eine oder zwei Aufnahmen brauchen. Ich bezweifle es zwar. Diese werden reichen. Gute Zusammenarbeit», sagte er zu Noel. «Die beste, die ich heute gesehen habe. Du wirst gut aussehen.»
Noel hörte ihm kaum zu oder hatte das Interesse verloren. Die zauberhafte Nacht war unterbrochen worden. Trügerisch wie sie gewesen war, fühlte Noel nur ihren Verlust.
Alana habe das Zimmer verlassen, um sich umzukleiden, erklärte das blonde Mädchen und schlug Noel vor, dasselbe zu tun.
Er wartete außerhalb des Studios, im Korridor mit den hohen Fenstern, bis sie auftauchte. Sie trug Jeans, einen großen Hut und eine knappe Weste über ihrem Rollkragensweater.
«Ich hab' den Wagen da, wenn du mitkommen willst», bot Noel an. Sie hatte sich zuvor so total von ihm entfernt, daß er nicht sicher war, wie er an sie herantreten sollte.
«Gerne», sagte sie strahlend, als ob die Fotosession nie stattgefunden hätte, «gehen wir etwas essen. Ich bin so hungrig!»
Sie aßen in einem Delikatessen-Restaurant auf der gegenüberliegenden Seite der Straße.

«Danke, daß du mir die Gelegenheit geboten hast», sagte er und versuchte damit das Thema, das ihn am meisten interessierte, auf die indirekteste Weise anzugehen.
Sie faßte es so auf, wie er es gesagt, aber nicht wie er es beabsichtigt hatte.
«Sobald Brick dich einmal mag, wird jedermann dich haben wollen.»
«Ich weiß nicht, ob ich es ein zweites Mal fertigbrächte. Du weißt, was ich meine. Mit mir selbst.»
Sie beharrte darauf, sachlich zu sein. «Natürlich kannst du das. Sei einfach so, wie du mit mir warst.»
«Das habe ich gemeint. Ich weiß nicht, ob ich es könnte.»
«Sei nicht albern. Es war alles für die Kamera.»
«Es mußte es nicht sein.»
«Natürlich mußte es das.» Sie vermied, ihn anzusehen. «Wo bleibt dieser Kellner mit unserem Essen!»
Er nahm ihre Hand, sie zog sie schroff zurück. «Mach mich nicht sauer auf dich. Glaub ja nicht, ich lasse mich dazu verwenden, damit du dich vergewissern kannst, daß deine verletzte Männlichkeit noch intakt ist. Das liegt bei mir nicht drin!»
Es war aussichtlos für ihn, sich gegen ihre Anschuldigung zu verteidigen, selbst wenn er wußte, daß sie unrecht hatte – und er war sich dessen durchaus nicht sicher. Daher blieb Noel demütig, schweigsam, bis ihre belegten Brote kamen, auf Tellern, die zum Überquellen voll waren, und Alana wieder heiterer wurde, während sie Pickles kaute und sich Zutaten vom Nebentisch auslieh.
Sie begann zu sprechen, aber beinahe jeder Satz bezog sich auf Eric – etwas, das Eric gesagt hatte, Eric getan hatte oder Eric hatte sagen oder tun wollen. So ungern er dies nach seiner Abfuhr hörte, vermittelte es ihm doch eine Menge neuer Einzelheiten.
«Nach der Art zu schließen, wie du über ihn sprichst, muß Eric ungewöhnlich sein.»
«Er ist es.»
«Wie? Was hat er getan? Was hat er geleistet?»
«Das weißt du nicht?» Sie war erstaunt. «Nun, als er ein Junge von vierzehn Jahren war, entwickelte er die Grundlage für den Transistor, den alle Erzeugnisse von Hull-Redfern verwenden. Es war nicht der erste, aber es war der kleinste, der stabilste, der billigste und am besten verwendbare. Und das war der

Grund, warum Redfern die Elektronik-Industrie beherrschte. Die Ursache für den großen Reichtum der Familie. Als Junge entwickelte Eric in den Laboratorien seines Vaters neunundsiebzig Patente, die heute verwendet werden. Er geht noch immer in die großen Laboratorien im Norden von New York, wenn er eine wundervolle neue Idee hat. Er entwirft alle speziell angefertigten Musiksysteme in der Window Wall, in Clouds, überall!»

«Ist das wahr?» fragte Noel. «Er war ein Wunderkind?»

«Lange Zeit war er ein sehr trauriges Wunderkind. Bis er mich kennenlernte. Jetzt tue ich alles, um sicher zu sein, daß er nie traurig ist.»

Noel begann einen Schimmer von ihrer Beziehung zu bekommen.

«Und was tut er für dich?»

«Er braucht überhaupt nichts zu tun», warf sie rasch ein. «Nur Eric sein.»

«Dann ist er ein glücklicher Mensch.»

«Er hat mir geholfen. Als ich Hilfe brauchte und niemand sonst mir helfen konnte oder wollte. Vor langer Zeit in Paris. Vor Jahren. Ich war sehr unglücklich. Ich wollte mit allem Schluß machen, und Eric trat in mein Leben und änderte all das. Jetzt habe ich diese wundervolle Arbeit, die ich liebe, und dieses Land, das ich liebe, und Eric und alle seine wundervollen Freunde, die ich liebe.»

«Aber du bist nicht in ihn verliebt?» beharrte Noel.

«Was meinst du mit verliebt? Besessen? Vernarrt? Nein. Ich liebe Eric nicht auf diese Weise. Ich bin jetzt erwachsen. Es gibt nichts Derartiges mehr für mich.»

«Einmal war genug?» forschte Noel.

Sie lächelte ihn an. «Sie stellen so viele Fragen, Mr. Cummings, daß ich manchmal glaube, Sie sind kein Soziologe, sondern ein Psychiater!»

Noel fragte sich wieder, wie Eric seinen wirklichen Beruf entdeckt hatte. Hatte Paul Warshaw es Chaffee erzählt? War es ein anderer Student? Oder Vega? Noel konzentrierte sich wieder auf Alana.

«Wer war es?»

«Ein Junge.»

«Denkst du noch immer an ihn?»

«Oh, manchmal: Er ist tot. Er war beinahe ein Mann. Aber mit der Lebenseinstellung eines Knaben. Ideen, alberne Ideale,

Knabenideale. Er starb mit diesen Idealen. Er wurde davon überrascht. Auch vom Tod.»

«Es macht dich traurig, sprich nicht davon.»

«Es macht mir nichts mehr aus. Früher einmal, ja. Aber jetzt eigentlich nicht mehr. Es passierte bei den *Manifestations de mai.*»

Noel wußte nicht, was sie meinte.

«Die Studentendemonstrationen. An der Sorbonne. In Paris, 1968. Er schloß sich ihnen am zweiten Tag an, obschon er wußte, wie die Polizisten mit ihren Schlagstöcken und ihrem Tränengas die Leute behandelten.»

Noel erinnerte sich, Filmausschnitte der französischen Demonstrationen in den Fernsehnachrichten gesehen zu haben, als er in der Schule war. Es schien so lange her.

«Warst du mit ihm dort?»

«Nein! Ich ging ins Kino. Oder machte Einkäufe. Dumm von mir. Aber er wurde mit Gummiknüppeln niedergeschlagen, es hieß, die *Flics* hätten ihn festgenommen, auf ihn eingeschlagen, bis er sich nicht mehr bewegen konnte. Er mußte ins Krankenhaus. Er wurde entlassen. Er wurde wieder verhaftet und wurde wieder entlassen. Alles schien in Ordnung. Er war so stolz darauf, so stolz, daß er dabeigewesen war.»

«Aber du sagtest, er sei gestorben?»

«Das ist der traurige Teil. Es war vielleicht acht, neun Wochen später. Wir saßen in einem Café am Boul' Mich', er und ich und seine Freunde, und sie stritten sich wie gewöhnlich über Politik. Da hörte Robert plötzlich auf zu sprechen. Er legte eine Hand an seinen Kopf, hierhin – wie heißt das doch gleich, ach ja, an die Schläfe. Er legte seine Hand daran und sah sehr weiß aus. Ich erinnere mich noch, daß der Wein, den er eben in diesem Augenblick getrunken hatte, aus seinem Mund tröpfelte, und ich fragte mich, ob er krank wäre. Dann sah er, oh, ich wußte nicht wieso, plötzlich schrecklich aus. Er stand auf und schrie vor schrecklichen Schmerzen. Dann fiel er hin. Und dann starb er. Genau dort, mit mir und allen seinen Freunden um ihn herum. Es hieß, es sei ein Aneurysma im Gehirn, das war's, was der *Médecin examinaire* sagte. Wie nennt man ihn?»

«Den Leichenbeschauer.»

«Genau. Ein Aneurysma, eine Arterienerweiterung, durch einen früheren Schlag auf den Kopf verursacht. Bei der *Manifestation* natürlich. Grimaud und seine *Cochons* von Polizisten behaupteten, niemand sei gestorben, niemand sei getötet worden. Sie

haben gelogen. Robert ist gestorben. Ich habe es mit meinen eigenen Augen gesehen.»
Sie ließ sich in ihren Stuhl zurückfallen und zündete eine Zigarette an. Sie schwiegen, als der Kellner kam und ihnen Kaffee brachte. Noel stocherte nervös in einer nahrhaften Portion Käsekuchen herum.
«Entschuldige bitte», sagte sie, «es ist sehr morbid.»
«Ich habe ja gefragt. Ich bin froh, daß du es mir erzählt hast.»
«Jedenfalls werden jene, die Ideale haben, welche man an der Wirklichkeit messen muß, immer auf diese Weise sterben. Sie sind dem Untergang geweiht.»
«Na, das schaltet jeden aus, den ich kenne. Für mich gilt das allerdings nicht.»
«Ich hoffe es», sagte sie.
«Du hast noch Ideale?» fragte er, aber war sich im klaren darüber, wen sie meinte.
«Du meinst, Eric hat noch welche?»
«Ja, er hat Ideale. Er interessiert sich sehr für Politik. Er ist in dieser Homosexuellenbewegung. Er hilft mit Geld, mit Beziehungen zu bedeutenden Leuten, zur Regierung. Ich weiß nicht, was sonst noch. Er ist sehr beschäftigt, sehr beschäftigt . . . und sehr unvorsichtig.»
«Und dem Untergang geweiht?» fragte Noel, aber sie schien ihn nicht gehört zu haben.
«Ich sehe dich manchmal», sagte Alana, «als jemanden, der wegen einer Idee unüberlegt handelt. Habe ich recht?»
Es traf Noel wie eine Warnung. Er war rasch imstande, diese Vorstellung zu zerstreuen. «Soll das ein Witz sein? Schau, wie leicht ich bestechlich bin. Ich bin nicht viel besser als eine Hure.»
«Ich hoffe, daß dem so ist, Noel. Ich hoffe es wirklich.»
Sie trank ihren Kaffee aus und starrte ungläubig auf Noel, bis er entnervt, die Rechnung verlangte.

18

«*Sie haben mir nicht erzählt,* daß Eric ein Erfinder war. Sie sagten, er sei ein Playboy.»
«Er *ist* ein Playboy.»
«Alana sagte, er sei eine Art Wunderkind gewesen. Seine Erfindungen verhalfen zum Redfern-Vermögen. Sein Vater hat es nur verwaltet.»
«Was haben Sie gedacht? Daß Mr. X ein Hornochse sein würde? Ich habe Ihnen doch gesagt, daß er klug ist, nicht wahr?»
Eine Pause trat ein, da Noel nicht antwortete. Dann wieder Loomis: «Erzählen Sie mir noch mehr von der Wirtschaftsverschwörung.»
«Es ist keine Verschwörung.»
«Nun, was immer es ist.»
«Es ist eine Vereinigung erfolgreicher homosexueller Geschäftsleute.»
«Einschließlich einiger illegaler.»
«Die meisten sind vollkommen legal», sagte Noel rasch. «Da sind mal eine Wall-Street-Maklerfirma, mindestens eine Bank hier in der City und eine andere außerhalb der Stadt, ein Warenhaus und eine Anzahl anderer Geschäftszweige, die eine Nummer kleiner sind als diese.»
«Und Redfern sorgt für die Sicherheit?»
«Es ist mehr als das, er beschafft das Investitionskapital. Aber verschiedene andere tun das auch.» Dann: «Wissen Sie, da ist etwas, das mich beunruhigt, je mehr ich darüber nachdenke. Bei allen den Gesprächen, die ich mitgehört habe, ist kein Wort gefallen, kein einziges Wort über Pornographie, über Bordelle, über Prostitutionsringe, über Massendiebstähle oder Drogenschmuggel.»
«Warum sollten sie das vor Ihnen erwähnen? Sie sind ein Außenseiter. Eric mißtraut Ihnen noch immer. Es ist Ihre eigene Schuld», sagte Loomis beiläufig. «Er wäre ein Narr, wenn er Ihnen nicht mißtrauen würde.»
«Ich bin nicht sicher. Schließlich assistiere ich ihm in der Sporthalle. Er muß mir in gewissem Grade vertrauen.»
«Das ist bedeutungslos.»
«Das ist überhaupt nicht bedeutungslos!»
«Ich *sagte,* es ist bedeutungslos. Kommen wir jetzt wieder auf diese Verschwörung zurück.»

«Ich habe nicht gesagt, daß es eine Verschwörung sei. *Sie* haben das gesagt.»

«Was ist los mit Ihnen, Lockvogel, ist Ihnen heute wer auf den Schwanz getreten?»

«Was ist mit *Ihnen* los? Sie verdrehen mir dauernd das Wort im Mund, wenn ich etwas zu Ihnen sage. Wollen Sie die Wahrheit wissen oder Ihre eigene Version davon?»

Noel verharrte grollend in der nächsten Schweigeminute.

«Kommen wir auf die finanzielle Angelegenheit zurück», sagte Loomis schließlich in einem ruhigen Ton.

«Hören Sie nur damit auf, meine Worte zu verdrehen», versetzte Noel, dann fuhr er fort: «Es ist nicht wirklich klar: Alana zufolge hat er sich dem politischen Arm der Homosexuellenbewegung angeschlossen und stellt große Geldbeträge für Gleichberechtigungsgesetze in verschiedenen Bundesstaaten zur Verfügung. Seine Idee ist es, einen Wirtschaftsrat einzusetzen, um die Finanzierung zu leiten. Meines Wissens haben sie keine direkte Verbindung mit irgendeiner der militanten homosexuellen Gruppen, über die man in den Zeitungen liest.»

«Ihres Wissens?» warf Loomis ein.

«Das habe ich gesagt. Keiner der militanten Führer ist in Redferns Haus gewesen oder auch nur erwähnt worden, außer mit kritischen Worten. Aber sie werden vielleicht bei bestimmten Kampagnen Geldspenden kriegen. Offenbar vertraut ihnen Redfern nicht so sehr.»

«Na schön. Sie haben Ihren Standpunkt erklärt. Was ist dieser Wirtschaftsrat?»

«Redfern möchte ihn gerne bilden, mit ihm selbst und einem weiteren halben Dutzend prominenter homosexueller Geschäftsleute als ständige Mitglieder und einem weiteren halben Dutzend Geschäftsleuten, die jedes Jahr in den Rat eintreten und ihn dann wieder verlassen.»

«Aus New York?»

«Von überall. San Francisco, Los Angeles, Atlanta, Houston, Miami, District of Columbia, Denver und New Orleans. Städte mit großen und wohlhabenden homosexuellen Gemeinden. Es wird landesweit sein. Sie haben noch keinen Namen gefunden. Wenn es soweit ist, werden sie ihn in der Presse ankündigen. Es klingt wie eine gute Idee.»

«Die werden nicht allzu glücklich sein, wenn der Presse bekannt wird, daß das Ganze von kriminellen Umtrieben finanziert wird.»

«Wenn Redfern so klug ist, wie Sie sagen, würde er sich dann nicht vergewissern, daß das Geld sauber ist?»
«Vielleicht kann er es nicht mehr sauber halten.»
«Dorrance könnte es. Er ist ein Genie darin. Zwanzig Jahre lang war er der Buchhalter bei Redfern. Ihm war es zu verdanken, daß der alte Mann so viel von dem Geld behielt, das er gemacht hatte.»
«Sie scheinen von diesen Burschen richtig beeindruckt zu sein, Lockvogel. Sie sollten sich einmal selbst hören. Dieser ist ein Wunderknabe. Jener ist ein altes Genie. Diese ein weltberühmtes Modell. Jene hat eine Million Platten in einem Monat verkauft. Selbst diese Verschwörung ist eine gute Idee: *Pervertierte leiten die Geschicke des Landes.*»
Noel genehmigte sich eine lange Pause, bevor er antwortete. Er war verärgert über Loomis' Unvernunft, aber er wollte versuchen, diesen Ärger abzuschütteln, damit er entdecken konnte, warum sich der Fischer so absichtlich sperrte gegen jede Auskunft, die Noel ihm beschaffen sollte und die er jetzt beschaffte. Wichtiger noch: Was sollte Noel glauben? Was er jeden Tag sah – aber vielleicht nicht klar, vielleicht unvollständig, vielleicht entstellt durch seine eigenen Befürchtungen und Vorurteile – oder was der Fischer ihm als Tatsachen vorsetzte?
Da er für den Augenblick lahmgelegt war, sagte er: «Wissen Sie, Loomis, ich habe ein wenig die Nase voll von diesen Telefonanrufen. Warum schreibe ich Ihnen nicht einfach einen Brief?»
«Machen Sie keine Witze. Was tut Redfern heute abend?»
«Er und Alana gehen zu einem Wohltätigkeitsball ins St. Regis.»
«Und Sie?»
«Es ist mein freier Abend.»
«Haben die beiden Sie eingeladen?»
«Sie laden mich überallhin ein.»
«Warum gehen Sie dann nicht mit?»
«Ich sagte es schon. Es ist mein freier Abend.»
«Das nächste Mal fragen Sie mich, bevor Sie eine solche Entscheidung treffen.»
«Ich hatte bereits eine Verabredung.»
«Ich sagte, das nächste Mal fragen Sie mich!»

19

Dieses Gespräch verdarb Noel den Rest des Morgens.
Er beschloß, Alana anzurufen, sie zu überreden, mit ihm zum Mittagessen zu kommen, am Nachmittag in eine Filmvorstellung zu gehen, vielleicht sogar einen Spaziergang im Park zu machen. Er war sicher, sie würde ihn erneut davon überzeugen, daß alles, das er für Whisper tat, die Mühe lohnte, obschon sie seine Rolle nicht kannte, nicht kennen konnte. Sie würde ihn wieder milder stimmen und den leeren Tag ausfüllen.
Sie war nicht zu Hause, als er anrief. Okku sagte, daß sie in dem Fotoatelier sei. Noel wählte die dortige Nummer. Nach langem Warten kam sie an den Apparat und klang außer Atem.
«Die Probeabzüge sind wundervoll, Noel! Einfach wundervoll! Es sieht so aus, als ob du dein ganzes Leben lang Modell gestanden hättest! Du wirst eine wundervolle Karriere machen! Du wirst dein eigenes Geld verdienen und brauchst dich nicht feindselig Eric gegenüber zu fühlen, weil du von ihm abhängig bist.»
«Wollen wir zusammen zu Mittag essen?»
«Ich habe bereits gegessen. Liegt dir denn nichts an den Fotos?»
«Dann einen Drink, wenn du fertig bist. Ich komme dich abholen.»
«Ich weiß nicht, wann ich hier fertig bin. Irgendeine Wahnsinnsidee spukt in Brickoffs Kopf herum, und er hat mich und drei andere Frauen den ganzen Tag im Studio eingeschlossen, bis er seine Idee ausgeführt hat. Das Mittagessen hat man heraufgeschickt. Ich weiß nicht, wann wir fertig sind. Er ist heute vollkommen verrückt.» Sie wartete lange genug, damit Noel begreifen konnte, daß sie es ernst meinte. «Es tut mir leid, Noel. Wirklich. Vielleicht morgen.»
«Na schön, dann morgen.» Aber er konnte seine Enttäuschung nicht verbergen. Er unterbrach ihre Entschuldigungen und hängte ein.
Eine Stunde später entschloß er sich, etwas Gras zu rauchen, das Randy im Appartement zurückgelassen hatte. Ein halber Joint reichte aus, um ihn angenehm high zu machen. Er steckte den Rest in seine Brieftasche und dachte, daß es ein zu wundervoll sonniger Tag war, um griesgrämig im Zimmer zu bleiben. Unten im Haus holte er das «Atala» aus dem Lagerraum, staubte es ab und brachte es zu einer in der Nähe gelegenen

Tankstelle, um die Reifen aufpumpen zu lassen. Dann fuhr er hinunter ins Village.
Hier waren die Straßen voll von Spaziergängern, Ladenbesuchern, Leuten, die Besorgungen machten oder sich herumtrieben, um die Sonne zu genießen. An Nachmittagen wie diesem schien es, als ob die ganze Bevölkerung des Village entweder arbeitslos war oder nachts arbeitete oder nur an bewölkten, regnerischen Tagen. In der Christopher Street drängten sich ebenso viele Menschen wie an einem Freitag oder Samstagabend, und als er dem Randstein des Gehsteiges entlangfuhr, bremste Noel, zog sein T-Shirt aus und begann Leute zu grüßen, die er kannte, mit Fremden zu flirten, in großen ziellosen Kreisen in der Mitte der Straße herumzukurven, wobei er mit Lastwagen und Bussen ein Hasch-mich-Spielchen trieb. Dann surrte er hinüber, um einige Burschen zu begrüßen, die an der Straßenecke rauchten – und spielte ganz allgemein perfekt die Rolle einer heißen Nummer, die mit nacktem Oberkörper an einem sonnigen Tag auf einem Rennrad fuhr.
Nach einer Weile gelangte er hinüber zu dem betonierten Hafenpark und von dort ein paar Schritte hinauf zum Morton Street Pier. Vom Pierende aus konnte er den Hudson hinauf und hinunter sehen – im Norden zu den Palisaden und der George-Washington-Brücke, dann hinunter zu dem New Yorker Hafen und vorbei an der Freiheitsstatue zu der Verrazanobrücke. Elegante Ozeandampfer, riesige Hochseefrachter, Schlepper, Schnellboote, patrouillierende Feuerlöschboote, die Strömung des Flusses unter ihm. Über ihm Flugzeuge aller Größen, von Superjets bis zu Cessnas, Polizei- und Flughafen-Transporthubschrauber, zahllose Papierdrachen.
Noel legte sein Fahrrad hin, knüllte sein Hemd zu einem Kopfkissen zusammen und legte sich auf den hölzernen Schutzpuffer des Piers. Er dachte, daß er diesen Ort nie entdeckt hätte, wäre er nicht ein Teil des homosexuellen Lebens geworden. Er genoß die kühle Brise, die über seine nackte Brust strich, die heiße, strahlende Junisonne, die auf ihn niederbrannte, das leise Plätschern des Wassers gegen die Pfähle des Hafendamms. Nach Minuten fühlte er sich entspannt.
«Schläfst du?»
Noel blickte auf – sein Sehvermögen von den Reflektierungen des Hudson beeinträchtigt, welche die Gestalt vor ihm hell sprenkelten – Vega.
Was wollte er?

Vega setzte sich so dicht zu ihm, daß sein Hosenbein Noels Haarspitzen streifte.
«Du schaust sorgenfrei aus», bemerkte er.
«Und ob. Es ist ein phantastischer, sonniger Tag!»
«Er ist okay.»
Noel blickte ihn an. Wochen waren vergangen, seitdem er Vega zum letztenmal gesehen hatte. Seitdem er den Grip verlassen hatte, ging er Vega absichtlich aus dem Weg. Ohne die Barbeleuchtung sah Buddy noch magerer aus, seine Gesichtszüge waren hart, eingefallen.
«Zieh mich nicht zu dir herunter, Mann.» Noel reichte Vega den Rest des Marihuana aus seiner Brieftasche, «hier, da werd mal high. Wird dich aufstellen. Das hat es bei mir bereits getan.»
«Seit wann rauchst du denn?» fragte Buddy, nahm den Joint und zündete ihn an.
Wo ist dein schleimiger Kumpel, Miguel, dein Henkersknecht? wollte Noel fragen. Statt dessen sagte er: «Kannst ihn haben. Rauch ihn zu Ende.»
«Ist dies Redferns Kraut?»
«Nein. Randy hat es mir gegeben.»
Buddy saugte am Stummel, bis es nicht mehr ging, warf die Kippe in die Luft hoch und fing sie dann mit dem Mund auf, wie ein dressierter Seehund einen Hering. «Das Zeug ist gut. Gefällt es dir in den feinen Kreisen?»
«Es geht. Heute ist mein freier Tag.»
«Was tust du dort? Dorrance beobachten?»
Noel wußte nicht, wieviel er sagen sollte. «Wer weiß, was ich dort mache? Redfern hat mir einen gutbezahlten Halbarschjob angeboten, damit er gleich zur Stelle sein kann, wenn ich mich je entschließe, ihn in meine Hose reinzulassen. Und Loomis sagte, ich solle den Job annehmen.»
«Oh!» kam es von Vega und hörte sich an wie der Ton einer tiefen Baßtrommel voller unerklärlicher Resonanzen.
Buddy wurde jetzt gesprächiger. Er sei so gut wie Manager des Grip, jetzt, da Chaffee die ganze Zeit in der Bar Sinister sei und Noel in der Oberstadt, sagte er. Er arbeite gern im Grip. Er werde gut genug bezahlt.
Noel fragte sich plötzlich, ob er sich von Buddy nicht ein völlig falsches Bild gemacht hatte. Vielleicht wußte Vega nicht, daß der Kleine Larry auch ein Whisper-Detektiv war. Wenn nicht, dann würde das rechtfertigen, warum er und Miguel ihnen an

jenem Abend von der Window Wall nach Hause gefolgt waren. Natürlich erklärte es nicht Miguels Feindseligkeit, aber dies konnte auch ein schlechter Drogentrip an jenem einen Abend gewesen sein.

«Tut es dir leid, daß du eingestiegen bist?» fragte Buddy.

Noels früheres Mißtrauen kehrte zurück. «Ich weiß nicht. Warum?»

«Es tönt nicht, als ob du allzu glücklich wärest.»

«Ich bin nicht glücklich über Loomis», wagte Noel zu sagen. «Heute morgen haben wir wieder gestritten. Manchmal scheißt er mich wirklich an.»

«Absichtlich.»

«Das glaube ich nicht. Wir kommen einfach nicht miteinander aus.»

«Aber vorher seid ihr das doch immer. Ich behaupte, er tut es absichtlich.»

Buddys Gewißheit verwunderte Noel. «Na, dann pack mal aus», sagte er.

«Ich weiß nicht, ob ich das sollte», warf Buddy ein. Beide setzten sich auf und blickten einander an. «Ich habe immer geglaubt, du wärest ein richtiger Dreckskerl», sagte Vega. «Als ich sagte, daß er es absichtlich tut, hast du es nicht bezweifelt, warum?»

Noel wich der Frage aus. «Ich weiß nicht warum.» Dann, als Buddy sich anschickte, aufzustehen: «Weil er mich belügt. Weil er versucht, mich bestimmte Dinge glauben zu machen, weil er andere, wichtige Dinge vor mir verheimlicht.»

Vega setzte sich wieder hin. «Magst du Randy?»

«Was hat das zu bedeuten? Also schön. Ja, ich mag Randy.»

«Ich weiß, daß du mit ihm bumst. Ich will aber wissen, was du über Randy denkst.»

«Ich bin nicht verliebt in ihn oder so was. Ich könnte das nicht sein ... nicht in einen Mann. Aber ich habe ihn gern, ich bin gern mit ihm zusammen. Wir haben Spaß zusammen.» Noel zählte Randys gute Eigenschaften auf und endete mit: «Und er hat nie von mir verlangt, etwas zu tun, das ich nicht tun will.»

«Zum Beispiel ihm einen blasen?»

Noel ließ seinen Blick über den Fluß schweifen, als er antwortete: «Ich nehme an, du weißt das.»

«Er mag dich auch. Er hilft dir, Noel.»

«Dann arbeitet er also doch für Whisper?»

«Wenn du es nicht schon weißt, kann ich es dir nicht sagen.»

Noel versuchte nicht einmal, auf eine Antwort zu dringen. Er dachte an Randy, den er am Abend zuvor zum erstenmal seit einer Woche gesehen hatte: sein hübsches Gesicht und seine seidige Haut, seine unbekümmerte Einstellung, die einen Scherz in beinahe allem und jedem fand. Großer Gott! Loomis mußte Randy vor Noel in Redferns Haus eingeschleust haben. Er mußte der Hausspion gewesen sein, bevor Noel ihn ersetzte, aber er hatte nicht zu Loomis' Zufriedenheit gearbeitet.
Um sein Schweigen zu vertuschen, fragte Noel: «Hat er sich bei dir darüber beklagt?» Wieviel hatte Randy Vega erzählt?
«Randy? Nein. Er beklagt sich niemals. Er glaubt, daß du ein wenig verklemmt seist, das ist alles. Er kann sich fünfzehnmal am Tag einen blasen lassen, wenn er das will.»
«Vermutlich hast du recht. Aber bevor diese ganze Geschichte begann, hatte ich nie Sex mit einem anderen Mann gehabt.»
«Erzähl keinen Scheißdreck!»
«Oh, ja, mit meinem Vetter zweiten Grades, als ich dreizehn Jahre alt war. Aber das zählt nicht. Die meisten Jungen befummeln einander.»
«Du hattest Sex mit zwei Burschen, als du im College warst. In deinem letzten Schuljahr. Du warst bei einer Einweihungszeremonie dabei. Du und ein paar andere Mitglieder einer Studentenverbindung wart scheißbesoffen, und dann habt ihr alle zusammen durchgedreht und zwei Kandidaten vergewaltigt.»
Noel fiel wie aus allen Wolken. Niemand wußte davon. Niemand außer ihm und dem Dekan der Schule. Nicht Monica. Nicht einmal seine Eltern.
«Die Jungs beschuldigten sieben von euch, aber es wurde alles irgendwie vertuscht und ad acta gelegt.» Vega schien es Freude zu bereiten, darüber zu sprechen. «Erzähl mir also keinen Stuß!»
Noel hatte ein Gefühl, als ob er ganz am Anfang eines Pfades stünde, der sich in seinem Leben unerwartet – und gefährlich – vor ihm auftat.
Vega schien gefährlicher zu sein als je zuvor. «Woher weißt du das?»
«Du leugnest es also nicht?»
«Treibe nicht dein Spiel mit mir. Ich frage dich, wieso du das weißt.»
«Ich habe es gelesen. Seite vierzehn. Eine psychosexuelle Fallstudie mit besonderer Bezugnahme auf sexuelle Identität und Gewalttätigkeit. Dein Dossier, wenn du inzwischen nicht schon

selbst darauf gekommen bist, wurde von Whisper zusammengestellt.»
Noel war platt. «*Mein Dossier?*»
«Es gibt eins über jeden von uns. Dich. Mich. Eine exquisite Lektüre. Besser als ein Taschenbuchroman. Voll vertuschter Skandale, Sex, Gewalttätigkeit. Richtiger Schmutz. Meiner kam in der Marine hervor. Loomis hat es alles genau rausgekriegt, das muß ich ihm lassen. Aber ich hatte immer mit Burschen herumgefickt. Als Junge in Puerto Rico war ich ein echter Stricher. Vierzehn Jahre alt.»
«Weiß es Randy?»
«Ich sehe schon, du glaubst mir nicht. Komm und wirf selbst einen Blick hinein. Ich hab' sie oben in meinem Appartement.»
«Was weißt du sonst noch über mich?»
Vega hatte eine düstere Miene aufgesetzt. «Ich hab' nicht alles gelesen. Steht alles im Dossier. Komm und schau es dir selbst an.»
«Wie bist du zu diesen Papieren gekommen?»
«Das werde ich dir nicht sagen», erwiderte Vega. «Und – nein, Randy weiß nichts davon.» Ihre Augen trafen sich. «Ich würde ihm das nie antun. Er ist ein zu netter Junge. Und er vertraut Loomis.»
Was durchblicken ließ, daß Buddy dies nicht tat.
Vega stand auf. «Nun, kommst du?»
Noel hatte das Gefühl, als ob der Pfad, der ein paar Minuten zuvor aufgetaucht war, genauer definierbar würde. Er wußte, daß er seine Schritte nie wieder rückgängig machen konnte, wenn er jetzt aufstand und mit Vega ging. Aber er mußte das Dossier sehen, um es zu glauben. Er mußte wissen, was Vega entdeckt hatte.
Vega fuhr mit dem Taxi in den oberen Stadtteil zu einem ziemlich großen Haus in den westlichen Achtzigern, wo er eine geräumige, sonnige Wohnung mit einem winzigen Hinterhof hatte. Noel folgte ihm auf seinem Atala.
Buddy stellte ein kleines, schmächtiges, attraktives, dunkelhaariges Mädchen, das gerade drei Kindern in der großen Küche zu essen gab, als seine Frau Priscilla vor. Das kleinste Kind saß noch in einem hohen Kinderstuhl, die anderen waren vier und sechs. Alle sahen gesund, hübsch, aufgeweckt aus.
Das gleiche galt für die Wohnung. Neben Redferns Haus sah sie mittelständisch aus, aber sie war sauber und gepflegt, gut eingerichtet, mit einer Stereoanlage, einem Farbfernseher, Kin-

derspielzeug, das verstreut herumlag, und Bilderbüchern, die aufgeschlagen waren, wo die Kinder sie zurückgelassen hatten, um zum Mittagessen zu gehen, sogar ein Kinderplattenspieler.

«Dies ist Noel Cummings», erklärte Vega seiner Frau. «Er arbeitet für Whisper. Ich habe ihm erzählt, was ich entdeckt habe.»

«Buddy! Warum?»

«Er ist in Ordnung. Jemand anderer muß es wissen, das ist der Grund.»

Sie starrte ungläubig auf Vega, dann kam sie zu Noel herüber und blickte ihm mitten ins Gesicht. «Wenn Sie ein guter Mann sind, hören Sie auf Buddy. Wenn nicht, dann verschwinden Sie auf der Stelle und seien Sie dankbar, daß ich Ihnen nicht die Augen auskratze.»

«Hör damit auf, Pris», sagte Buddy und schob sie ärgerlich beiseite.

«Es ist mir Ernst», beharrte sie, ohne Vega zu beachten.

«Bleib bei den Kindern», sagte Buddy und führte Noel ins Wohnzimmer. Er ging in ein anderes Zimmer, dann kehrte er mit einer Reihe von Dokumentenmappen, die Manila-Umschläge enthielten, zurück. Er ging sie durch, zog einen heraus und gab ihn Noel.

«Ist das eine Kopie?»

«Die Kopie einer Kopie. Nimm ein Bier, mach dir's bequem.»

Abgesehen von den vielen Seiten an Informationen, die Whisper über ihn zusammengestellt hatte, wie Noel es bereits vermutete, gab es Bankauszüge, Berichte über seine Kreditwürdigkeit, Arbeitszeugnisse seit seiner Teenagerzeit, seinen Führerschein und Schulzeugnisse, die bis auf die Kindergartenzeit zurückgingen.

Und zwei andere verblüffende Dokumente.

Das erste war betitelt: «Erste Begegnung mit der Testperson: Anwendung von Plan J-23 für totalen sofortigen psychischen Zusammenbruch.» Es trug das Datum vom 2. März des laufenden Jahres, einen Tag, nachdem Noel Zeuge von Kansas' Ermordung geworden war. Es begann:

Obschon es sicher war, daß der Betreffende mit dem Täter(n) nicht im Bunde stand, beschlossen wir trotzdem, Plan J-23 auszuführen, einen Test über einen sofortigen, totalen Zusammenbruch. Der Proband wurde über eine Stunde lang in einer dunklen, kalten Zelle eingesperrt, bedroht, ignoriert und schließlich unter kontrollierten Bedingungen von vier Detek-

tiven (18, 301, 75, 111) angegriffen, um die totale Aufgabe irgendwelcher übriger defensiver Absichten zu gewährleisten. Ich trat dann dazwischen, wie zuvor geplant, und indem ich mich momentan als Retter ausgab, gewann ich sofort sein volles Vertrauen für die einleitende Vernehmung.

Welches in allen Einzelheiten aufgeführt war und genau mit Noels Erinnerung an die erste Begegnung übereinstimmte, durchsetzt mit verschiedenen Kommentaren von Loomis.

Das zweite Dokument, das Vega für Noel ausgelesen hatte, war ein vollständiges psychologisches Profil Noels, beginnend mit seiner frühesten Schulzeit und Ärzteberichten, offensichtlich von Loomis zusammengestellt und interpretiert – der, wie sich herausstellte, Dr. phil., Dr. med. und Diplompsychiater war. Diese Darstellung war eine Wiedergabe der Geschichte, von der Vega gesprochen hatte, einschließlich des Vorfalls mit der Schikaniererei in der Studentenverbindung. Während des Lesens sah Noel seinen Charakter, seine ganze Persönlichkeit während mehr als zwei Jahrzehnten, seine Psyche selbst, entblößt hervortreten. Der letzte Abschnitt war vor allem niederschmetternd:

Die obige Information, in Verbindung mit vielen auf Tonband aufgenommenen Gesprächen mit dem Probanden, läßt einen Fall von gehemmter kindlicher psychosexueller Entwicklung erkennen, charakterisiert durch impulsives Verhalten, abwechselnd mit übertriebener Vorsicht gepaart, beide zu völlig unangebrachten und sogar selbstzerstörerischen Zeitpunkten. Seine leichte Beeinflußbarkeit durch Mitglieder des anderen Geschlechts, oben hinreichend dokumentiert, ist aber nicht so total wie seine Empfänglichkeit für Kontrolle durch einen älteren, väterlichen Mann – wie in den Punkten 15, 76, 119, 234 usw. oben veranschaulicht. Er ist eitel, eingebildet, leicht geschmeichelt, glaubt ohne viel Beweis, geistig und emotionell überlegen zu sein, ist faul und muß ständig zum Handeln angetrieben werden, ist gelegentlich rebellisch, nur um noch in tiefere Unterwürfigkeit zu verfallen – alles entstanden durch einen tiefen Glauben, daß ihm Fähigkeit, Bedeutung und Ansehen mangeln, und durch die sehr realistische Furcht, daß er ein Homosexueller ist und immer war. Diese Faktoren rechtfertigen beim Probanden die außergewöhnlich hohe Bewertung: 1.

Als Noel einige Minuten später von der betreffenden Seite aufblickte, hatte er das Gefühl, als sei sein Herz aus seinem Körper

herausoperiert worden, ohne daß er je den Schnitt des Skalpells gespürt hätte.
Priscilla hatte sich zu ihnen gesellt und saß auf der Armlehne von Buddys Stuhl. «Es tut mir leid, daß ich Sie vorhin so angeschrien habe», sagte sie. «Sie sollten mal die schrecklichen Dinge lesen, die sie über Buddy sagen.»
«Nun?» fragte Vega.
Noel wußte nicht, was die Frage bedeuten sollte. «Ich fühle mich wie damals, als ich acht war und einen Freund verletzte, einen Stock in sein Auge stieß, oder so was. Mein Vater hat mich dafür zum ersten und letzten Mal in meinem Leben geprügelt, aber ich werde diese Prügel nie vergessen. Wie wütend er war.»
«Jetzt siehst du, was Loomis von dir denkt.»
«Ich wußte nicht, daß er ein Psychiater war.»
«Klasse-A-Detektiv. Höchstnote 1 gab er dir. Gleich nach Mr. X, was?»
«Loomis ist dieser Ansicht.»
«Dann kommt es noch sehr viel schlimmer», sagte Buddy.
Noel verstand das nicht. Noch immer versuchte er einzuordnen, was er während der letzten Stunde gelesen hatte. Angenommen, daß alles stimmte, was über ihn geschrieben stand, wie zum Teufel konnte Loomis daraus schließen, daß er schwul sei? Alle jene Jahre mit Monica! Seine Liebesaffäre mit Mirella. Und eine einzige Episode unter Alkoholeinfluß gab den Ausschlag, brachte all dies aus dem Gleichgewicht. Es war ungeheuerlich! Unfair! Unwahr!
Vega redete jetzt wieder und sagte vage Dinge in rätselhaften Ausdrücken: Die Dossiers seien nicht das Schlimmste. Etwas anderes stecke dahinter, etwas weit Schlimmeres. Er sei nicht sicher, was, aber er würde es herausfinden.
«Es tut mit leid», unterbrach Noel schließlich Vega. «Ich kann dir nicht folgen. Ich brauche Zeit, um darüber nachzudenken. Du wirst das niemandem zeigen?»
«Keine Angst. Es ist weggeschlossen. Aber selbst wenn nichts dabei herauskommt, erinnere dich daran! Du hast es gelesen. Du hast es in deinen Händen gehabt und es gelesen! Erinnere dich daran!»
«Was soll dabei herauskommen?»
«Ich weiß es nicht.»
«Buddy!» warnte ihn seine Frau. «Halte den Mund, bis du es weißt.»

20

Das Dümmste, was Noel nach all dem an jenem Abend tun konnte, war, mit Mirella Trent schlafen zu wollen. Das sagte er sich an jenem Abend mit ihr zu wiederholten Malen.

Er sagte es sich zum erstenmal, als er sie in ihrem großen, geräumigen Appartement in der Upper West Side abholte. Sie bot ihm einen Platz und einen Drink an. Er nahm den ersteren, lehnte den letzteren ab. Das war, als sie – noch stehend – ihn fragte, ob ihm der Sweater, den sie anhatte, gefiel – ein waldgrüner, mit Rollkragen, der sich enthüllend und anmutig anschmiegte. Oder, fragte sie, sollte sie das tragen? – wobei sie eine chinesische Seidenbluse hochhielt. Natürlich war es ein Annäherungsversuch. Noel sah das gleich. Warum würde sie sonst die Aufmerksamkeit auf ihren Körper lenken, besonders auf ihre schönen Brüste, wenn sie nicht noch weitere Absichten hatte als nur ein Abendessen?

Während des Essens dachte er zum zweiten Mal daran. Beinahe vom ersten Augenblick an, als sie sich in dem kleinen italienischen Lokal niederließen, in das sie ihn geführt hatte, gab sie ihm durch Andeutungen und verschiedene flüchtige Anspielungen zu verstehen, daß Noel unter Frauen den Ruf hatte, sowohl anziehend als auch geheimnisvoll und zurückhaltend zu sein. Hatte das vielleicht etwas mit seiner verstorbenen Frau zu tun? Mirella berichtete, sie hätte gehört, daß Monica immer so herrlich, so beneidenswert befriedigt geschienen hätte. An eine Frau, so schön und charismatisch wie Monica, müsse eine große Anzahl anderer Männer herangetreten sein, und doch sei kein einziges Mal darüber auch nur geflüstert worden. Das sei verblüffend. Er hatte nichts übrig für ihr absurdes Spiel, als ob dies ihr erstes Rendezvous wäre, ebensowenig für ihren bestrumpften Fuß unter dem Tisch, der die Innenseite der Schenkel und seinen Zwickel entlangfuhr und ihn erregte.

Nach dem langen, gemächlich eingenommenen Abendessen spazierten sie an einem halben Dutzend Häuserblocks vorbei durch die warme Juninacht auf einen Verdauungsdrink zu ihrer Wohnung zurück. Schon bevor sie ihre Wohnung betreten hatten, begann Noel sie zu küssen.

Idiotisch. Er hätte ihre Anspielungen und Andeutungen unbeachtet lassen können. Ihre idiotische, miserable Liebesbeziehung mußte zwangsläufig wieder von vorn anfangen.

Aber er mußte wissen, ob Loomis recht hatte.

Idiotisch, weil er es jetzt wußte. Soweit Mirella es beurteilen konnte, lag Loomis völlig falsch. Noel war ein so gesunder, vitaler und ausgezeichneter heterosexueller Partner, wie sie oder jede andere Frau sich das nur wünschen konnte. Jahre des Liebemachens mit Monica hatten seine Technik vervollkommnet, ihm die Schwächen, die Verwundbarkeit, die verschiedenen erogenen Zonen des weiblichen Körpers und auch die richtige zeitliche Abstimmung gelehrt. Ohne sich auch nur einen Gedanken darüber zu machen, führte er eine Bravourleistung aus – eine, die vielleicht für Sex-Unterrichtsklassen hätte gefilmt werden können.

Er küßte sie leidenschaftlich, legte seine Hand unter ihren Nacken. Von hier fuhr er mit seinen Lippen über ihr ganzes Gesicht, hinunter zu ihrer Kehle, ringsum, zuerst zu einem Ohr, dann zum anderen, dann zu ihrem Genick, wobei er ihr kurzes, dunkles Haar beiseitestrich, dann wieder rund um ihre Kehle zu dem Spalt, wo ihr Brustbein begann, während seine Hand sich geschickt unter Kleider und durch Reißverschlüsse schob, über ihre Schultern zu ihren bezaubernden Brüsten hinunter, den mokkafarbenen Aureolen, die sich vom sonnengebräunten Fleisch abhoben, während ihre aufgerichteten Brustwarzen, umgeben von winzigen Knötchen wie Gänsehaut, reagierten und ihm sagten, daß alles genau richtig sei. Dann, nachdem der Sweater abgestreift war, der Rock vorne langsam fiel und hinten herabglitt, bewegte er sich weiter nach unten, glitt ihre weiche Haut entlang zu ihrem Bauch, der so plötzlich nachgiebig zwischen der Härte ihrer breiten, knochigen Hüften war, und weiter hinunter zu den butterzarten Schenkeln, dann mit seiner Zunge wieder kurz hinauf, tief in ihren Nabel, danach wieder hinunter und vorbei am seidigen krausen Haar, um ihre Schamlippen zu küssen, während seine Hände die ganze Zeit Brüste, Hinterbacken, Hände, Schenkel, Füße liebkosten, bewegten, streichelten, hätschelten ...

Und sie fand sich so mühelos einmal mehr zusammenzucken vor Lust bei der Berührung dieses Mannes, den sie nicht wirklich mochte, von dem sie glaubte, daß er schwach, leicht zu beherrschen, zu unsicher, eigentlich zu sanftmütig für sie wäre. Dieser Mann, der nicht aufhörte, selbst als sie ihn darum bat, dann ihn anflehte, schließlich nicht länger seinen unwiderstehlichen feuchten Hunger bremsen konnte, bis er ihr innerstes Gewebe hatte, wo Wärme und Kälte und Hitze und Eis kreisten, und als er es verlangte, gab sie es ihm, oh, gab es ihm, zu-

erst Widerstand leistend, dann ohne widerstehen zu können. Sie gab es so dankbar – sein Filmstar-Gesicht, sein schweißgerolltes, glänzendes Haar, seine Augen, die aufblickten, um danach den ihren zu begegnen, als er sie bestieg und sie bat, sich noch einmal hinzugeben, diese langmuskelige hartfleischige Halbgöttlichkeit, dieses für sie Rätselhafte und, ja, wieder konnte sie nicht länger widerstehen und gab sich ihm hin und gab wiederum sich und alle Bedenken auf und ließ ihn diesmal von hinten in sie eindringen, ein neuartiges Vergnügen für sie, eines, das sie nur vom Hörensagen kannte und das zuerst schwierig und einengend war. Dann, als seine Hände, von den ihren geführt, vorne über sie und gleichzeitig in sie hineinglitten, und sie sich für sein heftiges Verlangen und seine rhythmische Wildheit so völlig entspannte, war sie wie eine Königin mit ihrem Günstling, eine Hure in Neapel mit einem jungen GI, eine Pioniersfrau in der Lehmhütte, und er war schöner als jede Frau oder jeder Mann oder jedes Kind, das sie je zuvor gesehen hatte, der erschöpfende, keuchende Jedermann.
Soweit Mirella es je beurteilen und sagen konnte, irrte sich Loomis.
Sie blickte auf die Uhr.
«Ich kann es nicht glauben! Erst Mitternacht. Ich dachte, wir wären seit Stunden und Stunden beisammen», sagte sie, dann lehnte sie sich hinüber und blickte ihn an, während sie eine Zigarette rauchte. Sie fürchtete, ihn zu berühren, fürchtete, sie würde nie aufhören, wenn sie einmal damit anfing. Hatte sie ihn einmal gekostet, würde sie ihn ganz verschlingen müssen.
«Noel?»
«Hmm?»
Er schien irgendwo zu sein, wo sie nicht sein konnte.
Dann setzte er sich auf, ging ins Badezimmer. Eine oder zwei Minuten später hörte sie die Toilette rauschen. Er kam heraus, blickte sie an, dann las er seine Kleider auf.
«Wohin gehst du?»
Er gab keine Antwort und zog sich in aller Eile an. Sie war enttäuscht, versuchte aber, es nicht zu zeigen.
«Wirst du mich anrufen?»
«Ich glaube nicht», sagte er tonlos.
Jetzt fühlte sie sich betrogen. «Nur für eine Nacht?» wollte sie wissen und versuchte, sarkastisch zu sein. «Oder nur einmal pro Kunde, um den Reichtum zu verteilen?»
«Ich habe jemanden», sagte er und beugte sich herunter, um

seine Schuhe anzuziehen. «Einen Mann.» Er blickte auf, um ihre Reaktion zu sehen, dann schnürte er seine Schuhe.
«Das ist die schlimmste Masche, die ich je gehört habe, Noel.»
«Sie ist wahr.»
Verblüfft ließ sie ihn gehen, brachte ihn zur Tür und stand dort – sie trug nur das Oberteil ihres Pyjamas, als er auf den Lift wartete, der nur ein paar Schritte entfernt war, irgend etwas mehr erwartend. Sie fühlte, sie hätte mehr verdient.
«Ich glaube dir wirklich nicht, Noel.»
Er blickte in ihre Richtung, als ob er etwas sehr Wichtiges zu sagen habe, das alles erklären würde, dann wandte er sich den Lifttüren zu, die sich gerade öffneten.
«Ich glaube dir nicht!» klang es noch einmal, laut genug für ihn, um das Echo in der überbeleuchteten Aufzugkabine, die hinunterrasselte, zu hören.

21

Noel verpaßte seine Umsteigestation in der U-Bahn. Als er aufblickte, war die Zweiundvierzigste Straße längst vorbei. Der Zug fuhr gerade in die Vierzehnte Straße ein. Er stieg aus, in der Absicht, es quer durch die Stadt zu versuchen, dann via Lexington Avenue Line in die Nähe seiner Wohnung zu gelangen. Oder die gleiche Linie zur Zweiundvierzigsten Straße zurück zu nehmen und dann auf die Crosstown-Verbindung zu wechseln.
«In Greenwich Village verirrt. So schaust du jedenfalls aus.»
Die vertraute, gedehnte Sprechweise zog Noel in ihren Bann, lange bevor er deren Herkunft feststellen konnte – dann erkannte er den Kleinen Larry, die Arme in die Seite gestemmt, ein Lächeln im Gesicht, lehnte er sich gegen einen U-Bahn-Stahlträger. «Was ist los?» Dann, als Noel nicht antwortete: «Wohin fährst du denn, Mann?»
«Wer weiß?»
«Au – au! Wir klingen ja nicht sehr glücklich, no, Sir. He, wie kommt es, daß du heut nacht nicht mit deinen neuen Freunden bist?»
«Es ist mein freier Abend.»
«Meiner auch. Nimm den Local. Wir gehen ins Village und lassen die Sau raus.»
«Ich weiß nicht. Ich glaube, es würde mich nur deprimieren.»

«Du mußt high werden. Und bumsen. Das stellt dich wieder auf.»
«Hab' ich eben getan. Das ist ja das Problem.»
«Ach ja? Erzähl mir's. Aber bei einem Drink im Grip», sagte Larry, näher jetzt, und trat vom Rand des Bahnsteigs zurück, als der Lokalzug in die Station einfuhr.
Noel stieg mit Larry ein und eine oder zwei Minuten später an der Christopher Street wieder aus. Er erzählte Larry, was sich eben mit Mirella ereignet hatte.
Vitale war verständnisvoll, und Noel war zu sehr davon erfüllt, um es für sich zu behalten, daher ließ er den Kleinen Larry ihm die Würmer aus der Nase ziehen, als sie das halbe Dutzend Häuserblocks entlang zum Grip gingen.
Dort bestellten sie Drinks und fanden einen ziemlich ruhigen Platz.
«Es ist mir klar, was dein Problem ist», sagte Larry, lehnte sich keck an die Bar und blickte auf die Menschenmenge. «O Gott! Was für eine beschissene Gesellschaft heute nacht. Kobolde, Drachen, Eidechsen. Dinge, die in der Nacht quieken. Ach! Heda, Tom! Casper.»
«Die spielen ‹One Night Affair›», sagte Noel und bemerkte, daß der Song wieder lief, wie zum Hohn. «Nun? Was ist deine große Erläuterung?»
«So seltsam es klingen mag, ich glaube, daß du ein echter Bi bist. Wie Buddy hier. He, Bud, hilf mir, Noel wieder auf Vordermann zu bringen. Er ist niedergeschlagen, weil er gerade ein Mädchen zum Mond gebumst hat und es ihm selbst nicht gekommen ist.»
«Hör auf, so viel Koks zu schnupfen», sagte Vega und lehnte sich über die Theke. «Es macht dich empfindungslos.»
«Ich habe kein Koks genommen», sagte Noel, halb in Verlegenheit gebracht durch die plötzliche Enthüllung seines Privatlebens.
«Aber du hast es geschnupft. Bei . . . nun, du weißt wo.»
«Das ist nicht das Problem!» unterbrach Larry. «Hörst du mir jetzt zu? Wie ich schon zuvor sagte: da haben wir dich, dieses exotische Produkt, den echten Bisexuellen. Und du hast heute abend den einfachen Fehler gemacht, eine Möse zu nehmen, wenn du einen Schwanz haben wolltest. Das ist alles.»
«Waaas?» Noel wollte ihm das nicht abkaufen.
«Wenn wir schon davon sprechen», sagte Vega, «Randy war heute abend hier und hat dich gesucht.»

«Allmächtiger! Das fehlte mir gerade noch», sagte Noel.
«Laß es mich so erklären», fuhr Larry fort. «Nehmen wir an, du hast heute abend Lust auf ein chinesisches Essen, na? Aber das einzige chinesische Restaurant ist geschlossen. Das einzige Lokal, das offen ist, serviert Pizza. Nun ist eine Pizza fein, wundervoll, richtig? Aber wenn du die Pizza bestellst und sie essen willst, ist sie einfach nicht so gut wie gewöhnlich. Warum? Weil du chinesisches Essen haben wolltest. Sehr einfach! Du mußt heute nacht in der richtigen Weise bumsen. Deine Stimmung und deine Lust werden wieder ins rechte Gleichgewicht kommen, und du wirst dich kolossal fühlen!»
«Du bist so voller Scheiße, daß es unerträglich ist», sagte Noel. Aber er fühlte sich besser, weil er darüber gesprochen hatte, und war amüsiert über Larrys Rat.
Der Kleine Larry schien dabei zu sein, seinen eigenen Rat zu befolgen. Er wandte sich an einen jungen Cowboytyp mit zerzaustem Haarschopf neben ihm und leitete einen massiven Annäherungsversuch ein.
Noel war überrascht, als Vega sich über die Theke lehnte und flüsterte: «Vielleicht hat er recht. Jedenfalls braucht man deshalb nicht gleich auf hysterisch zu machen.»
«Ich bin nicht hysterisch.»
«Du warst es, als du hier reinkamst. Beruhige dich, ja?»
Noel starrte auf Vega, bis Buddy wegging, um einen Gast zu bedienen. Du hast leicht reden, wollte Noel ihm nachrufen. Du hast mit Jungen geschlafen, seit du vierzehn warst. Du hast es schon früh herausgefunden. Wie Larry, der Noel erzählt hatte, daß er es mit zwölf merkte. Aber mit achtundzwanzig! Achtundzwanzig, verdammt noch mal, ohne ein einziges Mal zu vermuten, daß von allen möglichen künftigen Ereignissen dieses eintreffen würde.
Für Vega gab es da keine Schwierigkeiten, mit seiner unbeschwerten karibischen Kindheit, seinen Spielen mit anderen Jungen in den Mangrovenwäldern, um dann in einen klaren Teich oder an einem tropischen Strand ins Meer zu tauchen. Das war zumindest natürlich und bedeutungsvoll. Es war nicht wie die sieben Jahre des Zusammenlebens mit Monica, nach einer Kindheit und Jugendzeit, in der jedermann darin übereinstimmte, daß man verkrüppelt, sprachgestört, geistig behindert sein konnte, aber immer noch besser dran, als wenn man – schwul war. Die blöden Witze in Umkleideräumen, die Kraftausdrücke – «warmer Bruder, Tunte, Halbseidener, Schwuch-

tel, Arschficker, Schwanzlecker» – zielten darauf ab, verletzender zu sein als alle anderen. Der gelegentliche flüchtige Blick auf wirklich Schwule in einer Kegelbahn oder bei einer Kinovorstellung – mit schwachem Handgelenk, sich in den Hüften wiegend, schmächtig, lispelnd, verweichlichte Haltung, auffallend gekleidet wie die Schwulen in den fünfziger Jahren. Und nur ein Blick war notwendig, um zu sehen, daß sie ein Menschenschlag für sich waren, gemieden und verachtet, als ob sie von einer schrecklichen Krankheit befallen wären.
Natürlich entpuppten sich einer oder zwei seiner Klassenkameraden in der Mittelschule als homosexuell. Aber er war mit Monica so eng verbunden gewesen und so fern von allen außer ihr und ihrem Freundeskreis, daß er diese Freunde, wenn er überhaupt an sie dachte, als Leute sah, die einen unkonventionellen Lebensstil gewählt hatten, der sie vom wirklichen Glück ausschloß: Heirat, Kinder, Zusammensein mit anderen Ehepaaren und das Genießen schöner Stunden.
Warmer Bruder! Du kannst nicht pfeifen, weißt du, wenn du ein Schwuler bist. Trage grün an Donnerstagen – es ist ein Symbol, es ist ein Zeichen. In Duschen herumhängen, auf einen anderen Jungen blicken oder, noch schlimmer, ihn, wenn auch nur zufällig, berühren – und schon heißt es, du bist schwul, eine Schwuchtel. Prahle nicht mit den Mädchen, mit denen du es getrieben hast – warmer Bruder! He, Mann, los, schlagen wir ein paar Schwule zusammen, prügeln wir die Scheiße aus ihnen raus. O ja! Oder besser noch, tun wir's nicht! *Comment ça.* Das dritte Geschlecht. Die Liebe, die ihren Namen nicht zu nennen wagt. Pervertierte. Schwul wie Oskar. Ich möchte nicht, daß mein Sohn als weibischer Junge aufwächst! Ist mein Junge nicht ein echter kleiner Mann? Du willst doch nicht sagen, daß du einer von *denen* bist!
«Achtundzwanzig Jahre lang programmiert. Und heute bin ich das Opfer meines eigenen verdammten Mitmachens.»
«Was ist Mac?» fragte jemand neben Noel.
«Nichts.»
«Nun?» sagte Larry und wandte sich an Noel. «Gehen wir?»
«Wohin?»
«In die Oberstadt. Um zu quatschen.»
«Ich glaube nicht, daß das eine gute Idee ist», mischte Vega sich ein.
«Wer hat denn dich gefragt?» schoß Larry zurück.
«Schau ihn dir an! Er ist nicht in der Verfassung . . .»

«Er wird nie in einer besseren Verfassung sein. Sie haben einen Kunden, Mr. Vega», fügte Larry hinzu und beobachtete befriedigt, wie Buddy sich entfernte.
«Ich dachte, du würdest jemanden bearbeiten», sagte Noel zu Larry. Er verübelte halbwegs Vegas Einmischung.
«Er kommt später dran. Ich habe Appetit auf chinesisches Essen, Baby. Eine Pizza reicht nicht. Gehen wir!»
«Ich weiß nicht.»
«Hier, nimm das, es wird dich antörnen.»
Noel blickte auf die große, flache weiße Tablette, die Larry in seine Hand legte. Sie war auf einer Seite eingekerbt, auf der andern mit der Zahl 704 bezeichnet.
«Du spinnst wohl. Ein Quaalude wird mich gleich einschläfern.»
«Nicht wenn du ein Halbes nimmst. Wirf jetzt eine Hälfte ein, die andere wenn wir dort ankommen. Los!» befahl er, «tu, was ich sage. Es wird dich antörnen.»
Larry tat es beinahe für Noel, aber schließlich nahm Noel eine halbe Pille und spülte sie mit einem Schluck Bier hinunter. Larry verschwand im immer dichter gedrängten Barraum, und Noel lungerte an der Bar herum, trank sein Bier aus, bis er seine eigene Verzweiflung nicht länger klar durch seine Gedanken kreisen lassen konnte, als das Quaalude zu wirken begann, ihn entspannte und ihn seine Niedergeschlagenheit vergessen ließ. Schon bald schienen die Rhythmen der Musik vom Wurlitzerautomaten alles zu durchdringen.
«Gehen wir», sagte Larry, der plötzlich wieder an seiner Seite war. Er steuerte Noel aus der Tür, und sie machten sich auf den Weg in die Oberstadt längs der West Street.
Das grellgelbe Leuchten der Straßenlichter wurde von den Metallstrebepfeilern des West Side Highways zurückgeworfen, der für den Verkehr gesperrt war. Der Kleine Larry redete lauter schmutziges Zeug von dem Augenblick an, als sie den Grip verließen, und legte sich einen von Noels Armen auf die Schulter, während er halbwegs den Gehsteig entlangtanzte. Noel war dies egal. Zum erstenmal am heutigen Tag fühlte er sich okay, die halbe Quaalude-Tablette schliff die scharfen Kanten weg, besänftigte alles, machte das Gehen mühelos, als ob der Gehsteig eine Rolltreppe wäre.
Einige Straßen weiter zündete Larry einen Joint an, den sie abwechselnd rauchten. «Der Ort wird dir gefallen.»
Das Gras fügte eine leichte Verzerrung zu Noels Wahrnehmun-

gen hinzu – friedlich noch, aber etwas verrutscht, als ginge man einen wirklich hohen Randstein hinunter, über weite Straßenflächen hinweg und wieder einen Hügel zum anderen Randstein hinauf.

Diese Kreuzung sah vertraut aus. Warum?

Noel blieb stehen und sah umher. Dann erblickte er es – das verlassene Bundesgefängnis. Seine vergitterten Fenster, die Abfallhaufen an der Wand, Glasscherben auf dem Gehsteig, die großen Vordertüren fest verriegelt gegen Fixer und Straßenjungen. Noel war seit jenem schrecklichen Märzmorgen nicht mehr hier gewesen. Jetzt wandte er den Blick ab. Schließlich war es einfach ein altes Gebäude.

Aber er mußte auch über der Straße, unter dem Highway nachsehen. Tatsächlich, da war es, das Lagerhaus, in dem alles begonnen hatte. Auch *es* hatte seine unheilvolle Rätselhaftigkeit verloren. Auch *es* war lächerlich. Er begann darüber zu lachen, wie lächerlich es ihm vorkam, lachte so sehr, daß er die Worte nicht herausbrachte, um es Larry zu erklären, und begnügte sich daher, zu lachen, als sie daran vorbeigingen, bis Larry ihn zum Schweigen brachte und flüsterte, daß sie vor Le Pissoir waren.

Eigentlich brauchte man einen Mitgliederausweis, um hineinzukommen, aber der Türsteher kannte Larry und wußte irgendwie, daß Noel zur «Familie» gehörte, wie er sagte, und winkte sie herein.

In dem geräumigen, rotgestrichenen Aufzug begann Larry an Noel herumzufingern; letzterer gab sich aber keine Mühe, Widerstand zu leisten, es war ihm im Gegenteil völlig egal, obschon zwei andere heiß aussehende Typen, die ebenfalls im Aufzug waren, die Augen nicht abwenden konnten von dem, was Larry tat.

Die Aufzugstüren öffneten sich zu einem Schwall wilder Rockmusik und tiefroter Beleuchtung. Noel brauchte einen Augenblick, um einen großen Dachstockraum mit kahlen Wänden gewahr zu werden, mit Bretterdiele, links eine einfache Stehbar, etwas heller, mit ein paar Burschen, die dastanden und tranken. Hinter dem ersten waren in beiden Richtungen andere Räume sichtbar, wo schattenhafte Gestalten umherstolzierten. Abgesehen von der Musik, die nicht einmal so laut war wie im Grip, gab es keinen Lärm, außer etwas, das ein oder zweimal wie ein rauher Befehl aus einem Zimmer hinter der Bar klang.

Noel bestellte sofort ein Bier und schluckte die zweite Hälfte

des Quaalude, ohne dazu aufgefordert worden zu sein. Larry begann ein Gespräch mit dem Barmixer, und Noel lehnte sich gegen die Theke und versuchte, sich in der Dunkelheit zu orientieren.
Bevor ihm das gelungen war, kam ein Mann aus einem der Zimmer und stellte sich vor ihn hin, wobei er etwas sagte, das Noel nicht verstand. Groß und blond, war er nackt bis auf eine zweifach um seine Hüften geschlungene Kette und ein Lederarmband an jedem Gelenk. Er war muskulös, sein eingeölter Körper schimmerte in den roten Lichtern. Zwei Metallstäbchen waren durch seine Brustwarzen gesteckt. Als Noel aufsah, spannte der Mann seine Brustmuskeln und ließ die Stäbchen spielen. Noel begann zu lachen. Der Mann ergriff Noels Hand und zeigte ihm, wie man die Stäbchen seitlich bewegte. Noel zog seine Hand zurück und wandte sich um zur Theke. Hinter ihm flüsterte der Mann etwas. Noel drehte sich um und schüttete sein Bier über den Typen: Es schoß wie ein dünner Vorhang aus dem Glas und durchnäßte den Mann von Kopf bis Fuß. Er stand still, dann fiel er auf die Knie und begann Noels Schuhe zu küssen, bis dieser ihn angewidert fortstieß. Der Mann trat zurück und sagte etwas, das sich wie «Danke, Herr, danke» anhörte, bis Noel sich wieder zur Theke und zum Kleinen Larry umwandte.
«Sieht aus, als ob du einen Freund gefunden hast.»
«Was für ein Schleimsack.»
«Du wirst noch mehr von der Sorte hier finden», Larry deutete hinter die Bar. «Das ist für die Profis: S und M, Pißorgien, Schlagen, Faustficks, Schmerzen, die ganze Chose. Ich glaube du hältst dir den anderen besser vom Leib. Die Leute hier haben die Neigung, leicht zärtlicher zu sein.»
«Wie kannst du hier überhaupt jemanden sehen?»
«Du kannst es. Mach dir keine Sorgen. Viel Spaß.»
«Wohin gehst du?» fragte Noel und war sich bewußt, daß seine Worte langsam und undeutlich kamen.
«Ins Spielzimmer.»
Noel blieb an der Bar und beobachtete, wie Schatten vorbeihuschten und plötzlich in Türeingängen ineinander verschmolzen. Zwei Burschen neben ihm gingen von Abknutschen zu heißem Petting über und schließlich zu richtigem Sex. Ihre Hemden hatten sie ausgezogen, ihre Hosen heruntergelassen. Noel machte ihnen Platz. Jemand anderer in seiner Nähe bestellte ein Bier und rieb sich zwischen den Beinen, während er

Noel anstarrte. Andere versammelten sich, um zu beobachten, wie die zwei Männer einander liebten. Noel rührte sich wieder. Der Barmixer, ein attraktiver, bärtiger junger Mann, den Noel bereits im Grip gesehen hatte, ließ sich von einem Kunden, der sich über die Theke beugte, in die Brustwarzen beißen. Über den Lautsprecher hörte Noel Worte, von denen er zuerst glaubte, sie wären ein Songtext. Die Worte wurden wiederholt, und die Stimme eines Mannes sagte deutlich: «Rückwärtige Bar, habe einen Mann hier, der sich für dich um diese geschwollene Niere kümmern wird.»

In der Bar wurde es immer voller, und Noel wurde immer weiter weg von der Theke gestoßen. Jedes Gesicht in seinem Umkreis schien ein archetypisches Bild von Luxus, Sünde, Erotik, Verführung, Lust zu sein: die Augen hungrig leuchtend, die feuchten Lippen halb geöffnet, die Zunge sinnlich herausgestreckt, dahingleitende Körper, die bald mit einer Schulter, bald mit einer muskulösen Brust in den Brennpunkt des wechselnden roten Lichts gerieten.

Trotz seiner Benommenheit von den Drogen beschloß Noel, wegzugehen. Als er den Aufzug erreichte, öffneten sich gerade die Türen. Ein Sturm von Leuten drängte sich in Richtung auf ein Zimmer und riß Noel mit sich.

Ihm kam es vor, als betrete er eine Seifenblase. Noch immer konnte er die Musik hören, aber gedämpft, in einem Singsang von gleitenden reibenden Tönen zusammengefaßt, als ob viele Körper in ständiger Bewegung wären. Hände streckten sich nach ihm aus, leichthin, zaghaft, und als er sich von ihnen abwandte, geriet er an andere Hände, an andere Körper, die ihn streichelten und liebkosten. Dann ließ er sich treiben, drehte sich langsam herum, wobei andere Körper sich an seinen schoben, die Hände jetzt ungestümer wurden, jemand bei ihm einen Hemdknopf aufmachte, ein anderer seinen Reißverschluß öffnete, wieder ein anderer ihm das Hemd von hinten hochhob, eine Hand hinten in seine Hose hinunterglitt. Die ganze Zeit über bewegte er sich, bahnte sich einen Weg durch die Masse der Leiber, bis er in seiner Nähe ein Gesicht entdeckte, das vertraut und gütig aussah, und Hände, die sich nach ihm ausstreckten.

Das Gesicht beugte sich zu seinem herüber, und er fühlte sich überall liebkost, Hände vorne und im Rücken, bis seine Kleider offen oder fort waren, und er fühlte sich freier, beweglicher, beruhigter mit diesem Fremden, der ihn langsam überall küßte. In

Übereinstimmung mit der Musik, nichts denkend, unwillig zu denken, sich führen und zeigen lassend, was zu tun und wie es zu tun war, ließ Noel den Dingen ihren Lauf.

22

«Steh auf! Du mußt hier raus!»
Noel drehte sich um und fühlte Sägemehl unter sich. Jemand schüttelte ihn an der Schulter. Benommen setzte er sich auf. Die Musik und die Körper waren weg. Schweigen. Leere. Die roten Lichter schimmerten noch trübe. Jemand kauerte vor ihm, große Besorgnis in seinem Gesicht, schüttelte Noel wach und wiederholte, daß er aufstehen und rausgehen müsse.
«Gehört das dir?» Der Mann hielt ihm ein zerknittertes Stoffbündel hin, das sich als ein kaum erkennbares Hemd entpuppte. Noel blickte an sich hinunter. Er hatte seine Hose an, der Gürtel war offen. Großer Gott! Er mußte gleich hier auf dem Fußboden eingeschlafen sein. Larrys Quaalude-Tablette hatte schließlich ihre Wirkung getan.
«Mach schon», drängte ihn der Mann, streckte die Hand zu ihm hin und erhob sich. «Los, auf! Du mußt hier raus!»
Er half Noel auf die Beine und ging ihm sogar beim Anziehen seines Hemdes zur Hand, wobei er ihn dauernd drängte sich zu beeilen, und sich umsah, als ob noch jemand anderer im Raum wäre. Aber Noel konnte sich noch nicht ganz wachrütteln. Vielleicht würde er in der nächsten Minute, ja, in der nächsten Sekunde einschlafen, aber er versuchte zu tun, was man von ihm verlangte, und fragte schließlich mit unsicherer Stimme: «Wieviel Uhr ist es?»
«Weiß ich nicht. Sechs. Sieben. Am frühen Morgen. Hier, mach die Schnalle zu. Los jetzt!»
«Wo ist meine Jacke? Ich habe doch eine Jacke getragen». Es gelang Noel, sich diese Tatsache ins Gedächtnis zu rufen. Er wandte sich um und suchte nach ihr. Verstreutes Sägemehl, vermischt mit Zigarettenstummeln, weggeworfenen Bierdosen, halb zerbrochene schmutzige Plastiktassen, halbierte Amylnitrit-Kapseln lagen auf dem Boden verstreut. Was war mit diesem Haufen Kleider in der Ecke? Seine Jacke mußte dabei sein. Der Mann riß ihn zurück. «Sie ist nicht hier! Sie ist in der Garderobe. Du hast sie dort abgegeben.»

Er mußte Noel aus dem Zimmer und zum Garderobetisch helfen. Nur zwei Jacken waren hängen geblieben, eine davon Noels leichte Windjacke. Als er sie anzog, hörte er das Heulen von Sirenen.
«Sie sind hier», sagte ein anderer Mann und blickte in den Barraum.
«Scheiße! Ich will den draußen haben.»
«Über die Treppe», schlug der andere vor.
«Beeil dich!»
Noel hatte gerade die Ausgangstür zur Treppe geöffnet, als zwei Polizisten heraufkamen.
«Wer ist das?» fragte einer von ihnen und stieß Noel von der Türe in den Raum zurück. «Wer ist hier der Manager?»
«Ich bin der Gehilfe. Reed», erklärte der Mann, der Noel aufgeweckt hatte.
«Wer ist das?» wollte der Polizist noch einmal über Noel wissen. «Wohin wollte er?»
«Der hat hier gepennt. Ich wollte ihn gerade hinauslassen.»
«Halten Sie ihn fest. Alle anderen keine Bewegung.»
«Es gibt nur uns drei», erklärte Reed.
«Oh? Nun lassen Sie mich sehen, was Sie mir zu zeigen haben.» Er wandte sich an Noel: «Sie beide bleiben hier.»
Noel lehnte sich an die Wand und beobachtete, wie die beiden Polizisten Reed in das große Zimmer folgten, in dem er aufgeweckt worden war.
«Hier, nimm eine Zigarette. Wird dich vielleicht munter machen», sagte der andere Angestellte, Jerry, und zündete eine für jeden von ihnen an. Er schien verängstigt, nervös.
«Was soll das sein? Eine Razzia?» wollte Noel wissen.
«Nein. Die machen nie 'ne Razzia. Schlimmer als das.»
Reed und die Polizeibeamten kamen aus dem Zimmer, verhandelten abseits miteinander, so daß Noel nicht verstehen konnte, was sie sagten. Der größere fragte nach einem Telefon und wurde zum Wandtelefon neben der Theke verwiesen.
Der andere Bulle, jünger, schlanker, ein bißchen sympathischer mit seinen langen blonden Haaren, sagte zu Noel: «Sie sehen nicht allzu gut aus.»
«Jemand hat mir gestern abend ein Schlafmittel ins Glas geschüttet. Was ist passiert?»
«Ein Junge ist dort drin erstochen worden.» Er deutete auf das Nebenzimmer. «Richtiggehend aufgeschlitzt.»
«Tot?» fragte Noel und wußte die Antwort bereits. Durch die

Verschwommenheit kam es ihm plötzlich zum Bewußtsein, was unter jenen Kleidern lag, in deren Nähe Reed ihn nicht gehen lassen wollte.
Der andere Polizist sprach laut am Telefon. Von wo sie standen, konnten sie seine Worte klar verstehen.
«Ja, die ganze Geschichte. Geschlechtsteile abgetrennt. Kehle durchgeschnitten. Muß aus dem Badezimmer, wo es passiert zu sein scheint, in ein anderes Zimmer gekrochen sein, wo Leute waren. Wahrscheinlich an seinem eigenen Blut erstickt. Nein. Keine Waffe ...» (zu Reed gewandt:) «Sie haben nichts gefunden?» (zurück in den Hörer:) «Nein, nichts ... wer weiß ... wahrscheinlich das gleiche Ungeheuer, das die anderen umgebracht hat. Es war dunkel da drinnen. Eine Menge Burschen. Es war einfach.»
Noel begann rasch nüchtern zu werden. Er war nach einem Schlafmittel friedlich eingeschlafen, nur ein paar Schritte von der Stelle entfernt, wo dieser arme Junge an seinem eigenen Blut erstickt war. Nur ein paar Schritte entfernt. Wann? Konnten es Stunden gewesen sein?
Reed kam mit dampfenden Tassen aus einem kleinen Zimmer: der Duft von Kaffee. Er bot eine davon Noel an.
«Du hättest dich beeilen sollen», flüsterte er, als Noel an seinem Kaffee nippte.
«Haben Sie irgendwelche Identitätsausweise gefunden?» schrie der Bulle am Telefon.
«Wir kennen ihn», sagte Reed. Der andere Angestellte nickte.
Der Polizist redete noch kurze Zeit, dann legte er den Hörer auf und kam zu ihnen herüber ... «Ich brauche positive Identifizierung, Zeugen. Gehen wir!» Als Noel zögerte, sagte er: «Sie auch. Los!»
Im großen Raum waren die Lichter abgeschaltet, die zum Teil geöffneten übermalten Fenster ließen das graue Tageslicht herein, das ein dumpfes stickiges Gefühl verbreitete. Der Kleiderhaufen gab jetzt Kopf und Torso frei. Der Körper lag verkrümmt auf dem Fußboden, eine Hand ausgestreckt, die andere angewinkelt unter dem Rücken. Die schwarzen, üppigen Haarlocken waren mit Blut bespritzt, auch Gesicht, Brust und Schultern waren von einer vertrockneten Blutkruste wie mit einem Lätzchen überzogen, der Hals war ein einziger rotbrauner Fleck.
«Positive Identifizierung?» fragte der große Bulle, das Notizbuch bereit.

Noel blickte auf den Körper, Ekel ließ ihn schwanken.
«Er war früher mal Manager hier», sagte Reed mit schwacher Stimme, während er sich umwandte, Noel ansah und sich auf die Unterlippe biß. «Nicht wahr?»
«Sie kennen ihn?» fragte der Polizist Noel, der wieder auf die Gestalt hinunterblickte und jetzt Einzelheiten zu unterscheiden begann: die Augen, die Nase, den Mund.
«Name?»
«Randy Nerone», sagte Reed.
«Stimmt das?» erkundigte der Polizist sich bei Noel. «He, schüttle ihn mal, Bob. Stimmt das?»
Noel nickte. «Ja, er ist es», dann wandte er sich ab und begann sich zu übergeben, bis er glaubte, nie mehr damit aufhören zu können.

Drei
DRIN

1

JUNI 1979

«*Ja? Lockvogel hier.*»
«Warum haben Sie nicht schon früher angerufen?» fragte Loomis barsch.
«Ich konnte nicht. Ich war den ganzen Morgen drüben auf dem Polizeirevier.»
Es war erst zwölf Uhr mittags, aber Noel war erschöpft. Die Schrecken dieses Morgens endeten nicht mit seinem Wiedererkennen von Randy, als der verstümmelten Leiche, neben der er im gleichen Zimmer geschlafen hatte – von Drogen betäubt, wie er gewesen war, vernichtet durch seine Kapitulation vor allem, was sich im Hinterzimmer zugetragen hatte. Das war nur der Anfang gewesen. Er war mit Reed und dem anderen Angestellten, der in Le Pissoir zurückgeblieben war, zur Polizeistation hinübergeschleppt worden, wo alle drei während den nächsten Stunden verhört und wartengelassen wurden, um schließlich von jemand anderem angefordert zu werden – dem Kriminalbeamten, dem der Fall übertragen worden war. Sie hatten ihn erniedrigt, mit ihren Seitenblicken und versteckten Andeutungen über etwas, das bereits so offensichtlich war – an erster Stelle mit der Frage, was er überhaupt im Klub getan habe. Es war der schlimmste Morgen gewesen, an den Noel sich seit verdammt langer Zeit erinnern konnte.
«Sie meinen wegen Randy?» fragte Loomis.
«Ich sehe schon, schlechte Nachrichten verbreiten sich rasch.»
«Was haben Sie dort getan?»
«Dank Ihres Freundchens, Larry Vitale, wachte ich dort auf. Keine drei Meter von der Stelle, wo Randy nie mehr aufwachte.»
«Was meinen Sie damit? Haben Sie Forschung für Ihr Buch getrieben?»
Die Frage war so lächerlich, daß Noel sagte: «Klar. Klar. Genau das habe ich gemacht, Forschungsarbeit. Bis man mir unbemerkt ein geladenes Quaalude unterjubelte.»

«Wenn Sie Drogen nicht vertragen können, sollten Sie lieber die Finger davon lassen», war Loomis' Antwort, und das schien sogar noch lächerlicher.
«Ich mußte es, Fisch. Jedermann in der Szene tut es, wissen Sie. Sie möchten doch, daß ich mich genau so verhalte wie die anderen, nicht? Haben Sie selbst gesagt. Sie sagten, ich solle mich nicht von den anderen unterscheiden, nicht?»
Loomis verstand nicht. Seine Worte waren nüchtern, matt. «Sie sind aufgebracht, Lockvogel. Erzählen Sie mir noch ein paar weitere Details, und wir werden uns später darüber unterhalten. Wenn Sie wieder mehr sich selbst sind.»
«Ich fühle mich ganz in Ordnung», sagte Noel und wollte sich mit Loomis jetzt auseinandersetzen, nicht später. «Und wenn ich aus dem Gleichgewicht gebracht bin, weil ein Freund von mir seinen eigenen Schwanz in den Mund gesteckt bekam – nun vielleicht hätten Ihre Freunde im Polizeirevier ein wenig mehr Rücksicht auf meine Gefühle zeigen sollen, was? Es war eine sehr erzieherische Erfahrung, Loomis. Wertvoller für mein Buch als beinahe alles andere, was ich gesehen oder getan habe. Jetzt weiß ich, was es bedeutet, homosexuell zu sein *und* unter Verdacht zu stehen.»
«Beruhigen Sie sich. Man hat Sie nicht verhaftet, nicht wahr?» sagte Loomis, als ob das die Lösung wäre. «Was haben Sie ihnen erzählt?»
«Die Wahrheit. Daß ich unter Drogen stand und viel später geweckt wurde und daß man mir sagte, ich solle gehen, bevor die Polizei auftauche.»
«Ist das alles? Die glaubten doch nicht etwa, daß Sie der Täter wären?»
«Die tun allerdings, als ob sie das glaubten. Der erste, der mich vernommen hat, meinte, ich sei wahrscheinlich durch die Drogen aufgeputscht gewesen und habe Randy getötet und könne mich nur nicht mehr daran erinnern, daß ich es getan habe. Ist das zu glauben! Dann erklärten Reed und ein anderer Bulle, daß Quaaludes Beruhigungsmittel sind, nicht eine Droge, die zum Töten aufputscht. Es war ein ziemlich verheerender Augenblick. Ließ den Kriminalbeamten wie ein richtiges Arschloch ausschauen. Daher verlangte er eine Urinprobe, um sicherzugehen, daß es tatsächlich Quaalude war, das ich genommen hatte.»
«Und dann hielt man Sie weiter fest?»
«Ja. Es scheint, daß Reed, während ich aus dem Zimmer war,

eine kleine Bombe platzen ließ, daß Randy und ich einander gekannt haben. Es scheint, daß Randy von Vega erfuhr, Larry und ich seien ins Le Pissoir gegangen, und in der Nacht auch hinkam, um nach mir zu schauen. Natürlich überraschten die Polizisten mich mit dieser Nachricht, sobald ich ins Zimmer zurückkehrte.»

«Sagen Sie das noch einmal», forderte Loomis ihn barsch auf.

Noel wiederholte es, dann fragte er, warum.

«Wer wußte sonst noch, daß Sie dort sein würden?»

«Niemand. Niemand außer Larry, der mich mitgenommen hatte. Warum?» Aber bevor seine Frage beantwortet war, stellte Noel noch eine andere. «Sie glauben nicht, daß das, was Randy passierte, mir zugedacht war?» Er stolperte beinahe darüber, es war so verrückt, so erschreckend möglich.

«Konnte man in diesem Lokal Sie beide auseinanderhalten?»

«Randy ist – war, meine ich – größer als ich. Im übrigen bin ich nicht sicher. Es ist recht dunkel dort drinnen, bis man sich daran gewöhnt hat.»

«Bei Redfern haben Sie niemandem davon erzählt, nicht wahr?»

«Nein. Ich war den ganzen Tag nicht dort.»

«Ach ja, das stimmt», erinnerte sich Loomis. «Sie hatten ein Rendezvous. Was ist damit geschehen?»

«Ich *hatte* es», sagte Noel. «Dann traf ich Vitale in der U-Bahn, und er nahm mich mit ins Grip, wir hatten einen Drink und gingen von dort zu Le Pissoir. Ich war stockverladen, lange bevor ich dort hinkam.»

«Sie kleiner Unheilstifter», murmelte Loomis so leise, daß Noel sich fragte, ob er es wohl richtig verstanden habe. «Fahren Sie fort», sagte er, diesmal lauter, als Noel aufgehört hatte zu sprechen.

«Nun, als Reed alles das ausplauderte, blieb mir nichts anderes übrig, wissen Sie, als zuzugeben, daß ich Randy gekannt hatte und alles das. Sie versuchten mir weiszumachen, ich hätte ihn während einer Eifersuchtsszene getötet. Aber ich sagte ihnen, daß wir kein Liebespaar gewesen waren. Und Reed und Jerry erzählten, es sei bekannt gewesen, daß wir einander häufig sahen, aber es sei ebenso bekannt gewesen, daß es sich um eine offene Beziehung handelte. So war auch diese Theorie faul. Aber es war eine richtig niederschmetternde Erfahrung, soviel kann ich Ihnen versichern.»

«Was haben Sie ihnen über Whisper erzählt?»

Das war die Frage, auf die Noel gewartet hatte. Sie ließ ihn jetzt zögern, wie sie ihn im Polizeirevier hatte zögern lassen.
«Was konnte ich sagen? Mit Reed und dem anderen Burschen dabei?»
«Aber was *haben* Sie gesagt?» verlangte Loomis zu wissen.
«Nun, ich dachte, ich müßte es ihnen sagen und versuchte, das indirekt zu tun, wissen Sie, indem ich alberne Anspielungen machte, zum Beispiel, wenn sie mich etwas fragten und ich antwortete, ich würde es ihnen zuwispern. Sie kapierten es nicht.»
«Nicht einmal der Kriminalbeamte?»
«Nein, ich bin sicher, daß er es nicht kapiert hat.»
«Ich bezweifle, daß er über die Operation Bescheid weiß», sagte Loomis befriedigt. «Sollte in Zukunft wieder einmal so etwas passieren, Lockvogel, sprechen Sie kein Wort darüber. Machen Sie nicht einmal eine Andeutung. Wir kommen und bügeln die Sache aus.»
«Wie Sie es diesmal getan haben?»
«Wir haben die Nachricht zu spät bekommen.»
«Fünf Stunden zu spät?»
«Ich war beschäftigt. Als ich Sie schließlich gefunden und telefoniert hatte, waren Sie entlassen worden.»
«Erzählen Sie mir keinen Scheiß!»
«Sie sind verstimmt, Lockvogel. Ich sagte schon, ich war beschäftigt.»
Es würde dem Fischer ganz ähnlich sehen, Noel den ganzen Tag in einer Polizeistation schmoren zu lassen, genau wie er ihn vor Monaten im verlassenen Bundesgefängnis hatte wehrlos werden lassen. Aber Noel wollte Loomis nicht sagen, daß er dies wußte. Er behielt dieses Wissen und dessen Bitterkeit für sich.
«Sind Sie noch da, Lockvogel?»
«Ja, gewiß.»
«Na schön. Wir sprechen später darüber. Gehen Sie jetzt zurück zu Redfern, und ruhen Sie sich etwas aus.»
«Das tue ich nicht.»
«Schauen Sie, Lockvogel, ich verstehe, wie Sie sich fühlen, aber . . .»
«Aber ich werde nicht zurück in dieses Haus gehen! Nicht für ein paar Tage jedenfalls. Ich möchte Eric nicht sehen. Ich habe Angst davor, was ich ihm antun würde.»
«Das ist durchaus verständlich, Lockvogel. Aber jetzt, mehr als je zuvor, müssen Sie aufpassen, daß Sie nicht alles vermasseln.

Eine falsche Bewegung nach diesem Vorfall, nur die geringste Andeutung von Feindseligkeit von Ihnen, und er wird wissen ...»

«Ich war ihm von dem Tag an, als wir uns kennenlernten, feindlich gesinnt. Er verhält sich mir gegenüber gleich.»

«Aber Sie können ihm nicht zeigen, daß Sie ihn für verantwortlich halten. Er wird wissen warum – und wer Sie sind.»

«Das ist der Grund, warum ich ihn nicht sehen möchte. Jedenfalls nicht, bevor ich mich genug beruhigt habe, um ihn zu sehen, ohne ihn erwürgen zu wollen», erklärte Noel.

«Na schön. Vielleicht ist das der beste Weg, es zu tun. Beherrschen Sie sich, das ist der sicherste Weg, diesen gemeinen Hund festzunageln!»

Im gleichen Augenblick, als der Fischer das sagte, spürte Noel einen beinahe greifbaren Haß in dessen Stimme. Greifbarer irgendwie als Noels eigener Schmerz und Zorn wegen Randy. Vielleicht weil sein Zorn nicht den Anflug von Dankbarkeit hatte, unbewußt bis jetzt, daß Randy tot war – Randy, der Noel so nachdrücklich dem Schwulsein zugeführt hatte. Das mußte sicherlich der Grund sein, warum sein eigener Zorn nicht so heftig sein konnte wie der von Loomis – weil Loomis keinerlei Schuldgefühl, keine gemischten Gefühle hatte.

Und als Noel nach dem Gespräch mit Loomis den Hörer einhängte, fragte er sich auch, ob der Fischer nicht eine tiefere Feindschaft hegte, eine von längerer Dauer, mit mehr Erfahrungen, mehr Schmerz, weil er Eric mehr Todesopfer und Verstümmelungen zur Last legen mußte, als nur diesen einen Fall.

Was, wenn Loomis von der Vergewaltigung in der Studentenverbindung vor Jahren wußte? Was, wenn er wirklich glaubte, daß Noel psychosexuell gestört war? Was, wenn er ihm eine schwere Prüfung auferlegt hatte, ihn immer noch prüfte? Es war alles für eine unerschütterlich beschlossene gerechte Sache, nicht wahr? Andere Männer waren unbarmherziger, skrupelloser beim Erreichen ihrer Ziele – ihrer belanglosen Endzwecke von Habgier, Macht und Einfluß. Loomis wollte die Welt nur von einem geisteskranken Verbrecher befreien.

Nachdem er das gedacht hatte, kam es Noel zum Bewußtsein, daß dies das Gegengewicht war, das er in der Nacht zuvor gebraucht hatte, als er hysterisch wurde, wie Vega so voreilig erklärt hatte. Da er die Sache nur aus seiner Perspektive sah, hatte Noel Loomis gehaßt. Indem er sich darüber erhob, über sein belangloses kleines Ich und seine Probleme, sah er jetzt,

wie er sich in das größere Bild einfügte. Loomis' nahezu hochheilige Sache würde auch die von Noel sein: Sein gerechter Zorn würde Noels edle Wut werden: sein kontrollierter Zweck, Noels Ziel.
Noel würde mit Eric wegen Randys Tod auf seine eigene Weise abrechnen. Und er würde sich Zeit lassen dafür.

Trotz dieser Entscheidung vergingen weitere drei Stunden, bevor Noel es über sich bringen konnte, Redferns Haus anzurufen.
Okku antwortete, was ein Glück war.
«Bitte richte Mr. Redfern aus, daß ich für ein paar Tage nicht zu ihm kommen kann», sagte Noel und tat, als ob es ein gewöhnlicher Job wäre und er ein gewöhnlicher Angestellter.
«Bleiben Sie am Apparat! Bleiben Sie am Apparat!» sagte der Diener.
Noel hörte ein Summen, dann ein Läuten, und bevor er begreifen konnte, daß Okku nicht auf einer anderen Linie unterbrochen worden war, sondern ihn mit Eric verband, hörte er: «Noel?»
Zu spät. Noel versuchte seine Stimme und den Zorn, den er noch immer verspürte, zu beherrschen.
«Ich komme ein paar Tage nicht zu dir», sagte er.
«Hör zu. Ich habe von Reed und Jerry erfahren, daß . . .»
«Richtig!» unterbrach Noel ihn und wollte kein weiteres Wort hören, keine weitere Silbe der Heuchelei. Er hatte es von Reed und Jerry erfahren! Natürlich hatte er das! «Auf Wiedersehen!» gelang es Noel zu stammeln. Dann hängte er rasch ein.
Er ließ den Hörer des Apparats für den Rest des Tages ausgehängt, nahm ein Valium, eine Dusche, dann legte er sich schlafen. Er hatte Angst vor Träumen, schrecklichen Träumen, aber gottlob blieb er davon verschont.

2

Als drei Tage darauf der Summer im Erdgeschoß ertönte und der Portier sagte, eine Dame sei gekommen, um Noel zu besuchen, war sein erster Gedanke, daß es Mirella Trent war. Er wollte sie nicht sehen und signalisierte Gerdes zurück, er solle sie nicht heraufiassen, als er einen lauten Summton zu hören bekam und den leichten elektrischen Schlag verspürte, der bedeutete, daß Gerdes unten seinen Schaltknopf betätigte. Des alten Mannes rauhe Stimme verkündete: «Sie kommt hinauf.»
Noel stieß einen Fluch aus, dann betrachtete er sich im Spiegel. Er war unrasiert, ungewaschen, ungekämmt und trug Jeans, die schon vor einer Woche hätten gewaschen werden sollen. Er haßte es, so gesehen zu werden. Nun, vielleicht wäre Mirella angeekelt und würde wieder gehen. Natürlich, pervers wie sie war, würde sie es wahrscheinlich reizvoll finden. Sie hatte immer vorgegeben, Gefallen an Arbeitern zu finden. Er wollte sie jedoch nicht. Er fühlte ihr gegenüber noch immer zu viel Ressentiments wegen der Dinge, die er das letzte Mal bei ihr über sich selbst entdeckt hatte.
Plötzlich war es zu spät, um irgend etwas wegen seiner Erscheinung oder der Unordnung in dem Appartement zu unternehmen – die Türglocke ertönte.
Trotzig öffnete er die Tür für sie. «Ja?»
«Du siehst furchtbar aus. Bist du krank gewesen?»
Es war Alana, nicht Mirella.
Noel trat von der Tür zurück. Sie blickte ihn noch einmal an, dann kam sie herein, schloß die Tür, wiederholte ihre Frage und legte eine kühle Hand auf seine Stirn. Er schob sie weg.
«Mir geht es gut», sagte er.
«Du siehst überhaupt nicht gut aus.» Sie strömte heute einen leisen Duft von Patschuli aus und roch so frisch wie ein Gebirgswasserfall. Neben ihr fühlte er sich sogar noch mieser.
«Ich dachte, du wärest jemand anderer», sagte er lahm. Er fühlte sich vollkommen unvorbereitet. Er sah schlimm aus, die Wohnung war in einem schrecklichen Zustand.
Sie setzte sich in den großen Schaukelstuhl, ließ Noel ihr einen Aschenbecher und ein Glas Limonade bringen und schaukelte sanft hin und her, wobei sie abwechselnd ihn anblickte und dann hinaus durch die hohen Fenster sah und dabei eine St.-Moritz-Zigarette rauchte, als ob sie hier schon viele Male zuvor gewesen wäre, während er läppisch wiederholte, daß er nicht

krank, sondern nur durcheinander sei und Zeit brauche, um nachzudenken, um allein zu sein.
«Es ist ein so wundervoller Tag», sagte sie, als seine Erklärungen in eine Sackgasse geraten waren. «Warum gehen wir nicht aus?» Es war, als ob sie kein einziges seiner Worte gehört hätte, obschon er wußte, daß sie das getan hatte. «Ich werde warten, während du dich gründlich saubermachst. Vielleicht machen wir einen Spaziergang im Park. Oder lunchen zusammen. Wir haben nie diesen Lunch gehabt», erinnerte sie ihn.
Alles so taktvoll, so liebenswürdig gesagt, Noel konnte es ihr nicht abschlagen.
Fünfzehn Minuten später ging er mit ihr zum geparkten Mercedes. Alana gab ihm die Autoschlüssel und ließ sich auf den Beifahrersitz gleiten.
Es war ein strahlender Junitag: einige hohe, bewegungslose Wolken wie Wattebäusche, aber helles Sonnenlicht wurde auf den Straßen und in den Fenstern der Häuserfassaden reflektiert, als sie die Sechste Avenue hinauffuhren.
In der Siebenundfünfzigsten Straße hielten sie vor einem Rotlicht, und Noel wandte sich an sie mit einem plötzlichen, verrückten Einfall. «Laß uns irgendwohin fahren. Nach Mexiko. Nur du und ich. Ich habe etwas Geld, einige Kreditkarten, die wir verbraten können. Wir wohnen in einer Lehmhütte. Gehen schwimmen. Lieben einander den ganzen Tag. Essen Tacos.»
Sie lachte erst zaghaft, dann schallend. «Ich mag mexikanisches Essen nicht.»
Bevor er eine andere Route vorschlagen konnte, sagte sie: «Warum machen wir nicht einen Spaziergang in den Park?»
Als sie den Wagen abgeschlossen hatten, nahm sie Noels Arm und ließ sich von ihm in den Park führen, zuerst auf einem breiten, gepflasterten Pfad, dann vorbei am Schwanenweiher, auf eine Abkürzung Richtung Nord, tiefer hinein in den Park, ohne ein Wort zu sprechen.
Sie schien alle Nebenwege zu kennen und steuerte weg von den belebteren Gegenden, vorbei an der Tavern-on-the-Green, dem Delacorte-Theater, in dem abends Shakespeare gespielt wurde, bis sie in einen abgelegenen, leicht hügeligen Teil mit einem engen, grasüberwachsenen Tal gelangten, einen Ort, den Noel noch nie zuvor gesehen hatte. Sie blieben stehen. Alana sah sich um und setzte sich schließlich auf eine glatte Basaltplatte, die wie ein dunkelgraues Tablett mitten im Gras lag. Sie löste das Tuch, das sie um den Kopf getragen hatte, schüttelte ihr Haar,

lang, beinahe blauschwarz in diesem Licht. Noel sah niemanden sonst in dem kleinen Tal.
«Endlich!» sagte sie erleichtert und legte sich zurück auf den flachen Stein, ihr Haar ausgebreitet, ihre dünne Seidenbluse sah gegen ihre Haut so zart aus wie Japanpapier.
«Ich möchte dich küssen», sagte Noel und beugte sich über sie.
Sie hielt eine Hand hoch, um ihn daran zu hindern. «Nein. Ich habe es versprochen.»
«Wem versprochen? Eric?»
«Natürlich. Am ersten Tag, als wir dich sahen. In der Window Wall. Wir haben uns dann geeinigt. Entweder beide oder keiner von beiden.»
Da Alana lächelte, als sie es sagte, hielt Noel es für einen Scherz. Er schob ihre Hand beiseite und beugte sich wieder über sie.
Sie setzte sich auf und wich ihm aus. Ihr Lächeln war verschwunden.
«Ich sagte schon, ich habe es versprochen, Noel.»
«Das ist doch nicht dein Ernst?»
«Doch. Ich würde nie ein Versprechen brechen, das ich Eric gegeben habe.»
«Du hast es bereits getan», erhob er Einspruch. «Du hast mich schon einmal zuvor geküßt. Erinnerst du dich? Im Studio!»
«Das war für Fotos. Es war nicht echt, Noel.»
Er schmollte einen Augenblick lang. Sie hatte sich wieder zurückgelegt.
«Warum hast du mich dann hergebracht?» fragte er.
«Um mit dir zu reden.»
«Warum gerade hier?» Er merkte, daß es mißtrauisch klang, aber es war ihm egal.
«Weil ich hier gerne bin», erwiderte sie einfach. «Ich hoffte, es würde dir auch gefallen.»
Das ließ sein Mißtrauen sogar noch alberner erscheinen.
«Warum legst du dich nicht hin und entspannst dich?» schlug sie vor.
Er zögerte, dann legte er sich neben sie hin. Der Stein fühlte sich an seinem Rücken warm an, glatt und besänftigend. Über ihnen schienen die Wolken verschwunden zu sein. Der Himmel war von einem blassen, hellen Blau.
«Also schön», sagte er absichtlich harsch, «dann rede!»
Zuerst schwieg sie und war, wie er dachte, verärgert, doch dann sagte sie ruhig: «Es gibt soviel, was ich dir sagen möchte.»

Er würde ihr kein bißchen dabei helfen.
«Als erstes möchte ich, daß du weißt, wie gern wir dich haben, Noel, wir beide, Eric und ich, weil dies das Wichtigste ist. In diesen letzten paar Tagen haben wir beide dich sehr vermißt.»
«Warum denn? War Okku zu sehr mit Kochen beschäftigt, um Eric beim Gewichtheben zu assistieren?»
«Eric liebt dich. Du tust ihm unrecht.»
«Bestimmt.»
«Genau wie ich dich liebe, Noel. Nein. Nicht so wie ich. Aber er liebt dich.»
«Gut, nehmen wir mal an, ich glaube, daß Eric mich liebt. Was dann?»
«Er braucht dich, Noel. Gerade jetzt macht er eine schlimme Zeit durch, und er braucht deine Hilfe, deine Unterstützung.»
«*Er* macht eine schlimme Zeit durch?»
Sie schien von der Heftigkeit seiner Reaktion überrascht. Sie stützte sich auf einen Ellbogen und blickte ihn bestürzt an. Er wollte verzweifelt gern mit ihrem Haar spielen, glaubte aber, daß dies als Annäherungsversuch ausgelegt würde.
«Ja. Es ist wahr. Ich muß es schließlich wissen, nicht wahr? Eric ist sehr bestürzt über – nun, du weißt ja, diese schauderhafte Geschichte mit dem armen Rondie.»
Daß Alana das glaubte, konnte Noel sehen, wenn er ihr in die Augen schaute – jetzt braun, dann schwarz, dann gefleckt, schließlich sogar bläulich im Sonnenlicht –, unschuldige, aufrichtige Augen. Sie glaubte, daß Randys Tod Eric naheging.
«Na schön. Er ist also bestürzt. Was sonst noch?»
«Sonst nichts. Eric braucht dich jetzt bei sich. Er möchte dich in seiner Nähe haben. Ich weiß, ihr habt eure Meinungsverschiedenheiten, aber versuch doch zu . . .»
«Es ist mehr als bloße Meinungsverschiedenheiten. Ein Grund, warum ich nicht in sein Haus zurückgekehrt bin, ist, weil ich mehr denn je zuvor das Gefühl habe, daß meine Stellung dort eine falsche ist.»
Auf ihren verwirrten Blick hin fragte er sich sofort, ob das nicht das Schlimmste war, das er sagen konnte. Er versuchte sich zu rechtfertigen.
«Ich kann wirklich nicht von ihm leben, mit ihm leben, und ich kann Erics Interesse und Verliebtheit, oder was immer es ist, nicht erwidern. Ich kann es nicht. Er wirkt nicht anziehend auf mich. Er macht mich nicht an. Genau das Gegenteil.»
«Nein. Nein. Du liegst falsch. Ich habe euch beide zusammen

gesehen. Ihr seid wie ein Schlangenbeschwörer und eine Kobra. Mal ist der eine der Beschwörer, mal der andere. Alle anderen haben das bemerkt. Es ist eine starke und ungewöhnliche Anziehung, die du auf Eric hast, und es wäre albern und falsch von dir, dies zu leugnen.»

«Nun, ich sehe es nicht so.»

Noel fragte sich, ob Eric ihr jemals erzählt hatte, daß er in der Partynacht den Mercedes genommen hatte, und von der Schlägerei, die sie in der Garage gehabt hatten. Wahrscheinlich.

«Dann willst du es nicht sehen», erklärte sie. «Die Anziehung besteht. Nun, ich glaube, du bist in diesem Augenblick einfach etwas verwirrt und ...»

«Hast du das Eric erzählt, um zu erklären, warum ich dich aufreißen möchte?»

«Mach keinen schlechten Witz, Noel. Es stimmt, daß du ein wenig verwirrt bist. Du weißt selbst nicht, was du bist oder wer du sein möchtest.»

«Du hast gesiegt, Alana. Ich bin verwirrt. Vor mehreren Tagen schlief ich mit einer Frau und obschon sie ganz erregt war, hat's bei mir nicht geklappt. Später, noch in der gleichen Nacht, liebte ich verschiedene Männer.»

«In Le Pissoir?»

«Im Nebenzimmer dort. In jener Nacht ließ ich mich wirklich gehen. Mit völlig Fremden habe ich Dinge getrieben, von denen ich nie gedacht hätte, daß ich sie tun würde. Dinge, die ich kaum vom Hörensagen kannte. Ich ekelte mich nicht davor. Ich hatte nicht das Gefühl, daß es schrecklich oder falsch war. Aber ebensowenig war es wirklich befriedigend. Und ohne die Drogen und die Atmosphäre bezweifle ich, daß ich mich überhaupt dafür interessiert hätte. Sag du mir doch, was Sex eigentlich ist: ein kleines Vergnügen, eine Menge Arbeit – und wofür?»

«Wenn du so darüber denkst, mußt du damit aufhören.»

«Aufhören womit?»

«Sex. Und zwar mit allem. Mit Männern, mit Frauen. Hör eine Zeitlang damit auf und denk nicht darüber nach.»

«Aber das hieße ja, dem Problem ausweichen.»

«*Fou!*» Sie klopfte ihm leicht gegen die Wange. «Hast du mir nicht eben gesagt, daß du damit nicht fertig wirst? Nein? Sex ist nicht so wichtig. Mach statt dessen was anderes.»

In den drei Tagen zornigen Nachdenkens und nochmaligen Nachdenkens, seit seinem Erwachen auf dem mit Sägemehl bestreuten Fußboden des Hinterzimmers, hatte er an diese be-

sondere Möglichkeit auch nicht im geringsten gedacht. Alana wiederholte sie noch einmal, und wieder mußte er ihre verständnisvolle Art bewundern.
«Schieb es beiseite», sagte sie, «es gibt jetzt wichtigere Dinge: daß du, ich und Eric Freunde sind. Das ist sehr wichtig, nicht? Du willst mich immer küssen, mit mir Liebe machen. Warum bist du nicht erst einmal mein Freund? Und auch Erics Freund? Er braucht jetzt Freunde mehr als je zuvor. Und du ebenfalls, Noel.»
Diese letzte Bemerkung irritierte ihn. Am liebsten hätte er sie gepackt und ihr gesagt, daß sie Scheiße daherredete, einen Haufen Unsinn. Aber ihre einfache Lösung durchschnitt seine überwältigende Verwirrung wie das Schwert Alexanders des Großen den Gordischen Knoten.
Alana mußte gemerkt haben, was in seinem Kopf vorging. Sie blickte auf ihn herunter, als ob ihre Schönheit und ihr Mitgefühl ihn genau richtig führen würden.
«Eine Zeitlang keinen Sex», sagte er. «Und ich werde nicht versuchen, dich zu küssen.»
«Du wirst dich besser fühlen. Glaub mir.»
«Vielleicht.»
«Bestimmt.» Sie richtete sich auf und sprang vom Stein herunter. «Jetzt gehen wir zum Lunch. Dann sehen wir Eric und erzählen es ihm.»
«Erzählen ihm was?» fragte Noel vorsichtig.
«Daß du ins Haus zurückkommst. Daß wir alle zusammen zu den Hamptons gehen, was er gerade jetzt so dringend braucht. Und daß wir alle Freunde sein werden. Los, Faulpelz. Steh auf!»
Als er sie betrachtete, während sie Arm in Arm mit großen Schritten durch den Park zurückgingen, fragte Noel sich, wie sie die Nachricht aufnehmen würde – und diese mußte zwangsläufig kommen –, was für ein Ungeheuer Eric war. Er wußte, es würde niederschmetternd für sie sein. Sein einziger Trost war, daß er bei ihr sein würde, ein Freund und potentieller Liebhaber. Sie würde ihn brauchen und ihn dort haben wollen, um ihr zu helfen, den Schock zu überwinden.
«Du siehst bereits besser aus», sagte sie. «Siehst du, wie einfach es ist?»

3

Eric schloß sich ihnen im Boulevard-Café an, das zu einem eleganten Hotel in der oberen Fifth Avenue gehörte. Er schlenderte so beiläufig herein, setzte sich so natürlich hin, daß es eine volle Minute dauerte, bevor Noel es als Einmischung in den bezaubernden Nachmittag, den er mit Alana genossen hatte, registrierte.
«Ich habe Paul-Luc gebeten, mich anzurufen, falls ihr hierherkämt», erklärte Eric und bestellte einen Zubrowka-Wodka on the rocks bei einem etwas verlegenen Kellner. «Ich dachte, ihr würdet vielleicht hier sein. Dies ist Alanas Lieblings-Nachmittagslokal.»
Sie küßte Eric leicht auf die Wange. Noel starrte einen Augenblick lang, was Eric aber nichts auszumachen schien. Dann sagte Eric genau das, was Noel noch vor drei Tagen in Wut versetzt hätte. Jetzt schien es nur unnötig: «Ich weiß, daß du Randy gern hattest. Es tut mir sehr leid zu hören, was mit ihm geschehen ist. Ich kann mir niemanden vorstellen, der dies weniger verdient hätte. Es war niederträchtig. Alle mochten ihn.»
Seine Worte waren harmlos genug, voraussagbar, in Anbetracht der Situation. Und doch steckte darin ein unerwarteter Zorn, den Noel nicht ganz verstehen konnte. War es vielleicht eine Verwechslung gewesen, und bedauerte Eric wirklich, was passiert war? Er hatte Randy immer gern gemocht, wie Noel wußte. Oder war er ein vollendeter Schauspieler? Oder, sogar noch schlimmer, hatte Eric eine Art Psychose, die ihm erlaubte, eine solche Tat gutzuheißen, um sie dann aus seiner Erinnerung so völlig auszulöschen, daß er sie später wirklich bedauern konnte?
«Ich glaube, daß dies die Gefahr von Lokalen wie Le Pissoir ist», meinte Noel, ziemlich konventionell. «Irgend jemand kann das Ziel sein.»
«Aber warum ausgerechnet Randy?» beharrte Eric. «Mit allen den wirklichen Scheißkerlen ringsum.»
«Nicht mehr, bitte!» mischte sich Alana ein.
Selbst ein Oscar-Preisträger könnte nicht so perfekt schauspielern, dachte Noel. Dann die Psychose-Theorie.
«Nur noch etwas», entschuldigte Eric sich bei ihr. Dann, zu Noel: «Ich glaube nicht, daß Randy das beabsichtigte Opfer war. Ich glaube, daß er in der Dunkelheit mit dir verwechselt wurde.»

Zuerst Loomis, jetzt Eric. Es wurde ihm unheimlich. «Mit mir? Warum gerade mit mir?»
Erics Drink wurde gebracht. Er nippte daran. Indem er das Glas langsam in seinen Händen drehte und Noels Blick vermied, sagte er: «Um mich zu treffen. Das ist der Grund. So ist es, wenn man mit uns wohnt – mit Alana und mir. Du wirst in ständiger Gefahr sein. Wir alle werden es sein.»
«Eric!» bat Alana ihn inständig. «Du sagtest doch, du würdest nicht . . .»
«Ich muß ihm das sagen.» Er wandte sich an Noel. «Jetzt weißt du das Schlimmste.»
Noel war so überrascht von dem neuen Kurs, den Eric eingeschlagen hatte, daß er beinahe nicht antworten konnte. Er fühlte sich entwaffnet durch die Warnung, dann verärgert, danach wieder in Verlegenheit gebracht: Die Psychose-Theorie funktionierte nicht. Vielleicht war das Ganze ein Irrtum gewesen. Eine Wahnsinnstat. Beide, Eric und Alana, schauten ihn an, als ob sie eine Antwort erwarteten, und so sagte er: «Die Polizei glaubt, daß ich es getan habe.»
«Hat Reed mir bereits gesagt. Mach dir keine Sorgen. Wir werden dir den besten Anwalt besorgen, falls dies nötig sein wird, was ich bezweifle. Sie haben keine Beweise. Übrigens, was zum Teufel hast du dort überhaupt gemacht? *Das* war der eigentliche Schock für mich.»
Es war zu langwierig und zu kompliziert, um näher darauf einzugehen, daher sagte Noel ihm, er habe dort Forschungsarbeit für sein Buch getrieben.
«O Gott! Hätte ich wissen sollen. Nun, du hast wirklich ganze Arbeit geleistet.»
«Warum? Hat jemand was erzählt?»
«Die Leute erzählen immer was.»
«Was haben sie gesagt?»
«Daß du stoned, heiß, schweinisch und ausgeflippt warst. Keine Angst. All das ist gut für deinen Ruf.» Plötzlich öffneten sich seine Lippen zu einem Lächeln. «Ich bedaure irgendwie, daß ich es versäumt habe. Es muß ja so hergegangen sein, als ob die Heilige Jungfrau ihre Kirsche bei einer Freimaurerversammlung verloren hätte.»
«Du Bastard», sagte Noel, aber er stimmte auch in das Lachen ein, und bald lachten sie alle darüber, wie Noel in einer einzigen Nacht um seinen früheren Ruf gekommen war, zurückhaltend, abweisend und kalt zu sein.

Sie lachten noch immer, als Alana auf ihre Uhr blickte. Es war beinahe sechs.
«Ich dachte, wir würden für die nächsten paar Wochen aus der Stadt rausgehen», sagte Eric plötzlich ernüchtert, «bis sich dies alles ein wenig beruhigt hat.»
«Ich bin nicht sicher, ob ich mitkommen kann», gab Noel zu bedeuten. «Die Polizei.»
«Dorrance hat es in Ordnung gebracht. Du kannst mitkommen. Willst du?» fragte Eric und blickte scharf auf Noel.
Ich glaube, daß er im Dunkeln mit dir verwechselt wurde. «Na gut», sagte Noel.
Sie zahlten die Rechnung und gingen hinaus auf die Straße. Eric und Okku würden heute abend das Flugzeug nehmen: Würde es Noel etwas ausmachen, mit Alana im Wagen zu fahren? Noel wäre begeistert, sagte er, als Eric einen halben Häuserblock entfernt vom Café neben einem flachen, hüfthohen, silberfarbenen Coupé anhielt, das am Randstein geparkt war.
«Wie gefällt es dir? Ich habe es gerade gekauft.»
Es sah mehr wie eine zeitgenössische Skulptur aus als ein Auto.
«Welche Marke?» fragte Noel und versuchte, den stilisierten Namenszug auf dem Firmenschild zu entziffern, das an den Lüftungsöffnungen vorn am Kühlergitter angebracht war.
«Ein Lamborghini. Gefällt er dir?»
«Er sieht aus, als ob er auf den Rasen eines Vorstadt-Museums gehörte», sagte Noel. «Er ist außergewöhnlich.»
Eric stieg ein, und das Fenster ging herunter. Dann machte er Noel ein Zeichen, sich für ein abschließendes Wort herunterzubeugen.
«Fahr vorsichtig. Wenn du irgendwelche Schwierigkeiten hast, findest du eine geladene Kanone im Daimler-Benz. In einem Versteck im Handschuhfach. Alana weiß, wo es ist.»
Alana beugte sich herunter, um Eric zu küssen. Er winkte, und mit einer einzigen leichten Berührung des Steuers fuhr er aus dem Parkplatz hinaus und brauste die Fünfte Avenue hinunter.

4

«*Ich verstehe nicht*, warum du ein Lokal wie Le Pissoir brauchst», sagte Noel.
Es war ihr vierter Tag in der Villa. Noel und Eric hatten gerade ein gemächliches Jogging die eineinhalb Meilen lange Zufahrt hinauf und hinunter beendet. Erics Haus lag unweit der Überlandstraße, die von Springs nach Amagansett führte. Jetzt lagen sie auf Flößen in dem großen kreisförmigen Pool, plauderten und ließen sich unter den Schatten von drei großen Bäumen treiben, die man am Ende des Pools stehen gelassen hatte, als der Gebäudekomplex errichtet wurde. Wenn sie aufstanden, waren sie nahe dem einzigen offenen Teil der Terrasse – ein Balkon mit Blick auf rauhe Klippen, die mehrere hundert Fuß hoch steil ins Meer abfielen. Im Nordosten öffnete sich eine prachtvolle Aussicht auf die Napeaugue-Bucht und Gardiners Island. An klaren Tagen, wenn man am Geländer stand und genau nach Osten schaute, konnte man bis zum Montauk Point und im Norden zur Küste von Connecticut sehen.
«Ich bin bei Bar Sinister und Le Pissoir eingestiegen, weil ohnehin jemand die beiden Klubs führen würde, wenn ich es nicht täte. Nur mache ich die Sache besser», setzte Eric hinzu. «Seit Anfang der sechziger Jahre, gibt es die Fickraum-Bars. Ich habe das Ganze besser aufgezogen. Ich verkaufe alkoholische Getränke zu Normalpreisen. Ich habe eine kontrollierte Mitgliedschaft, so daß es nicht allzu viele Unerwünschte gibt. Ich habe die Atmosphäre sauberer, sexier, anziehender, sicherer gestaltet – ja, Noel, sicherer, mit Notausgängen und automatischen Feuerlöschsystemen. Ein Dutzend Wege, um im Notfall aus dem Lokal herauszukommen. Vergleiche das mit einigen Lokalen der Konkurrenz. Feuergefährdete Gebäude ohne Notausgänge, Schweineställe, die nur einmal im Monat saubergemacht werden, wenn überhaupt, und überhebliche, schwulenfeindliche Dreckskerle als Personal.»
«Trotzdem ist es immer noch eine Ausbeutung von Schwächen.»
«Oder es erfüllt eine Notwendigkeit», gab Eric zurück. «Die Sache hat zwei Seiten. Wenn du nun aber die Clouds und die Window Wall hinzuzählst, ändert das alles. Du weißt ja, wie speziell ihre Kundschaft ist. Filmstars rufen wegen der Mitgliedschaft an. Und die Window Wall hat die beste Party-Gesellschaft im ganzen Land. Du bist dort gewesen, du hast es

selbst gesehen. Auch das ist ausbeuterisch, nach deiner Theorie. Und ich bin im Geschäft, ich gebe es zu, obschon ich alle Einnahmen aus den Klubs gleich wieder in sie zurückinvestiere – oder in neue. Aber in meinen Lokalen bekommen die Leute das, wofür sie bezahlt haben – und noch ein bißchen mehr: Qualität. Das ist nicht die Art und Weise, wie die Unterwelt ihre Lokale leitet. Die wollen nur absahnen und lassen das Lokal in ein oder zwei Jahren vor die Hunde gehen. Meine Klubs haben einen guten Ruf. Jeder ist einzigartig. Sie überdauern.»

«Aber warum sie überhaupt besitzen?»

«Die Discos? Es gibt eine starke Nachfrage nach Unterhaltungslokalen, wo die Leute Parties haben können. Gleich wie mit den Fickbars.»

«Aber warum ist alles so Hintertreppe, so schäbig, so schmierig?»

«Zuerst mußte es so sein. Die Leute wollten keine Homosexuellen sehen, die sich aus irgendeinem Grund zusammenscharen. Sie wollen es noch immer nicht. Du weißt darüber Bescheid, nicht wahr, Noel, trotz deiner Existenz im Elfenbeinturm?»

«Es ist zu einem Ghetto geworden.»

«Vielleicht, ja. Aber jetzt ist es ein freiwilliges Ghetto. Ein Ort, an dem keine Bande Teenager mehr einen betrunkenen Schwulen überfallen kann. Wenn sie es tun, bildet sich sofort eine Sicherheitstruppe und bringt den Jugendlichen Manieren bei. So etwas gibt es nur an ganz wenigen Orten auf der Erde: Fire Island, Teile von San Francisco, die West Side von Manhattan.»

«Aber es ist alles so im Untergrund. Und die Verbindungen mit der Verbrecherwelt – warum das alles?»

Eric lächelte. «Alles, was ich tue, ist ein Verbrechen in diesem Staat. Ich lebe mit einer Frau zusammen, mit der ich nicht verheiratet bin. Ich nehme Drogen, von denen die meisten illegal sind. Alles, was ich tue, wird als ein Verbrechen angesehen, und ich bin ein Verbrecher. Du auch. Wir alle. Kannst du mir erklären, warum Schwule sich traditionell mit dem organisierten Verbrechen verbündet haben, obschon sie wissen, daß sie dort übers Ohr gehauen werden? Wie hat man dich vor einigen Tagen bei der Polizei behandelt?»

Noel brauchte nicht daran erinnert zu werden.

«Siehst du», sagte Eric und nahm Noels Stillschweigen als Zustimmung. «Und du bist ein geachtetes Mitglied der Gesellschaft, ein Universitätsprofessor. Du mußt *dort* beginnen, mit der Unterdrückung, um zu verstehen, warum die homosexuelle

Subkultur so ist, sonst wird dein Buch nur ein weiterer Topf akademischer Scheiße sein.»
«Wenn dem so ist, dann ändere es, verschlimmere es nicht noch mehr.»
«Wir versuchen das zu tun. Wir verstärken das Gefühl gemeinsamer Identität und gemeinsamer Interessen, so daß Homosexuelle sich nicht als Abnormale und Verbrecher sehen, sondern als eine echte Minderheit. Durch Gesetze und Politik werden wir vorwärtskommen. Wir sind erst auf diesen ersten Stufen, Baby. Die Mattachine-Gesellschaft ist erst zwanzig Jahre alt, weißt du.» Eric blickte scharf auf, als Noel gerade sprechen wollte. «Wart mal! Sieht so aus, als ob wir Gesellschaft bekämen.»
Noel folgte seinem Blick über den Pool, von wo Okku einen stämmigen, sonnengebräunten jungen Fremden hinaus auf die Terrasse geleitete.
Bevor Noel den Betreffenden genauer angesehen hatte, rief Eric: «Eine Stunde zu spät, McWhitter.»
«Sie sehen nicht gerade so aus, als ob Sie in Zeitnot sind.» Der Fremde ging am Rand des Pools entlang auf sie zu, Okku folgte ihm.
Als er näherkam, erkannte Noel ihn als den Rausschmeißer in einer Privatdiscothek in Southampton, in die er, Eric und Alana am Abend zuvor gegangen waren. Eric hatte mit McWhitter irgendwann zu reden begonnen und ihn zu einem Drink während der Arbeitspause des Mannes eingeladen. Zuerst hatte Noel geglaubt, Eric wolle ihn aufgabeln. Der übermuskulöse, ungeschlachte McWhitter mit seinem Babygesicht sah eindeutig so aus, als ob er sein Vergnügen möglichst rauh mochte. Aber Eric war allein nach Hause gekommen.
«Das ist bereits Ihr zweiter Fehler, McWhitter», sagte Eric in seiner drohendsten Art, ohne auch nur ein paar Zentimeter von seiner Lage auf dem Floß wegzurücken. «Möchten Sie's mit Nummer drei probieren?»
Einen Augenblick lang glaubte Noel, McWhitter würde in den Pool springen und Eric angreifen. Seine Gesichtszüge erstarrten. Seine klaren grünen Augen verdunkelten sich plötzlich, als ob eine undurchlässige Schmutzmembran sich instinktiv über sie gesenkt hätte. Seine Hände spannten sich an seinen Hüften. Er sagte nichts, blieb für eine scheinbar lange Zeitspanne bewegungslos, eine drohende Präsenz, an der Pooleinfassung, bis Eric das Schweigen brach.

«Ich sehe, Sie schmollen. Das ist der Fehler Nummer drei, McWhitter. Verschwinden Sie hier.»
«Sie sagten, Sie hätten einen Job für mich.»
«Ich sagte, Sie sollten um elf Uhr kommen und mit mir über einen Job sprechen. Es ist jetzt zwölf Uhr mittags vorbei. Raus!»
«Sie sagten, Sie hätten einen Job für mich», beharrte McWhitter.
«Okku, wirf ihn raus», sagte Eric und begann sich auf den Bauch zu drehen, während er gleichzeitig auf einer Seite im Wasser paddelte, um das Floß wieder auf die beiden Männer auszurichten.
«Was ist mit meinem Job?» beklagte McWhitter sich.
«Versuchen Sie mal, sich draufzusetzen», schlug Eric vor.
McWhitter blickte zwischen Eric und Okku hin und her, als ob er entscheiden wollte, welchen von beiden er in Stücke reißen sollte. Dann, eine Faust hoch in die Luft gehoben, stürzte er sich auf den Diener.
Der Rest spielte sich in Windeseile ab. Okku sprang zur Seite, drehte sich herum, packte McWhitters Arm und Schulter, warf ihn zu Boden. McWhitter fiel hart, schnellte aber wieder auf, gerade als Okku mit den Füßen voran auf ihn sprang. McWhitter rollte zur Seite, stand auf und packte den aus dem Gleichgewicht geratenen Okku, hob ihn vom Boden hoch und drehte ihn wie einen Korkenzieher, während er ihm einen sondierenden Karatehieb in den Unterleib versetzte. Okku schien in großem Schmerz zurückzufallen, schnellte aber plötzlich nach vorn und teilte McWhitter zwei Handkantenschläge aus, den einen gegen seinen Kopf, den anderen gegen seinen Körper. Der größere Mann sank in die Knie und schien Okku an den Hüften zu fassen, während die Schläge auf seinen Nacken, Kopf und Rücken herunterprasselten. Aber in Sekundenschnelle zappelte Okku in der Luft, von McWhitter hochgehoben und dann an seinen Waden über das Geländer gehalten.
Noel sprang von seinem Floß herunter und schwamm an den Rand des Pools.
«Keine Bewegung, oder ich lasse ihn fallen!»
McWhitter schwang Okku in einem weiten Bogen, dann blickte er zurück auf Eric, der sich um keinen Zollbreit aus seiner hingestreckten Lage bewegt hatte, das Kinn in den Händen, als liege er auf dem Wohnzimmerteppich und sehe einem Ringkampf im Fernsehen zu.

«Nun?» rief McWhitter. «Bekomme ich den Job, oder soll ich ihn fallen lassen?»
«Können Sie kochen?» fragte Eric.
«Kochen?»
«Das habe ich gefragt. Ob Sie kochen können?»
«Weiß nicht. Hamburger und solches Zeug.»
«Der Mann, den Sie fallen lassen wollen, ist einer der besten Köche im Staat New York. Französische, chinesische, italienische und amerikanische Regionalgerichte sind seine Spezialitäten. Wenn Sie ihn loslassen, können Sie den Job trotzdem haben. Sie müssen dann allerdings die ganze Kocherei allein besorgen.»
McWhitter blickte auf Okkus ausgestreckten Körper. «Ist er ein guter Koch?» rief er zu Eric zurück.
«Habe ich eben gesagt.»
«Ich bin kein Koch. Ich bin Masseur. Habe ich Ihnen das nicht gestern abend erzählt?»
«Sie bekommen den Job», sagte Eric und rollte sich wieder auf den Rücken.
McWhitter schwang Okku zurück auf die Terrassenseite des Geländers und setzte ihn so behutsam wie möglich ab. Er sagte: «Ich hoffe, Sie sind okay, Mister. War nicht persönlich gemeint. Verstehen Sie?»
Okku stand auf und ging auf sichere Distanz. Er schien unverletzt, nur etwas mitgenommen.
«Wann fange ich an?» fragte McWhitter.
«Gleich jetzt», sagte Eric beiläufig. «Du kannst jetzt gehen, Okku. Danke. Kommen Sie mit, großer Junge. Sie können doch schwimmen, nicht wahr?»
McWhitter streifte seine Kleider herunter und enthüllte einen sensationell muskulösen Körper. Er hob seine Hände hoch, als ob er beten wollte, krümmte sich zusammen und tauchte in das Wasser, glitt auf die andere Seite hinüber und tauchte sanft am Kopfende von Erics Gummifloß wieder auf. Er berührte es leicht, als er im Hundecrawl hinzuschwamm. McWhitter schüttelte das Wasser aus seinem Gesicht und küßte Eric sofort auf die Lippen.
«Hast du etwas dagegen?» hörte Noel ihn mit einer schwachen Stimme, heiser vor Gefühlsregung, fragen. «Trainieren erregt mich immer ein wenig.» Dann warf er den Blick auf Noel, einen abschätzenden Blick. Unfreundlich.
«Wie erregt?» hörte Noel Eric fragen.

«Richtig erregt.»
«Dann wollen wir, verdammt noch mal, aus diesem Pool rauskommen», sagte Eric.
Eine Minute später führte Eric McWhitter durch die Glastüren seines Pavillons. Er zwinkerte Noel zu und zuckte die Achseln, als ob er sagen wollte: Kannst du das glauben?
Dann wurden die Vorhänge zugezogen.

5

Allein gelassen, fühlte sich Noel beschäftigungslos und hatte das Verlangen, etwas zu tun, irgend etwas.
Er sah bei Alana herein. Sie machte gerade ein Nickerchen, selig in ihre hellblauseidenen Bettücher gehüllt. Er beschloß, sie nicht aufzuwecken.
Die Küche war leer. Als er sich einen Drink einschenkte, hörte Noel das vertraute Geräusch der Waschmaschine in der Waschküche im Souterrain, neben der Garage. Sah das dem phlegmatischen Okku nicht ganz ähnlich – in einem Augenblick um Haaresbreite am Abgrund vorbei, im nächsten die Wäsche zu besorgen?
Dann fuhr es Noel plötzlich durch den Sinn: Jetzt war die beste Gelegenheit, Loomis anzurufen. Vier Tage waren vergangen, seitdem er sich zum letztenmal gemeldet hatte.
Die erste Nummer, die er vom Wohnzimmerpavillon aus gewählt hatte, wurde sofort abgenommen. Noel wollte sich gerade zu erkennen geben, als er eine jung klingende Frauenstimme ein helles «Hallo?» sagen hörte.
Es war das erste Mal, daß ihm dies passiert war. Die Nummer mußte an jemand anderen vergeben worden sein. Er brachte eine ungeschickte Entschuldigung wegen einer falsch gewählten Nummer vor und hängte ein, in der Hoffnung, daß eine der anderen drei Nummern noch nicht weitervergeben war.
Beim zweiten Anruf wurde beim dritten Läuten der Hörer abgehoben. Das vertraute Stillschweigen das folgte, verriet ihm, daß er auf ein offenes «Hintertürchen» gestoßen war. Er wartete etwa eine Minute, um sicherzugehen, dann sagte er: «Lockvogel hier.»
«Bleiben Sie am Apparat, Lockvogel», sagte eine vage vertraute Stimme und ließ ihn eine weitere Minute warten.

«Wo zum Teufel sind Sie gewesen?» Es war Loomis – hörbar verärgert.
Noel ließ das kalt. «Ich konnte bis jetzt nicht anrufen.»
«Wo sind Sie?»
«In Redferns Haus in Amagansett. Jedermann hier ist im Augenblick beschäftigt. Es ist die erste Minute, die ich mich freimachen konnte.»
Was nicht genau der Wahrheit entsprach. Die Gründe, warum er bis jetzt nicht versucht hatte, anzurufen, waren komplizierter. Er war immer noch wütend, daß Whisper ihn nicht von den Erniedrigungen im Polizeirevier befreit hatte. Er hatte entdeckt, daß er seinen neuen Status genoß – nicht als Sexobjekt, sondern als Freund, zu einem geringeren Ausmaß als Vertrauter von Eric. Er hatte Gefallen an Alanas Gesellschaft gefunden – begrenzt wie sie war. Er genoß das ermüdende, sonnig heiße Wetter und das einschläfernde bequeme Leben in der Villa.
«Sie telefonieren aus dem Haus? Was ist mit Ihnen los, sind Sie verrückt? Er wird es feststellen. Ich rufe zurück. Legen Sie den Hörer auf.»
«Nein! Okku würde bestimmt abheben», warnte Noel. «Außerdem habe ich nichts zu berichten. Nur etwas. Eine neue Person ist soeben aufgetaucht. Ein Leibwächter, glaube ich. Sein Name ist McWhitter. Er war eine Zeitlang Rausschmeißer in einer kleinen Disco hier draußen, mit dem Namen ‹Blue Trousers›. Das ist alles, was ich über ihn weiß.»
«Wie lange bleiben Sie noch dort?»
«Weiß nicht. Eine Woche. Zwei Wochen. Den ganzen Sommer.»
«Gibt es nicht eine öffentliche Fernsprechzelle in der Nähe?»
«Fünfzehn Minuten mit dem Wagen.»
«Scheiße! Dann rufen Sie lieber nicht an. Wir können das Risiko nicht eingehen.»
«Natürlich, wenn irgend etwas passieren sollte», begann Noel, ließ den Satz aber unvollendet.
«Muß er denn überhaupt nie in die City?» fragte Loomis.
«Er ging gestern. Okku fuhr ihn zu dem East Hampton-Flughafen. Er flog in die Stadt und war einige Stunden später wieder im Haus zurück.»
«Ich habe es nicht gern, Sie ganz allein dort draußen zu wissen», sagte Loomis.
«Ich bin nicht ganz allein.»
«Er hat keinen Verdacht geschöpft?» fragte Loomis.

«Warum sollte er?»
«Erinnern Sie sich noch, wie wütend Sie waren?»
«Ich erinnere mich. Es ist jetzt kein Problem. Vor allem, weil ich nicht glaube, daß er es getan hat.»
«Natürlich hat *er* es nicht getan. Es war vermutlich einer seiner . . .»
Aber Noel hatte dies in den letzten paar Tagen durchgedacht. «Nein», sagte er, «ich bin überzeugt, daß er nicht dafür verantwortlich ist.»
«Jetzt machen Sie einen Punkt. Sie glauben doch sicherlich nicht diesen Quatsch, daß es ein herumschleichender Menschenhasser gewesen ist?»
«Ich weiß nicht, was ich glauben soll. Aber ich bin ziemlich sicher, daß Eric es nicht getan hat. Was wäre sein Motiv gewesen?»
Loomis schwieg und dachte nach. «Um Sie ganz für sich zu haben.»
«Unmöglich.»
«Dann Rache. Weil Randy sein Arbeitsverhältnis aufgelöst hat.»
«Er ist darüber hinweggekommen. Er hat für Randys Rückkehr in die Schule bezahlt.»
Loomis Stimme tönte gequält, als er schließlich antwortete: «Hören Sie, er mußte gewußt haben, daß Sie beide an jenem Abend dort waren. Vielleicht tat er es, nur um Ihnen die Polizei auf den Hals zu hetzen.»
«Er hat versprochen, mir einen Anwalt zu besorgen», sagte Noel. «Ich kann kein Motiv finden. Sie auch nicht. Geben Sie es zu.»
«Wer hat es dann getan?» fragte Loomis, jetzt pikiert.
«Sie sind der Kriminalbeamte. Sagen Sie's mir.»
Dann trat eine Pause ein. «Na schön. Ich werde einige Leute dafür einsetzen. Übrigens passen Sie auf Vega auf. Er hat gewußt, daß Sie dort waren, nicht wahr? Daß Sie beide dort sein würden?»
«Ich dachte, er wäre auf unserer Seite», meinte Noel.
«Vielleicht», sagte Loomis bedeutungsvoll. «Na schön, Lockvogel, rufen Sie wieder an, sobald Sie können. Aber nicht aus dem Haus. Verstanden?»
Der alte Bulle wurde jedesmal, wenn sie miteinander sprachen, auf immer bizarrere Weise mißtrauisch. Vega verantwortlich für Randys Tod? Lächerlich! Es würde eine ganze Weile

dauern, ehe Noel sich wieder Loomis' Blödsinn aussetzte. Hier oben zu sein war eine perfekte Entschuldigung.
Er hängte den Hörer ein und spielte unbewußt mit einem Kerzenleuchter auf dem mit einer Spiegelplatte belegten Telefontisch, als er unerwartete Farben reflektiert fand und nach der Quelle suchte.
Alana – in einem blauen Bademantel und die Arme auf die Hüften gestützt – stand unter der Glastüre, die vom Wohnzimmer auf die Terrasse des Swimmingpools führte. Sie hatte einen Ausdruck in ihrem Gesicht, den Noel nie zuvor an ihr gesehen hatte und den er nicht enträtseln konnte. Wie lange war sie schon dort gestanden? Was hatte sie gehört? Er hatte mit leiser Stimme gesprochen.
«He! Ein gutes Nickerchen gemacht?» fragte er heiter.
«*Pas mal.* Es war sehr heiß. Mit wem hast du gesprochen, Noel?»
Allmächtiger! Sie hatte etwas gehört. Aber was? Wieviel?
«Mit einem Freund. In der City.»
«Einem Freund?» Ihr seltsamer Blick hatte sich nicht verändert. Sie behielt ihre Haltung bei, und das bedrohte ihn mit einer Vielfalt von schrecklichen Möglichkeiten.
«Mit einem Typ, den ich kenne», sagte er so beiläufig wie möglich. «Er sagte mir, daß er manchmal zu den Hamptons herauskäme. Ich dachte, ich würde mal sehen, ob er es diese Woche hierher schafft.»
Trotz der Gewandtheit, mit der er log, war er sicher, daß sie ihm nicht glaubte. Sie konnte auf der Türschwelle nichts von dem Gespräch gehört haben. Oder doch? Er stand vom Sofa auf und ging zu ihr hinüber.
«Bist du böse auf mich», fragte er, «weil ich deinen guten Rat nicht befolge?»
«Ich bin nicht böse», sagte sie, wich aber seiner Berührung aus. «Ich war ein wenig einsam. Eric hatte einen Besucher. Du warst eingeschlafen. Okku war beschäftigt. Es geht in Ordnung. Er kommt nicht hier heraus. Ich bin in Sicherheit.»
Sie blickte ihn an, als ob sie ihm sagen wollte, daß sie alles wisse, und warum er sie anlog. Aber sie sagte nur: «Ich hoffe es, Noel. Ich hoffe, daß du in Sicherheit bist. Um unser aller willen.»
Jetzt legte er ihren Blick als einen der Besorgnis aus und fühlte sich wie ein Halunke, durch und durch korrupt . . .
Aber bevor er weich wurde, hatte sie sich umgedreht und war

auf die Terrasse hinausgegangen. Sie zog den blauen Mantel aus und tauchte, nackt und schimmernd braun, in den Pool.

6

Ob Alana Eric wirklich von dem Telefonanruf erzählt hatte, blieb auch in der darauffolgenden Woche unklar. Das Leben in der Villa nahm seinen gewohnten gemächlichen Fortgang. Mit der Ergänzung durch Bill McWhitter natürlich.

Eric und Bill waren jetzt die ganze Zeit beisammen, brachen zu stundenlangen gemeinsamen Spaziergängen auf, fuhren zusammen im Mercedes aus und verschwanden für vorher ausgemachte Augenblicke bei den wenigen Abendessen, bei denen Außenseiter – Freunde von Eric und Alana aus der näheren Umgebung – eingeladen wurden.

«Junge Liebe», meinte Noel, nachdem er ein solches Verschwinden bemerkt hatte.

«Junge Leidenschaft würde ich eher sagen», bemerkte Dorrance. Er war den ganzen Tag über geschäftlich im Haus gewesen und würde am nächsten Morgen nach Manhattan zurückfliegen.

«Und ich würde sagen, daß ihr beide eifersüchtig seid!» warf Alana ein.

«Auf wen?» fragten beide.

«Auf . . . auf jedermann», erwiderte sie lachend.

Es stimmte ein wenig, was ihn selbst betraf, wie Noel zugeben mußte. Erics ständige Aufmerksamkeit und sein Interesse zu haben, und beides plötzlich zu verlieren, war ärgerlich. Und doch war es besser so, sagte sich Noel. Er wollte nicht zu dicht an Eric herangehen. Das hatte keinen Sinn. Das ließ ihn nur unüberlegt, gefährlich handeln. Wie seine idiotische Hartnäckigkeit Loomis gegenüber, daß Eric Randy nicht getötet habe. Er glaubte noch immer, daß dem so war. Eric hatte Randy einfach zu gern gehabt, um in seinen Tod verwickelt zu sein. Und Eric hatte nicht das geringste dabei zu gewinnen. Was für andere Fehler Eric auch haben mochte, Verschwendungssucht gehörte nicht dazu. Und doch war es unklug von Noel gewesen, dem Fischer gegenüber so sehr darauf beharrt zu haben. Warum überhaupt Mißtrauen säen? Loomis war vielleicht schon unterwegs zu Vega, um diese Akten zu finden. Konnte dies der Grund gewesen sein, warum er versucht hatte, das Mißtrauen gegen Vega in Noels Gedanken zu schüren? Vielleicht. Und wer wußte, welches Vegas wirkliche Motive für die Enthüllung jener Papiere Noel gegenüber waren. Ausgenommen vielleicht, um Unfrieden zwischen Noel und Whisper zu stiften. Er hatte Noel nie gemocht.

Nach langen Überlegungen eines Abends, als das Taschenbuch, das er las, ihn zu langweilen begonnen hatte, entschied Noel, daß er weder Eric noch Loomis oder Vega, noch – am wenigsten von allen – Alana ganz trauen konnte. Vor allem nicht jetzt, mit diesem Telefonanruf, der zwischen ihnen schwebte. Sie war nie darauf zurückgekommen, hatte nichts getan oder auch nur ein Wort erwähnt, um anzudeuten, daß sie sich überhaupt daran erinnerte.

Aber Noel konnte den Blick in ihrem Gesicht nicht vergessen, als er sich umgedreht hatte und sie dort stand. Es mußte zwischen ihnen entschieden werden. In der Absicht, herauszufinden, wieviel sie genau mitgehört hatte, wählte Noel deshalb den Dienstag nach dem «Hintertürchen»-Anruf, um sich einen freien Tag geben zu lassen.

Sie saßen auf der Poolterrasse beim Frühstück: Eric, Alana, McWhitter und Noel. Der Leibwächter hatte sich seit seiner ziemlich aggressiven Ankunft entspannt, obschon auch er arbeitete und Eric jeden Nachmittag in Jiu-Jitsu und Karate unterrichtete.

«Du willst eine Erholung von *hier?*» fragte McWhitter ungläubig.

«Er hat das Recht dazu», sagte Eric. «Ist in Ordnung, Noel. Nimm den Tag frei, wenn du willst.» Dann zu Bill: «Er ist nicht so regelmäßig gebumst worden wie du, weißt du.» Zurück zu Noel: «Was hast du vor?»

«Ich weiß es nicht. Ich dachte, ich gehe mal ins Tiana-Jugendlager rüber und vergewaltige ein paar Sechsjährige.»

«Mann! Das ist hirnrissig!» sagte McWhitter.

«Hör nicht auf ihn», sagte Eric. «Er hat eine Verabredung, was, Noel?»

«Mit Alana. Wenn sie mitkommen will. Du mußt jedoch ein Bikinioberteil tragen, ich warne dich.»

«Nach Tiana?» fragte sie. «Das ist so weit.»

«Wir werden einen näheren Strand finden. Einen öffentlichen Strand. Ich möchte gern einige Leute sehen.»

Sie blickte auf Eric. «Wie steht es mit euch beiden?»

«Wir hängen einfach hier herum und diskutieren über Theologie», erklärte Eric.
Einige Stunden später kamen Noel und Alana in Southampton Beach an. Die nächste besetzte Wolldecke war fast acht Meter entfernt.
«Nun», sagte Alana, «hier sind alle deine Leute!»
Noel ignorierte ihre Bemerkung und begann ihre Schultern mit einer Sonnencreme einzureiben.
«Ich kann es selbst tun», sagte sie, aber er hielt die Tube außer ihrer Reichweite und machte sich sorgfältig daran, ihre bereits toffeebraune Haut mit einem dünnen Schleier rasch schmelzender Flüssigkeit zu bedecken. «Ich glaube, ich hätte gar kein Oberteil tragen müssen», sagte sie. «Hör auf damit, Noel. Es kitzelt.»
Unfähig zu widerstehen, war er seinem Zeigefinger in ihrem Nabel mit seiner Zungenspitze gefolgt. Sie zog sanft seinen Kopf fort und rieb selbst die Creme fertig ein.
Die Sonne schien hier stärker als in der Redfern-Villa. Das Wasser vor ihnen war ruhig wie die Karibik, mit einem Wellenschlag, der sich träge an der Küste brach. Noel hatte mit Alana allein sein wollen, fort von Eric, fort von der Villa. Aber sobald es ihm klar wurde, daß sie ihm nicht einmal den Beginn eines Liebesspiels erlauben würde, ließ er sich zurück auf die Decke fallen, und das blendende Sonnenlicht brach sich an der Oberfläche des Ozeans, wie eine pointillistische Malerei in goldenen, blauen und weißen Tönen, bis sein Blickfeld – selbst durch polarisierte Gläser – aus Bruchstücken zu bestehen schien und er rote Flecken sah, wenn er die Augen schloß.
Als er sich zu ihr drehte und sie anblickte, hatte sich Alana aufgesetzt und las eine Zeitschrift.
«Was willst du wirklich, Alana?» fragte er.
Sie guckte hinter dem Rand der Zeitschrift hervor, dann warf sie einen Blick auf die verschiedenen Gegenstände, die auf der Decke ausgebreitet lagen. «Nichts», sagte sie.
«Ich meine, was erwartest du vom Leben?» fragte er.
Der obere Teil ihres Gesichts lag im Schatten der Krempe ihres Sonnenhuts. «Nichts», sagte sie noch einmal, langsam und abwägend.
«Jeder wünscht sich doch etwas», argumentierte er. «Wenn nicht für sich selbst, dann für jemand anderen. Seine Kinder. Jene, die sie lieben.»
«Man wird älter», sagte sie. «Man erkennt, daß gewisse Dinge,

nach denen man sich eine lange Zeit gesehnt hat, nichts bedeuten.»
«Wie was?»
Sie legte eine Hand auf seine Schulter. «Laß mich nicht mehr über die Vergangenheit nachdenken. Bitte. Du bist ruhelos. Gehen wir schwimmen.»
Es war, als würde man in einen riesigen blauen Pool tauchen. Das Wasser war warm, unbewegt. Sie schwammen in Strandnähe, dann trieben sie ihre Scherze, tauchten und kamen einer unter dem anderen hoch und wanderten dann Seite an Seite die Brandungslinie entlang.
Ihr Haar trocknete in langen Strähnen, die so schwarz waren, daß sie blau, braun und rot getönt zu sein schienen, als wollten alle Schattierungen des Spektrums ihre Anwesenheit anmelden. Er fühlte sich sogar noch mehr frustriert.
«Weißt du, warum ich dich gebeten habe, heute hierher zu kommen?»
«Weil du gerne Leute sehen wolltest.»
«Weil ich dich allein sehen wollte. In der Villa bekomme ich dich nie zu Gesicht.»
«Du übertreibst. Ich bin die ganze Zeit dort.»
Jetzt, sagte Noel sich. Es mußte jetzt sein. «Erinnerst du dich noch an letzte Woche, als ich meinen Freund anrief?»
Sie gab keine Antwort.
«Erinnerst du dich, Alana, am Tag, an dem WcWhitter kam, um für Eric zu arbeiten?»
«Ich bin nicht sicher», sagte sie gedankenverloren und steuerte zur Decke zurück.
«Ich hatte diesen Freund angerufen, weil ich mich so einsam hier draußen fühlte.»
«Oh?» Das Wort kam tonlos aus ihr.
«Wirklich, oder . . . glaubst du, daß es was anderes war?»
Als sie nicht antwortete, drängte er sie: «Alana?»
«Ich kann mich nicht mehr erinnern, Noel.»
Sie wandte ihm das Gesicht zu, ihre Augen wurden plötzlich groß. «Warum legst du dich nicht hin? Das werde ich jetzt tun.»
Seine Niederlage machte sich mit einem Seufzer Luft. Sie gab ihm den winzigsten Kuß auf die Wange, dann setzte sie sich hin, legte sich zurück und schloß die Augen.
Auch Noel setzte sich hin, blickte lange auf sie, während sie sich entspannte und dann einschlief.

Er konnte nicht umhin, sie mit Monica zu vergleichen, neben der er so viele Jahre hindurch aufgewacht war, und mit Mirella Trent, neben der er auch mindestens ein dutzendmal in den Monaten, in denen sie zusammen schliefen, aufgewacht war. Wie unzugänglich waren sie ihm gewesen, während sie schliefen – wie zurückgezogen, wie ruhig, wie grundverschieden von ihrem wachen Zustand. Aber Alana nicht. Seltsamerweise schien sie nicht anders, wenn sie schlief, sie war ebenso unerreichbar wie jetzt, wenn sie wach war. Warum das? Weil sie einander nie geliebt hatten, nicht diese wichtigen körperlichen Bande miteinander teilten. Oder weil er immer vermutete, daß es nie genug für ihn wäre, ihren Körper zu besitzen, daß er mehr von ihr haben wollte – was sie ihm nie geben konnte: was sie scheinbar bereits Eric gegeben hatte.

Schließlich schlief auch Noel ein. Als sie ihn weckte, war es kurz vor Sonnenuntergang. Sie beschlossen, in Southampton zu Abend zu essen.

Alana traf Freunde im Restaurant, das sie gewählt hatten. Würde es Noel etwas ausmachen, wenn sie sich an ihren Tisch setzten? Ein anderer Mann, den sie kannte, und einige Freunde von ihm kamen herein und vergrößerten die Gesellschaft. Sie lachten, unterhielten sich auf französisch und tranken. Als die Gesellschaft endlich aufbrach, war es elf Uhr. Noel war zufrieden, daß Alana wenigstens einen netten Abend verbracht hatte, obschon er nichts gewonnen hatte als die bittere Erkenntnis, wie entfernt sie noch immer von ihm war.

Am Ende der Auffahrt zur Redfern-Villa wurde die Wageneinfahrt beleuchtet. Für sie, dachte Noel, bis sie näherkamen und sahen, daß sich Gestalten um den Silver Cloud bewegten und der Kofferraum und zwei Türen offenstanden. Was ging hier vor?

«Sie sind es!» hörte Noel im Dunkeln Eric rufen, als er den Mercedes hinüber zu dem Silver Cloud fuhr und hielt, ohne die Scheinwerfer abzustellen.

«Wo zum Teufel seid ihr denn gewesen?» wollte Eric wissen.

«Was ist los, Liebling?» fragte Alana.

«Wir gehen zurück in die Stadt.»

«Heute nacht?» fragte Noel. Aber Alana war bereits aus dem Wagen gestiegen.

«Ich kann jetzt nicht erklären warum, Alana», sagte Eric zu ihr, «aber wir müssen wirklich abreisen. Geh und pack deine Sachen. Dann folgst du uns im großen Wagen.»

«Was ist denn los?» fragte sie wieder, ärgerlich, mit starkem Akzent.
«Ich habe jetzt keine Zeit, es zu erklären», sagte Eric. «Aber wir sind hier nicht mehr sicher. Keiner von uns.»
Er hatte sie an den Schultern gehalten. Alana drehte sich um und ging mit kleinen, entschlossenen Schritten in das Haus.
«Ich komme mit dir», sagte Eric zu Noel. «Wie steht's mit dem Benzin?»
«Mehr als halbvoll.»
«Bill? Hast du meine Ledertasche?»
McWhitter brachte sie herüber, und Eric warf sie hinter den Rücksitz. Okku hatte das Coupédach herausgebracht, um es in den SL einzufügen. Noel half ihm dabei.
«Ich muß auch packen.»
«Schon gemacht,» sagte Okku, holte die Tasche aus dem Kofferraum der Limousine und verstaute sie hinten im Sportwagen.
Eric umarmte McWhitter. «Halte ihn heiß für mich. Wir werden heute abend in der Stadt feiern. Ruh dich ein bißchen aus, ja?»
«Wir fahren dicht hinter dir drein», sagte McWhitter.
Eric wandte sich zu Noel um. «Worauf wartest du? Gehen wir!»

7

Zwanzig Minuten später, als sie an den Ausfahrten Center Moriches auf dem Long Island Expressway vorbeikamen, drehte Eric sich auf seinem Sitz um.
«Jemand verfolgt uns», stellte er fest, als er sich zum drittenmal umgedreht hatte. Er öffnete das Handschuhfach. «Ist dieser Revolver noch da?»
«Ich weiß es nicht. Ich habe nie danach geschaut.»
Eric fand ihn: Es gab ein Geräusch von Metall auf Metall.
Nach dem, was Noel als den ersten «normalen» Tag seines Daseins seit Monaten betrachtete – minimale Sorgen, sein Mißtrauen verflogen –, irritierte ihn die plötzliche Ankündigung, daß sie aufbrechen müßten, die überstürzte Rückkehr zu einem Leben von Gefahren und vermeintlicher Gefahr, von unerklärlichen Dingen und übereiltem Verhalten. Er war langsam in Zorn geraten, seitdem sie von der Villa abgefahren waren. Jetzt

sagte er: «Leg ihn weg. Ich möchte nicht, daß du jemanden aus reiner Paranoia verletzt.» Sollte Eric ihm doch vorwerfen, er sei sarkastisch, er unterstütze ihn nicht – das war ihm egal.
«Es ist keine Paranoia», war alles, was Eric antwortete.
«Warum haben wir dann die Villa so überstürzt verlassen?»
«Wir wurden beobachtet.» Er legte die Waffe zurück und schloß das Handschuhfach.
«Hör mal, Eric, verschon mich bitte damit.»
«Wir wurden beobachtet. Ich habe sie gesehen, McWhitter auch. Sie sind *dir* gefolgt. Als du und Alana heute weggingt, waren McWhitter und ich oben auf dem Dach, um uns die Zeit zu vertreiben. Sie warteten auf jemanden aus dem Haus, genau dort, wo die Auffahrt die Straße erreicht. Du mußt sie gesehen haben. Ein Straßenbeleuchtungs-Reparaturwagen und ein Kleinlastwagen. Sie gaben vor, etwas zu reparieren. Sie hatten Feldstecher. Wir haben sie gesehen. Der Kleinlastwagen folgte euch.»
Noel hatte die zwei Fahrzeuge gesehen, aber er hatte nicht bemerkt, daß sie hinter ihm herfuhren. Das war interessant. Ebenso, daß Eric sie beobachtet hatte.
«Was, wenn der Kleinlaster einen Grund hatte, gerade dann wegzufahren? Er konnte ja nur in zwei Richtungen fahren, nicht wahr?»
«Er ist dir gefolgt», beharrte Eric.
«Angenommen, das stimmt, warum ...?»
«Sie haben die ganze Woche auf die eine oder andere Weise herumgeschnüffelt. Wir haben einige Burschen gesehen, die zwei Tage lang so taten, als würden sie in der kleinen Bucht direkt unter der Terrasse fischen. Natürlich haben sie von dort ungehindert hinaufschauen können.»
«An den Rand der Terrasse? Was konnten sie dort sehen? Euch beide schmusen?»
«Okku erhielt in dieser Woche zwei Anrufe von Fremden. Beide mit wirklich fadenscheinigen Vorwänden. Einer wollte eine Ausrüstung für das Graben von Brunnen verkaufen. Der andere wollte jemanden sprechen, von dem Okku nie zuvor gehört hatte.»
«Aber wer sind sie?» ließ Noel nicht locker.
«Ich weiß es nicht.»
«Warum bespitzeln sie dich dann?»
«Noel, du bist in ebenso großer Gefahr wie wir alle. Vielleicht in noch größerer.»

«Wer sind diese Leute?»
«Meine Feinde.» Eric drehte sich wieder um. «Siehst du diese große Limousine in der rechten Spur? Die kommen an uns heran.»
Noel warf einen Blick in den Rückspiegel. Es waren nur wenige Wagen zu so später Nachtstunde auf der Autobahn unterwegs. Die Scheinwerferlichter der Limousine auf der rechten Spur waren leicht zu entdecken. Sie kamen näher.
«Wechsle zur nächsten Spur hinüber», sagte Eric. «Jetzt!»
Noel bog auf die andere Spur ab. Die Limousine hatte sie eingeholt und fuhr parallel zu ihnen. Ein Continental-Modell. Mitte der sechziger Jahre, schwarz, kompakt, lang, getöntes Glas.
«Bleib auf dieser Geschwindigkeit», sagte Eric gespannt.
Noel hielt es für unwahrscheinlich, daß der Wagen ihnen folgte. Selbst wenn alles zutraf, was Eric gesagt hatte, konnte Loomis doch nicht so blöd sein, ihnen so unverhohlen zu folgen. Oder doch?
«Kannst du sehen, wer im Wagen ist?» fragte Eric. Beinahe unwillkürlich beschleunigte Noel das Tempo. Der Continental fuhr an den äußeren Rand seiner Spur, hielt aber mit.
Vielleicht versuchte der Fischer, Eric einzuschüchtern. Aber was sollte Noel tun? Wer immer den Wagen fuhr, mußte sich klar sein, daß Noel ebenso in Gefahr geraten konnte wie Eric. Wenn die Limousine eine falsche Bewegung machte, wer wußte, was für ein verrücktes Ding Eric vielleicht drehen würde? Noel beschloß, die Sache herunterzuspielen.
«Jemand scheint auf dem Rücksitz zu sein», sagte Eric und blickte sich um.
«Mit einem Maschinengewehr?» fragte Noel.
«Du denkst wohl, daß ich übertrieben reagiere, was?»
«Denken ist gut!»
«Warum fahren die dann im gleichen Tempo neben uns her?»
«Die dürfen hier doch fast alles tun, was sie wollen, Eric, wirklich.»
Sie fuhren jetzt mit fünfundsiebzig Meilen, die zwei Wagen glitten Seite an Seite in eine Kurve der Autobahn, dann fuhren sie eine Gerade hinunter, vorbei an anderen Wagen auf der Kriechspur.
«Fahr ein wenig langsamer», sagte Eric.
Noel brachte ihre Geschwindigkeit auf sechzig Meilen herunter; die große Limousine tat dasselbe.
«Siehst du! Zufrieden?» fragte Eric.

«Warum machst du nicht etwas Musik?» schlug Noel vor. «Ist diese Keith-Jarrett-Kassette noch hier?»
Mit seiner freien Hand stöberte er in einem kleinen Fach unter der Armlehne und blickte auf, um die große Limousine verschwinden zu sehen. Nur um direkt hinter ihnen wieder aufzutauchen.
«Scheiße!» sagte Eric. «Geh weg! Ich übernehme das Steuer.»
«Bei dieser Geschwindigkeit? Keinesfalls!»
«Die kleben uns am Arsch.»
Die Scheinwerferlichter schienen direkt in den Mercedes, beleuchteten das Armaturenbrett.
Noel hatte Eric noch nie zuvor so durchgedreht gesehen, so darauf versessen, das Steuer zu übernehmen. Er erwartete beinahe, daß er den Revolver herausziehen und zu schießen anfangen würde. Noel mußte etwas tun, mußte die Kontrolle über den Wagen behalten. Es gab keinen Wagen vor ihnen. Daher drückte er das Gaspedal durch.
Der Sportwagen tat einen Sprung, wie eine große Katze, die man aus einem Sack läßt. Noel hoffte, der Wagen würde sich so leicht steuern lassen, wie er das bei tieferen Geschwindigkeiten tat. Achtzig. Neunzig. Über hundert Meilen in der Stunde. Sie bahnten sich einen Weg an Landschaft und Bäumen vorbei, die zu undeutlichen Flecken wurden, an Wagen auf der langsameren Spur vorbei, die anzuhalten schienen.
«Ich glaube, wir haben sie abgehängt», sagte Eric.
Sie schienen auf einem anderen Arm der Autobahn zu sein. Immer mehr Wagen kamen von einer großen Zubringerstraße hereingefahren. Noel mußte das Tempo verringern.
Minuten später klebte die Limousine wieder an ihren Hinterrädern.
Noel sah es vor Eric, riß den Wagen in die Überholspur und dann gleich wieder auf die rechte Seite. Wegen des Verkehrs mußte er einen Zickzackkurs einschlagen.
«Sie folgen uns», sagte Eric. Seine Hand war jetzt im Handschuhfach – am Revolver.
«Treiben ihr Spiel mit uns», murmelte Noel.
«Du nennst das Spiel?» fragte Eric ungläubig. «Rück hinüber. Laß mich das Steuer übernehmen.» Er grapschte danach, Noel schlug seine Hand weg.
«Ich werde sie abhängen», sagte er, jetzt wütend, nicht über Eric, der durchaus das Recht hatte, in Angst und Schrecken versetzt zu sein, sondern über den Fahrer des Continentals und

über den Fischer, und alle diese Schweinehunde bei Whisper, die herumsitzen und sich halb totlachen würden, wenn sie davon erfuhren. «Jetzt paß mal auf!»
Er wechselte gefährlich zwischen den Spuren und jagte den Mercedes erneut auf neunzig. Die Limousine kam dicht hintennach.
«Behalt sie im Auge. Sag mir alles, was sie tun», stieß Noel zwischen den Zähnen hervor. «Jede Bewegung.»
Noel fuhr hinter zwei schnellen Wagen, überholte sie und zog davon.
«Geh von der Autobahn runter», sagte Eric. «Jetzt. Die Ausfahrt.»
Noel blieb auf der Überholspur, bis eine Lücke zwischen zwei Wagen, jeder auf einer Spur, vor ihm auftauchte.
Vor ihm war reger Verkehr mit häufigen Spurwechseln. Er konnte das Ausfahrtschild gleich vor sich sehen, dann die Rampe selbst. Es gab keine anderen Wagen auf der rechten Fahrspur.
«Er ist uns dicht auf den Fersen, Noel», sagte Eric in Panik. «Fahr raus. Los! Jetzt!»
Noel, nahe ihren rückwärtigen Stoßstangen, berechnete den Zwischenraum zwischen den zwei Wagen vor ihm.
«Noel! Tu was ich sage!»
«Halt den Mund, Eric!» rief er und rammte gleichzeitig den Mercedes in den Zwischenraum, wobei er sich auf die Hupe lehnte. Die Kotflügel der Wagen waren zu beiden Seiten nur wenige Zentimeter entfernt, als ein Wagen hupte und schließlich seitwärts auswich.
«Er kommt hinter uns drein», erklärte Eric.
Sie kamen zwischen den beiden Wagen durch, Noel bog auf die Ausfahrtsrampe ab und betete insgeheim, daß die Räder sich synchron drehen würden und daß sie nicht in die Bäume an der Straßenseite hineinkrachen würden.
«Du wirst uns noch umbringen!» schrie Eric.
Aber die Reifen quietschten und hielten stand. Der Wagen raste gefährlich in die Kurve, dann die Rampe hoch. Noel bremste ihn vorsichtig zu einem Halt. Aus dem Seitenfenster konnte er hinunter auf die Autostraße sehen. Vor ihm war der Continental zwischen den beiden anderen Wagen durchgebrochen, nur um sich allein auf weiter Flur zu finden. Es hatte ausgezeichnet geklappt.
«Wir sind die Ficker losgeworden!» rief Noel und schlug vor

Freude beide Hände gegen das Steuerrad. «Sie wissen nicht, wo wir sind!»
Eric saß still, blaß und verzerrt da, so als ob jemand ihn in den Sitz zurückgestoßen hätte.
«Das hat dir Spaß gemacht, was?» fragte er mit gepreßter Stimme.
«Wir sind ihnen entkommen, nicht wahr?»
Erst als er das sagte, kam es Noel zum Bewußtsein, was für ein unglaubliches Risiko er eingegangen war. Einen Fehler und sie hätten einen Totalschaden gebaut. Sie – und mindestens drei andere Wagen.
«Fahr auf die Autobahn zurück», sagte Eric, und als sie wieder die Autobahn entlangfuhren: «Halt am Rand an!»
«Anhalten?»
«Gleich hier», sagte Eric. «Ich steige aus.»
Der Wagen rollte über den Pannenstreifen und kam auf dem Gras zum Stehen.
«Fahr weiter bis zum Haus. Kannst reingehen. Wir kommen nach.»
Eric stieg aus.
«Du wolltest doch, daß ich sie abhänge», erhob Noel Einspruch. «Ich habe sie uns vom Hals geschafft.»
«Ich wollte selbst fahren», sagte Eric.
«Warum steigst du jetzt aus?»
«Weil ich nicht im Wagen bleiben kann, wenn du am Steuer sitzt. Ich fühle mich nicht sicher.»
Noel wurde plötzlich sehr ernst. «Ich dachte, wir würden Freunde werden, Eric. Wenn du mir auf diese Art vertraust, steige *ich* vielleicht besser aus. Ich fahre per Anhalter zurück.» Als er aus dem SL ausstieg, fügte er hinzu: «Warte besser nicht.»
«Ich kann diesen Wagen nicht benützen», sagte Eric.
«Warum nicht? Er gehört doch dir.»
«Nein, das tut er nicht. Er ist auf deinen Namen zugelassen worden.»
Noel konnte im schwachen Licht der Lampen über ihnen Erics Gesicht kaum erkennen. «Auf meinen Namen? Wozu?»
«Es sollte eine Überraschung für dich sein.»
Sie lehnten sich an den Wagen. Eric zündete sich einen Joint an, nahm einen Zug und reichte ihn dann Noel. Hinter ihnen war das Rollen der Autoreifen auf dem Asphalt zu hören. Vor ihnen das Rascheln der Bäume. Noel war erschöpft nach der

Flucht und Aufregung kurz zuvor. Er wußte nicht, was er sagen, was er tun sollte. Er hatte von Eric mindestens ein Dankeswort erwartet. Vielleicht sogar das Gefühl gemeinsamen Triumphs. Er bekam nichts. Nichts als den SL. Sie reichten einander den Joint hin und her.
Schließlich fragte Noel: «Willst du wirklich auf die anderen warten?»
«McWhitter wird mit dir fahren», erklärte Eric. «Ich traue ihm auch nicht ganz.»
Schweigen, bis der Joint nur noch ein glimmender Funke war, zu kurz, um ihn festzuhalten.
«Sie hatten mein Telefon angezapft», sagte Eric, «bis ich sie mit einer selbstgebastelten Vorrichtung täuschte. Okku hob den Hörer einmal ab, um zu wählen, gleich nachdem du mit jemandem gesprochen hattest, und hörte zwei Männer miteinander reden.»
Die Hintertürchen! Noel versuchte, seine Bestürzung zu verbergen.
«Was?» fragte er. «Wann?»
«Letzte Woche.»
«Worüber sprachen sie?»
«Okku war so überrascht, daß er sich nicht daran erinnern konnte. Sie hörten ihn und hängten ein. Ich habe seit ein paar Jahren in der City Schallschlucker eingebaut. Ich hatte nicht geglaubt, daß wir sie hier brauchen würden.»
Also wußte Eric nichts von dem Telefonanruf. Es waren alles nur Vermutungen, Schlußfolgerungen und die lächerliche Auffälligkeit von Loomis' Detektiven. Wie dumm, so was zu tun! Es beantwortete jedoch, was die schlimmstmögliche Entdeckung hätte sein können – die «Hintertürchen».
«Und McWhitter?» fragte Noel.
«Ich weiß es nicht. Vielleicht ist es alles Zufall. Aber all das hat nach seiner Ankunft begonnen. Seine Referenzen wurden überprüft. Er war ein lokaler Schläger für den Mob an der Westküste. Es wurde ihm ein wenig zu heiß dort. Ich weiß es nicht.»
«Glaubst du, Okku wird uns sehen und anhalten?» fragte Noel.
Er sah sie tatsächlich – oder vielmehr Alana tat es. Der Silver Cloud fuhr an den Straßenrand, und McWhitter mußte aus seinem Schlaf geweckt werden. Wie ein großes Kind führte man ihn zum SL, setzte ihn in den Beifahrersitz, wo er prompt wieder einschlief.
Noel folgte dem Rolls-Royce eine Zeitlang, dann mündete der

Expressway in eine andere Autobahn, auf der reger Verkehr herrschte, und Noel verlor seine Gefährten. Er mußte noch weitere zwanzig Minuten allein fahren und dachte darüber nach, was passieren würde, wenn er in Redferns Haus zurückkehrte. Jeder Tag schien die Dinge noch mehr zu komplizieren. Eric war Whisper auf die Schliche gekommen, ohne es zu wissen. Doch Noel würde es nicht zulassen, daß Loomis auch nur das Geringste darüber von ihm erfuhr. Er sollte es ruhig durch jemand anderen herausfinden. Dies mochte als Behinderung ausgelegt werden, wie er wußte, aber etwas an den Methoden des Fischers begann Noel richtiggehend wütend zu machen. Er fühlte sich davon beschmutzt. Alles an seinem Leben in diesen Tagen – alles außer Alana – hatte etwas durch und durch Korruptes an sich.

«Wach auf, Dornröschen.» Er schüttelte McWhitter heftig, als sie nach dem Midtown Tunnel nach Manhattan kamen. Als sie sich Redferns Haus näherten, war McWhitter hellwach und brummte vor sich hin.

«Sind alle da?» fragte Noel an der Rampe zu der Tiefgarage.

«Du kommst mit Eric wirklich gut aus, was?»

Noel wußte nicht, worauf der Leibwächter hinauswollte. «Natürlich.»

«Nun, das ist zu schade. Weil ich dich nicht mag.»

«Komm darüber hinweg!» sagte Noel mit harter Stimme. «Ich wohne hier.»

Aber er zitterte noch, nachdem McWhitter ausgestiegen war, die Türe zugeschlagen und die Mauer um das Haus mit einem Satz übersprungen hatte.

8

Nachdem der Leibwächter ausgestiegen war, fuhr Noel weiter, um eine rund um die Uhr geöffnete Tankstelle zu finden, in der er den Tank auffüllen und das Öl prüfen lassen konnte. Schließlich fand er eine unweit der Queensboro-Brücke. Die Tankwarte waren alle beschäftigt. Während er wartete, öffnete Noel das Handschuhfach. Er fand das Versteck, sah den Stofffetzen, in den die Waffe eingewickelt gewesen war, aber keinen Revolver. Also hatte Eric ihn aus dem Wagen herausgenommen.

Als er das Fach schloß, fand er ein schmales Lederetui. Tatsächlich war der Wagen auf seinen Namen zugelassen und für einen Dollar an ihn verkauft worden. Um dies rechtsgültig zu machen, brauchte er nur noch zu unterschreiben. Sonderbar. Das letzte, was er sich von Eric erwartet hatte, war, den Mercedes geschenkt zu bekommen. Er fragte sich, ob sein Berufsethos es ihm erlauben würde, den Wagen zu behalten. Dann fragte er sich, was Eric als Gegenleistung erwartete: Was war fünfundzwanzigtausend Dollar wert? Nichts über Redfern vermochte er sich zusammenzureimen. Sobald Noel etwas zu wissen glaubte, schien Eric unbewußt sein Möglichstes zu versuchen, genau das Gegenteil zu tun.

Als er zum Haus zurückkehrte, war die Limo nicht mehr in der Garage. Doch auf drei Stockwerken brannten die Lichter.

Okku erwartete ihn im Wohngeschoß. Eric und McWhitter seien zum Abendessen ausgegangen und würden wahrscheinlich den Rest der Nacht ausbleiben, sagte er. Noel sollte im Haus bleiben.

Das schien ein gutes Zeichen zu sein. Es bedeutete, daß Eric ihm sein rücksichtsloses Verhalten auf dem Expressway verziehen hatte. Oder wahrscheinlich einsah, wie albern sein eigenes Verhalten gewesen war, nachdem er Zeit gehabt hatte, darüber nachzudenken.

Noel ging hinauf in seine Zimmer im vierten Stock, duschte sich, wechselte die Kleider, dann beschloß er zu sehen, ob Alana noch auf war.

Eine halbe Stunde später fand er sie im obersten Stock. Sie saß in einem Klubsessel auf dem Dachgarten. Noels erster Gedanke war es, die stille Schönheit der warmen Sommernacht mit ihren Blumen in voller und wohlriechender Blüte zu benutzen, um zu ihr hinzugehen und die Beziehung jenes Nachmittags wiederherzustellen, sie stärker zu machen.

Statt dessen verharrte er unbeweglich, hielt eine Hand an der Schiebetür, die auf den Dachgarten führte, beobachtete sie und fühlte, daß sie gerade jetzt nicht gestört werden durfte, daß sie einige seltene Augenblicke der Zurückgezogenheit oder des Meditierens genoß.

Sie brach das Schweigen für ihn.

«Worauf wartest du?» fragte sie, ohne das Gesicht zu ihm zu wenden. «Komm und setz dich.»

«Ich dachte, ich würde vielleicht stören . . .» begann er zu erklären. Ein dünner Schleier hing über dem Nachthimmel; vergli-

chen mit der Klarheit des Firmaments über den Hamptons, schien es als ob Gaze darüber gezogen wäre. Die paar fernen, beleuchteten höheren Häuser ließen den Dachgarten in einem Teich der Dunkelheit schwimmen.
«Du bist sehr rücksichtsvoll», sagte sie steif und verwies ihn auf das Klubsofa neben dem ihren.
«Okku sagte, ich sollte heute abend im Haus bleiben.»
«Er meinte, daß du hier bleiben sollst. Natürlich kannst du ausgehen, wenn du willst. Die beiden sind in die Window Wall gegangen. Es ist erst zwei Uhr. Du kannst noch hingehen, wenn du willst.»
«Ich werde hierbleiben. Ich hatte einen ziemlich anstrengenden Tag.»
Er wollte sich von ihr nochmals bestätigt fühlen. Er wußte, daß er damit zu viel verlangte. Daher sagte er: «Wir hatten Streit. Im Wagen.»
«Ich weiß. Eric sagte, du seiest schrecklich gewesen. Ich bin sicher, du hast ihm einen tüchtigen Schrecken eingejagt. Nicht viele Leute können Eric in Schrecken versetzen.»
«Ich bin nicht sicher, ob das ein Kompliment ist.»
«Es ist deine völlige Unberechenbarkeit, die er fürchtet. Sein Vater war genauso. Immer brauchte er ihn, aber nie konnte er sich auf ihn verlassen, nie ihm trauen. Eric braucht dich, Noel. Aber nie bist du für ihn da. Ich glaube nicht, daß er völlig begreift, daß sogar du selbst nicht sicher bist, was du als nächstes tun wirst.»
Das war eine ziemlich scharfsinnige Einschätzung. «Vielleicht hast du deinen Beruf verfehlt», deutete er an.
«Ich kenne Eric in- und auswendig.»
«Mich auch?»
«Nein. Bei dir rate ich noch.»
«Alana», er ergriff ihre Hand, und sie ließ ihn, ohne Einspruch, gewähren, «sag mir, warum bin ich noch hier in diesem Haus? Eric braucht mich nicht. Besonders mit Herrn Muskelprotz in der Nähe.»
«In einigen Wochen wird er Bill satt haben. So ist Eric. Aber mit dir ist es anders. Dich und ihn verknüpft ein anderes Band.»
Wieder beinahe ins Schwarze, dachte er. Und dankte ihr, daß sie auf der Rückfahrt in die Stadt seine Partei ergriffen hatte.
«Ich habe nichts dergleichen getan», erklärte sie.
Sie schwiegen eine Zeitlang. Dann beschloß er, ihr einige Fra-

gen zu stellen. Er war überzeugt, daß sie wahrheitsgetreu antworten würde.
«Warum ist Eric so paranoid? Mischt er bei Verbrechen mit?»
«Verbrechen?»
«Du weißt schon. Drogen. Schmuggel. Benimmt er sich deshalb so sonderbar?»
Im gleichen Augenblick, als er es gesagt hatte, zog sie ihre Hand aus seiner zurück. Der Ton ihrer Stimme verriet ihm, was er wegen der Dunkelheit nicht sehen konnte: Sie war beleidigt.
«Was veranlaßt dich, das zu sagen?»
«Ich weiß nicht. Dinge, die ich gehört habe.»
«Was für Dinge? Daß er ein Rauschgifthändler ist? Unsinn. Natürlich kauft er Drogen. Seine Freunde bringen ihm Kokain aus Südamerika mit. Aber nie genug, um es weiterzuverkaufen. Und du hast gesehen, wie großzügig er damit umgeht. Kaum dreht man sich um, ist es zu Ende.»
«Ich habe auch gehört, daß er Prostituiertenringe leitet. Frauen. Knaben.»
«Wer hat dir das gesagt?»
«Ich habe es einfach gehört.»
«Es ist nicht wahr.»
«Und daß er Sado-Filme gedreht hat.»
«Von wem hast du alle diese Lügen?» fragte sie, jetzt wirklich aufgebracht.
«Von Leuten.»
«Die irren sich. Reden unwahres Zeug. Sind neidisch. Eifersüchtig auf uns.»
«Warum ist er dann so gottverdammt paranoid, trägt immer einen Revolver mit sich herum, wechselt so rasch von einem Ort zum anderen, sagt mir, wir würden verfolgt, unser Telefon sei angezapft?»
Die letzte Frage würde etwas über das Telefongespräch ans Tageslicht bringen, vermutete Noel. Aber Alana zog es vor, die Herausforderung nicht anzunehmen.
«Er sagt, er habe Feinde. Die Leute wollten . . . ihn wegwerfen.»
«Du meinst, sie wollen ihn umlegen?»
«Ja. Umlegen.»
«Wer? Was für Feinde?»
«Ich weiß es nicht», sagte sie mit einem Seufzer. «Eric glaubt, daß er es weiß. Er sagt mir, daß sie fanatisch gegen ihn sind. Es habe etwas mit dem Rat zu tun, den er gebildet hat, erzählte er mir einmal.»

«Ich dachte, das wären nur Geschäftsleute? Schwule Geschäftsleute?»
«Das stimmt. Frag mich nicht, Noel. Du glaubst doch nicht im Ernst, daß mir Eric in seiner jetzigen Verfassung gefällt? Er ist so – verändert. Und alle diese Todesfälle rings um ihn. Er sagt mir, daß er unglücklich sei, daß er sich von Leuten, die er gern hat, fernhalten sollte, daß sie ihm dauernd weggenommen würden. Er kann nie Wichtiges tun, ohne jemanden dabei zu verlieren, den er gerne hat. Er möchte, daß ich weggehe.»
«Und wirst du das tun?»
«*Du* bist es, über den er sich die meisten Sorgen macht.»
«Das hat er mir erzählt. Und im nächsten Atemzug hat er gesagt, daß er mir nicht vertraue. Es ist widersprüchlich.»
«So ist Eric. Er wird mit jedem Tag wilder. Jetzt mit diesem Karate und Jiu-Jitsu. Ich weiß nie, was er als nächstes tut. Ich verliere meinen Einfluß auf ihn. Du mußt daher vorsichtig sein, Noel. Vorsichtiger als du es jemals in deinem Leben gewesen bist.»
Sie nahm wieder kurz seine Hand, um das zu sagen, dann erhob sie sich und bestand darauf, daß er sitzen bleiben sollte, während sie nach unten ging.
Einen Augenblick lang fragte sich Noel, ob er trotz allem zu ihr gehen sollte. Aber beim einzigen kurzen Blick, den Alana ihm zuwarf, bevor sie in den Aufzug stieg, sah ihr Gesicht so verzerrt, so erschöpft aus, daß er wußte, er durfte es nicht tun.

9

Der Briefkasten in seinem Appartementhaus war gesteckt voll. Er hatte ihn seit über vierzehn Tagen nicht mehr geleert. Der Großteil bestand aus abonnierten Zeitschriften, Reklamesendungen und anderer wertloser Post, Karten von Kollegen in der Schule, mit denen er sich während zwei Semestern selten länger als zehn Minuten unterhalten hatte und die sich bemüßigt fühlten, Urlaubspostkarten aus dem ganzen Land, ja aus der ganzen Welt zu senden, mit winziger, kaum leserlicher Schrift vollgekritzelt, in der sie amüsante, detaillierte Anekdoten ihrer Mißgeschicke und die seltsamen lokalen Sitten und Bräuche, denen sie begegnet waren, schilderten. Nichts von Mirella. Der Rest schienen Rechnungen zu sein.

Der erste Umschlag, den er öffnete, enthielt den monatlichen Gehaltsscheck von Whisper, der ihm durch das Forschungsamt für Sozialarbeit in Albany geschickt wurde. Als er ihn an dem einen Ende aufriß, erinnerte er sich, daß er den Fischer anrufen mußte, bevor er den Scheck zur Bank brachte und andere Gänge am heutigen Tag erledigte.
Aber hier war etwas Neues. Zwischen dem Scheck und der Abrechnung, die er gewöhnlich erhielt, waren mehrere Blatt unbeschriebenen, körnigen Pelürepapiers. Nein, nicht alle waren unbeschrieben. Auf eines war gekritzelt: «Rufen Sie die Hintertürchen von AUSSERHALB Ihrer Wohnung an!»
«Lockvogel hier», sagte er in den Münzfernsprecher gegenüber seinem Appartementhaus.
«Einen Augenblick, bitte», antwortete die mütterliche Telefonistin. Als sie an den Apparat zurückkehrte, sagte sie: «Sie sollen heute nachmittag zum Fischen gehen, wenn Sie können.»
War das nicht ein Notsignal? Aber wofür?
«Ich kann», sagte er, wobei er hoffte, es sei damit gemeint, ob er Zeit habe.
«Schön.» Sie nannte ein Kino am Broadway. «Es gibt eine Drei-Uhr-Vorstellung. Pünktlich um drei Uhr dreißig im WC Nummer zwei beim Eingang zur Herrentoilette. Haben Sie's mitbekommen?»
Er hatte die Mitteilung notiert. «Sonst noch etwas?»
«Das ist alles, was ich habe, Liebling.»
«Was ist das für ein Film?»
«Und haben Sie einen schönen Tag», sagte sie mechanisch, bevor sie getrennt wurden.

10

Der Film, der an jenem Nachmittag lief, war ein James-Bond-Humbug – aber so unterhaltsam, daß Noel immer wieder auf seine Uhr blicken mußte, um sicherzugehen, daß er die Verabredung mit Loomis nicht versäumte. Als er zum drittenmal auf die Uhr sah, war es drei Uhr zweiunddreißig.
Die Herrentoilette befand sich ein paar Stufen tiefer, links von der Haupttreppe. Innen war ein Vorraum mit eingebauten Bänken, einem Trinkwassergerät und Toilettenzubehör-Automaten. Dahinter war die Toilette selbst, mit Marmorwänden, die kaltes

Schweigen ausströmten, als er eintrat. Niemand stand vor der Reihe der Urinbecken. Zwei Reihen von Kabinen. Oh, schön, dachte er, *das* hatte sie ihm am Hintertürchen nicht gesagt – was genau hatte sie ihm eigentlich gesagt? Kabinennummer zwei von der Tür. Das mußte in der ersten Reihe sein. Aber würde der alte Bulle der größeren Ungestörtheit wegen nicht zur rückwärtigen Reihe gehen? Und tatsächlich, die einzige Zelle mit einer abgeschlossenen Tür war die zweite von rechts in der hinteren Reihe.

Noel schlüpfte in die Zelle daneben und setzte sich hin. Von seinem Nachbarn war kein Laut zu hören. Noel hustete. Noch immer nichts. Diese alten Toiletten waren geräumig, mit Trennwänden, die bis auf fünfzehn Zentimeter vom Fußboden hinunterreichten. Er würde auf Hände und Knie hinuntergehen müssen, um sehen zu können, wer darin war und ob überhaupt jemand darin war: Die Kabine war vielleicht nur wegen Defekt von der Leitung des Kinos abgeschlossen worden. Sollte er anklopfen? Wenn der Fischer nebenan war, hätte er Noel bestimmt hereinkommen hören. Hatte er vergessen, Noel einen Erkennungskode anzugeben? Zum Teufel mit Loomis und allen diesen Spionagespielchen! Plötzlich hörte man ein Husten von nebenan. Es klang nicht, als ob es von einem jungen Mann käme.

Noel lehnte sich auf dem Sitz so weit wie möglich zurück – bis dahin, wo die Trennwand nicht ganz mit der rückwärtigen Mauer zusammentraf und einen fingerbreiten Spalt frei ließ. Er räusperte sich sorgfältig, hörbar.

Keine Antwort.

Was zum Teufel hatte Loomis vor?

Noel hustete wieder, diesmal lauter.

Als dies keine Antwort hervorlockte, sagte er schließlich Hallo. Für ein paar Augenblicke herrschte Schweigen. Dann hörte er einen plötzlichen Schwall von Geräuschen – das rasche Abrollen des Toilettenpapiers, das heftige Ziehen an der Spülung in der Toilette und etwas, das wie eine Gürtelschnalle tönte, die gegen die Trennwand schlug. Das letzte Geräusch war der metallische Ton der Kabinentür, als sie geöffnet und dann zugeschlagen wurde. Der Mann in der Kabine war verschwunden.

Noel mußte sicher sein, daß es nicht Loomis war, der seine Spielchen mit ihm trieb. Als er aus seiner Kabine ging, war nur eine einzige andere Person da, ein untersetzter Schwarzer in mittleren Jahren, der sich am Becken die Hände wusch. Noel

hörte auf, ihn anzustarren, und der Mann hörte auf, seine Hände zu waschen, und trocknete sie in aller Eile mit Papierhandtüchern ab. Er sah entweder verärgert oder eingeschüchtert aus, oder beides. Dann eilte er hinaus.
Bevor die Tür des Vorraums zugeschlagen wurde, war eine andere Hand an der Klinke – von jemandem, der hereinkam. Die gedrungene Gestalt des Fischers mit seinem gemächlichen Gang ersetzte den schwarzen Mann.
«Ich sagte doch, Sie sollten in der Kabine warten», waren Loomis' erste Worte. «Was tun Sie hier?»
«Der Mann, der gerade weggegangen ist, war in Ihrer Kabine. Dies war keine Glanzidee von Ihnen, Loomis.»
«Schsch!» machte der Fischer.
«Niemand anderer ist hier.»
«Was haben Sie zu ihm gesagt?»
«Nichts. Er dachte, ich würde nach einem kleinen Teehausvergnügen Ausschau halten.»
«Nach einem kleinen was?»
«Was Aufregendes», half Noel ihm auf die Sprünge. «Sex, hier.»
«Oh! Gehen wir in die Kabinen, ehe jemand anderer hereinkommt.» Loomis war bereits unterwegs nach der hinteren Reihe.
«Warum können wir nicht hier miteinander sprechen? Es sind höchstens zwölf Leute in dem Kino. Es ist hier sicher, wenn Sie mich fragen.»
«Ich frage Sie aber nicht», sagte Loomis und öffnete die Kabinentür. «Gehen Sie hinein.»
«Dies ist nicht Nummer zwei. Es ist Nummer drei», erhob Noel Einspruch, ging aber trotzdem hinein, da Loomis in seiner Kabine verschwunden war und die Tür abgeschlossen hatte.
Er hörte ein leichtes metallenes Klirren, dann sah er die Tafel mit dem Toilettenpapierhalter an der Trennwand ein wenig erzittern und ruckweise auf eine Seite gleiten.
«Mich laust der Affe!» sagte Noel. «Ein echtes Beobachtungsloch!»
«Sprechen Sie leise», sagte Loomis. «Stinkt hier drin.»
«Es war Ihr Einfall. Ich hätte nie geglaubt, ein richtiges Beobachtungsloch zu sehen zu bekommen. Wer hat es gefunden?»
«Ein Detektiv», erwiderte Loomis in geschäftsmäßigem Ton. Durch die rechteckige Öffnung konnte Noel ihn vornübergebeugt sehen, als ob er den Boden prüfe.

«Natürlich.»
«Vergeuden wir keine Zeit, Lockvogel. Wir haben eine wichtige Sache vor uns.»
«Werde ich Sie jedesmal hier treffen müssen, wenn wir zusammen sprechen wollen?»
«Haben Sie diese Papierfetzen nicht bekommen?»
«Ja.»
«Wir werden uns auf diese Weise verständigen. Schreiben Sie Ihre Nachricht. Knüllen Sie sie zusammen, wickeln Sie sie in eine Stanniol- oder Plastikfolie, und lassen Sie sie außen an der Mauer um Redferns Haus fallen. Jemand wird dreimal am Tag dort vorbeikommen, um sie abzuholen.»
War es Noels Einbildung, oder sah der Fischer irgendwie verändert aus? «Warum alle diese plötzlichen Vorsichtsmaßnahmen?»
«Schwierigkeiten. Große Schwierigkeiten. Ich glaube, Mr. X ist einem unserer Detektive auf die Schliche gekommen. Sie wissen, was das bedeutet. Wir können kein Risiko eingehen.»
«Jemandem, den ich kenne?»
«Ihrem Freund Vega.»
«Wieso? Die beiden begegnen einander nie. Buddy ist im Stadtzentrum, in der Bar.»
«Vega hat herumgeschnüffelt. Blödsinn getrieben. Offensichtlich ist Mr. X etwas zu Ohren gekommen. Wenn er es nicht bereits weiß, wird er es bald genug erfahren.»
«Wie herumgeschnüffelt?» wollte Noel wissen. Er glaubte nicht, daß Loomis zugeben würde, was Vega über die Methoden herausgefunden hatte, mit denen Whisper seine Detektive auswählte. Er hatte aber trotzdem keine Ahnung, was der Fischer ihm erzählen würde oder warum.
«Einzelheiten sind unnötig. Sie werden ohnehin geheimgehalten. Aber ich habe ziemlich zuverlässige Nachrichten, daß Mr. X etwas weiß.»
«Nun, ich habe nichts darüber gehört, aber wer bin ich schon?» sagte Noel. Es war etwas an Loomis, das Noel zuvor nicht bemerkt hatte, aber er konnte noch immer nicht sagen, was genau.
«Wer ist dieser neue Mann im Haus?»
«Bill McWhitter, Leibwächter. Masseur. Im Augenblick Sexspielzeug. Er ist ein hervorragender Kampfsportler. Sehr, sehr stark. Hat beinahe den Koch über die Balkonbrüstung in der Villa geworfen. Hat einige Erfahrung als Schläger drüben

an der Westküste. Ein Schmalspurmann, aber gefährlich. Ich habe den Eindruck, daß er mich wegen der Art, wie ich meine Zähne putze, kalt lächelnd umbringen würde. Er mag mich nicht.»
Loomis schien einzunicken. Nein, nur nachzudenken. Er fragte plötzlich: «Also hat er Ihren Platz übernommen?»
«Kaum. Sie ficken zusammen, was ich nie mit Eric getan habe. Auf Ihre Empfehlung hin, erinnern Sie sich? Sie sind viel zusammen. Alana sagt, es würde nicht von Dauer sein.»
«Was wissen Sie sonst noch über das Aushängeschild dieses Wirtschaftsrats?»
Das kam unerwartet. Noel mußte sich überlegen, was er antworten wollte.
«Sie kamen alle vor ein paar Wochen in einer Stadt im Mittelwesten zusammen. Dann erhielt Eric letzte Woche einen Anruf, der ihn wirklich freute. Sie hatten einige Antidiskriminierungsgesetze durchsetzen können. Ich könnte Ihnen die Einzelheiten beschaffen.»
«Wo im Mittelwesten?»
«Kansas. Minnesota. Auch noch in einem anderen Staat.»
Noel hatte diese genauen Angaben gemacht, um Loomis zu überzeugen, daß nichts Illegales an den Aktivitäten der Redfern-Gruppe war, und um zu zeigen, daß sie nicht, wie Loomis es nannte, nur ein Aushängeschild war, sondern vielmehr eine vermögende, angesehene Lobby für Gesetzesänderungen.
«Und sonst nichts?» fragte der Fischer unbeeindruckt.
«Nichts als die überstürzte Heimfahrt gestern abend. Es scheint, daß Ihre Männer zu leicht sichtbar waren. Sogar ich habe sie gesehen, wie sie mir während des Tages von der Villa gefolgt sind.» Das war eine Lüge, aber sie würde dazu beitragen, Loomis davon zu überzeugen, wie idiotisch er hier gehandelt hatte.
«Der Ort ist schwierig zu beobachten», war alles, was er antwortete.
«Er habe auch dort das Telefon blockiert – sagte er mir.»
«Wir sind daran, dem zu begegnen. Bis jetzt ohne Erfolg.»
«Nun, Sie machen ihn richtig paranoid. Lassen Sie ihn bitte eine Zeitlang in Ruhe, ja? Es wird dort ein bißchen heiß für mich.»
«Es sind nicht nur wir. Sie müssen Vega die Schuld geben. Er ist's, der Schwierigkeiten macht.»
«Warum? Was tut er?»

«Ich erzählte es Ihnen ja bereits», meinte Loomis ärgerlich. «Er führt sich auf wie ein Narr. Kommen wir jetzt aufs Geschäftliche zurück. Ich möchte von Ihnen mindestens alle zwei Tage eine Nachricht bekommen, während Sie in Redferns Haus sind. Früh am Morgen und spät am Abend sind die besten Zeiten. Meine Leute fallen dann am wenigsten auf. Schreiben Sie jedes Detail auf. Und seien Sie weiterhin vorsichtig. Ich habe nichts dagegen, wenn er es mit der Angst zu tun bekommt. Je mehr er eingeschüchtert wird, desto schneller wird er einen Fehler begehen – und dann treten wir in Erscheinung und schnappen ihn.»
Er gab noch ein paar Dutzend weitere Verhaltensmaßregeln. Noel hörte nur mit halbem Ohr hin, er versuchte noch immer zu bestimmen, was er an Loomis' Erscheinung heute nicht festlegen konnte. Seine Gesichtszüge traten stärker hervor, vielleicht hatte er an Gewicht verloren. Seine Lippen schienen zu feixen, wenn er sprach, und die Worte entluden sich mit einem kalten Zorn, als würden sie in seinem Mund schlecht schmecken. Er betonte seine Ausführungen, indem er einen Finger durch die Wandöffnung steckte. Noel erinnerte sich an einen alten Schäferhund, der Freunden von ihm und von Monica gehört hatte, als sie noch Teenager waren. Er hatte sich von einem ziemlich liebenswerten Geschöpf in einen Wüterich verwandelt, der jedes Lebewesen angriff, welches kleiner als er war, und der sogar in die Luft sprang, um niedrig fliegende Sperlinge zu fangen. Schließlich hatte er sogar seinen eigenen Herrn angegriffen und mußte getötet werden. Die Autopsie hatte eine fortgeschrittene Arterienverkalkung gezeigt.
Jemand anderer kam in die Toilette, um das Urinbecken zu benützen. Loomis schloß vorsichtig die Öffnung zwischen ihm und Noel, dann zog er die Spülung der Toilette und verließ die Kabine. Noel wartete, bis beide Männer gegangen waren, dann ging er nach oben und sah sich den Film zu Ende an. Aber er vermochte den Gedanken an jenen Schäferhund für den Rest des Tages nicht zu verscheuchen.

11

«*Fire Island?» Noel war erstaunt.* «Aber wir sind doch gerade erst von den Hamptons zurückgekommen.»
«Fire Island Pines», sagte Alana. Sie beendeten gerade das Frühstück auf der rückwärtigen Terrasse. Eric und McWhitter waren ins Haus gegangen. «Eric besitzt ein wundervolles Haus an der Bucht», schwärmte sie. «Wir fliegen heute nachmittag hin.»
«Wird er sich dort sicherer fühlen als hier?»
«Viel sicherer. Wir kennen dort beinahe jedermann.»
«Ich hatte keine Ahnung, daß er ein Haus dort besitzt.»
«Die Klubmanager haben es benutzt. Cal, Geoff Malchuck, Rick und Jimmy. Gelegentlich wird vielleicht eine Armee dort sein. Du mußt jetzt gehen und deine Sachen packen. Wir nehmen das Ein-Uhr-Flugzeug.»
«Aber mit so vielen anderen Leuten ringsum, wird es da nicht noch mehr Gelegenheiten geben, daß Eric . . . Nun, du weißt ja, wie er in letzter Zeit mit uns gewesen ist?»
«Man ist immer sicherer in einer Menge, nicht wahr?» sagte sie und gab sich selbst die Antwort. Sie schien so unerschütterlich, daß Noel sich fragte, ob der Entschluß nicht von ihr stammte. «Wir werden Partys und Einladungen zum Abendessen geben, alte Freunde sehen, an den Strand und Segeln gehen. Er wird keine Zeit haben, um über schlimme Dinge nachzudenken. Er wird zu sehr abgelenkt sein», sagte sie fröhlich. «Ich freue mich auch darauf.»
Dann war es also doch ihr Einfall! Noel machte es nichts aus. Es wurde heißer mit jedem Tag, die Luft in der City schwüler und immer mehr verschmutzt. Und es würde ihm notwendige Informationen für sein Buch beschaffen – ein mit jedem Tag schwierigeres und in größere Ferne rückendes Projekt. Dann war er sich auch seiner Sache wegen Whisper nicht sicher. Etwas hatte sich verändert.
«Bist du sicher, daß er sich dort mehr in Sicherheit fühlt?» fragte Noel.
«Bestimmt!» sagte sie. Lachte, stand vom Tisch auf, küßte flüchtig seine Wange und lief ins Haus, um ihre Sachen fertig einzupacken.

Noel fühlte, daß er ziemlich genau seit jenem Augenblick die Selbstkontrolle verloren hatte, die er so sorgfältig in den Wochen nach Randys Tod im Hinterzimmer von Le Pissoir in sich aufgebaut hatte.
Nicht, weil er während den zwei Wochen auf Fire Island den Kontakt mit Loomis und Whisper verloren hatte. Anfänglich war er glücklich, daß es nicht zu einem Nachrichtenaustausch kam, den er für gefährlich hielt. Seit er mit Loomis in der Kinotoilette zusammengetroffen war, fühlte er ein Unbehagen. Über den Fischer, über die ganze Operation. Er hatte allerdings zwischen Alanas Ankündigung beim Frühstück und dem Zeitpunkt, da der Silver Cloud zum East River Basin losfuhr, wo die beiden Wasserflugzeuge, die Eriç für sie gechartert hatte, bereits mit laufenden Motoren warteten, wirklich keine freie Minute gefunden, um eine Nachricht zu schreiben. Loomis würde bald genug herausfinden, wohin sie gereist waren. Sie bildeten eine zu große und auffällige Karawane, um selbst dem schläfrigsten Whisper-Auge zu entgehen.
Nein, das war nicht das Problem. Es war Fire Island selbst oder zumindest die zwei überwiegend homosexuellen Gemeinden: Fire Island Pines und Cherry Grove, wo Redfern und seine Freunde wohnten und sich amüsierten. Nach einer Verschnaufpause von mehreren Wochen fand sich Noel direkt in den Mittelpunkt der unverhohlensten, flagrantest homosexuellen paar Quadratmeilen des Landes versetzt, zwei Tage vor dem größten Feiertag der Saison – dem Wochenende des vierten Juli. Pine Grove war eine Brutstätte von genau jenem sexuellen Druck und jenen Fragen, die er so rasch verdrängt hatte, und es war ihm nicht vergönnt, sie auch nur für einen einzigen Augenblick zu vergessen. Jeder Schritt, den er machte, wurde beobachtet – nicht von Spionen oder Detektiven –, sondern von Schwulen, die auf Sex aus waren, ihm Anträge machten, ihn berührten, zu ihm herkamen, mit ihm plauderten, als ob sie ihn seit Jahren kannten, hinter ihm her zischelten, wenn sie am Strand und auf der Strandpromenade an ihm vorbeigingen, die mit leiser Stimme obszöne Anspielungen machten, laut miteinander über ihn sprachen, so daß er es hören konnte, ihn nach der Zeit fragten, obschon er dort draußen nie eine Uhr trug. Feuer verlangten, obschon er nicht rauchte, sich nach seiner Telefonnummer erkundigten, ihn um eine Vielfalt sexueller Aktivitäten baten, von denen er einige gar nie als sexuell eingestuft hätte. Nichts, was er tat, was er anhatte oder sagte, half etwas. Die ausgebeul-

testen Klamotten, die er in dem Haus auftreiben konnte, waren zwecklos. Grobes Verhalten brachte nur noch mehr Aufforderungen zu brutaler Behandlung der liebestollen Antragssteller. Sich ruhig und distanziert zu verhalten wurde schwierig, wenn es Reaktionen wie: «Wer glaubt *sie,* daß sie ist?» und «Spiel dich nicht auf, Süße, wir wissen über dich Bescheid» zur Folge hatte, was Noel nur noch mehr in Wut versetzte. Was ihm vor ein paar Monaten im Grip oder in der Christopher Street Spaß gemacht hatte, war jetzt einfach zu viel für ihn. Zum erstenmal in seinem Leben wünschte er sich, ein Krüppel, ein Buckliger, entstellt und häßlich zu sein.

Die Kulisse für all das war restlos bezaubernd, mußte Noel in seinen selteneren Augenblicken der Objektivität während seines Aufenthalts in den Pines zugeben. Die Wasserflugzeuge hatten sie am Strand der Inselbucht an Land gesetzt, weniger als 10 Meter durch knöcheltiefes Wasser vom Grundstück des prachtvollen zweistöckigen Zedernholzhauses entfernt, das Redfern vor einigen Jahren am Ostrand der Gemeinde gebaut hatte. Vom Balkon des obersten Stockwerks hatte man einen großartigen Blick auf die Great South Bay mit den Gemeinden Sayville und Patchogue, wo während der ersten Woche seines Besuchs die ganze Nacht hindurch Feuerwerkskörper abgeschossen wurden. Blickte man nach Osten oder Westen, wurde die Insel schmaler, und aus dieser Höhe konnte man die nächsten paar Orte in beiden Richtungen sehen, jeder getrennt durch eine ganze Anzahl Wälder und Dünen. Die Dachterrasse gewährte einen Blick auf ein Kiefernwäldchen, das die Dächer anderer Häuser zwischen dem Redfern-Grundstück und dem Strand berührte. Vögel gaben einander kakophonische Konzerte in der Morgendämmerung und machten Flugspiele während des Tages. Rotwildfamilien, Kaninchen, sogar Waschbären suchten in aller Ruhe nach Futter in den Pflaumenbäumen und den Olivensträuchern rund um das Haus, bis sie ein Geräusch hörten, die Ohren spitzten und zurück in das Laubwerk flitzten oder sich geräuschvoll einen Weg bahnten. Ein Liliengarten auf einer Seite des Hauses zeigte Schwertlilien, Tigerlilien und ein Dutzend andere Arten, die Noel nur aus der Blumenausstellung im Coliseum, in die Monica ihn vor zehn Jahren einmal mitgeschleppt hatte, vertraut waren. Und die Doppelspiegel der Bucht im Norden und des Ozeans im Süden waren nur eine Viertelmeile voneinander getrennt und von einigen Stellen auf dem Dach mit einem einzigen Blick erfaßbar.

Aber vor allem war es das Gefühl, weit von allem wegzusein, an Bord eines Schiffes, Wind und Wellen preisgegeben, auf dem Meer, vor der Küste. Am Rand.
Wenn es nur wahr wäre, sagte Noel sich, hätte er sich mit der plötzlichen Überflutung durch den gesellschaftlichen Strudel, der ihn umgab, abfinden können, mit den bizarren Stunden, die jedermann einhielt, mit dem chaotischen Haushalt – wo jeder genau das tat, was ihm oder ihr gefiel, bis alle, wie durch Zauber oder Telepathie, plötzlich ein und demselben Ziel zustrebten. Er wäre mit den dauernden Partyveranstaltungen zurechtgekommen, mit der völligen Hingabe an Discotänze, Drogen und öffentliche Promiskuität – aber sobald Sex hinzukam, fand er, daß er damit überhaupt nicht fertig wurde.
Änderungen im Haus erfolgten unvermittelt, rätselhaft, unerklärt. Eric ließ McWhitter als Liebhaber fallen, genau wie Alana vorhergesagt hatte, aber das bedeutete nicht, daß Redfern auf Noel zurückkam. Im Gegenteil. Statt dessen kam ein sonnengebräunter, gut aussehender Jüngling oder Mann nach dem anderen zu Eric ins Haus: manchmal mehr als einer am Tag, und oft zwei oder mehr gleichzeitig.
Noel konnte eines der drei Badezimmer betreten und einen attraktiven Fremden darin vorfinden, der sich gerade geduscht oder rasiert hatte. Er ging dann in die Küche im Erdgeschoß zu einer Tasse Morgenkaffee und entdeckte dort einen blonden Riesen, den er nie zuvor gesehen hatte und der ein vollständiges Frühstück für einen anderen Fremden vorbereitete. Zwei dunkelhaarige, bärtige Fremde lagen draußen auf dem Mansardendach auf der Seite der Bucht, ein anderer tauchte gerade in den Pool. Eine Minute später zog ein junger Schwarzer, wie ein Anatomiemodell gebaut, eine Wagenladung Lebensmittel durch die Seitentür – kein Lieferantenjunge, sondern ein Star-Dressman, der nur jemandem irgendwo im Haus einen Gefallen tat. Im Wohnzimmer saßen zwei blonde Deutsche, die kaum ein Wort Englisch sprechen konnten, tief in weichen Rundumsofas gesunken, waren high und lachten aus voller Kehle über die morgendlichen TV-Zeichentrickfilme. Alle von ihnen kannten jemanden im Haus beim Namen. Alle waren anziehend, taten dies oder jenes in der City oder interessierten sich für ihn. Sie waren wie Teersand an den Sohlen von Noels Füßen: immer da, unvermeidlich, nicht wegzukriegen.
Schlimmer noch, die ganze Bevölkerung von Fire Island schien verliebt zu sein oder dabei, sich zu verlieben, oder gerade eine

Liebesaffäre hinter sich gebracht zu haben. McWhitter fand rasch entsprechenden Ersatz. Jeder, den Noel kennenlernte – Richard, Robert, Don, Bill, Jim, in endloser doppelter Ausführung, so daß er sich nie an ihre Namen erinnern konnte – schloß sich im Lauf des Nachmittags mit einem Partner zusammen. Selbst Alana hatte in dieser ersten Woche Besuch von einem alten Freund – einem schlanken Argentinier namens Guillermo, mit einem Akzent, mit prächtiger Sonnenbräune und, einem der Bills oder Jims zufolge, einem Scheißhaufen Geld.
Sie war für zwei Nächte außer Haus geblieben, was Noels Gefühlen überhaupt nicht wohltat. Nicht wenn Paare aller Geschlechter sich auf der Tanzfläche in der Hafen-Disco küßten, einander am Strand abknutschten oder einander am Rand des Swimmingpools liebten, auf der Terrasse, auf dem Dachgarten, in den Büschen, auf der Strandpromenade, irgendwo und überall, wo Noel war.
Und dann natürlich die Drogen: Kokain am Morgen, ein Joint beim Frühstück, Mescalin oder Psilocybin oder einfach gewöhnliches LSD, bevor man an den Strand ging. Ein Downer brachte sie wieder soweit herunter, daß sie nach dem Besuch des Tea Dance ein kleines Nickerchen machen konnten. Aber nach dem Abendessen war alles erlaubt: Noel zählte einmal achtunddreißig verschiedene Pillen, Dragees oder Kapseln, die innerhalb von ein paar Minuten unter elf Leuten aufgeteilt wurden.
In den ersten paar Tagen hatte er versucht, mit den anderen mitzuhalten, aber sich nur schon über die Strandpromenade zu manövrieren war entmutigend genug. Selbst als er die Drogenmenge auf ein Drittel der gewohnten Dosis herabsetzte, mußte er sich den ganzen Morgen flachlegen, pennte von einer Droge ein oder lag berauscht im Sand, während angekündigt wurde, daß die nächste Party in sechs Minuten steigen würde.
Zwei Wochen nach ihrer Ankunft brachte der letzte Tropfen das Faß schließlich zum Überlaufen. Noel war früh schlafen gegangen, um ein Uhr nachts, gerade als alle anderen ausgegangen waren. Er wachte in der Morgendämmerung auf. Da er nicht wieder einschlafen konnte, ging er auf ein Glas Milch und ein Sandwich in die Küche hinunter. Auf dem Balkon mit dem Blick auf das zweistöckige Wohnzimmer hörte er das dumpfe Hämmern von Rockmusik von einem Tonband. Dies war inzwischen ein vertrautes Geräusch geworden, und er dachte nicht einmal darüber nach. Erst als er die Treppenstufen hin-

untergegangen war, bemerkte er, daß die Sofas an die Wand gerückt, die riesigen Kissen auf dem Boden verteilt waren und Dutzende von Körpern die ganze Fläche von der Küche bis zum Dachgarten und Swimmingpool bedeckten – er war in eine frühmorgendliche Orgie geraten.

Er hatte ein Gefühl, als ob er auf einem anderen Planeten gestrandet wäre – alles war fremdartig und unverständlich. Was erklärte, wie aufrichtig froh Noel später am Tag der großen Orgie war, als er das gedehnte Sprechen des Kleinen Larry Vitale hinter sich hörte, während er in dem dichten Gedränge am Türeingang zum Tea Dance stand. Vor Noels Augen wurde der Papierdreß einer üppigen südamerikanischen Schönheit in einer Tanzraserei langsam aber sicher von den schimmernden Zähnen ihres ebenso frenetischen Partners von ihrem Körper weggerissen.

«Glaubst du, daß er damit aufhört, wenn er ihre Schnecke erreicht?» wollte Noel wissen, als das Paar nur ein paar Zentimeter von ihm und Larry entfernt herumwirbelte und der Mann sich, noch immer tanzend, herunterbeugte und mit dem Mund nach der Rückseite dessen schnappte, was vom Rock noch geblieben war.

«Hoppla! war wohl zu früh gesprochen.»

«Ich hab' diesen alten Klubakt schon im Januar in Clouds gesehen», sagte Larry gedehnt und nippte an einem Drink von derselben Färbung wie die Badezimmerkacheln einer Vorstadtwohnung. «Gehen wir von hier fort. Es gibt zu viele Leute. Zu viele Verlierer.»

Der Dachgarten war bis zum Geländer voller Menschen, daher tranken sie ihre Gläser aus und gingen zum Bootanlegeplatz hinüber, der in die Bucht an der Hafenmündung hineinragte. Die Bänke waren bereits von Paaren besetzt, die einander knutschten, um möglichst malerisch bei dem großartigen Schauspiel des Sonnenuntergangs über dem Wasser auszusehen. Noel und Larry hielten sich von ihnen fern und setzten sich auf die Seite der Anlegestelle, wobei ihre Füße beinahe das hohe Flutwasser berührten.

«Bist du mit den reichen Jungs hier?» fragte Larry.

«Was hast du gedacht?»

«Wie gefällt dir die Insel?» wollte Larry wissen. Er schien sie offensichtlich zu lieben. «Hast du's schon bis hinunter zum Meat Rack geschafft? Nein», gab er sich selbst die Antwort. «Wahrscheinlich hast du keine Gelegenheit dazu gehabt, mit allen den örtlichen Talenten, die übereinander stolpern, um nur einen Hauch von dir zu kriegen.»

Noel wußte, was das Meat Rack war – ein Waldstreifen zwischen den zwei Gemeinden, der dem alfresco-Sex, Tag und Nacht, überlassen war. Sex! Das war alles, was er hörte, worüber er nachdachte.

«Der ganze Ort ist ein wenig zu wild für mich», gab Noel schließlich zu.

«Blödsinn! Mach doch einfach mit.»

«Ich kann nicht. Noch nicht. Ich habe Sex eine Zeitlang sozusagen auf Eis gelegt.»

Larry blickte auf Noels Augen. «Kein Gelb, also keine Hepatitis. Dann muß es 'ne Geschlechtskrankheit sein.»

«Keines von beiden.»

«Dann eben Geisteskrankheit», erklärte Larry. «Du bist nicht auf deinem gewohnten Baum. Das ist wie ein Diabetiker, der in eine Schokoladefabrik eingeschlossen ist.»

«Ja, so was Ähnliches», gab Noel zu.

«Kein Wunder, daß du so verkrampft bist.»

«Kann man das sehen?» fragte Noel. Mit Larry fühlte er sich wohl. Er konnte er selbst sein, was auch immer das im Augenblick heißen mochte. Für eine kurze Minute fragte er sich, ob er Larry wegen Loomis und Whisper, wegen Vega und der Akten, die dieser Noel gezeigt hatte, fragen sollte.

Er hatte vorsichtig zu dem Thema übergewechselt, als Larry ihn zum Schweigen brachte. Einige Freunde des Jungen waren gerade auf das Dock gekommen und machten bald darauf Noel und Larry mit einem Thai-Stick, einem importierten indonesischen Marihuana, high und schleppten die beiden anschließend zum Tea Dance zurück. Noel kam gerade rechtzeitig, um Eric und Alana und McWhitter anzutreffen. Seine Fragen an Larry verloren sich im Rausch und der Verrücktheit des Tanzes, in den die anderen ihn hineinzogen.

12

Als sie ins Haus zurückkehrten, gab es dort viele Leute. Da sie das vorhergehende lange Feiertagswochenende in der Stadt hatten verbringen müssen, waren alle Klubmanager von Redferns Unternehmen und ihre jungen Freunde und Liebhaber für dieses Wochenende nach Fire Island gekommen. Alle sechs Schlafzimmer waren besetzt, wobei McWhitter wieder in Erics Zimmer schlief und Noel bat, seines mit Geoff Malchuck teilen zu können, dem ruhigen, gelassenen Manager des Clouds. Natürlich war das Haus jetzt noch lärmiger und beherbergte noch mehr Leute als gewöhnlich, die kamen und gingen. Noels Stimmung, die schon vor der Begegnung mit Larry im Tea Dance gereizt war, verschlechterte sich noch mehr.

Sogar Dorrance kam mit dem Wasserflugzeug zum Abendessen angeflogen. Er wolle die Nacht im Haus eines in der Nähe wohnenden Freundes verbringen, sagte er. Offenbar hatte er seine Erfahrungen in Erics Haus am Wochenende gemacht. Aufgrund der Anwesenheit von Dorrance konnte Noel nicht umhin zu bemerken, daß beim Essen an diesem Abend all diejenigen erschienen waren, die auch an jenem ersten Geschäftsessen im halbmondförmigen Speisezimmer in Erics Haus in der City teilgenommen hatten. Vor unendlich langer Zeit, wie es schien. Das heißt, alle außer Randy. Und alle außer Noel in ungewöhnlich guter Stimmung. Selbst der zumeist zurückhaltende McWhitter tanzte durch das Wohnzimmer mit «Marge» zum unaufhörlichen Hämmern der Discomusik, die Noel beinahe dazu brachte, die teure Anlage kaputtzuschlagen.

«So, da wären wir!» sagte «Marge», als alle sich schließlich um den Eßtisch, der einem Refektorium zu entstammen schien, versammelt hatten, «eine einzige glückliche Familie.» Er überprüfte die Gruppe, als ob er sie zusammengebracht hätte.

«Nicht ganz jeder von uns ist glücklich», versetzte Eric, hob ein Weinglas und preßte dessen feuchte Kühle an seine Wange. «Schaut euch den Miesepeter dort drüben an.»

Es war leicht genug, seinem Blick über die lange Tafel zu Noel zu folgen.

«Was ist los mit dir, Noel, fühlst du dich nicht wohl?» fragte «Marge».

«Er fühlt sich schrecklich», antwortete Eric an Noels Stelle. «Nicht wahr?»

Noel spielte mit einem Bissen, den er von einem Ende seines

Tellers zum andern geschoben hatte. Ohne aufzublicken, sagte er: «Ich habe mir gerade überlegt, wenn ihr mich nicht unbedingt hier braucht, gehe ich morgen für ein paar Tage in die Stadt.»
«Am Wochenende?» fragte Cal Goldberg erstaunt.
«Was ist los?» erkundigte sich McWhitter, «allergisch gegen die Salzluft?»
Ohne sie zu beachten, fuhr Noel fort: «Ihr habt dann mehr Platz hier.» Er konzentrierte sich ganz auf Eric, als er das hinzufügte.
«Du nimmst niemandes Platz weg», sagte Alana. «Nicht wahr, Eric?»
Eric rieb nur das Weinglas an seiner Wange.
«Ist mir egal», sagte Geoff.
«Da möchte ich wetten, daß es das nicht ist», sagte Jimmy DiNadio.
«Nun?» fragte Noel. «Wie steht es damit?»
«Um was zu tun?» wollte Eric wissen.
«Nichts. Ich weiß es nicht. Um am Buch zu arbeiten. Ich hatte nichts Besonderes geplant.»
«Vielleicht um Buddy Vega zu sehen?»
«Vielleicht. Wenn ich zufällig zum Grip hinuntergehe und er dort ist.»
«Wirklich?» sagte Eric sarkastisch. «Ich dachte, ihr beide wärt ganz dicke Freunde.»
«Da hast du eben falsch gedacht», sagte Noel.
«Er hat dich doch mit Rick bekannt gemacht, hat Arbeit für dich gefunden, nicht wahr?»
«So?»
«Er würde nicht einfach irgendwen zur Arbeit in den Grip bringen. Was, Rick?»
«Hat es nie zuvor oder seither getan», meinte Chaffee.
«Woher kennst du Vega?» wollte Eric von Noel wissen.
Alle an der Tafel waren still geworden, um dem Gespräch zuzuhören; sie merkten, daß Eric etwas vorhatte. «Marge» ließ eine Gabel fallen. In der plötzlichen Stille klang es wie wenn ein Stahlträger auf der Tischplatte aufgeschlagen wäre.
«Wir lernten uns einfach kennen», antwortete Noel, auf der Hut vor etwas, mit dem er nicht gerechnet hatte.
«Gebumst und kennengelernt? Oder nur kennengelernt?»
«Gebumst», log Noel.
«Aber nicht in Kalifornien?» fragte Eric. «Wir alle wissen, daß

das nur eine erfundene Geschichte war, um überhaupt in die Bar reinzukommen. Stimmt's?»
Noel verstand weder dieses plötzliche Verhör, noch warum es so öffentlich angestellt wurde. Er war jetzt vorsichtig. «Richtig. Damit ich Material für mein Buch bekommen konnte. Wir dachten, es würde unmöglich für mich sein, einfach von der Straße weg ins Grip zu gehen und einen Job zu kriegen. Besonders mit meinem Hintergrund und allem.»
«Wir?» erkundigte sich Eric. «Wer ist wir?»
«Mein Institutsleiter und ich. Er hat eigentlich dieses Projekt vorgeschlagen. Du weißt das bereits. Worauf willst du überhaupt hinaus?»
«Hat Vega dir vom Grip erzählt?» forschte Eric.
«Er sagte mir, das Lokal sei die meistbesuchte Bar im Village. Das ist alles.»
Cals Liebhaber unterbrach das Gespräch. «Welches Buch?» fragte er Eric, und als Redfern nicht antwortete, fragte er Cal: «Welches Buch?»
«Hast du gewußt, daß Vega verheiratet ist?» erkundigte sich Eric.
«Ich hab' es später herausgefunden. Viel später.»
«Hast du gewußt, daß er früher ein Bulle war? Daß er vor fünf Jahren bei der Polizei herausflog, weil er Bestechungsgelder angenommen hatte?»
Das rettete sein Gesicht. Für Noel kam diese Nachricht als solcher Schock, daß er nichts tat, um ihn zu verbergen.
«Nein. Das habe ich nicht gewußt. Stimmt das?»
«Eric, was soll das Ganze?» unterbrach Alana.
«Laß ihn es dir erzählen», sagte Eric.
«Du verdirbst uns das Abendessen», sagte sie ruhig.
«Erzähl allen, was jetzt gerade in deinem Kopf vorgeht, Noel», sagte Eric. «Los!»
«Du glaubst, daß Vega noch für die Polizei arbeitet. Daß die Bestechungsaffäre fabriziert wurde, damit Vega Spitzel werden konnte», sagte Noel.
«Sehr gut», sagte Eric. «Mach weiter.»
«Und ich bin im Bunde mit Vega. Meinst du das?»
«Eric», unterbrach Alana wieder. «Noel ist doch die ganze Zeit mit uns gewesen.»
«Die meiste Zeit», verbesserte Erc. «Nun? Leugne es, Noel?»
Noel sah sich am Tisch um, warf einen flüchtigen Blick auf jedes Gesicht, das unparteiisch, verständnislos war, mit Aus-

nahme von Eric, der wartete, McWhitter, der ihn anstierte, und Alana, die aus irgendwelcher Gefühlsregung bestürzt dreinblickte. Noel würde von keinem von ihnen Hilfe bekommen. Und Eric war nahe. So nahe an der Wahrheit. Allzu nahe.

«Was leugnen? Daß ich ein Polizeispitzel in deinem Haus bin?» fragte Noel. «Warum sollte ich es leugnen? Wenn es wahr wäre, würde es wenigstens deine kindische Paranoia rechtfertigen.»

«Was meint er damit?» wollte McWhitter von Eric wissen.

«Nur weil es mir keinen Spaß macht, Drogen zu nehmen, bis ich nicht mehr auf den Beinen stehen kann, auszugehen und sechsunddreißig Stunden am Tag zu tanzen und alle fünfzehn Minuten mit einem anderen Fremden Geschlechtsverkehr zu haben, hält man mich für einen Polypen? Nennst du es das Leben eines Erwachsenen?»

«Wenn ich mich für ein solches Leben entschieden habe, dann ja», versetzte Eric gekränkt.

«Nun, mich langweilt das», erklärte Noel, wischte sich den Mund mit einer Stoffserviette ab und schob seinen Teller beiseite. «Und dich wahrscheinlich auch, weshalb du dir diese Auseinandersetzung für heute abend ausgedacht hast. Nur für etwas Aufregung in dein sonst farbloses, armseliges Leben.» Jemand am Tisch ließ einen erstaunten Pfiff hören. Aber Noel war jetzt in Fahrt gekommen und hörte nicht auf. «Und um dir die Wahrheit zu sagen, ist das der Grund, weshalb ich in die Stadt zurückgehe. Um mein Buch zu schreiben. Oder um wenigstens ein Buch zu lesen. Weiß Gott, das letzte, das ich gelesen habe, war vor Monaten das Handbuch für Barmixer, was nicht genau Leo Tolstoi ist.»

«Moment mal», sagte Eric. «Ich bin noch nicht fertig.»

Noel war im Begriff gewesen aufzustehen. Die Neutralität, die er in den Gesichtern der anderen Gäste festgestellt hatte, war bei seiner unklugen Flucht nach vorn verschwunden. Sie schienen alle den Angriff auf ihren Lebensstil sehr persönlich zu nehmen.

«Mit wem hast du dich im Tea Dance unterhalten?» fragte Eric.

«Im Tea Dance?» wiederholte Noel. «Larry? Meinst du ihn? Larry Vitale? Du kennst ihn. Man trifft ihn überall.»

«Das bedeutet nicht, daß wir ihn gern haben.»

«Wie kannst du ihn nicht gern haben?» fragte Noel.

«Ich kann und tue es. Weder ihn noch seine Freunde. Woher kennst du ihn?»

Großer Gott, Eric war aber heute auf Draht. Erst Vega und jetzt Larry. Hatte er sich das alles für den Schwall von Fragen heute abend aufgespart?
«Er kam dauernd ins Grip. Wir haben ein paarmal miteinander gebumst.» Er sagte das, weil er annahm, daß dies allen am Tisch bekannt war. «Wenn ich ihn einmal im Monat sehe, dann ist das viel, und *immer* zufällig. Ich habe nicht allzu viel Gemeinsames mit einem siebzehnjährigen Jungen. Komm, Eric, treibst du's nicht ein wenig zu weit? Wenn du schon deinen Verfolgungswahn haben mußt, dann kannst du wenigstens ein paar Unterschiede machen.»
«Ich habe nichts gegen Larry Vitale», sagte Geoff Malchuck.
«Ich auch nicht», warf Rick ein. «Er hat mir nie Schwierigkeiten gemacht.»
Dies war eine unerwartete Unterstützung. Noel beschloß, sie sich zunutze zu machen. «Schau, Eric, vielleicht solltest du wegen deines Problems jemanden konsultieren.»
«Wovon sprichst du?»
«Sehen wir der Sache ins Auge. Nicht jedermann sieht Feinde in seiner Toilette. Sei doch für eine Minute realistisch.»
«Sei du realistisch! Leute werden getötet!»
«Leute? Eine Person. Und das war offensichtlich die Tat eines Psychos.»
«Wollte glauben machen, daß er ein Psycho war. Es handelt sich um mehr als nur eine Person. Ich weiß von fünf, ja vielleicht von sechs. Sie alle standen mit meinen Klubs in Beziehung und durch sie mit mir. Erzähl mir keine Scheiße von wegen keine Feinde haben. Glaubst du nicht, daß es Leute gibt, die mich gerne aus dem Weg geräumt sähen?»
«Wer?» fragte Noel. «Ich frage doch noch einmal, *wer?* Du sagst, ich sei ein Polizeispitzel. Das erklärt aber nicht, weshalb die Polizei hinter dir her ist. Wer möchte dich aus dem Weg räumen, Eric?»
Eric schwieg, dann sagte er finster: «Ich weiß wer.»
Das war lahm – und sogar Eric wußte es. Noel benützte die Gelegenheit, um von seinem Stuhl aufzustehen. «Ein gesichtsloser, namenloser, grundloser Feind.»
«Ich sagte, ich weiß wer.»
«Du brauchst Hilfe, Eric. Brauchst dich nicht von diesem Esel beschützen zu lassen!»
McWhitter sprang auf, blickte Eric an und hielt dann inne.
Nicht wirklich sicher, was McWhitter im Sinn hatte, dachte

Noel instinktiv daran, aus diesem Eßzimmer und diesem Haus rauszukommen.
«Wohin gehst du?» rief Eric hinter ihm her, eine hysterische Schärfe in seiner Stimme.
«Hinaus! Auf einen Spaziergang!» gab Noel zur Antwort, ohne sich zu ihnen umzuwenden. «Und morgen zurück nach Manhattan.»
«Du hast noch nichts bestritten», erinnerte Eric ihn.
«Werde ich auch nicht tun», sagte Noel.
«Wenn du jetzt fortgehst, komm nicht mehr zurück. Nie mehr.»
Noel schlüpfte durch die Schiebetüren auf die Terrasse hinaus.
«Nie mehr!» schrie Eric noch einmal, und seine Stimme sprang Noel an. *«Hörst du?!»*
Noel war bereits auf der Terrasse und atmete die frische, kühle Luft ein. Während er sich am Geländer festhielt, blickte er über die Bucht auf die niederen Lichterketten und die Orte an der Long-Island-Küste. Er bebte so stark, daß das Geländer unter seiner Hand erzitterte. Er mußte von hier fort.
Er folgte der schwach beleuchteten Holzverschalung zum Tor des umzäunten Grundstücks, klinkte es auf und ging langsam, nachdenklich zur Ozeanseite der Insel. Ein beinahe voller Mond strahlte direkt über ihm auf das Meer. Es mußte kurz vor Mitternacht sein, dachte er.
Er wanderte längs der verlassenen Küstenlinie und setzte sich schließlich auf eine Düne, auf der die Reifen von Polizeiwagen und Baulastern tiefe Spurmuster hinterlassen hatten. Hier ließ er seinem heftigen Zittern am ganzen Körper freien Lauf. Er hatte das Gefühl, als ob alle Muskeln um seinen Hals zu Knoten geworden waren, die gelockert werden mußten, und hoffte, daß die tosende, rauhe Brandung vor ihm ihn von Spannungen, Ängsten und Wut befreien würde.
Nach einer Weile fühlte er eine gewisse Erleichterung. Die Stille half dabei ebenso, ebenso wie die milde Nachtluft mit ihrem scharfen Verwesungsgeruch von angeschwemmten Meerestieren und wie das dumpfe Aufschlagen der Wellen. Gelegentlich brach sich eine Welle, ihre Schaumkrone im Mondlicht glitzernd, lang und heftig, daß es ihm wie ein Kanonenschuß in den Ohren dröhnte. Dann schwieg alles wieder.
Einmal, als er über das Wasser blickte, direkt vor sich, glaubte er die Gestalt eines schlanken, nackten jungen Mannes zu erkennen, der aus der Brandung stieg, wo das Wasser einen platinfarbenen und kobaltblauen Schimmer reflektierten Mond-

lichts hatte. Noel dachte, daß das Profil genau das von Paul Warshaw war, dem schwulen Studenten, der seine Vorlesungen über soziale Abweichung und kriminelles Verhalten besucht hatte. Der jungenhafte Mann schien Noel gleichfalls zu bemerken und starrte eine Minute lang unentschlossen auf ihn, als ob er etwas mit ihm gemeinsam hätte: einen Augenblick, eine andere Perspektive, eine Intimität, getrennt von sinnlicher Begierde, eine Aufforderung. Dann trat der jungenhafte Mann aus den Mondstrahlen heraus und schien in die stille Leere der Bucht zu verschwinden – eine Illusion.

Die Gezeiten begannen sich zu ändern. Die Brise vom Ozean wurde kühl und heftig. Noel stand auf und stapfte mühsam durch den tiefen Sand.

«*Oh-eh!*» hörte er plötzlich eine Frauenstimme hinter sich, wandte sich um und sah ihre Gestalt sich auf einem der erhöhten Spazierwege zur Bucht abheben. «*Oh-eh!*» rief sie wieder in langgezogenen Silben, und er erkannte, daß sie seinen Namen rief.

Er wollte sich gerade umdrehen, um zu ihr zurückzurufen, und hatte bereits den Arm zum Gruß erhoben, als der Gedanke ihm durch den Kopf schoß: Sie hatte ihn hintergangen. Deshalb hatte Eric alle diese Fragen zu stellen gewußt. Alana hatte den Telefonanruf in der Hamptons-Villa mitgehört und Eric alles, das sie erfahren hatte, erzählt.

«*Oh-el!*» rief sie erneut. Er taumelte weg von ihrer Stimme und ihrem Verrat, bis er dem Strand entlangrannte, und die Füße in seinen Turnschuhen wurden kaum naß, als er floh.

«*No-el!*» folgte die Stimme ihm. Aber er war bereits über die Pines hinaus, weiter als alle Häuser. Dann schwieg die Stimme, und Noel streckte sich im Sand aus und sagte: «Hure, Hure, Hure», bis er einschlief.

13

«*Sie müssen in dieses Haus* zurückgehen», beharrte Loomis zum dritten Mal.
«Sie haben nicht zugehört. Mein Deckmantel ist fort.»
«Ich dachte, Sie sagten, Sie hätten es abgestritten.»
«Natürlich habe ich es abgestritten. Sie würden jetzt vielleicht nicht mit mir sprechen, wenn ich nicht etwas getan hätte, um dort wegzukommen.»
Selbst jetzt, als er in einer Fernsprechzelle der Apotheke mit Loomis sprach, einen halben Häuserblock von seiner Wohnung entfernt, fühlte Noel sich nicht völlig außer Gefahr. Es mochte nur seine Einbildung gewesen sein, aber waren nicht zwei unbestimmte Hippie-Typen, langhaarige Blonde, gleich nach ihm in den Laden gekommen? Hatten sie nicht in der Imbißbar zu blödeln angefangen, als er in die Telefonzelle gegangen war? Werd nicht wie Eric, sagte er sich. Schließlich hatten beide ihn mit dem vollständigen Blick von oben bis unten bedacht: dieselbe Einschätzung seines Körpers, die er sich mittlerweile von Homosexuellen erwartete. Sie waren wahrscheinlich fremd in der Stadt, von der Westküste, sagte er sich. Dennoch, sich nicht einmal hier sicherzufühlen, ein paar hundert Meter von seiner Wohnung . . . Und hier war der Fischer, der ihm diesen vollkommenen Mist über eine Rückkehr nach Fire Island aufdrängen wollte.
«Was hat er genau gesagt?» fragte Loomis haarspalterisch. Es machte Noel krank.
«Er ist Buddy Vega auf die Schliche gekommen. Und er stellte eine Menge Fragen über den Kleinen Larry. Ich weiß nicht, was er sonst noch weiß.»
«Dieser gottverdammte Vega! Wenn er nicht angefangen hätte, Scheiße zu bauen, wäre all das nicht passiert. Sie sagen, er habe wegen Larry gefragt?»
«Er sagte, daß er ihn oder seine Freunde nicht möge. Aber einige von den anderen Gästen nahmen ihn in Schutz.»
«Hören Sie, Lockvogel. Sie lassen einen Tag oder so verstreichen und rufen ihn dann an und entschuldigen sich.»
«Entschuldigen! Sie scheinen nicht zu verstehen, daß er praktisch sagte, er wisse, was ich bin, wer ich bin. Er benötigt mich nicht mehr im Haus. Er hat McWhitter, der ein viel besserer Leibwächter ist als ich und sich zudem noch ficken läßt. Wozu braucht er mich noch? Er müßte ja nicht alle Tassen im

Schrank haben, wenn er mich auch nur eine Meile ans Haus heranlassen würde.»

Jetzt berieten sich die zwei Burschen an der Imbißbar und blickten von Zeit zu Zeit in Noels Richtung. Einer von ihnen zuckte mit den Achseln, dann stand er von seinem Hocker auf und ging hinaus. Um draußen zu warten und sich auf Noel zu stürzen? Oder weil sie irgendwie entschieden hatten, welcher von ihnen Noel besser gefallen würde, und daß der eine, der gerade an seinem Soda nippte, die erste Chance haben sollte, an ihn ranzugehen?

Loomis fragte weiter: «Wie steht es mit dieser Frau? Wie heißt sie gleich? Möchte sie Sie nicht dort zurückhaben?»

«Ich sagte Ihnen schon, daß sie es war, die damals in den Hamptons meinen Anruf mithörte.» Er versuchte, vernünftig zu urteilen. «Woher sonst würde Eric es wissen?»

«Sie hat Sie nicht verraten, Lockvogel. Das ist auch der Grund, warum sie Ihnen gestern nacht am Strand nachgelaufen ist. Um Ihnen zu sagen, daß sie es nicht getan hat. Sie hat vielleicht den Telefonanruf gehört – oder wenigstens einen Teil Ihres Gesprächs, aber sie hat es verheimlicht. Sie beschützt Sie, Lockvogel. Warum?»

Noel fand keine Antwort.

«Ich werde Ihnen sagen, warum: weil die Frau Sie braucht. Sie schwärmt für Sie. Zur Hölle mit Mr. X. Sie brauchen ihn nicht. Durch diese Frau kommen Sie rein.»

Selbst als Noel aus einem halben Dutzend Gründen beim Fischer Einspruch dagegen erhob, vermutete er schon, daß der alte Bulle genau ins Schwarze getroffen hatte. Erst spürte er ein Glücksgefühl, das sich aber gleich ins Gegenteil umkehrte. Wenn Loomis nämlich recht hatte und Alana schließlich Eric überreden würde, Noel wieder in ihrem Kreis aufzunehmen, dann würde Noel ihre Gefühle für einen anderen Zweck mißbrauchen – dies wäre haargenau der Verrat, dessen er sie beschuldigt hatte. Es erfüllte ihn mit Abscheu, auch nur daran zu denken.

«Ich werde es nicht tun, Loomis», sagte er.

«Sie müssen es tun, Lockvogel. Wir sind jetzt so nahe. Sie dürfen ihn jetzt nicht aus dem Netz schlüpfen lassen.»

«Sie waren mit Randy schon vor Monaten nahe», meinte Noel. «So nahe wie jetzt. Was passierte?»

«Sie irren sich, Lockvogel. Wir sammeln Material gegen Mr. X. Wir fügen alle Stücke zusammen. Wir sind dabei, ihn zu

schnappen. Wir müssen ihn weiterhin überwachen. Deshalb müssen Sie dort sein. Jede Einzelheit, die Sie uns über ihn geben, kann vielleicht zu seiner Verhaftung beitragen. Nur so können wir uns vergewissern, daß der Plan funktioniert.»
«Welcher Plan?»
«Es ist zu kompliziert, um jetzt darüber zu sprechen. Aber die Sache muß rechtlich unangreifbar sein. Haben wir ihn erst einmal wegen einer Kleinigkeit, können wir den Rest auf ihn niedersausen lassen. Und Sie sind der einzige, der geblieben ist, Cummings, der einzige, der die Fäden in der Hand hält, die das Netz über ihm zusammenziehen. Was sagen Sie jetzt, he? Um Randy Nerones willen! Ja!»
Er hatte diese besondere Schärfe in Loomis' Stimme schon zuvor gehört. Jetzt entnervte sie Noel.
«Ich gehe nicht nach Fire Island zurück», beharrte er.
«Warten Sie, bis Eric und seine Freunde in die Stadt zurückkommen.»
«Vielleicht bleiben sie den ganzen Sommer über dort.»
«Sie werden bald zurück sein. Gönnen Sie sich eine Ruhepause. Lesen Sie Ihre Bücher. Gehen Sie ins Kino. Bleiben Sie jedoch in Verbindung. Ich lasse es Sie wissen, wenn sie zurück sind. Es wird klappen. Machen Sie sich keine Sorgen. Bis dann, Lockvogel.»
Die zweite Nummer hatte die Imbißecke ebenfalls verlassen, als Noel aus der Telefonzelle kam. Aber er wartete gleich draußen vor der Tür, hatte sich auf den Kotflügel eines geparkten Wagens gesetzt und rauchte eine Zigarette, als Noel auftauchte.
«Er hat irgendwohin gehen müssen», erklärte der Bursche mit einem anscheinend ländlichen Akzent. Er zeigte ein Zahnpastareklame-Lächeln, erhob sich träge vom Kotflügel des Wagens und ging neben Noel her.
«Wer?» fragte dieser.
«Mein Freund. Er hatte eine Verabredung.»
«Oh.»
«Ich heiße Zach. Hast du was dagegen, wenn ich mich dir anschließe?» Noel ergriff die angebotene Hand nicht. Zach schien das nichts auszumachen. Sie gingen einen Häuserblock lang oder noch weiter, dann bogen sie nach Westen ab, bevor Noel sich entschloß, freundlich zu Zach zu sein, ihn zu behandeln, als ob er nur eine zufällige Bekanntschaft sei, ohne etwas Ungewöhnliches zu tun, bis er sich ein Urteil über die beiden Jungen gebildet hatte.

«Wohnst du hier in der Nähe?» erkundigte sich Zach: die Standarderöffnung, wenn ein Schwuler einen anderen auf der Straße aufgabeln wollte. Noel hatte ihn von seiner Wohnung weggeführt.
«In der Oberstadt. West Side», antwortete Noel.
«Oh, ich glaubte, du wohnst hier.» Das treuherzige Laguna-Beach-Lächeln.
«Fürchte nein. Und du?»
«Nein. Ich auch nicht.»
«Schade.»
Eine U-Bahn war vielleicht zu wenig belebt, besonders wenn Zach sich entschied, daß es ihm nichts ausmachen würde, auch in die Oberstadt zu gehen. Zuerst kamen sie an einer Unterführung vorbei, dann überquerten sie eine Straße und gelangten zu einer anderen. Busse fuhren die Avenuen hinauf und hinunter, aber das mochte zu einschränkend sein, besonders wenn der Partner des Jungen aufkreuzte.
Sie waren in Richtung Broadway gegangen, hatten ihn überquert und bewegten sich weiter nach Westen. Weniger und weniger Leute hier. Nichts als Lagerhäuser, einige geparkte Lastwagen. Wohin zu Teufel konnte Noel gehen?
«Ich habe im Moment nichts vor», sagte Zach. «Das heißt, wenn du auch nichts vorhast.»
Wenn es eine Rolle war, spielte er sie geschickt. Er will doch nur gebumst werden, sagte Noel sich immer wieder. Wirklich nichts dabei. Du wirst schlimmer als Eric. Viel schlimmer.
«Ich bin fremd in der Stadt. Ich und mein Freund», setzte Zach hinzu. «Ich werde nur ein paar Tage hier sein.»
Ein subtiler Erpressungsversuch, dachte Noel. Sie hatten einen ihm vertrauten Häuserblock erreicht, doch Noel wußte nicht wieso, bis er die Fassade mit dem geschwungenen Torbogen der Bäder wiedererkannte. Aber es gab niemanden auf der Straße, an den er sich hätte hängen können, um diesen Jungen abzuschütteln, zufällige Bekanntschaft oder nicht.
«Ich bin heute nachmittag ein wenig beschäftigt», sagte Noel.
Enttäuschung stand auf Zachs Gesicht geschrieben. «Später?» fragte er.
«Vielleicht. Ich bin nicht sicher.»
«Ich möchte dich später wirklich gerne wiedersehen», sagte Zach mit der Unschuld eines südkalifornischen Surfers. «Wie wär's damit?»
«Nun . . .» Sie waren am Eingang zu den Bädern vorbeigekom-

men. Niemand kam heraus, um dieser peinlichen Situation ein Ende zu bereiten.

Zach hielt einen Bleistift in der Hand und reichte Noel den Umschlag eines Streichholzbriefes hin. «Gib mir doch deine Telefonnummer. Ich werde in ein paar Stunden anrufen.»

«Das wird vielleicht schwierig sein.»

«Warum? Hast du einen Freund?»

«So ähnlich.»

«Ich hab' 'ne Idee», sagte Zach. «Ich geb dir meine Nummer. Wo ich wohne. Wenn du dich freimachen kannst, rufst du mich einfach an.»

Sie waren stehengeblieben. Zach wandte sich um und trat in einen zurückversetzten Türeingang zu etwas, das früher einmal ein Laden gewesen sein mußte, jetzt aber nur noch schwarz gestrichene Fensterscheiben und Blechverkleidung war. Zach hielt den Streichholzbrief an die Wand und begann zu schreiben.

«Hier. Kannst du es lesen?»

Noel trat näher, nahm den Streichholzbrief, den Zach noch immer hochhielt, las den Namen und eine Telefonnummer. «Klar», sagte er.

«Du kannst jederzeit anrufen», sagte Zach gedehnt, mit einem Lächeln.

Noel steckte den Streichholzbrief in die Tasche und bemerkte, daß Zach seine Hand zu dem Friedensgruß hingestreckt hatte. Warum nicht? dachte er.

«Hast du nicht mal im Grip gearbeitet?» fragte Zach.

Bevor Noel antworten oder seine Hand vom plötzlichen starken Druck von Zachs Griff befreien konnte, sagte der Mann: «Ich glaube, wir haben einen gemeinsamen Freund. Mit Namen Bill McWhitter.»

Noel hatte keine Chance zu reagieren. Zachs Händedruck wurde zu einem knochenbrechenden Griff, während seine andere Faust hervorschnellte und Noel tief in den Magen boxte. Noel taumelte in die hinterste Ecke des Türeingangs, krachte gegen die Blechverkleidung und wurde wieder an derselben Stelle hart getroffen. Bevor er etwas anderes als Schmerz und Überraschung registriert hatte, war noch jemand in den Türeingang gesprungen, und jetzt waren es zwei Paar Hände, die ihn festhielten, zwei Paar Fäuste, die auf seinen Kopf und seinen Körper eindroschen und ihn zwischendurch gegen die Wand stießen. Seine schwachen Verteidigungsversuche waren fruchtlos. Blut rann aus einem Auge und beeinträchtigte seine Sicht. Die Schläge prasselten immer wieder auf ihn herunter. Sie begannen, gegen seine Beine zu treten, bis der Schmerz unerträglich wurde und er sie nicht mehr davon abhalten konnte, ihn von einer Wand an die andere zu prügeln. Seine Beine begannen unter ihm nachzugeben, und er wurde langsam niedergeboxt, dann am Kinn und am anderen Auge getroffen. Sein Bewußtsein blitzte auf, flackerte und löste sich schließlich in einer Reihe von Farbflecken auf.

Die Flecken waren immer noch da, als er wieder zu sich kam, er wußte nicht wieviel später, dann glaubte er, daß es nur Sekunden später war, von den harten, gezielten Tritten eines Schuhs gegen seine Brust begleitet, und von dem knirschenden Zement, der sein Gesicht zerkratzte, und den Stimmen, die noch immer undeutlich über ihm sprachen. Bis er unter noch mehr farbigen Lichtern wieder das Bewußtsein verlor.

Er erwachte in einem warmen Schauer, der kaskadenartig auf sein Gesicht und Haar herabstürzte und das Blut aus seinem Auge wusch, bis er mit erstaunlicher Genauigkeit die körnige Beschaffenheit des zementierten Gehsteigs sehen konnte, ebenso wie die unteren Teile von drei Stiefeln im Westernstil, direkt in seinem Gesichtsfeld. Er versuchte, nicht zu stöhnen, versuchte, sich nicht zu bewegen und sich vorzustellen, wem die Stiefel gehörten, wessen Stimme er hörte, woher die Flüssigkeit kam, die über sein Gesicht rann, und versuchte, bei Bewußtsein zu bleiben.

«Jemand kommt!» Es war Zachs Stimme. «Hauen wir ab!»

«Ich bin noch nicht mit Pissen fertig», sagte der andere.

«Los weg!»

Noel hörte das Geräusch des Reißverschlusses. Ein neuer Stoß gegen die Brust schlug ihn heftig gegen die Türkante. Diesmal trat er für lange Zeit weg.

«Komm, hilf mir mit diesem Burschen!»
Noel flackerte ins Bewußtsein zurück.
«Wohin bringst du ihn?» fragte die andere Stimme.
«Hier hinein.»
«In die Tubs?»
«Schau ihn dir an. Er braucht Hilfe.»
«Ruf einen Bullen.»
«Hilfst du mir oder nicht?»
«Ja. Ja.»
Noel fühlte sich an den Schultern hochgezogen. Er schwankte ein wenig, dann verlor er erneut das Bewußtsein. Keine Lichter diesmal, sie waren ausgegangen.

«. . . bin in ein paar Minuten wieder zurück. Er sagte, man solle nicht die Polente holen», sagte jemand Neuer.
«Er kommt wieder zu sich», stellte die erste hilfreiche Stimme fest. «Wie fühlen Sie sich?»
Trübe rote Beleuchtung. Dünne Holztrennwände. Drei Männer, die sich über ihn beugten, einer hatte sich am Bettrand niedergelassen, nur mit einem Handtuch um die Hüften, die anderen waren im Straßenanzug.
«Ich bin Arzt», erklärte der mit dem Handtuch. Er sah wie Cal Goldberg aus: dunkel, mit Bart und beginnender Glatze. «Nichts sieht gebrochen aus. Nein, versuchen Sie besser noch nicht, sich aufzusetzen.»
Noel versuchte zu sprechen: murmelte statt dessen etwas durch geschwollene Lippen.
«Besser jemand holt etwas Wasser», sagte der Arzt.
«Wie wär's vielleicht mit einem Bier?» schlug einer der anderen vor.
Noel versuchte jetzt, sich aufzusetzen. Noch nie in seinem Leben hatte er ein solches Kopfweh gehabt. Jeder Zentimeter des Aufsitzens verursachte Wellen von Übelkeit und Schwindel, die roten Lichter machten blink, blink, blink.
Schließlich hatte er sich weit genug aufgesetzt. Jemand half, ihn von hinten hochzuheben. Der Doktor hielt die Bierdose an Noels Mund. Die kühle, brackig schmeckende Flüssigkeit rann seine Kehle hinunter und würgte ihn zuerst. Aber es gelang ihm, noch mehr zu schlucken. Es stillte einen Durst, den er gar

nicht gespürt hatte. Dann durfte er sich in die Kissen zurücksinken lassen.
«Kann ich jetzt gehen?» fragte einer der Männer im Straßenanzug. Es war der Widerstrebende.
«Natürlich, Sie beide können gehen», sagte der Arzt. Dann zu Noel: «Diese Männer haben Sie hier hereingebracht. Sie befinden sich in den Bädern. Einige Burschen haben Sie überfallen.»
«Danke», gelang es Noel zu sagen.
Einer eilte hinaus. Der andere fragte: «Wissen Sie, wer es getan hat?»
Noel schüttelte den Kopf: Ihm klangen einen Augenblick lang die Ohren.
«Ich meinte, würden Sie sie erkennen, wenn Sie ihnen wieder begegnen?» fragte der Mann, offensichtlich wiederholend, was Noel bei dem Stimmengewirr nicht mitbekommen hatte.
«Ja.» Die Gesichter dieser Schweinehunde würde er nie vergessen.
«Ich lasse Ihnen meinen Namen und die Adresse da. Wenn Sie die Burschen jemals finden und Anklage gegen sie erheben wollen, dann werde ich bezeugen, daß ich sie fortgejagt habe.»
Jede Kontur, jede Einzelheit und Bewegung in Noels Blickfeld wurde schärfer. Das war ein gutes Zeichen. Er fühlte sich noch immer, als ob er mit Vollgas gegen einen Betonhammer gerauscht wäre. Der Mann schrieb seine Angaben auf, dann steckte er sie in eine von Noels vorderen Jackentaschen.
«Danke», sagte Noel. Der Mann blickte auf ihn herunter.
«Sie haben früher an der Bar im Grip bedient, nicht wahr?»
«Was?» Noel konnte nicht glauben, daß er dieselbe verdammte Frage stellen würde.
«Ich erinnere mich an Sie von dort. Hübsch wie Sie sind, werden Sie eine Zeitlang in einem Spiegel nicht besonders gut aussehen, schade!»
Er drückte Noel die Hand, dann verließ er das Zimmer.
Der Arzt blieb zurück, redete beruhigend und nahm eine taktvolle, aber gründliche Untersuchung von Noels Körper vor, wobei er ihn fragte, was wehtat, wo und wie sehr und ob er seine Finger, seine Zehen bewegen konnte.
Danach schrieb der Arzt etwas auf, und Noel schloß die Augen und wünschte, er könnte etwas tun, um den stechenden Schmerz hinter seinen Augen, in seiner Brust, unter einer Rippe und vor allem an einem Schienbein zu lindern. Als er aufwachte, geschah das, weil der Arzt eiskalte, mit Alkohol ge-

tränkte Kompressen auf sein Gesicht legte. «Ich weiß, es ist schmerzhaft. Aber später werden Sie sich viel besser fühlen.»
Noel fühlte sich bereits besser. Der Schmerz in seinem Kopf hatte nachgelassen.
Jemand versuchte ins Zimmer zu kommen. An der verschlossenen Tür wurde heftig von der andern Seite gerüttelt.
«Bin beschäftigt!» rief der Arzt.
«Ist Cummings da drinnen?» fragte eine rauhe Stimme.
Der Doktor stand von Noels Seite auf, brachte sein Handtuch wieder in Ordnung und klinkte die Türe auf. Noel konnte nicht sehen, mit wem er sprach, sie standen abseits. Andere Männer, nur ein Handtuch um die Hüften, kamen an der halboffenen Tür vorbei, blickten neugierig herein, bis sie Noel flüchtig zu sehen bekamen, und gingen rasch weiter. Er mußte ziemlich schlimm aussehen. Er hatte noch immer überall Schmerzen, obschon sein Sehvermögen normal war, auch schien er seinen Geruchssinn wieder zu erlangen: Er wurde plötzlich einen Geruch gewahr, stärker, beißender als der des Alkohols. Sein rechter Arm verkrampfte sich, als er hinauflangte, um sein nasses, wirres Haar zu berühren. Diese Schweinehunde!
«Jemand, der Sie sehen möchte», sagte der Doktor, der auf der Türschwelle stand. «Fühlen Sie sich besser, ja?» Er winkte und ging fort.
Noel war fest überzeugt, daß es Loomis war – er hätte sich nicht stärker täuschen können.
«Es riecht hier drin wie in einem Pissoir», sagte Eric, schloß die Tür und sperrte sie ab.
Noel bewegte sich nicht. Eric blieb am Fuß des Bettes stehen und starrte ausdruckslos auf ihn hinunter.
«Bist du hergekommen, um mich schadenfroh anzuglotzen oder um mich zu erledigen?» fragte Noel.
Eric wurde steif vor Zorn, hielt aber den Mund.
«Geh weg!» sagte Noel und wandte den Kopf zu der dünnen, hölzernen Trennungswand, so brauchte er Eric wenigstens nicht zu sehen.
Eine Zeitlang war kein Geräusch zu hören, außer dem noch mühsamen, unregelmäßigen Atmen (die Dreckskerle versuchten, meine Lungen kaputtzuschlagen! sagte er zu sich selbst). Dann konnte er einige Geräusche hinter der Trennungswand ausmachen: das Knarren eines Feldbetts unter dem rhythmischen Kopulieren zweier Körper. Es brachte ihn beinahe zum Lachen. Er hatte es schließlich in die «Bäder» geschafft. «Und

brauchte nicht mal Eintritt zu bezahlen», murmelte er zu sich selbst.
«Was?»
«Ich dachte, du wärest gegangen.»
«Dies ist kein Krankenhaus, Noel. Hier kannst du nicht bleiben.»
«Bin ich schon mal hier, möcht' ich wenigstens meine Zeit genießen.»
«Du spinnst. Ich habe den Wagen unten.»
«Nein, danke.»
«Sei vernünftig», sagte Eric in einem andern Ton, sanfter, ruhiger. «Entweder stehst du auf und kommst mit mir, oder du wirst vom Management hinausgeschmissen.»
«Wozu? Damit McWhitter beenden kann, was seine Kumpels so stümperhaft angefangen haben.»
«McWhitter? Was hat er damit zu tun?»
«Der hat es doch getan.»
«Er war den ganzen Tag mit mir.»
Noel beharrte: «Sie sagten, sie kämen von McWhitter.»
«Ich dachte, ein paar Punks hätten dich zusammengeschlagen.»
«Sie sind mir aus der Apotheke hinaus gefolgt, unweit von meinem Appartement. Einer verkrümelte sich. Der andere versuchte, mit mir anzubändeln. Ich konnte ihn nicht abschütteln. Dann: Wumm»!
Erics ärgerliche Herablassung verwandelte sich in intensives Interesse. Er setzte sich sogar auf das Feldbett. «Sprachen sie spanisch?»
«Spanisch? Nein.»
«Einer versuchte, dich aufzugabeln. Und dann griffen beide dich an?»
«Stimmt.»
«Ja, das ist wirklich sein Stil», meinte Eric, wie zu sich selbst. «Läßt es auch so aussehen, als handle es sich um Straßenjungen. So hat er es auch früher immer getan.»
«Was getan? Wer?»
«Vega. Dein Freund Vega. Oder für wen auch immer er arbeitet. Du siehst, Noel, ich soll diese ganze Scheiße glauben und dich mit offenen Armen zurücknehmen.»
Noel konnte aus dem, was Eric sagte, nicht klug werden. Er hatte noch immer Schwierigkeiten, auch nur den geringsten Anlaß zu sehen, weshalb Buddy Vega oder seine Freunde ihn angreifen würden.

«Siehst du», sagte Eric, «indem sie dir dies antun, soll ich glauben, daß du nicht für sie arbeitest. Oh, sehr geschickt. Ein ganz fieser Sack, dein Boß. Aber weißt du was? Ich glaube es nicht. Nicht mal für 'ne Sekunde.»
Was Eric sagte, war so undenkbar, daß Noel eine Zeitlang die Gedankenkette nicht nachvollziehen konnte. Dann tat er es und fühlte sich wieder am ganzen Körper kalt und von Ekel erfüllt. Er langte nach der halbleeren Bierdose.
«Sie behaupteten, sie kämen von McWhitter», wiederholte er.
«Was sollten sie sonst sagen? Daß sie von mir kämen? Hättest du das geglaubt!»
Noel dachte nein, ja, vielleicht. «Natürlich hätte ich das», sagte er.
«Nur, weil du so abgefackt bist, daß du nicht mehr weißt, wer deine echten Freunde sind. Ich könnte dir all das selber antun, wenn ich wollte. Ich bräuchte nicht erst Punks anzustellen, um es zu tun.»
Das schien Noel richtig. Aber es war verwirrend. Sein Kopf schmerzte wieder. Er stöhnte.
«Gehen wir noch einen Schritt weiter», sagte Eric. «Angenommen, ich nehme dich wieder bei mir auf. Nicht, daß ich es auch nur eine Minute glaube, wohlgemerkt. Hörst du mir zu?»
Alles, was Noel wollte, war schlafen. Und ein paar Dutzend Schmerztabletten. «Ja.»
«Nur wird dein Boß nicht wissen, daß du einen kleinen Loyalitätstest bestehen mußt. Wenn du ihn nicht bestehst, fang an zu beten! Weil ich dann sicher weiß, daß du für sie arbeitest.»
«Für wen?»
«Halt 's Maul, Noel. Hör genau zu, und sag kein Wort, bis ich fertig bin.» Erics Stimme senkte sich zu einem klaren Flüstern herab. «Hör zu: Du und McWhitter treffen Mr. Vega heute in zwei Tagen. Wir haben ihm bereits irgendwelchen Scheiß erzählt, wir würden weit unterhalb von Soho einen neuen Klub eröffnen. Du und McWhitter werdet ihn dort treffen und alles über das Lokal besprechen. Vega wird kommen, wenn er weiß, daß du auch kommst. Auf ein vorher abgemachtes Zeichen hin wirst du dich verkrümeln und die beiden allein lassen. Du wirst draußen auf McWhitter warten, dann fahrt ihr beide zurück. Du bleibst bei mir, unter meiner Aufsicht, von jetzt an bis du mit McWhitter gehst. Hast du verstanden? Das ist die Abmachung.»
Da war sie, die Abmachung. Ja oder nein. Was Noel am

meisten gefürchtet hatte, als er diesen Job bei Whisper angenommen hatte, nicht sein eigenes Leben war in Gefahr, sondern das von jemand anderem. Monica im See. Kansas im Lagerhaus. Randy im Hinterzimmer. Und jetzt Vega. Ein neues Risiko. Nur daß er diesmal gewinnen würde. Weil Eric nicht wußte, daß er sogar in Erics Haus mit Loomis in Verbindung treten und Gegenmaßnahmen ergreifen konnte.

«Wart, bis Alana davon weiß», sagte Noel.

«Sie wird nichts davon erfahren.»

«Du willst tatsächlich jemanden *umbringen*?» fragte Noel.

«Abgemacht oder nicht?» war Erics Antwort.

«Gib mir eine Zigarette», bat Noel. Er wollte so tun, als denke er nach.

Nachdem er sie zur Hälfte geraucht hatte, sagte er: «Ich will dir was sagen. Du kannst mich einsperren – von jetzt an bis McWhitter die Sache erledigt hat. Ich verspreche dir, keinen Versuch zu machen, wegzugehen oder irgend etwas zu tun. Du kannst mich sogar ins rote Zimmer einsperren, wenn du willst. Aber ich will nicht mit ihm gehen.»

«Das ist verlockend. Wirklich verlockend. Aber entweder gehst du, oder es wird nichts aus der Abmachung.»

«Warum?»

Eric lehnte sich herüber und tätschelte Noels Wange. «Weil du der Köder bist. Du wirst diesen großen Fisch in mein Netz locken.»

«Und wenn ich es nicht tue?»

«Lasse ich dich auf der Straße. Deine Freunde werden zurückkommen.»

Die Ironie der Situation entging Noel nicht. Aber es war eine ehrliche Wendung, vielleicht eine, die Loomis benutzen konnte, um Eric eine Falle zu stellen. Und Alana war nicht dabei beteiligt. Überhaupt nicht. Was ausschlaggebend war. Laß Eric sich in sein Verderben stürzen. Laß Loomis bekommen, was er will. Zum Teufel mit ihnen, Noel kümmerte es nicht mehr.

«Abgemacht», sagte er. «Abgemacht.»

15

Sobald er seine Einstellung gegenüber beiden, Eric und Loomis, verhärtet hatte, war das übrige leicht. Noel wußte genau, was er zu tun hatte. Er würde mit McWhitter ins Stadtzentrum gehen, um Buddy Vega zu treffen. Aber er würde den Fischer warnen. Mochte der sich darüber Sorgen machen. Die Angelegenheit würde nicht länger in seiner Hand liegen.
«Ich möchte gern bei mir vorbeigehen, damit ich mich waschen und umziehen kann», sagte er, als er die schmerzhaften Bewegungen machte, die notwendig waren, um in den Rücksitz des Silver Cloud zu klettern. Eric und ein Mann, den Noel nicht kannte, halfen ihm aus den Baths heraus. Er war überrascht zu sehen, daß es noch früh am Abend war. Durch den Canyon von Häuserfassaden die Achtundzwanzigste Straße hinunter konnte man den Rand der Sonne wahrnehmen, die langsam in einem durch Verschmutzung gefärbten Dunstschleier unterging und sich im Hudson River brach.
McWhitter nahm ihn an der Wagentür in Empfang und war überraschend hilfreich und mitfühlend. Nicht wie ein Mann, der einen Überfall befohlen hatte. Eher wie jemand, der sich schuldig fühlt, weil er es tun wollte, jetzt aber den Wunsch von jemand anderem erfüllt sah. Aber wer waren dann die beiden Schläger?
«Ich werde dir jetzt nach oben helfen», sagte Eric, als sie Noels Haus erreicht hatten. Natürlich: Redfern ging keinerlei Risiko mehr ein.
Noel zog sich mit Mühe aus – sogar die leichteste Berührung der Jeans mit einer Wunde am Oberschenkel, gegen den er wiederholt Fußtritte bekommen hatte, war unerträglich. Er fand einige Kodeintabletten, schluckte zwei, dann ging er unter die Brause. Das Wasser brannte auf der Haut, dann linderte es den Schmerz. Als er den Massagehahn aufdrehte, fühlte er sich beinahe wieder als Mensch.
Eric hatte sich in den Schaukelstuhl gesetzt und las eine Zeitschrift, als Noel aus dem Badezimmer kam. Er zog sich an, als wäre er allein, und sortierte einige saubere Kleidungsstücke aus einem noch ungeöffneten Wäschepaket aus, um sie in eine Flugzeugtasche zu legen.
«Während du unter der Dusche warst, hat dein Telefon geläutet.»
Noel hatte es nicht gehört. Er glaubte Eric kein Wort, wußte

aber nicht, warum dieser sich die Mühe machen sollte, ihn anzulügen. «Wer war es?»
«Ich habe deinen Anrufbeantworter antworten lassen.»
«Oh», sagte Noel. «Ich habe es nicht gehört.»
«Es läutete dreimal, dann hörte es auf. Ich habe den Beantworter einschalten hören.»
Noel verstand es noch immer nicht. Er machte den Reißverschluß seiner Reisetasche zu. «Ich bin bereit.»
«Willst du nicht wissen, wer angerufen hat?»
«Für Sympathieanrufe bin ich im Moment nicht zu haben.»
«Ich habe es nicht eilig», sagte Eric beiläufig. «Laß das Band zurücklaufen.»
Das war es also! Er wollte wissen, wer angerufen hatte, während Noel außer Haus war. Es hatte keinen Telefonanruf gegeben, während Noel sich duschte.
«Wer immer es war», sagte Noel, «kann warten. Ich fühle mich noch immer beschissen.»
«Tu, was du nicht lassen kannst. Her damit! Ich trage das.»
In Redferns Haus ging Noel direkt nach oben in sein Zimmer, wobei er angab, er müsse sich ausruhen. Dort schrieb er fünf Mitteilungen auf das Pelürepapier, knüllte sie zusammen, steckte sie in die Tasche, dann fiel er in einen tiefen Schlaf.
Als er aufgewacht war und hinunterging, sagte Okku ihm, Eric und Alana seien für den Abend ausgegangen. Es war beinahe zwei Uhr. Noel aß allein – eine Lachs-Omelette und einen Kresse-Salat – im halbmondförmigen Speisezimmer und lauschte einer neuen Tonbandaufnahme mit leichter Musik. Dann sagte er, er wolle zu einem Bummel in den Garten hinausgehen.
Langsam in der Anlage herumspazierend, hoffte er bei einem etwaigen Beobachter den Eindruck zu erwecken, als ob er nur gedankenverloren und auf dem Weg zur Genesung wäre. Trotzdem gelang es ihm, jede der Papierkugeln aus dem Grundstück zu befördern, was in Anbetracht der Dunkelheit beinahe ein Taschenspieler-Trick war, worauf er ins Haus zurückging. Er sah sich eine von Erics Kopien von *Casablanca* an, die er in der Filmbibliothek fand. Gerade als die letzte Rolle des Filmstreifens sich abwickelte, glaubte er ein seltsames Pfeifen von irgendwoher draußen zu vernehmen. Als er aus dem Fenster blickte, konnte er niemanden erkennen, der für das Pfeifen in Frage kam. Dann wurde es erneut hörbar, von weiter oben. Konnte Loomis bereits seine Mitteilung bekommen haben?

War dies eine Art Antwort? Er konnte weder in den Garten hinuntergehen, ohne Okkus oder McWhitters Verdacht zu erregen, noch den Aufzug riskieren.
Er ließ den Film laufen und ging, zwar unter Schmerzen, aber lautlos, die dreieinhalb Stockwerke zum Dach hinauf. Dort stand er mehrere Minuten lang auf der Dachterrasse.
Es traf ihn mit einem leichten Aufschlag an der Seite seines Kopfes. Dann entdeckte Noel die Papierkugel zu seinen Füßen und hob sie auf. Eine schattenhafte Gestalt war etwa einen halben Häuserblock entfernt hinter der Balkonbrüstung eines Hauses zu erkennen. Das Papier mußte in eine Schrotflinte gesteckt und herübergeschossen worden sein. Er blieb ein paar Minuten länger auf dem Dach, als würde er die Nacht bewundern.
Dann, bei dem flimmernden Licht von Bogart & Bergman, las er:

MITTEILUNG ERHALTEN. VEGA WIRD GEDECKT. KÜMMERN UNS UM MCWHITTER. HALTEN SIE SICH HERAUS. FOLGEN SIE DEN ANWEISUNGEN. GUTE ARBEIT.

F.

Draußen hörte Noel das leichte Aufschlagen des Rolls-Royce, der die Rampe in die Garage hinunterfuhr. Er verbrannte das Papier und lehnte sich zurück, um sich dem Film zu widmen.

16

«*Warum bist du noch nicht angezogen?*» fragte Eric, als Noel spät am Sonntagmorgen zum Frühstück herunterkam.
«Ich gehe nicht in Gesellschaft», erwiderte Noel, nahm Platz und leerte seinen Preiselbeersaft in zwei Schlucken. Nur McWhitter und Eric saßen im Eßzimmer, dessen Vorhänge an diesem Morgen zurückgezogen waren, um das helle Sonnenlicht und das umgebende Grün draußen sichtbar werden zu lassen. Alana war gestern früh zu Aufnahmen nach Mailand abgereist. Noel und sie waren sich im Treppenhaus begegnet. Sie hatte auf sein verletztes Gesicht geblickt, dann war sie rasch an ihm vorbei in ihre Zimmer gegangen. Nicht ein einziges Wort war zwischen ihnen gefallen.

«Zieh dich an, sobald du mit dem Essen fertig bist», sagte Eric und schlug so oft auf das obere Ende seines weichgekochten Eies ein, bis es schließlich ein wildes Durcheinander von Eigelb und Schale auf seinem Teller war. Er schob ihn beiseite, ohne das Ei zu essen. Und dann wußte Noel es.
«Heute?» fragte er.
«Du wirst ihn um zwei Uhr treffen. Er sollte dort warten», setzte Eric hinzu, seine Nervosität jetzt von seinem Machtgefühl gedämpft, all dies bestimmen zu können. «Ihr beide werdet hineingehen. Hier ist der Schlüssel. Ich hab' ihm auch einen gegeben. Eigentlich sollte nicht abgeschlossen sein.»
Die Art und Weise, wie Eric von seinem zukünftigen Opfer sprach, schien auf keine Persönlichkeit, keine Wesensmerkmale hinzuweisen, als ob er bereits alles Charakteristische und Persönliche an Buddy Vega aus seinen Gedanken verbannt hätte, um ihn nur noch als einen Gegenstand zu sehen – als den Feind, der beseitigt werden mußte.
«Hier sind die Pläne, die du ihm gibst», sagte Eric und hob eine Papprolle vom unbesetzten Stuhl neben sich hoch. Er zog die Pläne heraus und breitete sie auf dem Tisch aus, wobei er auf verschiedene Teile des Schemas hinwies, als er sprach. «Hier gehst du hinein. Mach eine Linkswendung hier im Foyer, dann gehst du in diesen großen Raum. Er ist zwei Stockwerke hoch. Das Dach ist teilweise offen. Hier wird das Oberlicht sein.»
«Gehört der Ort dir?» wollte Noel wissen.
«Du bist wohl verrückt! Ein Immobilienhändler hat ihn vor Monaten Chaffee gezeigt. Wir haben einen zweiten Schlüssel anfertigen lassen.»
Eric breitete die Rolle mit den Plänen noch einmal aus und fuhr fort: «Laß die Pläne bei ihm. Das ist wichtig. Vergewissere dich, daß er sie aufmacht und anschaut. Notfalls tust du es sogar für ihn. Dann, Noel, gehst du hier raus.» Er deutete auf einen kleinen Raum beim Korridor. «Erfinde eine Ausrede, sag ihm, du müßtest die Wasserleitung, die elektrischen Einrichtungen, irgend etwas nachsehen. Dann gehst du ruhig wieder durch den Eingang hinaus auf die Straße. Geh direkt zum Wagen, setz dich hinein und warte, bis Bill wieder herauskommt.»
Er ließ Noel die Instruktionen wiederholen. Als sie zur Situation kamen, in der Vega die Pläne in den Händen halten sollte, fragte Noel, warum das so wichtig sei.
«Damit seine Hände beschäftigt sind, wenn ich hinter ihm auftauche», erklärte McWhitter sanft. «Er hat dann keine Möglich-

keit, etwas zu tun. Ich kriege ihn perfekt von hinten zu fassen, dann Ruckzuck!» Er machte eine Handbewegung, als ob er jemanden erdrosseln wolle.
«Befolge einfach die Anweisungen», sagte Eric. Seine Nervosität stand so deutlich im Widerspruch mit der gelassenen, beinahe technischen Ruhe des Leibwächters, daß Noel plötzlich zutiefst überzeugt war, Eric habe so etwas noch nie zuvor getan, wie er den gleichen unerschütterlichen Glauben hatte, daß McWhitter es schon oft getan hatte, ohne etwas anderes dabei zu denken, als wie er es so problemlos wie möglich hinter sich bringen könnte.
Noel beendete die Wiederholung der Instruktionen, blickte auf seine eigenen zwei unaufgeschlagenen weichgekochten Eier in ihrem hübschen, eiweißfarbenen Schälchen, das wiederum auf einem ähnlich-farbenen, flacheren Teller ruhte, der sich vom leicht lumineszierenden glatten Weiß der Tischplatte abhob, und er dachte plötzlich: Ja, soweit bin ich gekommen – den Mord an einem Freund über all diesem eleganten Frühstücksgeschirr zu besprechen. Die Formen und Farben vor ihm machten ihn mit ihrer Reinheit und Einheitlichkeit wütend. Am liebsten wollte er sie alle zerschlagen, all die weißen, sauberen, reinen, vollkommenen Dinge in der Welt, wegen ihrer hohlen Täuschung und ihrer äußersten Zerbrechlichkeit.
«Möchten Sie gerne etwas anderes essen?» fragte Okku, der bei Noel stand. «Hafergrütze? Kornflocken?»
«Ja, danke», sagte Noel, aber bevor die Kornflocken vor ihm standen, hatte er sich daran erinnert, daß Loomis davon wußte und Vega in Sicherheit sein würde. Und er hatte beide Eier aufgegessen.
Im oberen Stock schrieb er das Wort JETZT! quer über ein ganzes Blatt Pelürepapier und steckte es in die Tasche seiner Jeans.
Die anonyme Limousine, die Eric für den Auftrag gemietet hatte, war unten auf der Straße geparkt. Noel gab vor, das Papier in seiner Tasche gefunden zu haben, bevor er und McWhitter in den Wagen stiegen. Er warf einen Blick darauf, als ob es nichts von Wichtigkeit wäre, zerriß es und warf die einzelnen Stücke aus dem Wagenfenster.
McWhitter fuhr schweigend ins Stadtzentrum im dichten Sonntagsverkehr, rund um die Brücke und den Tunnel, hinüber zur West Side – beinahe allein im grellen heißen Wetter. Nach der Canal Street traten nicht einmal mehr vereinzelte Wagen oder

Fußgänger in Erscheinung. McWhitter verlangsamte die Geschwindigkeit, bog in eine Straße unweit einer Reihe von vierstöckigen Lagerhäusern mit Metallmarkisen, die bis zum Rand des Bürgersteigs hinausragten. Er schien nach der Adresse Ausschau zu halten, dann bog er um eine zweite Ecke, die der ersten ganz ähnlich war, und brachte den Wagen zum Stehen.
Er saß am Steuerrad, ohne einen Ton von sich zu geben. Noel sah einen hellen Metallgegenstand, den McWhitter rasch von seiner Hose in seine Hemdtasche übersiedeln ließ. Dort machte er einen Wulst, so daß er wieder in die Hose zurückbefördert wurde. Die Garrotte?
Die Straße war leer. Kein Wagen, kein geparkter Laster. Auf dem Zifferblatt der Wagenuhr war es zwei Uhr. Worauf warteten sie?
«Möchtest du was Irres erleben?» sagte der Leibwächter so plötzlich und mit so heiserer Stimme, daß Noel antwortete: «Was?»
«Statt zum Wagen zurückzugehen, bleibst du im Zimmer, in das Eric dir hineinzugehen befohlen hat. Wenn ich fertig bin, komme ich auch rein und lasse mich von dir ficken.»
Noel war so erstaunt, daß er nichts sagte.
«Nur dann geht es bei mir», sagte McWhitter heiser und streichelte leicht Noels Schenkel. «Nur dann bin ich genügend entspannt, verstehst du?»
Noel überwand seinen Abscheu, indem er sich sagte, es würde doch nicht dazu kommen.
«Was meinst du dazu?» fragte McWhitter, während seine große Hand an Noels Zwickel herumfummelte.
«Na klar.»
«Ich habe es Eric versprochen. Aber bis wir wieder zu Hause zurück sind, wird es zu spät sein. Und», fügte er heiser hinzu, «wenn du im andern Zimmer wirklich gut zuhörst, dann wird es sich so anhören, als ob es ihm kommt, wenn ich ihm das Ding umlege. Echt aufregend.»
«Gehen wir!» schlug Noel vor.
McWhitter streichelte noch einmal über Noels Lendengegend, dann stieg er aus dem Wagen.
Selbst mit seiner Sonnenbrille war Noel vorübergehend geblendet vom grellen Glanz der hell geziegelten Gebäude, die von der Asphaltstraße reflektiert wurden. Es war ein heißer Tag, kein Lüftchen wehte – so wie es in der Prärie im Hochsommer sein mußte, dachte er.

An der angegebenen Adresse war die morsche, vom Wetter verfärbte Tür zu, aber das Vorhängeschloß war aufgesperrt und hing am Riegel.
«Er ist hier», flüsterte McWhitter.
Noel wollte es rasch hinter sich bringen. Er öffnete die Tür.
Sie schwang an ungeölten, quietschenden Angeln. Der Betonfußboden der Vorhalle war mit Gipsstaub bedeckt. Der Eingang, dunkel nach der hellen Sonne draußen, öffnete sich in einen großen, fensterlosen Raum und war durch die zerbrochene Dachverschalung von oben erhellt. Sonnenlicht strömte herein wie Licht in eine Kathedrale und ließ jede Einzelheit des herabgestürzten Holzes, die große Seitenbar, einen kleinen Balkon gegenüber dem Eingang, ebenfalls von Schutt übersät, deutlich hervortreten. Noel ging in den großen Raum, als McWhitters Arm vorschnellte und ihn zurückzog.
«Er ist nicht hier», flüsterte Noel.
Der Druck auf seinen Unterarm befahl ihm, ruhig zu sein. McWhitter lauschte auf etwas. Noel hörte nur ein leichtes Rascheln über ihnen auf dem gegenüberliegenden Balkon: vermutlich eine Ratte.
«Er ist nicht hier», wiederholte Noel.
«Er ist hier», sagte der Leibwächter so leise, daß es kaum zu hören war.
«Soll ich ihn rufen?»
«Sei still!»
McWhitter ließ Noels Arm los und begann die Luft durch die Nase einzuziehen, als wäre er ein Spürhund auf Fährte.
Jeden Augenblick wurde Noel in Panik versetzt. Was, wenn Loomis seine Mitteilung nicht erhalten hatte? «Was ist?» fragte er.
«Geh hinein», flüsterte McWhitter. «Roll die Pläne auf und sieh dich im Raum um. Inzwischen werde ich mal auf Erkundung gehen. Los!» Er gab Noel einen Schubs, der diesen in den großen Raum beförderte.
Noel breitete die Pläne aus und hatte das Gefühl, daß er irgendwie jetzt genau das tat, was Vega hätte tun sollen, daß er das beabsichtigte Opfer war und alles das nur ein Vorwand, eine Falle, um ihn hierher zu locken, damit McWhitter ihn erdrosseln konnte: Vega war woanders hingeschickt worden, nicht hierher, und Loomis' Leute würden ihn beschatten. Noel würde hier allein sterben.
Diese Überzeugung ließ ihn total erschöpft werden, und er be-

schloß, sich nicht dagegen zu wehren. Er ließ die Papprolle mit den Plänen fallen, glättete die graphische Darstellung und verglich sie mit seiner Umgebung. Hier mußte die Wand mit der großen Bar sein, und die punktierten Linien markierten den gegenüberliegenden Balkon. Da waren auch die beiden Türöffnungen, die auf den Plänen als Eingänge zu den Toiletten vermerkt waren. Er konnte in einer von ihnen sogar Beleuchtungskörper aus Keramik ausmachen. Hier war auch die Deckenöffnung, die das Dachfenster der Bar werden sollte.

Das Geräusch kam von irgendwoher hinter ihm, es war so seltsam, daß er nur an einen Schlag auf einen nackten Hintern denken konnte, oder an das *Witt!* eines Blasrohrs.

Er drehte sich nach der Richtung um, aus der es gekommen war. Die Türe aus der Vorhalle hinaus, durch die McWhitter gegangen war, nachdem er Noel mit den Plänen alleingelassen hatte. Dann hörte Noel etwas Schweres mit einem dumpfen Aufschlag im kleinen Zimmer fallen und wußte, und dies machte ihm übel, daß es Vegas Körper war.

Eine lange Zeit schien zu verstreichen. McWhitter kam noch immer nicht heraus. Was tat er da drinnen? Würde er nackt herauskommen, geifernd vor mordgetriebener Geilheit? Noel versuchte Geräusche, Schritte auszumachen. Aber alles, was er hörte, war das Rascheln von Ratten auf dem mit Unrat übersäten Balkon über ihm.

Er würde jetzt weggehen, beschloß Noel. Das war's, was er tun sollte, was Eric ihm befohlen hatte. Er würde später herauszufinden versuchen, weshalb Loomis versagt hatte. Jetzt mußte er McWhitter entkommen und zwar durch diese Tür hinaus.

Es kostete ihn eine große Anstrengung, sich von der Stelle zu rühren, aber dann ging er geradewegs zum Hauseingang.

Noch mehr Geraschel hinter ihm. Noel blieb stehen. Er war nur ein paar Schritte vom Hauseingang entfernt, das Gesicht der halboffenen Tür des Nebenraums zugewandt, in den McWhitter gegangen war. Drinnen auf dem Boden, zwischen zersplitterten Balken, lag ein Schuhpaar, Absätze nach oben.

Ich geh' hier raus, sagte er sich. Aber etwas an den Schuhen schien nicht in Ordnung zu sein. Er wandte sich zurück, fasziniert von diesen Absätzen, schlich langsam zur halboffenen Türe und machte sie auf, bis er auch die Beine und den Rücken des Mannes sehen konnte, der mit dem Gesicht nach unten, Schultern und Kopf im Schatten, auf dem Boden lag. Es war McWhitter!

Erleichterung überkam ihn mit einem warmen Gefühl. Er stieß die Tür weit genug auf, um Vegas große Gestalt am Kopf des Toten stehend und leicht schwankend zu erkennen. Also hatte Loomis es ihm doch gesagt. Noel war im Begriff, das Zimmer zu betreten und zu Buddy zu gehen, als eine neue Befürchtung ihn überkam. Buddy schien verletzt oder betrunken oder sonst etwas zu sein, wie er da vor Noel schwankte.

«Buddy!» flüsterte er. Als er keine Antwort bekam, fummelte Noel in seiner Hosentasche herum, fand das Feuerzeug, das Eric ihm gegeben hatte, und zündete es an.

Es war tatsächlich Buddy Vega. Aber sein Kopf lag in einer unnatürlichen Haltung auf seiner Schulter, die Augen waren geschlossen, und ein Strick war zweimal um seinen Hals geschlungen und an einem Deckenbalken festgezurrt, etwa einen Meter über ihm. Seine Kleider waren mit Blut verspritzt, das auf seiner Hemdbrust in kleinen Flecken spärlicher wurde, aber seine hellfarbene Baumwollhose bis fast zum Zwickel hinauf besudelte. Noel hielt das Feuerzeug tiefer und erblickte die Spitzen von Buddys Stiefeln leicht über dem Boden schwebend, wobei sie gerade das streiften, was McWhitters Hinterkopf gewesen wäre, wenn dieser sich nicht in eine schwabbelige, rotweiße Masse auf seinen Schultern verwandelt hätte.

Er ließ das Feuerzeug zuschnappen und stand wie festgefroren auf der Stelle, überwältigt von der plötzlichen Gewißheit, daß nicht nur ihr Mörder anwesend war, sondern auch der von Randy und sogar früher, vor Monaten, der von Kansas im verlassenen Lagerhaus – ein alter und gutbekannter Feind, der ebenso zynisch und grausam wie auch erfolgreich war.

Noel ergriff von Kopf bis Fuß ein Schaudern, dann drehte er sich ruhig um und ging zur Türe hinaus. Während er das tat, hörte er wieder den seltsamen und unheilvollen Ton, nahe an seinem Ohr. *Witt, witt,* und als Antwort ein heftiges Krachen einer Holzverschalung, ganz nahe von Noel, wo ein verkohltes Loch und zersplittertes Holz bezeugten, daß es ein Dumdumgeschoß von einem Gewehr mit Schalldämpfer sein mußte. Vom Balkon über ihm.

Er preßte sich dicht an die Wand und war sich bewußt, daß er in die Schußweite des Schützen kommen würde, wenn er hinausgehen wollte. Stille, dann noch ein *Witt,* weiter weg von ihm, dichter an der Türklinke. Noch einmal. Diesmal näher bei ihm.

Er sprang zur Seite, duckte sich, dann ließ er sich auf den Bo-

den fallen und rollte blitzschnell auf die andere Seite des Eingangs. *Witt.* Er hörte es wieder und fühlte sein rechtes Ohr wie von einem Wespenstich brennen. Aber er drückte sich eng an die Wand, jetzt dicht vor dem Haupteingang. Wie hinauskommen? *Wie?* An seiner einen Seite fand er eine Holzlatte. Das würde helfen. Noel hob sie hoch, ohne vom Schützen bemerkt zu werden, brachte sie auf die türnahe Seite, fügte sie vorsichtig in den Türspalt ein und ließ die Türe aufschnappen. *Witt, witt.* Die Kugeln waren auf die Stelle gezielt, wo sein Kopf sein würde. Gut hatte er es ausprobiert! Die Tür schlug wieder zu, und als Noel die Latte einfügte und die Tür ein zweites Mal öffnete, bückte er sich tief und sprang auf den Gehsteig hinaus, schlug sofort die Türe zu, schob den Riegel quer und ließ das Vorhängeschloß einschnappen, bevor er erneut den Ton hörte. Eine Kugel schlug direkt durch das Holz, verfehlte ihn um ein Haar und explodierte an der Mauer des gegenüberliegenden Hauses, wo sie ein faustgroßes Loch hinterließ.
Was jetzt? Er drehte sich rasch um und lief zum Wagen, merkte aber plötzlich, daß er keine Schlüssel besaß. Wer immer drinnen war, er könnte zum Dach hinausklettern. Noel mußte hier weg, und zwar so rasch wie möglich. Er schob sich bis zum Ende des Häuserblocks vor, bog rasch um die Ecke zur nächsten Straße, machte eine Kehrtwendung, um sicherzugehen, daß niemand ihn verfolgte, dann ging er über die Straße zum nächsten Haus. Von dort rannte er. Rannte wie der Teufel, ließ die unbeseelte Energie aus Brust und Körper rasen, lief an einem Block verlassener Lagerhäuser nach dem andern vorbei und behielt beinahe den gleichen Galopp bei, wenn er von Gehsteigen auf die Straße sprang und von dort wieder auf den nächsten Gehsteig, weiter und weiter, in der Erwartung, das tödliche *Witt* neben sich zu hören, bevor er für immer verstummte. Er rannte, bis er eine anscheinend größere Durchgangsstraße erreichte, auf der einige Wagen fuhren. Er blickte hoch und sah ein Schild: Varick Street, dann rannte er in Richtung Oberstadt.
Jemand rief seinen Namen. Er hielt inne und sah sich um. Auf der anderen Seite der Straße, in die Gegenrichtung fahrend, sah er jemanden, der ihm aus dem Fenster eines niedrigen, silbernen Coupés zuwinkte. Eric.
Noel sah sich um, dann verschwand er in den erstbesten Türeingang.
Sein erster Gedanke war, daß er schon zuvor einmal in einem

Türeingang geschnappt worden war. Er mußte entkommen. Dann dachte er, daß es doch Eric war, der beide, Vega und McWhitter getötet hatte und nun hinter ihm her war, obschon Noel nicht wußte warum. *Muß aus diesem Torweg fortkommen.*
Als er vorwärtslief, stieß er beinahe Eric nieder.
Er wurde gepackt, sein Arm hochgerissen und nach hinten gedreht.
«Wo ist McWhitter? Was rennst du so? Wo ist der Wagen?» fragte Eric und stieß ihn zurück in den Türeingang.
Selbst mit seinem auf dem Rücken verdrehten Arm wußte Noel, daß Eric nicht der Schütze gewesen war. Er konnte die eisige Anwesenheit nicht spüren, nicht das kaltherzige Vergnügen am Tod, das er zuvor so stark gefühlt hatte. Nein, wer auch immer es war, Eric konnte es nicht gewesen sein.
«Laß los!» bat Noel, und als Eric es tat, stand Noel auf, rieb seinen Arm und ließ die Worte wie einen Sturzbach aus sich heraus. «Ein Schalldämpfer ... Dumdumgeschoße ... nach mir ... kam gerade noch davon ... Hat beide erledigt, sie beide! ... kaum etwas von McWhitters Kopf geblieben ... wußte sofort, daß es nicht Buddys Schuhe waren, er trug nie etwas anderes als Stiefel ... wollte, daß ich ihn danach ficke ... konnte es nicht ... mußte von dort wegkommen ... nach mir ... der Hals war gebrochen, ein Strick hing von einem Balken ... es wären die Ratten auf dem Balkon, glaubte ich ...»
Der Ausdruck auf Erics Gesicht befahl ihm, aufzuhören: Es war unverständlich. Er hielt inne, begann wieder zu zittern. Eric blickte aus dem Türeingang hinter sich, die Straße hinauf und hinunter.
«Niemand ist hier. Wir gehen von hier fort und setzen uns in den Wagen. Hast du verstanden?»
Noel versuchte ja zu sagen. Wie ein Strom von Gestotter brach es aus ihm hervor.
«Niemand ist hier draußen. Niemand wird dir etwas antun.»
Noel griff nach Eric, wurde abgeschüttelt. «Los! Hauen wir ab!»
Sie liefen sehr schnell über die breite Straße, stiegen in den Wagen, und Noel versuchte, sich im Sitz zusammenzukauern, um ein so unauffälliges Ziel wie möglich abzugeben, während Eric das Gaspedal durchdrückte, so daß der Wagen auf zwei Rädern um die nächste Ecke in eine Seitenstraße heulte, dann rasch um eine andere Ecke und durch dichten Verkehr, die Sechste Avenue hinauf.

Als sie auf der Vierunddreißigsten Straße vor einem Rotlicht hielten, erinnerte Noel sich an das Krachen der Kugeln gegen die Mauern und an Buddys Hals, der auf eine Schulter gesunken war, und an McWhitters weggeblasenen Kopf, und die Furcht, die er hatte abschütteln und deshalb überleben können, packte ihn. Er begann zu stammeln und wild zu gestikulieren, bis er nicht einmal Erics Gesicht oder Worte oder die Tatsache erkennen konnte, daß er jetzt in Sicherheit war, sondern nur den arktischen Schrecken in seinen Knochen verspürte, bis er eine Faust direkt auf seine Stirn zukommen sah, wie in einem Cinerama-Kino, und die Leinwand schwarz wurde.

Vier
GESCHNAPPT

1

AUGUST 1979

Als Noel aufwachte, war es dunkel. Er nahm den Aufzug hinunter ins Wohngeschoß und kam gerade rechtzeitig, um ein Tête-à-tête zwischen Eric und Alana zu unterbrechen.

«Fühlst du dich besser?» rief Redfern durch das Wohnzimmer Noel zu. «Hungrig? Wir haben gerade angefangen.»

Sobald Noel sich zu ihnen gesellt hatte, stellte er fest, daß das, was er für ein intimes Gespräch gehalten hatte, wahrscheinlich ein Streit war. Eric schien sich über etwas Unbestimmtes zu ärgern. Alana warf einen Blick auf Noels verletztes Gesicht, runzelte die Stirn, biß sich auf die Lippen, als fürchte sie sich vor den Worten, die hervorbrechen würden, wenn sie sich nicht beherrschte, und bediente Noel ohne auch nur ein Hallo.

«Es tut mir leid, was vorher passierte», sagte Eric ruhig.

Noel wußte nicht, ob es sich auf die Schüsse, die Verfolgung oder darauf bezog, daß Eric ihn im Wagen niedergeschlagen hatte. Er entschied sich für letzteres, die am wenigsten paranoide Wahl.

«Ich war ein wenig außer Kontrolle geraten», erwiderte Noel.

«Ich fürchtete, wir würden einen Zusammenstoß haben. Du fühlst dich jetzt besser, wie ich sehe.»

Alanas fortwährendes Stillschweigen und ihre Zurückhaltung und Erics überraschende Entschuldigung vereinten die beiden Männer, jedoch nur momentan und in geringem Ausmaß. Nach den Ereignissen dieses Tages fühlte Noel sich bei Eric in Sicherheit, mehr in Sicherheit bei ihm als bei jedem anderen. Er fühlte, daß Eric endlich auch ihm Vertrauen schenkte. Er mußte es jetzt beinahe tun. Jeder hatte nur den anderen, auf den er sich verlassen konnte. Ausgenommen natürlich Alana, die jetzt so distanziert war und sich so geschäftig und so uncharakteristisch auf ihr Essen konzentrierte, daß Noel überzeugt war, wenn er nicht zuvor aufgetaucht wäre, hätten die beiden einander angeschrien.

«Ich wäre beinahe noch mal hingegangen», gestand Eric.

«Dorthin?»
«Ich wollte es mit eigenen Augen sehen. Konnte aber das Risiko nicht auf mich nehmen.»
Noel stieß einen Seufzer aus. «Du würdest es nicht sehen wollen.»
«Die wollten, daß ich auf Vega losging», sagte Eric bitter. «Und ich fiel darauf herein. Verdammt noch mal! Aber warum ausgerechnet auf ihn? Von ihnen allen?»
Noel glaubte dies zu wissen, jetzt wo Buddys Selbstprophezeiung sich erfüllt hatte. Wem sonst hatte Vega von diesen Akten erzählt? War das ein ausreichender Grund für Whisper, ihn zu töten? Oder hatte er noch weitere Sachen entdeckt? Diesmal konnte es sich nicht einfach um eine Verwechslung gehandelt haben. Wer immer auf Noel geschossen hatte, war der Mörder von McWhitter. Und Vega hing bereits am Deckenbalken, als sie ankamen.
«Das Institut, von dem du Geld kriegst», begann Eric bedächtig, so überraschend und indirekt, daß Noel einige Zeit brauchte, um ihm zu folgen. «Wer steckt dahinter?»
«Institut? Du meinst für das Buch. Ich bekomme nur etwas finanzielle Hilfe. Es macht kaum etwas aus.»
«Wer ist das?»
«Eine Gruppe für Sozialforschung. Eine unter einem Dutzend Gruppen, die mein Institutsleiter mir vorgeschlagen hat. Die Gruppe hat als erste reagiert. Das ist alles, was ich über sie weiß.»
«Wissen die Leute, wovon dein Buch handelt?»
«Ich glaube schon. Ich mußte ihnen ein ziemlich umfassendes Exposé unterbreiten, als ich den Antrag stellte. Warum?»
«Ich habe selbst ein wenig nachgeforscht», sagte Eric. «Die kriegen ihr Geld von einigen wirklich seltsamen Leuten aus dem Westen. Politisch ganz rechts. Sehr konservativ. Sehr gegen jede soziale Veränderung.»
«Ich sehe den Zusammenhang nicht.»
«Ist dein Buch pro-homosexuell?»
«Es ist weder pro noch contra. Es ist eine Untersuchung. Du weißt schon, mit Kurven und Statistiktabellen.»
«Über Schwule. Die sie gegen uns verwenden könnten?»
«Könnten», gab Noel zu. «Aber nur, indem sie die Ergebnisse falsch interpretieren oder sie verdrehen. Das Buch ist eigentlich ziemlich technisch, Eric. Es ist nicht für den Laien bestimmt. Und es wird Sozialwissenschaftlern eine ganze Menge Einzel-

heiten über das Leben der Schwulen bieten. In diesem Sinn ist es pro-homosexuell. Kenntnisse dieser Art können nur helfen.»
Er fuhr noch eine Minute im gleichen Ton fort, schockiert von Erics Worten. Er hatte die stereotypen, eingeübten Antworten gegeben, die er damals mit dem Fischer vorbereitet hatte. Aber wenn Redferns Anschuldigung stimmte, warum dieses Institut, um ihn zu finanzieren, und nicht ein liberaleres? «Außerdem», schloß Noel, «haben sie keinerlei Kontrolle über den Inhalt des Buches. Keine. Es wird vom Universitätsverlag herausgebracht. Wenn sie den Schwulen Schwierigkeiten machen wollten, würden sie meiner Meinung nach etwas Sensationelleres bevorzugen.»
«Ich weiß nicht. In letzter Zeit weiß ich überhaupt nichts mehr», sagte Eric verdrießlich.
Sie schwiegen eine Zeitlang. Noel versuchte Alanas Aufmerksamkeit auf sich zu ziehen, aber sie blickte weg oder auf ihren Teller. Als sie aufstand, um den Tisch zu verlassen, streckte Noel die Hand aus und ergriff die ihre.
«Womit habe ich eigentlich diese schweigsame Behandlung verdient?»
Sie entzog sich seinem Griff, stand da und rieb sich die Hand.
«Nun? Antworte mir. Wenn du etwas zu sagen hast, sag es.»
Sie blickte ihn jetzt an, aber mit Verachtung. «Schau dich an! Schämst du dich nicht?» Dann zu Eric: «Und du auch. Was ist los mit dir?»
«Es ließ sich nicht vermeiden», sagte Eric.
«Ließ sich nicht vermeiden», äffte sie ihn nach.
«Eric hat recht», sagte Noel. «Er wußte nicht, daß auf mich geschossen würde.»
Mitten im Satz kam es Noel zum Bewußtsein, daß er aufhören sollte. Eric gab ihm durch Gebärden zu verstehen, er solle schweigen. Alana blieb der Mund eine Minute lang offenstehen.
«Geschossen? Dazu ist es also jetzt gekommen?»
«Ich bin nicht getroffen worden», sagte Noel.
«Etwas hast du abgekriegt», versetzte Eric. «Oben an deinem Ohr. Nein, die andere Stelle.»
Noel langte hinauf, um sein rechtes Ohr zu berühren und fühlte das Pflaster. Schlagartig kehrte der Sturzbach der Furcht zurück: Er war flach gegen die Wand gedrückt, die Holztüre fiel ins Schloß, das abscheuliche *Witt, witt* zischte an ihm vorbei. Er verscheuchte diese Bilder, indem er sich am Tisch festhielt.

«Genau wie in den Gangsterfilmen im Fernsehen, was?»
Noel hatte Alana nie zuvor sarkastisch gesehen.
«Es ließ sich nicht vermeiden», wiederholte Eric.
«Natürlich hätte es sich vermeiden lassen. Hör nur damit auf, hör jetzt auf.»
«Aufhören womit?» fragte Eric, jetzt gleichfalls ärgerlich.
«Ich weiß nicht womit. Deine Spielchen mit diesen Leuten zu treiben. Hör damit auf, etwas zu tun, was immer es ist, das uns alle in Gefahr bringt.»
«Ich kann nicht. Sie hassen nicht was ich tue, sondern was ich bin.»
«Und wie steht's mit ihm?» Sie deutete auf Noel. «Mit diesem Mann. Warum ist gerade er verletzt worden?»
«Frag ihn doch», sagte Eric. Und Noel fühlte das Vertrauen der beiden schwinden.
Sie starrte Noel an, als würde sie ihn bitten, etwas zu sagen. Dann: «Nein! Ich will nichts davon hören. Nicht das geringste.»
«Erzähl es ihr, Noel. Erzähl ihr, wie die Leute, für die du arbeitest, eben versucht haben, dich zu töten. Erzähl es ihr.»
Als Noel nichts sagte, fuhr Eric fort: «Natürlich ist es vielleicht ein Irrtum. Ein ganz großer Irrtum, aber trotzdem . . . Oder vielleicht war es etwas Ähnliches wie damals vor den Baths.»
«Hör auf!» schrie sie. Zu Noel gewandt sagte sie mit einer ruhigeren Stimme: «Geh fort aus diesem Haus und komm nie wieder zurück. Und du, Eric, laß ihn gehen.»
Keiner von beiden antwortete ihr, was bereits eine Antwort war.
«Pfui! Es ekelt mich vor euch. Vor euch beiden. Kannst du das nicht verstehen, Noel? Daß dies die perfekte sadomasochistische Phantasie für ihn ist? Ist dir dein eigenes Leben denn egal geworden?»
«Komm, Alana. Das hat doch nichts damit zu tun», erhob Eric Einspruch.
«Erzähl mir nichts. Ich habe Augen im Kopf. Ich kann sehen. Diese Sache läßt all das Hinterzimmerzeug von Le Pissoir wie Kinderspiele aussehen.»
«Du hast unrecht», warf Noel ein.
«Und du verteidigst ihn noch! Sag mir, Eric, wenn diese Männer wirklich hinter dir her sind, weswegen tun sie das? Sag mir doch, weswegen?»
«Weil ich mich nicht unterkriegen lasse. Weil ich nicht vor ihnen krieche.»

«Aha, Politik! Ich dachte, ich hätte schon vor Jahren aufgehört, etwas von Politik zu hören», sagte sie verächtlich.
«Jemand muß sie machen», sagte Eric. «Jemand, früher oder später.»
«Ja. Ich sehe. Wie Lenin und seine Freunde. Für eine Idee werden wir alle umgebracht.»
«Oder George Washington und seine Freunde», erinnerte Eric sie.
«Schön. Gut. Tu, was du willst. Du und du auch», wandte sie sich an Noel und schüttelte den Kopf. «Was mich betrifft: Ich gehe morgen fort. Ich werde zurückfliegen und bei euren beiden Beerdigungen Trauer tragen. Ist es das, was ihr wollt?»
«Ich dachte, wir würden heute abend in die Clouds gehen?» sagte Eric. Aber Alana hatte sich bereits auf den Weg zu ihrem Schlafzimmer gemacht. «Na komm schon, Alana», rief Eric ihr nach, «so warst du doch früher nicht!»
«Und die Männer waren nie solche Narren wie ihr beide!» sagte sie, bevor sie ihre Tür zuschlug.

2

«*... bitte hinterlassen Sie Ihren Namen, Ihre Telefonnummer und das Datum Ihres Anrufs.* Ich rufe wieder bei Ihnen zurück. Biip!»
Seine Mitteilung wiederholte sich. Der Anrufer hängte aber den Hörer auf. Das Tonband lief eine Zeitlang schweigend weiter. Dann hörte Noel das unterbrochene Klingelzeichen und nochmals seine Botschaft.
Es war der Morgen nach dem Doppelmord in der Innenstadt-Bar, und Noel fühlte sich seltsam ruhig. Daß er in seinem Appartement zurück war, half dabei – klein und fremd, wie es ihm zuerst am Abend vorher vorgekommen war. Den Telefonbeantworter zu hören, trug zuerst auch dazu bei. Bis jetzt war er in diesen vergangenen paar Wochen, während seiner Abwesenheit von daheim, ein dutzendmal angerufen worden. Von Mirella natürlich zweimal. Aber auch von Monicas Eltern und von Paul Warshaw, obgleich Noel noch immer nicht wußte, ob er der Junge gewesen war, der an jenem Abend aus dem Wasser stieg. Dann wurde verschiedentlich der Hörer aufgehängt. Er vermutete, daß es ein paarmal Whisper-Detektive waren. Und dann

die beunruhigende Nachricht, die von Buddy Vega hinterlassen wurde.
Eric konnte diesen Anruf nicht gehört haben. Er war erfolgt, nachdem Noel in Redferns Haus zurückgekehrt war: gleich tags darauf. Die Nachricht war glücklicherweise kurz, obschon so rätselhaft, daß Noel sich an sie Wort für Wort erinnern konnte:
«Stern hier!» hatte Vega sich angekündigt, wobei er seinen Kodenamen benützte: «Ich habe noch mehr herausgefunden. Viel mehr. Es betrifft dich, mich, das ganze Projekt. Jene Dossiers waren Taubenscheiße, verglichen damit, Noel. Ich werde singen. Ruf mich an.»
Zu spät, um ihn anzurufen, zu spät für Buddy Vega, um über irgendwen zu singen.
Er sollte sich mit Priscilla Vega in Verbindung setzen. Sicherlich wußte sie es mittlerweile? Oder sollte er sich zuerst bei Whisper anmelden? Nur um sicherzugehen? Wenn sie noch nicht benachrichtigt worden war, dann wollte er nicht derjenige sein, der die Megatonnenbombe auf sie warf.
Statt dessen ließ er das Antwort-Tonband zu Ende spielen, während er auf der kleinen indianischen Navaho-Decke in der Mitte seines Studios saß. Er wollte weder mit Loomis sprechen noch mit Priscilla. Noch mit Eric. Er wollte nur hierbleiben, bequem, daheim, in Sicherheit – für den Augenblick. Vielleicht sollte er die Stadt verlassen. Monicas Eltern besuchen. Sie würden begeistert sein, ihn bei sich zu sehen. Oder Paul Warshaw anrufen und ihm eine Woche in der Sonne, in den Bergen, irgendwo anbieten. Selbst wenn es bedeutete, die Verpflichtung einzugehen, schwul zu sein. Was machte das jetzt schon aus? Wie Vega in seiner Botschaft gesagt hatte, es war Taubenscheiße, Taubenscheiße!
Das Telefon läutete, und er war so verblüfft, daß er sofort den Hörer abhob. Zuerst erfolgte keine Antwort auf sein Hallo, dann hörte er eine vage vertraute Männerstimme sagen: «Ist dort die Fischerei-Information?»
«Fischerei-Information?» wiederholte Noel verblüfft. Gleichzeitig erinnerte er sich, daß das ein Whisperkode war. «Ja, das ist richtig.»
«Ich habe einen Fischer hier, möchte Sie gern sprechen.»
Einige Sekunden später: «Lockvogel?»
«Ich dachte, Sie würden das Telefon nicht benützen, Loomis? Zu riskant, erinnern Sie sich?»

«Ihr Telefon ist jetzt in Ordnung. Hören Sie, Lockvogel, sind Sie auch wieder in Ordnung?»

«Ich rede ja mit Ihnen, nicht?»

«Es ist etwas schiefgegangen», sagte Loomis. «Ich weiß nicht mit Sicherheit, was passiert ist. Aber irgendwie muß Redfern jemanden vor Ihnen dorthin geschickt haben.»

Ihr Telefon ist jetzt in Ordnung. Bedeutete das, daß Whisper sein Telefon überwacht hatte, nicht Redferns?

«Aha», sagte Noel.

«Ich wollte nicht, daß Sie . . . irgend etwas sähen. Das ist der Grund, warum Sie von dort weggescheucht worden sind», erklärte Loomis. Er war gereizt.

«Waren Sie dort?»

«Natürlich nicht persönlich.»

«Wer immer es war, hätte einen Kieselstein oder so was werfen können. Ich hätte kapiert. Ich war nicht bewaffnet, wissen Sie.»

«Wir wußten es nicht.»

«Natürlich nicht.»

«Wir wußten es nicht!»

«Natürlich nicht.»

«Hören Sie auf, das zu sagen.»

«Was, verdammt noch mal, soll ich sagen: Schönen Dank für die Aufregung?» Wen würde Eric geschickt haben? Okku? Er war zu Hause. Und Eric selbst hätte nicht vor McWhitter dort sein können. Es gab niemand anderen, dem Redfern genügend vertraut hätte, es zu übernehmen. Dorrance? Ist geschäftlich in Kalifornien seit der vergangenen Woche. Oder nicht?

«Ich kann Ihnen nur sagen, daß es ein Mißverständnis war», erklärte Loomis.

«Weiß es Mrs. Vega?»

«Ja.»

«Was weiß sie?»

«Nichts. Das übliche: in Ausübung seiner Dienstpflicht getötet.»

«Ich werde sie anrufen.»

«Vielleicht sollten Sie es nicht. Was, wenn Redfern . . .?»

«Loomis», unterbrach Noel ihn, «ich rufe Mrs. Vega an, um ihr mein Beileid auszusprechen. Es ist mir scheißegal, was Redfern oder Sie oder irgend jemand darüber denkt. Das ist das mindeste, was ich tun kann, nachdem ich ihren Mann in den Tod gelockt habe.»

«Kriegen Sie mir deshalb keinen Schuldkomplex.»

«Machen Sie sich keine Sorgen, um meine Gefühle, ja?»
«Und sagen Sie ihr nichts.»
«Ich kenne sie ja nicht einmal», log er. «Wenn Sie jetzt mit Ihren lahmen Entschuldigungen fertig sind, hänge ich ein.»
«Wir kommen näher ran», sagte Loomis.
«Näher an wen?»
«An Mr. X.» In Loomis' Stimme schwang ein Unterton der Erregung. «Wir haben eine nette kleine Falle für ihn bereit, und er wird uns diesmal nicht wieder entwischen. Gehen Sie in sein Haus zurück und warten Sie dort. Noch eine Woche oder so. Das ist alles, was wir brauchen.»
«Wofür?»
«Um ihn zu schnappen. Wir werden etwas Kleines und Sauberes arrangieren. Wir holen ihn rein mit dieser kleinen Sache. Dann können wir ihn einbuchten.»
«Ja, wenn dies ein paar von uns am Leben läßt, habe ich nichts dagegen», sagte Noel.
«*Ich sagte es Ihnen ja bereits*», wiederholte Loomis, «das war ein Mißverständnis. Keine Angst. Diesmal wird niemandem etwas passieren.»
«Hoffentlich nicht. Kein Wunder, daß Sie keine Lebensversicherung anbieten.»
Loomis sprach an seinem Ende des Drahts mit jemand anderem. Er schien diese letzte Bemerkung nicht gehört zu haben. Er kam kurz angebunden an den Apparat zurück: «Wir werden Sie wissen lassen, wann es soweit ist.»
«Wenn Sie Redfern hochgehen lassen?»
«Sie werden nichts damit zu tun haben. Sie sind unsere Reserve. Nur für den Fall. Es wird alles bald vorüber sein. Rufen Sie nicht an. Halten Sie mich mit Ihren Botschaften auf dem laufenden.» Jemand anderer sprach leise an seinem Ende, und er verabschiedete sich schließlich.
Noch lange nach dem Gespräch spürte Noel die Erleichterung. Er hatte diese Last loswerden wollen, und jetzt sah es so aus, als ob es doch noch dazu käme. Solange er nicht der Hebel zwischen Loomis und Eric war, war es ihm gleichgültig, was sie taten.
Nach dem Mittagessen wählte er Mirella Trents Nummer. Sie war ausgegangen. Dann versuchte er es mit Monicas Mutter. Auch hier hatte er kein Glück. Paul Warshaw antwortete, schien aber beschäftigt zu sein und sagte, er würde später zurückrufen. Zuletzt wählte Noel Vegas Nummer.

Priscilla antwortete mit kaum hörbarer Stimme, so daß Noel zuerst glaubte, es sei ihre kleine Tochter.
«Mrs. Vega? Noel Cummings.»
Er vernahm heftiges Atemholen, dann: «*Dios gracias!* Ich hoffte, Sie würden mich anrufen. Wo sind Sie?»
«Zu Hause, warum?»
«Kommen Sie bei mir vorbei. Gleich jetzt, bitte. Können Sie?»
«Ja, aber . . .»
«Gleich jetzt. Reden Sie nicht», befahl sie und hängte ein.
Das Telefon. Sie wußte, daß sein Telefon abgehört wurde. Deshalb wollte sie nicht sprechen. Auch Eric mußte das geglaubt haben. Das würde erklären, warum er die Mitteilungen auf dem Telefonbeantworter abgespielt haben wollte: damit er die Überwachung hören konnte. Aber warum zum Teufel wurde *Noels* Telefon abgehört?

3

Neben den Bildern von John F. Kennedy und Jesus Christus stand eines von Buddy, alle waren mit frischen Blumen geschmückt, und vor jedem brannte eine Votivkerze auf der Kommode. Das war ein Hinweis auf Priscilla Vegas Verlust und Trauer. Ein anderer war, daß die Kinder nicht mehr da waren.
«Nach allem, was passiert ist, glauben Sie doch nicht, daß ich sie bei mir behalten würde? Sie sind jetzt bei meiner Großtante in San Juan. Außer das Baby. Es ist bei meiner Mutter. Ich sehe es jeden Tag.»
Noel, der sich an ihr feuriges Temperament erinnerte, hatte erwartet, sie wütend, rachedurstig und verbittert zu sehen. Aber sie war sehr kühl. Traurig ja, aber auch zielbewußt.
«Buddy sagte, wenn Sie ihn rechtzeitig erreichten, wäre alles in Ordnung», bemerkte sie, sobald Noel sein Beileid ausgedrückt hatte.
Das bedeutete, daß Buddy gleich viel wie Noel wußte, als er zum Treffpunkt ging. Das brauchte Mut. Noel fühlte sich sogar noch mehr gedemütigt durch seine Rolle in der Angelegenheit und seine nachträgliche Furcht.
«Es war zu spät», gab er traurig zu, wußte aber nicht, wieviel er ihr erzählen sollte.
«Buddy meinte, wenn Sie zu spät kommen würden, dann nur

deshalb, weil Loomis ihn hintergangen hatte», sagte sie und wartete, wie er darauf reagieren würde.
Als Noel keine Antwort gab, fuhr sie fort: «Er sagte, ich solle Ihnen helfen. Ich werde Ihnen helfen», fügte sie eindringlich hinzu.
«Mir helfen, was zu tun?»
«An erster Stelle die Mörder meines Mannes zu finden», sagte sie mit einem Anflug des Zorns, den er erwartet hatte. «Und seine Arbeit für ihn zu beenden.»
«Hat er noch mehr Dossiers gefunden?» wollte Noel wissen. Er merkte bereits, daß sie das Gefühl hatte, er schulde ihr etwas für das Leben ihres Mannes – daß er etwas für sie tun müsse. Die Liste nahm mit jedem Monat zu: Loomis, Eric. Jetzt auch Buddy Vega in seinem Grab. Und natürlich Monica. Seine Schulden.
«Ja, noch mehr Dossiers. Sogar noch schrecklichere als zuvor.»
Die große Dokumentenmappe wurde wieder hervorgeholt. Noels Niedergeschlagenheit verstärkte sich. Er war noch immer nicht über die letzten Enthüllungen hinweggekommen. Brauchte er wirklich noch mehr davon zu sehen?
Priscilla gab ihm nicht den dicken Manila-Umschlag, sondern drei sauber maschinengeschriebene Seiten, denen Fotokopien von vier verschieden großen Papieren beigeheftet waren. Als er sich anschickte, die oberste Zeile der ersten Seite zu lesen, las sie laut aus dem Gedächtnis vor.
«AIN-Notiz. Betr.: Waffe. Klasse B, psychologisch. Kodename: ‹Der Lockvogel›.»
Noel las die Zeile dreimal.
«Buddy glaubte, AIN bedeute Associated Intelligence Network. Eine Verbindung zwischen dem CIA, FBI und der Staats- und Stadtpolizei. Buddy sagte, es sei verfassungswidrig, existiere aber trotzdem, und der einzige Grund, warum wir nicht mehr darüber hörten, sei die umständliche Bürokratie, welche die Wirksamkeit dieser Organisation beeinträchtige.»
Noel hatte eben die getippte Zeile voll und ganz verstanden. «Ich bin der Lockvogel», sagte er tonlos.
«Ja. Das wußten wir.» Es sprach großes Mitleid aus ihrer Stimme.
«Seit wann?»
«Drei Wochen. Ein bißchen mehr.»
«*Ich bin* die Waffe. Gegen wen?»
«Gegen Mr. X.»

«Eric?»
«Lesen Sie weiter. Seite zwei, vierter Absatz.»
Er drehte die Seite um. «Dreiundzwanzigster August. Das ist das heutige Datum.»
«Ja. Aber diese Notiz wurde am achten März geschrieben. Lesen Sie sie – oder soll ich es tun?»
«Zum obigen Datum», las Noel laut, «sollte die Versuchsperson in der fünften Phase sein, die den Namen ‹Sicherheitsklammer entfernt› führt. Durch kürzliche Ereignisse ist er in eine totale psychosexuelle Krise geraten. Dies, von wiederholten Anschlägen auf sein Leben begleitet, sollte ihn sexuell abstinent machen, äußerst verwirrt, unfähig, irgendeine wichtige Entscheidung zu treffen, wie zum Beispiel, wem er als Freund vertrauen kann. Er wird beginnen, sich stark nach innen zu wenden. Da er niemandem vertraut, wird er die Zurückgezogenheit suchen, möglicherweise sogar versuchen, der Situation zu entfliehen. Auf jeden Fall wird er psychologische Sicherheit nur in seinen eigenen vier Wänden finden.»
«Stimmt», sagte Noel. «Aber was soll das?»
«Stimmt es wirklich?» fragte sie.
«Ziemlich genau, ja», gab er zu.
«Man hat Ihnen gesagt, Ihre Mission bei Whisper bestehe darin, nahe genug an diesen Mr. X. heranzukommen, damit er geschnappt werden könne, stimmt's?»
Noel gab keine Antwort. Auch dies konnte eine Falle sein – oder ein Test.
«Spielt keine Rolle», fuhr sie fort. «Es steht ohnehin hier in Paragraph zwei, Seite eins. Dies ist jedoch nicht Ihre wirkliche Arbeit für Whisper. Das ist so schrecklich daran. Los, lesen Sie es!» Sie deutete auf eine Stelle am Schluß der Seite, aber bevor er zu lesen begann, sagte sie: «Sie sind kein Lockvogel, Sie sind der Mann, der innerhalb von zwei Wochen diesen Mr. X. ermorden wird. Man hat Sie gefunden, ausgewählt und programmiert, um diese besondere Tat auszuführen, ob Sie es wissen oder nicht, ob Sie es wollen oder nicht.»
Sie saßen am Küchentisch. Als Noel die Seite las, die mit anderen Worten genau das ausdrückte, was Priscilla ihm gesagt hatte, stand er auf, stieß den Stuhl hinter sich um. *Innerhalb von zwei Wochen.* Das bedeutete, irgendwann zwischen heute und dem Wochenende des Labor Day.
«Es ist entsetzlich», sagte sie.
Dann passierte etwas Seltsames mit Noel. Er fühlte, wie er sich

in zwei Ichs aufspaltete. Der eine Noel war völlig überwältigt, erschlagen von dieser Katastrophe, diesem letzten Schlag nach Monaten der Verwirrung, der Schmerzen und der Ungewißheit, von diesem Wissen, daß er von jemand anderem kontrolliert wurde – schlimmer noch, in einen Roboter mit einer tödlichen Mission verwandelt worden war. Aber die andere Hälfte – sein berufliches, intellektuelles Selbst – war völlig fasziniert. Hier war er, spielte mit dem sozialen Verhalten von Minderheitsgruppen herum, und Loomis – ein Genie – führte eine erfolgreiche soziale Verhaltensänderung durch – nicht an Affen im Laboratorium, nicht an Kindern, sondern an *ihm!* Andere Wissenschaftler würden Loomis' psychosoziologisches Modell und dessen Verwirklichung betrachten und beides «elegant» nennen. Mirella Trent zum Beispiel würde von dessen «strukturellen Schönheiten» schwärmen.

Die beinahe schmerzlose, aber sehr reale Spaltung seiner Persönlichkeit erfolgte zusammen mit dem Gedanken: Wie konnte er jemals der Kontrolle des Fischers entgehen, wenn er selbst bis jetzt nicht einmal gewußt hatte, daß diese überhaupt existierte? Erics Macht über ihn, selbst Alanas, war wie ein Stoffband im Vergleich zu einer Stahlkette.

Aber war das durchwegs so? Als er las, in welchem Zustand er sich befinden sollte, war sein erster Gedanke gewesen: Ja, so ist es. Aber sein zweiter Gedanke war: Na, und? Es ist nicht so schlimm. Es ist wahr. Alles ist wahr. Aber trotz allem, sogar trotz der Gefahr, lebe ich noch. Irgendwie bin ich nicht unglücklich, aus lauter Blödheit nicht unglücklich. Was immer passierte, es passierte ihm und würde nie passiert sein, wenn er nicht an jenem Märzmorgen im leerstehenden Lagerhaus seine Entscheidung getroffen hätte. Zugegeben, er war auf einer Gratwanderung. Aber die Absturzgefahr machte ihn lebendiger als je zuvor.

Daher glaubte er nicht, daß er Eric jemals töten könnte. Gleichzeitig vermutete er, daß er es vielleicht doch tun würde, wenn die Umstände sich auch nur geringfügig ändern würden. Das war das Problem.

Er blieb stehen, als er merkte, daß er mehrere Male um den Tisch gegangen war. Er blickte auf Priscilla Vega, die besorgt und geduldig eine Tasse kalten Kaffees in der Hand hielt. Dann setzte er sich hin.

«Also schön», sagte er. «Nehmen wir mal an, daß ich die Bombe bin. Wie entschärfen wir mich?»

Als ob sie etwas erwägen würde, betrachtete sie ihn eine Zeitlang prüfend, bevor sie sprach.

«Wir haben Ihnen dies nicht zuvor gesagt», begann sie mit einer leisen, vorsichtig gedämpften Stimme, «weil man erwartete, Sie würden schizophren, wenn Sie es jemals herausfänden. Man erwartete, daß Sie sich in zwei Persönlichkeiten spalten und sich dann selbst zerstören würden.»

«Ich habe mich tatsächlich in zwei Persönlichkeiten gespalten», sagte er. «Gerade vorhin. Aber es hat nicht lange gedauert.»

«Woraus man schließen kann, daß die Programmierung nicht perfekt ist. Wie Buddy und ich es geglaubt haben. Aber warum ist sie nicht perfekt?»

«Steht da etwas drin über eine Frau?» wollte Noel wissen.

«Viel. Sogar über zwei Frauen. Eine würde Sie auf Distanz halten, Sie ablehnen. Die andere würden Sie ablehnen, nachdem Sie sie auf irgendeine Weise mißbraucht hätten. Beide zusammen würden Sie mit Ekel vor allen Frauen erfüllen, was Ihr Problem intensivieren würde.»

Noel forschte in sich selbst nach der Wahrheit, dann sagte er: «Aber ich habe gar keinen Ekel vor allen Frauen. Und sie ist der Grund dafür, glaube ich.»

«Meinen Sie diejenige, die Sie abgewiesen hat? Sie fühlt sich zu Ihnen hingezogen, weil Sie ihr Bedürfnis nach einem gewissen Typ von Mann befriedigen.»

«Das stimmt. Ich weiß es. Aber es ist mir egal. Alana ist zu gut für mich. Sie hat mich gern. Ich weiß nicht, ob sonst noch jemand, aber sie mag mich. Ich glaube, das ist's, was das Programm aus dem Gleis gebracht hat.»

«Vielleicht», sagte sie ohne Überzeugung. «Aber was ist, wenn Sie jetzt nicht entschärft sind? Wenn Sie noch immer gefährlich sind? Vielleicht sogar noch gefährlicher, weil Sie jetzt eine Waffe ohne Ziel sind?»

Das war ein neuer Schock. Aber sie hatte recht. Es sähe Loomis ähnlich, alle Sicherheitsvorrichtungen einzubauen. Wie viel von seinem täglichen Leben in den vergangenen sechs Monaten war voraussagbar gewesen, war von jemand anderem vorausbestimmt worden? Zum Beispiel der Mann, der mit dem Wagen zusammengeprallt war. Die Nacht in Le Pissoir. Was alles noch? Sein Leben hatte sich nicht nur in großen Zügen geändert – seine Arbeit, seine Freunde –, sondern auch in Einzelheiten: die Stunden, die er einhielt, die Stimuli rings um ihn, sogar die Musik, die er hörte, war anders. Sein Lebensplan war in

Unordnung geraten, seine Wertvorstellungen erschüttert, sein früheres Leben war beinahe aus seinem Gesichtskreis verschwunden, sein neues Leben war ständig aus dem Gleichgewicht. Konnten Loomis und sein Computer – er mußte einen benützen –, konnten sie vorhersagen, wann er sich die Zähne putzen würde oder ob er sie überhaupt putzte? Möglich. Unglaublich. Aber möglich.
«Noel!» rief Priscilla ihn an und schüttelte seinen Arm.
Er kam zu ihr zurück. «Es passierte eben wieder: das Ding mit der gespaltenen Persönlichkeit. Aber jetzt geht es wieder. Es wird mir helfen, genau zu verstehen, wie ich es überwinden kann.»
Sie starrte ihn an.
«Ich bin okay. Wirklich. Und wie sollen wir mich wieder entschärfen?»
«Buddy hatte einen Plan, der nicht auf Statistiken oder Psychologie oder so was Kompliziertem beruhte. Wir haben die Idee mehrere Male durchbesprochen. Er glaubt, es würde klappen.»
«Glaubt!»
«Glaubte, wollte ich sagen. Bitte. Ich weiß, er ist tot. Manchmal kann ich es nicht fassen. Aber ich weiß es.»
Sehr sanft fragte Noel, was Buddys Plan war.
«Sie wissen, warum Buddy aus der Marine ausscheiden mußte?» fragte sie.
«Ja, aber . . .»
«Nicht aus dem Grund, den er Ihnen angegeben hat. Er war ein Dieb. Eine Gruppe verlangte von ihm, Dokumente einer anderen Gruppe zu stehlen. Er wurde ertappt. Es wurde alles vertuscht. Er wurde Zivilist, und manchmal kam ein Mann von der Regierung vorbei und bat ihn, etwas zu stehlen. Dann kam dieses hohe Tier von der Polizei und fragte Buddy, ob er für ihn arbeiten wollte. Er wußte, daß er ein Dieb war.»
«Buddy sollte also jene Dossiers stehlen und sie mir zeigen?»
«Jene, ja. Aber etwas an Ihrem Fall kam Buddy verdächtig vor. Als er Ihr Dossier las, erinnerte ihn das an einige andere Papiere, auf die er gestoßen war und von denen er später wußte, daß er sie nicht hätte finden sollen. Das waren die Berichte, von denen wir nichts wissen durften.» Sie wies auf die fotokopierten Berichte hin, die dem psychologischen Waffenplan beigeheftet waren.
Noel begann einen zu lesen, dann ging er zu den anderen über. Jeder enthielt eine detaillierte Darstellung einer früheren AIN-

Kontrolloperation. Jeder Kontrollierte war zum erfolgreichen Mörder geworden. In allen vier Fällen lebten die Männer jetzt im Ruhestand und bezogen so etwas wie eine Rente, obwohl einer von ihnen jünger als Noel war, und alle waren glücklich und hatten die schrecklichen Ereignisse vergessen. Sie erinnerten sich einfach nicht mehr daran, was sie getan hatten.

«Schauen Sie sich diesen letzten an», instruierte sie Noel. «Nicht das Gedruckte, sondern dieses Zeichen hier.»

«Es sieht wie ein Siegel aus», sagte er, konnte aber beinahe nichts erkennen.

«Buddy hatte es vergrößert und dunkler kopiert. Hier ist es.» Sie nahm ein anderes Papier aus der Dokumentenmappe. Der Stempel war größer, deutlicher. Als Briefkopf konnte Noel mit Leichtigkeit den Namen des Instituts für Sozialforschung in Albany lesen, das sein Gehalt für Whisper bezahlte. Wie hatte Eric gesagt? «Politisch ganz rechter Flügel. Sehr konservativ. Sehr gegen jede soziale Veränderung.»

Priscilla fuhr fort: «Wir wissen nicht genau, wer die Leute sind. Aber Loomis ist mit ihnen verbunden. Buddy war sicher, daß die Polizei nicht weiß, wie tief diese Gruppe in die Sache verwickelt ist. Nur zwei Kopien dieser Memoranden wurden ins Polizeiarchiv geschickt. Beide trugen die Initialen von Leuten, die nur Sekretäre waren, wie er nachträglich herausfand. Dann wurden sie unter «Auszahlungen» abgelegt und in ein Verzeichnis aufgenommen, das nur in Sonderfällen eingesehen werden kann. Buddy hat diese Papiere als erster wieder herausgenommen, seitdem sie abgelegt worden sind.»

«Das war nicht vorgesehen?» erkundigte Noel sich.

«Nur *Sie* wurden programmiert. *Sie* sind die Waffe, nicht Buddy. Er mußte lediglich die Akten finden und sie Ihnen zeigen. Weiter nichts. Weil es ihm so leicht gemacht wurde, die Dossiers zu stehlen, wurde er mißtrauisch und ging noch einmal hin, um sich die Sache genauer anzuschauen. Diese AIN und dieser Plan für psychologische Waffen, auf welche die Dokumente immer wieder hinweisen, interessierte ihn. Deshalb entschloß er sich, selbst nachzusehen. So hat er dies gefunden. Nur *Sie* sind eingeplant. Auf ihn konnten sie verzichten», fügte sie bitter hinzu.

«Aber wenn sie ihn umgebracht haben, wie Sie glauben, dann wissen sie auch, daß er all das gefunden hat», sagte Noel und wies auf die Papiere, die sie ihm gegeben hatte.

«Nein. Es war wegen seines idiotischen Telefonanrufs bei

Ihnen. Ihr Telefon wird überwacht. Aber er war so aufgeregt!» Sie dämpfte ihre Stimme zu einem Murmeln.
Eine Minute später erzählte sie ihm Buddys Plan.
Er war nicht ganz so komplex oder gegen Mißerfolg abgesichert wie Loomis Meisterplan, aber er hörte sich wirkungsvoll an. Das gesamte Material sollte von Noel, dem Lockvogel selbst, in die Hände des Polizeipräsidenten gespielt werden. Priscilla würde ihn begleiten, um seine Aussage zu bestätigen. Sie würden erklären, wie die Untersuchung eines Mordfalles von Loomis und dem Institut für Sozialforschung in ein Testgelände für eine psychologische Waffe verwandelt worden war. Sie würden Loomis' Ausscheiden aus Whisper fordern. Noel würde ebenfalls austreten. Ohne die entsprechenden Begleitumstände konnte die Waffe nicht eingesetzt werden.
Noel dachte über ihre Worte nach. Er war sich nicht sicher, ob es für den Polizeipräsidenten stichhaltig genug war, um Whisper aufzulösen.
«Wir brauchen etwas Greifbareres», sagte er zu ihr.
Sie schwieg eine kurze Zeit, dann: «Zum Beispiel Bestechungsgelder?»
«Bestechungsgelder? Zwischen Loomis und diesem Institut in Albany?»
«Nein, zwischen ihm und dem organisierten Verbrechen.»
«Woher wissen Sie das?»
«Wir haben die Hintertürchen zwölf Tage lang überwacht. Buddy installierte und verband drei andere Telefonanschlüsse, und wir hörten die Gespräche ab. Sobald jemand die Hintertürchen benützte, schrieben Buddy und ich alles auf, was gesagt wurde. Ich bin früher mal Stenografin gewesen.»
«Auch meine Anrufe?» wollte Noel wissen. Sie nickte bejahend.
«Erzählen Sie weiter», spornte Noel sie an. «Wenn das, was Sie sagen, wirklich stimmt, müssen wir uns darauf stürzen.»
«Es stimmt. Es gibt noch ein viertes Hintertürchen für Notfälle. Wurde unseres Wissens von niemandem außer von Loomis benutzt. Er benutzte es zweimal während der Zeit, als wir zuhörten, um einen Mann namens G oder Gee anzurufen. Sie sprachen nie länger als etwa eine Minute miteinander, obschon es ein Spezial-Hintertürchen war. Sie waren immer kurzangebunden, geschäftsmäßig und vereinbarten gewöhnlich ein Treffen. Die letzte Zusammenkunft, die sie hatten, war letzte Woche. Die nächste soll in zwei Tagen stattfinden.»
«Sie haben also nichts über Bestechungsgelder erfahren.»

«Doch. Beide Male berichtete Loomis über einen Fortschritt seiner und Gees gegenseitiger Interessen. Gee berichtete seinerseits, daß seine Anwälte einen geeigneten Zahlungsmodus ausarbeiteten. Sie besprachen einen Transfer von Aktien und Obligationen während einer Zeitdauer von eineinhalb Jahren, von einer Scheinfirma zur anderen und schließlich auf Loomis' Bankkonten. Wir haben alle Informationen aufgeschrieben. Einige Zahlungen wurden bereits getätigt, für frühere ‹Beuten›, über die Gees ‹Teilhaber›, wie er sie nannte, sehr erfreut waren.»

«Es klingt alles immer noch zu vage.»

«Sobald Mr. X getötet ist, wird sein Grundstückbesitz durch einen Kontaktmann von Loomis in einem Amt in der City wieder aufgekauft. Sie werden die Grundstücke als unbewohnbar erklären und sie dann an einer unlauteren Versteigerung an Gees Freunde verschachern. Loomis versicherte Gee, daß sein Kontaktmann bereits teilweise abgefunden worden sei.»

«Hat er das gesagt?»

«Wollen Sie lesen, was ich aufgeschrieben habe?»

«Nein. Später. Hat jemand die Höhe der Beträge erwähnt?»

«Natürlich. Ich habe alle Zahlen auf dem Papier stehen. Loomis sollte fünf Prozent von dem Endpreis bekommen. Sie schätzten, daß Redferns Schwulengeschäfte – Klubs, Discos, Bäder, Bars – ungefähr zehn oder zwölf Millionen Dollar wert seien. Seinen Privatbesitz können sie nicht angreifen.»

«Fünf Prozent davon ist eine Menge Geld», sagte Noel. Er verstand jetzt, warum Loomis so erpicht darauf war, Mr. X auszuschalten. Wenn es wirklich so war. «Loomis hat mir selbst erzählt, daß das organisierte Verbrechen aus den Geschäften mit Schwulen ausgestiegen war, weil sie nicht so einträglich waren», argumentierte er.

«Mag sein. Jetzt jedenfalls sind sie einträglich. Und jetzt wollen sie sie zurückhaben.»

Und Erics Traum würde zerstört werden, dachte Noel. Erics Traum von einer wirtschaftlichen/politischen Machtbasis, die Schwule gegen jene vereinigen würde, von denen sie immer erfolgreich ausgebeutet worden waren: gegen Mob und Polizei.

«Dann hat Loomis mich die ganze Zeit über angelogen, daß jene Männer ermordet worden seien», sagte Noel und erinnerte sich an den eindrucksvollen ersten Besuch des Fischers.

«Er hat nicht gelogen. Sie wurden tatsächlich umgebracht. Buddy glaubte, daß Whisper sie ausschaltete, um damit Mr. X in Schrecken zu versetzen und ihn aus allen seinen Geschäften in der Stadt zu verjagen. Aber er ließ sich nicht einschüchtern. Und so versuchte Loomis einen Plan auszuarbeiten, mit welchem er alle Mordfälle Mr. X ankreiden konnte, der mit allen Opfern eng verbunden war. Mitten in seinen Vorbereitungen entdeckte Loomis offensichtlich diese AIN-Kontrollpläne und kam zum Schluß, daß dies die wirkungsvollste Methode sein würde, Mr. X zu beseitigen.»

«Wir brauchen einen echten Beweis für dieses ganze Geschäft», sagte Noel.

«Die nächste Begegnung findet in zwei Tagen in einer Cafeteria von Horn & Hardart in der Siebenundfünfzigsten Straße statt. Loomis und Gee werden sich wie durch Zufall treffen, das Mittagessen einnehmen und alles besprechen.»

«Wie kommen wir an sie heran, wie kriegen wir Beweise?» fragte Noel. Er mußte sich noch immer einreden, daß alles, was sie ihm erzählt hatte, der Wahrheit entsprach.

«Buddy hat dies vor einigen Tagen gekauft», sagte Priscilla, ging an einen Küchenschrank und nahm einen tragbaren Kassettenrecorder in der Größe eines kleinen Transistor-Radios heraus. «Um ihr nächstes Gespräch auf Tonband aufzunehmen. Er war besessen von dem, was Loomis tat, Noel. Er fühlte Bedauern mit Ihnen, aber es war mehr als das. Er wollte nicht, daß seine Kinder in einer Welt aufwachsen, in der Menschen so mißbraucht werden können wie Sie mißbraucht werden.»

Noel betrachtete den Recorder eingehend, las die Gebrauchsanweisungen, dann probierte er das Demo-Tonband mit dem Recorder unter dem Tisch aus. Es war schön und gut in einer ruhigen Küche. Aber in einem großen öffentlichen Restaurant würde es eine Menge Hintergrundgeräusche geben. Wie könnten sie nahe genug herankommen, um die Gespräche der beiden Männer dort auf Tonband aufzunehmen?

«Buddy meinte, ich könnte das schaffen», sagte Priscilla. «Wir planten, daß ich zu dieser Begegnung gehen sollte, um sie auf Tonband aufzunehmen. Aber ich kenne Loomis nicht.»

«Dann werde ich auch dort sein müssen», sagte Noel. «Irgendwo versteckt.»

Nachdem sie es besprochen hatten, erklärte Priscilla, daß sie mit ihrem Baby hingehen würde, nicht nur, um keinen Verdacht zu erregen, sondern um ein Versteck für den Recorder zu finden, das nahe genug bei den Stimmen der Männer war, nämlich im leichten zerlegbaren Kinderwagen des Babys.

Sie würde Pakete auf sich tragen, als ob sie beim Einkaufen gewesen sei, nur mit einem starken spanischen Akzent sprechen, wenn möglich so tun, als ob sie Englisch überhaupt nicht verstehe. Noel würde zuvor die Cafeteria überprüfen, um genauer über die Einrichtung, mögliche Probleme und deren Lösungen orientiert zu sein. Er und Mrs. Vega würden sich wie zufällig am darauffolgenden Tag unweit des Delacorte-Theaters im Central Park treffen und alle restlichen Details in ihrem Plan besprechen.

«Nachdem Sie das Gespräch aufgenommen haben», sagte er, «geben Sie mir die Bänder, dann nehmen Sie Ihr Baby und gehen nach Puerto Rico zu Ihrer Großtante.»

«Aber Sie werden meine Aussage brauchen, um ...» protestierte sie.

«Wenn das alles wahr ist, dann ist keiner von uns in Sicherheit, weder Sie noch Ihr Baby.»

«Es ist wahr!» protestierte sie nochmals. «Sicher vor Loomis, meinen Sie?»

«Vor Loomis, ja», sagte er und bewunderte ihren Mut, ihre Entschlossenheit, ihren Mann zu rächen, «aber Sie sagten es selbst, Mrs. Vega, ich bin eine ziellose Waffe. Sie sind jetzt nicht einmal vor mir sicher.»

Sie blickte ihn an, brachte aber keine Einwände vor.

4

Was Priscilla Noel erzählt hatte, erschütterte ihn. Als er über die daraus entstehenden Konsequenzen nachdachte, wußte er, daß er sich – wie zuvor – in zwei Ichs aufspalten würde. Ohne zu wissen, ob die Spaltung je wieder rückgängig gemacht werden konnte, wie schon einmal. Aber war er nicht unvollständig programmiert? Wenn dies wirklich so war. Was der Fall zu sein schien. Wenn wirklich unvollständig. Was dies auch immer heißen mochte. Wenn er nicht trotzdem total kontrolliert war. Wo die Spaltung wieder anfing. Hör auf damit! warnte er sich selbst.

Er rief ein Taxi, das die West End Avenue hinunterfuhr, sprang hinein, als es an den Randstein fuhr, und fing sofort ein Gespräch mit dem Fahrer an, um den inneren Monolog abzubrechen – fragte ihn, was er von dem Verkehr halte, welches der beste Weg zu den East Thirties sei, erwähnte den Niedergang des lokalen Rockmusik-Radiosenders, die verschiedenen Möglichkeiten von Horrortrips. Eine bizarre, aber wirksame Therapie. Noel gab ihm einen Dollar als Trinkgeld und ging, ruhiger geworden, in seine Wohnung hinauf.

Die Ruhe dauerte nicht lange.

Ich bin eine menschliche Zeitbombe, sagte er sich, als er die Eingangstür aufschloß. Dann lief er zum Telefon, um Mirellas Nummer zu wählen. Er wußte nicht, was er zu ihr sagen sollte, aber schon eine Stimme aus seinem früheren Leben würde ihm helfen. Oder war er auch kontrolliert gewesen, als er ihre letzte Begegnung im Bett vermasselt hatte?

Sie war nicht zu Hause. Er hinterließ keine Nachricht.

Er wollte noch immer mit jemandem sprechen und entschied sich für Redfern. Nur um seine Stimme zu hören, um sich zu beweisen, daß es nicht wahr sein konnte.

Okku antwortete. Im Hintergrund waren Stimmen zu hören. Er mußte sich im Wohngeschoß aufhalten. Nach einem ein- oder zweimaligen Grunzen war Okku weggegangen, und Alana antwortete. «Eric ist im Augenblick beschäftigt», sagte sie.

«Hört sich wie eine Party an.»

«Fühlst du dich jetzt besser?»

«Ausgezeichnet. Und du? Was ist bei euch los? Eine Party?»

«Nein, Cal und Geoff und Rick und ein paar andere Leute sind hier. Sie sind zusammengekommen, um die Saisoneröffnungsparty in der Window Wall zu besprechen. Kommst du auch hin?»

«Ich weiß es noch nicht», sagte er, dann war er sich nicht schlüssig, ob sie die Party oder Redferns Haus meinte. «Wenn sie arbeiten, bin ich nur im Weg.»

Es schien ihm, daß er seit langer Zeit nicht mehr mit ihr allein gesprochen hatte. Er wollte sich entschuldigen: wegen des letzten Mals, als sie aus dem Eßzimmer gelaufen war, und wegen seines Benehmens ihr gegenüber auf Fire Island. Um ihr zu sagen, tut mir leid, aber ich bin eine menschliche Zeitbombe, und was geschieht, wenn ich unter dir ticke? Er konnte es nicht sagen. Nicht einmal, wenn es wirklich so wäre. Und er würde das nicht wissen, bevor er es aus Loomis' Mund hörte.

«Eric meinte, wir sollten dich zu uns herüberbitten», sagte sie ohne Umschweife.

«Und du? Willst du mich nicht auch sehen?»

Er konnte sie im Geist vor sich sehen, wie sie mit ihm sprach.

Wahrscheinlich war sie in der Bibliothek, ihre Beine über die niedrige Armlehne des großen Ledersessels gelegt, ihr Haar halbwegs ins Gesicht hängend, während sie damit spielte.
«Jedesmal, wenn ich dich sehe, passiert etwas Schlimmes. Du wirst verletzt. Ich werde verletzt. Eric ist noch mehr überzeugt von seiner . . . Was immer es ist.»
«Na, komm schon, so schlimm ist es auch wieder nicht», sagte Noel.
«Doch!»
«Wann habe ich dich verletzt?»
«Gestern. Das letzte Mal. Am Strand. Ich habe es satt, über jemanden zu weinen, Noel. Da! Jetzt hab' ich's gesagt. Das wolltest du doch hören, nicht wahr?»
Ein Teil von ihm wollte das, ja. «Ich komme jetzt gleich zu euch rüber.»
«Nein. Genau deshalb solltest du mir fernbleiben. Und auch Eric. Geh fort, Noel. Verreise irgendwohin, sehr weit weg und sehr lange.»
«Dann komm doch du heute abend hierher. Bleib bei mir.»
«Das knüpft die Bande nur noch enger.»
Sie hatte recht. Außer was Eric betraf. Selbst wenn Noel nichts tat und fortging, würde Eric noch immer in Schwierigkeiten sein. «Ich komme. Sag es Eric.»
«Werde ich tun», meinte sie. Es klang nicht gerade erfreut.

Sie waren alle im großen Wohnzimmer – Geoff Malchuck, Rick, Cal, Jimmy DiNadio, «Marge» – und saßen um den Kaffeetisch, auf dem Pläne, Skizzen, graphische Darstellungen, Stoff- und Teppichmuster, Notizblöcke voller Farbabstufungen ausgebreitet lagen. Als Noel hereinkam, schien jedermann gleichzeitig zu reden, während Marihuana geraucht und Wein getrunken wurde.
Chaffee sprach zuerst. «Gratuliere mir. Ich bin Ehemann geworden.»
«Wir leben jetzt zusammen», erklärte Jimmy rasch. «Es ist sehr partnerschaftlich, wenn ihr wißt, was ich meine.»
«Nein, stimmt nicht. Es ist eher offen», sagte Rick.
«Offen? Was nennst du offen?»
«Ich nenne offen, wenn man an Kumpelabenden gemeinsam in die Tubs geht.»
«Das ist deine Definition von offen.»

Bevor das Wortgefecht richtig in Schwung kommen konnte, gratulierte Noel ihnen, brachte einen Toast auf sie aus, dann setzte er sich zu Eric hin, der neben sich Platz für Noel gemacht hatte und sofort eine Zeichnung hochhielt.
Noel brauchte einen Augenblick, um zu begreifen, daß man von ihm erwartete, etwas anzusehen, das die Party betraf. Mehr noch. Er wurde ganz offiziell um seine Meinung gebeten: nach seiner Vertreibung aus gerade dieser Gruppe vor nicht allzulanger Zeit, wurde er jetzt wieder aufgenommen und um ein Urteil über etwas gebeten, das sie alle anging. Er nahm die Zeichnung, hielt sie hoch und merkte, daß er errötete.
«Was ist los mit dir?» fragte Eric verwirrt. «Gefällt es dir nicht?»
«Ich mag alles außer den Spiegeln», warf Cal ein.
«Ich weiß nicht», sagte Noel. «Ich bin nicht einmal sicher, daß ich weiß, was es darstellen soll.» Er wußte, daß dieser Augenblick der Wiederaufnahme, wie kurz er auch immer sein mochte, ein Geschenk von Eric war.
«Es handelt sich um den Hauptteil von Window Wall, der für die Saisoneröffnungsparty neu dekoriert wurde», erklärte «Marge». «Setz deine Brille auf, Süßer. Du bist hier unter Schwestern. Wir werden dich nicht verpetzen.»
«Die Spiegel sind alle zweiteilig, mit Scharnieren versehen», sagte Eric und beugte sich über die Abbildung. Er wies auf weitere Einzelheiten hin, über die sie sich bereits geeinigt hatten, hörte Kommentare von den anderen Anwesenden, bis Noel nach und nach seine Verlegenheit abschüttelte und sich in kompetenterer Verfassung fühlte.
Die Party sollte die größte und wildeste in der Geschichte der Window Wall werden. Während des Sommers wurde eine Säuberung unter den Mitgliedern vorgenommen: Mitglieder, die nie erschienen, wurden von der Liste gestrichen, neue Gäste, die häufig kamen, wurden eingeladen, Mitglieder zu werden. Speziell für diese Party wurde eine Liste von Berühmtheiten angelegt, und genug war bereits in den Klatschspalten herumgeredet worden, daß es schick sei, eine Einladung zu bekommen. Filmstars, Modeschöpfer, Schauspieler und Sänger, verschiedene jüngere Angehörige der High-Society hatten den Klub wegen einer Einladung angerufen. Sie würden alle dort am Labor-Day-Wochenende erscheinen, weil sie wegen des gesellschaftlichen Prestiges sich nicht leisten konnten, nicht dabei zu sein.
«Aber es wird zwanzig Mitglieder für jeden von ihnen geben»,

sagte Eric. «Jedermann wird ein Star sein. Die Profis werden einfach im Rest aufgehen. Noch Monate danach werden sie darüber sprechen», fuhr er fort, «weil es der intensivste, interessanteste und glanzvollste Augenblick in ihrer Karriere sein wird.»

Es war Erics Ideal, das sich in einer einzigen Party manifestieren sollte. Kein Wunder, daß die Planung so schwierig war.

Im großen Ballsaal würden verschiedene Filmleinwände hängen, fünf Filme konnten gleichzeitig gezeigt werden. Kleine, sechseckige, mit Spiegeln ausgekleidete Kabinen, die auf- und zugemacht werden konnten, sollten an Kettenrollen im Raum hängen. Die Musiker – einschließlich einige eher schockierend gekleidete Mitglieder des Klubs – würden diese Kabinen als Lifte benützen. Auf Pflanzen hatte man verzichtet. Aber Jimmy DiNadio wußte, wo man ein paar Dutzend aus Metallröhren gefertigte Plastiken, die wie seltsame Bäume aussahen, bekommen konnte. Cals Freund, der die Beleuchtung einrichten sollte, hatte bereits demonstriert, wie er den Klub beleuchten wollte – mit nicht-komplementären, kontrastierenden Farben. Er gab Noel eine rasche Vorführung mit einem tragbaren Lichtsystem im Eßzimmer.

«Schade, daß wir dort keinen Pool haben», meinte Cals Liebhaber. «Auf dem Wasser wäre dies echt Spitze!»

Gerade dann bemerkte Noel Alanas Abwesenheit.

«Sie und Veena machen morgen zusammen Aufnahmen für *Vogue*», erklärte Eric. «Sie müssen früh aufstehen, daher wird sie heute nacht bei Veena bleiben.»

Das mochte stimmen, war aber nicht der einzige Grund, wie Noel wußte. Sie wollte ihn nicht sehen. Verdammt noch mal! Gerade wenn sie hätten . . . was können? Einander näher kommen? Einander lieben? Luftschlösser. Verdammte Scheiße! In Loomis' Programmierung nicht enthalten. Er sollte keusch und einsam bleiben. Aber er war jetzt nicht einsam. Weit entfernt davon. Er fühlte sich als nützliches Mitglied dieser sehr besonderen, sehr elitären Gruppe. Das bewies nichts. Nur, daß die Programmierung unvollkommen war. Was er bereits wußte. Die Spaltung trat wieder ein.

Er stellte fest, daß er von Geoff Malchuck angestarrt wurde. Nicht zum erstenmal am heutigen Abend. Nicht zum erstenmal an irgendeinem Tag. Er wußte, daß Geoff scharf auf ihn war, seit sie sich zum erstenmal getroffen hatten. Geoff hatte nie ein Hehl daraus gemacht. Vielleicht konnten sie heute abend einan-

der näherkommen. *Das* würde beweisen, daß die Programmierung nur ein verdammtes verlogenes Stück Papier war.
Noel hatte sich gerade vorgenommen, mit Geoff wegzugehen oder Geoff zu veranlassen, die Nacht über hierzubleiben, als Malchuck aufstand, auf seine Uhr blickte und sagte, es sei Zeit für ihn, in die Clouds zu gehen, den Klub, den er leitete. Sie hätten dort vor ein paar Nächten einige Schwierigkeiten gehabt. Ohne zu fragen, wußte Noel, daß Geoff bis zum Morgen im Klub bleiben würde. Das schaltete Geoff aus.
Die anderen stellten fest, daß sie auch noch einige Dinge zu erledigen hätten. Es gab einen allgemeinen Aufbruch, ein Beenden der Drinks und der Gespräche.
«Bleibt jemand zum Abendessen da?» fragte Eric. Gewöhnlich sagten einige ja. Aber heute abend hatte jedermann Pläne. Jedermann außer Noel.
Noel stand vor den Aufzügen, um die alle geschart zu sein schienen, und plauderte mit Rick und Cal über einige Einzelheiten der Verkehrsfragen bei der kommenden Party, als er sah, wie Geoff Erics Arm nahm und ihm ein Zeichen gab, sich von den anderen zu entfernen. Sie besprachen etwas, das Noel nicht verstehen konnte, weil sie sich leise und rasch unterhielten. Dann gingen Geoff und die anderen.
Während des Abendessens rief Dorrance aus Kalifornien an, und Eric verbrachte den Großteil seiner Mahlzeit damit, ein pausenloses Ferngespräch zu führen. Noel blätterte in einigen Zeitschriften, während er aß, und versuchte höflich, das Gespräch unbeachtet zu lassen. Es war im großen Ganzen eine Wiederholung dessen, was die Gruppe den ganzen Abend über besprochen hatte.
Die Persönlichkeitsspaltung trat wieder ein, während er einen Artikel über Sextherapie in einem Homosexuellenmagazin las. Zuerst fragte er sich, ob eine Sextherapie ihm helfen würde. Dann las er weiter und folgerte, daß diese fortgeschrittenen Methoden nur bei spezifischen Problemen eine Wirkung hatten: bei körperlichen Problemen. Nicht bei seinem Problem. Seinem programm-induzierten Problem. Wenn es das war.
Er blickte in einer momentanen, völligen Verzweiflung von der Zeitschrift auf. Im gleichen Augenblick hängte Eric den Hörer ein und schlug vor, sie sollten zum Kaffee, den Spätnachrichten im Fernsehen und zu etwas Marihuana ins Wohnzimmer hinunterwechseln.
Dort machte eine plötzliche Inspiration Noels Spaltung wieder

rückgängig. Was, wenn er mit Eric schlief? Das würde jede Möglichkeit ausschließen, programmiert, kontrolliert zu werden. Oder nicht?

Er blickte auf Eric, der in die Wettervorhersage vertieft schien. Objektiv gesehen war Eric Redfern ein schöner Mann, ein sehr schöner sogar, besonders wenn man diesen hellhäutigen, blondhaarigen und robusten Typ mochte. Während des Sommers hatte er sein Haar ein wenig länger wachsen lassen. In dieser Länge war es richtig gewellt. Sein Schnurrbart war nicht so sauber gestutzt wie früher: Er sah umgänglicher, weicher aus. Eric war zweifellos charismatisch stark, gut gebaut, maskulin . . . und am wichtigsten: Er war vernarrt in Noel. Es war eine glänzende Idee, entschied Noel.

«Willst du das sehen?» fragte er und nahm die Fernbedienung in die Hand.

«Eigentlich nicht.» Eric ließ seine Schuhe zu Boden fallen und lehnte sich in die Sofakissen zurück. Noel schaltete den Fernseher aus und das Tonband ein, nahm aber die Lautstärke auf Hintergrundmusik zurück.

«Ich gäb' einen Penny dafür, wenn ich wüßte, woran du jetzt denkst.»

Es überraschte Eric. Eine Sekunde lang blickte er auf Noel, dann erwiderte er: «Ich fragte mich, ob die Party wirklich ein Erfolg sein wird. Berühmtheiten können solche Arschlöcher sein, wenn sie glauben, daß sie nicht richtig behandelt werden. Andererseits sagen wir ihnen, sie würden nicht anders behandelt als die anderen. Was ihnen durchaus recht ist.»

«Sie wird ein Erfolg werden. Mach dir deshalb keine Sorgen. Jetzt frag mich.»

«Dich was fragen?»

«Du weißt doch: Ich gäb' einen Penny dafür, wenn ich wüßte . . .»

Eric langte in seine Hosentasche. «Ich hab' kein Wechselgeld.»

«Vergiß es. Los, frag mich.»

«Na schön. Einen Penny für deine Gedanken.»

«Ich dachte gerade, wie sehr du mich an einen meiner Studenten erinnerst. Er heißt Paul.» Das war zwar genau genommen nicht wahr, aber irgendwie stimmte es doch.

Und Eric biß prompt an. «Sieht er gut aus?»

«Gut genug.»

«Hast du's schon mit ihm gemacht?»

«Nein, noch nicht.»

«Nun», sagte Eric, «kein Wunder, daß ich dich an ihn erinnere.»
Er wollte den Telefonhörer abnehmen, aber Noel kam ihm zuvor. Bevor Eric wählen konnte, drückte er auf den Unterbrecher.
«Nein», sagte Noel, «ich glaube, du siehst viel besser aus. Natürlich ist er jünger. Er hat einen Anfänger-Schnurrbart.»
Eric starrte ihn an, halb amüsiert, halb verwirrt. «Was ist in dich gefahren?»
«Du siehst viel besser aus», beteuerte Noel noch einmal.
«Kein Wunder, daß Typen aus dem ganzen Land kommen, um mit dir zu bumsen», fuhr Noel fort. Während er sprach, hob er einen Finger und strich damit langsam über Erics Lippen. «Ich möchte dir wirklich für diesen Nachmittag danken», sagte er und rückte näher an Eric heran.
«Warum? Ich habe heute nachmittag nichts Besonderes getan.» Eric rückte etwas zurück.
«Doch. Du hast mich hier richtig wie zu Hause fühlen lassen, wie als Mitglied der Gruppe.»
«Hab' ich das?»
«Was für eine hübsche Haut du hast», sagte Noel.
«Hast du irgendwas genommen, Noel?»
«Hast du es nicht gern, berührt zu werden?»
Im ersten Moment fragte Noel sich, was zum Teufel er da eigentlich tat. Natürlich die Prophezeiung Lügen strafen, indem er mit Eric ins Bett ging. Ja, aber ausgerechnet mit Eric? Mit Mr. X? Mit einem der bekanntesten Sadomasochisten der Welt! Aber er war das nicht immer. Nicht mit den meisten dieser Jims oder Bobs oder Bills draußen auf dem Fire Island.
«Noel», sagte Eric mit einiger Bestürzung, «was tust du da?»
«Ich versuche, dich zu küssen.» Noel hatte sie beide in eine prekäre Lage auf dem Sofa versetzt. Er schien zu versuchen, Eric halbwegs in einen Nelsongriff zu bekommen.
«Wieso?»
«Weil ich es will. Ganz plötzlich habe ich gemerkt, wie sehr ich dich möchte, Eric. Komm, entspanne dich einfach, schließ die Augen.»
«Du bist von irgend etwas high, stimmt's!»
Noel versuchte, Eric aufs neue zu küssen, aber dieser wandte mit einem Ruck den Kopf ab, und Noel streifte nur Erics Nacken.
«Komm schon!»

«Du bist wohl bescheuert! Hör auf damit! Das geht zu weit.»
«Ganz im Gegenteil», sagte Noel ungestört. Er brachte jetzt beide Hände ins Spiel. Eine schlüpfte unter Erics Hemd und strich seine glatte Brust hinauf. Die andere faßte nach dem gewellten blonden Hinterkopf. Seltsamerweise fühlte Noel sich um so erregter, je mehr Eric Widerstand leistete.
«Aber warum gerade jetzt? Warum so plötzlich?»
«Ich weiß es nicht. Entspann dich doch einfach. Du hast gewartet, dir einen runtergewichst, hast monatelang auf diesen Moment gewartet. Jetzt ist er da.»
«Aber ich habe ihn mir nicht so vorgestellt.»
«Na und? Entspanne dich ein wenig.»
Eric entspannte sich tatsächlich, lange genug für Noel, um ihn erneut zu küssen, was Eric nur widerstrebend zuließ. Inzwischen war er mit der Zunge zwischen Erics Lippen eingedrungen und küßte ihn, wobei die leichte Berührung von Erics Schnurrbart und das Gefühl des Körpers unter ihm ihn mit jedem Augenblick stärker erregte. Er manövrierte sie beide so geschickt, daß Eric flach auf das Sofa und er auf ihn zu liegen kam und bei jedem noch so kleinen Widerstand, den er brach, fühlte Noel sich noch triumphierender, noch erregter, in der Erkenntnis, daß Loomis und seine Vorhersage falsch waren, ganz falsch, dieser Hurensohn.
Als er fühlte, daß Eric seine Leidenschaft erwiderte, ließ er von seinem Gesicht ab, öffnete die Hemdknöpfe und sagte: «Mmm. Sehr hübsch.» Er wandte sich direkt der vorspringenden linken Warze der flachen Brust zu.
«He! Du meinst es also ernst», sagte Eric, als komme er wieder zur Besinnung.
«Wer sagt, daß ich es nicht ernst meine?» Noel langte mit der Hand an dem flachen, muskulösen Bauch vorbei in Erics Hose, wo er herumfummelte.
«Hör auf damit, Noel. Genug ist genug!»
«Erzähl mir nicht, daß du nicht geil bist, Eric. Ich kann fühlen, daß du's bist. Und ich weiß, daß du auch gewöhnlichen Sex magst. Du hast keine Ketten und solches Zeug draußen auf der Insel. Oder mach' ich etwas falsch?»
«Nein.» Eric versuchte, sich aufzusetzen. Noel preßte ihn fest nach unten.
«Nun?» wollte Noel wissen. «Möchtest du, daß ich etwas Bestimmtes tue?»
«Ja. Laß mich los.»

«Warum? Hier sind wir ganz allein. Laß uns Liebe machen. Was hält uns davon ab?»
«Ich weiß es nicht. Ich bin einfach nicht ... Ich begreife es nicht.»
Eric versuchte noch immer aufzustehen, während Noel ihn nach wie vor unter sich festhielt. Je mehr Eric sich wehrte, desto entschlossener wurde Noel, ihn zu besitzen, und als Eric immer mehr Widerstand leistete, rollten sie beide über das Sofa, schwitzend und keuchend. Schließlich konnte Eric sich befreien, fiel aber über die Rückenlehne des Sofas. Als es umkippte, sprang Noel in Sicherheit und landete nur einige Zentimeter von der Stelle entfernt, wo Eric nach seinem Fall auf den Boden langsam aufstand. Plötzlich waren beide wieder auf den Beinen, starrten einander an, und Noel war so wütend über Eric, der alles verdorben hatte, daß er plötzlich den beinahe unkontrollierten Wunsch verspürte, ihn zusammenzuschlagen.
«Was zum Teufel ist mit dir los?» schnaubte Noel. «Ich will dich ja nur lieben – verdammt noch mal!» Er tat einen kleinen Schritt nach vorn, und Eric trat zurück, auf der Hut, in Jiu-Jitsu-Stellung.
«Ich kann nicht.»
Noels Frustration war unerträglich. «Warum denn nicht?»
«Ich weiß es selbst nicht.»
Aber Noel blickte gerade dann in Erics Augen, jene facettenreichen, eiskalten Augen, und was Eric nicht zu beantworten vermochte, konnte Noel nur allzu deutlich hinter dem erschütterten Blick jener Augen lesen: Eric hatte unheimlich Angst vor ihm.
Noel war sofort ernüchtert. Irgendwie, sei es durch Intuition oder einen sechsten Sinn, wußte Eric, was Noel ihm antun sollte. Und es war alles andere als einander lieben. Schon wieder war die Vorhersage eingetroffen. Es war zwecklos, dagegen anzukämpfen. Völlig zwecklos.
Als Noel in seiner Hast, so schnell wie möglich wegzukommen, die Türe zum Treppenhaus aufriß, hörte er Erics verwirrte und erleichterte Stimme Worte sagen, die er nie erwartet hätte, jetzt, da sie nichts mehr halfen: «Es tut mir leid, Noel. Es tut mir leid.»

5

«*Ich habe das auch mitgebracht*», sagte Mrs. Vega. «Wollen Sie es haben?»
Noel blickte auf das Papier, das sie in der Hand hielt. Es war sein Programm als psychologische Waffe für die nächsten zwei Wochen.
«Ich sollte es verbrennen», sagte er. «Behalten Sie es mit den übrigen Dingen. Wir werden es später für den Polizeipräsidenten brauchen.»
Sie saßen je an einem Ende einer großen Bank, niemand war in ihrer Nähe außer gelegentlichen Spaziergängern auf dem vom Sonnenlicht gesprenkelten Pfad. Es war ein heißer, windstiller Augusttag.
Sie hatten sich getroffen, um noch einmal die Einzelheiten der Überwachung Loomis' und des geheimnisvollen Gee am nächsten Tag zu besprechen. Eine halbe Stunde lang hatten sie nichts anderes getan. Für einen zufällig Vorübergehenden würde das nicht so ausgesehen haben: die zierliche Spanisch-amerikanerin, die mit dem Baby im Kinderwagen zu ihren Füßen spielte und ihren spanischsprachigen Fotoroman las. Der junge Mann, den Kopf zurückgelehnt, um die Sonnenstrahlen aufzufangen, anscheinend in Nachdenken versunken. Aber beide hatten Horn & Hardart in der 57. Straße ausgekundschaftet. Der Ort schien für eine Tonbandaufnahme vorzüglich geeignet.
Noel würde sich außer Sichtweite auf dem Balkon aufhalten, mit Blick auf den drei Stockwerke hohen offenen Raum unter ihm, wo sich Loomis sicher mit Gee treffen würde. Von seinem Balkonplatz aus konnte er alles überblicken und Mrs. Vega ein Zeichen geben. Er hatte sogar den Kassettenrecorder mitgebracht und ihn getestet. Er schien ausgezeichnet zu funktionieren und würde ein in der Nähe stattfindendes Gespräch trotz des Lärms aufnehmen können.
«Und wenn sie nicht auftauchen?» fragte sie.
«Wir werden die ‹Hintertürchen› so lange abhören, bis sie sich wieder verabreden», sagte er. Ihn hatte dieselbe Frage beschäftigt. «Hier ist die neue Kassette. Sie kann auf jeder Seite eine Stunde bespielt werden. Ich glaube nicht, daß Sie mehr als das benötigen. Sie wissen, wie man sie einstellt?»
«Ich habe es geübt.»
Ein großer junger Mann mit zwei afghanischen Windhunden

kam an ihnen vorbei. Priscilla vertiefte sich in ihren Fotoroman. Der junge Mann sah wie ein Tänzer aus. Hochgewachsen, mit ausgeprägten Hinterbacken, nach außen gerichteten Füßen. Er starrte Noel an – ein Annäherungsversuch. Noel lächelte halbwegs als Erwiderung. Der Junge ging weiter, ohne sich umzudrehen.

Vielleicht würde er gern einen Abstecher ins Gras machen, dachte Noel. Komisch, daß er nach dem Fiasko vom Vorabend an nichts anderes denken konnte als an Sex. Er sollte es noch einmal mit Paul Warshaws Nummer versuchen, wenn er heimkam. Oder es vielleicht mit den Tubs probieren. In den Bädern konnte jedermann rasch, ordentlich, ja sogar beglückend einen verpaßt bekommen, wie es das Gerücht wollte.

Er merkte, daß Priscilla etwas sagte und mußte sie bitten, es zu wiederholen.

«Ich sagte, ein Bekannter von Ihnen war beim Begräbnis. Er hat nach Ihnen gefragt. Er war überrascht, Sie nicht dort zu sehen.»

Sie wischte das Gesicht des Babys mit einem zerknitterten, rosafarbenen Papiertüchlein ab . . . Es konnte nicht Loomis gewesen sein.

«Er sagte, sein Name sei Larry. Ich habe ihn nicht gekannt.»

«Kodename Peter Pan», erklärte Noel.

Sie stand auf, um zu gehen, und drehte den Kinderwagen um. «Er hat nie die Hintertürchen benützt, während wir zugehört haben.»

«Sie sind sehr tapfer», versetzte Noel, «das zu tun.»

«Nachher werde ich in Puerto Rico bleiben», sagte sie ruhig. «Dort lachen die Männer, nennen Schwule *Mariposa, Maricón*. Aber sie bringen niemanden um, weil die Schwulen so sind. Wissen Sie das? Warum ist das so?»

Eine Antwort – lang, kompliziert, facettenreich – kam auf Noels Lippen. Aber er machte sich nicht einmal die Mühe, sie auszusprechen. «Leben Sie wohl. Bleiben Sie tapfer. Machen Sie sich keine Sorgen, was immer morgen passiert.»

Dann lehnte er den Kopf wieder zurück, bis die quietschenden Räder des Kinderwagens, den sie schob, nicht mehr zu hören waren.

6

Der Standort, den Noel wählte, war ein Tisch in der Ecke des Balkons mit Blick auf den Hauptraum der Cafeteria. Nur ein paar Tische waren direkt unter ihm. Dort befanden sich zudem zwei Reihen von Automaten, denen Snacks entnommen werden konnten und ein Buffet an der rückwärtigen Wand, wo warme Speisen ausgegeben wurden. Wegen des Lärms, der Hitze und der Gerüche würden nur die wenigsten Gäste hier sitzen wollen, besonders zu dieser Stunde – nach dem Mittagshochbetrieb –, zu der weit weniger Leute aßen. Noel würde eine unbehinderte Sicht auf Loomis und seinen Begleiter haben.
Noel hatte schlampige, schlechtsitzende Kleider angezogen und seine Augen hinter einer großen Sonnenbrille mit Spiegelgläsern verborgen. Er trug eine Segeltuchtasche mit schmutziger Wäsche mit sich und hielt eine *New York Times* so kunstvoll über die Balkonbrüstung aufgeschlagen, daß er von unten nicht gesehen werden konnte. Da die meisten Kunden der Cafeteria zu alt oder zu müde waren, so hoch hinaufzusteigen, waren nur zwei andere Leute mit ihm auf dem Balkon: Anscheinend zwei Freundinnen, die ein lebhaftes Gespräch über einen Mann führten.
Er hatte mittags ein Valium genommen und ein weiteres mitgebracht für den Fall, daß das Hinwarten ihm auf die Nerven fiel. Er fühlte sich jetzt ganz angenehm, nahm kleine Bissen von seinem Thunfischsalat-Sandwich und las jeden Artikel und jede Anzeige in der Zeitung. Er hatte mit der ersten Seite angefangen. Jetzt war er bereits über die Sportseite hinaus.
In Gedanken ging er alle Möglichkeiten eines Mißerfolgs durch. Loomis würde vielleicht nicht auftauchen. Oder sein Freund nicht. Priscilla war bereits da – Noel hatte sie schon zweimal vor der Cafeteria vorbeigehen sehen, als würde sie sich fragen, ob sie hineingehen sollte oder nicht. Sie hatte zu ihm hochgeblickt, und da sie kein Zeichen von ihm erhielt, ging sie weiter. Was, wenn sie nicht nahe genug herankommen konnte? Wenn der Kassettenrecorder nicht funktionierte? Wenn . . .?
Verschiedene Männer hatten bereits das Lokal in den letzten zehn Minuten seit zwei Uhr einzeln betreten. Keiner von ihnen war Loomis. Jeder von ihnen konnte sein Kontaktmann gewesen sein. Noel beendete den dritten Abschnitt der Zeitung und blickte mit einem leisen Stöhnen auf die erste Seite des Wirtschaftsteils. Unten auf der Straße, von links kommend, ging

Priscilla Vega weiter an den riesigen Fenstern vorbei. Gleichzeitig tauchte von rechts die kleine, untersetzte, vertraute Gestalt des Fischers auf.
Buddys Witwe erreichte die Tür zur gleichen Zeit wie Loomis. Sie nahm keine Notiz von ihm und blickte hinauf zu Noel. Loomis mußte angenommen haben, daß sie hineingehen wollte, denn er stieß die Tür ein wenig auf, zögerte (suchte er drinnen seinen Kontaktmann?), öffnete die Türe schließlich ganz und trat einen Schritt zurück, damit sie eintreten konnte.
Die Höflichkeit des Fischers entwaffnete Noel vorübergehend. Überwältigender war für ihn die Erkenntnis, daß Loomis wirklich hier war, im Begriff, diese Begegnung zu haben, daß er allein für Form und Kontext von Noels Existenz in den letzten paar Monaten verantwortlich war.
Er fühlte die Haare in seinem Nacken sich sträuben, als ob ein scharfer, eisiger Windstoß ihn gestreift hätte. Priscilla blickte verwirrt auf den Mann in mittleren Jahren, der ihr die Tür aufhielt, dann warf sie einen raschen Blick hinunter auf das Baby in seinem Kinderwagen, schließlich blickte sie scharf nach oben. Gerade rechtzeitig, um zu sehen, wie Noel seine Sonnenbrille abnahm – das Zeichen, daß sie hereinkommen sollte.
Sie sagte ein Wort zu Loomis, dankte ihm vermutlich und machte sich umständlich daran, den Kinderwagen in das Lokal zu schieben. Loomis kam gleich hinter ihr drein, ging an ihr vorbei, und verschwand unter dem Balkon. Zögernd kniete Priscilla sich hin, um die Falten des kleinen Babykittels zu richten, dann blickte sie wieder hinauf zu Noel.
Er hatte seine Sonnebrille wieder aufgesetzt, aber die Zeitung zusammengefaltet, so daß sie sehen konnte, wie er mit dem Zeigefinger über seine Kehle fuhr: ihr Kode für Loomis.
Sie wandte sich um zur Tür, dann wieder hinauf zu Noel, ratlos. Er machte ihr erneut ein Zeichen, dann nochmals, und hoffte, sie würde es verstehen. Sie sah hoffnungslos verwirrt aus. Dann blickte sie in Richtung auf die Essensausgabe. Langsam, obwohl es kein Signal war, nickte Noel zustimmend.
Die nächsten paar Minuten waren eine Qual. Priscilla und Loomis waren beide aus seinem Blickfeld verschwunden.
Noel hatte die Zeitung wieder aufgeschlagen. Er würde sie nur wieder zusammenfalten, um Priscilla vor einer Gefahr zu warnen. Er spielte mit dem Gedanken, das zweite Valium zu nehmen. Die Szene am Türeingang hatte ihn ganz schön mitgenommen. Was würde sich noch Unvorhergesehenes ereignen?

Er kam zum Schluß, daß eine zweite Tablette sein Wahrnehmungsvermögen zu stark trüben würde. Um sich zu beruhigen, blickte er über die Zeitung hinweg auf die verschiedenen Tische, um nach einem einzelnen Mann zu suchen, der kurz zuvor hereingekommen war und auf jemand anderen zu warten schien.

Was, wenn Loomis' Bekannter dieser Mann mit fettigen Haaren und im Regenmantel am einzigen Tisch mit zwei Plätzen in der entfernten Ecke der Cafeteria war? Es gab keine Tische, die weniger als zwei Meter von ihm entfernt waren. Priscilla würde nie nahe genug an die beiden herankommen, um ihr Gespräch aufzunehmen.

Während er beobachtete, trat die gedrungene Gestalt des Fischers unter dem Balkon hervor, ein volles Tablett in den Händen – heiße Sandwiches, Kaffee, Orangensaft, ein Stück Hausdessert, das Kokoscremekuchen sein mochte –, und blieb plötzlich stehen. Auf der Suche nach einem Tisch, hätte jeder andere gedacht. Auf der Suche nach seinem Bekannten, war Noel überzeugt. Oder nach einem Tisch, an dem sie allein sein konnten.

Der Platz in der Lokalmitte, zu dem er schließlich hinging, konnte von oben bestens eingesehen werden, wobei Loomis ihm zudem noch den Rücken zuwandte, den Blick auf die Fenster gerichtet, was Noel doppelte Sicherheit verschaffte.

Der Tisch war groß, für sechs bis acht Personen bestimmt, aber bis jetzt hatte nur einer von ihnen davon Besitz ergriffen – ein Mann in den sechziger Jahren, wie Noel vermutete, der bereits im Restaurant gewesen war, als Noel hereinkam. Er hatte eine anscheinend fremdsprachige Zeitung gelesen und eine Orangenlimonade nach der anderen getrunken, wobei er zwischendurch eine knittrige, dünne Zigarre zwischen den Zähnen hielt. Sein kahler Kopf glänzte, als wäre die Haut poliert. Er hatte ein rundes, gelbliches Gesicht, mit tiefliegenden dunklen Augen, und trug ein blaues Hemd mit kurzen Ärmeln und eine beinahe gleichfarbene kunstseidene Hose. Er blickte kaum auf, als Loomis sein Tablett ihm gegenüber hinstellte und sich dann links davon auf einen Stuhl niederließ. Auch der Fischer schwieg. Auf jeden Fall sah Noel ihn von seinem Blickwinkel aus nicht reden. War dieser alte Mann Loomis Kontakt? Wo war Priscilla?

Da war sie, schob den Kinderwagen mit einer Hand vor sich her und näherte sich dem Tisch der beiden. Ihre Situation –

zweifellos von den beiden Männern wahrgenommen – war peinlich. Priscilla blieb stehen und sah sich um. Die beiden Männer behielten sie im Auge.
Verwirrung darüber, was als nächstes zu tun war, mußte sie gepackt haben. Sie sah sich weiter um und schien schließlich die Kontrolle zu verlieren. Das Tablett in ihrer Hand, in nächster Nähe des Tisches der beiden Männer, drohte umzukippen. Noel wollte aufspringen und zu ihr hinunterrufen. Zuerst begann die schwere Porzellantasse mit Unterteller, dann der Sandwichteller und danach das Glas Milch zu rutschen, das Tablett schien unwiderruflich aus dem Gleichgewicht geraten und würde gleich zu Boden fallen. Noel schloß die Augen und wartete auf das Krachen.
Es kam nicht dazu. Als Noel die Augen wieder öffnete, war Loomis halbwegs aufgestanden, hatte sich über den Tisch gebeugt und hielt Priscilla das Tablett, um es dann auf den Tischrand abzustellen. Priscilla dankte ihm überschwenglich, und als er sich wieder auf seinen Platz setzte, rückte sie das Tablett mehr in die Mitte des Tisches, als ob es die natürlichste Sache der Welt wäre, schob den Kinderwagen zur Seite, Loomis gegenüber, nahm den Stuhl, der einen Platz von dem alten Mann entfernt war und dankte Loomis noch einmal.
Der Fischer rückte um einen Platz weiter hinunter, bis er dem anderen Mann gegenübersaß. Von dort wo Noel saß, schien es, als fingen die beiden Männer ein kleines Gespräch an.
Inzwischen war Priscilla – Noel mußte zugeben, daß sie eine raffinierte, sehr raffinierte Frau war, das alles so reibungslos hinzukriegen! – damit beschäftigt, ihr Baby aus dem Kinderwagen zu heben und auf ihren Schoß zu setzen, wobei sie an den Paketen herumfingerte, die im Kinderwagen geblieben waren. Eines davon enthielt, wie Noel wußte, den Kassettenrecorder, er war jetzt eingeschaltet, da sie schnell nach oben blickte, um Noel ein Zeichen zu geben.
Um andere Leute daran zu hindern, sich neben sie zu setzen, legten beide, der Fischer und sein Bekannter, Gegenstände auf diese leeren Plätze – Loomis seinen Hut und einen Umschlag (würde dieser den Besitzer wechseln? Was war darin?) und der ältere Mann einen Sonnenhut, der vorher auf dem Stuhl neben Priscilla gelegen hatte. Offensichtlich waren sie überzeugt, daß Priscilla keine Gefahr für sie bedeutete – sie schien mit ihrem Kind beschäftigt zu sein und redete mit ihm spanisch, laut genug für Noel, um einige Worte aufzuschnappen.

Sie war aber nicht so beschäftigt, bemerkte Noel, daß ihr der Platzwechsel des Hutes entgangen wäre. Priscilla zog den jetzt freigewordenen Stuhl weg, schob den Kinderwagen an seine Stelle und schenkte dabei dem alten Mann ein Lächeln.
Als sie alle mit Essen beschäftigt waren, entspannte Noel sich, tauschte seine unmittelbaren Ängste gegen andere aus. Wie lange konnte Priscilla am Tisch ausharren, ohne aufzufallen, wenn die beiden Männer beschließen sollten, längere Zeit dort zu verweilen? Dann sah Noel, wie sie den Fotoroman, in dem sie schon im Park zum Schein gelesen hatte, herausnahm. Er wußte, daß es vielleicht eine lange Zeit dauern würde. Aber würde die Kassette nicht zu Ende gehen? Würde Priscilla in der Lage sein, sie dort auszuwechseln? Würde die Kassette nicht so laut klicken, daß sie gehört wurde? Sie war jetzt ganz nah bei ihnen.
Wichtiger als alle diese Argumente war die Kernfrage: Wenn er diese Kassette schließlich abspielte, würde sie tatsächlich alles bestätigen, was Buddy und Priscilla ihm gezeigt und erzählt hatten? Würde sie – eindeutig und klar – beweisen, daß Loomis dafür bezahlt wurde, Redferns Ermordung vorzubereiten und daß Noel der dafür ausersehene Mörder war? Nur wenn das klar wäre, würde er selbst es glauben. Und nur wenn er es glaubte, würde der Polizeipräsident es ihm abnehmen – gleichgültig, was sonst noch geschah.
Unter ihm war alles wie zuvor. Priscilla hatte ihren Fotoroman offen auf den Tisch gelegt, sie rauchte eine Zigarette und trank langsam ihren Kaffee. Das Kind auf ihrem Schoß griff nach dem Rand des Papiers oder spielte mit den Rüschen ihrer Bluse. Loomis und sein Begleiter waren gleichfalls mit Essen fertig. Wie sie es während der Mahlzeit getan hatten, unterhielten sie sich nicht, als ob sie irgend etwas von Interesse zu besprechen hätten, sondern in der üblichen fragmentarischen, unzusammenhängenden Art von Männern im Ruhestand, die überall in der Stadt auf Parkbänken sitzen und einander wenig zu sagen haben und viel Zeit, es zu tun.
«Dr. Cummings?»
Noel drehte seinen Kopf so heftig nach links, daß er eine Muskelzerrung zu bekommen glaubte.
«Sie sind's, nicht wahr, Dr. Cummings?»
Er entdeckte, woher die nasale weibliche Stimme kam – von einer jungen Frau, die auf der obersten Stufe der Treppe zum Balkon stand und ein Tablett in den Händen hielt. Antonia

irgendwas. Aus einem seiner Seminare für Studenten höheren Semesters.
Sie schien jetzt ihre Kühnheit zu bedauern. «Ich wollte Sie nicht stören», entschuldigte sie sich. «Antoinette Guardi. Ich war letztes Semester in Ihrem Seminar über Sozialkritik.»
Zwei Männer zögerten auf den Stufen hinter ihr. Sie blickte sich um, dann lächelte sie schwach Noel an. «Nun! Nett, Sie zu sehen.»
Nach seiner anfänglichen Überraschung hatte Noel einen Plan. Sie würde einen guten Deckmantel abgeben für den Fall, daß er hier bereits entdeckt worden war.
«Setzen Sie sich, Antoinette.»
«Störe ich nicht?»
Er stellte ein Tablett beiseite und machte einen Platz für sie frei. Ein Stockwerk tiefer war alles wie zuvor.
«Im Sommer sehe ich nie einen von meinen Professoren», begann sie, setzte sich hin und ordnete sorgfältig die Speisen auf ihrem Tablett. Noel vermutete, daß es die Reihenfolge war, in der sie sie zu essen beabsichtigte. Dann, als sie bemerkte, daß sein Tablett leer war, nahm sie jeden einzelnen ihrer vielen Teller und Tassen weg und legte ihr leeres Tablett auf seines. Sie ordnete die Speisen aufs neue, bereit zu essen, während sie wiederholte: «Im Sommer sehe ich nie einen meiner Professoren. Außer sie unterrichten, natürlich. Ich habe immer geglaubt, daß sie an exotische Orte verreisen, für Forschungsarbeit und dergleichen.»
Im Parterre war das Baby in den Armen seiner Mutter eingeschlafen. Sonst war alles gleichgeblieben.
«Einige von uns bleiben in der Stadt», erklärte Noel. Sie mußte um die einundzwanzig sein, dachte er, sie war sehr anziehend in ihrer frischen, sommersprossigen, rothaarigen Jugend. Wie jung sie aussah! Er war sich bewußt, daß er ihr heute äußerst seltsam erscheinen mußte. Wie zum Teufel hatte sie ihn erkannt?
«Ich weiß, daß einige Professoren während des Sommers überhaupt nicht arbeiten. Ich weiß aber auch, daß dies bei Ihnen nicht der Fall ist.»
«Woher wissen Sie das? Weil ich in einer Cafeteria sitze und Zeitung lese?»
Sie kicherte. «Nein, Mirella Trent ist meine Studienberaterin. Sie hat mir von Ihrem Projekt erzählt.»
«Oh!»

«Nun, sie war zuerst ganz schön verschwiegen. Aber es ist mir gelungen, es aus ihr herauszuholen. Ich finde, es ist eine fabelhafte Idee.»
Sie lächelte schelmisch, dann bissen ihre gleichmäßig schönen Zähne – Stiftzähne? – in ihr Sandwich. Antoinette Guardi. Guardi? Wie kam sie zu diesem Namen? Sie sah aus, als sei sie noch kurz zuvor auf den Straßen von Dublin spazierengegangen.
«Wissen Sie, was ich glaube?» fragte sie und gab sich mit dem nächsten Atemzug selbst die Antwort. «Ich glaube, daß Miß Trent ein wenig beeindruckt ist.»
«Das bezweifle ich.»
«Nein. Ich glaube, sie ist beeindruckt. Sie hat mir erzählt, daß die Transformation Ihrer Lebenshaltung eine tiefe Verpflichtung gegenüber Ihrer Arbeit zeige. Sie bereut es noch immer, daß sie nicht zu einer der Orgien im Frauengefängnis gegangen ist, als sie die Möglichkeit dazu hatte.»
«Ich würde nicht alles glauben, was Mirella sagt.»
«Sie würden es nicht?»
Noel fragte sich, ob sie erklären würde, warum sie mit einem solch italienischen Namen so sehr wie eine Irländerin aussah. Er warf einen flüchtigen Blick zur Seite, an seiner Zeitung vorbei. Drunten war alles – zu Ende! Loomis, der Begleiter, Priscilla, das Baby, der Kinderwagen, der Recorder – alle waren sie verschwunden!

7

Antoinette redete wieder, fragte ihn etwas.
Noel hatte sich aufgerappelt und war bereits halbwegs die Treppe hinuntergelaufen.
Unten glaubte er Priscilla Vega zu sehen, die ihren Kinderwagen die Siebenundfünfzigste Straße entlangschob.
«Hey», rief Antoinette hinter ihm her, «Sie haben Ihre Tasche vergessen!»
Er drehte sich um und machte eine Geste, sie solle sie ihm zuwerfen, fing sie auf und rannte durch die Tür in die Richtung, in die er Priscilla hatte gehen sehen.
Sie hätte warten sollen, bis die zwei Männer aufgebrochen waren, bevor sie ihm die Kassette gab und das Lokal verließ.

Sie hatten sich zuvor darauf geeinigt. Das war eigentlich der einfachste Teil ihrer Vereinbarung gewesen. Warum war sie gegangen? Sie konnte doch nicht so blöd gewesen sein, Loomis und seinem Begleiter zu folgen, weil diese noch miteinander sprachen?

Zwischen der Sechsten und Siebenten Avenue ist die Siebenundfünfzigste Straße ein langer Häuserblock, Tag und Nacht voller Menschen. An diesem Nachmittag war es nicht anders. Erst als er den Russian Tea Room erreicht hatte, sah er Priscilla Vega mit ihrem Kinderwagen weit voraus: an der Ecke der Siebenten Avenue.

Tatsächlich standen da Loomis und sein Begleiter. Und Priscilla war nahe genug für die Kassettenaufnahme. Nahe genug, um Verdacht zu erregen. Was hatte sie vor, verdammt noch mal?

Die beiden Männer wurden aufgehalten, sie mußten auf den Wechsel des Verkehrslichts warten, Priscilla und der Kinderwagen standen verborgen unter den anderen, die hinter ihnen warteten, Noel war gute zwanzig Meter entfernt.

Ohne noch ein weiteres Wort miteinander zu sprechen, trennten sich die beiden Männer in verschiedene Richtungen – Loomis überquerte die Avenue, der ältere, kräftigere Mann wandte sich nach Norden in Richtung auf den Central Park. Priscilla blieb, wo sie war, ließ die dichte Menschenmenge um sich herumströmen. Dann beugte sie sich hinunter und brachte etwas am Kinderwagen in Ordnung.

Sie drehte ihn um, ging zurück in die Richtung, aus der sie gekommen war, und als sie Noel erblickte, schritt sie auf ihn zu, mit einem Ausdruck totalen Triumphs auf ihrem Gesicht. Ihr Gambit hatte sich bezahlt gemacht. Sie mußte den beiden Männern aus dem Restaurant folgen, um das aufzunehmen, was ihrer Meinung nach wichtig war. Sie war außerordentlich zufrieden.

Was als nächstes geschah, verwirrte Noel. Er war vorwärtsgelaufen, um mit ihr zusammenzutreffen. Sie näherte sich ihm immer noch, aber plötzlich warfen ihre Augen erschreckte Blicke rechts und links an ihm vorbei. Noel wirbelte gerade noch rechtzeitig herum, um jemanden zu sehen, der sich rasch links an ihm vorbeibewegte, dann aus seinem Gesichtsfeld verschwand. Jemand anderer hastete nun ebenfalls rechts an ihm vorbei. Waren es die beiden Männer, die auf dem Balkon der Cafeteria hinter Antoinette aufgetaucht waren? Er hatte damals nur einen flüchtigen Blick auf sie geworfen, bevor er absichtlich in eine andere Richtung schaute. Jetzt erkannte er sie an ihrer Kleidung wieder.

Als sie an ihm vorbeihasteten, lenkte Priscilla ihren Kinderwagen durch die Menschenmenge zum Eingang der Carnegie Hall. Noel hatte sie plötzlich aus den Augen verloren. Als er an den Fußgängern vorbeieilte, sah er die beiden Männer sich der Ecke der Siebenten Avenue nähern, wobei sie sich umschauten und einander Zeichen gaben. Priscilla war nirgends zu sehen. Plötzlich tauchte sie wieder auf! Hinter Noel, auf der anderen Straßenseite auf dem Gehsteig. Einmal blickte sie über ihre Schulter zurück, dann ging sie wieder weiter. Noel rannte ihr nach. Als er aber näherkam, blickte sie zurück. Ein Schaudern durchzuckte ihren Kopf und ihre Schultern. Aufgepaßt. Sie wollte nicht, daß er zu ihr aufschloß. Er ließ sie davonziehen, am Rand des Gehsteigs, während er hintendrein folgte und sich fragte, was wohl schiefgegangen war.

Als er wieder auf die Siebente Avenue zurückblickte, auf die Ursache ihrer offensichtlichen Bedrängnis, war keiner der beiden Männer zu sehen. Vielleicht waren es nur Taschendiebe, die als Team arbeiteten und Priscilla war ihnen ausgewichen. Außer wenn . . .? Dann erkannte Noel die beiden. Der eine bog um die Ecke Siebenundfünfzigste Straße/Siebente Avenue, und der andere hatte kehrtgemacht und näherte sich längs der Schaufenster der Siebenundfünfzigsten Straße rasch Noel.

Jetzt verstand er Priscillas rätselhafte Taktik. Sie hatte ebenfalls die beiden Männer in dem Restaurant gesehen, sie wußte, daß die beiden sie auch gesehen hatten und hinter ihr her waren. Der zweite Mann lief vermutlich um den Häuserblock in der Hoffnung, sie abzufangen, wenn sie die Straßenecke erreicht hatte. Dann würden die beiden sie von vorne und von hinten in die Zange nehmen. Bevor es soweit war, mußte Noel sie erreichen.

Er behielt Priscilla Vega im Auge und folgte ihr, blieb aber immer ein kleines Stück vor dem Mann, hielt sich an die Schaufensterseite, da der andere jetzt in der Mitte des Gehsteigs ging, bummelte ab und zu, als gucke er in die Schaufenster, versuchte aber in Wirklichkeit, ihren gemeinsamen Verfolger besser zu erkennen.

Als Noel zum zweitenmal eine Pause einlegte, vor dem Schaufenster beim Eingang zu einem japanischen Zen-Buchladen, erlebte er einen häßlichen Schock. Der Mann ging geradewegs an ihm vorbei, die Augen auf seine Beute vor ihm gerichtet. Noel war nahe genug, um das Gesicht zu erkennen, trotz der großen Sonnenbrille, die es halb verdeckte. Es war ohne Zweifel einer der beiden Schweinehunde, die ihn in der Achtundzwanzigsten Straße angefallen hatten. Nicht Zach. Der andere. Und jetzt waren sie hinter Priscilla her! Sie waren Tiere! Verdammte Tiere!

Als Noel aus dem Eingang trat, war der Mann verschwunden. Er ging beinahe an ihm vorbei, ohne sich dessen bewußt zu werden, weil der Schlägertyp jetzt genau das tat, was Noel zuvor getan hatte, indem er vorgab, in ein Schaufenster zu blicken, während er weiter oben in der Straße Priscilla musterte.

Noel ging zum Gehsteigrand und sah, warum. Priscilla hatte in einer Telefonzelle haltgemacht, das Gesicht halb abgewandt und in den Hörer sprechend. Mit wem?

Noel wechselte auf die Nordseite der Straße, um eine bessere Sicht zu haben, dann stellte er sich reglos und versteckt in den Türeingang eines Tabakladens.

Mrs. Vega telefonierte immer noch, redete, schrieb etwas auf ein Stück gelbes Papier, blickte immer um sich, während sie sprach – sah auf den Mann, der noch immer vor dem Schaufenster zu verweilen schien, dann in Richtung auf die Sechste Avenue, als ob sie den anderen Mann dort erwartete. Dann war sie fertig mit Schreiben und faltete etwas zusammen, das Noel als den Umschlag erkannte, in welchem er ihr die Kassette in ihre Wohnung im West End gebracht hatte. Noel beobachtete, wie sie die Kassette in den Umschlag steckte, diesen zuklebte und in ihrer Schultertasche versorgte.

In diesem Augenblick kam Zach um die Ecke der Sechsten Avenue. Noel sah, daß er kurz stehenblieb, nach seinem Dauerlauf heftig keuchend und sich nach seinem Partner umsehend. Verdammt noch mal!

Noel stürmte über die Straße zurück und schlängelte sich durch die Reihe der langsam fahrenden Autos hindurch. Ein Taxi hielt abrupt, als er vor ihm herrannte und beinahe stolperte. Sein Herz schlug heftig. Es machte ihm nichts aus. Er hatte eine alte Rechnung zu begleichen.

Priscilla ging inzwischen mit dem Kinderwagen wieder auf die Straßenecke zu. Hatte sie den Schlägertypen vor ihr denn nicht gesehen?

Ein anderer Wagen hielt dicht vor Noel, Stoßstange zu Stoßstange mit dem Vorderwagen. Er sprang zwischen den beiden

durch, die eine Hand auf einer Motorhaube, die andere auf einem Kofferraum.
Als er den Gehsteig erreichte, hatte Zach Priscilla erkannt. Der zweite Rowdy hatte seinen Platz vor dem Schaufenster verlassen und lief ihr entgegen.
Noel sprang auf den Gehsteig, lief um ein Bäumchen in einem Pflanzkübel herum und rannte auf ihn los. Er knallte in ihn hinein, gab ihm mit seinen Schultern einen wuchtigen Stoß und sah ihn stolpern, auf den Gehsteig fallen, direkt vor zwei aus entgegengesetzter Richtung kommenden, elegant gekleideten Frauen, die Arm in Arm die Straße hinuntertänzelten. Sie schrien, wollten ausweichen, als er sich an ihre Röcke klammerte, um sein Gleichgewicht wieder zu erlangen, und schlugen nach seinen zupackenden Händen. Er fiel der Länge nach hin.
Zach wußte offenbar nicht, was er tun sollte – weiterlaufen oder auf Priscilla losgehen. Noel beschloß, ihm die Entscheidung abzunehmen.
Der am Boden Liegende kam jetzt wieder auf die Beine. Die beiden Frauen hatten sich in einen Türeingang zurückgezogen, bürsteten sich ab und unterhielten sich aufgeregt. Noel drehte sich um seine Achse, sprintete zurück, an den Frauen vorbei und versetzte dem Rowdy einen gekonnten Fußtritt in die Brust, gerade als dieser sein Gleichgewicht wiedergefunden hatte. Wieder schlug er mit lautem Stöhnen der Länge nach hin. Die Frauen schrien auf.
Noel wandte sich um und erblickte Zach, nicht länger unentschlossen, der auf ihn zulief. Hinter ihm versuchte Priscilla mit dem Briefkasten an der Ecke zu Rande zu kommen und das offensichtlich zu dicke Päckchen hineinzustecken. Sie schickte es ihm per Post! Wollte kein Risiko eingehen.
Er drehte sich um und versetzte dem ersten Schläger nochmals einen Fußtritt, diesmal auf sein Gesicht gezielt und wünschte, er trüge festere Schuhe. Dann war Zach hinter ihm und faßte nach Noels Arm. Noel war für den Angriff gewappnet. Er riß seinen Arm los, drehte sich rasch zur Seite und schlug mit seiner offenen Hand direkt gegen Zachs Kinn, wobei er ihn praktisch vom Boden abhob – ein Trick, den er McWhitter in der Hamptons-Villa Eric hatte beibringen sehen. Er ließ einen tiefen rechten Schwinger in Zachs Magen folgen und fühlte, wie sich dessen Bauchmuskeln zusammenkrampften, wie von einem elektrischen Schlag getroffen. Zach brach nach rückwärts zusammen. Aber inzwischen war sein Freund wieder auf-

gestanden. Noel beugte sich tief hinunter, rammte ihn mit den Schultern von der Seite und stieß ihn gegen ein Schaufenster, das mit lautem Geklirr zersplitterte.
Zufrieden mit dem angerichteten Schaden sprang Noel zurück, dann rannte er in die Mitte der Straße, zwischen den Verkehrskolonnen hindurch, schrie obszöne Worte, um die Aufmerksamkeit der beiden von Priscilla abzulenken. Wenn nötig, würde er sich nochmals mit ihnen befassen. Hupen ertönten rings um ihn.
Er blickte auf und sah Priscilla, der es endlich gelungen war, den Umschlag in den Briefkasten zu stecken. Sie hatte sogar ein Taxi herbeigerufen und versuchte jetzt, den Kinderwagen auf dem Rücksitz unterzubringen. Das Baby kreischte. Sie warf einen Blick zurück.
Zach ging auf sie los.
Noel folgte ihm, sprang über die Haube eines langsam fahrenden Chevrolet, der sofort bremste. Hinter ihm hörte Noel eine Kettenreaktion, quietschende Bremsen, laute Hupsignale. Er erreichte Zach nicht, weil Zachs Partner ihn packte. Mit einem plötzlichen Hochgefühl beugte Noel sich hinunter, dann rammte er, den Kopf gesenkt, seinen Angreifer heftig gegen eine Mauer.
Noel richtete sich auf, blickte auf die Straßenecke und sah, wie die Taxitür vor Zachs Nase zugeschlagen wurde. Als das Taxi davonfuhr, war der Kinderwagen zurückgelassen worden und lag umgeworfen auf der Straße.
Noel überquerte noch einmal die Siebenundfünfzigste Straße und nahm Deckung im Türeingang von Wolf's Delikatessen. Aus den Fenstern des Zugangs blickte er zurück. Zach half seinem Freund auf die Beine. Sie stritten sich und waren jetzt abgelenkt. Noel wußte, daß dies höchstens eine Minute dauern würde.
Ein Taxi mußte in der sich westwärts wälzenden Kolonne anhalten. Noel mußte es darauf ankommen lassen. Er sprang aus dem Türeingang, hielt den Kopf tief, und es gelang ihm, unbemerkt ins Taxi zu klettern.
Die beiden sahen ihn nicht. Sie stritten sich noch immer. Das Taxi mußte vor dem Rotlicht halten. Noel betete, nicht gesehen zu werden. Er verriegelte beide Türen und lehnte sich zurück.
Als das Taxi endlich losfuhr, wandte er sich um und warf einen Blick zurück. An der Ecke der Sechsten Avenue, auf der Südseite der Siebenundfünfzigsten Straße, hatte sich eine große

Menschenmenge angesammelt. Die beiden Schlägertypen waren nirgends zu sehen. Während er sich bemühte, etwas zu erkennen, löste sich die Menge beim Wechsel auf Grün auf, und Noel wurde der Genuß des seltenen Anblicks von zwei erwachsenen Männern zuteil, die wild gestikulierend einen winzigen grauen Babywagen in den von der Hitze aufgeweichten Asphalt der Avenue of The Americas hineinstampften.

8

Am dritten Morgen nach dem Vorfall, als der Umschlag mit der Kassette noch immer nicht angekommen war, wurde Noel unruhig.

Er war direkt in seine Wohnung gegangen, in der Erwartung, daß Priscilla ihn anrufen würde. Dann erinnerte er sich, daß sie glaubte, sein Telefon sei angezapft. Daher ging er aus – vorsichtig, nervös, in der Befürchtung, daß Zach und sein mörderischer Kumpan jeden Augenblick aus einem Türeingang treten würden – und versuchte zweimal, sie aus einer öffentlichen Fernsprechzelle anzurufen. Keine Antwort.

An jenem Abend, bevor er in Redferns Haus ging, schaltete Noel wie gewöhnlich den Anrufbeantworter ein, in der Hoffnung, sie würde sich mit ihm in Verbindung setzen, ihn beruhigen. Er nahm an, daß das Päckchen mit der Post am nächsten Tag ankommen würde – oder spätestens am übernächsten.

Alle Klubmanager waren in Redferns Haus, und wiederum war die Party in der Window Wall der einzige Gesprächsstoff. Alana war noch nicht zu Hause. Okku erzählte Noel, daß sie nach Paris geflogen sei. Eric sagte, sie sei mit Veena, die in Frankreich eine neue Tournee eröffnen sollte. Keine von beiden würde vor dem Abend der Saisoneröffnungsparty zurück sein. Eric verhielt sich abweisend, kühl. Die Erinnerung an ihren letzten gemeinsamen Abend hing zwischen ihnen. Noel ging nach Hause.

Und war beunruhigt.

War der Umschlag ausreichend frankiert gewesen? Noel war nicht sicher, ob der dußlige Portier ihn nicht zurücksenden würde. Oder daß er vielleicht den Vermerk «persönliche Zustellung» trug. Er wollte zu Redfern zurückgehen. Er hatte Angst. Er war eine Waffe – die vielleicht losgehen würde. Er wollte, er hätte diesen genauen, datierten Plan angenommen, den Priscilla ihm angeboten hatte. Alles, woran er sich erinnern konnte, waren unbestimmte Sätze – Anschuldigungen schienen sie ihm jetzt.

Er beschloß, die Wohnung neu zu streichen, während er auf die Kassette wartete. Sein Leben, seine ganze Zukunft hing von diesem Tonband ab.

Seine grellweißen Wände erhielten verschiedene Schattierungen von Grau und Braun, mit seidigen blauen und rosa Tönungen, die nur bei Nacht oder bei einer anderen Beleuchtung zur Geltung kamen. Alte, oft übermalte Röhren und Leisten – früher unter weißer Farbe verborgen – traten dekorativ hervor, als er sie schokoladebraun und anthrazit strich. Er bestellte ein Dutzend Pflanzen verschiedener Größen in einem Blumenladen, zu dessen Kundenkreis die Window Wall gehörte, pflanzte die größeren in Kübel und ließ die kleineren herunterhängen. Er demontierte sein Hochbett und stellte Bettgestell und Matratze in die Mitte des Studios, legte ein paar große Kissen darauf, plazierte kleine Holzwürfel auf dem Fußboden – er hatte sie unbearbeitet gekauft und bemalt, so daß sie mit den Wänden harmonierten. Das Meiste seines anderen Mobiliars schaffte er zur Aufbewahrung in den Keller hinunter oder transportierte es auf die Straße für die Müllabfuhr.

Er arbeitete fieberhaft, kratzte Wände ab, spachtelte Risse, trug die Grundierung auf, dann den Anstrich darüber, demolierte, baute auf, verschob, schaffte fort, wählte Farben und Materialien aus. Und beunruhigte sich.

Was, wenn Priscilla verfolgt und eingeholt worden war? Wenn sie seine Adresse von der Telefonistin unrichtig bekommen hatte? Oder sie in der Aufregung des Augenblicks falsch aufgeschrieben hatte? Wenn das Kuvert in einer vergessenen Ecke des Hauptpostamts sehnsüchtig wartete? Wenn sie die ganze Zeit gelogen hatte? Oder wenn das Gespräch, das sie auf Tonband aufgenommen hatte, nichts mit Bestechungsgeldern zu tun hatte?

Er spielte mit verschiedenen Plänen – wie zum Beispiel ohne Tonband zum Polizeipräsidenten zu gehen und statt dessen das Beweismaterial in der großen Dokumentenmappe zu bringen, die sich in einem Schließfach der Penn-Central-Station befand, ein Schlüssel dazu in Noels Tasche, der andere in Mrs. Vegas. Würde das als Belastungsmaterial gegen Loomis ausreichen? Noel dachte daran, das Päckchen mit Hilfe der Postbürokratie

aufzustöbern – ein entmutigender Gedanke. Oder dann Priscilla selbst zu finden, bei der er ein halbes dutzendmal vergeblich angerufen hatte und zweimal vergeblich vorbeigegangen war. Er tat schließlich überhaupt nichts.
Statt dessen arbeitete er an seiner Wohnung, hörte Discomusik, dann wechselte er auf einen UKW-Jazzsender und von dort zu einem Sender klassischer Musik, legte dann aus seiner Plattensammlung einige längere Musikstücke auf, die er seit Monaten nicht mehr gehört hatte – seit Jahren, schien es ihm: eine Bach-Passion, *Don Giovanni,* eine Plattenaufnahme von *König Lear,* und schließlich einen bekannten Schauspieler, der eine Auswahl aus einer Übersetzung von Ovids *Metamorphosen* vorlas. Während er einer dieser Erzählungen zum drittenmal lauschte – der über Narziß, den wunderschönen Jüngling, der eifersüchtig von Apollo und Äolus, dem Windgott, geliebt wurde und schließlich durch ein fatales Mißgeschick in ihrer Rivalität umkam –, als plötzlich sein Summer ertönte.
Er kletterte vom Fenstersims herunter, wo er neue Vorhänge aufgehängt hatte, schaltete mit einem Knopfdruck die Lautsprecher ab und kam gerade noch rechtzeitig zum Haustelefon, um Gerdes ankündigen zu hören, daß eine Dame gekommen sei, die ihn sehen wolle.
Alana konnte es nicht sein, sie war in Paris. Es mußte Priscilla Vega sein. Sie hatte ihm das Päckchen überhaupt nicht mit der Post gesandt, sondern ihrer Mutter oder einer Freundin. Jetzt brachte sie es selbst.
Er sagte, sie solle hochkommen, dann schlug er die letzten paar Nägel der Strebe in die Wand, prüfte sie, zog den Vorhang zurück und ließ ihn schließlich halb offen, damit die Strahlen der Spätnachmittagssonne ins Zimmer scheinen konnten. Als der Summer an der Wohnungstür ertönte, versuchte Noel, sich an einige Worte seines High-School-Spanisch zu erinnern, um Mrs. Vega damit zu necken.
Es erwies sich als unnötig, seine Besucherin war Mirella Trent. Er wandte sich ab, um sein offensichtliches Erstaunen und seine Enttäuschung zu verbergen. Aber sie bemerkte es und kam behutsam herein.
«Nun, Noel, der Portier hat doch gesagt, es sei eine Dame da. Ich habe ihn das sagen hören.»
Er gewann seine Fassung rasch wieder. Mit einer schwungvollen Geste zeigte er ihr das Appartement. «Ich dachte, du würdest etwas abliefern.»

Sie folgte der Geste und nahm von den Veränderungen Kenntnis. «Dann ist es also doch wahr!» platzte sie heraus.
«Was ist wahr?»
«Was du mir erzählt hast. Daß du einen Liebhaber hast und schwul bist und all das.»
«Warum? Weil ich meine Wände gestrichen habe? Komm schon, Mirella. Das ist ein stereotypes Vorurteil; muß ich dir erst sagen, daß nicht alle Schwulen Innendekorateure sind, zum Teufel noch mal!»
Sie schien nicht auf seinen ärgerlichen Ausbruch zu hören, sondern ging statt dessen vorsichtig im Studio umher, wobei sie die Stellen vermied, an denen er noch arbeitete. «Nun, vielleicht habe ich unrecht», sagte sie. «Mag sein, daß Kontakt bereits genügt, um ihn weiterzuentwickeln.»
Er erinnerte sich, daß sie schon immer eine unheimliche Geschicklichkeit hatte, rätselhaft zu sein – und enervierend. «Um was zu entwickeln?» fragte er.
«Geschmack! Zuvor hattest du nie welchen, Noel. Weder in deinem Lebensstil, noch in deinen Kleidern oder sonstwo in deinem Leben. Bis du dieses Projekt aufnahmst. Stereotypie oder keine.»
Sie ließ sich mitten auf die auf dem Sofa verstreuten Kissen fallen und blickte noch immer mit unverhohlenem Vergnügen um sich. «Oder hat *er* das getan?» fragte sie und zündete sich einen Joint an.
«Wer?» Warum stellte er ihr dauernd Fragen, wie ein Fernsehreporter auf der Straße? Wer? Was? Wo? Warum?
«Dein Freund.» Sie inhalierte tief, dann bot sie ihm die Droge an.
Er lehnte ab. «Ich habe keinen Freund», erklärte er.
«Dann ist es also nicht wahr?» Sie schien über diese Tatsache nicht erleichtert.
«Es war einmal. Sozusagen. Es ist nicht mehr. Eine lange und komplizierte Geschichte. Und ich möchte nicht näher darauf eingehen.» Aber sie hatte sich in ihren Kissen niedergelassen und schien bereit, *Krieg und Frieden* vom Anfang bis zum Ende zu hören. Weil er wußte, daß sie es schließlich doch aus ihm herausquetschen würde, mit noch mehr Warums und Wenns und Wos, beschloß er, nachzugeben. «Er ist tot. Vor zwei Monaten wurde er ermordet. In jener gleichen Nacht übrigens . . .», fügte er hinzu, vermutlich, um Schuldgefühle in ihr zu erwecken.

«O Gott. Das tut mir wirklich leid, Noel. Ich wollte nicht ...»
Sie ließ das Thema auf sich beruhen, und dasselbe tat auch Noel, indem er sich darauf konzentrierte, eine widerspenstige Schraube in eine Leiste zu drehen. Er fragte sich, ob sie bereits etwas über Randy gehört hatte, ob sie hier war, um ihm noch eine Chance zu geben.
«Ich komme jetzt gleich zur Sache», sagte sie plötzlich nach ein paar Minuten des Schweigens, unterbrochen von seinem Fluchen über die Schraube. «Ich will zur Party in der Window Wall gehen. Sag mir ja nicht, daß du nicht hingehst. Ich muß hingehen, Noel.»
«Aber es ist ein Schwulenklub.»
«Ich *muß* hingehen, Noel. Du gehst doch hin, nicht wahr?»
«Natürlich. Ich bin mit dem Manager, Cal Goldberg, befreundet.»
«Und auch mit Eric Redfern», setzte sie hinzu. «Leugne es nicht, ich weiß, daß du von diesem hübschen Playboy ausgehalten wirst. Leugne es nicht.»
Noel mußte über ihre Ausdrucksweise lachen. Es klang so sehr wie ein Auszug von einer Liz-Smith-Spalte. Wenn Mirella nur die Hälfte wüßte. Und von allen verrückten Dingen wollte sie ausgerechnet zur Saisoneröffnungsparty gehen. Einen Moment lang fragte Noel sich, ob sie vielleicht noch aus anderen Motiven zu ihm gekommen war. Dann sagte er sich nein, wozu Mirella auch immer fähig war – und das war eine ganze Menge –, es war immer moralisch: Ihr Ego verlangte nach Moral.
«Aber warum?» fragte er wieder.
«Weil ich jedem erzählt habe, daß ich hingehen würde. Und weil» – hier rasselte sie eine Liste von Namen einiger der Leute herunter, von denen sie gelesen hatte, daß sie dort sein würden. «Ist es übrigens wahr, daß Teddy Kennedy dort sein wird?»
«Wohl kaum.»
Sie war ganz verzweifelt. «Ich *muß* hingehen, Noel.»
«Die Berühmtheiten werden eine Stunde oder so herumhängen und sich in Pose setzen», erklärte er und versuchte, sie zu entmutigen, «dann wird es ein Schwulenklub sein wie jeder andere. Du wirst dich fehl am Platz fühlen. Du wirst es hassen.»
«Ich werde es *lieben*. Ich werde mich an der Tür von dir trennen und dir während der Party nicht einmal zunicken, falls wir aneinander vorbeigehen.» Sie begann zu betteln. «Ich werde dich nie um etwas anderes bitten, solange wir beide leben.» Dann fing sie zu feilschen an. «Ich werde aufhören über dein

Projekt zu sprechen. Ich werde dir eine gute Kritik schreiben, wenn das Buch erscheint.»
«Ist das dein Ernst?»
«Es war mir nie ernster in meinem Leben.»
«Aber es ist doch nur eine Party, Mirella», versuchte er es noch einmal. Er blickte auf diese anziehende, intelligente, gebildete und schicke Frau – eine Kollegin, eine Berufsrivalin, früher einmal eine Geliebte, eine mögliche Ehefrau – und sah nur ein kleines Mädchen, das zu einer Party nicht eingeladen war.
«Du kannst nicht mit mir kommen. Ich bin zum Abendessen eingeladen, das stattfindet, bevor das Gedränge losgeht.»
Jedes Wort war wie ein winziger Hieb auf ihr beträchtliches Ich. Er konnte das klar sehen.
«Na schön», sagte sie, wobei sie sich aus den Kissen erhob und in einer leisen Tonart sprach, die Noel noch nie gehört hatte, von der er aber instinktiv wußte, daß es ihre Version der «vornehmen Hinnahme einer Niederlage» war. «Du hast jedes Recht in der Welt, das zu tun.» Sie strich ihren Rock glatt und versuchte, wie Irene Papas auszusehen – tragisch, königlich – in einer Filmfassung eines altgriechischen Theaterstücks.
Noel sprang vom Fenstersims herunter, ging hinüber zur Tür und öffnete sie. «Ich werde deinen Namen an der Tür hinterlassen.»
«Du Goldschatz!» Sie sprang auf, um ihn auf die Wange zu küssen. Wie eine Schwägerin ihn küssen würde, dachte er. «Kannst du es für zwei machen?»
«Warum nicht?»
«Gleich jetzt», drängte sie. «Die Party ist am fünften, übermorgen.»
«Am fünften?» War das nicht innerhalb der letzten Woche auf dem Plan, den Loomis zusammengestellt hatte? Der Zeitpunkt, da die Waffe losgehen sollte. «Ich ruf' dich an», sagte er und schloß die Tür hinter ihr.
Wo war Priscilla? Und das verdammte Tonband?

9

Bis zehn Uhr am darauffolgenden Morgen waren alle Pflanzen geliefert worden und standen oder hingen an ihren vorgesehenen Orten. Noels Telefonbeantworter hatte keine Anrufe aufgezeichnet. Und als Noel im Briefkasten in der Vorhalle nachsah, war die Kassette nicht angekommen.

Er rief Priscilla Vega an und hörte, wie ihr Apparat ein dutzendmal oder noch öfter läutete und entschloß sich, es noch einmal bei ihr in der Wohnung zu versuchen. Vielleicht glaubte sie, daß auch ihr Telefon angezapft sei.

Wie immer seit den vergangenen vier Tagen hielt er Ausschau nach den beiden Rowdys. Man hatte ihnen wahrscheinlich inzwischen den Laufpaß gegeben und sie dorthin zurückgeschickt, woher sie gekommen waren, vermutete Noel. Dennoch . . .

Bei Priscilla antwortete niemand auf das Läuten. Als ein Gesicht am Parterre-Seitenfenster auftauchte, fragte Noel nach Mrs. Vega, was mit einem Achselzucken und einer rasch heruntergelassenen Fensterjalousie quittiert wurde.

Er entschied sich, den Ort von der kleinen Imbißstube an der nächsten Straßenecke aus im Auge zu behalten, von wo man die Vorderfront des braunen Sandsteinhauses ungehindert sehen konnte. Ein Platz am Fenster war leer. Noel setzte sich dorthin. Da er nicht wußte, wie lange er hier würde bleiben müssen, bestellte er ein Frühstück.

Er hatte einen Stenoblock mitgebracht und verwendete eine lange Zeit darauf, die Einzelheiten seiner neu eingerichteten Wohnung auszuarbeiten. Gleich nach Mirellas Besuch hatte er sich selbst nach den Gründen für seine plötzliche Besessenheit mit der Renovierung gefragt. Es hielt ihn beschäftigt.

Er unternahm etwas – etwas, das im gottverdammten Bericht über ihn nicht einmal erwähnt worden war. Das war's.

Aber es gab noch einen anderen Grund. Es war das einzige, was er tat, das er kontrollieren konnte. Das Buch war unvorstellbar. Mit Eric in der Window Wall zu arbeiten, würde sie beide zu eng miteinander verbinden, um in Sicherheit zu sein. Seit dem Fiasko mit der Verführung hatte Eric sich ihm gegenüber fast unmerklich geändert. Er mochte sich noch immer vor Noel fürchten, aber es schien wichtig für ihn gewesen zu sein, daß Noel den Annäherungsversuch gemacht hatte, so weit hatte gehen wollen, und jetzt, da es geschehen war, fühlte Eric sich irgendwie befriedigt, ja sogar erleichtert und wahrscheinlich auch triumphierend. Überdies war er in diesen Tagen so mit der Party beschäftigt, daß es keine Möglichkeit gab, kostbare Zeit oder Energie für etwas zu vergeuden, was er «negative Vibrationen» nennen würde.

Noel hatte auf die braunen Sandsteinhäuser der West Side Street geblickt – eine Fassade nach der anderen, eine Veranda nach der anderen, die hinausragte. Nach beinahe zwei Stunden der Beobachtung waren nur zwei Leute aus dem Haus gekommen – ein älteres Ehepaar, beide an einem Stock, beide mit Einkaufstaschen aus Plastik, die leer zu sein schienen. Noel blickte zum zwanzigsten Mal auf den Plan seines Zimmers und skizzierte rasch hinein, was er für den geeignetsten Platz für die Lautsprecheranlage hielt. Dann blickte er wieder auf und hatte erneut ein wachsames Auge auf das Haus.

Jene sechs kleinen Markierungen, die er gerade gemacht hatte, waren Dämme gegen die Flut, wie er wußte.

Sein nächster Gedanke war seltsam – er hatte weder mit Loomis noch mit jemand anderem von Whisper gesprochen, seit dem Nachmittag in der Cafeteria. Vielleicht sollte er anrufen. Er würde vielleicht nicht mögen, was er zu hören bekam. Aber wann hatte ihn das jemals davon abgehalten, anzurufen?

Oder gehörte es zu seiner Programmierung, anzurufen, den Drang zu verspüren, in Verbindung zu bleiben? Natürlich. Das mußte es sein.

Es gab einen Münzfernsprecher an der Wand hinter ihm, immer noch mit Blick auf das Appartementhaus.

Er wählte eine der Geheimnummern, die er einst erhalten hatte, hörte das vertraute, aber jetzt auch ein wenig bedrückende Schweigen. Priscilla und Buddy Vega hatten diese Leitung abgehört. Wer mochte sie sonst noch in diesem Augenblick abhören?

Es war die mütterliche Frau in mittleren Jahren, die schließlich antwortete. «Lockvogel hier», meldete er sich. «Können Sie mich mit dem Fischer verbinden?»

«Wie *geht* es Ihnen?» fragte sie, als würde sie ihn kennen. «Einen Augenblick, bitte. Ich suche ihn.»

Er fragte sich, was er zu Loomis sagen sollte.

«Tut mir leid», verkündete sie. «Ich scheine ihn nirgends finden zu können.»

«Hier spricht der Lockvogel», wiederholte Noel. «Es war mir nicht möglich, mich mit Ihnen in Verbindung zu setzen. Gibt es

irgendwelche Mitteilungen für mich vom Fischer oder sonst jemandem?»
«Ich werde nachsehen.» Es klang nicht sehr hoffnungsvoll.
Er hätte diesen letzten Satz nicht hinzufügen sollen. Was, wenn jemand wirklich zugehört hatte? Wie dumm von ihm!
«Hallo!» Sie war zurück. «Soll ich es vorlesen? Es ist vom Fischer. «Erwarte einen großen, leichten Fang morgen abend. Vorgehen wie geplant.»
«Ja?» Noel schrieb es auf. «Fahren Sie fort.»
«Das ist alles, was da steht. Soll ich es wiederholen?»
«Vorgehen wie geplant? Was bedeutet das?»
«Weiß es nicht, mein Lieber», sagte sie leichthin. «So steht es hier geschrieben.»
Er dankte ihr und sagte, er würde später zurückrufen.
Während er am Telefon gewesen war, hatte sich das kleine Restaurant mit Gästen gefüllt. Mittagessenszeit. Wahrscheinlich Arbeiter aus der näheren Umgebung. Er brachte seine Sachen nach hinten, an einen Tisch mit zwei Plätzen, nahe beim Telefon, dann bestellte er noch etwas zu essen. Als es kam, schaufelte er es in sich hinein, wobei er noch immer über Loomis' Botschaft nachdachte.
Es war idiotisch von ihm, zu glauben, daß Priscilla Vega selbst in einem dringenden Fall die Hintertürchen benützen würde, um sich mit ihm in Verbindung zu setzen. Was bedeutete «Vorgehen wie geplant»? Sie hatten das letztemal, als sie zusammen sprachen, nichts geplant. Vielleicht hatte Noel eine der Botschaften nicht erhalten. Dann konnte er nicht wissen, was er tun sollte. Der Kontrollplan würde scheitern. Loomis hatte gesagt, er solle nichts unternehmen. Das bedeutete, daß auch Loomis argwöhnte, sein Plan sei irgendwie schiefgelaufen, und daß er nun die Verhaftung vorantrieb, nicht die Mordpläne.
«Meine Mammi möchte wissen, ob Sie einen Bandwurm haben.»
Noel blickte auf. Der dickliche Teenager-Junge, der ihn bedient hatte, stand am Rand des Tisches.
«Wenn Sie nämlich einen haben, kennt sie einen Doktor, der ihn wegkurieren kann.»
Hinter dem Jungen sah Noel dessen Mutter – schmächtig, grauhaarig, mit unscheinbarem Gesicht blickte sie besorgt auf ihn zurück. Er zahlte. «Sag deiner Mammi, daß ich nur hungrig war.»
«Okay.» Der Junge verschwand.

Noel merkte, daß er nicht länger auf die braunen Sandsteinhäuser blickte, überhaupt nicht nach draußen, sondern auf den Jungen, wie er zu seiner Mutter hinüberging, ihr das Geld für die Kasse gab, berichtete, was sie zusammen gesprochen hatten, alles beiläufig, gleichgültig. Der gedrungene Junge handelte wie ein kleiner Mann, aber Noel beneidete ihn um etwas, das alles andere als erwachsen war. Es schien, als ob der Junge wirklich gleichgültig gegenüber Noel war – gegenüber allem, außer seinen eigenen Interessen – seinen Freunden, seinen Comic-Büchern, wer weiß, was sonst noch? Genau wie Noel als Kind gewesen war: Wie alle Kinder eigentlich waren. Wer würde geglaubt haben, daß das Kind, das sein Schwinn-Roadmaster-Rad auf der Einfahrt an jenem Morgen reparierte, als Monica Sherman vorbeigekommen war, jetzt tun würde, was er tat, handeln würde, wie er es tat, so würde, wie er jetzt war. Auf jemanden wartete. Einen Anruf von jemand anderem erwartete. Über noch jemand anderen nachdachte, sich vor all den «jemand anderen» fürchtete, sich ihnen widersetzte, sie zurückwies, sie begehrte, sie mied.
Er tat nicht mehr irgend etwas für sich selbst, weil er kein Selbst mehr hatte. Alles geschah für Loomis oder Eric oder Alana oder Vega, oder für eine Idee, oder einen Titel, oder eine Karriere, oder eine Sache, oder eine Neigung zur Feigheit, die überwunden werden mußte, oder eine ganze Serie von Emotionen oder Reaktionen in bezug darauf, was er war und was er sein, tun oder nicht tun sollte. Er war lange vor Loomis programmiert worden. Der Fischer brauchte nur noch die Feineinstellung durchzuführen: Weil Noel vor langer Zeit auf genau diesen Weg geführt worden war, nie etwas für sich selbst zu tun, sondern immer für jemand anderen. Und wenn dieser Egoismus, dieses eigene Interesse, das er sich jahrelang versagt hatte, wirklich Unschuld war, dann wünschte er, er könnte sie wiederhaben.
Der Junge kam mit dem Wechselgeld an Noels Tisch zurück. Er hielt ein Glas Wasser und eine Packung Alka-Seltzer in den Händen.
«Das war nicht meine Idee», sagte er.
Noel würde nicht auf Priscilla Vega oder den Anruf oder Loomis' Anweisungen warten, nicht auch nur eine weitere Minute. Nicht heute. Nicht morgen! Nie wieder.

10

Als er an diesem Tag erwachte – dem letzten des AIN-Memorandums, wie er sich sofort erinnerte –, veranlaßte ihn ein unerwartetes, heftiges Morgengewitter, die Klimaanlage abzustellen und beide Fenster weit aufzureißen. Jetzt, da er nur ein paar Meter entfernt, statt an dem anderen Ende des langen Studios schlief, war dies ein neuer Luxus.

Schon bald hörte der Donner auf, aber der Regen kam weiterhin in Strömen herunter und schläferte ihn wieder ein. Als er erneut aufwachte, war es nach elf Uhr, ein strahlender sonniger Tag mit nur winzigen, rasch trocknenden Lachen unweit der vergitterten Straßenrinnen, die den Platzregen bestätigten. Aber die frische Brise des frühen Morgens hielt noch eine Weile an. Noel duschte sich, dann trocknete er sich unweit des Fensters ab und genoß die heiße Sonne und die kühle Luft.

Die Morgenpost enthielt keine Kassette – er hatte beinahe aufgehört, sich Gedanken darüber zu machen –, aber sie enthielt einen Scheck vom Institut für Sozialforschung in Albany für die Arbeit im vergangenen Monat. Eine unangenehme Mahnung. Als er sich schließlich nach dem Frühstück entschloß, den Umschlag zu öffnen, erlebte er eine weitere unangenehme Überraschung: Ein Stück Pelürepapier lag darin. Darauf hatte jemand eine Karikatur eines Hochseefischers gezeichnet, der seine kleine Jacht beinahe zum Kentern bringt, um einen großen und ganz toten Riesenfisch hereinzuziehen. Für einmal war Noel froh, eine von Loomis' Mitteilungen zu verbrennen.

Sein Rennrad stand noch im Lagerraum des Hauses und war anscheinend in gutem Zustand. Erst als er etwa einen Häuserblock weit gefahren war, merkte er, daß einer der Gänge Leerlauf hatte. Das Vehikel war so launisch wie ein Vollblutpferd – und wie ein solches durfte es nicht über längere Zeitspannen vernachlässigt werden.

Er hatte den Gang gerade wieder in Ordnung gebracht, als er merkte, daß er an der Apotheke in der Madison Avenue vorbeifuhr, wo jene zwei blonden Rowdys zum erstenmal an ihn herangetreten waren. Noel bog ziemlich rasch ab, überquerte die Avenue und fand sich vor dem Zeitungsladen wieder, in dem er Dokumente für Whisper fotokopiert hatte und wo jener Mann überfahren und sofort getötet worden war. Wie hatte er geheißen? Noel wußte es nicht mehr.

Zu viele Erinnerungen. Er beschloß, durch die Stadt zu fahren.

Aber er war in die Achtundzwanzigste Straße eingebogen, und nur ein paar Häuserblocks weiter war er direkt vor den Baths und fuhr am Türeingang vorbei, wo er zusammengeschlagen worden war. Konnte man der Vergangenheit nicht entrinnen?
Er beschloß, nicht dagegen anzukämpfen, sondern einfach weiterzufahren. Er schlug die Richtung nach Westen ein, hinüber zum West Side Highway. Es war nicht weiter überraschend – in Anbetracht der bisherigen Fahrt –, daß er auf ein Licht an der Kreuzung warten mußte, wo das Gebäude stand, das Le Pissoir beherbergte. Dann fuhr er die Rampe zum Highway hoch und legte richtig los.
Er bremste erst wieder, als er die Struktur der Gebäude unter sich erkannte. Hier war es, wo er zuerst jenen Schrei gehört und wo alles seinen Anfang genommen hatte. Er hielt an und erwartete eine Art Enthüllung, die alles aufklären würde.
Auf einer Seite des Highway floß der Hudson sanft dahin, wie schimmernde Seide. Ein weißer Luxusdampfer glitt vorbei, anmutig wie ein großer Schwan, Schlepper als Vorhut zogen ihn. Auf der Straße selbst kamen zwei Jogger an ihm vorbei, ihre kraftvollen Rücken waren verschwitzt, ihre hellfarbenen Shorts leicht zerknittert. Noch mehr Radfahrer fuhren an ihm vorüber. Er hörte einen Schrei von unten und lehnte sich über das Geländer, um zu sehen, woher er kam. Noch ein Schrei begrüßte ihn: junge, aufgeregte, dann enttäuschte Stimmen. Fünfundzwanzig oder dreißig Leute bildeten einen engen Kreis am entfernten Ende des Parkplatzes. Eine breite, dünne Holzplatte, beinahe zu einem Buchstaben C verbogen, war gegen die Mauer eines leerstehenden Lagerhauses gestellt worden. Kinder auf Skateboards rasten darauf zu, die konkave Fläche hinauf, und versuchten, am höchsten Punkt zu wenden, wobei sie manchmal ausglitten, so daß das Rollbrett unter ihnen davonrutschte und sie die Holzplatte hinunterpurzelten, manchmal aber die Drehung erfolgreich bewerkstelligten und unter Beifallsgeschrei wieder hinuntersausten, bis der nächste Junge – und auch ein Mädchen – mit dem Rollbrett auf die Platte losfuhr.
Sie zu beobachten, beruhigte und ermutigte Noel. So mußte er sich dazu zwingen, beim Lagerhaus selbst langsam vorbeizufahren, in das Fenster zu blicken, wo er zuerst in das Spinnennetz geraten war, das ihn jetzt umgarnt hielt. Es war leicht zu finden. Die grüne Tür war wieder aufgestellt worden, ihr unterer Teil rostrot verfärbt. Aber dahinter, zwischen all dem Unrat,

hielten zwei Männer sich umschlungen, küßten und liebkosten einander. Liebe am Nachmittag. Wenn sie nur wüßten!
Er fuhr zum anderen Geländer hinüber, blickte auf das leerstehende Bundesgefängnis, dann fuhr er wieder los, die Rampe zur Charlton Street hinunter, bog ab und machte die West-Street-Tour, bis er am Grip vorbeikam, bevor er denselben Weg bis zur Christopher Street zurückverfolgte – wie immer der meistfrequentierte Ort der Stadt.
Als er über den Sheridan Square hinwegglitt, sah er die vertraute Lederweste, die Jeans, das heraushängende Hemd, die abgetretenen Stiefelabsätze und vor allem den nur allzu vertrauten Gang des Kleinen Larry Vitale. Noel winkte einen Gruß, als er vorbeifuhr, und überraschte den Jungen, der versuchte, mit einem Handzeichen Noel zum Anhalten zu bewegen. Nicht heute: Noel wollte weiter. Für heute war er mit dieser Gegend durch.
Am St. Mark's Place wendete er in Richtung Oberstadt. Die lange Fahrt zu Redferns Haus war ermüdend. Er war weniger in Form, als er gedacht hatte. Er mußte wieder mehr mit dem Rad fahren.
Noel öffnete das Seitentor, warf das Rad auf den Rasen und ging hinein. Niemand zu Hause.
Dann erblickte er Okku auf der rückwärtigen Terrasse, wie er Kaffee trank und sich mit einem frisch sonnengebräunten Dorrance unterhielt, der aus Kalifornien für die Saisoneröffnung der Wall angekommen war, wie Noel vermutete.
«Eric schläft», meldete Dorrance. Okku hatte sofort seinen Platz verlassen und war hineingegangen, um Kaffee zu holen. Der perfekte Diener – Eric war zu beneiden!
«Anscheinend ist er heute morgen um neun nach Hause gekommen, nachdem er die ganze Nacht durch gearbeitet hatte», sagte Dorrance. «Er möchte bis zum frühen Abend schlafen. Um für die Party in Form zu sein.»
«Verständlich.»
«Und Alana . . .» begann Dorrance.
«Ist in Europa», beendete Noel für ihn.
«Nein. Sie ist hier irgendwo. War es jedenfalls gestern abend.»
«Sie ist früh dran», meinte Noel und verbarg seine Überraschung.
«Sie hatte etwas, das sie dir zeigen wollte. Ein Päckchen. Ah, schau, Okku bringt es.»
Das braune Paket wurde geöffnet. Verschiedene dicke, auf

Glanzpapier gedruckte, teure europäische Zeitschriften lagen darin. Noel nahm sofort den cremefarbenen Umschlag an sich, der zuoberst lag, und las die Notiz, die sie geschrieben hatte: «Schau dir die Bilder an. Du kommst heute abend, ja? Ich muß mit dir sprechen. Privat. Es ist sehr wichtig.»

«Hier», anerbot sich Dorrance, sie ihm zu zeigen, «sie hat die betreffenden Seiten mit Büroklammern markiert.» Er öffnete die Zeitschrift an der bezeichneten Stelle. Es war eine Foto-Doppelseite. Noel sah das Treppenhaus, das von den offenen Türen eines Châteauflügels hinunter und durch einen Park führte, wo ein Mann und eine Frau, gegen den Hintergrund eines Feuerwerks am nächtlichen Himmel, sich aneinander lehnten, in einer leichten Umarmung und einem leidenschaftlichen Kuß, der beinahe fühlbar war. Alana! Und er selbst!

«Die anderen sehen alle etwa gleich aus», erklärte Dorrance und schlug die übrigen Zeitschriften auf, damit Noel sie sich ansehen konnte. Einige waren auf ganzseitiges, andere auf halbseitiges Format reduziert, alle waren geheimnisvoll, einladend, voller Helldunkel: Alanas weiße Haut gegen seinen dunklen Anzug, die Tiefen der Schatten des Gartens gegen die hellen, silbrigen Pflastersteine, das Feuerwerk gegen die schwarze Nacht.

«Wirklich eine gut gelungene Anzeigenkampagne», meinte Dorrance. Dann, mit einer etwas besorgteren Stimme: «Findest du nicht auch?»

«Sehr hübsch. Alana sieht fabelhaft aus.»

«Du auch. Du bist sehr fotogen.»

«Es ist sonderbar, mich selbst zu sehen. Und doch, das bin nicht ich.»

«Du wirst dich daran gewöhnen. Alana schaut sie sich nicht einmal an. Wenn nicht du auf diesen Bildern wärst, hätte Alana sie nie aus Paris mitgebracht. Sie dachte, du würdest gerne sehen, wie gut du herausgekommen bist.»

«Aber das bin gar nicht ich», verwahrte sich Noel. «Schau ihn dir an! Er ist zuvorkommend, zuversichtlich, romantisch, ruhig. Schau mich an! Ich soll gefährlich für alle Geschlechter sein. Zum Teufel, ich kann nicht mal mit jemandem ins Bett gehen.»

«Es ist alles nur Schein», stimmte Dorrance traurig zu.

Noel verbrachte noch einige Minuten, schaute die Bilder an, nur um sagen zu können, er habe sie gesehen. Dann ging er zurück ins Haus. Alana war nicht daheim, entdeckte er, als er in ihren Zimmern nachsah. Auf dem Weg zurück durch den Korridor

zum Balkon des Wohnzimmers, kam er an einer der anderen Türen vorbei. Die von Erics Gemächern – sie war offen. Seltsam!
Drinnen, in Erics Wohnzimmer, herrschte schattenhaftes Tageslicht, Halbdunkel der herabgelassenen Jalousien. Noel ging zur Schlafzimmertür. Auch sie war offen.
Eric lag im Bett und schlief. Über ihm summte laut ein Ventilator. Noel war zuvor kaum je in diese Zimmer gekommen. Jetzt hatte er das Gefühl, daß er einfach einen Blick hineinwerfen mußte. Er redete sich ein, er wolle nur feststellen, ob alles in Ordnung sei. Nachdem er die Schlafzimmertür hinter sich geschlossen hatte, näherte er sich leise dem Bett.
Eric lag auf dem Rücken, das blaßfarbene Bettuch um eine Schulter und um seine Beine geschlungen, als trüge er eine Toga. Noel beobachtete den Schlafenden während einer Minute, dann trat er zurück und setzte sich einige Schritte entfernt in einen großen, bequemen Stuhl.
Hier war es, das letztmögliche Datum. Hier waren das vermutliche Opfer und der vermutliche Mörder zusammen in einem Zimmer, allein. Eric war völlig wehrlos. Noel hatte die Situation klar unter Kontrolle. Die zeitliche Einteilung war vollkommen, wundervoll. Aber das war alles.
Als er den schlafenden Eric betrachtete, wurde es Noel klar, daß er niemals fähig sein würde, diesem Mann wehzutun, sogar wenn er handfeste Beweise hätte, daß Eric für Randys Tod verantwortlich war – oder den von Kansas, oder der anderen, die er so herzlos getötet haben sollte.
Wie konnte er es? Erst vor ein paar Nächten, zum erstenmal in seinem Leben, hatte Noel die körperliche Liebe eines Mannes gesucht: die Liebe dieses Mannes. Er verstand, warum sie verschmäht wurde. Und hatte es hingenommen. Wie er eben fast alles hingenommen hätte, was Eric tat. Weil er sich in Eric wie in Alana verliebt hatte und von beiden keine Gegenleistung erwartete, nur daß sie weiterhin sie selbst waren und ihm erlaubten, bei ihnen zu sein. Die von Psychiatrie-Ingenieuren und Computern so geschickt zusammengestellte Programmierung konnte an dieser Tatsache nicht rütteln. Nie.
Plötzlich wurde er sich einer Veränderung im Zimmer bewußt. Zuerst blickte er hinauf zum Ventilator an der Decke, um zu sehen, ob er aufgehört hatte, sich zu drehen. Auf dem Bett lag Eric wie zuvor. Nein. Nicht wie zuvor. Seine Atemzüge waren rascher, unregelmäßiger.

Er war wach, stellte sich aber schlafend. Noel schickte sich an, fortzugehen, dann erstarrte er. Beweg' dich nicht, sagte er sich. Eric weiß nicht, daß du's bist. Erinnere dich an seine Paranoia, seine Furcht. Er glaubt, daß es irgend jemand sein kann, *irgendwer!* Und wenn du dich bewegst, wird er annehmen, daß du dich auf ihn zubewegst, nicht von ihm fort; um ihn zu töten, nicht um ihn alleinzulassen. Im Augenblick, da du dich bewegst, tritt die Programmierung, die supersubtile Programmierung in Kraft. Dies ist genau das Zufallsereignis, das dich unerwartet und unvorbereitet trifft, auf das Loomis hofft. Eric wacht auf, stürzt sich auf dich. Ihr kämpft miteinander . . . Beweg dich nicht!

Noel zitterte. Leise, wobei er so reglos wie möglich blieb, flüsterte er: «Eric? Bist du wach? Ich bin es, Noel.»

Erics Augen öffneten sich, sahen sich in dem Zimmer um. Er war wach gewesen, aber auch erschreckt.

«Du hast deine Korridortüre offen gelassen. Auch die Schlafzimmertür», erklärte Noel und versuchte, in einem normalen Tonfall zu sprechen. «Verdammt wenig Sicherheit für jemanden, der sich so viele Sorgen um seine Sicherheit macht.»

Eric blickte sich noch immer im Zimmer um.

«Es ist niemand anderer hier. Nur ich.»

«Was machst du hier drinnen?» fragte Eric scharf, was Noel ärgerte.

«Was denkst du? Ich mag nicht abgewiesen werden. Ich bin gekommen, dich zu vergewaltigen.»

Eric ging nicht auf diesen Scherz ein. «Jetzt mal im Ernst, Noel.»

«Ich meine es im Ernst.»

«Nicht ernst genug», warnte Eric. Unter dem Bettuch hob er seine rechte Hand. Dann fiel das Bettuch herunter. An der Innenseite seiner Hand klebte ein winziger, gefährlich aussehender Derringer.

«Herrgott!» sagte Noel und stand von seinem Stuhl auf. «Schießt das Ding auch?»

«Warum bist du hier reingekommen?» Eric ließ nicht locker.

«Um dich zu sehen. Um dir Glück für heute abend zu wünschen.»

«Kommst du denn nicht hin?»

Noel wollte nein sagen, er könne nicht. Es sei etwas dazwischengekommen. Ein Notfall. Aber die Enttäuschung war bereits zu deutlich auf Erics Gesicht.

«Natürlich komme ich. Ich werde um acht Uhr hier sein. Wie geplant.»
«Du bist wirklich reingekommen, um mir Glück zu wünschen?»
«Und dich zu sehen. Wie lange hast du diesen Revolver schon?»
«Seit ich allein schlafe.»
«Du meinst seit McWhitter . . .?» wollte Noel wissen.
«Lange zuvor schon», sagte Eric bitter. «Seit Robby Landau ermordet wurde. Das ist beinahe zwei Jahre her.»
Noel blendete zurück zum letzten Mal, als er in diesem Zimmer gewesen war, jener Nacht, als er den Mercedes genommen hatte, um Dorrance nachzufahren, als er mit Eric in der Garage gekämpft hatte. Redfern hatte damals gesagt, daß er nur einem einzigen Mann vertraut und ihn verloren habe. Es mußte Landau gewesen sein – Erics Liebhaber, Mr. X' erstes Opfer. Noel starrte noch immer auf die winzige Waffe.
«Und wenn sie losgeht?»
«Und wenn ich nicht rechtzeitig aufwache? Glückssache. Aber meistens hab' ich Glück.»
«Ein besserer Gedanke wäre, deine Tür zu verriegeln. Schlaf weiter».
«Noel, tu mir einen Gefallen.»
«Klar. Was?»
«Ich werde heute abend überall rumrennen müssen. Bleib bei Alana. Sei ihr Partner. Sei nett zu ihr. Sie braucht etwas Aufmerksamkeit. Macht es dir was aus?»
«Nein. Überhaupt nicht», sagte Noel und freute sich darüber.
«Gehst du heute abend auf 'nen Trip? Alle werden es tun.»
«Im Punsch?» erkundigte sich Noel.
«Durch die Ventilationsröhren. Erstklassiges Zeug. Sauber. Leicht. Nichts Schweres. Heute abend wird alles Klasse sein. Überhaupt nichts Schweres!» Eric wiederholte es mit solchem Nachdruck, daß Noel sich fragte, was Eric wußte – und wie er es zu verhindern dachte, wenn es dazu kam.

11

Die Wiedereröffnung in der Window Wall war für jene Saison mit unendlicher Sorgfalt geplant worden, um das größtmögliche Furore zu machen. Es gelang. Lange nachdem die Boulevardzeitungen aufgehört hatten, über den gewaltigen Erfolg der Party zu schreiben und über die Streiflicht-Tragödie am frühen Morgen, von der die meisten Anwesenden überhaupt nichts bemerkt hatten, folgten die Berichte der Wochen- und Monatszeitschriften. Zeitschriften, die sich hauptsächlich mit Mode, mit High Society oder Film, mit der Finanzwelt oder Musik befaßten, hatten ihre Reporter und Fotografen geschickt, und jeder von ihnen kehrte zu seinem Redakteur mit einer großen Anzahl von Farbfotos und beinahe gleichlautenden Geschichten zurück – daß Geld, Talent, Schönheit, Stil, Exotik, Häßlichkeit und Wildheit alle an jenem Septemberabend zusammengekommen waren, zweitausend an der Zahl, um die Tatsache zu bestätigen, daß die Welt der Stars ganz und gar nicht ausgestorben war, sondern sich in der Window Wall gesund und munter ihr Stelldichein gab.

Erbinnen tanzten mit Außenseitern aus der Christopher Street, die von der Wohlfahrt gerade knapp leben konnten. Beleibte, alternde kalifornische Immobilienmoguln und streichholzdünne löwenmähnige britische Rockstars teilten Drinks und belanglose Unterhaltung mit muskulösen Friseuren. Ein bekannter Hollywooder Frauenheld wurde gesehen, als er im Morgengrauen aus einem Zimmer eines unteren Stockwerks gekrochen kam – nach einer dreistündigen Orgie, die aus siebzehn anderen Männern und dem Transvestiten bestand, dem er nichtsahnend hineingefolgt war. Eine Sechseinhalb-Millionen-Dollar-Transaktion zwischen einer Wall-Street-Maklerfirma und einer westdeutschen Bank wurde in die Wege geleitet, während alle sechs Geschäftspartner Kokain in einer tiefer gelegenen Wohndiele schnupften. Ein Angehöriger des französischen Hochadels, dessen Familie bei der Krönung Karls des Großen eine Rolle gespielt hatte, trennte sich in Mirror City von seinem siebzehnjährigen Freund, und zwar so freundschaftlich, daß der junge Surfer/Schwimmer sich am nächsten Tag mit einem der Häuser seines Exfreundes im herrlichen Palm Beach abgefunden fand.

Alkoholische Getränke im Betrag von ungefähr 17 000 Dollar und verschiedenste Drogen für mindestens ebensoviel wurden während der Party konsumiert. Das Abendessen im oberen Stock für knappe zweihundert ausgewählte Gäste kostete nur die Hälfte davon. Mehr als vierhundert Partybesucher hatten Sex der einen oder anderen Art mit mindestens einem Partner irgendwo in den Räumlichkeiten des Klubs. Zwei Discjockeys, im Schichtbetrieb, spielten 840 Musikstücke von Mitternacht bis zum nächsten Mittag, mit nur einer absichtlichen Wiederholung. Zwei Beleuchtungsspezialisten – ebenfalls im Schichtbetrieb – schufen 11 313 verschiedene Lichtkombinationen auf ihren fünfteiligen Digitalcomputern.

Natürlich änderten sich auch Standpunkte. Zwei Modeschöpfer aus der Siebten Avenue brachen ihre schon fünf Jahre dauernde gewinnbringende Partnerschaft ab und wurden aus dem Klub hinausgeworfen, nachdem sie sich wegen einer kleinen, sechzehnjährigen Hure in die Haare geraten waren (einer seit ihrem elften Lebensjahr stadtbekannten Nutte, die man während des Spektakels ihr Gesicht vor dem Spiegel richten sah). Ein anderer Modeschöpfer wollte mit seinem Lieblingsmannequin nichts mehr zu tun haben, als dieses wegen einer Überinhalation von Äthylchlorid umkippte. Er wählte einen neuen Star für seine Frühjahrskollektion aus dem Chor der frenetischen Tänzerinnen, die gefährlich auf einer gekurvten Glasziegelwand herumwirbelten. Drei Innendekorateure – die sich diesmal einig waren – kamen zu dem Schluß, daß Einbaumöbel und industriell gefertigte Teppiche «out», todschicke Stoffe und eine Rückkehr zum Biedermeierstil dagegen «in» seien.

Fünfzehn Gäste fielen im Lauf der Party in Ohnmacht. Vierzehn erlangten das Bewußtsein wieder. Der fünfzehnte, den niemand zu kennen oder kennen zu wollen schien, wurde zum Opfer eines Unfalls erklärt. Alle, die irgendwie durch eine der fünf Mattglastüren hineingekommen waren, gingen schließlich wieder hinaus, und alle schienen die nächsten drei Tage am Telefon zu verbringen, um alles, was sich ereignet hatte, ausführlich zu besprechen und zu erklären, daß es niemals eine andere ähnliche Party geben würde – das heißt, bis zur nächsten Saisoneröffnung der Window Wall.

Obschon die Musik in der Disco erst zur späten «Hexenstunde» zu spielen begann, öffneten sich die Pforten des Klubs um neun Uhr für die Gäste, die Eric zum Abendessen in die Mirror City eingeladen hatte. Wie die Party später, war auch diese Gruppe eine buntgemischte Angelegenheit. Leute, die tagsüber Verkäufer, Lastwagenfahrer und Blumenhändler waren, unterhielten sich angeregt mit Filmidolen, bekannten Komikern und Milliardären – alle derartigen Unterschiede wurden durch die Abendkleidung unkenntlich gemacht, die auf der Einladung vorgeschrieben war, und die zu geeigneter Zeit gegen leichtere Tanzkleider ausgetauscht werden konnte.

Fiebernde Erwartung, Erregung und ein Gefühl, zur eigentlichen Elite zu gehören, zuckten wie elektrische Schläge durch diese früh erschienene Menge, als sie ankam und zum dritten Stock in die Aufenthaltsräume gegenüber der Mirror City mit Blick auf das noch verdunkelte Hauptstockwerk hinaufbefördert wurde. Eric hatte diese Räumlichkeiten umgebaut, das Bürostockwerk zwischen ihnen und dem Dach herausgerissen und dafür getönte Glasoberlichter eingesetzt, um die Nacht hereinzulassen. Eine sechzehnköpfige Jazzband spielte gefühlvolle Bearbeitungen von Tanzmelodien der dreißiger und vierziger Jahre, welche die Illusion eines Dachgarten-Nachtklubs aus jener Ära noch verstärkten.

Es war in einem abgerundeten schwarzen Ledersofa in diesem Aufenthaltsraum – der nach dem Abendessen und nach Eröffnung der Discothek beinahe völlig verlassen war –, daß Alana sich endlich von ihren Freunden und Bewunderern trennen und sich neben Noel setzen konnte, mit doppelten Hennessys in bauchigen Cognacgläsern, zum «sehr wichtigen Gespräch», zu dem sie ihn vorher schriftlich gebeten hatte.

Die Jazzband war mitten in einem Cole-Porter-Potpourri. Kerzen flackerten trübe in kleinen Schälchen auf jedem Tisch. Überall war das Mattglaslicht abgedunkelt worden. Einige Paare tanzten langsam in der Mitte des großen Raumes. Andere, gleichfalls schattenhafte Duos und Trios, saßen in Nischen und verdunkelten Ecken. Die Cognacdünste stiegen zu Kopf, nach den drei Weinsorten, die zum Abendessen serviert worden waren, und nach dem Kokain, das zwischen jedem Gang an jedem Tisch herumgereicht wurde, und nach dem Beruhigungsmittel, das Noel unnötigerweise um acht Uhr genommen hatte.

Er war vollkommen entspannt: Hunger gesättigt, Durst gestillt, Spannung verschwunden. Alles roch nach Cognac, Lilien und Parfüm. Alles sah stumm aus, vom Kerzenlicht beleuchtet, butterweich wie das Sofa, ohne Schärfe, ohne Kanten. Noel hatte seine Krawatte abgenommen, ein halbes Dutzend Knöpfe des spitzenbesetzten Sulka-Hemdes aufgemacht, das Eric ihm für diesen Abend zum Anziehen gegeben hatte. Seine Beine waren auf eine Ottomane ausgestreckt und berührten leicht Alanas goldfarbene, sonnengebräunte Schenkel an der Stelle, wo ihr Rock hochgerutscht war.

Sie waren den ganzen Abend mehr oder weniger beisammen gewesen, seitdem sie das Haus mit Eric im Silver Cloud verlassen hatten. Aber jetzt, wo sie wirklich allein waren, fragte Noel sich, was sie sagen wollte, das sie nicht zuvor schon hätte sagen können.

Er warf einen raschen Blick auf sie, ohne beim Beobachten ertappt werden zu wollen, und zählte einmal mehr ihre Reize auf: ihre sanften dunklen Augen, ihre schimmernde Haut, ihre ein wenig überreifen Lippen, die schönen Flächen und Kanten ihres Gesichts, ihre lange, schmale, sehr europäische Nase, ihr lockeres, dichtes dunkles Haar um ihre Schultern. Seine Panik flaute ab.

«Nun?» sagte er schließlich, so ruhig, daß er es selbst kaum hören konnte.

Sie verstand ihn trotzdem und sah ihn an. «Ich habe den ganzen Tag geübt. Ich weiß noch immer nicht, wie ich anfangen soll.»

«Mit dem Anfang», schlug er vor.

«Das ist äußerst schwierig. Du hast die Fotos gesehen.»

«Dorrance hat sie mir gezeigt.»

«Haben sie dir gefallen?»

«Du siehst wundervoll darauf aus.»

«Du auch. Es sind die Fotos, über die ich sprechen möchte. Um anzufangen», fügte sie rasch hinzu. Sie schien sehr verunsichert. So unerwartet verunsichert, daß Noel sich fragte, warum. Er sagte nichts.

«Die Zeitschriften sind letzte Woche erschienen. In Paris, Berlin, Rom, Mailand, Zürich. Sie waren sehr verblüffend». Sie erkannte sofort, daß es das falsche Wort war. Sie war nervös, oder nicht? «Sehr erstaunlich, wollte ich sagen. Jedermann in Europa wollte wissen, wer du bist.»

«Was du nicht sagst.»

«Nicht meinetwegen. Es gibt bereits viele Angebote.»

«Was für Angebote?»

«Modell zu stehen. Für Filmleute. Für Fotografen. Für Modeschöpfer. Um Layouts, Anzeigen, Modewerbung zu machen.»

«Es ist dir Ernst damit, was?»

«Es ist mir von Anfang an ernst damit gewesen, Noel. Du bist es, der sich immer lustig darüber gemacht hat. Jetzt sage ich dir

nochmals, daß es kein Scherz ist. Ein Einkommen von mindestens hunderttausend amerikanischen Dollars für die ersten zwei Jahre, darüber gibt es nichts zu lachen, ja? Wenn du dich bewährst, wirst du natürlich noch mehr verdienen.»
Sie blickte von ihm weg, wobei sie das Cognacglas in der Hand wog und mit leiser Stimme sagte: «Aber du mußt nach Europa kommen. Um dort zu leben. Zu arbeiten. Du mußt natürlich bereit sein, alles aufzugeben, was du gegenwärtig tust. Dein Buch . . . und alles andere. Und noch was: Du mußt dich sofort entscheiden.»
Seit Dorrance ihm die Zeitschriften auf der Terrasse von Redferns Haus gezeigt hatte, war Noel darauf gefaßt, diese Worte von ihr zu hören. Natürlich nicht die Einzelheiten. Die Zahlen, die sie erwähnt hatte, schienen astronomisch hoch, nur um vor der Kamera zu stehen, die Bedingungen sehr hart.
«Und wo kommst du da rein?» fragte er. «Als meine Agentin?»
«Als deine Agentin, ja. Oder wie immer du mich reinkommen lassen willst.»
«Was soll das heißen?»
«Ich habe eine Air-France-Reservation für zwei. Den Flug um sechs Uhr. Heute. Ich fliege mit dieser Maschine. Mit dir oder allein, Noel.»
«Weiß Eric das alles?»
«Mehr oder weniger.»
«Ich glaubte, du würdest ihn nie verlassen?»
«Ich werde ihn wiedersehen. Er wird zu Besuch kommen. Es ist Zeit, daß ich anfange, mein eigenes Leben zu führen, findest du nicht?» sagte sie so schnippisch, daß er lachen mußte.
«Ich versteh noch immer nicht, wo du da reinkommst», wiederholte er, wollte es nochmals von ihr hören.
«Komm heute abend mit mir fort, Noel. Fort von dieser dummen, dieser scheußlichen Geschichte. Bleib mit mir zusammen. Arbeite mit mir. Sei mein Freund, mein Bruder, mein Liebhaber, mein Gatte, was immer du sein möchtest.»
Jetzt, da es heraus war, schien sie doch etwas überrascht. Auch er war es.
«Du willst, daß ich dich heirate?»
«Wenn du es auch willst.»
«Selbst mit allem, was mir passiert ist?»
Sie verlor die Geduld. «Was ist dir denn so Ungewöhnliches passiert? Nichts! Du bist ins Bett gestiegen und hast einen Mann geliebt. Vielleicht tust du das wieder. Na wenn schon!

Niemand kümmert sich darum. Es ist nicht so wichtig. Es kommt vor. Manchmal bedeutet es etwas. Manchmal nicht. Hör nicht auf die Stimme deines Vaters oder Großvaters oder deines Pfadfinderführers, hör auf deine eigene innere Stimme, Noel. Ich biete dir ein Leben an, wo es jedem gleichgültig ist, ob du einen Mann oder eine Frau oder . . . eine Kartoffel liebst. Ist das so schwer zu verstehen?»
Bevor sie zu Ende gesprochen hatte, streckte er die Hand aus und umschloß mit seinen Händen die ihren, die sie um das Cognacglas gelegt hatte.
«Verzeih mir. Nicht jeden Tag macht eine schöne Frau einem einen Heiratsantrag.»
Sie lächelte, sah erschöpft, unsicher aus. Er wurde sich bewußt, wieviel Stolz dieses kleine Gespräch sie gekostet hatte.
«Also wirst du mit mir kommen?»
«Gehn wir tanzen», sagte er.
«Sag es, Noel. Sag, daß du mit mir nach Paris kommst.»
«Laß mich eine Minute darüber nachdenken. Komm, tanzen wir.»
Sie schien unentschlossen, folgte ihm aber jetzt zur Mitte der fast völlig leeren Tanzfläche – jedermann war hinunter in die Discothek gegangen – und ließ sich von ihm in die Arme schließen.
Die Haut ihrer Arme fühlte sich durch den dünnen Stoff, den sie trug, heiß und trocken an, als ob sie noch immer nervös wäre. Ihr Duft war kaum bemerkbar: Rosenöl. Das hatte sie auch verwendet, als er ihr zum erstenmal begegnete und ihre Stimme hörte. Als sie sich hin und her wiegten, streifte ihr Haar seinen Handrücken. Sie war leicht, bequem und schmiegte sich vollkommen in seine Arme. Vollkommen.
Er brauchte nur ja zu sagen. Er würde in weniger als einem Tag mit ihr nach Paris reisen. Sie besitzen – Alana De Vijt, der Welt begehrteste Frau, mit der verglichen alle Frauen, die er jemals gekannt hatte, selbst Monica, egoistisch, albern, taktlos, schwerfällig und dumm waren. Er brauchte nur ja zu sagen. Er würde eine internationale Karriere als Modell haben, berühmt und überall gesehen werden, mehr Geld in einem Jahr verdienen, als er das in sechs Jahren getan hatte. Er würde zu Partys, Dinners, Galaveranstaltungen gehen, Kurorte, Heilbäder, Nachtklubs besuchen. Würde sehen, wie die Reichen und die Schönen, die Verwöhnten und Unverwöhnbaren lebten. Er brauchte nur ja zu sagen. Er wußte, mit Alana würde Sex kein

Problem sein. Sogar jetzt spürte er eine Wärme in seinen Lenden, die er nie für Mirella oder andere Frauen empfunden hatte. Er wußte auch, daß er sich Männern gegenüber ungezwungener fühlen würde. Daß er beim Zusammensein mit ihr in aller Freiheit herausfinden könnte, was hinter seiner Anziehung/Abneigung ihnen gegenüber steckte, besonders Eric gegenüber. Alana würde diskret sein, nicht im Weg stehen und wieder da sein, wenn er sie brauchte. Sie würden zusammen alt werden. Vielleicht Kinder haben. Nie Mangel leiden. Filmstars kennenlernen. In großen schwarzen Wagen fahren. (Wer hatte das zu ihm gesagt? War es nicht Loomis gewesen?) Er brauchte nur ja zu sagen. Er verdiente es, verwöhnt zu werden, nach diesen höllischen sechs Monaten. Alles, was er zu tun hatte . . . Was war geblieben, um ihn zurückzuhalten? Whisper? Heuchelei! Seine Anstellung? Wollte er sie noch? Das Buch? Würde er es jemals beenden? Nichts.

Aber in dem Augenblick, als er zu diesem Schluß kam, wußte er, daß er nie mit Alana auf dem Sechs-Uhr-Flug oder irgendeinem anderen Flug nach Paris sein würde. Nicht, weil dies nicht das Beste war, was ihm jemals passieren konnte. Denn das war es. Nicht, weil irgend etwas ihn hier zurückhielt. Da war überhaupt nichts. Sondern aus dem einfachen, aber zwingenden Grund, daß er gestern nachmittag beim Warten auf Priscilla Vegas Kommen einen Entschluß gefaßt hatte, den ersten in seinem Leben, den besten in seinem Leben, nämlich dieses Leben zu führen, wie es sich auch immer entwickeln mochte und nicht wie jemand anderer – nicht einmal Alana – es sich vorstellte.

Dann kam ihm zum Bewußtsein, daß der entscheidende Tag vorüber war: der Tag, an dem er hätte losgehen und Eric töten sollen.

Er erinnerte sich auch, daß Loomis' Alternativplan jetzt in die Tat umgesetzt würde – die Drogenrazzia und anschließende Verhaftung, auf Loomis' Botschaft an ihn dargestellt. Der Fang! Und er wußte, daß er den Fang nicht zulassen durfte, weil Eric inzwischen ein Teil seines wirklichen Lebens geworden war, nicht der Phantasie, die Alana für ihn erfunden hatte.

Im Versuch, alle seine Gefühle zu tarnen, fragte er, wo Eric sei.

«Im oberen Stock», erwiderte Alana verträumt, «im Büro. Oder in der Discjockeyzelle. Er schaut gerne von dort aus zu.»

«Wir wollen ihn finden.»

Sie spürte die Dringlichkeit in seinen Worten. «Jetzt?»

«Wir werden ein wenig Boogie tanzen. Möchtest du?»
«Es ist so angenehm hier. Drunten wird es verrückt zugehen.»
«Gehen wir hinunter», drängte er.
«Du mußt dein Jackett in der Garderobe abgeben. Sogar dein Hemd. Du weißt ja, wie heiß es sein wird.»
Offensichtlich wollte sie nicht gehen. Aus Angst, er würde ihr Angebot ablehnen? Warum?
«Komm! Du tanzt doch so gerne.»
«Wir werden ihn nie finden. Es sind Tausende dort unten.»
Aber Noel begann der Schweiß auszubrechen, obschon er das Jackett ausgezogen und sein Hemd bis zum Nabel aufgeknöpft hatte. Er zog Alana sanft hinter sich her zu den soliden Glastüren, die zum nächsten Aufzug führten, und versuchte, die plötzliche, heftige Furcht zu verbergen, die ihn überkommen hatte und erst wieder abklingen würde, wenn er Eric gesehen hatte und ihn in Sicherheit wußte.

12

Ein Drittel des Weges hinunter auf der langen, sanft geneigten, langsam nach unten führenden Rolltreppe, schlug die Party Noel mit solcher Wucht entgegen, daß er sich am Geländer festhalten mußte.
Von oben gesehen schien es, als ob jeder Zollbreit des Lokals, der Tanzfläche, Aufenthaltsräume, Bars und Türeingänge, mit Körpern überfüllt und jeder Körper in zuckender, springender, wirbelnder, beinahe Brownscher Bewegung war, als sei ein gewaltiger Stromstoß durch die Mauern geleitet worden. Vierhundert weitreichende, rotierende, blinkende, hervorschießende, stroboskopische Lichter zerstörten völlig die Form, Festigkeit und Substanz jedes Gegenstands, den Noel betrachtete. Wände, Spiegel, Skulpturen, Türen, Gesichter, Körper wurden in Strahlen, Kreise, Ellipsen, Kegel, Lichtstreifen aufgelöst. Alles bewegte sich so rasch, ging blitzartig in eine andere Form über, in eine andere Dichte, eine andere Helligkeit, daß er beim Versuch, sich auf die Discjockeyzelle zu konzentrieren, die schulterhoch über der Tanzfläche lag, nur einen Moment lang ihren allgemeinen Umriß erkennen und im Auge behalten konnte, bevor auch diese in eine pointillistische Landschaft zerfiel: Muschelschalen von elektrischem Blau, die an Fuchsin anstießen,

wurden von Rot überdeckt, dann von Grüntönen, dann von Purpurfarben, die wiederum von orange- und magentafarbenen Klecksen beiseite gestoßen wurden, von Farbnuancen, die er nicht einmal bezeichnen oder beschreiben konnte, da er sie noch nie gesehen oder auch nur von ihrem Vorhandensein gewußt hatte.

Gleichzeitig fühlte Noel sich durch das plötzliche Einsetzen der Musik von allen Seiten attackiert. Unter ihm brachen riesige, drei Meter hohe Lautsprecher in ein gewaltiges Stakkato aus, so tief, daß er ihren Pulsschlag in seinen Adern fühlen konnte. Rings um ihn, alle paar Meter in der Luft aufgehängt, ertönten schrille Hochtonlautsprecher, klapperten, winselten, aahten, piepsten, sangen, gellten. Plötzlich zwitscherten zwei Sopranstimmen aus einem schrillen Chor an seinem linken Ohr. Genau unter ihnen schmetterten ein Dutzend Trompeten denselben Rot-Ton, der als Reflektion von einem riesigen Spiegel vor seinen Augen vorbeiflitzte und anschließend in ein punktuierendes Hämmern verfiel. Weiter entfernt von ihnen, hinter Noel, begannen plötzlich die vielfältigen Rhythmen von Tamburinen und Rumbakugeln wie schnatternde Affen, wie wild aussehende, kreischende, tropenbunte Raubvögel. Jetzt erfüllte der dünne Ton einer stilettscharfen silberhellen Altstimme die Luft, als die Stimme der Lead-Sängerin mit dem Text begann. Dazwischen, weiter unten und ringsum war der Baß, der bis in die tiefsten Eingeweide vordrang, das Blut zum Brodeln brachte, im Herzen hämmerte, in den Ohren summte, gegen den Noel ankämpfte, als dieser wie eine zähflüssige, lebensaugende Kraft nach seinen Beinen zu greifen schien. Aber er konnte nicht widerstehen und glitt tiefer und immer tiefer hinein, glitt unerbittlich vorwärts und war jetzt auf dem Gummibelag der Rolltreppenstufen und wurde tief in die Mitte des Tanzbodens gestoßen, wo er plötzlich für einen Moment bewegungslos war, wie eine Einzelaufnahme aus einem Film über den Atompilz einer Wasserstoffbombe, absolut bewegungslos für den Augenblick, als die todbringenden Atome ihr Vernichtungswerk verrichteten.

Noel erinnerte sich plötzlich, was Eric ihm noch im Haus über die Bestäubung der Luft mit LSD in der ganzen Window Wall gesagt hatte. Alle waren auf dem Trip. Auch Noel.

Ein Gesicht schwebte hinter ihm dahin, mehrfarbig, jung, in Schweiß gebadet, in verschiedenen Farben schimmernd, ekstatisch. Ein anderes Gesicht fesselte ihn von einer anderen Seite, dunkler, mit Schweißtropfen auf der Stirn, Augen nach oben gerichtet, Mund offen, in totalem und verzücktem Grinsen. Ein flüchtiger Blick von Alana, ihr Kopf zurückgeworfen, die Augen wie im Orgasmus geschlossen, die Lippen zu einem Lächeln geöffnet, als gelte es, ein Geheimnis zu bewahren, die Lichter verzauberten sie zu reinem Entzücken. Sie mußte auch auf dem Trip sein. Jedermann war es. Und für Noel war es das erste Mal!

Aber auch er bewegte sich, weil sein Körper instinktiv die Rhythmen um ihn herum aufgenommen hatte, ohne zu wissen, daß er, daß sein Verstand nicht mehr mithalten konnte. Instinktiv wußte er, daß der einzige Weg, nicht zu fallen, sich aufrecht zu halten, darin bestand, sich rhythmisch der Musik anzupassen. Der einzige Weg, den Tanz zu vermeiden und weiterzugehen, bestand darin, die Vibrationen in sich aufzunehmen, mit dem Tanz eins zu werden.

Alanas Hände waren in der farbigen, unterbrochenen, immer stärker beleuchteten Luft zwischen ihnen ausgestreckt, während sie ruhig und geschmeidig dahinglitten, wobei sie plötzlich in seinem Geist Bilder von den Armen von Tanzmädchen in Harems, von den Armen von Hindustatuen, von den Armen von Tänzerinnen auf Bali wachriefen, die seltsame, rätselhafte Symbole vor Noels Augen zeichneten. Sie schlossen sich hinter ihm zusammen und hängten sich an seinen Hals und seine Schultern, und Alana glitt enger an seinen Körper heran, und seine eigenen Arme tauchten plötzlich in der Luft vor ihm auf, sahen seltsam und unnatürlich, aber auch ein wenig vertraut aus, und auch sie begannen zu tanzen und sich schließlich um ihren Körper zu schlängeln und ihre Formen und Proportionen zu ändern, mit jedem sekundenschnellen Lichtwechsel, Farbwechsel oder Tonwechsel um sie herum.

Noel konnte das Sperrfeuer auf seinen Sehnerv nicht mehr ertragen und schloß die Augen. Aber das brachte keine Veränderung in den Lichtern oder Formen, es gab jetzt lediglich keine Bezugspunkte mehr. Die Töne hielten an, tiefer, lauter, näher an seiner Haut, wie es schien, in ihn eindringend. Daher öffnete er die Augen und fühlte Schrecken und Übelkeit in seinem Körper hochsteigen, in seinen Mund, seine Ohren und Augen, und schließlich aus ihm hervorbrechen. Dann begann es wieder, von innen her, nur hinderte er es diesmal am Herauskommen, und es schoß gleich nach innen zurück und ließ dabei jede einzelne Zelle detonieren, bis er ihre winzigen Zellkerne einzeln zertrümmert sah und die Finsternis, die ihn hatte zu sich herabziehen wollen, ihn jetzt verschlang und hineinsaugte, die Finsternis, die schwärzer war, als er sich je vorstellen konnte, bis er beinahe glaubte, dann sicher und schließlich absolut überzeugt war, daß es sich überhaupt nicht um die Finsternis handelte, sondern um das weiße, weiße Weiß des Nichts, weiß für alle Ewigkeit ...

Als Noel die Augen aufschlug, fühlte er sich wieder vollständig, Noel Cummings, wie alles andere auch – die Lichter, die Musik, Alana, der Klub, die Leute, das Tanzen waren einen Augenblick später auch da. Paradox. Nein. Ein Scherz. Zuerst ein Ganzes, dann eine Million einzelner Zellen. Dort – und doch nicht dort – wurde schwarz zu weiß, der Tod schien zu sofortiger Geburt zu führen. Ein großer Scherz. Auch noch immer tanzend. Alana, die sich vor ihm langsam im Kreise drehte, sich in Milliarden von Zellen auflöste – jede kleine Zelle, welche ihm schnell zublinzelte, sich bewegte, bewies, daß sie lebte. Dann alle die Zellen, die sich vereinigten, um Knochen, Fleisch, Haut, Muskeln zu bilden: Alana, mit einem wundervollen Lächeln. Natürlich hatte sie die ganze Zeit um den Scherz gewußt, er aber, ein Kind, nicht. Auch Eric hatte die ganze Zeit darum gewußt. *Eric.* Noel mußte Eric finden. Ihn in ihren Kreis einschließen. Diese Dreiheit, die sie waren.

Aber er konnte sich nicht bewegen, da eine neue Welle von Erscheinungen, Tönen, auch Gerüchen, Geschmacksempfindungen, Gefühlen – zuerst innen, dann außen, dann wieder innen – sich um ihn zu bilden begann, sich immer mehr steigernd, sich im Innern zu einem Wellenkamm erhebend. Diesmal kämpfte er nicht dagegen an, sondern ließ sich direkt in das Dunkel gleiten, das so spektakulär weiß wurde ...

Er kam rechtzeitig zurück, um sich bewußt zu werden, daß etwas um seine physische Existenz herum sich geändert hatte, während er auf dem Trip ins Weiße gewesen war. Alle im riesigen Raum schrien plötzlich, es tönte wie Zustimmung, wie Bewunderung um ihn herum. Noel öffnete die Augen, sah Alana, deren Gesicht sich mit jedem Augenblick veränderte, und sah, wie sie ihm eine Geste machte, er solle ihren Augen folgen. Auch denen der anderen. Oben, nur ein paar Meter über ihren

Köpfen schwebend, obschon weit von der Tanzfläche entfernt, so daß er es deutlich erkennen konnte, war ein riesiger, oktagonaler silberner Ballon, der wie alles, wie alle um ihn herum, dauernd seine Form änderte. Nein. Es war kein Ballon. Seine Oberfläche war hart, reflektierend, alles Spiegel. Es war ein Oktagon und behielt diese Form sogar bei, als es sich zu verändern begann. Das obere Ende davon trennte sich ab, bis er sehen konnte, daß es eine der Spiegelkabinen war, die Eric ihm auf der Skizze gezeigt hatte. (Eric. Wo war Eric? Warum war er nicht hier, wo er hingehörte, um dies mit ihnen zu teilen, mit Noel und Alana, ihrer Dreiheit?) Das Oktagon öffnete sich tatsächlich, seine Seitenwände fielen langsam herunter, als es sich wie eine riesige Blume drehte, die sich in der Sonnenhitze geöffnet hatte, um ein exotisches Geheimnis in ihrem Innern zu enthüllen.

Was sich als eine stehende Person herausstellte, nicht einfach irgendeine Person, sondern Veena Scarborough, die eine Hand auf eine mit Silberlamé bekleidete, hervorstehende Hüfte gestützt, die andere Hand mit einem langen, spitzen, silbernen Fingernagel in der Luft schüttelnd, als Silberflocken aus ihrem Gesicht und ihren in Silber eingebetteten Augen schossen. Das Stroboskop ließ alles vibrieren, zu einer einzigen Vibration, bei der alle Sinne verschmolzen. Jetzt wieder auseinanderstrebten. Ein unheimlicher, hoher atonaler Ton durchdrang die Musik, die rings um sie schmetterte und hämmerte, als ihre silbern gemalten Lippen sich öffneten und sie schrie, sang, kreischte, schmachtete und verlangte: «Pull yourself together! I say, pull yourself together Baby!»

Die Menge brüllte eben anerkennend für einen ihrer Lieblingssongs, als der silberne Blitz aus Veena herausschoß, Noel direkt zwischen den Augen traf und sein Ich auf einem neuen Wellenkamm von Weiß in tausend Stücke geschlagen wurde . . .

Und wieder zurück. Wieder im Weiß aufgegangen. Bis sogar dies sich einem Rhythmus anpaßte und Noel nicht sagen konnte, warum er nie zuvor eine solche Befriedigung empfunden, nie zuvor ein so reines physisches, geistiges, emotionales Vergnügen gefühlt hatte.

Irgendwie gelang es Alana, ihn an den Rand der Menschenmenge zu führen. Noch immer hielt sie Noel bei der Hand, noch immer befanden sie sich in dem Taktschlag der Musik, es ge-

lang ihr, sich und ihn an ein freies Plätzchen an der Wand zu zwängen. Noel ließ sich von ihr führen und hielt ihre ausgestreckte Hand fest, als sie sich verwandelte und eine Schlange/ Zweig eines Baumes/eine Blume/ein Blütenblatt/ein Lederstreifen/ein gekrümmter Stab aus Stahl/und wieder ein Arm/ dann eine Hand wurde. Alana lächelte, hob die Hand und berührte Noels Stirn. Ihre Haut fühlte sich heiß an, dann kühl, dann schmolz sie mit der Berührung in ihn hinein, von seiner Seite, wo sie einander berührten. Er sah Veena in ihrem silbernen Weltraumköniginnen-Kostüm herumwirbeln, Shimmy tanzen, mit einem Finger winken, zu ihrem Finale in Geschrei ausbrechen, innehalten, wie erstarrt, als die Blumenblätter sich langsam um sie schlossen und die Menge tobte, schrie, mit den Füßen stampfte und zurückgab, was Veena ihr gegeben hatte.
Noel schloß die Augen für eine Ruhepause. Die Beleuchtung im Inneren war jetzt gedämpft. Leichter zu ertragen.
Er fühlte, daß jemand ihn berührte, ihn an der Schulter rüttelte, schien es. Er machte die Augen auf, wandte sich um und entdeckte ein vertrautes Gesicht in nächster Nähe. Cal. Cal Goldberg. Der Manager. Er winkte Noel zu, zog ihn und Alana hinter sich her, schlängelte sich durch den Wall zusammengedrängter Leiber hindurch, alle noch in Bewegung, zu einer anderen Wand, dann ein Dutzend Stufen hinauf und in eine plötzliche Abwesenheit von grellen Lichtern und nervenpackender Töne. Noel blickte sich um und vergewisserte sich, daß Alana mit ihm gekommen war. Die Tür war geschlossen.
Sie befanden sich in einem großen luxuriösen Büro, mit Sofas, Stühlen und Kaffeetischchen. Sie waren durch eine riesige Spiegelglastüre eingetreten, durch die man auf den Klub hinaussehen konnte, wo die Party noch voll im Gang war. Drinnen war es beinahe hermetisch abgeschlossen, still und ruhig wie ein Teich. Noel erkannte andere Leute, die in den Schaukelstühlen saßen – Rick und wieder Cal. Und jemanden, den er nicht kannte, der aber ein Freund von ihnen zu sein schien.
Alana machte sich sanft von seiner Hand los, ließ sich auf ein Sofa fallen und winkte Noel, ihr zu folgen. Er setzte sich behutsam in die Kissen, mußte alles, was er sah, neu benennen, neu bezeichnen und neu erklären, als ob er einen Stuhl, ein Sofa oder eine Person zum erstenmal in seinem Leben sähe.
«Ich habe euch dort draußen gesehen», erklärte Cal. «Ich dachte, vielleicht wollt ihr einen Augenblick ausruhen. Einen Drink?»

«Wasser», antwortete Alana. Noel nickte, er hatte noch nicht seine Stimme wiedergefunden.
«Du bist noch nie zuvor auf einem Trip gewesen», sagte Alana zu Noel. Es war keine Frage. Zweifellos war es nur allzu offensichtlich.
Noel suchte nach seiner Stimme und fand sie. «Noch nie so.» Er wollte ihr sagen, was er gelernt, entdeckt, erahnt, gesehen und gefühlt hatte, seitdem sie mit dem Aufzug heruntergekommen waren. Er kam zu dem Schluß, daß es Wochen, ja vielleicht Monate dauern würde.
Das Glas Wasser wurde ihm plötzlich gereicht. Seine dreidimensionale Form brachte ihn einen Augenblick lang aus der Fassung. Sie schien lebendig. Aber er beobachtete, wie Alana es nahm – und tat es auch. Es fühlte sich seltsam an. Als er hineinblickte, schien das Wasser mit lebenden mikroskopisch kleinen Kreaturen angefüllt zu sein. Aber sie trank es. Er tat es auch. Es schmeckte nach nichts. Es fühlte sich seltsam, wieder lebendig an, als es seine Kehle hinunterrann.
«Ich erkläre hiermit diese Party zu einem Eins-A-Erfolg», sagte Rick Chaffee in einem übertrieben gedehnten Tonfall. Noel fragte sich warum, blickte auf Rick. Seine Augen waren hell: stoned.
Noels mußten gleich ausschauen.
«Wenn das der Fall ist, braucht ihr mich nicht mehr», sagte Cal ruhig. «Ich gehe nach Hause.»
«Und verpaßt den Rest?»
«Ich bin schon auf reichlich vielen Partys gewesen, Süßer. Und ich beabsichtige, noch auf eine Menge mehr zu gehen.»
Sie lachten ausgelassen und bestätigten einander, daß ihre Arbeit nicht umsonst gewesen sei.
Jemand klopfte an den Spiegel. Auf der anderen Seite des Fensters spähte Cals Liebhaber, Burt, herein, obwohl er nicht nach innen sehen konnte, und vollführte kreisförmige Handbewegungen an der Scheibe.
Cal ließ ihn herein, zusammen mit sechs Sekunden Musik und Lichtern und gewaltiger Hitze. Noel sagte Hallo. Die Begrüßung war allgemein. Dann beschloß Noel, daß er Alana etwas sehr Wichtiges zu sagen habe, wandte sich ihr zu, sah, daß sie auszuruhen schien, daß sie auf dem Trip war, ihre Augen geschlossen hatte. Es konnte warten. Auch er ließ sich ins Sofa hineinplumpsen und blickte langsam nach draußen, während die anderen plauderten, und er begann zu fühlen, daß das LSD

in ihm wieder hochstieg. Er ging wieder hinaus in die warme Antarktis von Weiß.

13

Er lag ausgestreckt auf dem Sofa. Das Zimmer war voller Leute: Veena und Alana auf dem Sofa gegenüber, Cal und sein Liebhaber, Rick und Jimmy DiNadio, die sich leise, aber so intensiv wie immer stritten. Sie bemerkten Noel zuerst.

«Fühlst du dich oben?» erkundigte sich Chaffee.

«Ausgezeichnet.» Und es stimmte: Für ihn schien alles eine eigene einzigartige, individuelle Gegenwart zu haben – der Aschenbecher auf dem Tisch war aggressiv dreidimensional. Das Wasser in dem Glas war beinahe eine Karikatur des Wassers. Jede Bewegung, die Noel oder sonst jemand machte, hinterließ ein halbes Dutzend Nachempfindungen; als ob Noel durch eine Kameralinse sehen würde, die auf die geringste Belichtungszeit eingestellt war, um nicht nur die Bewegung einzufangen, sondern auch die Regionen zwischen der Bewegung.

«Hast du meinen Auftritt mitgekriegt, Süßer?» fragte Veena. Bevor Noel ja sagen konnte, setzte sie hinzu: «Es war *fabelhaft!* Wenn ich selbst so sagen darf.»

Noel setzte sich auf. Stand auf. Draußen, durch den Einwegspiegel des Büros tobte die Party unvermindert weiter. Er warf einen flüchtigen Blick auf eine Wanduhr und sah mit Erstaunen, daß es drei Uhr war. Er war bereits seit drei Stunden auf dem Trip gewesen. Das bedeutete, daß die intensivste Phase vorüber war.

«Hat mich echt aus den Stiefeln gehauen», sagte er zu niemandem im besonderen.

«Süßer, versuch dir mal vorzustellen, wie ich mich gefühlt habe!» sagte Veena. «Mein Gleichgewicht auf diesem Ding zu behalten. Du darfst mir glauben, Surfing ist ein Kinderspiel dagegen!»

Noel fühlte sich völlig entspannt. Er war jetzt an die offensichtlicheren Wirkungen der Droge gewöhnt. Etwas störte ihn jedoch: ein geistiges Jucken, gegen das kein Kratzen half.

«Nun, wo in dieser Bude ist übrigens der Meister?» sagte Veena als Antwort auf etwas, das Alana zu leise gemurmelt hatte, als daß Noel es hätte verstehen können.

Das war's: Eric! Eric war in Gefahr. Er mußte Eric finden. Er fühlte das LSD in ihm hochschießen und mußte sich hinsetzen. Es wirkte direkt auf die Großhirnrinde, wie Noel sich von seiner Lektüre über die Droge erinnerte: seine Aufregung, Angst, jede starke Erregung würden ihrerseits eine noch heftigere Reaktion auslösen.
Niemand beantwortete Veenas Frage sofort. Dann schien beinahe jeder Anwesende eine andere Antwort zu haben. Rick hatte Eric in der Discjockeyzelle gesehen, um die Lichtmaschine zu übernehmen, wie er sagte. Aber das mußte vor Stunden gewesen sein. Cal hatte sich mit Eric über die Gegensprechanlage des Klubs unterhalten, als Eric sich im unteren Stockwerk aufhielt. Eric hatte von einer spektakulären, sehr gemischten Sexszene im Duschraum berichtet. Aber Cals Liebhaber berichtete, er sei um zwei Uhr dreißig unten gewesen: Die Orgie sei zu Ende und Eric nirgends zu sehen gewesen.
«Ich bin sicher, daß er Spaß hat», meinte Alana, sehr milde gestimmt. «Er hat das immer.»
«Er ist oben im Büro im vierten Stock», sagte jemand, beinahe direkt hinter Noel. Es war «Marge», der auf dem Teppich lag, Rücken an der Wand, Füße ausgestreckt. Er sah total erschöpft aus. Sein rötliches Haar war über der Stirne mit Schweiß verklebt, sein T-Shirt völlig durchnäßt. «Ich habe ihn hinaufgehen sehen, gerade ehe es mir gelang, mich hier hineinzuzwängen. Er war mit Geoff Malchuck. Ich habe sie zusammen hineingehen sehen.»
«Wahrscheinlich probieren sie von dieser neuen Ladung Koks, die Geoff reingekriegt hat», sagte Cal.
Noels Geist arbeitete fieberhaft. Eine neue Verbindung. Kokain. Geoff Malchuck. Hatten die beiden nicht gestern beim Aufzug in Redferns Haus miteinander gesprochen? Wollte Geoff ihn hereinlegen? Die Falle, die Loomis bereithielt? Der Fang sollte heute nacht stattfinden, stand auf dem Pelürepapier geschrieben.
«Wer war sonst noch mit ihm?» fragte Noel.
«Irgendein Freund von Geoff», erwiderte «Marge». «Niemand, den ich kenne. Hat einer von euch ein Tuinal? Ich bin dabei, von meinem Trip runterzurutschen.»
Geoff Malchuck ein Whisper-Agent? Das konnte nicht wahr sein. Oder doch? Wie genau er mich damals in Erics Haus gemustert hat, gerade nachdem Priscilla Vega mir von der Programmierung erzählt hatte!

«Wie kann ich das Büro im oberen Stock erreichen?» fragte Noel, eine Hand auf der Gegensprechanlage.
«Drück den Knopf C und wähle elf», instruierte Cal ihn.
Niemand sonst beachtete ihn. Noel mußte die Sache beiläufig behandeln.
«Was ist los?» fragte Alana.
Er reagierte nicht darauf. Das Telefon läutete und läutete. Keine Antwort. Er hängte ein und wählte noch einmal. Noch immer keine Antwort. Noel stand abrupt auf. «Bis später», sagte er.
Bevor jemand reagieren konnte, war er an der Tür, hatte sie aufgemacht, befand sich wieder mitten in der Party. Nach der ruhigen, kühlen Stille des Büros war es, als sei man mitten in einem Hurrikan, der aus Lichtern, Tönen, Menschen, Bewegung und Wahnsinn zusammengesetzt war. Er versuchte, einen Weg um die Tanzfläche zu den Aufzügen hinüber zu bahnen, als er einen Ruck an seiner rechten Schulter verspürte, sich umdrehte und Alana sah, deren Lippen sich bewegten. Er konnte nicht verstehen, was sie sagte, er hörte nur den heftig hämmernden Baßton der Musik. Er deutete auf die Mitte des Raumes, fühlte ihre Hand seinen Rücken hinuntergleiten und in seinem Gürtel einhaken. Sie ging mit ihm.
Sich durch den verwirrenden, tanzenden Zusammenprall der Leiber hindurchzuzwängen, erwies sich als beinahe unmöglich. Er konnte nicht einmal in die Nähe der Rolltreppe kommen. Leute, die er beiseite zu schieben versuchte, warfen ärgerliche Blicke auf ihn. Einige stießen ihn sogar zurück. Dies war nicht der richtige Weg. Er wandte sich nach ihr um und winkte hinauf, dann zeigte er mit einem Finger *nach oben*.
«Die Aufzüge!» schrie sie, ihren Mund ganz nahe an seinem Ohr. «Komm mit!»
Sie mußten den Weg, den sie gekommen waren, zurückgehen. Wertvolle Augenblicke verloren, war alles, woran er denken konnte. Und das Acid fegte wieder regelmäßig durch ihn hindurch, obschon es nicht mehr die Höhen erreichte wie zuvor. Er mußte noch immer stehenbleiben, um es wieder unter Kontrolle zu bringen.
Sie waren jetzt in einer der kreisförmigen breiten Vorhallen außerhalb der großen Tanzfläche angekommen. Alana hob die Hand, um an das Rundfenster des Eintrittskarten-Schalters zu klopfen. Die kraushaarige Blondine, die drinnen saß, blickte auf, lächelte, als sie Alana erkannte, machte eine zustimmende

Handbewegung, als Alana auf etwas deutete, das eine flache kahle Wand zu sein schien, und drückte auf einen Knopf.
Die Wand glitt auf und enthüllte eine Liftkabine. Noel zerrte Alana beinahe hinein und wartete wie auf glühenden Kohlen, daß die Tür sich schloß.
«Was ist los, Noel?» fragte sie wieder in der plötzlichen Stille des Aufzugs. Sie hielt eine Hand über die Knöpfe des Bedienungsbretts.
«Eric hat sich in die Nesseln gesetzt. Dieses Kokaingeschäft. Es ist eine Falle, um ihn einzubuchten. Ich kann dir nicht alles erklären. Du kannst nicht mit mir kommen. Geh zur Party zurück.»
Als Antwort drückte sie den Knopf für den vierten Stock. Die Türen schlossen sich, die Kabine begann sanft nach oben zu steigen. Noel mußte sich beim doppelten Ansturm von Hochfahren und Acid an die Wand lehnen. Als der Aufzug hielt, beugte Noel sich vor, um ins Gleichgewicht zu kommen und herauszulaufen. Die Türen blieben geschlossen. Wieder hielt sie die Hand über das Bedienungsbrett.
«Laß mich raus, Alana!»
«Weißt du es genau?»
«Natürlich. Laß mich aussteigen. Geh zurück, runter.»
«Du bist sehr high, Noel. Mehr als du es je zuvor gewesen bist. Manchmal tauchen seltsame Gedanken auf, wenn man so high ist. Phantasiegebilde. Paranoia.»
«Ich weiß, daß ich high bin. Aber es ist weder Paranoia noch Phantasie. Verdammt noch mal, ich wünschte, es wäre so.»
Wie konnte er es erklären, ohne alles zu erklären, was Zeit in Anspruch nehmen würde, kostbare Zeit?
«Aber Eric ist mit Geoff zusammen», beteuerte sie. «Geoff Malchuck.»
«Ich weiß. Ich weiß. Laß mich raus.»
Sie machte keine Bewegung. Würde er sie dazu zwingen müssen?
«Schau, Alana, ich weiß einfach, daß heute nacht so was passieren soll. Ich kann jetzt nicht auf Einzelheiten eingehen. Aber ich weiß es. Geoff Malchuck oder nicht.»
Ihr Blick besorgter Verblüfftheit verschwand. Die Maske, die blieb, war blaß vor Überzeugung, Verstehen und Wut.
«Dann hatte Eric recht. Du bist ein Spion. Ein Feind.»
«Ein Spion, ja. Feind, nein. Er ist in Schwierigkeiten. Schau, Alana, ich werde es später erklären . . .»

Ihre Hand schnellte hoch und versetzte ihm einen heftigen Schlag ins Gesicht und hielt ihn davon ab, weiterzureden. Sie schrie ihn mit Worten an, die er nicht verstehen konnte. Sie schlug wieder auf ihn ein, stieß ihn diesmal gegen die Aufzugswand. Er hatte ein Gefühl, als ob etwas in ihm aufwogen und er wieder ins weiße Licht gleiten würde. Er konnte sich das jetzt nicht leisten.

Als ihre Hand wieder ausholte, gelang es ihm, sie abzufangen, Alana beiseite zu stoßen und nach den Aufzugsknöpfen zu greifen. Die Türen öffneten sich, als er sie davon abzuhalten versuchte, ihn wieder zu schlagen.

«Bleib hier. Geh runter. Dies kann gefährlich werden», sagte er. Er drückte auf einen Knopf und sprang heraus, gerade als die Türen sich schlossen. Er konnte hören, wie sie mit den Fäusten dagegen schlug, als der Aufzug nach unten fuhr.

Er fand Erics Büro, drückte die Türklinke nieder. Abgeschlossen. Er rüttelte daran, versuchte sie aufzukriegen. Dann schrie er durch die Tür, stieß mit den Füßen daran. Noch immer nichts. Er schlug jetzt mit beiden Fäusten daran. Nahm darauf Anlauf von der Wand hinter ihm und stürmte auf die Türe los, Schultern voran, jede Zelle in seinem Körper in Stücke schlagend, wie es ihm schien. Konnte alle wieder einsammeln, ging zurück und rannte nochmals dagegen an.

Diesmal schlug er sich beinahe k. o. Er hörte ein übles Krachen, glaubte zuerst es sei eine Rippe, merkte dann aber, daß es die Türverkleidung war und stieß nochmals hart zu.

Die Tür gab nach. Er taumelte in das Zimmer, stürzte zu Boden und sah gerade noch die beiden riesigen Fenster aufgerissen und drei Männer, die dort standen, wie in einem *tableau vivant:* Zwei, die er nie zuvor gesehen hatte. Eric zwischen ihnen, mit Handschellen, wie er von hinten auf die Nottreppe gestoßen wurde. Eric schrie gellend etwas, das Noel nicht verstehen konnte, da die Welle, die er mühsam unter Kontrolle zu halten versucht hatte, über ihm zusammenschwappte und er dem langen tiefen Hineingleiten nicht widerstehen konnte.

«Der ist in Ordnung», sagte jemand. «Laß ihn in Ruhe.»

Noel mußte nur für einige Augenblicke umgekippt sein. Alles schien wie zuvor, außer daß Eric fort war. Ein Fenster war geschlossen. Der zweite der beiden Männer stieg gerade auf die Feuerleiter hinaus. Der Fang! Und er hatte ihn nicht verhindert! Er rappelte sich hoch, rannte ans Fenster, konnte gerade noch einen von ihnen am Gürtel festhalten und ihn mit aller Kraft

zurückreißen, so daß er strauchelte, sich nicht aufzufangen vermochte, gegen die Seite des Schreibtisches krachte und hinfiel.
«Wir haben einige Scherereien», rief der Mann draußen zu jemand anderem hinunter. Noel kroch hinaus auf die Nottreppe, fühlte das Gitterwerk unter den Füßen, entdeckte einen Handgriff, schwang sich gegen den Mann, kriegte ihn zu fassen, als dieser sich umdrehte, und schlug ihm heftig mit der Faust in den Magen. Er drehte sich um, um Eric zu fassen und konnte ihn in der Dunkelheit nicht finden. Er rief seinen Namen. Vom Luftschacht kamen jetzt Lichter herüber, von unten leuchteten sie mit Suchlampen herauf. Er rief wieder nach Eric. Plötzlich, so plötzlich, daß er sein Gleichgewicht verlor, wurde er zurückgerissen.
«Was zum Teufel ist mit dir los?» murmelte jemand hinter ihm. Noel wurde von der Feuerleiter ins Zimmer zurückgezerrt.
«Ich dachte, du sagtest, der sei in Ordnung?»
«Sollte er eigentlich sein.»
«Der Hundesohn hat mich gerade gebissen.»
Noel fühlte von hinten einen Schlag gegen seine Nieren.
«Loomis sagte, wir sollten es sauber machen», erklärte der andere, als Noel zusammenzuckte. Er wurde jetzt festgehalten.
«Nett und sauber», sagte der Mann vor ihm. Dann holte er aus und schlug Noel auf das Kinn, gerade als ihn die Welle wieder hochhob. Er fühlte, wie Schlag und Acid-Welle sich miteinander verbanden. Er ging nicht k. o., obwohl er dies vorgab, kippte einfach plötzlich vornüber, worauf sie ihn auf den Fußboden fallen ließen.
«He, wart einen Augenblick, Schwester. Wohin willst du?»
«Das ist sie!»
Noel versuchte aufzustehen, um den Schreibtisch herumzukommen, damit er besser sehen konnte. Schmerz zwang ihn, sich an der Schreibtischecke festzuhalten, um wieder Atem zu schöpfen, um das Schwindelgefühl zu bekämpfen.
«Er steht schon wieder», sagte einer von ihnen.
Noel konnte Kampfgeräusche ausmachen. Als er Schmerz und Schwindelgefühl überwunden hatte und zum Fenster hinüberwanken wollte, wurde er wieder von hinten gepackt, an beiden Armen festgehalten. Er versuchte, sich zu verteidigen, fühlte sich aber hilflos und schwach. Er dachte daran, sich völlig zu entspannen, dem anderen zu erlauben, den Griff zu lockern, um sich dann loszureißen.

Vor ihm, durch die aufgerissenen Fenster, versuchte der andere Mann, jemanden zu packen, der sich heftig wehrte. Noel brauchte einige Zeit, um zu erkennen, daß es Alana war. Er versuchte ihr zuzurufen, sie solle aufhören. Versuchte, sich freizukämpfen. Hörte, daß zwischen ihnen Schläge ausgetauscht wurden, hörte Alanas Stimme, die weiche, entrüstete, wütende Laute ausstieß. Sah die beiden Körper sich krümmen, sah jemand anderen auf dem Gitterwerk der Nottreppe auftauchen und hörte ihn mit rauher Stimme sagen: «Aber aber aber aber», wie ein Schnellfeuergewehr. Er wurde von hinten losgelassen und sprang zum Fensterrahmen hinauf.
Alana hatte sich befreit. Ihre beiden Angreifer schienen sie freizugeben. Sie wandte sich Noel zu, als er nach ihr griff, sie beim Namen rief und versuchte, sie hereinzuziehen. Dann sah er einen der Männer in sie hineintauchen, die ausgestreckten Hände voran.
Klick. Klick. Klick. Alles hörte auf, erstarrte zu Eis, nur ihre weißen Arme schossen in die Luft, faßten nach dem Geländer, dem Gitterwerk, nach etwas, irgend etwas, woran sie sich festklammern konnte, bevor ihr Kopf aus der Sicht verschwand und ihr Körper und ihre Beine hinterher folgten, langsam, wie in einem Ballett, nach rückwärts, wie ein bizarrer Luftsprung, beim Pas de deux eines modernen Balletts.
Alles hörte auf und wiederholte sich: die Hand in der Luft, im Wasser, die herausragte, wieder und wieder. Wieder und wieder ragte die Hand aus dem Wasser, griff wie nach Luft. Sein taumelndes Erwachen im schaukelnden Boot, als er ihre Hand nach Luft greifen sah, wie er aufstand, wie das eisige Eintauchen in das Wasser ihn aufwachen ließ, wie er nach ihr fassen wollte, nach ihr fassen wollte, die totale verdammte Hilflosigkeit verspürte, sie nicht rechtzeitig zu erreichen, und er konnte nichts anderes mehr denken als: *Nein, dies kann nicht geschehen, nicht noch einmal, dies ist nicht Wirklichkeit, es muß die Droge sein.*
Klick. Klick. Klick. Weg war es.
Und endete in einem kurzen, durchdringenden Schrei, der sich aus ihrem Innern losriß, durch ihren Mund und auf Noel einstürmte, das Gewebe seiner nächtlichen Vision mit dieser Hand in der Luft vor ihm zerriß, jetzt und für immer, diese nach Luft greifende Hand, als er die tiefen, schrecklichen Töne von unten hörte, ein Mittelding zwischen einem dumpfen Aufprall und dem Bersten einer zerplatzten Melone.

Er rannte die eiserne Nottreppe hinunter, plötzlich erlöst, er wußte nicht wieso oder warum, rannte im Zickzack hinunter, erreichte die Stelle, wo die Nottreppe an einer Leiter endete. Er sprang darauf, ließ sich herunter, erblickte die nasse gepflasterte Gasse unter ihm, Leute in Uniform und Jacketts, die herumstanden, ein rotes Aufleuchten über den gegenüberliegenden Mauern, auf Gesichtern, als ob hundert Taschenlampen sich auf und ab bewegten, geschüttelt wurden. Er sprang von der Leiter herunter, landete mit einem dumpfen Ton auf dem Boden, stieß alle beiseite, um zu ihr zu gelangen. Sie war eine zerbrochene Puppe. Ihr Kleid war bis zu den Hüften aufgeschlitzt. Ein Bein unter ihr gekrümmt, das andere in einem Winkel, der nicht richtig sein konnte. Ihr Kopf war von ihm abgewandt, als ob sie ihn noch einmal verächtlich zurückweisen wollte. Das Haar bedeckte ihr Gesicht wie ein schwarzes Tuch.

Jemand kniete neben ihr, blickte auf, schrie jemand anderen an. Noel verstand nichts von seinem Geschrei.

Auch Eric war da, wandte ihm über ihren Körper hinweg das Gesicht zu, ohne auf sie herunterzublicken. Seine Hände waren noch gefesselt. Zwei Männer hielten ihn von hinten an den Schultern fest. Er blickte auf Noel mit äußerster Verachtung.

«Sie ist noch am Leben», sagte jemand laut. «Wo zum Teufel bleibt diese Ambulanz! Gib eine Funkmeldung an das Krankenhaus durch, sie sollen alle Vorbereitungen treffen!»

Eine andere Sirene näherte sich. Es kam Bewegung in die Menge, um einige Leute durchzulassen. Noel sah, wie Eric ihn anstarrte, ihn anklagte, ihn für das Vorgefallene beschuldigte, überzeugt, daß Noel es getan hatte, dies alles, von Anfang an bis heute, bis zur jetzigen Stunde. Männer in Weiß umringten Alana von beiden Seiten. Alle wurden von ihr weggedrängt. Etwas Tuchähnliches wurde unter sie geschoben. Dann wurde sie hochgehoben, es mußte ein Netz sein. Ihr Körper schwankte leicht, ihr Gesicht noch immer abgewandt, noch immer von ihrem Haar bedeckt. Die Menge zerstreute sich jetzt. Die Leute murmelten um ihn herum. Eric stand einfach da – stand da und beschuldigte ihn.

Das Acid stieg wieder in Noel hoch, ließ ihn die Augen vor dem blendenden Licht schließen. Er stand immer noch aufrecht, als er sie wieder öffnete. Nur war jetzt etwas in seiner rechten Hand. Stumpfsinnig, verwirrt, verständnislos blickte Noel darauf – eine glänzende, gebogene Klinge von scharfem Metall. Spitz. Tödlich.

«Jetzt hast du deine Chance», flüsterte jemand.
«Er hat dein Mädchen getötet», sagte ein anderer und trat dann zurück.
Die roten Lichter konzentrierten sich auf Erics Gestalt. Taschenlampen flackerten – nur auf Eric.
«Ich würde ihn in Stücke reißen», sagte eine andere Stimme und verstummte sofort.
«Er gehört dir ganz.»
«Er hat sie umgebracht.»
«Gib ihm Saures, Lockvogel.»
«Er ist dran schuld.»
«Du hast sie sterben lassen.»
«Hol ihn dir. Er verdient es.»
«Schlitz ihn auf. Er hat dich zu einem Schwulen gemacht.»
«Wir halten dich nicht zurück.»
«Er gehört dir ganz.»
«Gib's ihm richtig.»
Das Messer fühlte sich, von seiner Hand berührt, wie glühende Kohle an.
«Zahl' es ihm heim für alle die anderen.»
«Bring ihn um, Lockvogel.»
«Wir hindern dich nicht.»
Die Hitze des Messers war unerträglich. Aber er konnte es nicht fallen lassen, konnte es nicht schütteln, konnte es nicht loslassen.
«Töte ihn jetzt.»
«Er hat einen Halbseidenen aus dir gemacht.»
«Er hat dich veranlaßt, sie zu töten.»
«Du hast sie sterben lassen.»
«Er ist schuld daran.»
Nichts, um die Hitze in seiner Hand, die durch seinen Arm raste, seinen Ellbogen, seine Schulter, seinen Hals, seine Finger verbrannte, abzukühlen. Nichts, um das quälende Brennen zu lindern, außer es in etwas Weiches, Nasses, Fleischiges einzutauchen.
«Reiß ihn in Stücke.»
«Pack ihn, Lockvogel.»
«Töte ihn.»
«Töte! Töte! Töte!» flüsterte der Chor rings um Noel hinterhältig, als er einen Ausfall gegen Eric machte und damit versuchte, sie zum Schweigen zu bringen, ihnen den Mund zu stopfen.

«TÖTEN! TÖTEN! TÖTEN!» flüsterten sie in jede Pore seiner Haut, in jedes Nervenende seiner Muskeln, als Noel vorwärtstaumelte um das Messer dort hineinzustoßen, wo es die Stimmen zum Schweigen bringen und die unglaubliche brennende Hitze in seinen Händen abkühlen würde. Die Stimmen drängten ihn, drängten ihn, beharrlich, beharrlich, bevor er vor Schmerz und Hitze den Verstand verlor – und Noel sprang vorwärts ...

Er sah Erics Gesicht nur einige Zentimeter von ihm entfernt, nicht die Maske der Ungeheuerlichkeit, nicht die eisige Gegenwart des Todes, sondern einen erschrockenen Bruder, ein niedergehaltenes Opferlamm, im Begriff, geschlachtet zu werden.

... sprang vorwärts und hielt inne – fühlte seine Eingeweide, sich zu einem knochenzermahlenden Halt verziehen, brauchte jede kleinste Faser von Knochen zu Skelettmuskeln und zur Haut, um die Vorwärtsbewegung zu stoppen.

Er hörte, als wäre es meilenweit entfernt, das metallische Klirren von etwas zu seinen Füßen, sah vor sich Erics Gesicht sein eigenes werden, dann das von Alana, Randy und Monica.

Jemand sagte schroff, kalt, deutlich: «Nimm den mit. Steck ihn ins Loch. Los. Worauf wartest du? Vorwärts!»

Eric verschwand, auf den Rücksitz eines Polizeiwagens gestoßen. Er starrte aus dem rückwärtigen Fenster und versuchte Noel zu sehen, bevor er auf den Sitz zurückgezerrt wurde, dann fuhr der Wagen los, durch die enge Einfahrt zur Gasse und war verschwunden.

Noel war regungslos, fühlte sich schwebend, erlöst. Er hatte den Test kennengelernt, seine Macht zu fühlen bekommen, die Programmierung, die nicht kontrolliert werden konnte. *Und war stärker gewesen.*

Etwas Nasses traf sein linkes Auge. Er langte hinauf, es fühlte sich wie Schleim an. Jemand anderer drängte sich vor ihn und spuckte ihn schnell an. Dann noch jemand. Und noch jemand. Er ließ sie gewähren, ließ den Speichel seine Wangen, seine Nase und sein Kinn herunterrinnen. Die Schatten huschten weg. Die roten rotierenden Lichter wurden spärlicher, verschwanden schließlich ganz, und er war allein auf der Gasse.

«Komm jetzt, Noel. Wir müssen gehen.»

Eine Hand streckte sich aus, um ihn zu berühren.

Er bewegte sich nicht. Sie hielt ein winziges silbernes Taschentuch vor ihn hin und wischte zärtlich sein Gesicht ab.

«Wir müssen jetzt gehen, Noel. Wir müssen ins Krankenhaus

gehen. Komm, Noel. Rick hat einen Wagen. Er wird uns hinfahren.»
Plötzlich war die Befreiung, die Erleichterung verschwunden. Er sah im Geist die Hand verzweifelt nach einem Halt in der Luft greifen, hörte noch einmal den Schrei, das Geräusch ihres Aufschlagens auf dem Gehsteig. Alles kam deutlich zurück – qualvoll.
«Komm, Noel», Veena zog ihn heftig am Ärmel. «Deine Frau ist verletzt. Schwer verletzt.»

14

Im Wartezimmer des Krankenhauses brachte Rick Chaffee ihm eine Tablette und ein Glas Wasser. Die Droge sei Thorazin, sagte er, und sie würde Noel vom Trip in Normalzustand herunterbringen. Noel lehnte ab, aber Veena nahm eine.
Ein junger Assistenzarzt – ein Verehrer von Veena, wie er sagte – kam in das große Zimmer, um ihnen mitzuteilen, daß Alana bereits in der chirurgischen Abteilung sei, wohin man sie sofort nach ihrer Ankunft gebracht hatte. Wollten sie nicht lieber woanders hingehen, wo es ruhiger war als im Notfall-Warteraum? Noel war es egal, er würde sich nach Rick richten, und da es eine Menge Leute gab, die Veena in ihrer Silberlamé-Ausstaffierung anstarrten, fand sie es auch eine gute Idee. Eine Treppe hinauf war ein Vorzimmer, das wie ein kleines Wohnzimmer aussah: zwei Sofas, ein Sessel, moderner skandinavischer Stil. Aber wenigstens ruhig, privat. Und innerhalb einiger Minuten hatte das Thorazin bereits angefangen, bei Veena zu wirken. Sie streckte sich auf der Couch aus. Rick deckte sie mit seinem Smokingjackett zu, was ziemlich deplaziert aussah.
Noel schlief nicht, er schloß nicht einmal die Augen. Er wußte, daß er das Thorazin nicht brauchte. Obschon die acht Stunden, die das LSD wirken sollte, erst zur Hälfte vorbei waren, hatte sein Trip aufgehört, als er das Messer hatte fallen lassen, mit dem er im Durchgang bei der Window Wall Erics Leben hätte nehmen sollen. Seine Halluzinationen waren abgeklungen. Keine Nachbilder, keine Extra-Dimensionalität von Gegenständen, nichts dergleichen. Aber er war erschöpft. Er konnte nichts anderes tun, als im großen Sessel zu sitzen, Veena zu beobachten, wie sie schlief, Rick zu beobachten, wie er in den Zeit-

schriften einen Artikel nach dem anderen las – und die Ruhe um sie zu fühlen.
Um zehn Minuten nach fünf Uhr morgens öffnete derselbe junge Assistenzarzt, der sie in das kleinere Zimmer gebracht hatte, die Tür und sagte ihnen leise, daß Alana auf dem Operationstisch gestorben sei. Veena wachte auf, als er mit Rick sprach. Noel konnte nur unzusammenhängende Worte verstehen: «Massive Blutungen». «Unvorhergesehene Komplikationen». Bevor der Assistenzarzt durch die Tür hinausgegangen war, hatte die noch schlafäugige Disco-Sängerin einen heftigen Weinkrampf, und es brauchte alle drei Männer, ein neues Beruhigungsmittel und beinahe eine halbe Stunde, bis Veena sich soweit erholt hatte, daß sie das Krankenhaus verlassen konnten.
Noel sagte dem Assistenzarzt, er wolle Alana sehen und wurde in den Nachoperationsraum geführt, ein Stockwerk über ihnen.
Jemand hatte Alanas Haar zurückgebürstet. Er konnte nicht eine Prellung oder Schramme in ihrem Gesicht, an ihrem Hals oder an ihren Schultern entdecken. Sie lag da, als schliefe sie auf der Bahre. Er blickte auf sie, berührte ihre Lippen, fühlte, wie kalt sie waren, dann sah er die papierähnliche Konsistenz ihrer Haut, früher immer so lebendig und strahlend, und wußte, daß sie tot war. Er hatte nicht erwartet, daß sie am Leben bleiben würde. Er hatte in jenem unvergeßlichen Augenblick, als er ihre Hand in der Nachtluft krampfhaft nach einem Halt hatte greifen sehen, gewußt, daß sie nicht überleben konnte, weil sie für ihn verloren war, lange bevor er sie hatte schreien hören, lange bevor er ihren Körper verkrümmt auf dem Pflaster hatte liegen sehen, lange bevor man es ihm sagte. Sie jetzt zu sehen, war nur eine Bestätigung.
Er verweilte nur einen Augenblick bei ihrer Leiche, bevor er wieder hinunterging. Er fühlte nicht länger etwas, das er eine Gefühlsregung hätte nennen können.
Rick setzte Veena unterwegs ab und brachte Noel in sein Appartement, wollte ihn aber überreden, bei ihm und Jimmy zu bleiben. Noel lehnte sein Angebot ab. Er wollte allein sein.
Es war bereits hellichter Tag, als er sein Appartement betrat. Daher zog er die Jalousien hoch, goß die Pflanzen, fuhr mit einer Fingerspitze die Wand entlang, um zu sehen, ob die Farbe überall getrocknet war, nahm eine lange heiße Dusche, fühlte dann, wie die Erschöpfung ihn überwältigte und legte sich auf das Bett in der Mitte des Studios.

Es gab zwei Dinge, die er flüchtig bedauerte – daß Alana das neugestrichene Appartement nicht gesehen hatte und aufgrund von dessen Verwandlung nicht hatte verstehen können, wie sehr er sich verändert hatte. Und daß er ihr Angebot, nach Paris zu gehen, auch nach allem was passiert war, nicht sofort angenommen hatte, um ihr so wenigstens einen Augenblick des Glücks zu schenken.
Er versuchte zu schlafen, und statt dessen erinnerte er sich an den ganzen Abend in nahezu filmischen Einzelheiten. Es quälte ihn, daß sie bei ihrem Tod glaubte, er hätte Eric verraten. Wenn es Geister nach dem Tod gab, würde sie es anders erfahren: Sie würde wissen, daß er Eric vor seinem ärgsten Feind gerettet hatte – vor Noel selbst. Als er sich den Moment ins Gedächtnis zurückrief, in welchem etwas ihn gedrängt hatte, Eric zu erstechen, und wie sehr er sich dagegen gewehrt hatte und warum, erlebte Noel wieder seine Befreiung aus Loomis' Kontrolle, seine Erleichterung, daß er sie überwunden hatte. Es war ein Ausbruch, der seinen Körper von Kopf bis Fuß ergriff, als würde er von Fieber geschüttelt.
Als er aufstand und ein Taschentuch suchte, um sein Gesicht abzuwischen, stieß er mit dem Fuß gegen ein Paket, das an die Wand unweit der Tür gelehnt war. Gerdes mußte sich daran erinnert haben, wie Noel Tag für Tag nach einem Paket gefragt hatte.
Es war zu groß für die Kassette, aber als Noel die zahlreichen Verschnürungen gelöst und sich durch die verschiedenen Umschläge und zusammengehefteten Bündel fotokopierter Seiten hindurchgearbeitet hatte, fiel der Umschlag, in welchem er das Tonband Priscilla Vega übergeben hatte, auf das Bett.
Die Kassette war in eine handgeschriebene Notiz, die sie unterzeichnet hatte, eingewickelt. Wenn er dies erhielte, schrieb sie, würde sie in San Juan sein. Es sei ihr gelungen, alles auf Tonband aufzunehmen, was sie von Loomis und Gee brauchten. Sie sei mit dem Taxi nicht nach Hause gefahren, sondern direkt in die Wohnung von Wilson Martinez, einem puertoricanischen Kongreßabgeordneten, dem Buddy schon vorher alles über die Whisper-Leute und ihre Pläne erzählt hätte. Sie und ihr Baby seien drei Tage bei Martinez geblieben, bis die Kassette mit der Post an dessen Adresse in East Harlem angekommen sei. Noel müsse verstehen, daß sie das Risiko nicht habe auf sich nehmen können, die Kassette sich selbst oder ihm zu schicken. Martinez habe sich das Tonband angehört, die neuen Unterlagen gelesen

und Lloyd Parnell, den Polizeipräsidenten, angerufen. Sie habe ihre Zeugenaussage vor Parnell und verschiedenen Anwälten gemacht. Sie würde vielleicht zurückkommen müssen, um es nochmals zu tun, sollte es zu einer Verhandlung kommen. Die Tonbänder seien bereits transkribiert worden. Noel brauche jetzt nur noch den Polizeipräsidenten anzurufen. Parnell warte auf seinen Anruf, er solle sich unverzüglich mit ihm in Verbindung setzen. Trotz allen Beweismaterials werde Noel aussagen müssen, um die Sache gegen Loomis hieb- und stichfest zu machen. Ihr PS gab eine Adresse in Puerto Rico an: Er solle ihr schreiben, falls er sie brauche.

Sein erster Gedanke war, den Umschlag und seinen ganzen Inhalt in den Ofen draußen vor seiner Tür zu werfen – laß ihn in Rauch und Asche aufgehen. Alana war tot. Eric lebte. Die psychologische Waffe war nicht wie vorgesehen losgegangen. Er wollte nichts mehr damit zu tun haben. Beinahe machte er Priscilla Vega einen Vorwurf daraus, ihm erzählt zu haben, was sie ihm erzählt hatte. Alana wäre vielleicht noch am Leben, wenn er nichts davon gewußt hätte. Er hätte seine Illusionen vielleicht noch intakt und nicht diese – Leere.

Dann nahm er die Kassette in die Hand und wußte, daß er sie sich anhören mußte.

Hintergrundgeräusche: Silberbesteck, Geschirr, Stimmen, ein plapperndes Baby, eine Frau, die es in Spanisch besänftigt, dann eine leise, aber deutliche Männerstimme.

«Sind Sie sicher, daß er es tun wird?»

Loomis antwortete: «Das steht außer Frage. Ich sagte Ihnen ja schon, er hat keine andere Wahl mehr. Es ist alles vorbereitet. Er wird es tun.»

«Was springt für ihn dabei heraus?»

«Sein Job. Eine Karriere. Schließlich Geld, Prestige. Was er will.»

«Ich dachte, er sei so etwas wie ein Professor?»

«Ist er auch», erwiderte Loomis und wiederholte es, sorgfältig, deutlich, als spräche er zu einem Kind. «Wir haben es zwischen uns arrangiert.»

«Sie und sein Boß? Der Mann, der ihn für Sie gefunden hat?»

«Genau. Sein Institutsleiter. Er hat diesen besonderen Mann empfohlen.»

«Sie und sein Boß sind dick befreundet?»

«Sagen wir der Einfachheit halber, wir haben dieselben Freunde und Verbindungen.»

Das war alles, was Noel zu hören brauchte. Er blickte auf die Uhr: Viertel nach acht. Er wählte die Nummer, die Priscilla aufgeschrieben hatte, die Privatnummer des Polizeipräsidenten. Wilbur Boyle. Das war alles, woran er denken konnte, als er darauf wartete, verbunden zu werden, er hörte, wie Parnell schnarrte, daß ein Wagen unterwegs sei, sie würden sofort eine Voruntersuchung einberufen.

Wilbur gottverdammter Boyle! Was das Institut erklärte. Was erklärte, wieso Loomis alles über ihn wußte . . . was erklärte . . . war jemand getötet worden, nur um seine Aufmerksamkeit an jenem Morgen zu erregen, als er den West Side Highway entlangfuhr? Wer war Kansas überhaupt? Ein Detektiv, der Loomis irgendwie verraten hatte? Oder war er nur ein glückloser Penner, den man schlafend in dem Lagerhaus gefunden hatte, weil er sonst nirgendwo hingehen konnte? Spielte das wirklich eine Rolle? Wichtig war nur, daß Boyle und Loomis die Falle für ihn aufgestellt hatten. Er war von Anfang an kontrolliert worden. Er hatte nie eine Chance gegen sie gehabt.

15

«*Ich glaube, wir haben genug gehört,* um diese Vorverhandlung als ziemlich zufriedenstellend zu betrachten, meine Herren», sagte Parnell.

Jedermann am großen ovalen Tisch blickte auf das entfernte Ende, an dem Loomis saß, als ob kein Wort, das in den vergangenen zwei Stunden geäußert wurde, auch nur das geringste mit ihm zu tun hätte. Neben ihm saß Carl Russo, der Anwalt, der ihn wahrscheinlich verteidigen würde, falls nach dem bevorstehenden internen Verfahren Strafklage gegen ihn erhoben würde. Russo war als Agitator in verschiedenen Polizeivereinigungen bekannt. Er sprach jetzt für seinen Klienten.

«Natürlich werde ich alle Ihre Beweise sehen müssen.»

«Natürlich, Mr. Russo», sagte Parnell müde. «Ich bin sicher, daß Mr. Kirsch Ihnen gerne das ziemlich massive Beweismaterial, das wir jetzt besitzen, vorlegen wird.»

Andrew Kirsch würde das Belastungsmaterial gegen Loomis beim internen Verfahren vorlegen. Er war ein Aufsteiger in der Polizeibürokratie, ein alter Feind von Russo, hatte der Polizeipräsident Noel erklärt.

«Sie verstehen, Loomis», sagte Parnell, «daß in Anbetracht dieser Tatsachen Ihre Gruppe ab sofort aufgelöst ist?»
Der Fischer kam aus seiner Träumerei zurück und nickte bejahend. Es war eines der wenigen Male, seitdem sie den Verhandlungsraum betreten hatten, daß er gehört zu haben schien, was gesagt wurde. Die meiste Zeit starrte er über Russos Kopf hinweg, vorbei an einem der zwei Wachposten in dem Zimmer, als ob er versuchte, durch das kleine vergitterte Fenster hinauszuschauen.
Schweigen. Selbst die Stenografin hatte aufgehört, auf der kleinen Maschine auf ihrem Schoß zu tippen. Jeder schien die Ruhe zu genießen. Noel wurde von einem wehklagenden Hupton eines Wagens irgendwo unter ihnen aufgeschreckt.
«Nun die Kaution», warf Russo plötzlich ein und lehnte sich über den Tisch. Die Stenografin begann auf ihrer Maschine wieder draufloszuklappern.
«Ich fürchte nein», sagte Parnell.
«Wir haben es hier mit einigen sehr gravierenden Beschuldigungen zu tun», fügte Kirsch hinzu.
«Dann werden Sie formelle Anklage erheben müssen», sagte Russo.
«Brauchen wir nicht zu tun», erwiderte sein Gegner. «Es handelt sich hier um polizeiinterne Angelegenheiten.»
«Alle vorläufigen Beschuldigungen sind polizeiinterner Natur», erklärte Parnell. «Mißbrauch von Polizeigeldern, Verschwörung zum Mord an einem Polizeioffizier . . .» Er ließ den Satz unbeendet, offensichtlich von der ganzen Sache angewidert.
Sie hatten gerade Priscilla Vegas Tonband zu Ende gehört, insbesondere den Schlußteil an der Straßenecke, wo Loomis und der Mann, den er Gee nannte, sich über einen Zahlungstermin und die Beträge geeinigt hatten. Selbst durch den ganzen Lärm eines belebten Nachmittags in einer Straße im Stadtzentrum waren die Worte der beiden Männer deutlich zu verstehen. Eine vernichtende Beweislast. Danach waren alle im Raum stillgeworden.
Noel nahm noch einen Schluck Kaffee aus der Plastiktasse, hörte zu, als die beiden Polizeianwälte mit dem Geplänkel über Prozeßdetails anfingen. Sein Interesse ließ jedoch bald nach. Er wußte, daß er eigentlich bleiben sollte, bis Parnell ging. Er wußte, daß er der wichtigste Zeuge war. Er brauchte nichts zu sagen außer ja und nein. Aber es waren die vernichtendsten denkbaren Beweise. Jetzt, während sie Fachwörter und techni-

sche Einzelheiten austauschten, blickte Noel auf Loomis. Nicht direkt auf ihn, sondern ein wenig von der Seite, die Art, wie er indirekt auf Sterne an einem Nachthimmel blickte, um die vagen, entfernten Umrisse deutlicher zu sehen.

Der Fischer sah bestimmt nicht anders als der Mann aus, dem Noel erstmals im leerstehenden Bundesgefängnis begegnet war, oder – eine noch stärkere Erinnerung – der an jenem späten Sonntagmorgen im März in Noels Wohnung im Schaukelstuhl gesessen und die Sportbeilage der *New York Times* gelesen hatte, kurz bevor er Noel sein Angebot machte – das in Wirklichkeit überhaupt kein Angebot war. Der Schaukelstuhl war jetzt fort, die Wohnung völlig verändert. Noel selbst war so verwandelt, daß er sich nicht mehr erinnern konnte, was er an jenem Morgen gedacht hatte. Nur Loomis war der Gleiche geblieben.

Als Parnell Noel gesagt hatte, er müsse herkommen und Loomis gegenübertreten, wäre Noel beinahe nicht gekommen, so stark war seine Furcht vor dem Mann nach den Schrecken der frühen Morgenstunden. Aber der Präsident hatte ihn überredet. Er hätte schon zu lange gewartet, er wollte Loomis jetzt festnageln! Noel war zu müde, um sich wirklich zu widersetzen und – so fiel ihm ein – war jetzt befreit von dieser Kontrolle, für immer.

Er hatte nicht den überwältigenden Haß und Ekel gespürt, wie er es erwartete, als er in den Raum getreten war und den Fischer gesehen hatte. Wahrscheinlich wegen Loomis' eigener ängstlicher Zurückhaltung. Oder dachte Noel, weil er in den letzten sechs Stunden durch so viele Gefühlsregungen hindurchgegangen war, daß er vielleicht nicht länger fähig war, irgend etwas zu fühlen. Selbst seine Nerven waren überstimuliert und konnten nach einer Weile keine neuen Empfindungen mehr aufnehmen. Und doch war er sehr neugierig, worüber Loomis wohl nachdachte, als Anschuldigung auf Anschuldigung gegen ihn folgte.

Die anderen waren alle zu einer Einigung gekommen, standen plötzlich auf, hatten Dokumente und Mappen zusammengesucht. Auch Noel stand auf.

Kirsch kam zu ihm herüber.

«Mr. Redfern ist aus der Haft entlassen worden. Ohne Kaution natürlich. Soviel ich weiß, wartet er auf Sie in der Eingangshalle des Kriminalgerichtes.»

Am Ende des Tisches berieten sich Russo und Loomis. Der Fi-

scher sprach seltsamerweise angeregt – obwohl so leise, daß niemand ihn hören konnte –, als stritte er über einen Punkt. Noel steuerte auf die Tür zu. Der Anwalt hielt mit ihm Schritt. Noel fühlte eine Hand auf seinem Arm.
«Wenn Sie irgendwelche Bedenken haben», sagte Kirsch, «sollten Sie wissen, was wir wissen. Nachdem wir das Material von Mrs. Vega erhalten hatten, sammelten wir ein halbes Dutzend Whisper-Detektive ein, die eng mit Loomis zusammenarbeiteten. Loomis war natürlich nicht darüber orientiert. Durch Androhung von Degradierung und intensive Befragung entdeckten wir, daß es einen Ausnahmeplan für den Fall gab, daß Sie nicht losgehen würden. Redfern sollte in eine gewöhnliche Zelle gebracht werden, zusammen mit einem Whisper-Detektiv, der ohne Wissen des diensthabenden Beamten bewaffnet war. Er sollte einen Streit beginnen und . . . wir erfuhren jedoch von diesem Plan, und ich vergewisserte mich, daß Redfern an einen Ort gebracht wurde, wo ihm nichts passieren konnte.»
Kirschs Stimme triefte vor Sarkasmus. Noel beschloß, Loomis auch mit demselben rücksichtslosen Zerstörungswillen zu verfolgen, den der Fischer bisher in allen seinen Handlungen gezeigt hatte.
«Kann ich jetzt gehen?» fragte Noel. Alle waren damit einverstanden. Er hatte gerade den Verhandlungsraum verlassen, als Russo herauskam.
«Mein Klient hätte gern ein Wort mit Ihnen gesprochen», sagte er zu Noel.
Bevor Noel oder Kirsch antworten konnten, fügte der Verteidiger hinzu: «Natürlich werden die beiden Wachposten anwesend sein.»
«Cummings», sagte Parnell, «es liegt ganz bei Ihnen.»
Kirsch gefiel der Gedanke nicht, und er machte kein Hehl daraus.
Aber Noels Neugier war stärker, als sein Wunsch zu gehen. Daher ging er ins Zimmer zurück, näherte sich dem ovalen Tisch, nahm einen Platz so weit entfernt von Loomis, wie er zuvor gewesen war. Er hörte kaum, was der Fischer zu ihm sagte.
«Los. Sagen Sie's schon.»
Noch entnervt davon, daß dieser Mann seine Gedanken immer besser kannte, als Noel selbst, faßte er in Gegenwart der beiden kräftigen Polizeioffiziere Mut: «Haben Sie's schon herausgefunden?»
«Was herausgefunden?»

«Sie wissen schon. Warum es nicht geklappt hat?»
Loomis starrte Noel an. Er war kurz angebunden. «Nein.»
«Wegen ihr, Alana.»
«Wegen ihr», erwiderte Loomis mit solcher Verachtung, daß seine Nasenflügel zitterten. «Ihr? Sie war als Auslöser vorgesehen.»
Noel brauchte einen Augenblick, um zu verstehen, daß Alanas Tod kein Unfall, sondern von Anfang an eingeplant und ein wesentlicher Bestandteil für den Erfolg des Plans war. Er mußte sich an der Tischplatte festhalten, damit er nicht aufsprang und das Ungeheuer erwürgte.
«Die Droge hat mir gut getan», sagte Noel. «Das LSD. Es war gut.»
Loomis zuckte die Achseln.
Noel blieb ungerührt und wütend. «Vielleicht war der Plan gleich von Anfang an einfach lausig.»
Darauf erfolgte keine Antwort. Loomis schien in seine Geistesabwesenheit zurückgefallen zu sein. Noel konnte es nicht ertragen, im Zimmer zu bleiben. Er stand auf, um zu gehen.
Als er die Hand auf die Türklinke legte, hörte er hinter sich: «Zuvor hat es immer geklappt» – so sachlich, daß es ihn kalt überlief und er rasch hinausging.

16

Die klamme Kälte, welche die letzten Worte des Fischers in Noel hervorgerufen hatten, verschwand erst, als er die Eingangshalle des Kriminalgerichtsgebäudes betreten und Eric erspäht hatte, der noch immer den teuren, saloppen weißen Sommersmoking trug, den er als einziger von allen zum Abendessen in der Window Wall eingeladenen Männern hatte tragen dürfen. Man merkte ihm die paar Stunden in der Gefängniszelle nicht an, als er auf dem Fliesenboden auf und abging und auf die Muster hinunter starrte.
Eric in Sicherheit zu sehen – nachdem seine Chance so klein gewesen war, den heutigen Tagesanbruch zu erleben – ließ Noel stehenbleiben. Er wollte etwas tun, wollte Eric umarmen, ihn an sich drücken, wollte ihn berühren, um sicherzugehen, daß er unverletzt und am Leben war, wollte ihm, oder wer immer dafür verantwortlich war, für das Wunder danken, daß er nicht

Erics Scharfrichter geworden war. Dann erinnerte Noel sich an etwas anderes – er mußte Eric sagen, daß Alana tot war.
Er wartete auf Eric, den ersten Schritt zu tun. Als das sonnengebräunte Gesicht sich Noel zuwandte, schien Eric strapaziert, als ob er versucht hätte, nicht zu denken, vielleicht nicht zu weinen. Mit der Hand fuhr er sich durch das von Sonnenstrahlen gestreifte blonde Haar und sagte, ohne das geringste Zittern in der Stimme: «Hübsches Muster, was?» Noel folgte seinem starren Blick zum weitläufigen verschachtelten Muster auf dem Boden, als Eric fortfuhr: «Ich glaube, ich werde jemanden herschicken, um es zu kopieren, es zu vergrößern, ein großes Wandgemälde für die Wand gegenüber der Discjockey-Zelle zu schaffen. Sie ist tot, nicht wahr?» sagte er in demselben beherrschten Tonfall. Mit einem seiner weißen Schuhe schabte er einen vertrockneten Kaugummi auf der Fliese weg.
«Sie hat das Bewußtsein nicht wieder erlangt.»
«Dann hat sie also die Wahrheit nie erfahren?»
Noel sah keinen Grund, irgend etwas zu verheimlichen. «Sie wußte, wer ich war», erwiderte Noel.
«Und glaubte, du seist dafür verantwortlich?»
Noel seufzte. «Ja.»
«Das tut mir leid.» Eine Pause, dann: «Ohne sie wird es nicht mehr dasselbe sein.»
«Nein.»
Eric hatte den Kaugummi weggeschabt. Die Fliese war von einem sauberen Hellgelb, verglichen mit dem Grau ringsum.
«Sie hat mich gebeten, mit ihr nach Paris zu gehen», sagte Noel, ohne zu wissen, warum er dies Eric erzählte. Er wußte nur, daß er es tun mußte. «Wir sollten mit dem Sechs-Uhr-Flug starten. Sie war sehr hartnäckig und hatte alles für uns beide geplant. Sie bat mich, heute abend zu fahren. Um dich zu retten, glaube ich.»
«Um sich selbst zu retten», sagte Eric. Ohne eine Erklärung setzte er hinzu: «Nun, Professor Cummings, du hättest es beinahe geschafft, Reichtum, Ruhm, Glück. So nahe herangekommen . . .»
«Ich könnte mich ohrfeigen, daß ich ihr nicht diese kleine Befriedigung gegeben habe.»
Eric war überrascht. «Du hast nein zu ihr gesagt?»
«Ich konnte ihr nicht ja sagen.»
«Wegen deines Buches?»
«Das Buch? Nein. Nicht deswegen. Ich weiß nicht warum»,

sagte Noel und wollte es nicht erklären. Es gab zu viel zu erklären.
Eric starrte ihn an, seine tiefliegenden, stechenden, dunkelblauen Augen hielten Noels Blick – nicht im Kampf, ohne den Versuch, durch sie hindurchzusehen, was dahinter verborgen war, diesmal nicht wetteifernd oder fordernd oder ein Urteil fällend, sondern als beobachte er ein größeres Himmelsphänomen, das die ganze Zeit am Firmament gewesen war, das er aber jetzt zum erstenmal bemerkte.
«Ich weiß warum», sagte Eric, ohne eine Andeutung von Überlegenheit oder Triumph, als stelle er eine Tatsache fest, die so offensichtlich war, daß er sie nicht zu wiederholen brauchte: «Wegen mir.»
«Ja, wegen dir.»
Eine Gruppe von Leuten tauchte hinter ihnen auf, zwang sie, beiseite zu treten, was die plötzliche Verlegenheit brach, die Noel bei seinem Geständnis gefühlt hatte. Glücklicherweise ging Eric nicht weiter darauf ein, sondern fragte, was bei der Vorverhandlung geschehen war.
«Alles wird jetzt wieder in Ordnung kommen», sagte Noel zu ihm und wußte, daß dies ein vager Bericht war.
«Für wen?»
«Für uns. Für dich», verbesserte er rasch. «Du bist jetzt in Sicherheit.»
«Sehr beruhigend.»
«Du warst nicht paranoid», versuchte Noel ihn zu ermutigen. «Du *bist* verfolgt worden. Es *war* eine Verschwörung. Jetzt ist sie vorüber. Aufgedeckt.»
«Dieses Schwein Malchuck. Bereit, mich zu verkaufen. Nachdem ich ihm alles gegeben habe, alles! Weißt du, daß er in den Baths Handtücher reichte, als ich ihn zum erstenmal traf?»
«Ich habe nie was über ihn gewußt», versuchte Noel zu erklären. Es gab Eric so viel zu erklären, angefangen mit der Radfahrt an jenem Morgen. «Ich war so high von diesem Acid, daß ich nichts tun konnte, bis . . .»
«Vergiß es. – Gehn' wir raus. Ich kriege hier Gänsehaut. Ich hab' Okku angerufen. Er sollte draußen warten. Komm zu mir hinauf. Wir wollen alles in Ordnung bringen. Ruh' dich aus. Hast du überhaupt geschlafen?»
«Ich hatte keine Zeit. Es ist so viel passiert.»
«Ich hatte Zeit. Aber ich habe Angst gehabt, mich in diesem Loch auf die Pritsche zu legen.»

Er nahm Noels Arm und begann zu gehen. Als sie durch die Eingangstüren hinaus auf die strahlende, heiße, sonnige Straße getreten waren, legte Eric seinen Arm über Noels Schultern. Noel zuckte nicht zurück, schüttelte ihn nicht ab.
«Wir werden jetzt zusammenbleiben, nicht wahr?» fragte Eric.
«Ja», sagte Noel, erstaunt darüber, wie leicht ihm die Antwort fiel.
«Nicht nur, weil Alana es so gewollt hätte?»
«Das ist ein Grund. Nicht der einzige.»
«Gut. Weil es eine Menge Scheiße zwischen uns gegeben hat, Noel, und auch um uns. Das verbindet uns. Wir werden eine Menge Arbeit haben, bis alles zwischen uns klar ist. Ich bin bereit dazu. Und du?»
«Ich habe nichts anderes zu tun.»
Eric preßte Noel enger an sich, und Noel legte einen Arm um Erics Hüfte, als sie die paar Treppenstufen zur Straße hinabstiegen. Noel hatte ein Gefühl, als habe er nach einer Reise von fast zwanzig Jahren – Ziel unbekannt – endlich seinen Weg gefunden.
So wenig ihm dieses Ziel immer noch bekannt war, wußte er mindestens, daß es mit Erics übereinstimmte.
Auf dem Gehsteig hielt Eric Ausschau nach dem Silver Cloud. Noel fühlte plötzlich eine schneidende Kälte, die selbst Erics nahe Wärme nicht abzuschirmen vermochte.
Der Diener war zwei Häuserblocks nördlich, lehnte sich aus dem Schiebedach und winkte ihnen zu. Es war beinahe Mittag. Der Verkehr in der Gegend zwischen Foley Square und Canal Street bewegte sich schrittweise seinem Mittagschaos entgegen. Die Arme um die Schultern geschlungen, gingen sie auf die Limousine zu.
Wieder fühlte Noel die Kälte. Nach ihrem ersten frostigen Stoß verschwand sie nicht wie zuvor, sondern hing über ihm. Vielleicht werde ich krank, dachte er, und machte sich unwillkürlich von Eric frei, unfähig, sich auf das zu konzentrieren, was Redfern sagte.
Der Gehsteig war voller Menschen, die aus den Häusern kamen, auf ihrem Weg zum Mittagessen in einem der Dutzenden von Delikatessenläden, Hot-Dog-Ständen, Souvlaki- und Pizzalokalen. Aber Noel war sofort von einer Gestalt gefesselt, die auf der anderen Seite des Gehsteigs absichtlich Schritt mit ihnen zu halten schien. Es war ein schmächtiger, kleiner Mann mit großer Sonnenbrille, welche die meisten seiner Gesichts-

züge verbarg, mit Anzug und gestreifter Krawatte. Noel vermochte nicht zu sagen, warum er das dauernde und erschrekkende Frösteln mit diesem Mann in Verbindung brachte, aber er hielt Eric zurück und wartete, bis der Mann ein Stück voraus war, ehe sie weitergingen.

Er erkannte in der alles durchdringenden Empfindung unmißverständlich eine eisige Gegenwart wieder, die er zuletzt oben im kleinen Zimmer der leerstehenden Bar gespürt hatte, umgeben von der Leiche McWhitters und dem grotesk aufgehängten Körper von Buddy Vega. Er wußte, daß diese Gegenwart nicht von Eric kam, der Wärme ausstrahlte – Zuneigung, möglicherweise Lust –, sondern von diesem kleinen Mann.

«Du zitterst ja wie verrückt», sagte Eric, als rede er hinter einer Plexiglaswand. «Was ist los mit dir?»

Noel konnte nicht antworten. Sein ganzes Bewußtsein war auf den Mann im dunklen Anzug ausgerichtet, der seine Schritte ein paar Meter vor ihnen verlangsamte. Noel begann Einzelheiten zu sehen: den Winkel der Arme, die Kopfform und insbesondere die Gangart, dieser so vertraute Gang, den Noel nicht näher bestimmen konnte, obwohl es für ihn qualvoll war, jeden dieser Schritte zu sehen. Er mußte herausfinden, mußte wissen, wer der Mann war.

Er schüttelte Erics Hand von seiner Schulter ab und rannte, um den Schmächtigen einzuholen. Als er Seite an Seite mit ihm ging, fühlte er die Kälte sogar noch betäubender. Eric kam gleich nach und sagte etwas. Noel und der Mann blieben stehen – wie auf Befehl. Selbst mit der entstellenden Sonnenbrille, dem vollkommen unerwarteten Anzug und der Krawatte, wußte Noel, wem er gegenüberstand: Loomis' letzter Karte, seinem letzten vernichtenden Trumpf, seinem Gesetz jenseits des Gesetzes, seiner Rache außerhalb der Rache der Justiz. Hier war ein Killer, so sorgfältig programmiert wie Noel, aber, im Gegensatz zu ihm, eine bereits bewährte Mordmaschine, der Schlächter von Kansas und Randy und Vega und McWhitter – Loomis' letzter erfolgreicher Henker, eingeschlossen in die verräterischste aller Formen: verführerisch, kindlich, der Kleine Larry Vitale.

Er bemerkte Noel, aber schien ihn nicht zu sehen, er wandte sich an Noel vorbei, als ob er ein Automat wäre, dazu programmiert, nur ein einziges Gesicht zu sehen, er drehte sich um, hinter ihnen und zog plötzlich einen dünnen, tödlichen, schimmernden Stahl hervor, den er in die Luft emporhob.

Eric sah seinen Angreifer, bevor Noel ihm zurufen konnte, er solle aufpassen. Mit dem ganzen Training, das McWhitter ihm eingeimpft hatte, ließ Eric den ersten Stoß geschickt leerlaufen, wich zu einem geparkten Taxi zurück, drehte sich mit atemraubender Schnelligkeit und entging dem zweiten Stoß des glitzernden Messers auf sein Herz.
«Komm doch, du Schwein», hörte Noel Eric zwischen zusammengebissenen Zähnen zischen, «komm doch», verhöhnte er ihn, als Larry erneut zustieß und Eric über die Kühlerhaube des Wagens zu fallen schien, bevor sein Fuß heftig hervorschnellte und den kleinen Killer an der Brust traf, seine Sonnenbrille herunterschlug, ihn leicht taumeln ließ, der sein Gleichgewicht wiedergewann und erneut angriff. Eric sprang hoch, ohne auf die niedersausende Klinge zu achten, schlug wieder zu, worauf die Waffe auf den Gehsteig flog. Ehe Larry sich danach bücken konnte, wurde er an der Schulter gepackt, herumgedreht und gegen den Kotflügel des Wagens geworfen.
Noel beugte sich hinunter und spürte sofort, wie der warme Griff des Messers sich mit etwas verband, das tief und einsatzbereit in seinem Innern schlummerte. Er wandte sich um zum Wagen, wo Eric und der Kleine Larry noch immer miteinander rangen.
Das Messer war eine glühende Kohle in seiner Hand, verbunden mit seinem Arm durch ein Drängen, das er nicht erklären und dem er nicht widerstehen konnte.
«Zuvor hat es immer geklappt.» Er hörte diese letzten Worte von Loomis in seinem Kopf dröhnen, als ob Loomis in seinem Schädel wäre und freudig triumphierte: *«Zuvor hat es immer geklappt.»*
Und Noel spürte wieder die Spaltung, die er zuvor erfolgreich bekämpft hatte, begriff, daß die Spaltung diesmal Wirklichkeit war, daß er nun seine Mission und die endgültige Greueltat begehen würde, um das zu zerstören, an das Loomis nicht mehr heranzukommen vermochte.
«Zuvor hat es immer geklappt.» Loomis' Worte tanzten eine rasende Tarantella durch seinen schwindligen, summenden Verstand, als Noel sich den beiden ringenden Gestalten vor ihm zuwandte und das Drängen der Klinge spürte, die mit den boshaften Fingern, die sie hielten, fest verbunden war, ein paar Schritte vorwärtsging, bereit, zuzuschlagen, sich auf den Gegner zu stürzen, zu schneiden, aufzuschlitzen, zu zerreißen, zu fühlen, wie Fleisch sich von Knochen trennte, wie Zellgewebe

auseinanderfiel, wie Nervenstränge rissen, Synapsen schrien, wie Haut sich wie Butter teilte, Blut herausquoll, durchsickerte, strömte, herausschoß – und ihn kühlte.
Er fühlte die Spaltung, sah die zwei Männer ihn ausdruckslos anblicken, als er sie beide zur Reglosigkeit erstarren ließ – beim Kotflügel des Wagens gefangen, beide mit offenem Mund, um zu bitten, zu schreien, zu betteln.
Und das Messer war eine glühende Kohle. Es mußte ins Wasser getaucht werden oder das Feuer würde auch Noels Fleisch verzehren, daher stieß er zu, spürte, wie das Drängen von ihm Besitz ergriff, das weiche Gewebe unter der eisigen Klinge schmolz, fand köstliche Erleichterung in der nassen Kühle, die jeden Stoß umgab, jedes Schneiden, Schlitzen, Reißen, auf- und abwärts und hinein, quer durch Knochen, Muskeln, Wangen, sogar Augen, diese betrügerischen Spiegel, diese Lügenreflektoren, versenkte sich in das methodische Aufschlitzen und Zerreißen, spürte die Spaltung sich in Erleichterung auflösen, beachtete nicht die Faustschläge in den Rücken, die vergeblichen Versuche, ihn mit bloßen Händen an diesem vorbestimmten Zusammenstoß zu hindern, sondern nahm sich Zeit, schnitt, tauchte wieder ein, fühlte alle Zeit enden, fühlte die Hitze in seinen Händen und die Kälte, die ihn zuvor so erschreckt hatte, sich jetzt in Dunst auflösen, als der Kopf vor ihm über die schleimige Nässe des Kotflügels hinunterglitt, die zersplitterten Spiegel der Augen verborgen, als der Kopf sich langsam gegen seine Schuhspitzen senkte und er nochmals in die Luft stieß, unfähig, sich zurückzuhalten, dann innehielt und nur noch äußerste, völlige, restlose und wiederbelebende Erleichterung fühlte.
Für einen Augenblick.
Bevor die Stimme ihren Zauberspruch wiederholte: *«Zuvor hat es immer geklappt»*, und die Erleichterung vorbei war, und Noel – jetzt eine Person, nicht zwei – auf dem Gehsteig in Manhattan auf ein Durcheinander von Haaren und Blut und zerknittertem Stoff hinunterblickte. Er sah sich um, schwindlig vom Ansturm sensorischer Reize, wie Töne, Gerüche, Bilder, die an ihm vorbeisegelten und langsam zu einem Halt kamen, alltäglich wurden, erkennbar wie zuvor.
«Ich habe getötet», sagte er. «Ich habe getan, was er von mir verlangte. Ich habe getötet. Er hat gewonnen. Er wußte, er würde gewinnen.»
Noel fing zu weinen an: ein qualvolles, lähmendes Weinen.

«Gib mir das Messer», sagte jemand. «Gib es mir.»
Noel tat, was ihm gesagt wurde. Es machte jetzt nichts mehr aus.
«Ich habe getötet», versuchte er sich verständlich zu machen. «Er hat gewonnen.»
Er wurde um die Schultern gefaßt, eng umschlungen, und Erics Stimme hauchte in sein Ohr: «*Wir* haben gewonnen, Noel. Du und ich.»
Sie wurden von Männern in Uniform umringt, die auf sie zukamen. In der Ferne hörte Noel die Heultöne einer näherkommenden Sirene, aber über ihrem durchdringenden Heulen ertönte eine ruhige, unbewegte Stimme aus seinem Innern, die immer wieder sagte: «Wir haben gewonnen.» Es war ein Sieg: für Kansas und Vega, Randy und Alana, für die Toten und jene, die vielleicht auch noch gestorben wären. «Wir haben gewonnen.»